완 전 사 회

사이언스 픽션

— 1967 —

完全社會
완전사회

· 문윤성 장편소설 ·

✦ ✦ ✦

아작

머리말

완전사회를 꿈꾸며

인간 사회의 영원의 꿈. 전쟁 없고 배고픔 없고 두려움 없는 사회. 따스한 사랑과 즐거움이 그득한 사회. 이러한 사회, 이른바 완전사회(完全社會)를 바라는 건 한낱 허황된 꿈일까.

어찌 생각하면 꿈으로만 돌릴 게 아닌 것 같다. 왜냐하면, 인간 사회의 온갖 사물은 날로 진보 발전하고 있나니, 사회기구와 사회 조직의 완전화도 바랄 수 있지 않겠는가.

나는 된다고 본다.

장래의 어느 날엔가 완전사회는 이룩되리라고 내다본다. 헛된 꿈이 아니라 실제로 가능성 있는 예기(豫期)다.

그럼 그 꿈은 어느 때 어떤 경로를 거쳐 현실화하겠는가.

이의 대답이 소설 《완전사회》다.

내가《완전사회》를 꾸미게 된 것은 배부르고 몸 뜨듯하여 소일거리로 한 건 결코 아니다.

배부르고 몸 편한 사람이 '이상(理想)'이나 '완전'을 찾겠는가? 천만의 말씀.

내가 어떻게 자라나고 어떤 인생행로를 밟고 있다는 얘기는 여기 필요치 않으리라. 다만 때로는 쓰디쓴, 때로는 뼈아픈 고달픔, 짭짤히 맛본 못생긴 경험은 있다. 총칼의 위협 아래 벌벌 떤 적도 있다. 나 같은 인생이 엄청나게 많이 이 세상에 들끓고 있다는 사실도 알고 있다.

완전한 사회에 살고파라. 꿈이라도 좋다. 아니 내일의 실현을 위하여 오늘은 꿈을 꾸자.

1967년 1월 1일
문윤성

차례

1
미래로의 수면 여행

북미 합중국 뉴욕시 맨해튼 지구에 우뚝 솟은 그랜드 호텔.

항상 수천수만의 인구가 북적대는 거창한 이 건물도 오전 2시, 이 시각에는 옥상의 전기 광고판을 내놓고선 안팎이 모두 깊은 잠에 잠겨 밤하늘에 어슴푸레한 윤곽만 보였다.

60층 부근의 어느 창문 가에 한 남자의 모습이 나타났다. 누군지 대도시의 야경을 즐기려는 것 같았다. 눈 아래로는 한없이 뻗친 가로등의 숲. 그 숲 속 어디에선지 간간이 가냘픈 클랙슨 소리가 울려왔다. 얼핏 듣기엔 목동의 뿔나팔 소리 같기도 했다. 하늘에선 은하수가 조는 듯 흐르는 듯 깜박였다.

창가의 남자는 한동안 멍하니 밖을 내다보았다. 남자는 자연과 인공으로 이루어진 대도시의 야경에 황홀감을 느끼고 있는 것인가? 실은 지금 그의 심사는 몹시 울적하기만 했다. 남자는 시론 디크위크 박사로, 유엔 사무국 과학분과위원회의 책임 서기인 그는 황홀한 야경을 눈앞에 두고도 자신의 처량함을 이겨내지 못하는 모양이었다. 경치가 호사스러울수록 그는 더욱 비감에 얽매였다. 그렇다. 신비에 싸인 우주도, 인류 역사상 번영의 정상을 자랑한다는 이 대도시도 얼마 안 가서 마지막 날을 맞이할 테니까.

디크위크 박사는 가슴이 뭉클해져 방 안을 돌이켜 봤다. 사랑하는 가족, 아내와 어린아이들이 잠들어 있었다. 그들의 숨소리가 적막한 야경에 '피아니시모' 효과 역을 했다. 그 숨소리, 더욱이 지금 다섯 살과 세 살짜리 어린것들의 착하고 어질기만 한 숨소리를 들으며 그의 슬픔은 더욱 고조되었고, 자신도 모르게 두 줄기 눈물이 쭈르륵 뺨을 적셨다. 더운 액체를 느끼자 그는 제정신이 들었다.

"내가 너무 감상에 지나쳤나 보다." 디크위크 박사는 중얼거리며 손수건을 꺼내 볼을 닦았다. 그렇다. 지금 당장 이 지구가 타 없어진다는 것도 아닌데, 울기까지 할 거야 없지 않은가. 디크위크 박사는 창문 앞을 떠나 자기 잠자리로 돌아갔다.

다시 잠을 청해 보려 했으나 한 번 또렷해진 신경은 좀체 누그러지지 않았다. 디크위크 박사는 어제 자기가 치른 일에 대하여 반성해 봤다. 그 일은 과연 정당한 것이었을까? 그것은 실로 중대하고 뜻깊은 사무였다. 어제 낮에 최후 결재를 할 때까지 그는 몇 날을 두고 망설였는지 몰랐다. 그 결재 서류는 천 페이지가 넘는 방대한 것이었다. 이름하여 '미래로의 수면 여행에 관한 계획서.'

이 계획에는 전 세계의 지성인들이 참여하고 있었다. 그들은 이 계획에서 내일을 믿지 못하는 오늘의 삶에서 마지막 하소연을 부르짖었다. 구체적으로 설명하자면 현대를 상징하는 한 젊은이를 선출하여 특수 장치로 잠재워 놓은 후 몇십 년, 혹은 몇백 년, 몇천 년 후 미래에 가서 깨워 보자는 것이었다.

'도대체 왜 그런 일을 하려는 걸까?' 의심은 쉽게 풀 수 있었다. 아득히 먼 태고로부터 오늘에 이르도록 쌓아온 문명의 자취를 몽땅 불살라 버리기에는 너무나 허전한 현대인의 괴로움 때문이었다. 머지않아 전쟁이 일어날 것이다. 인류의 마지막을 고하게 될 무서운 참변이 우리를 기다리고 있다.

이미 1950년대에 세계자동차생산협회가 가장 훌륭하게 꾸민 자동차 석 대를 각각 파라핀 왁스에 밀봉하고 두께가 30센티미터나 되는 납판 상자에 넣어 세 군데 지점에 나누어 안치했다. 그 세 군데 지점은 태평양 복판 마리아나 해구의 깊은 바다, 히말라야 산중 지하 3백 미터의 바위 속, 그리고 북극 얼음 바다의 밑이었다. 이러한 일은 잇달아 각 방면에 펼쳐졌다. 할리우드의 영화인들은 〈현대의 생활 모습〉이라는 장편 기록 영화를 만들어 아무에게도 구경 안시킨 채 로키산 땅속 깊이 묻어 버렸다.

방직업자들은 최신의 방직 기계와 그 제품을 한 벌씩 추려 그들만이 아는 비밀 장소에 감춰 놓았다. 신문발행인협회에서는 큰 인쇄 공장을 몽땅 플라스틱 유리 상자에 밀봉하여 바닷속에 묻었다. 어느 기선 회사에서는 쾌속 요트 한 척을 밀랍으로 봉한 채 지중해 가장 깊은 핵심에 가라앉혀 놓았다.

이러한 예는 하도 많았다. 이러한 행동은 기계 공업 부문에서부터 시작되어 자연과학 전반에 걸쳐 퍼지더니 드디어는 사회과학 부문에까지 파급되어 갔다. 철학가와 경제학자들도 그들의 업적을 남겨 두고자 하였다. 그러나 사회학자들은 공업 기술자들과는 달라,

제각기 완고한 고집과 각자 색다른 주관으로 해서 하나의 공동 작품을 제작할 수가 없었다. 궁여지책에서 나온 것이 살아 있는 지성인을 먼 앞날에 파견하자는 거였다. 그들은 이 계획의 기술 검토를 의학계와 공업계에 의뢰하였다.

신중한 검토 끝에 담당 기사들은 실현 가능함을 통고하였다. 발육 과정에 있는 청년을 적당한 방법으로 마취시킨 다음 0도 내지 2도의 저온 장치가 된 기밀실에 넣어 두면 그 사람은 체력의 소모 없이 무한정한 수면 상태에 있게 되고, 필요한 시기에 기밀실에서 꺼내 놓으면 다시 정상적인 활동력을 되찾을 수 있다는 것이었다. 가능성이 제시되자 사회학자들은 실천에 열을 올렸다. 그러나 일이 워낙 거창하여 한두 학술단체 만으로선 힘겹다는 사실이 드러났다. 기밀실 제작에만 억대의 자금이 들고 이의 연간 유지비로 2천만 달러 이상이 필요하다는 계산 앞에 결국 전 세계의 철학가와 의사와 공업인이 힘을 합하기로 하고 끝내는 유엔의 개입을 요청하게끔 되었다.

'미래로의 수면 여행' 계획을 추진해 달라는 부탁을 받은 시론 디크위크 박사는 몹시 망설였다. 공연히 한 사람 또는 그 이상의 젊은 목숨을 상하게 하는 건 아닐까 하고. 위험한 사업이긴 하나 여기에 깃들인 뜻에 결국 그는 사로잡혔다. 디크위크 박사는 결정을 내렸다. '보내자. 저 세상에 오늘 우리의 한 사람을, 우리의 영광을. 우리의 비극을 앞날의 새 세상에 전할 길이 있다면 그렇게 해 보자.'

'미래로의 수면 여행' 계획은 시론 디크위크 박사의 손을 거쳐 유엔 총회에 상정되었다. 이것은 그저 절차에 지나지 않았으므로, 이내 승인 통과와 동시에 담당 실무자들에 의하여 실천에 옮겨졌다.

실천에 옮기긴 했으나 이 사업에는 여러 가지 어려운 고비가 가로 놓여 있었다.

우선 문제 되는 것이 현대를 대표하여 미래에 파견될 대상 인물의 선정이었다. 이 계획의 제안자인 사회학자 집단에선 그 인물은 현대를 대표하는 지성인이어야 한다고 주장하였다. 이에 덧붙여 생리학회는 그 사람은 건강체라야 한다고 조건을 내세웠다. 인간 표본인 이상 완전한 생리 조건을 구비해야 하겠고 또 장기간 기밀실에서 불로불사를 유지하려면 무엇보다 건강이 긴요했다. 지성인인 동시에 완전한 신체를 갖춘 사람, 말하자면 '완전인간'이어야 했다. 그리고 그는 이 계획을 이해하고 스스로 이 모험에 투신하는 독지가라야 했다.

'미래로의 수면 여행'에 나설 후보자 구하기 운동이 시작되었다. 이 일은 세계의사협회가 떠맡았다. 저널리즘에 의존 안 한 것은, 완전인간을 구하느니만큼 대중의 인기나 호기심에 맡길 것이 아니라 어디까지나 조용한 분위기에서 차근히 골라 보자는 의도에서였다. 세계의사협회에서는 예하 전 세계 의사들에게 통첩을 돌렸다. '당신의 눈으로 완전인간을 찾아냅시다. 그리고 권유합시다. 오늘의 인류를 대표해 달라.'

대개의 경우, 아니 거의 모든 의사는 이 통첩을 받고 고개를 좌우로 저었을 것이다.

"완전인간? 어디 그런 사람이 있으려고?"

보통 말하는 건강인이란 하도 많았다. 그러나 전문가가 말하는 완전 건강인이란 그리 쉽게 나타나는 존재가 아니었다. 피부에서 골격에 이르기까지 안팎 기관에 한군데 흠이 없는 인간이 되기란 생각보다도 훨씬 어려운 일이었다. 이러한 인간이 과연 존재할 수는 있을까? 과거 의학계의 기록에 의하면 완전인간을 다루어 본 의사조차 극히 드물었다.

이러한 사연은 '미래로의 수면 여행' 계획안의 집행 책임자 시론 디크워크 박사도 인식하고 있었을 것이다. 아마 디크워크 박사는 이러한 희박한 가능성을 예상하고 제안했을지도 모를 노릇이었다. 인류의 최후를 장식하기 위해서 실현됐으면 하나, 고귀한 인명을 잃지 않기 위해서는 차라리 실현 안 되기를 바랐을 거라고 추측할 수도 있었다. 디크워크 박사뿐 아니라 이 계획에 가담한 인사들의 심리도 거의 다 그럴지 몰랐다. 하여간 전 세계의 의사들은 가능성을 의심하면서도 혹시나 하는 기대를 걸고 완전인간 색출에 주의를 기울였다.

예상한 대로 이 사업은 진행이 지지부진했다. 아무 소득도 없는 채 여러 해가 흘러갔다. 원래 전문가들 사이에서만 논의되었고 또 조용한 분위기 속에서 추진하는 사업이라 겉으로는 모두 잊어버리고 있는 것 같았다. 그러나 유엔의 통첩을 받은 모든 의사의 어느 한 사람도 이 사업을 망각하지 않았다. 그들은 이 계획이 성립된 동기를 절실히 인식하고 있었다. 그리고 인류의 운명이 어찌 되어가고 있는지도 다들 알고 있었다. 약 백만 명에 달하는 전 세계 의사들이 꾸준히 살펴 왔다.

순건 공업 주식회사의 의무 실장으로 있는 김정원 박사는 종업원 진단 카드를 뒤적이다가 그중 한 장에 시선을 멈췄다. 이 회사에서는 지난주에 3천여 명 전체 종업원의 일제 건강 진단을 한 바 있었다. 3천 장이 넘는 카드를 정리하다가 의사는 약간 색다른 숫자를 발견했다. 신장 175센티미터, 흉곽 87센티, 체중 70킬로그램, 시력 좌우 각각 2.0, 기타 청각 기능, 치아, 호흡량, 손아귀 힘, 팔걸이 횟수 등등에 나타난 기록은 이 사람의 체격이 표준형이며 전체 조직이 우수하고 과거에도 아무런 질병이 없었음을 표시하고 있었다. 카드의 주인공은 '우선구, 남자, 27세.' 자재과 직원이었다.

김 박사는 카드를 빼냈다. 물론 그가 별 깊은 생각에서 그런 것은 아니었다. 뒷날 우선구라는 이 청년이 유엔이 전 세계에 걸쳐서 찾고 있는 완전인간이라는 것을 예상한 것은 아니었고, 더군다나 미래로의 수면 여행을 떠날 운명의 남자가 되리라는 짐작은 조금도 없었다. 그저 카드의 숫자가 하도 훌륭하고, 또 얼마 전에 직접 본인을 만난 인상에 끌리는 바가 있어 그래 본 것뿐이었다.

며칠 후 김 박사는 우선구에게 전화를 걸어 의무실로 찾아와 주기를 청했다. 의사 앞에 나타난 우선구는 자기의 건강 진단 결과가 하도 좋아서 다시 한 번 되풀이해 보자는 의사 요청에 별 이의 없이 동의하였다.

전번의 집단검사 때와는 전혀 다른 무척 면밀하고 까다로운 진단이었다. 혈액이며 각종 분비물의 검진, 혈압, 맥박의 측정은 그렇거니 했으나 신체 각부의 뢴트겐 촬영까지 하자는 데는 약간 번거로움을 느꼈는지, 우선구는 농담조로 "이거 미스터 유니버스 대회에라도 보내시렵니까?" 했다. 의사는 그저 한번 조사해 보는 것뿐이라고 대꾸하였다.

사나흘 후 뢴트겐 촬영을 포함한 모든 결과에 이상이 없다는 걸 확인하자, 김 박사는 우선구에게 국립중앙병원에 열흘간 입원해 달라고 부탁하였다. 더 정확하고 본격적인 진단을 해 보자는 것이었다.

"그럴 필요는 없지 않아요?" 우선구는 단번에 거절하였다. 멀쩡한 사람더러 열흘이나 입원하라니 우스운 이야기가 아니냐는 것이었다. 그러나 의무 실장은 단념하지 않았다. 그는 인사과장한테서 들은 이야기가 있어 더욱 끌리는 것이 있었다.

"그 사람 참 기이한 인물입니다. 한마디로 말해서 수재죠. 굉장한 수재입니다. 대학 시절에 고등 고시에 패스했으니까요. 그것도 문과에 있으면서 행정·사법 두 가지 다 치러 냈지 뭡니까. 그러면서도 자기 취미를 살리고 있어요. 문단에도 이름이 있습니다. 스포츠도 상당해요. 우리 회사 대표 선수예요. 연식 정구죠. 성품도 듬직합니다. 지난번 중역 회의 때 서무과 정리계장으로 발탁했었는데 본인이 사양하고 그냥 자재과 평직원으로 있겠다지 않아요. 지금 그 사람은 우리 공장에서 사용하고 있는 제철 원료에 관한 연구에 열을 올리고 있어요. 자재과장 말인즉 상당한 수준이래요. 아마 그 친구는 가만히 있다간 뇌가 폭발할 우려가 있나 보죠. 하하하."

의사는 사장한테 가서 협조를 청하기로 마음먹었다.

며칠 후 순건 공업 주식회사 사장 권 씨는 자재과 직원 우선구를 사장실로 불렀다. 사장은 딱딱한 자세로 분부를 기다리는 청년에게 담배도 내주며 편히 하라고 권하였다. 상대가 담배를 못 피운다고 사양하자 사장은 청년의 손끝을 살폈다. 노란 담뱃진이 배이지 않았음을 확인한 그는 덧붙여 물었다. "술은?"

"아직 못합니다."

"그래선 못 쓰지. 남자란 술, 담배를 즐길 줄 알아야 하느니, 허허허." 사장은 껄껄 웃으며 말했다. "자넬 부른 건 딴 일이 아닐세. 의무실 김 박사가 그러는데 자네는 생리학상으로 봐서 표본이 될 만한 건강체라고 하더군. 그런 사람을 완전인간이라고 한다지."

"아직 모릅니다. 정식 진단을 받기 전에는…."

"한번 받아 보지그래. 한 열흘 걸린다면서?"

"네."

"완전인간이 되면 유엔에서 과학 실험재로 쓸지 모른다고도 하던데 그 말 들었나?"

"네, 그런 얘길 들었습니다."

"내가 듣기에는 좀 허황된 얘기 같아. 자넨 흥미가 있나?"

"깊이 생각해 보지 않았습니다. 완전인간이 된 것도 아니니까요."

"정식 건강 진단을 거부했나?"

"아닙니다. 고려 중입니다."

"유엔 계획 때문에?"

"네."

"나는 인간 실험은 반대하네. 그건 쓸데없는 짓이야. 건강 진단에 합격하더라도 거부해 버리게."

"음…."

"그건 그렇고, 건강 진단을 받아 보는 게 어떤가. 완전인간 되기가 하늘의 별 따기보다 더 어렵다고 하니."

"완전인간에는 별 흥미가 없습니다."

"호, 큰 명예라고 하던데. 그렇지도 않은가?"

"경우에 따라 그렇다고도 할 수 있을 겁니다. 그러나 그건 우연에 지나지 않는 겁니다."

"우연?"

"장기 두는 것보다도 싱거운 일이라고 저는 생각합니다." 청년은 공손하면서도 의사 표시에는 거침이 없었다.

"몇십만, 몇백만에 한 사람 있을까 말까 하다던데…." 권 사장은 아쉬운 표정이었다.

"사실 저는 처음 김 박사의 입원 권고를 귀찮게 여겨 거절했습니다만, 유엔의 계획을 듣고 나선 다시 생각하는 중입니다."

"호, 그건 나와는 의견이 다르군. 그 사람들은 할 일이 없으니깐 공연한 계획을 꾸미고, 돈을 없애고 하는 거야. 틀림없어."

"글쎄요…."

"자네 나이는?"

"스물일곱입니다."

"미혼이라고?"

"네."

"적당한 나이군. 어디 정한 곳이라도 있나?"

"없습니다."

"결혼해야지. 양친은?"

"편모슬하입니다."

"더욱이 서둘러야겠군. 불효하면 못 써."

"네…."

"나는 오래전부터 자네를 주목하고 있었네. 자네 장래를 믿고 있어. 더욱 노력해서 대성하도록 하게."

"감사합니다."

"건강 진단을 받고 안 받는 것은 물론 자네의 자유일세. 입원하겠거든 회사 결근은 걱정할 것 없네. 나는 자네를 2급 직원으로 임명하겠네. 과장 대우일세. 시간이나 비용에 구애 없이 연구에 종사할 수 있을 거야."

"고맙습니다만, 저는 지금 처지로 만족하고 있습니다."

"사양할 건 없어. 허허허. 좋아, 가서 일 보게. 혹 어려운 일이 생기거든 언제나 나를 찾게."

"감사합니다." 선구는 허리를 굽혀 감사를 표하고 물러났다.

"우 군." 사장은 선구를 다시 불러서 다짐했다.

"자네, 유엔 계획인지 뭔지 하는 건 염두에 두지 말게. 알겠나!"

"네."

"그리고 술, 담배를 배우게. 물론 명령은 아냐. 허허허." 사장은 다정하게 젊은이의 등을 두드렸다.

며칠 후 우선구는 의무실로 김 박사를 찾아가 국립중앙병원 입원수속을 부탁하였다.

입원 진단은 세밀하고 철저하였다. 각기 전문 과목을 담당하는 열두 명의 의사들이 마치 무에서 유를 캐내려는 듯 우선구의 전신을 샅샅이 뒤졌다. 그 태도는 혹시 이 사람이 완전인간이 되기나 하면 어쩌나 하고 눈을 까뒤집고 덤비는 것 같기도 했다. 예정했던 열흘에 닷새를 더하여 보름이나 걸쳐 그들은 십여 회의 뢴트겐 촬영을 하고 거의 백 가지의 각종 반응 시험을 하였다. 기진맥진할 정도로 굶기기도 했다가 배가 터져라 마구 먹이기도 하였다. 마취제를 사용하여 잠만 재우는가 하면 통 속에 넣고 빙빙 돌려 눈을 못 붙이게도 하였다.

우선구가 운동선수로서 단련한 육체와 남 못지않은 인내력을 갖기는 했으나 반응 시험의 몇 군데에 걸려선 녹초가 되기도 하였다. 그러나 아주 견디지 못할 지경은 아니었다. 끝으로 의사들은 멘탈 테스트까지 시행하였다.

드디어, 결론이 내려졌다. 모든 과목에 있어 정상적이며 우수함이 판정되었다. 여태 냉혹한 비판자였던 여러 의사들은 진정 기쁨에 넘쳐 세계의사협회 본부로 보내는 보고서 작성에 착수하였다. 국립중앙병원 책임자는 우선구에게 병원 안의 한 곳을 치워 줄 터이니 계속 이곳에 머물러 있기를 간청했다. 지금의 건강체를 그대로 유지하는 데 만전을 다하겠다는 것이었다. 우선구는 호의를 사양하였다. 여태 특별한 관심 없이도 이룩된 몸이기에 그냥 그대로 지내고 싶다고 하였다.

뮌헨에 있는 세계의사협회 본부에서는 국립중앙병원의 보고서를 접수하자 이사회를 열고 국제적 권위자 세 명을 선출하여 서울에 파견하기로 하였다. 이때쯤서부터 국제 저널리즘이 촉각을 돋우기 시작하였다. '완전인간', '미래로의 수면 여행', '5백 년 후, 1천 년 후의 세계' 등등 새로운 제목이 연일 화제의 톱을 장식하였다.

한편 세계의 모든 사람은 새삼 인간이란 거의 대부분 기형이라는 걸 인식하게 되었다. 백만 인에 한 사람, 아니 천만 인 또는 1억, 10억 인에 한 사람이 될지도 모르는 완전인간의 후보자로 우선구의 이름이 전 세계에 알려졌다. 그 사람이 과연 완전인간일지, 유엔이 그 사람에게 '미래로의 수면 여행'을 부탁할지, 그가 그 부탁을 수락할지, 아직 그것은 미지수인데도 저널리즘은 제멋대로의 궁금증 풀이를 했다.

세계의 주목이 쏠리는 가운데 뮌헨에서 전문가 일행이 서울에 도착하였다. 일행은 국립중앙병원에 출장하여 우선구의 건강 진단을 맡았던 여러 의사와 만나고 진단에 사용된 장소며 기구 등을 세밀히 검토하였다. 그리고 본인 우선구를 청하여 일련의 확인 검사를 치렀다. 그런 다음 그들은 본부에 전보를 띄웠다.

"완전인간 확인."

2
비커츠섬

　남태평양의 한 곳, 뉴질랜드의 동쪽 1천3백 킬로미터가량 떨어진 광막한 해양 한 곳에 '비커츠'라는 이름의 자그마한 섬이 있다. 반짝이는 은모래가 해안선을 이루고 대부분 울창한 밀림으로 뒤덮인 이 섬은 2차 대전 이후 부근의 다른 여러 조무래기 섬들과 함께 유엔 통치 지역으로 편입된 곳이었다. 비록 유엔 통치 지역이라고는 하지만 이곳 여러 섬은 태곳적부터 무인도였다. 숲에는 갈매기와 바다황새, 모래밭에는 거북이들이 제각기 이곳의 주인인 체 뽐내고 있을 뿐이었다.

　인간 사회로부터 멀리 외떨어졌던 비커츠섬에 최근 수년간 큰 공사가 벌어졌다. 유엔이 소리소문없이 마련한 '미래로의 수면 여행' 계획의 보금자리가 바로 여기였다.

　거창한 공사 끝에 시설이 완성되었다. 해변에는 제법 큰 기선이 몸을 댈 수 있는 부두가 마련되었고 모래밭에는 활주로가 다져졌다. 언덕 양지받이에는 아담한 별장풍의 주택 열다섯 채가 오뚝오뚝 들어섰다. 이 근방을 오가는 사람이 있다면 무인도 비커츠섬의 이러한 변모에 크게 놀랐을 것이다.

그러나 이 섬의 실제 변화는 눈에 띄는 이 정도가 아니었다. 섬 한복판 산허리 깊숙이 큰 동굴이 뚫리고 그 속에는 기밀실이 꾸며졌다. 이 기밀실이 바로 미래로 가는 완전인간의 안식처였다. 바닷가 별장풍의 집들은 기밀실을 유지해 나갈 직원들의 사택일 뿐이었다. 기밀실은 어느 때, 어떤 경우에 있어서도 안전을 보존할 수 있도록 만전을 다하여 세워졌다.

완전인간이 실로 예측할 수 없이 오래도록 긴 세월에 걸쳐 편안히 누워 있을 침대와, 그에게 보급할 영양원과 보급 수단, 각종 위생 시설과 안전장치가 마련되었다. 이런 시설들은 모두 자동 조절기에 의하여 움직였다. 조절기의 기능 조작 장치까지도 완전히 기계화되어 있었다. 이름하여, 완벽한 오토메이션 시스템.

모든 오토메이션의 동력원 역시 완전한 계획하에 마련되었다. 이 섬에는 기밀실 외에 또 하나의 지하 동굴이 있어 그 속에 1천 킬로와트 출력의 원자로가 장치되었고, 이와 별도로 산 중턱에 걸친 자그마한 폭포를 이용한 수력 발전소 시설도 있었다.

오토메이션 시설은 섬의 방위 면에서도 철저히 시행되었다. 만약의 경우 어떤 표류민이나 해적의 무리가 넘보지 못하도록 예방 조처를 했다. 섬의 둘레 해안선 바닥에는 때에 따라 고압 전류를 방전할 동판선이 깔려서 섬의 주민은 필요한 경우 단추만 누르면 여하한 침입자도 격퇴할 수가 있었다. 이 전류 방위선은 비커츠섬 방위 태세의 제1단계에 지나지 않았다. 섬에는 두 대의 고성능 전파 탐지기와 도합 16문의 대공 대지를 겸한 자동화기도 있었고, 이것들은 은폐물로 잘 보호되었다.

이런 것들은 말하자면 소규모의 침입자에 대비한 방위 수단이고, 더욱 강력하고 규모 큰 적을 처리할 특수 무기도 마련되었는데, 그중 몇 가지를 추려 보면 안개 분출기, 알파 광선 투사기, 원색 조명탄 투척기 등이었다. 이들 무기의 성능은 일반에게 잘 알려져 있진 않으나 비상한 위력을 간직하고 있을 건 그 명칭으로도 넉넉히 짐작할 수 있었다.

이러한 모든 시설을 관리 운영하는 데에는 많은 인원이 필요치 않았다. 고작 두서너 사람, 많아야 오륙 명이면 족했다. 그런데도 유엔은 15명의 직원과 이에 따르는 50여 명의 가족을 이 섬에 이주시켰다. 이곳에 독립된 하나의 생활 집단을 이룩하여 기밀실 유지에 영구적 안전성을 갖추기 위함이었다. 15세대로 된 이들 집단 부락은 경우에 따라 어느 기간 또는 영구히 세계의 다른 지역과 격리되더라도 생활에 지장이 없도록 짜였다.

그들은 농업에서 공업, 그리고 학술에서 오락에 이르는 갖가지 형태의 생활 요소를 생산해 냈다. 이들 주민의 구성 내용과 그 과정도 약간 색다른 바 있었다. 이들은 수년간에 걸쳐 소문 없이 세계 각지로부터 모여들었다. 유엔 사무국에 근무하는 직원 중에서 희망자를 모집했다. 그것도 한 민족에 한 세대로 규정하여 결국 15종류의 인종이 모여서 비커츠섬의 인구를 이룩한 셈이었다. 섬의 주민들은 언제든 섬을 하직하여 도로 바깥 세계에 나가 살려면 살 수 있는 자유를 소유하고 있긴 하지만, 그들이 이 섬에 들어올 때는 본래의 국적을 벗어 놓고 와야 했다. 비커츠섬의 주민은 국가나 민족 관념을 초월한 명실상부한 참된 유엔 가족이 되어야 한다는 것이었다. 이렇게 만반의 준비를 갖추고 있음에도 불구하고, 비커츠섬은 알맹이 없는 빈집 같은 상태로 놓여 있었다. 기밀실에 들어갈 완전인간이 아직 안 나타났기 때문이다.

이러한 내용을 담은 비커츠섬 이야기가 저널리즘의 전파를 타고 세상에 전해지자 각처에서 수많은 완전인간 지원자가 쏟아져 나왔다. 비커츠섬의 지하 요새에서 불로불사를 누리다가 먼 미래 나라에 가서 다시 살아 보자는 꿈을 꾸는 사람들이었다. 그러나 이 사람들은 비커츠섬으로 가는 제1관문인 완전인간의 까다로운 규약 앞에 예외 없이 실망을 맛보지 않으면 안 되었다.

유엔의 시론 디크워크 박사는 서울의 우선구에게 정중한 인사장을 보냈다. 세계의사협회로부터 완전인간의 칭호를 받은 데 대한 축하와 격려의 인사였다. 인사장에서 디크워크 박사는 유엔의 이름으로 우선구를 세계 일주 여행에 초청하였다. 젊은 지성인으로서 더한층 견문과 지식을 높여 달라는 취지였다. 그리고 여행 도중 유엔 본부를 방문해 달라는 부탁도 곁들였다.

유엔을 방문해 달라는 데는 의미심장한 바가 있다고 저널리즘은 보도하였다. 유엔의 당국자들은 분명 우선구에게 비커츠섬으로 가 달라고 부탁할 것이 틀림없을 것이다. 이럴 경우 완전인간 우선구는 과연 어떻게 나올 것인가 하고 흥미의 초점을 이 문제에 집중시켰다. 우선구는 세계적 화제의 주인공이 되었다. 뉴스맨들이 달려들고, 가깝고 멀고, 알고 모르는 많은 사람으로부터 서신과 방문을 받았다. 마치 인기 스타의 경우처럼 번거로웠다.

하지만 우선구는 냉정함을 잃지 않고 되도록 평상시와 다름없이 행동하였다. 회사도 물론 변함없이 출근하였다. 그는 근자 새로운 합금으로 된 바비트 메달에 관한 연구를 계속하는 중이었다. 이 연구는 앞으로 몇 개월 더 걸릴 것 같았기에 이 뜻으로 디크위크 박사에게 세계 일주 여행에 떠날 수 없음을 전했다.

디크위크 박사는 우선구에게 여행은 언제나 본인이 선택하는 시기에 해도 무방하다는 회답을 보냈다. 우선구는 담담한 태도로 자기 할 일에만 정력을 기울였다. 본인의 이러한 태도와 달리 그의 주위 사람들은 그렇지 못하였다. 직장의 동료들로부터 집안 식구에 이르기까지 정도의 차이는 있으나 모두가 긴장과 초조함을 느꼈다.

그중에서도 가장 애태우는 사람은 물론 어머니 배소사일 것이다. 배소사는 어머니만이 간직하는 영감이 있어, 아들이 완전인간의 칭호를 들은 후부터 줄곧 불안감에 휩쓸려 지냈다. 암만해도 아들이 유엔이 꾸미는 꿍수에 속는 것만 같았다.

"선구야, 누가 뭐라 하더라도 행여 그 비커츠섬인지 하는 데 가겠다는 말은 마라. 어디 당치도 않은 얘기다."

"염려 마세요, 어머니."

선구의 대답은 항상 이랬으나 불안을 느낀 어머니는 궁리한 끝에 아들의 직장인 순건 공업의 자재과장을 찾아갔다.

"제발 내 아들의 마음을 가라앉게 해 주세요. 그 애는 마음이 모질지 못해 여러 사람이 청하는 거라면 거절을 못 합니다. 잘 아시다시피 우리 애는 마음씨가 너무 얌전해요. 술도 담배도 못하지 뭡니까. 여자들하고 사귈 줄도 모르잖아요. 빨리 짝을 지어 줘야겠어요. 결혼을 하면 한결 생각하는 게 달라질 겁니다. 그래서 과장님께 청을 드리러 왔어요. 회사에는 처녀들도 많을 텐데 중매 좀 드세요. 원래 입이 무거운 사람이라 말도 잘 않고 해서 어미로서도 어찌해야 할지 모르겠군요."

배소사의 호소를 들은 자재과장 허 씨는 즉석에서 힘써 볼 것을 약속하였다. 그는 중역과도 상의한 끝에 여사무원 중에서 적당한 후보자를 골라 우선구의 곁에 배치하기로 하였다.

서무과에 장숙원이라는 여직원이 선발되어 자재과 연구실로 전출되었다.

장숙원은 올해 스물둘, 용모도 아름답고 입사한 지 3년이 되는 동안 아무런 탈이 없는 조신한 여자였다. 허 과장은 본인들에게는 아주 시치미를 뗐다. 젊은 사람들이라 함께 두면 자연 친해질 거고, 그렇게 되면 배소사의 소원도 이룩되리라고 봤다.

그러나 두서너 달을 두고 본 결과 허 과장은 실망을 했다. 남자는 기교가 없다고 할까, 이성에 대한 감정이 무디다고나 할까, 아무튼 적극성이 없었다. 한편 여자 역시 얌전한 대로 그치니 로맨스는 잉태될 것 같지도 않았다.

'아무튼 세상에 완전이란 없는 거야. 뭐가 빠져도 빠지는 게 있게 마련이지.' 허 과장은 혼자 생각하였다.

그럭저럭 반년이 지나는 동안에 우선구의 바비트 연구도 일단락을 고하게 되었다. 그는 조용히 어머니께 세계 일주 여행을 하고 싶다고 청했다. 가슴에 서먹함을 느낀 배소사는 교환 조건으로 선구의 결혼을 독촉하였다. 모자간에 타협이 성립되었다. 여행에 오르기 전에 약혼을 하기로 하였다. 선구는 상대자로 장숙원을 지정하였다. 일은 급속히 서둘러져 간결하나 엄숙한 약혼식이 거행되었고, 식후 우선구는 약혼녀의 전송을 받으며 세계 일주 여행의 길에 올랐다.

세계 일주 여행 도중 유엔 본부를 방문한 우선구에게 디크위크 박사는 유엔 기구며 사무국의 활동 상황 등을 두루 관람시켰다. 누구든 유엔 본부에 발을 들여놓는 사람은 과연 이곳이 세계의 정부로구나 하고 감탄할 만했다. 웅대한 건물, 광범하고도 세밀한 사무국의 조직, 전 세계에 뻗친 대규모의 사업, 각국에서 모여든 인재들까지. 과연 세계의 공회당이며, 인류 희망의 상징이라 일컬어 어색함이 없었다. 유엔은 창설 이래 많은 일을 했고, 현재도 큰 역사를 치르고 있었다. 그 업적은 간단히 설명할 수 없을 정도였다.

이러했지만 유엔이 당면하고 있는 애로 역시 만만치 않음을 부인할 수 없었다. 유엔을 구성하고 있는 회원국들은 서로가 너무나 이질적이며 그들은 항상 시기와 의혹에 가득 차 있었다. 이네들은 언제고 간에 유엔의 존립을 무너뜨릴 요소를 다분히 간직하고 있었다. 이런 문제점은 우선구가 두루 살펴보는 유엔의 여러 자랑거리 속에서도 여실히 나타났다.

"때로 우리는 우리의 노력이나 장래를 의심 안 할 수 없소. 이 사회는 과연 어찌 될는지? 우리는 그 장래를 지켜보고 싶소. 그러나 그것은 거의 불가능한 일이겠지." 두 사람이 어느 아담한 홀에 들어설 때, 디크위크 박사는 이런 말을 했다. 박사의 표정은 심각했다.

디크위크 박사가 손을 흔드니 맞은편 벽에 영화가 나타났다. 제목은 〈비커츠섬〉. 영화는 비커츠섬 일대의 황홀한 남태평양 풍경을 서두로, 섬 주민들의 모습, 기밀실의 내부 등을 소개했다. 화면이 진행됨에 따라 어찌하여 미래로 가는 여행자가 생명의 소모 없이 수면을 계속할 수 있나 하는 의문을 풀어 주었다.

문제의 열쇠는 기밀실에 있었다. 기밀실은 섬 중심부 지하 동굴 속에 마련되어 모양은 커다란 공같이 생겼고, 그 지름은 8미터 정도였다. 기밀실 한가운데 놓여 있는 얼핏 보아 경기용 자동차같이 생긴 것이 여행자의 침대로 쓸 캡슐. 이 침대는 1개월 1회의 속도로 자전하며 6개월을 주기로 지름 6미터의 원형 궤도를 따라 360도의 회전 운동을 하게 되어 있었다. 이것은 여행자의 안면(安眠)을 도모하고 근육의 피로를 덜어주기 위함이라 했다.

스크린에서는 지금 모의 여행자가 미래로 떠나는 과정을 해설자의 설명과 더불어 실연해 보여 주었다. 먼저 여행자는 기밀실에 들어가기 전에 장기 여행에 견딜 수 있는 생리적, 심리적 조건을 갖추기 위하여 2개월 동안 기밀실 옆에 마련되어 있는 준비실에서 보내야 했다.

이 동안에 여행자의 영양 섭취 방식을 전환하기도 했다. 재래의 고형체 섭식 방법을 지양하고 유동식으로 바꾸는 것이었다. 유동식도 농후질에서 점차 더 가벼운 액체로 거듭 전환했다. 여행자에 대한 영양 보급은 더욱 간편한 혈관 주사 방식도 있긴 하나, 이것에만 의존하면 소화 기관의 장기간 활동 정지로 기능이 마비되거나 심지어 유착돼 버릴 우려도 있었다. 이러한 위험을 예방하기 위하여 일종의 의이법(擬餌法)을 사용했다. 고체 공기에 여러 가지 필요한 영양을 가미하여 만든 정제가 여행자의 주식이 되었다.

급식은 물론 기계화되어 있었다. 급식기는 먼저 여행자의 후각 신경을 자극하여 타액의 분비를 촉구한 다음 압축 공기 튜브를 통하여 일정한 분량의 정제를 여행자의 입안에 밀어 넣었다. 정제는 인후를 넘어 각 기관을 거쳐 직장에 이르는 도중에 서서히 기화했다. 이 사이에 영양분은 흡수되고 배설물은 공기로 되어 체외로 방출되었다.

기밀실의 항온은 섭씨 2도, 여행자의 체온은 1도로 조절되었다. 이런 저온을 택하는 까닭은 기밀실 내부의 위생 환경의 유지에도 이유가 있으나, 더욱 큰 까닭은 여행자의 기분을 지극히 부드럽고 상쾌하게 해 주기 위함이었다. 이것은 실험 의학이 도달한 이론으로서 인간이나 기타 동물은 거의 다 자신이 지탱할 수 있는 최저 체온으로 잠들 때 가장 즐거운 꿈을 꾸며 행복감에 도취된다는 것이었다. 영사막에 나타난 '모델' 여행자의 잠자는 얼굴에도 이러한 표정이 나타나 있었다. 여행자의 잠옷도 특수 제품이었다. 오랫동안 입고 있어도 피곤을 느끼지 않도록 온몸에 꼭 들어맞게 만들어, 보기에는 운동복 셔츠 같았으나 몸에 달라붙는 건 아니고 촉감은 폭신하고 통풍 성능도 만점이었다.

잠자고 있는 여행자의 머리통과 손, 발에는 이상하게 생긴 기계들이 매달려 있었다. 머리에 씌워진 것은 흡사 미장원의 헤어드라이어 같기도 했다. 이 기계들은 겉모양 그대로 미용 기구였다. 여행자가 잠자는 동안에도 쉬지 않고 자라날 머리털과 손톱, 발톱을 깎아 주는 구실을 했다. 어떠한 환경에서도 성장을 그칠 줄 모르는 것이 머리털과 손톱, 발톱의 성장 세포이니, 장구한 기간에 이들 세포 조직이 얼마나 자라날지 예측하기 어려웠다. 5년, 10년, 몇십 년 또는 몇백 년이 될지 모르는 장기간이니 마냥 방치할 수는 없었다. 미용기는 이런 성장 조직체에 끊임없는 마찰 작용을 하여 마모율과 성장률을 상쇄시키는 것이었다. 이 마찰 운동은 또한 여행자의 건강 유지에도 귀중한 효과 작용을 하게 되어 있었다.

미용 시설은 또 하나 있었다. 이것은 눈에 보이진 않으나 침대 캡슐 속에서는 항상 청정 기류가 돌고 있어 여행자의 얼굴이며 전체 피부 면을 깨끗하게 하여 주었다. 하여간 여행자가 언제 잠을 깨도 현대의 고급 호텔 침대에서 눈 뜨는 기분을 보장하자는 것이었다. 이 밖에도 여행자가 잠에서 깰 때를 대비한 장치는 빠짐이 없었다. 이 모든 장치들은 언제고 간에 비커츠섬의 주민이 필요하다고 볼 때 오토메이션의 단추를 한 번 누르기만 해도 되고 또는 수동식으로 처리할 수도 있게 되어 있었다.

지금 영화 장면은 섬의 관리자가 오토메이션의 버튼을 누름으로써 여행자가 기나긴 수면에서 깨어나는 걸 보여 주고 있었다. 혈관에 연결된 영양 보급 파이프를 통하여 가벼운 흥분제와 차츰 높은 칼로리의 영양이 주입되었다. 기밀실의 온도도 섭씨 25도로 높여지고 본인의 체온도 점차 본래의 체온으로 환원되었다. 물론 침대 캡슐의 회전 운동은 정지해서 제자리에 머무르게 됐다. 뚜껑도 열리어 자유롭게 방바닥에 내려올 수 있었다. 적당한 위치에 실내화가 놓였고 눈앞 진열장에는 각종 소용품이 질서 있게 비치되었다. 더욱 용의주도한 것은 기밀실과 부속 준비실에는 30여 민족어로 꾸며진 기밀실 안내서가 마련되어 있는 것이었다. 이런 안내서를 비치해 놓은 것은 만일을 위한 조심 때문이었다. 만일 비커츠섬 주민 외의 딴 사람 손으로 기밀실이 개방되는 경우에 대비한 조치였다.

만일의 경우라고는 했으나 그럴 경우는 사실 상상할 수도 없었다. 비커츠섬을 다스리는 15세대의 주민과 그 후손들은 이 섬을 영원히 지킬 것이며, 이 섬의 방위력은 능히 어떤 집단 세력의 침공도 간단히 물리칠 수가 있었다. 유엔은 언제나 새로 발전된 최신 무기를 우선적으로 이 섬에 비치할 방침이었다.

영화의 카메라 앵글은 기밀실을 벗어나 다시 비커츠섬의 평화스러운 모습을 더듬었다. 주민들은 현세의 천당이자 극락인 이곳에서 삶을 즐기며, 기밀실의 주인공이 나타나길 기다리고 있었다. "어서 오라, 완전인간이여! 현대의 대표자여!" 주민들이 입을 모아 외치는 장면으로 영화는 끝을 맺었다.

"우리가 이렇게 준비를 하기는 했으나 과연 이 사업이 옳은 일인지 자신할 수는 없소. 오늘의 가장 유능한 일꾼 한 사람을 미래 세계에 빼앗기니 말이오." 디크위크 박사는 조심스럽게 말을 꺼내며 우선구를 바라보았다.

우선구 역시 조심스레 대답하였다. "사실 제가 이곳에 온 이유는 오직 비커츠섬에 가고자 하는 것뿐입니다. 물론 저에게 그럴 자격이 있어야겠습니다만."

두 남자는 서로 굳게 손을 잡았다. 디크위크 박사의 눈에는 만족과 슬픔이 뒤섞인 이슬이 맺혔다.

완전인간 우선구의 '미래로의 수면 여행' 환송의 잔치는 이 세상에서 가장 호사스러운 것이라 할 만했다. 20여 개국의 함정으로 편성된 연합 함대가 비커츠섬으로 가는 우선구를 호위하였다. 세계 각국 원수가 축하의 꽃다발을 선사했고, 여러 민족 중에서 뽑힌 청년 대표들이 비커츠섬에 모여 그와 석별의 정을 나누었다.

전 세계 주민은 영원히 사라질 오늘을 아끼듯 그를 아끼고, 어느 시기에 가서 다시 깨어날 그의 앞날을 자기 자신의 장래처럼 축복하고 기구(祈求)하였다. 이렇듯 많은 사람의 환호와, 이렇듯 애절한 정성을 받은 나그네가 과거 어느 역사에 있었을 거냐. 우선구가 유엔 본부에서 디크워크 박사에게 비커츠섬으로 가기를 희망한 때로부터 오늘까지에는 10개월이 걸렸다.

그동안 우선구는 여러 가지 일을 치러야 했다. 두 차례에 걸쳐 유엔이 정식으로 다시 시행한 완전인간 자격 검사에 통과하는 과정은, 충분한 모든 조건을 구비하고 있는 그로서는 조금도 어려운 일이 아니었으나 가장 힘들고 고통스러운 고비는 어머니 배소사의 동의를 얻는 일이었다.

어머니는 거의 필사적으로 아들과의 생이별을 반대하였다. 뻔히 바라보면서 비커츠섬이라는 무덤으로 내 아들을 들여보낼 수는 없다고 몸부림쳤다. 아들을 달래기도 하고 준엄하게 꾸짖어 보기도 하였다. 그러면 그때마다 아들은 공손하게 승복했다. 그러나 이런 것은 임시변통이고 아들과 유엔은 뒤로 슬슬 애당초의 계획을 추진시키고 있는 것을 어머니는 알 수 있었다.

어머니는 최후의 수단으로 장숙원에게 의지하였다. 힘을 합쳐 선구의 마음을 돌이켜 보자는 것이었다. 어머니의 오산이 여기에 있었다. 의외로 숙원은 선구의 편을 들어 아들을 단념하라고 어머니에게 권했다.

"여태껏 아무도 누려 보지 못한 최고의 영예를 그이로 하여금 갖도록 해 주세요. 누구나 마음속으로만 그려 본 모험의 꿈나라로 그이를 보내 주세요. 온 세상 사람이 바라고 그이도 바라는 길에 아무거리낌 없이 오르도록 밀어주세요. 이것이 그이의 참된 행복이며, 모습이라면 어머니나 저의 슬픔은 참아야 하지 않겠어요?"

선구와 숙원 두 사람이 어느새 이렇게 호흡이 맞게 되었는지 어머니는 어리둥절하였다.

지나간 1년 동안 선구와 숙원은 서로 어울려 지낼 사이가 별로 없었다. 약혼식 직후 남자는 세계 일주 여행을 떠나고 여행 도중에서 기습적인 비커츠섬 지원 성명을 하고, 돌아온 후에도 그전과 아무 다름없이 직장 생활을 계속하여 주위 사람들이 정식 결혼을 재촉해도 좀 보류하는 게 좋겠다고 하는 소극적 태도뿐 겉보기에는 싱거울 정도로 담담한 사이였지 않았나.

겉보기만 그런 게 아니라 실상 두 사람 사이는 담백한 그것뿐이었다. 지나친 접촉을 쌍방이 다 조심해 왔다. 그러나 본시 내향적 성격인 이 두 사람은 담담한 분위기 속에서도 충분히 청춘의 정열을 연소시킬 수 있었다. 서로 아끼고 사랑하는 남녀 사이의 여느 경우와 마찬가지로 그들은 정열에 가득 차 있었던 것이다.

애당초 자재과장 허 씨가 두 사람을 연결시켜 놓고 반년간이나 살펴봐도 그 반응이 신통치 않음에 실망했지만, 그것은 그의 관찰의 실수였음이 그 후에 드러났다. 젊은 청춘남녀 두 사람이 한 장소에 그것도 단둘이서만 가깝게 지내면서 정을 교환하지 않는다는 건 있을 수 없는 일이겠지. 다만 사람에 따라 표현하는 방식이 다를 뿐이었다.

더군다나 선구와 숙원은 다 같이 이성을 겪어 본 경험이 없는 순진한 사람들이었다. 두 사람이 맨 처음 연구실에서 함께 일하기 시작한 그 무렵부터 서로 바라다보는 눈동자와 눈동자에는 참과 열이 담뿍 실려 있었다.

감광지에 광선이 닿자 물상이 찍히듯 두 젊은 가슴에는 다시는 가셔질 수 없는 소중한 첫인상이 찍혔다. 더 이상 믿음과 바람을 속삭일 필요는 없었다. 그들은 짤막짤막한 사이에 장래의 계획을 의논했다.

선구는 자기가 정말 완전인간이고 유엔이 청한다면 자기 외의 다른 아무도 할 수 없다는 그 사업을 해치우고 싶다고 말하였다. 숙원은 신중한 고려 끝에 그 일은 보람 있는 일이라고 찬성하였다. 참된 이치와 굳센 젊음 앞에 더 이상의 설명이나 주저, 의혹은 있을 수 없었다. 배소사는 어찌할 도리가 없어졌다. 그래도 어머니는 하나의 조건을 내세웠다.

비커츠섬 기밀실의 수면 장치가 과연 아들에게 쾌락을 주는 건가, 혹시 고통스러운 거는 아닌가 하는 것을 자기 몸소 체험해본 후 동의하겠다는 것이었다.

관계자들은 협의 끝에 이 어머니가 제시한 조건을 받아들였다. 수면 여행의 실험은 그리 어려운 일이 아니었다. 구태여 비커츠섬 현장에까지 가지 않더라도 아무 곳에서나 해 볼 수 있었다. 장소를 서울의 국립중앙병원으로 잡은 이 실험에는 배소사와 함께 숙원도 스스로 지원하고 나섰다.

모의실험이기에 비커츠섬에서는 두 달이 걸리는 준비 기간을 단 사흘간에 해치우고 두 사람은 섭씨 2도로 조정된 실험실에 누워 내복약으로 체온을 뚝 떨어뜨렸다. 실험 기간은 24시간으로 정했다. 두 여인은 이 동안 황홀한 꿈을 꾸었다. 자기 몸이 솜털처럼 가볍게 오색영롱한 구름 위에 떠 있는 듯 상쾌함을 느꼈다. 의사들은 카메라로 이런 상태에 있는 두 사람의 표정을 촬영하여 실험이 끝난 다음 본인들에게 보여 주었다. 두 사람은 거짓말을 하고 싶어도 할 수 없게 되었다.

이제 우선구가 비커츠섬으로 가는 도중의 장애는 아무것도 없게 되었다. 예정대로 본인의 국적은 말소되고 대신 비커츠섬의 유엔 시민으로 등록되었다. 비커츠섬으로 가는 환송 함대에는 우선구의 가족과 약혼녀 숙원도 동승하였다. 두 달간의 준비실 체류 중에는 엄격한 계율이 시행되는 면회실에서만 쌍방은 접촉할 수 있었다.

드디어 운명의 그 날 우선구는 현세에 모든 사물과 정리(情理)를 하직하고 기밀실의 침대차에 올랐다. 예정한 순서대로 마취제와 해열제의 작용으로 그는 점차로 의식을 잃어갔다.

기밀실 벽의 원자시계가 움직이기 시작하였다. 게시판의 숫자는 0. 이제부터 일각일초 정확히 완전인간의 수면 시간을 기록해 나가는 것이었다.

섬 부둣가에는 완전인간의 유가족들이 타고 갈 기선이 닻을 올리고 있었다. 배소사는 한때 자기도 이 섬에 남아 여생을 마치겠다고 울부짖었으나, 이곳까지 모시고 온 다른 자녀들의 간청으로 하는 수 없이 배에 올랐다. 가족들은 숙원도 함께 돌아갈 줄 알았다. 그러나 그녀는 홀로 이 섬에 남아 있게 된 것을 여러 사람은 출항 직전에서야 알게 되었다. 어느 틈에 그랬는지 숙원은 디크위크 박사의 승낙을 얻어 벌써 국적의 전환 수속을 마치고 정식으로 비커츠섬의 주민이 되었던 것이다.

3
161년의 잠

태고 이래로 우리의 역사는 어느 한구석 평탄한 곳이 없었고, 어느 한순간 지체한 적도 없었다. 기구하고 험준한 역사의 한 토막 한 토막이 아득히 먼 옛날로부터 오늘의 시점을 거쳐 까마득히 먼 미래를 향하여 잇달아 줄달음치고 있었다.

격동하는 인간 사회의 소식과는 아랑곳없다는 듯 비커츠섬의 밀물 썰물의 흐름은 언제나 한결같기만 했다. 어제도 오늘도 또 내일도….

누가 몸을 흔들었다. 그만 잠을 깨 보라는 듯 누군가가 지그시 선구의 몸을 흔들었다. 선구는 입가에 빙그레 웃음을 띠며 눈을 떴다. 참 기분 좋게 잤다. 선구는 쭉 기지개를 켜 보았다.

"참 기분 좋다." 우선구는 중얼거렸다. 과연 좋은 잠자리였다. 유엔이 책임지고 제작한 만큼 기대에 어긋남이 없다고 선구는 새삼 감탄하였다. 공중에 떠 있는 듯한 침상의 포근한 느낌, 캡슐 안에 그득한 품 높은 향기, 아득히 먼 곳에서 들려오는 듯한 교향악의 고요한 선율, 몸에 감긴 잠옷의 매혹적인 촉감. 모두가 만점 만점.

'그런데 이 사람들은 왜 나를 깨울까? 아직도 예비 시험 중인가? 아니 그럴 리야 없지. 정식으로 여러 사람과 영원한 작별을 나눴는데⋯. 혹 오토메이션의 고장으로 여행을 일시 중단할 필요가 생겼을까? 아니 그럴 리야 없지. 실로 멋진 수면이던데, 고장이나 이상이 생길 일이 있나. 하여간 잘 잤다. 어디 일어나 볼까.' 선구가 잠시 이렇게 생각하고 있을 때 스르르 캡슐의 유리 뚜껑이 열렸다. 동시에 그의 몸에 매달린 수많은 기구와 튜브가 찰깍찰깍 경쾌한 소음을 내며 떨어져 나갔다.

반사적으로 선구는 상반신을 일으켰다. 그리고 그는 자기를 둘러싸고 있는 몇 사람의 인물을 보았다. 침대와 5미터가량 거리를 두고 여러 사람이 이쪽을 주시하고 있었다. 선구는 한 손을 번쩍 들어 인사를 하였다. 나는 이렇게 원기 왕성하다는 표시로.

'그런데 저 사람들의 표정이 왜 저럴까.' 뜨악한 기분이 선구의 머릿속을 스쳤다.

왜 저렇게 무뚝뚝한 안색을 하는 건가? 하나, 둘, 셋⋯ 하고 그들 인원을 세어 보니 모두 일곱 명. 그들은 한 사람 예외 없이 무섭게 긴장된 표정으로 이쪽을 노려보고 있었다.

전에 본 얼굴은 하나도 없었다. 모두가 생소한 사람들이었다. 참 이상했다. 이상한 건 또 있었다. 일곱 명이 전부 한결같이 생긴 사람들이었다.

몸 체격이 같고 옷차림도 같았다. 남자인지 여자인지 얼핏 분간할 수 없는 것도 같았다. 남녀의 구별이 안 된다는 건 말이 아니겠으나 사실이 그랬다. 키가 늘씬하고 눈이 부리부리한 건 남자다운데 거의 반나체로 노출된 살결이라든지, 살결이 다 나오게끔 된 옷이라든지, 솥뚜껑 모양의 헤어스타일은 여자다웠다. 화장은 한 것도 같고 안 한 것도 같았다. 도무지 알 수 없었다.

알 수 없는 중에도 특히 눈에 띄게 인상적인 것은 그들의 옷차림이었다. 참 이상한 옷이었다. 이런 옷은 여태 본 적이 없었다. 위아래가 한데 붙은 콤비네이션 스타일인데 윗도리는 거의 전부가 노출된 멜빵걸이고, 아랫도리는 반바지와 치마의 중간 형태였다. 그렇군, 반바지에다가 치마폭을 덧붙이면 저 꼴이 될 것이다.

선구는 의아한 눈으로 주위를 보았다. 원형의 천장, 벽, 바닥, 눈익은 실내 비품들. 그런 것들을 보자 약간 안도감이 회복된 선구는 다시 한 번 빙그레 웃어 보이고 캡슐에서 내려올 동작을 일으켰다.

그 찰나 일곱 사람 중의 한 사람 입에서 뭐라고 하는 날카로운 음성이 튀어나왔다. 아주 생소한 말투였다. 몹시 귀에 거슬렸다. 무슨 소린지는 모르겠으나 비명에 가까운 부르짖음이었다. 음성은 여자답긴 하나 어딘지 모르게 중성기를 띤 듯하기도 했다.

선구는 어리둥절하여 그 사람을 바라보았다. 그 여자는 입술을 실룩거리며 계속 뭐라고 지껄였다. 역시 알아들을 수가 없었다. 그 여자의 면상에는 분명 공포의 빛이 떠돌고 있었다. 왜 그럴까? 어리둥절해 하고 있는데 이번엔 딴 사람이 말을 걸었다. 스페인말이었다. 선구는 고개를 그 방향으로 돌렸다. 말한 사람은 계속 몇 마디를 덧붙였다.

알토이긴 하나 먼저 사람에다 대면 좀 더 여성적 음성이라 하겠다. 선구는 그 말이 스페인어인 줄은 알겠으나 뜻은 알아들을 수 없었다. 그에게는 스페인어에 조예가 없었다. 그저 짐작으로 가만히 있으라는 것이거니 했다.

선구는 동작을 멈추고 그녀를 물끄러미 바라보았다. 서로의 시선이 맞닿자, 상대는 아주 긴박한 눈초리로 이쪽을 쏘아보았다. 마치 무슨 원수진 사람이나 대하듯이.

선구는 이 사람도 공포에 떨고 있음을 감득하였다. 다른 사람들은 어떨까 하고 한 사람 한 사람 차례로 훑어봐 나가니 그들은 모두가 한결같이 냉혹한 표정이었다. 분명 적의에 가득 찼다. 더욱이 그들 중 몇 사람은 손에 소총같이 생긴 자루를 들고 있었다. 그것이 무기이며 그 무기가 선구 자기를 대상으로 하고 있으리라 짐작하자 그의 등골에는 소름이 쭉 끼쳤다.

잠시 어색한 대립이 지속되었다. 선구는 이 대립의 원인을 알 수 없어 답답하였다. 고개를 두리번거려 무엇인가 찾고자 하였다. 그러자 맞은편 벽에 표시된 시간 기록판에 시선이 멈춰졌다. 원자력을 동력으로 한 이 자동 기록판은 선구가 침대에 올라갈 때를 0의 시발점으로 하여 시간이 경과하는 대로 숫자가 나타나게 되어 있었다. 이 시계는 2천 년간에 백 분의 1초 정도의 오차가 있을까 말까 한 정확성을 간직한 계기였다.

게시판의 맨 아랫줄 숫자는 초, 분, 시. 그 윗줄이 날수. 그 윗줄이 달수. 그 윗줄이 연수. 게시판에 시선이 가자마자 선구는 깜짝 놀랐다. 천만뜻밖의 현상이 그 게시판 위에 나타나 있지 않으냐! 네 계단 숫자판이 모두 꽉 차 있었다. 그럼 나는 몇 해를 자고 있었단 말인가?

더욱 기절할 노릇은 맨 윗줄의 숫자는 161을 기록하고 있으니 이게 웬일까?

161이란 숫자를 보자 그의 전신은 순간적으로 굳어졌다. 숨이 탁막히고, 금세 심장이 멎을 것 같았다. 또다시 등골이 오싹해졌다.

선구는 입술을 꼭 깨물었다. 내가 혹시 아직 꿈속에 있는 건 아닐까? 지금 기분은 한 차례 낮잠을 자고 난 경쾌한 그것인데, 저 숫자는 161년 몇 달 몇 날 몇 시간 몇 분 몇 초를 가리키고 있으니 이게 어찌 된 일인가?

선구는 슬며시 자기 살을 꼬집어보았다. 아팠다. 침대 안의 여러 가지 기구도 만져 보았다. 결코 꿈속의 물질이 아니었다. 맞은편 기록판을 다시 살폈다. 맨 아랫줄 초 가리킴 숫자가 쉬지 않고 변하고 있었다. 틀림없는 현실이었다. 그 증인이 저 사람들이었다. 처음 보는 얼굴들, 옷차림, 알아들을 수 없는 기성(奇聲), 손에 든 이상한 무기.

'정녕 나는 161년간의 역사를 넘어왔구나. 드디어, 드디어…' 말할 수 없는 슬픔이 선구의 가슴을 뭉클하게 했다. '기어이 나는 모든 것을 잃고 말았구나. 가족, 사랑, 친구, 국가, 지위, 희망, 노력…. 아!'

일곱 명의 제복 일행은 꼼짝도 하지 않고 이쪽을 응시하고 있었다. 한동안의 시간이 흘렀다. 선구는 차츰 냉정함을 되찾았다. '기어이 나는 다시 깨어났구나. 161년이란 긴 여행을 끝냈구나. 성공했어.'

그랬다. 성공이었다. 유엔의 계획을 믿긴 하였지만 한 가닥 의구심이 없지 않았는데 이쯤 되고 보니 과연 미래로의 수면 여행은 제대로 수행된 것이었다.

'성공이다. 자, 이제부터 나의 할 일이 시작되는 것이다. 현대에서 짊어지고 온 나의 사명을 다 할 무대가 마련된 것이다. 아니, 현대가 아니라 먼 과거에서 갖고 온 중대한 사명이라 해야 옳겠지. 착각을 일으켜선 안 된다. 나는 과거의 현대인이다. 이 사람들의 대선배다. 몇 대 이전의 할아버지다.' 각오가 서자 선구는 아랫배에 꽉 힘을 주고 나서 여유 있는 태도로 상대편을 쭉 다시 한 차례 둘러보았다.

"댁에서들 나를 깨웠습니까?" 선구는 음성을 부드럽게 해 이렇게 물었다. 그 사람들이 외국인이기에 영어를 사용하였다. 자기 딴에는 아주 자연스럽고 유창하게 말하려 한 것인데 선구는 자기 발음에서 거칠고 어색함을 인식하였다. 혀가 무거워 잘 돌지 않았다. 불과 네댓 마디 음절이 마디마디마다 걸렸다. 마치 이가 맞지 않는 톱니바퀴를 억지로 돌리는 것 같았다. 부지중 선구는 두 손으로 목을 만졌다. 기침을 칵 해보았다. 한결 목청이 나아지는 것 같았다. 일곱 명의 관객들은 굳은 표정으로 멀거니 보고만 있었다. 어색하지만 선구는 다시 한 번 되풀이하였다. "댁에서들 나를 깨웠습니까?"

반응이 일어났다. 저희끼리 수군댔다. 그러다가 아까 발언한 스페인어의 주인공이 선구에게 대꾸를 했다. "당신 영어가 통하는군." 영어로 말했다. 틀림없는 알토였다. 이 사람은 분명 여자라고 선구는 생각하였다. 남자로선 저런 음성은 없을 거니까.

"그저 대강. 나는 한국 사람이오." 선구는 미소를 지으며 말하였다. 영어의 여성은 고개를 두어 번 끄덕였다. 말이 통하니 대견하다든지 기쁘다든지 하는 그런 티는 조금도 없었다.

선구는 계속 어색한 낯으로 동정을 살폈다. 갑자기 목마름을 느끼고 주위를 둘러보았다. 한쪽 벽장 유리창 안에 여러 가지 음료수가 진열된 것을 발견한 선구는 냉큼 그리로 달려가고 싶은 충동을 느꼈다. 벌떡 일어나려다가 그는 망설였다. 선구는 잠옷 바람이었다. 보통 잠옷도 아니고 살에 꼭 달라붙게 된 별난 잠옷인 터라 숙녀들 앞에선 거북했다.

거북하다는 생각이 나자 선구는 더 한 가지 다른 거북함을 느꼈다. 세수였다. 누구나 자고 나면 반드시 치러야 하는 세수. 더군다나 161년 동안이나 자고 난 자기로선 이대로 남을 대하다니 말이 안 되었다. 수면 여행을 시작할 때 담당 기사는 청정 기류에 대해 설명을 하더라만, 좌우간 세수는 해야겠다. 선구는 두 손으로 얼굴을 비볐다. 손등으로 눈도 닦았다.

청정 기류의 덕인지 안면 피부도 굳지 않고 눈곱도 끼진 않았다. 그러나 머리숱을 잡아 보니 텁수룩했다. 턱을 만져 보았다. 꺼칠꺼칠했다. 손을 펴들고 손가락을 살피니 한동안 손질 안 한 정도로 손톱이 기다랬다. 미용 기계가 매달려 있어 이만 정도이겠으나 아무튼 매끈하게 다듬을 필요는 있었다.

'그러나저러나 우선 목이 마른데 어떡하지. 좀 더 참고 있어야 할 것이냐, 한 모금 갖다 달래 볼 거냐.' 선구는 망설였다.

이러한 선구의 모습을 지켜보고 있던 일곱 명의 일행은 자기네끼리 알아듣지 못할 말로 뭐라고 주고받더니 어떤 결론에 이르렀는지 그중의 지도자인 듯한 사람이 조금 전에 영어로 말한 사람에게 뭐라고 지시를 내렸다.

"자리에서 내려오시오." 지시를 받은 사람이 선구에게 전했다.

"옷을 안 입었는데 어떡하지요?" 선구는 몸짓을 해가며 대답하였다.

영어와 그의 상급자로 보이는 사람 사이에 몇 마디 지껄임이 오간 후 다시 선구에게 지시가 내렸다.

"상관없소. 내려오시오." 눈썹 하나 깜짝 않고 하는 소리였다.

선구는 당황하였다. '야, 이거 대단하구나.' 선구는 옛적 기억을 되살리면서 사면을 살펴보았다. 기억이 틀림이 없을진대 실내 어느 한 곳에 갱의실이 있을 것이다. 그곳에는 언제나 입고 쓰고 할 복장이며 기타 필요한 용품이 마련되어 있다. 한쪽 벽에 유리문이 달렸고, 조명 장치로 안도 환히 보이는데 그곳이 바로 갱의실이었다.

"옷을 좀 갖다 주시오." 손가락으로 갱의실을 가리키면서 선구는 청했다.

"상관없어요. 그냥 내려와요." 뜻밖의 대답이었다.

"이대로?" 선구는 자기 몸뚱이를 가리키면서 재차 물었다.

"당신은 춥소?" 영어 여성이 물었다.

"아니, 춥진 않소."

"그럼 그냥 내려와요. 걷기가 불편하거든 말하시오."

선구는 두 다리를 움직여 보았다. 이상 없었다. 침대 캡슐의 이중 회전과 미용 기계의 작용으로 해서 자신의 컨디션은 양호할 것이다. 사실 양호했다.

선구는 너무 수줍어할 것도 없겠다 생각하고 그들의 요구대로 잠옷 바람으로 침대 밖으로 내려섰다. 두어 번 다리 운동을 해 본 다음 자신만만히 갱의실 쪽으로 걸어갔다.

"정지!" 날카로운 목소리가 선구의 자유행동을 저지시켰다. 뒤미처 "나를 따라오시오." 영어는 명령하더니 앞장서서 옆으로 나갔다. 옆방은 준비실이었다. 나머지 여섯 명은 두 줄로 쭉 갈라섰다. 선구가 걸어가면 전후좌우를 경계하여 따라갈 태세였다.

선구는 어처구니가 없었다. 마치 죄수 다루듯 하니 뜻밖이었다. 그러나 선구로선 이런 조그만 감정에 얽매일 수는 없는 처지였다. 말할 수 없이 큰 사명을 걸머지고 있는 터라 의혹도 컸다. '과연 나는 161년을 경과한 인간이란 말인가? 혹시나 저 기록판이 거짓이나 과오를 저지른 건 아닌지? 모든 것은 곧 알 수 있게 되겠지. 우선은 이 사람들의 지시대로 움직일 수밖에.' 이렇게 마음먹은 선구는 서슴지 않고 앞선 사람의 뒤를 따랐다.

옆방에 들어서자 선구는 또 한 번 충격을 느꼈다. 웬 사람들이 이다지 많이 모여 있느냐. 과히 넓지 않은 이 방에 빽빽이 차 있는 인원은 무려 사오십 명은 되겠다. 모두가 똑같이 생긴 사람들이었다. 머리스타일이며 멜빵걸이나 치마폭이 달린 반바지며 신발까지도 다 같았다. 남자인지 여자인지 분간도 할 수 없었다.

그들은 일제히 선구에게 시선을 집중했다. 그 많은 눈, 눈동자에는 호기심, 두려움이 역력했다. 그들은 시선을 집중시킬뿐더러 일제히 카메라를 들이댔다. 그 카메라가 별났다. 얼핏 보아 반사경이 붙은 휴대용 카메라 같긴 한데, 몸체에 둥그런 굴레가 달렸고, 카메라맨들은 쉴 사이 없이 이 굴레를 조작하고 있는 것이 별났다.

이 카메라가 텔레비전 송신기이며 쉴 새 없이 만지는 굴레에는 수십 개의 키가 달려서 이것이 텔레타이프의 구실을 하는 것을 선구가 알게 된 것은 훨씬 뒤의 일이었다. 방 안의 사람들이 방송국의 특파원이라는 것도 물론 나중에 안 이야기.

　이 사람들이 선구가 나타나자 카메라를 들이대고, 알아들을 수 없는 소리로 말을 걸고, 심지어는 살을 만져 보고 잡아당기고 하는 데는 선구도 놀라지 않을 수 없었다. 다행히 그중의 어느 사람이 음성을 높여 꾸짖는 바람에 여러 사람이 멈칫하였고, 그 틈에 선구 일행은 이 방을 빠져 그다음 방으로 들어갈 수 있었다.

　다음 방은 전에는 의무실이었고 지금도 그런 것 같았다. 그런 것 같다는 추측이 간 것은 실내 비품의 일부가 눈에 익은 바 있고 이 방 인물들의 모습에서 오는 인상이 그런 것 같았기 때문이다. 이 방에 있는 인원은 셋. 그들의 생김새는 다른 사람들과 같았으나 복장은 달랐다. 멜빵걸이나 반바지가 아니고 수술복 비슷한 일종의 가운이었다. 솥뚜껑 머리 위에는 세모꼴의 자그마한 모자가 얹혀 있었다. 장난감 같은 이 모자는 과거 간호사 모자의 퇴화물 같기도 했다. 선구를 인도해 온 일행은 선구를 가운데 두고 쭉 둘러쌌다. 경계하는 게 분명했다.

　세모꼴 모자 중의 한 사람이 선구 앞으로 다가섰다. 나이도 그중 많아 보이는 것이 아마 이 방의 셋 중에서는 수석인 듯했다. 얼굴에 주름이 많고 쌀쌀하게 생겼으나 여자임이 틀림없었다. 수염이 없고 어깨판이 둥글었다. 그녀가 뭐라고 하는데 워낙 발음이 빨라서 그런지 모르는 외국어의 탓인지 선구는 통 이해할 수가 없었다.

　"옷을 벗어요." 아까의 알토가 또 영어로 통변을 했다. 선구가 잘못 들은 건 아닌가 하고 엉거주춤하니 신경질 섞인 어조로 재촉했다. "옷을 벗어요." 선구는 하는 수 없이 잠옷 윗도리를 벗었다. 한 사람이 그걸 받아 의자에 얹었다.

"바지도 벗어요."

"왜 벗으라는 거요?" 선구는 고개를 좌우로 저었다.

"신체검사요."

"여러분들이 다 의사요?"

통역을 통하여 선구의 말을 들은 나이 든 이는 알겠다는 듯 끄덕이더니 옆의 세모꼴 모자에게 뭐라고 지시했다. 지시받은 사람이 한쪽 벽의 문을 열고 선구더러 들어가라고 손짓을 했다. 그대로 하였다. 겨우 두 평 정도의 좁은 방에 커다란 평상이 놓여 있어 선구는 가까스로 한구석에 비켜서야 했다.

문이 밖에서 닫히더니 알토의 목소리가 들렸다. "바지를 벗고 침상에 누우시오."

그대로 하였다. 그러자 실내가 캄캄해지고, '지잉' 하는 전기, 기계의 전류 흐르는 소리가 났다. 잠시 후 다시 실내는 밝아지고 방문이 열리는데 알토가 옷을 한 아름 안고 들어왔다.

"이거 입어요."

전라의 남성을 정면으로 보면서도 조금도 거리낌이 없었다. 오히려 무안해 하는 것은 선구였다. 그는 얼른 옷을 끌어당겨 우선 요소를 가렸다. 상대방은 남자의 이런 짓을 잠시 서서 본 다음 슬며시 밖으로 나갔다. 가져다준 옷은 옛날 옷이었다. 선구가 전에 입었던 자기 것은 아니나 그 시대의 제품이 틀림없었다.

선구가 옷을 입은 후 다시 그네들 앞에 불려 나오자 지금까지 무뚝뚝하였던 그들의 태도는 차츰 완화되는 기색이 보였다. 아마 그들은 선구를 무척 경계하는 나머지 저절로 강박한 표현이 되었는지도 모르겠다. 통역을 사이에 두고 나이 든 이가 선구와 일문일답을 하였다.

어디 아프거나 이상한 데는 없느냐? 배고프지 않으냐? 다시 깨어난 기분이 어떠냐? 등등 간단한 질문 응답이 있고 난 뒤 나이 든 여자는 의학도로서 이곳 지방 행정장의 명령으로 당신의 161년간에 걸친 기나긴 잠을 깨웠노라고 설명했다.

선구는 고개를 끄덕거리며 사뭇 감탄하는 체했다. 감탄하는 체했다는 것은 내심으로는 정말 161년이 경과한 것인지, 이것이 진정 생시고 꿈은 아닌지 꽉 믿어지지 않았기 때문이다.

나이 든 이는 계속 설명하기를 자기네들은 닷새 전부터 선구의 잠을 깨우는 작업을 조심성 있게 진행시켰다고 했다. 영양 급식을 충분히 하여 활동을 재개할 수 있게 하고 캡슐 안의 음향과 광선도 적당히 조절하여 고막과 안막의 신경을 순환시키고, 피부 마찰 약전류를 이용한 내장 기관의 자극 운동도 실시하여 만전을 기하긴 했으나, 이렇게 원기 왕성하고 검진 결과 한 곳도 이상한 곳이 없으니 기쁘다고 치사도 했다. 지금 옆방에서 발가벗은 것은 신체의 내부 촬영을 하기 위함이었다고 덧붙여 설명했다.

앞으로 사흘 동안 휴가를 제공하겠으니 그동안 정신도 가다듬고, 몸에 거북한 데나 이상 변화가 없나 본인 스스로 잘 살펴보라는 주의도 시켰다.

선구는 몇 번이나 정말 자기가 161년 동안이나 긴 잠을 잤던 거냐고 거듭 묻고, 지금 세계정세는 어떤 판국이냐고 성급한 질문을 하였다.

"너무 한꺼번에 알려 들지 마시오. 몸에 해로울 거요." 나이 든 이는 명확한 대답을 회피하는 눈치였다.

여기서 '나이 든 이'라고 말한 것은 물론 선구의 피상적 주관이었다. 실상은 선구에다 대면 몇 대 증손뻘이 될지 몰랐다. 그러나 우선은 나이 든 이라고 해둘 수밖에.

이 나이 든 이와 선구가 얘기할 동안 다른 사람들은 여전히 무표정한 낯으로 선구를 주목하고 있었다. 다만 맨 처음 모양 극도의 적개심이나 공포심은 누그러진 것 같았다. 그렇다고 이들이 선구와 친해진 것은 아니었다. 그 증거로 신체검사가 끝나자 그들은 선구가 누차 부탁하였음에도 불구하고 잠시도 바깥 구경을 안 시킨 채 옆방 준비실로 데리고 갔다.

"이곳에서 쉬고 있어요." 영어 통역이 한마디 던지고 나가 버렸다. 준비실에 모였던 사람들은 그동안에 말끔히 다 물러가 방 안은 텅 비어 있었다.

이곳에서 선구는 사흘을 꼬박 꼼짝도 못 하고 지냈다. 사흘을 지냈다는 것도 나중에 그네들이 알려줘서 그런 줄 안 것이지 선구는 몇 달이나 되는 것처럼 지루하고 답답하였다. 그동안에 그들은 한번도 외출을 안 시키고 신문이나 라디오도 넣어 주지 않았다. 말벗도 물론 없었다. 식사를 나르는 사람과는 전혀 언어가 불통이라 의사 표시도 할 수 없었고, 하루 한 번꼴로 온다는 영어 통역은 어찌나 벽창호인지 선구의 갖은 수단에도 불구하고 단 한 가지 지식도 알려 주지 않았다.

이름을 물어도 가르쳐 주지 않고, 어느 나라 사람이냐고 해도 고개만 내저었다. 귀찮게 거푸 조르면 겨우 한다는 소리는 이랬다.

"어느 나라라고 가르쳐 줘도 당신은 모를 거요. 당신이 잠자는 사이에 세상은 달라졌소."

제발 하늘 구경 좀 해 보재도, 자기는 그럴 권한이 없다고 했다. 뉴스의 제공도 같은 이유로 거절. 아무거나 좋으니 읽을거리라도 넣어 달라니 막무가내로 다짐했다. "당신이 할 일은 절대 휴양이오. 사흘을 기다리시오. 그러면 소보논으로 데리고 갈 거요."

'소보논이 어딜까.' 선구는 기억을 더듬었으나 통 알 수가 없었다.

벽창호이기는 의사인지 간호사인지 하는 나이 든 이도 한 판에 박은 종류였다. 선구가 태양을 못 쬐어서 기운이 없다고 항의해도 들어 주지 않았다. 그녀의 대꾸는 이랬다. "실내 광선이 태양과 같은 것이니 걱정하지 마시오."

그건 그랬다. 그 옛날에 선구가 여기서 지내봐서 잘 알지만, 이 방의 채광 시설은 바깥의 햇빛을 그대로 끌어들인 것이다. 유엔의 알뜰한 고려 중 하나였다. 그러나 이렇게 생각한 것은 선구의 착각이었다. 이 착각은 선구 스스로도 이내 발견한 것이지만, 태양광선의 도입은 낮에 국한된 일이다. 그 옛적에는 낮에는 태양광선, 밤이면 전등을 이용했다. 그런데 지금 보니 이 방에는 전혀 전등이 없었다. 전등이고 뭐고 간에 일체 조명 시설이 없었다. 그런데도 주야 언제나 대낮과 같은 정도로 밝았다.

선구는 곰곰이 생각하였다. 그동안에 대변화가 있었을 것이다. 문명도 그렇고 국제 정세도 그렇고.

첫째, 유엔이 존재 안 하든지, 존재한다고 해도 그 내용이 크게 변했든지 했을 것이다. 그렇지 않고서야 전 세계의 함정으로 꾸며진 연합 함대의 호위를 받으며 이곳에 온 나를 이다지 푸대접할 수야 있겠는가. 과연 얼마나 변했으며 어떠한 방향으로 변했을까? 생각할수록 선구의 조바심은 더해만 갔다. 알고 싶다. 한시바삐….

'세상은 어찌 됐으며 나는 어찌 될 것이냐. 역시 세계의 영웅으로 대접받을 거냐, 아니면 고고학의 표본거리로 처리될 거냐?' 조바심이 나기 시작하자 공포가 뒤따랐다.

'저 사람들의 나에 대한 처우는 둘째 문제이고, 그보다 나의 육체는 과연 그 옛적 그 당시 그대로인가?' 어린 시절에 들은 어느 옛날이야기가 머릿속을 스쳤다. 한 소년이 이상한 나라에 가서 불로불사를 즐기다가 집에 돌아간 즉시로 한꺼번에 나이를 먹고 시들어 버렸다는 얘기였다.

세모꼴 모자의 나이 든 이는 신체검사를 해 보고 아무 이상 없다고는 했으나, 그렇게 금방 알 수 있는 건지, 그 말이 정말인지 알게 뭐냐.

선구는 스스로 자기 몸을 시험해 보고팠다. 운동을 해 봤으면 좋겠다. 테니스를, 마음껏 라켓을 휘둘러 봤으면 했다. 전처럼 되나 안 되나 알아보고 싶었다.

라켓이 없으니 도수 체조를 해 볼 수밖에. 선구는 실내를 이리저리 뛰어다녔다. 물구나무서기도 해 보고 탁자를 놓고 뛰어넘기도 하고, 의자를 들어 휘둘러도 보았다. 그러자 갑자기 팔뚝에 통증이 오면서 의자를 떨어뜨리고 말았다.

방바닥에 의자가 뒹구는 요란한 소리를 듣고 그네들이 달려왔다.

팔을 움켜쥐고 울상이 되어 있는 선구를 발견한 그네들은 황급히 의무실로 데려다가 엄밀히 조사를 했다. 나이 든 이가 긴장한 표정으로 나무랐다.

"똑똑히 알아둬요. 당신은 161년 동안이나 자다가, 아니 죽었다가 다시 살아난 사람이라는 걸 잊지 말아요. 내 몸은 내가 위해야 해요. 더군다나 당신의 몸은 단순한 당신의 몸이 아니에요. 세계에서 단 하나의 표본이에요. 우리가 왜 이렇게 당신을 지키고 있는지 알아줘요. 무리한 행동은 절대로 말아요."

4
소보논 병원

성급한 운동을 한 탓으로 애초의 사흘간 휴양이 열흘로 연장되어 선구의 고통은 세 배 이상으로 늘었다. 간신히 그 기간을 마치자 섬의 지배자들은 비로소 선구를 바깥세상으로 끌어냈다.

비커츠섬은 옛적 그대로 비커츠섬이었다. '철은 여름인가 보다. 넓고 푸른 바다. 무한대의 하늘과 하늘을 수놓은 흰 구름. 귀 익은 해조음. 오! 시원한 대기여!' 선구는 가슴이 벅차 미칠 것 같았다.

그러나 그런 감상에 도취할 여가는 별로 없었다. 그를 이끌고 나온 그네들 일행은 날씬하게 생긴 모터보트에 올랐다.

선구가 모터보트라고 생각한 배는 모터 소리도 없이 금세 떠났다. 아니 모터 그 자체마저 없는지도 모르겠다. 좁은 배 속에는 그만한 부피가 놓일 만한 곳이 눈에 띄질 않았다. 그런데 이 배의 빠름이여. 순식간에 먼 수평선 너머의 경치가 눈앞에 다가오고 그 순간 그 경치들은 까마득하게 뒤로 밀려갔다. 아마 음속 정도의 속력이 틀림없으리라고 선구는 짐작하였다.

'보트로서 이다지 빠를 수가 있나?' 의아한 선구는 얼마 후에 이 배가 물 위를 달리는 게 아니라 물 위에서 3미터가량 높이 공중을 날고 있음을 알게 되었다. 더욱 주의해서 보니 선체는 껍질이 비교적 두꺼웠다. 아마 과속에서 오는 열을 끊는 어떤 물질이 들어 있는 것으로 짐작되었다.

순식간에 목적지에 닿았다. 이곳이 어디냐고 옆 사람에게 물으니 아무도 대답해 주는 사람이 없었다. 이들에게는 예외 없이 함구령이 내렸나 보다. 그렇지 않으면 친절이라고는 이네들에게 존재치 않는 것일까.

목적지 항구에 닿자 보트는 비커츠섬에서 출발할 때처럼 완속으로 물을 헤치고 미끄러져 갔다. 선구는 이제 상륙하겠지 하였으나 뜻밖에 보트는 그대로 부두 위로 달음질쳐 올라가는 게 아니냐. 물 위로 오다가 공중으로 날고 이번에는 지상을 달리더니 잠시 후 어느 건물 구내로 들어갔다. 현관에서 어떤 신호를 받자 보트 운전사는 그냥 현관 안 복도로 몰고 들어갔다.

어디에 틀어박는 줄 알고 선구가 깜짝 놀라는 동안에 이번에는 승강기에 실려 위로 쭈르르 올라갔다. 일행이 내리는 바람에 선구는 행여 뒤질세라 쫓아 내렸다. 마치 서울에 처음 올라온 시골뜨기처럼.

선구는 큼직한 홀로 인도되었다. 중년의 여자가 일행을 마중했다. 그 여자는 빙그레 웃으며 손을 내밀었다. 선구는 사람 웃는 것을 이번에 처음 보았다. 그러니깐 161년 만이었다.

이 여인의 복장도 역시 멜빵걸이에 반바지 치마였다. 오는 도중에 본 주민들, 얼떨결에 봐서 그런지는 몰라도 그들의 복장도 전부 이런 것들이었다. 짐작이 틀림없건대 그네들도 전부 여자일 것이다. 남자라고는 단 한 사람 눈에 안 띄었다.

"우선구 씨, 반갑습니다. 여기는 병원입니다. 당신이 편히 쉬실 곳이지요. 우리는 당신을 환영합니다. 내 이름은 오유지." 그녀는 영어로 말했다. 비록 유창하진 않지만 제법 하는 축이라 하겠다.

선구는 그녀의 손을 꽉 잡았다. 무척 반가웠다. 실로 오래간만에 대하는 웃음이며 사람다운 대접이었다. "마담, 고맙습니다. 이렇게 따뜻하게 대해주셔서 나는…." 선구는 말을 도중에서 끊고 어물어물하였다. 더 말하다가는 실언이 될 것 같아서였다. 지금 그의 마음은 몹시 허약하고 감성적이어서 지금 하려던 말도 자신의 외로움을 호소하고자 했던 것이다.

모두 자리를 잡고 앉자 오유지는 비커츠섬에서 온 일행의 인솔자로부터 한 묶음의 서류철을 받아 대강대강 훑어보았다. 선구가 보기에 그것은 자기의 기록 서류 같았다. 서류를 들여다보는 오유지는 고개를 끄덕이며 선구를 번갈아 살피기도 했다.

잠시 후 오유지는 서류를 덮어 놓으며 말했다. "참 기적이군요. 161년간이나 긴 잠에서 깨어나다니, 이렇게 훌륭히, 아주 건강하게. 이 기록을 보니 모든 것이 훌륭합니다. 참 기적이에요. 자 이거 하나 들어 보시죠."

오유지 여사는 쟁반에 담긴 과자를 권했다. 모두 한 개씩 집어 들었다. 권유에 따라 선구도 하나 들었다. 빛이나 촉감은 초콜릿 같고 향기는 레몬 비슷했다. 혀에 닿자 확 퍼지는 맛이 상쾌했다. 선과

(仙菓)로구나 하는 감탄이 절로 났다. 그러나 그는 과자 맛에 도취되기에는 너무나 큰 궁금증에 사로잡혀 있었다. 대접 삼아 한 입 먹고 나서는 질문을 끄집어냈다.

"여기는 어딥니까? 어느 지방의 무슨 도시죠? 연대는 기원 몇 년입니까?"

"뉴질랜드의 소보논은 아시겠어요?"

선구에게 뉴질랜드는 알고도 남음이 있으나 소보논은 기억에 없었다. 아마 신흥 도시겠거니 하면서 재우쳐 물었다. "연대는?"

"61년."

"61년?" 선구는 뇌까렸다.

'이게 무슨 숫잘까?' 선구가 고개를 갸웃거리니, 그녀는 "옳지! 댁에선 이 연수에 익숙하지 않을 거예요. 가만있자, 구기원(舊紀元)으로 따지면 어떻게 된다지? 나는 신기원(新紀元) 출생이라서….." 이렇게 중얼거리며 잠시 궁리에 잠긴다. 그러자 옆의 누군가 참견을 했다.

"구기(舊紀) 2095년이 기원 원년이에요."

그러면 지금은 2155년. '내 나이는….' 선구는 과자고 뭐고 흠뻑 입맛이 달아났다.

"아시겠어요?" 오유지는 빙그레 웃으며 상대의 심각해지는 표정을 살폈다.

"기원이 갈렸군요." 선구는 사뭇 아쉬운 듯 말했다.

"네, 갈렸어요." 오유지는 고개를 끄덕거렸다.

"우리나라는 어떻게 되었습니까? 한국은?"

선구의 질문에 오유지는 그저 빙그레 웃으며 두 개째의 과자를 입안에 넣고 우물거리기만 했다. 다그쳐 묻는 말에 상대는 아주 가볍게 "차차 알게 돼요." 하고 말았다.

"그간의 역사를 대강 말해 주시오. 몹시 궁금합니다." 선구는 바싹 달라붙었다.

"차차." 오유지는 조금도 급하지 않았다. 그러니 선구의 마음은 더욱 탔다.

"실례지만⋯." 선구는 오유지며 주위의 여러 사람의 안색을 살피면서 물었다. "실례지만 여러분들은 모두 여성이지요?"

실상은 이 궁금증이 한국의 안부보다도, 기원 몇 년이냐 하는 문제보다도 절실한 것이었다. 다만 질문하기가 거북하여 머뭇거리고 있었는데, 지금 상대편이 더욱 쉬운 질문에마저 대답을 회피하자 부쩍 의혹이 폭발한 것이었다.

"여성?" 순간, 이렇게 뇌까리는 오유지의 얼굴에 웃음이 없어지고 강파른 표정이 대신했다. 다른 사람들도 일제히 그녀를 닮았다.

"여성이란 말은 안 쓰는데." 분명 오유지는 못마땅하다는 듯 말했다.

'실례였을까?' 선구는 더욱 불안하였다. "그럼 뭐라고 부르나요. 여태껏 나는 남자를 못 본 것 같은데⋯."

"좋아요. 차차 알게 돼요. 충분히 알게 돼요." 가시가 섞인 말투였다. 방 안 분위기는 싸늘해졌다. 왜 이 사람들이 이러는지 선구는 도무지 이해가 안 갔다. 서먹한 몇 순간이 지나자 생각을 돌이켰는지 오유지는 또다시 빙그레 웃으며 말했다. "우선구 씨, 그간 수고가 많으셨어요. 앞으로도 우리와 잘 협조하세요. 댁에서 거처하실 방을 안내하지요. 참 과자를 드세요. 쥐고 있으면 녹아요." 수다를 떨었다.

선구는 슬며시 과자 토막 나머지를 쟁반에 돌려놨다. 오유지가 앞장서 가는 대로 선구는 뒤따랐다.

"자, 여기예요. 그럼 편히 쉬세요."

깨끗하고 아담한 방이었다.

'소보논. 기억에 없는 도시 이름. 바뀐 기원. 뉴질랜드라면서 통하지 않는 영어. 알아들을 수 없는 말들. 눈에 안 띄는 남자. 여성이란 말에 노염을 타는 여성들.'

도무지 어찌 된 영문임을 모르겠다. 선구는 방 한가운데 펄썩 주저앉아 한참 동안 명상에 잠겼다. 곰곰이 생각해 봤으나 이해가 안 갔다. 이해는 안 가나 하나의 결론을 매듭지을 수는 있었다. 비커츠 섬에서 수면 기간이 161년간이란 것은 거의 사실일 테고, 그동안에 세상은 중대하고도 심각한 변화를 치렀을 것이다.

'이 변화로 말미암아 과거의 영웅적 존재였던 나는 하잘것없는 한 개의 생물로 전락했을지도 모른다. 아직 미심한 데도 없진 않으나 우선 그렇게 봐야 할 것이다. 저네들로부터 친절하고 융숭한 대접을 받으리라 기대해서는 안 되겠다. 지나간 역사를 알려고 덤비는 것보다도, 우선 나의 현재와 앞날을 경계하는 것이 긴요하겠다.' 이렇게 생각하니 절로 긴장이 되고, 허튼 조바심은 깨끗이 없어졌다. 어디 두고 보자고 아랫배에 힘을 꽉 주었다.

'똑똑똑.' 노크 소리가 나기에 문을 열려 했더니 먼저 문이 열리며 들어서는 사람이 있었다. 들어온 사람은 두 사람. 한 사람은 젊고 또 한 사람은 약간 나이가 들었다. 둘 다 가운은 입었으나 세모꼴 모자를 꽂진 않았다. 처음 보는 사람들이었다.

"이 방의 사용법을 가르쳐 드리죠." 젊은 편이 더듬거리는 영어로 말했다.

얼떨떨한 자세로 있는 선구에게 이 여인은 실내 가구의 조작법을 실연으로 일깨워 주었다.

보아하니 대체로 옛것과 다름이 없었다. 다만 그것들의 재료가 새롭고, 거기 딸린 부속품들이 신기롭다면 신기롭다 할 정도.

예컨대 탁상 메모지. 종이가 아니라 비닐 따위의 화학 물질인 모양인데, 롤러에 감겨 있는 것을 잘라 뗄 수도 있고, 떼 낸 것을 손으로 꽉 눌러서 다시 붙일 수도 있었다. 여기에 달린 연필(여기서는 뭐라 부르는지 모르겠으나)은 나무껍질이 없는 다각형 심지뿐인데 손에 집는 면에 따라 굵게도 가늘게도 자유자재로 되었다.

이런 것쯤은 있을 수 있는 일이거니 하겠는데, 색다른 것은 건축 설비였다.

젊은 여인이 벽에 달린 다이얼을 돌리자, 일진 돌풍이 방구석에 불어왔다. 다이얼의 회전에 따라 돌풍은 속력을 더해 가더니 방 안이 온통 회오리바람 속에 말려들었다.

그러자 천장에 네 개의 구멍이 생기면서 거기로 바람이 빠져나갔다. '옳거니, 환풍 장치로구나.' 하고 있는 선구에게, 여인은 '청소'라고 일러주었다.

회오리바람이 멎고 천장도 다시 아물어지자 이번에는 방바닥에서 이변이 일어났다. 그것은 또 하나의 다이얼의 조작에 따라 먼저 실내 가구가 저절로 10센티미터가량 공중으로 떠올랐다. 도깨비장난 같으나 실상은 간단한 이치가 있었다.

즉, 가구들은 애당초 벽에 장치된 가구걸이에 걸려 있어서 그것이 움직이는 대로 가구는 따라 올라갈 따름이었다. 의자같이 벽에서 떨어져 있는 것도 벽에 있는 고리에 겂으로써 따라 올라갔다. 그 다음이 가관이었다. 마루청이 스르르 미끄러져 가는 것이다. 여인들은 선구를 인도하여 미끄러져 가는 반대 방향으로 걸음마를 시켰다. 알고 보면 별것 아닌 방바닥의 캐터빌러식 회전이었다. 그러나 이것을 본 즉석에선 경이가 아닐 수 없었다. 방바닥 회전이 끝나자 가구들은 제자리로 내려앉았다.

"청소는 사람이 없을 때 자동으로 하게 돼 있죠. 하지만 댁에선 수동 장치로 하는 법을 알고 있는 게 좋겠어요." 젊은 여자의 설명이었다.

이 말을 선구는 단순한 친절로 들었으나 실은 여인의 설명에는 딴 뜻이 있었다. 후에 가서야 선구는 이 방에서 좀처럼 벗어날 수 없는 걸 깨닫고, 방 안에 있으면서 청소하는 요령이 필요함을 인식하였다.

청소 다음에는 화장실 사용법. 병원 직원을 불러내는 인터폰 쓰기. 찬장에 달린 단추 누르기에 따라 서너 가지의 마실 것이 나오는 샘물. 이런 것들 역시 선구에게는 과거 경험한 것에 진일보의 개량이 있는 정도였고, 아주 참신한 것은 조명 장치였다.

여인이 조명에 관해 설명하겠다고 하자 선구는 긴장하였다. 비커츠섬에서부터 품고 있던 의혹이 이제야 풀리려나 하고 기대하였다. 이 방 역시 그럴싸한 조명 장치는 눈에 띄지 않았는데 밝기는 대낮의 그것이었다. 그것은 물론 지금이 대낮이기 때문은 아니었다. 왜냐하면, 이 방에는 벽이고 천장이고 한 군데도 창이 없었다.

실내가 갑자기 캄캄 지옥이 되었다. 다음 순간 어슴푸레한 청색 빛이 실내를 적시고 그 빛 속에서 여인의 손이 움직이자, 어슴푸레한 정도가 차츰 더 밝아졌다가 더 어두워졌다 했다. 그다음 계속하여 빛이 연분홍으로도 보랏빛으로도 변화하고 다시 대낮의 제 빛으로 돌아갔다.

여인의 손끝은 침대 한 곳에 닿아 있었다. 그곳을 누르는 대로 실내의 빛은 변화를 일으킨 것이었다. 여인은 손을 들어 선구에게 천장의 둘레를 보라고 일러주었다. 광원은 그곳에 있었다. 천장 둘레에 줄이 달렸고 이 줄이 회전함으로써 갖가지 빛이 나오기도 하고 캄캄해지기도 하는 것이었다. 여인은 다시 한 번 실내를 캄캄하게 한 후 이번에는 탁자 위의 어떤 물건을 매만짐으로써 탁자 위 작은 범위만 밝히는 여러 가지 빛을 보여 주었다.

선구는 탁자 위의 그 물건을 여인에게서 받아 들었다. 당구공만 한 크기의 그 물건은 금속으로 된 껍질이 씌워졌고, 껍질 한 곳에 2센티 정도의 구멍이 뚫려서 구멍에 노출된 공의 표면에서 빛이 발산되었다. 손가락을 구멍에 대고 속에 든 공을 돌리는 대로 빛이 변하고 어느 곳에선 꺼지기도 했다.

결국, 빛은 외부에서 오는 게 아니라 실내의 어떤 물질 자체가 빛을 발산하는 것임을 선구는 알 수 있었다. 발광도료 따위의 광원체는 옛적에도 있었고 선구 자신도 전에 이 부문에 관심을 가진 바 있어 발광 물질에 대한 개념은 그리 생소한 바가 아니었다. 그러나 지금 그가 보는바 이 광원은 그런 개념을 가지고 설명할 수 없었다.

시각에서나, 광도에서나 실로 이상(理想)의 극을 이룬 성공이라고 선구는 감탄하여 마지않았다. 더욱이 자유자재한 광폭의 조절이나 빛깔의 변화에 이르러선 기절할 만한 노릇이었다. 이렇게 상상 밖의 갖가지 현상에 어지간히 놀란 선구였으나 젊은 여인이 마지막으로 내놓은 조그마한 선물로 받은 충격에다 비하면 그건 아무것도 아니었다.

"이것으로 우리말 공부를 해 보세요." 그녀는 물러가기에 앞서 주머니에서 책 한 권을 꺼내주며 말했다.

그것은 사전이었다. 종이로 된 책이 아니라 은종이처럼 반짝이는 처음 보는 물질로 된 책이었다. 그렇다고 선구가 놀란 것은 그런 것에 있는 것이 아니었다. 책 겉장에 박혀 있는 글자를 본 순간, 그는 깜짝 놀랐다. 한글이었다. 분명 선구 자기의 모국, 한국의 글, 한글이었다. 한글과 영어로 된 표제가 거기 있었다.

"아, 한글!" 선구는 부지중 외쳤다. 손가락으로 한글을 짚으면서 여인의 얼굴을 보았다.

"아니, 헤민어를 영어로 풀이한 사전이에요." 젊은 여인은 뭘 그리 놀라느냐고 미간을 찌푸렸다. 이 여인과 아까부터 시종 무뚝뚝한 안색으로 말 한마디 없이 버티고만 서 있던 나이 많은 여인은 더 볼 일 없다는 듯 훌쩍 나가 버렸다.

여인이 주고 간 책 한 권은 여러 가지로 선구를 놀라게 하였다. 책 이름은 '헤민어-영어 도해사전(圖解辭典).' 내용은 수천 가지 종목의 그림을 계통에 따라 그려 놓고 헤민어와 영어 두 가지로 명칭을 기재한 것이었다. 예컨대 집을 그려 놓고 지붕, 들창, 마당, 침대, 의자 등등에 화살표시를 하고 헤민어와 영어 두 가지 말을 나란히 적어 놓았다. 초보자가 봐도 금방 이해할 수 있게 되어 있었다.

영어는 빤히 아는 바고, 선구가 깜짝 놀란 것은 헤민어라는 생전 처음 듣는 언어가 한글로 나타나 있었기 때문이다. 자세히 보니 완전히 한글 그것은 아닌 것 같았다. ㆁ, ∨, ㅸ, ㄹ 등 보지 못한 글자가 섞여 있었다. 그러나 절대 다수의 글자는 틀림없는 한글이었다.

한글은 한글이되, 읽어서는 뜻이 없었다. 예컨대 지붕을 영어로 'ROOF'로 표시하고 헤민어로는 '루구'라고 했다. 한글에 루구라는 단어는 없었다.

혹시 헤민어의 글자가 우연의 일치로 한글과 같거나 비슷한 것이 아닐까 하는 추측이 성립되나 선구는 그렇지는 않다고 보았다. 왜냐하면 글자 모양이 닮았다 하더라도 발음마저 일치할 수는 없지 않으냐. 그런데 이 책머리에 있는 헤민어와 영어의 발음 대조표를 보면 엄연히 루는 LU, 구는 KU로 기재되어 있었다.

이것으로 봐서 헤민어라는 글은 틀림없이 한글이었다. 낯선 ㆁ, ∨, ㅸ, ㄹ 따위도 그중 일부는 한글의 고자(古字)이기도 했다.

어쩌면 161년 동안에 한글이 발전하여 헤민어가 되었을까? 있을 수 있는 일이라 하겠다. 그러나 선구는 이내 이 가설을 스스로 부정하였다. 그것은 이 사전 속에 수록된 하고 많은 어휘 속에 선구의 모국어와 맞는 말은 단 하나도 없었기 때문이다.

지붕은 루구, 들창은 위무무, 뜰은 다미우 등등. 차이가 너무 심했다. 아무리 변화가 많았기로서니 이렇게까지야 변하겠느냐. 그러고 보면 헤민어는 뜻은 전혀 다르면서 다만 발음표로써 한글을 이용한 것으로 봐야겠다.

왜 그랬을까? 아마 그 까닭은 헤민어라는 새로운 말이 탄생할 때 이 말에 어울리는 가장 이상적인 글자를 고르다가, 한국의 한글이 가장 뛰어나게 만들어졌기에 이것으로 자기네의 글자로 삼은 것이 아닐까? 좀 부족한 것은 ㆁ, V, ȣ, ㅋ로 보충하기도 하고. 발음 대조표를 봐도 ㆁ는 PH, V는 TH, ȣ는 WR, ㅋ는 C에 해당한다고 되어 있었다.

'있음 직한 일이다.' 이렇게 생각하니 선구는 혼자서 마음이 흡족해졌다. 한글은 그 우수한 내용으로 봐서 그만한 대우를 받을 만하지 않은가. 그러나 그다음 순간 선구의 흡족했던 심사는 밑바탕으로부터 허물어졌다. 그런 가설이 사실일진대 거기에는 놀랍고 무서운 역사가 존재해야 했다.

첫째, 헤민어는 그 존재가 범세계적이고 초국가적일 것이다. 그래야 전 세계 글자 중에서 가장 좋은 것으로 마음대로 골라잡을 수가 있겠지.

둘째, 한글은 헤민어로 채용되는 동시, 또는 그 이전에 글자 자체의 기본이 되는 본래의 말을 잃어버렸을 것이다. 즉 한국어는 없어졌다고 볼 수 있었다. 그렇지 않고서야 한국어, 헤민어 공통용 글자로 한글이 존재하게 되니 이렇게 되면 이만저만한 혼란이 아니지 않겠는가.

선구는 버럭 겁이 났다. 한국어는 한글을 유산으로 남기고 이 세상에서 사라졌다고 봐야 하나? 언어가 없어졌다면 그 겨레 역시 온전할 수는 없을 게 아닌가?

선구가 이 글자를 가리켜 한글이 아니냐고 물었을 때, 젊은 여인은 그렇다고 대답하는 대신 냉정히 헤민어라고 대꾸하지 않았던가! 선구는 뜻하지 않은 한글을 보고서 이제 기쁨보다 근심이 앞섰다. 그의 근심을 뒷받침하는 재료는 이 밖에도 또 있었다.

사전 속에 세계 지도가 있는데 의당 있어야 할 국경선이 표시되지 않았다. 국경선뿐 아니라 국가 명칭도 대부분 없었다.

예컨대 한반도 위에 한국이란 표시도 KOREA란 표시도 없고 몽고, 만주, 시베리아 등속을 한데 묶어 헤민어로 '머두·서리두·에이시어', 영어로 NORTHEAST ASIA로 되어 있었다. 일본 땅 위에는 일본도, '닛본'도, JAPAN도 아닌 N·E ASIA ISLANDS '머·서에이시어·서쿠시'로 되어 있었다. 이런 식으로 유럽도 아프리카도 기록되었다. 이것은 헤민어 주인공들의 범세계적이며 초국가적인 성품을 말함이 아니고 무엇이냐.

사전을 샅샅이 뒤지던 선구에게는 이보다 더 큰 의문점이 또 생겼다. 어느 페이지 어느 그림에도 남성이 나타나 있지 않았다. 늙은이, 어린이, 각종 형태의 직업인, 장애인까지 등장하는데 남자는 없었다. 이런 부자연할 일이 어디 있을까. 혹시 편집자의 착오로 누락된 것일까?

아니, 아니. 그럴 리야 없었다. 더욱 자세히 살펴보니 없는 건 남자뿐이 아니라 남성에 예속된 것은 아무것도 없었다. 예컨대 복장란에는 여자용 옷뿐, 심지어 화장실에도 좌석식 변기만 있지 남자 전용인 소변기는 없었다. 따라서 신사용, 숙녀용이란 구별 표시도 없었다.

이거 희한한 일이었다. 혹 그간에 태고의 모성 시대로 돌아갔단 말인가? 그렇다 한들 권력이 있건 없건 남성이라는 존재야 있어야 하지 않겠는가.

그런데, 없었다. 깨끗이 없었다.

선구는 새삼 이 병원의 책임자로 보이는 오유지의 이해할 수 없던 태도가 상기되었다. 여성이란 말에 발끈하던 그 태도. 참 이상했다. 남자가 없다니. 이 기막힌 현상은 비단 이 사전 속뿐만이 아니었다. 실지에 있어 선구는 이 세상에 다시 눈뜬 이래 전혀 남성을 보지 못하였다. 혹시 세상이 발칵 뒤집혀 남자는 전부 하찮은 존재로 떨어져 나가 바깥 구경도 못 하고 지내게 됐단 말이냐? 그렇다 하더라도 사전에는 나와 있어야 하잖는가!

또는 여성들이 집권하자 이제까지의 남권 횡포에 대한 보복으로 남성이란 남성은 씨도 남기지 않고 모조리 처단해 버렸단 말이냐? 그럴 리야 없겠지. 그러다간 남성뿐 아니라 인류의 씨가 없어질 게 아니겠는가. 그러나 비커츠섬에서 처음 눈을 떴을 적에 그네들한테서 받은 냉혹한 눈초리며, 줄곧 오늘에 이르기까지 느껴온 증오에 가득 찬 푸대접은 무엇을 말하는 걸까. 선구는 생각할수록 의심스럽고 일변 불길한 예감에 등골이 음산해졌다.

며칠이 지났다. 선구가 몇 날이 지났다는 사실을 안 것은 그의 회중시계 덕분이었다. 이 시계는 그 옛적 비커츠섬으로 갈 때 영국 총리가 선물로 보내왔는데 이곳에 올 때 용하게 찾아내 가지고 온 것이었다. 161년 전의 골동품 시계이긴 하나 그 작동은 예와 다름없는 신통한 시계였다. 잃어버리지 않는 한 영원토록 사용할 수 있는 제품이라고 하던 영국 총리의 자랑이 헛말이 아니었다. 이 시계 덕분으로 시간의 흐름을 재 볼 수는 있었으나, 들창 없는 방이니 낮과 밤을 구별할 수 없고 캘린더도 라디오도 없어 날짜를 알 수도 없었다.

구차스럽지만 선구는 메모지에다 시간을 기록하여 하루 또 하루의 경과를 구별해 갔다. 도무지 외출을 안 시켰다. 선구가 청할 때마다, 좀 더 있어 봐야 외출을 허가하겠다는 그들의 대꾸였다. 선구가 아직 이 사회 물정에 익숙하지 않으므로 함부로 나갔다가는 위험하다는 게 그들의 핑계인데 이것은 거짓이 뻔했다. 외부 사회는 커녕 복도에도 못 나가게 하니 이건 글자 그대로 감금이요 감옥살이였다. 서글프고 괘씸하고 분하기 이루 말할 수가 없었다. 울화가 치밀 때는 금세 미칠 것만 같았다.

하지만 선구는 애써 자제하였다. 감정에 사로잡혀서는 안 되겠음을 그는 영리하게 판단하였다. 완전인간이란 칭호를 받고 161년이나 연공을 닦은 보람을 살려야 하겠기에 스스로 자신의 조바심을 진정시켜야 했다. '때를 기다리자. 어떤 방도가 나타나겠지.' 이렇게 자위하면서 마음을 가라앉혀 헤민어 익히기에 골몰하였다.

영어(圄圉)의 생활 중에서도 기쁨이 있었다. 그것은 자기의 두뇌가 옛적과 조금도 다름이 없다는 사실을 이 사전 익히기를 통하여 알게 된 것이었다. 불과 일주일 동안 선구는 1천 단어에 가까운 헤민어를 터득하였다. 이제는 문법만 이해하면 간단한 의사 표시는 할 수 있다고 자신하였다. 병원 당국에 문법 교본을 청하니 그들은 쉽게 응해 주었다. 둘째 주에 접어들면서 선구의 헤민어 습득은 급피치로 치달렸다.

한편 병원 측의 선구에 대한 연구도 진척을 보였다. 그들은 면밀히 선구의 신체검사를 실시한 결과 161년간의 수면에도 불구하고 그의 생리에 조금도 이상이 없다는 결론을 얻자 다음의 순서로 옮겨 갔다.

'티기시'를 시켜 전 세대 인간을 시험해 보자는 것이었다. 티기시란 선구가 이곳에 오던 날부터 죽 접촉해 온 젊은이의 이름이었다. 처음 얼마 동안 이 젊은이가 올 적에는 으레 그녀보다 나이가 든 연장자가 따라오는 것이 원칙으로 되어 있었다. 나이 먹은 사람의 이름은 '실마버'라고 했다. 젊은 티기시나 나이 위인 실마버나 무뚝뚝하고 멋없긴 마찬가지였다. 그들은 사무적 접촉 외에는 반걸음도 넘어설 줄 모르는 사람들이었다. 요 며칠 동안은 티기시 혼자 오기도 했다. 그만큼 이제 그들은 선구를 신뢰하는 모양인데 그렇다고 친해진 건 아니었다. 혼자 오건 둘이 오건 멋없고 불친절하긴 매한가지였다.

선구는 요즘에 티기시의 서투른 영어보다 자기의 헤민어가 나을 정도가 되어 할 수 있는 대로 말을 걸어 좀 더 색다른 소식이라도 얻어 볼까 노력했다. 그러나 그녀는 눈곱만큼도 그의 갈망을 채워 주지 않았다. 고작 성공한 것은 두 사람의 이름을 안 것뿐이었다. 이들이 이다지도 쌀쌀한 것은 본인의 의사보다는 배후의 압력 때문이 아닐까 선구는 짐작하였다. 설사 티기시 혼자 오더라도 이 방에는 그들의 감시 장치가 있어 환히 보고 있기 때문에 티기시는 제 몸조심으로 허튼 말 한마디도 안 하는 게 아닐까?

이렇게 따분한 나날을 보내고 있을 즈음에, 하루는 색다른 사건이 생겼다. 우선구에게 배속된 티기시가 이날도 여느 때처럼 음식을 갖고 왔는데 항상 찌뿌드드하기만 하던 그녀의 표정이 이날만은 어쩐 일인지 활짝 개어 있었다. 그녀는 들어오면서 선구를 보고 씽긋 웃었다.

"그간 답답하셨죠? 오늘은 내가 한턱내요. 마실 거와 진기한 과자를 갖고 왔어요." 티기시는 선구 옆에 앉았다. 너무나 파격의 행동이라 선구는 에누리 없이 놀란 토끼 얼굴로 상대를 바라보았다.

"왜 그런 얼굴을 하죠? 당신은 내가 싫어요?" 티기시는 또 한 번 웃었다. 웃는 얼굴 속에 차가운 빛이 떠도는 것을 선구는 감득하고 정신을 바짝 차렸다. '무슨 까닭으로 이 사람이 이리 나오는 걸까?' 그러나 선구는 의젓이 대꾸하였다.

"아니요. 티기시가 전에 없이 친절하니 난 어쩌면 좋을지 모르겠군요."

"그동안은 순전히 사무적이었어요. 미안하군요. 오늘은 개인적인 방문이에요. 자, 함께 마십시다." 그러더니 들고 온 보따리를 탁자 위에 헤쳐 놓았다. 두어 가지 마실 거와 몇 개의 씹을 것이 나왔다. 아주 친절한 체하긴 하나 티기시의 태도가 어딘지 어색하다고 선구는 눈치챘다. 그는 여자가 따라주는 액체에 입술을 대 봤다. 화주(火酒). 처음 맛보는 독한 술이었다. 이 사람들은 이렇게 독한 술을 항용 마시는 걸까? 아무튼 이 사람들은 술을 좋아하는 모양이었다. 언제라도 마실 수 있는 술을 방 안에까지 설비하니 말이다.

이 방 찬장에는 언제나 꼭지를 틀면 줄줄 나오는 세 개의 음료용 파이프가 있었다. 하나는 맑은 물, 하나는 소다수, 나머지는 브랜디였다. 술을 못하는 선구는 대개 전자의 두 가지만 썼다. 간혹 브랜디에 손을 대기도 했으나 그것은 하도 울화가 뻗쳐 견딜 수 없을 적에 마셔 보다가 마는 정도의 예외에 속했다.

"왜 입에 맞지 않아요?" 선구가 마시기를 주저하자 티기시가 물었다.

"좀 과한 것 같군요."

"그럼 이걸 마셔 봐요." 티기시는 준비해 온 또 하나의 병마개를 뺐다.

선구가 맛보니 주정분이 맥주보다 약하여 술이라기보다는 청량제라 할 정도의 것이었다. 이쯤이면 마실 수 있었다. 선구는 청량제를, 티기시는 화주를 각기 빨았다.

"어때요? 무척 갑갑하죠?" 티기시가 말했다.

"당신네가 더 잘 알 텐데…." 선구는 부러 눈을 흘겼다.

"어때요, 여자 생각 안 나요?"

"응?"

선구는 묵묵히 티기시를 바라보았다. 이상한 일이다. 이 사람이 이렇게까지 탈선하다니.

"솔직히 말해 봐요. 남자는 여자 없이 못 산다던데, 그렇죠?"

"누가 그럽디까?"

"문헌에 그렇게 적혀 있어요."

"문헌?"

"왜, 틀려요?"

"문헌에만 그럽디까?"

"무슨 말이죠?"

"실제 경험은 없고?"

"흥, 무슨 소린지." 시큰둥하다는 티기시의 표정이었다. 이 여자의 하는 소리와 그 태도는 아주 거리가 멀었다.

선구는 티기시의 의도하는 바를 몰라 궁금하였다.

"말해 봐요. 여자 생각나죠?" 티기시는 물끄러미 선구의 낯을 보고 있었다.

솔직히 말하라면 선구는 이 병원의 모든 여자를 모조리 때려줘도 시원찮을 판이었다. 161년 전 머나먼 세계에서 온 귀한 손님을 알아볼 줄도 모르는 불손한 사람들. 그러나 선구는 입을 다문 채 티기시의 거동만 바라보고 있을 뿐이었다.

"저 봐요. 당신의 안색이 붉어 오네. 하하하." 티기시는 재미있다는 듯 시시댔다.

사실 그랬다. 선구는 자신의 얼굴이 상기되는 걸 느꼈다. 웬일인지 자기의 본심과는 어긋나게 체내에선 별개의 작용이 일어나고 있음을 자각하였다. 피가 끓었다. 절로 흥분되는 것이었다. 어떤 욕망이 발기했다. 티기시를 끌어당기고 싶은 충동. 역시 자기는 남성이고 티기시는 여자이기 때문인가?

"뜨겁군요." 티기시는 두 손으로 선구의 볼을 감쌌다.

티기시의 살이 닿을 때 선구는 전에 없이 몸을 부르르 떨었다. 와락 덤벼들고자 하였다. 하지만 티기시의 행동이 선구의 만용을 저지하였다. 그녀는 가지고 온 보따리 속에서 연모를 꺼냈다. 매일 선구의 신체 진단에 쓰는 기구였다. 어리둥절해 하는 선구에 개의함이 없이 티기시는 기구를 상대 손목에 걸었다. 혈압과 체온을 측정하자는 것이었다.

선구는 이제야 인식이 갔다. 지금 자기가 마시고 있는 액체에는 흥분제가 혼입되어 있음이 명백했다. 그러기에 육체와 정신이 제각기 따로 날뛰고 있는 것이다. 울컥 분노가 치밀어 올랐다. 손목에 걸린 측정기의 바늘이 간단없이 움직이고 자동 기록계에는 그래프가 그려졌다.

"우선구, 당신은 나에게 사랑을 인식합니까?" 티기시는 따졌다.

선구는 벌떡 자리를 차고 일어났다. 측정기가 나둥그러졌다. 티기시는 질겁을 하며 자리에서 피했다. 선구는 찬장으로 달려가, 연거푸 몇 컵의 냉수를 들이켰다. 그리고 화장실로 뛰어가 샤워에 머리를 틀어박았다. 옷 입은 채 그대로.

한없이 가엾은 자신을 선구는 여실히 느껴야 했다. 지금 그는 병원 마당 잔디 위에 누워 있었다. 오랜만에 마셔 보는 대기며, 우러러보는 창공, 그리고 그리워 마지않던 땅의 촉감과 흙냄새이건만 그는 슬프기만 했다.

지금 그는 휴식차 이 마당에 나온 게 아니라, 구경거리가 되어 주기 위하여 이끌려 온 것이었다. 마당 둘레 멀찌감치 경계선을 마련하고 수많은 사람이 겹겹이 둘러싸고서 선구를 구경했다. 군중의 수효는 주체할 수 없이 많아서 병원 당국자는 경비원들을 동원하여 구경꾼들에게 서 있지만 말고 서서히 걸어가면서 본 다음에는 한옆으로 빠져나가라고 독려하고 있었다. 그래도 계속 밀어닥치는 인파로 해서 대단한 혼잡이었다.

그뿐이랴. 선구가 누워 있는 근처에는 방송국에서 나온 아나운서가 해설을 늘어놓으면서 현지 방송을 하는 소동이었다. 그런데 여기 모인 군중들 역시 모두 여자뿐이었다. 남자란 씨도 없었다.

'이제는 의심할 여지 없이 이곳은 여인천하이다. 다른 지방은 어떤 꼴인지 모르겠으나 이곳은 완전히 여자 일색이다. 그것도 요즘 시작된 여인천하가 아니라 이런 판국이 된 지 이미 오랜 모양이다. 그러기에 보기 힘든 남자라 해서 이다지 성화들이 아닌가. 혹 모르겠다. 이들은 생후 처음으로 남성을 구경하는지도.' 선구는 생각했다.

남자들은 어디로 갔으며 여자만 가지고 어찌 꾸려 나가는 건지 의심스러웠다. 그러나 이런 궁금증은 선구에게 나중 일이었다. 우선 당장은 이 꼴을 당하니 기가 막힐 뿐이었다. 오늘 이 마당에 처음 인도됐을 때는 이젠 좀 대우 개선이 되나 보다 하고 반갑기까지 했었다. 여자 떼들이 모여들자 이거 좋은 구경거리구나 하고 그들의 골격, 언어, 노유(老幼)의 비율 등을 관찰하기에 분주하기까지 했었으나 이내 지치고 말았다.

이제는 조금도 의심할 바가 없이 자기는 포로며, 노리갯감이라는 걸 절실히 깨달았다. 서글프기도 하고 그 꼴들이 보기도 싫어 푸른 하늘을 상대로 잔디 위에 벌렁 누워 버렸다. 선구가 누워 버리자 군중들이 와글거렸다. 어떤 이는 잘 보이지 않으니 일어나라고 외치기도 했다. 아나운서와 경비원이 와서 일어나라고 지근거렸다. 미칠 노릇이었다.

모른 체하다가 정 귀찮게 굴기에 할 수 없이 일어나니, 아나운서가 얌치 없이 문답을 하자고 덤볐다. 그 내용이 유치하기 짝이 없었다. 잠을 얼마나 자느냐? 먹는 게 뭐냐? 가족 생각은? 여자 생각은? 따위의 시시한 질문이었다.

돌이켜 생각하니 저절로 한숨이 나왔다. 본시 선구는 어떤 욕심에서 비커츠섬에 갔거나, 모험심에 들떠 미래로의 여행을 동경한 것이 아니었다. 어느 정도의 곤란, 부자유는 견디어야 할 것으로 짐작하였고, 심지어 최악의 경우 목숨까지라도 이 사업을 위해 던질 각오가 있었다. 그러나 이런 푸대접, 이런 멸시와 조롱을 당할 줄이야 상상인들 했으랴.

'오늘의 이 마당에 오기 위하여 완전인간의 까다로운 절차를 치렀으며, 어머니의 간청을 뿌리치고, 사랑도 버리고, 형제며 동포며 조국을 외면했던 건가. 이 지경 요 꼴을 만들기 위하여 유엔은 그 권위를 기울여 비커츠섬의 거창한 건설을 이룩하였고, 전 세계 주민은 열띤 환호와 축복을 보냈던 것이냐.' 분통이 터져 죽을 노릇이었다. 그간 스스로 자기 마음을 달래고 억제해 온 인내가 이제는 한도에 도달하여 폭발할 것만 같았다. 실로 허무하고 값없는 161년의 세월이었구나.

하늘을 우러러 탄식하면서 선구는 과거를 더듬어 보았다. 생에 충만한 자기의 역사였다. 오로지 앞날을 향하여 뻗어 나가기만 한 맑은 정신이었다. 한 곳 흠 없는 육체에는 정기가 서려, 그러기에 전 인류의 이름 아래 대표자로 뽑힌 것이 아니었더냐!

선구는 두 손에 불끈 힘을 주었다. '내가 이 꼴을 당하고만 있어야 하나? 아니, 아니, 아니다. 이 꼴을 보고만 있을 수는 없다. 내 신세를 운명으로만 돌리고 체념할 수는 없다. 싸우자. 이 구덩이에서 벗어나 보자.'

선구는 웃으려야 웃지 못할 이 우스꽝스러운 장면에서 벗어날 연구를 해 보았다. 온 세상이 이 지경은 아닐 테지. 여기는 특수 지대일 것이다. 이런 곳이 왜, 어째서 생겨났는지는 모르겠으나 이곳은 분명 기형적 특수 지역임이 틀림없을 것이다.

'기회를 보아 이곳을 탈출하자. 자유세계로, 정상적인 나라로 도망가자.' 이런 궁리에 여념이 없을 때 갑자기 주위가 한층 더 떠들썩해졌다. 소리 나는 쪽으로 고개를 돌리자 선구는 깜짝 놀랐다. 이게 웬일이냐.

사람들이 둥둥 떠서 마치 나비나 벌처럼 공중을 날아다니고 있었다. 그 수효도 대단히 많았다. 글자 그대로 벌 떼 같았다. 지상의 높고 낮은 곳에서 떠돌며 날아다니는 모습은 참으로 장관, 아니 무서운 광경이었다. 선구는 얼이 빠져서 탈출할 궁리고 뭐고 혼비백산할 지경이었다. 잠시 멀거니 바라보던 선구는 이 놀라운 현상의 실태를 짐작하게 되었다. 이 공중 부대는 어린 소녀들로 편성되었고 인솔자가 따로 있는 것으로 봐서 학생들의 견학 단체인 성싶었다. 물론 선구가 대상물이었다. 그들이 붕붕 날아다닐 수 있는 것은 등에 짊어진 기계의 작용 때문인 것 같았다.

잠시 놀란 정신을 가다듬고 살펴보니 이건 뭐 그다지 놀랄 것도 신기할 것도 없음을 알게 되었다. 이런 것쯤 이미 그 옛적에 실용품으로 등장했던 일이 회상되었다. 그 당시는 각국 군대에서 일부 보병용으로 제트 엔진을 간소화하여 군인들 등판에 매달아 산악전이나 도하 작전에 이용했었다. 지금 보는 광경은 예전보다 성능이 어느 정도 우수한 것뿐이니 놀랄 것도 없지 않겠는가. 얼마 전에 비커츠섬에서 이곳으로 올 때 타고 온 비행 보트로 봐서도 항공술의 발달은 가히 짐작할 수 있었다.

소녀 비행 부대가 그야말로 곤충 떼처럼 몰려간 다음, 다시 일반인들이 줄을 지어 나타나 선구를 손가락질하고 지껄이며 법석이었다. 공중 부대를 보내고 난 다음 선구는 다시 탈출할 생각을 계속하였다. 그러자 꾀가 솟아났다.

'저 비행 엔진을 이용하면 되겠다.' 저렇게 소녀들이 일제히 가지고 있는 걸 보니 개인용 비행 엔진은 널리 보급된 모양이었다. 이곳 병원에도 비치되어 있을 것이다. 병원 직원을 꾀어 그걸 한번 만져 보도록 해야겠다. 혹시 얻을 수만 있다면 비행 보트를 이용해도 좋을 것이다. 좌우간 비행기구를 이용하여 이곳을 빠져나가 비커츠섬으로 가는 것이 좋겠다. 비커츠섬에 가면 다음 계획이 마련될 것 같았다. 그곳에는 각가지로 이용할 시설이 많았다. 우선 알뜰한 방위 무기가 있었다.

선구가 기밀실에 들어갈 그 당시만 해도 어지간히 믿음직한 무기가 장비되어 있었는데, 유엔은 그 후 계속 새로운 장비로 개량을 거듭했을 터이니, 아무리 지금 형편이 그때와 다르다 하더라도 당분간 적의 침공을 버틸 수는 있겠지.

비커츠섬에 가면 외부 세계와 널리 접촉할 수 있는 통신 시설도 있을 것이다. 세계정세도 파악할 수 있고 경우에 따라 구원을 청할 수도 있을지 모른다. 또 그곳에는 식량이 많을 것이다. 비커츠섬의 지리라든지 각종 장비의 조작법은 선구로서는 자신이 있었다. 그 후 개량 개비된 것이 있더라도 그 점에 대한 안내서가 마련돼 있을 것이다. 그야 그곳에 경비원이 배치되어 있긴 하리라. 그러나 많은 인원은 아닐 테고, 기습 공격을 가하여 그들을 제압하면 될 것이다. 물론 모험이고, 위험 부담도 크다. 그러나 그게 문제랴.

'그렇다. 비커츠섬으로 가 보자. 그곳 형편이 뜻대로 안 된다 하더라도 목숨을 걸고 한번 해봐야겠다.' 선구는 탈출할 결심을 하였다. 161년 전에 미래를 향하여 떠나던 기개는 지금도 고스란히 살아 있었다. 성공하고 말겠다. 이렇게 마음먹자 선구는 주위에서 일어나는 시끄러움, 조롱 등은 이미 안중에 없었다.

5
탈출

전전세기의 인간 우선구가 소보논에 온 지도 어언 석 달이 지났다. 자유가 없는 선구는 그간 이곳 물정에 대해서 거의 백지상태로 묶여 있는 데 비하여, 병원 당국자들은 다양한 지식을 그로부터 취득하였다. 남성으로서의 생리며, 성격이라든지, 전전세기 인간으로서의 기능, 적응성 등 귀중한 여러 가지 자료가 그로부터 적출되었다. 지금 이 병원 연구실에는 여섯 명의 연구원들이 제각기 전문 분야별로, 살아 있는 중세기 유물을 놓고 연구와 실험을 거듭하는 중이었다.

선구는 대체로 그들의 요구대로 움직여 주었다. 연구생들은 그의 유순한 태도와 놀랄 만한 기억력, 해박한 지식에 감탄하여, 처음 품고 있던 경계심을 차츰 풀게 되었다. 이것이 선구가 노리는 바였다. 그는 될 수 있는 한 그네들의 지시에 순종하면서 자기 목적을 달성

할 기회를 노렸다. 헤민어의 습득도 게을리하지 않았다.

이의 대가로 병원에서는 몇 가지의 대우를 개선해 주었다. 의복이나 식사를 그의 비위에 맞게 제공하고 텔레비전과 서적 등도 볼 수 있게 하였다. 방도 더 넓은 곳으로 바꿔 주었다. 단, 외출과 뉴스 청취는 절대로 용납되지 않았다. 텔레비전도 몇몇 프로에 한해 관람시키고 때때로 중단하는 수가 많았다. 차입하는 책도 과학 서적 아니면 어학 서적으로 엄중히 제한했다. 이런 것으로 봐서 지금 그네들의 정국이 불안정한 게 아닌가 하고 선구는 의심하였다. 그 불안정한 상태도 아마 선구와 직접적인 인연이 있는 것인지도 몰랐다.

'그러기에 이 모양으로 잡아 가둬 놓은 사람에게 시국을 눈 가려두자는 게 아닌가?' 이렇게 생각하니 선구는 더욱 조바심이 나며 탈출에의 욕망이 불타올랐다. 선구에게 주어지는 서적이 주로 과학 서적인 점은 어느 면에선 그에게 다행이기도 하였다. 그의 헤민어 실력도 이런 전문 서적을 능히 이해할 수 있을 만큼 향상되었다.

또한, 그가 탐독하는 서적 중에 휴대용 비행 배낭에 관한 해설 기사가 실려 있는 과학 잡지가 있었다. 거기에는 초심자를 위한 소형 비행 배낭 조작법과 이에 대한 정부 단속 규칙 등이 자세하게 설명되어 있었다.

설명에 의하면 비행 배낭의 추진 원리는 폭발에 있는 것이 아니고, 전파 분류방향(奔流方向)의 차단과 유도에 있다고 했다. 이 점은 선구가 생각한 옛날의 보병 병기로서의 휴대용 제트 엔진과는 성질이 전혀 판이했다. 이곳에서 선구가 목격한 그 엔진들은 소음도 없고 연기도 없었다. 사실 전전세기의 그런 구식 제트 엔진으로서는 주체할 수 없이 많은 연기와 굉장한 소음 때문에 이전 자신이 본 것처럼 경쾌한 실내 정원 비행이라든지, 집단 비행은 불가능할 것이다.

이렇게 기본 원리가 유별난 외에 옛것과 지금의 것 사이에는 비행고도와 지속 시간에 있어 큰 차이점이 있음을 인식하게 되었다. 선구가 아는바 옛것은 고작 10미터의 높이와 길어야 10분의 비행시간이 한도인데, 지금 것은 악천후에서도 2천 미터 고도를 날 수 있고 비행시간도 원동력으로 사용하는 전지 한 개로 20분간, 전지 수효를 늘리는 대로 그만큼 연장할 수가 있었다. 다만 당국에서 공안 유지의 이유로 자유 비행에 몇 가지 제한을 가하고 있었다.

예컨대 고도 2백 미터 이상은 허가하지 않는다든지, 비행시간을 오전 오후 한 차례씩, 그것도 시간과 방향을 제한한다든지 하고 있었다. 그 까닭은 이 기계를 함부로 쓰면 부근에 있는 다른 전자 기계들의 성능을 마비시킬뿐더러 일반 교통에 지장을 초래하기 때문이었다. 더욱이 밤에는 부근에 미치는 영향이 예민하므로 야간 사용은 원칙으로 금했다.

이런 면이 이 기계의 약점이라면 약점일 것이다. 이 약점도 현재 연구 개발 중으로 가까운 장래에 더 편리하고 자유스러운 사용이 기대된다고 했다. 선구는 이 비행 기계가 대개의 가정에까지 보급되어 있으리라 추측하였다. 큰 건물에나 기관에는 으레 여러 대가 비치되어 있을 것이고, 이 병원에도 있을 거라고 짐작하였다.

선구는 매일 접촉하는 티기시에게 넌지시 이 점을 타진하였다. 요전번 마당에 나가 있을 때 생후 처음으로 날아다니는 기계를 보고 깜짝 놀랐다고 허풍을 떨며 이 병원에도 있느냐고 물으니 티기시는 자랑스럽게 말했다. "옥상에 여러 대 있어요. 우리 말을 잘 들으세요. 한번 태워줄 테니."

선구는 마음속으로 쾌재를 불렀다. 한번 해볼 만했다. 그러나 그는 함부로 서두르지는 않았다. 차근차근 계획을 세웠다. 우선 이 방에서 나갈 수 있어야 했다. 다음은 옥상으로 가는 도중에 들키지 않아야 했다. 다행히 비행기를 훔쳐 타고 달아날 수 있는 경우와 그것이 여의치 않을 때 대처할 방법도 세워야 하겠다. 우선 위장이 필요했다. 여인들만의 세계에서 남자란 너무나 명확한 표식이었다. 여자로 위장할 수 있어야 했다.

'티기시를 희생시키자. 그녀를 쓰러뜨리고 옷을 뺏어 입어야겠다. 티기시 하나쯤 처리하기는 그리 어렵지 않겠지.' 그러나 이 방은 언제나 감시당하고 있으니 쉬운 일은 아니었다. 탁자 위에 있는 인터폰을 들면 영사판에 상대편이 나타났다. 이와 마찬가지로 저편에도 이 방의 모습이 비치게 되어 있을 것이다. 필시 24시간 계속 감시판 위에 이 방 안 모습이 비치도록 해 놓았겠지.

이 점을 확실하게 하려고 선구는 어느 날 꾀병으로 방 한구석에 엎드려 신음하는 시늉을 해 보았다. 아니나 다를까 인터폰을 들지도 않았는데 직원이 달려와 왜 그러느냐고 묻는 것이었다. 선구는 거짓을 꾸며서 그 상황을 수습해야 했다.

그래도 선구는 단념하진 않았다. 어느 날 밤, 자정이 훨씬 지난 후 선구는 방바닥을 구르면서 죽어가는 시늉을 하였다. 한참 동안 그러고 있어도 아무도 오질 않았다. 아마 감시원이 없든지 잠들어 있는 모양이었다.

선구는 인터폰을 들었다. 영사판에 아무도 나오지 않았다. 계속 폰을 두드렸다. 얼마 후 영사판에 사람이 나타났다. 티기시는 아니고 전에 한두 번 이 방에 온 적이 있는 간호사였다. "배가 아픈데 약 좀 갖다 줄 수 없겠소?"

간호사는 미간을 찌푸리더니 기다리라고 했다. 인터폰을 놓고 방바닥에 쓰러진 채 기다렸다. 얼마 만에 짤깍 소리와 함께 문이 열리고 인터폰에 비쳤던 간호사가 들어왔다.

엄살을 부리고 있던 선구는 비틀거리며 일어나 물끄러미 간호사를 바라보았다. 이상하다고 느꼈던지 간호사가 한 걸음 뒤로 물러서려는 찰나, 선구의 한쪽 팔이 획 날아가 그녀의 명치를 쳤다. 비명 한마디 없이 허깨비처럼 넘어지는 걸 선구는 얼핏 받아 침상 위에 눕혔다. 빛을 끄고 즉시 옷 바꾸기를 시작하였다. 여자 옷을 자기가, 자기 옷을 여자에게 입혔다.

선구가 여자로 위장하는 것에는 두 가지 편리한 점이 있었다. 하나는 머리 모양이었다. 이 병원에는 남자 머리 조발사가 없어 선구는 다른 사람들처럼 도매금으로 뚜껑머리를 하고 있어야 했다. 덕분에 이 자리에선 새삼 손질이 필요치 않았다.

다른 하나는 신발이었다. 이곳 사람들은 누구나 하이힐이 아니고 고무바닥의 샌들을 신고 있어 선구도 그걸 한 켤레 얻어 신고 있었으니 이것도 제격에 맞는 것이었다. 잠겨 있지도 않은 방문을 나와 밖에서 잠근 후 옥상으로 통하는 층계를 찾아 나섰다.

조심해서 걸었으나 야밤중에 조용한 복도를 스치는 샌들 소리는 제법 컸다. 층계가 어디 있을까 두리번거리고 있는데 맞은편에서 이쪽으로 오는 사람이 있었다. 선구는 냉큼 방향을 바꿔 걸어갔다. '뒤에서 봐선 얼핏 알아채지 못하겠지.' 이런 배짱으로 휘적휘적 걸어가는데 이번에는 그쪽에서도 사람이 걸어오는 기척이 났다. 다행히 근처에 옆 골목이 있어 그곳으로 슬쩍 빠졌다. 바로 그곳이 층계였다. 옳다구나 하고 달려 올라갔다.

막상 옥상 출구까지 가 보니 문이 꽉 잠겨 있었다. 단단한 철문이라 꿈쩍도 하지 않았다. 잠시 망설이고 있는데 복도에서 신발 소리가 났다. 그 소리의 주인공은 이편으로 오는 모양이었다. 여차하면 달려들어 처치할 요량으로 벼르고 있는데 그 사람은 이쪽에 주의를 기울이지 않고 지나쳐 갔다.

위기를 모면한 선구는 다른 출입구를 찾아 나섰다. 한참 만에 찾은 그곳도 철문으로 가로막혀 있긴 마찬가지였다. 깊은 밤인데도 무슨 볼일이 있는지 복도에 울려오는 인기척이 끊일 사이가 없었다. 시간을 끌다간 일이 잘못될 성싶었다.

마음은 초조한데 좋은 방법도 안 나섰다. 자기가 때려누인 간호사는 잠시 기절한 정도에 불과하니 얼마 안 가 정신을 차릴 것이다. 그보다 그 간호사가 없어진 것을 알게 되면 소동은 금세 폭발하겠지. 이러고 있을 수는 없다고 선구는 창문 있는 곳으로 갔다. 창밖 벽에 달린 홈통을 타고 옥상으로 올라가든지 아래로 내려갈 작정이었다.

여기서 딱한 일이 생겼다. 창이 있긴 있되 그 꾸밈새가 선구가 생각한 것과는 거리가 멀었다. 창에 여닫는 곳이 없었다. 아니, 없는 것이 아니라 있긴 있을 텐데 여닫는 방식을 모르겠다. 암만 살펴봐도 손잡이도, 따로 움직이는 테두리도 없었다. 그러나 지금까지 몇 번 이런 창을 여닫는 것을 선구는 본 적이 있었다.

한동안 애를 쓰다가 실패한 선구는 최후 수단으로 창문을 깨기로 마음을 굳혔다. 소리가 요란하겠지만, 별수가 없다고 생각하였다. 창유리를 주먹으로 쳤으나 꼼짝도 하지 않았다. 선구는 계속 너 덧 번 후려갈겼다. 그때마다 유리판은 둔한 음향을 낼 뿐이었다. 굉장히 강한 유리판으로, 아마 재래의 유리가 아닌 모양이었다. 이것도 발달하는 과학 문명의 결과로구나. 하여간 이걸 깨어야 하겠기로 이번에는 창틀 턱에 올라가 발길로 힘껏 내찼다.

하지만, 탕 소리가 나고 복도에 나동그라진 건 선구였다. 유리는 여전히 그대로였다. 이거 큰일 났다고 선구는 다급한 눈초리로 주위를 두리번거리다가 한 곳에 화분 탁자가 놓여 있는 것을 발견하였다. 이번에는 탁자를 둘러메어 안간힘을 써서 내리쳤다.

툭 하고 겨우 탁자 다리가 빠져나간 구멍이 뚫렸다. 계속 메다쳤다. 탕, 탕, 탕, 조용한 밤공기를 진동시키며 큰 음향이 터졌다. 이쯤 된 바에야 될 대로 되라 하고 선구는 창문 부수기를 멈추지 않았다. 억지로 돌파구를 만들어 낸 선구는 그 구멍 밖으로 머리를 내밀고 밖을 살폈다. 창 가까이 홈통이 있어 그걸 붙잡고 잘하면 옥상으로 올라갈 수도 있음 직했다. 근처에서 사람들 몰려오는 소리가 났다. 선구는 주저 없이 유리 구멍으로 빠져나가 홈통을 향하여 몸을 던졌다.

어떻게 그걸 붙잡고, 어떻게 기어올랐는지 선구 자신도 이해할 수 없이 엉겁결에 어쨌든 옥상에 도달하는 데 성공하였다. 몇 군데 살이 찢어지고 피가 흘렀건만 그는 의식하지 못하였다. 달빛에 비친 옥상 마당 한 곳에 그럴싸한 건물이 보였다. 저 속에 비행 배낭이 있으리라고 짐작한 선구는 그곳으로 달려갔다.

여기도 문이 잠겨 있었다. 쇠문은 아닌 것 같기에 선구는 몇 걸음 뒤로 물러섰다가 뛰어들며 발로 걷어찼다. 이 일격에 문은 부서져

나가고 선구는 안으로 굴러 들어갔다. 그 순간 심한 통증을 느꼈다. 어딘지 몸을 몹시 다친 것 같았으나 살펴볼 겨를이 없었다.

어두컴컴한 속에서 손에 잡히는 물건을 끌어당겨 별빛 아래 살펴보니 바로 비행기구였다. 책에서 읽은 대로 매만져 보았더니 기계가 발동했다. '전지는 있는 거겠지.' 선구는 짐작하고 부랴부랴 어깨에 걸머졌다. 이때 옥상으로 나오는 층계 문이 열리며 몇 사람이 달려오는 모습이 눈에 띄었다. 선구는 휙 몸을 솟구쳤다. 아찔한 느낌과 함께 밤하늘로 떠올라가는 자신을 알 수 있었다. 병원 옥상은 벌써 까맣게 발밑에 떨어져 나가 분간할 수 없을 정도로 멀어졌다.

책에서 읽은 대로 고도의 조절과 방향 전환을 시험해 보았다. '아차, 잊었다.' 방향 전환과 수평 비행을 하려면 손발에 지느러미를 달아야 하는데 너무 급한 나머지 그것을 잊고 안 가지고 나온 것을 깨달았다. '옥상에서 매달 틈이 없으면 들고 올라와 공중에서 할 수도 있었을 터인데.' 후회하였으나 이제는 소용없는 노릇이었다.

방향 전환쯤은 지느러미가 없더라도 몸으로 얼마쯤은 할 수 있으니 큰 곤란이야 없겠지. 그보다는 목적지 비커츠섬이 있는 방향을 찾아내는 일이 급했다. 일단 급한 위기를 모면하자 선구는 비로소 추위를 느꼈다. 높은 하늘에서 느끼는 밤공기는 몹시 차가웠다.

'추운 것쯤이야 참아야지. 방향을 잡는 것이 급선무다.' 눈 아래 펼쳐져 있는 소보논 시가는 대단히 아름다웠다. 일루미네이션도 옛적 것과는 판이하게 곱고도 화려했다. 깊은 잠에 잠겨 있을 거리에서는 간혹 경쾌한 음향이 이곳까지 울려왔다. 신비롭고 귀여운 음향.

그러나 선구에게는 이러한 아름다움이 눈에도 귀에도 들어올 여유가 없었다. 어쩌나 추운지 전신이 몽둥이로 얻어맞는 것처럼 아팠다. 선구는 급히 고도를 낮췄다. 바람이 일어났다. 면도날로 살을 에는 것 같았다. 휜히 살이 내다보이는 실내복 그대로 뛰어나온 것이 실수였다. 병원 안에선 언제나 누구고 여름 옷차림이기에 계절에 대한 관심이 희박해졌던 것인데, 지금은 여름이 아니고 가을이었다.

설사 가을이 아니고 여름철이라 하더라도 높은 공중에는 차가운 기류가 흐르고 있을 것이다. 하물며 밤중에는 더할 게 아니겠는가. 선구는 이 점 지나치게 소홀하였다. 나중에 안 일이지만, 이때 선구가 급강하를 한 것은 아주 잘한 일이었고 또 다행스러운 것이었다. 왜냐하면, 이때 소보논 시 당국에서는 선구가 도망간 방향을 향하여 전자 기계의 기능을 마비시키는 강력한 전파를 발사했다.

선구는 이 방해 전파를 받기 직전, 지나친 급강하에 놀라 다시 고도를 회복하려던 참이었다. 떨어지던 몸이 다시 솟아 올라가려는 순간, 갑자기 엔진이 꺼지며 그대로 땅 위로 곤두박질하며 떨어졌다. 요행히, 실로 요행히 그의 바로 밑에 큰 나무가 있었다.

밤중이라 나무 종류는 모르겠으나 아무튼 아주 큰 나무였다. 밤하늘에 치솟은 이 나무는 둘레 수십 미터에 뻗쳐 가지를 벌렸고, 가지마다 잔가지며 크고 탐스러운 잎을 빽빽이 붙이고 있었다. 이 나무가 선구의 목숨을 아슬아슬하게 구해 주었다. 철썩하고 나뭇가지에 몸을 부딪고 계속 가지 사이로 굴러떨어지다가 잔가지 틈에 끼여 큰 상처를 입지 않고 정지하자, 선구의 아찔했던 감각은 다시 제 기능을 회복하였다.

"옳지, 저이들이 방해 전파를 보낸 것이로구나. 책에도 그렇게 적혀 있더라." 선구는 중얼거리며 자세를 바로잡고 일어섰다. 비행 배낭을 벗어 던지고 부지런히 땅 위로 내려섰다. 어디로 도망갈까? 멀리서 경적 소리며 서치라이트가 엇갈렸다. 추적이 벌어진 모양이었다. 어느 방향으로 도망가야 하는 거냐? 갈피를 잡을 수가 없었으나 그렇다고 머뭇거리고 있을 수도 없었다. 덮어 놓고 내달렸다.

뛰어가는 그의 귓전에 출렁대는 물결 소리가 들려왔다. '바다로구나, 저리로 가자.' 바로 근처가 해안이었다. 부두에는 크고 작은 여러 가지 배들이 즐비하게 매어져 있었다. 그는 여러 배 가운데서 전날 비커츠섬에서 타고 온 모터보트처럼 생긴 것을 물색하였다. 물 위로도 가고, 날기도 하고, 지상을 달리기도 하는 그런 배를 집어 탔다. 배 안에는 아무도 없어 배는 저 혼자 물결 출렁거리는 대로 넘실거리고 있었다.

닫힌 문을 열고 안으로 뛰어들었다. 이 배의 엔진도 비행 엔진과 비슷할진대 운전법도 비슷하겠지 하고 운전판을 살폈다. 일이 되느라고 운전판 위에 운전 요령이 부각(浮刻)되어 있었다. 지극히 간단한 내용이었다. 사실 예전 비커츠섬에서 이곳에 올 때 운전하는 걸 봤지만 그건 아주 쉬운 것이었다. 발동을 걸었다. 엔진이 움직였다. 됐다 하고 다음 조치를 취했다. 그러나 배는 움직이지 않았다. 이거 큰일 났다고 허둥대다가 선구는 닻 생각이 났다.

'닻을 안 감아올렸구나. 배를 움직이려면 닻을 먼저 올려야 할 게 아닌가.' 선구는 밖으로 뛰어나가 고물 쪽으로 가봤다. 닻줄이 물속에 늘어져 있었다. 그걸 잡아당겨도 꼼짝도 하지 않았다. 닻줄이 로프나 쇠사슬이 아니고 뻣뻣한 강철봉이었다. 정히 다급한데 그의 머릿속에서 깨우침이 일어났다. 배가 옛적의 배가 아닐진대 닻도 닻

줄도 달라졌을 게 아닌가. 옛적처럼 손이나 바퀴로 감아올리는 그런 것이 아닐 것이다.

배 안으로 다시 들어가 고물 구석을 살폈다. 한 곳에 단추가 있는데 강철봉을 작동시키는 것처럼 보였다. 시험 삼아 누르니 칙 하는 소리와 함께 강철봉이 고무줄처럼 오므라들고, 그 여파로 배가 둥둥 떠돌았다. 선구는 다시 운전판에 달라붙어 조작을 시작하였다. 이번에는 순순히 말을 들었다. 한 바퀴 빙그르 선체를 돌려 부두를 뒤에 두고 미끄러지듯 해심을 향하여 달렸다.

요령에 적힌 대로 하니 속력이 차츰 더 붙고 씽씽 바람을 끊고 달리는 품이 굉장했다. 이러는 중에 선구는 몸이 으스러질 정도로 느꼈던 추위도 잊게 되었다. 선내는 봄날처럼 따뜻했다. 혹시 추격이 있지 않나 하고 선창을 통해 살폈으나 그런 기색도 없었다.

소보논 시가의 등불도 이제는 아주 안 보일 정도로 멀어졌다. '이렇게 멀어지면 전파 방해도 미치지 못하겠지.' 또는 이 배의 엔진은 그런 방해와는 관계없도록 설계되었는지도 모르겠다. 급한 중에도 약간 마음의 여유를 되찾은 선구는 좀 더 자세히 운전 요령을 읽어봤다. 이 배는 1차 운행으로 수상을, 2차 운행으로 지상을, 3차로 공중을, 4차로 수중을 자유자재로 운행할 수 있었다. 다만 비행 고도 2천 미터, 수중 잠행은 80미터로 제한하고 있는데, 이것은 선체의 구조 조건 때문일 것이다. 사용 동력은 'ㄷ·ㄹ·방사능 21, 사용 연한 120년'이라는 라벨이 붙어 있었다. 이것으로 봐서는 전파 방해의 염려는 없을 것이다.

선구는 3차 운행 방식을 따라 공중 비행을 시도하였다. 고도 5백 미터로 키를 돌려놓았다. 이 정도면 암초에 부딪힐 염려도 없겠지.

갑자기 선내가 훗훗해졌다. 추워서 떨던 몸에선 이제 땀이 뻘뻘 흘렀다. 선체를 만져 보니 제법 뜨거웠다. 과속으로 인한 공기 마찰 때문일 것이다.

속도계를 들여다보았으나 숫자판에 적힌 기호를 이해할 수 없어 속도를 가늠할 길이 없었다. 혹 실수가 될까 염려하여 감속 조치를 취했다. 선내 온도가 알맞게 낮아졌다. 바다는 밤의 포장 속에 조용히 잠들었고, 머리 위 성좌에선 조약별들이 졸린 듯 깜빡이고 있었다.

'용하게 이곳까지 탈출해 왔구나.' 선구는 안도의 한숨을 내쉬었다. 이제 남은 문제는 비커츠섬의 위치를 파악하고 그곳에 상륙하는 일이었다. 주먹구구로 판단하건대 비커츠섬이 뉴질랜드 군도의 동북 1천3백 킬로미터 지점에 있고, 자기가 소보논을 떠난 후 경과한 시간과 이 배의 속도를 대강 겨누어 보면 목적지에 거의 도달했거나 통과했을 성싶었다.

무작정 이대로 더 비행하는 게 어떨까 하는 의구심이 생겨 선구는 배를 다시 물 위로 내려놓았다. 선구는 운행 방식을 4차로 바꿔 바닷속으로 들어갔다. 지시 한도 80미터 수심까지 내려가 기관을 멈췄다. 날이 밝기까지 여기 숨어 있을 작정이었다. 이곳에 오니 다시 추운 기가 돌았다. 온도 조절기를 찾아 공기를 따뜻하게 만들었다.

둘레는 깊은 바닷속. 선창을 넘어 흘러나간 광선에 비친 바닷속 풍경은 신비로웠다. 크고 작은 물고기들이 바다 풀 사이로 유유히 헤엄치고 있었다. '자, 좀 쉬어 보자.' 선구는 비로소 자기 몸을 둘러봤다. 옷은 갈가리 찢어졌고 전신이 상처투성이였다. 갑자기 아픔이 찾아왔다. 배도 고프고 갈증도 났다.

운전판 옆의 빼닫이를 열어 보니 몇 개의 병이 있었다. 모두 주정분이 강한 것들이지만 다행히 그중 하나가 청량 음료수였다. 그는 한숨에 몽땅 마셔 버렸다. 피곤이 일시에 밀어닥쳐 선구는 빛을 끈 다음 아무렇게나 마룻바닥에 쓰러졌다.

눈을 뜨자 물속이 희미하게 밝은 걸 보고, 선구는 태양이 바다 위 높이 올라와 있음을 깨달았다. 부랴부랴 발동을 걸고 수면으로 떠올랐다. 과연 대낮이었다. 주위는 수평선에 싸여 아무것도 시야에 들어오는 것은 없고 잔잔한 물결 위에 반짝반짝 반사되는 햇살이 눈부셨다.

선구는 여태껏 라디오를 잊고 있었음을 깨달았다. 스위치를 넣은 다음 배를 수직으로 비상시켜 최고 제한 고도인 2천 미터 상공을 날았다. 하늘 높이 올라가는 대로 수평선은 밖으로 뻗어 나가며 몇 개의 섬이 시야 안으로 기어들었다.

"특별 뉴스. 어젯밤 소보논 중앙 병원을 탈출한 적성 인간 우선구의 행적을 찾아 태평양 전역에 경계 지시가 내려졌습니다. 그의 체포는 시간문제일 것이나 혹시 그자를 발견하는 사람은 인근 상호 구락부로 연락하길 바랍니다."

방송을 들으면서 선구는 공중에 큰 원을 그려 더욱 시야를 넓혔다. 태평양 전역에 경계 지시가 내렸다니 그럼 태평양 전역이 단일 행정구란 말인가? 헤민어 사전이나 그간 읽은 서적 내용으로 봐서 있음 직한 일이라고 수긍되긴 했다. 혹 모를 일이었다. 그네들은 전 세계를 통일했을지도. '그렇다면 달아나 볼 곳이 없지 않은가? 비켜

츠섬에 가서도 구원을 청할 대상이 없지 않을까?'

"특별 뉴스. 어젯밤 소보논 중앙 병원을 탈출한 적성 인간 우선구의 행적을 찾아….″

되풀이하는 방송에서 '적성 인간'이란 말이 선구의 주의를 끌었다. '적성(敵性) 인간이라니? 왜 나를 적으로 모나? 161년 동안이나 잠만 자고 있던 내가 왜 적이란 말인가? 그건 하여간 나를 적으로 모는 이상 필시 저 사람들에게 적 진영이 있는 모양이지. 그동안 나에게 일체 외부 소식을 차단한 데에도 이유가 있을 것이다.'

저네들의 반대 집단이 있을진대 구원을 요청할 대상이 없다고 할 수는 없었다. 선구에게 한 가닥 희망이 생겼다. 좌우간 비커츠섬으로 가 보자. 빙글빙글 공중에서 맴을 도는데 라디오가 갑자기 잡음에 얽혀 들을 수가 없었다. 전파 방해? 혹시나 하고 선구는 황급히 고도를 해상 20미터로 낮추었다. '이 정도라면 레이더에 걸릴 염려도 없겠지.' 그러나 때는 이미 늦고 말았다. 라디오에서 갑자기 성난 목소리가 뛰어나왔다.

"고도를 높이고 회답하라. 그대 이름을 대라."

선구는 마치 등덜미를 잡힌 것처럼 놀랐다.

"여기는 소보논 수색 본부 추격대. 우리는 적성 인간 우선구를 찾고 있다. 그대는 누군가? 제한 외 비행을 하는 까닭을 대라. 목적지는 어딘가? 빨리 고도를 높이고 회답하라. 명령을 어기면 사격하겠다."

꼼짝없이 잡히게 되었다. 기왕 들킨 바에야 달아날 때까지 달아나 보자고 선구는 다시 최고 한도로 고도를 높여 올라갔다. '비커츠섬은 어디냐? 빨리 그곳에 착륙하여 그곳의 방위 무기를 이용해 보자.' 이때 멀리 수평선 위 구름 사이에서 두 대의 항공기가 이쪽을 향해 돌격해 오는 모습이 보였다.

선구는 급히 그들이 나타난 반대 방향으로 전속력을 냈다. 그가 날아가는 방향 수평선 부근에 조그마한 섬이 두각을 나타냈다. 조그마한 모양이긴 하나 비커츠섬의 독특한 형태를 선구는 재빨리 알아볼 수 있었다. 뱃머리를 그리로 돌렸다. 이러는 사이에 선구와 추격기 사이는 비상하게 접근되었다. 추격기의 속력은 이쪽에 비할 바가 아니었다. 비커츠섬에 착륙할 여유는 도저히 없었다.

"정지하라. 불응하면 사격이다." 위협 방송이 귀에 따가웠다. 선구는 서서히 속력을 늦추어 추격기와의 사이를 좁힌 다음 급강하하였다. 추격기가 머리 위를 번개처럼 지나갔다.

선구는 재빨리 수면을 향하여 급강하하였다. 해면에 내려앉자 제자리에서 뱅뱅 맴돌며 물거품을 일으켰다. 배 전체가 파도 속에 뒤덮일 때 선구는 운전대를 바로 잡아 보트가 수평선을 향하여 다시 전속력으로 내달리게 한 다음 선창 밖으로 몸을 내던졌다. 소용돌이치는 물결에 휘감겨 정신없이 끌려 돌다가 가까스로 정신을 가다듬고 물 위에 고개를 내밀어 비커츠섬의 위치를 확인한 후 그쪽을 향하여 헤엄쳐 갔다.

한참 만에 거의 파김치가 되어 선구는 해안에 다다랐다. 발이 모래땅에 닿을 때는 더 이상 몸을 가누지 못할 정도로 지쳤다. 억지로 상반신을 물가에 내민 채 선구는 정신을 잃고 말았다.

얼마나 시간이 지났는지 선구는 심한 추위를 느끼고 눈을 떴다. 날은 이미 저물어 주위는 어둑어둑했다. 어찌나 추운지 전신이 사시나무 떨듯 떨렸다. 그제야 선구는 자기의 하반신이 물속에 잠겨 있는 걸 발견하고 기겁을 하였다. 추위도 추위려니와 이렇게 있다간 저네들에게 발각될 염려가 있었다. 기어서 모래밭을 가로질러 숲 속으로 몸을 감췄다.

얼마 후 산속 시냇가에 나온 선구는 냇물을 움켜 마시고 다소 기운을 회복하였다. 정신이 들었으나 추위는 여전했다. 몸에 걸친 거라고는 속옷 하나밖에 없었다. 윗도리도 반바지도 언제 찢겨 나갔는지 모르게 없어졌다. 덜덜 떨면서 언덕 꼭대기로 올라갔다. 사방은 아주 캄캄했다.

산마루에는 예전 그대로의 초소가 있었다. 선구는 멀찌감치에서 숨을 죽이고 동정을 살피다가 아무도 없는 걸 확인한 후 그 안으로 들어섰다. 초소가 이렇게 비어 있는 거로 봐서 저네들은 이 섬을 비워둔 것이 아닐까? 그렇다면 유엔 부락도 비었고 모든 장비도 철거해 갔을지 모르겠다.

사실 자기가 빠져나간 후의 비커츠섬이란 의미 없는 존재였다. 등성이 너머 유엔 부락을 가 봐야겠다. 그러나 선구에게는 그런 것보다 우선 추위와 시장기와 피로의 해결이 급선무였다. 몸은 떨리고 기운은 없고 이젠 한 걸음을 옮기기도 힘들 정도였다.

어둠 속을 더듬어 초소 한구석에 캐비닛이 있는 걸 찾아냈다. 문을 여니 뜻밖에도 음식이 그득했다. 선구는 허겁지겁 고기며 빵이며 마구 쓸어 넣고 물 대신 술도 몇 모금 마셨다. 누가 갖다 놓은 음식이며 여기 누가 언제까지 있었고 또 언제 누가 올 것인가 하는 의혹을 품어 볼 겨를도 없었다. 술의 효과란 과연 어떻다는 걸 선구는 이제야 처음 깨달았다. 금세 몸이 훈훈해지며 생기가 돌았다. 주식

(酒食)으로 빈속을 채운 후 그는 초소를 나와 북쪽 비탈로 갔다.

이때 반달이 떠올랐다. 음력 초순껜가 보다. 달빛을 받은 숲 속의 나무 그림자가 뒤엉켜 어수선했다. 유엔 부락은 섬의 북쪽 양지받이에 있고, 선구가 올라온 곳은 반대쪽이었다. 비탈 위 나무둥지에 숨어서 아래를 내려다보니 부락은 어둠과 적막 속에 잠겨 있었다. 전에는 열다섯 채였는데 달빛에 비친 수효는 불과 다섯 채뿐이었다. 그중 네 채는 불빛이 없고 부두 가까이 있는 한 채만이 안팎으로 환히 밝았다. '저 집에 파수꾼이 있을까? 파수꾼이 있다면 나는 벌써 낮에 발견되었을 텐데 웬일일까? 좌우간 내려가 보자.'

풀더미와 나뭇가지를 헤치고 나가자 앞에 훤하게 트인 벌판이 나타났다. 가로세로 수많은 비석이 널려 있었다. 묘지였다. '아하, 내가 잠들고 있던 사이에 이 묘지가 생겼구나.' 전에는 없던 것이었다.

비석 수효가 자그마치 2백 주도 넘었다. '이것 역시 내 수면 기간이 오래였다는 증거의 하나로구나. 여기에 묻힌 사람들이 모두 정성을 들여 나의 안면(安眠)을 지켜 주었겠지. 오늘날 내가 이 지경이 되리라고는 꿈에도 상상 못 하고.'

달빛 어린 비석들의 행렬은 선구에게 참을 수 없는 서글픔을 느끼게 했다. 몇 개의 푯말에 얼굴을 갖다 대고 거기 새겨진 글자를 읽어 보았다. 영어, 불어, 스페인어, 한문 등등 글자도 가지각색이었다. 그중에는 어느 나라 글인지 알 수 없는 것도 더러 있었다.

선구는 비탈길 아래로 걸음을 옮기면서 몇 개의 비석을 어루만졌다. 여기에 서린 모든 넋은 분명 자기와 깊은 인연이 있는 것이었다. '이 넋들을 위해서라도 나는 헛된 죽음을 해서는 안 되겠다. 어떻게든 활로를 개척해야 한다. 길은 반드시 있을 것이다.'

그중 한 비석에 시선이 닿자 선구는 깜짝 놀랐다. 비석의 글자가 한글이었다. '혜민어인가?' 자세히 보자 그 순간 그는 심장이 딱 멈추는 듯한 놀람을 느꼈다. 실로 의외의 비문.

'장숙원의 묘.'

'이게 웬일이냐. 숙원의 묘가 여기 있다니?' 선구는 눈을 비비고 침침한 달빛을 아쉬워하며 글자 하나하나를 규명하였다. 장숙원의 묘라 적힌 푯말 뒷면을 보았다.

1972년 6월 26일 출생 (서울)
2035년 3월 19일 영면

이렇게 되어 있었다. 분명 숙원의 묘였다. '어찌하여 숙원의 묘가 여기 있단 말인가. 유엔 가족들의 공동묘지가 틀림없는 이곳에.' 여러 가지 상념이 선구의 머릿속을 내왕했다.

숙원은 그 후 유엔인의 자격을 얻어 나를 지키기 위하여 다시 이곳으로 되돌아왔을 것이다. 오직 약혼에서 끝난 한낱 부질없는 인연을 살려 그녀는 단 하나의 청춘을 내 곁에서 불살라 버리고 말았구나. 아무런 보상도 보람도 없을 그 생애. 선구는 덥석 비석을 끌어안았다. 불쌍한 숙원. 알아주지 못한 순정, 허무한 사랑이여. 돌 위에 떨어진 눈물이 달빛에 반짝였다.

그 당시의 기록이 보고 싶었다. 이 언덕 땅속 기밀실 옆의 도서실에는 그 당시의 기록이 보존되어 있을 것이다. 한동안 숙원의 무덤 앞에서 시간을 보낸 후 선구는 다시 걸음을 옮겨 언덕 아래로 내려갔다.

부락 안에 들어가니 이곳 역시 묘지처럼 적막했다. 인기척도 없고 강아지 짖는 소리마저 없었다. 여기저기 무너졌거나 불탄 자국만 남은 집터들이 더욱 처량감을 주었다. 남아 있는 집 다섯 채 중한 집에 가까이 가 귀를 기울였다. 통 인기척이 없었다. 문을 밀어 보니 맥없이 열렸다.

폐가였다. 어둠 속에서도 알 수 있는 후락한 건물. 곰팡내 완연한 폐가였다. 이렇게 된 지도 오랜 것 같았다. 다른 집으로 가 보았다. 역시 마찬가지였다. 그다음 집도 또 다음 집도 마찬가지였다. 모두 허술해진 벽, 떨어져 나간 창문, 마당에 우거진 잡초, 수북한 기왓장 조각.

선구는 발길을 불빛이 환한 곳으로 옮겼다. 이 집은 말쑥한 모습이 옛적 그대로인 것 같았다. 한참 동안 창 밑에 움츠리고 있었으나 안으로부터는 아무런 소리도 새어 나오지 않았다.

집 둘레를 한 바퀴 돌아보니 현관에 간판이 붙어 있었다. '다무두.' 경비소란 뜻의 헤민어였다. 조금도 경비소답지 않았다. 경비원 하나 얼씬거리지 않고 산마루 초소도 비워 둔 채로 있는 것이 선구에겐 이상했다.

'혹 이네들은 낮에 내가 뛰쳐나온 뒤의 빈 보트를 추격하여 격침시켰다고 보고, 안심하고 있는 걸까? 그렇다면….' 선구는 한 가지 기발한 계략을 꾸며 보았다.

여기 경비원들이 이다지 태평세월로만 있어 준다면 구태여 습격하여 소란을 피울 게 아니라 이들을 이대로 둔 채 기밀실 안으로 잠입해 봄이 좋지 않을까? 이들이 방심하고 있는 동안 나의 신변은 절대 안전할 것이다.

선구는 슬며시 그곳을 떠나 언덕 중턱에 있는 기밀실 출입구를 찾아갔다. 금방 찾아낼 수 있었다. 그러나 문은 굳게 닫혔다. 열쇠는 경비원들이 갖고 있겠지. 어떡할까 망설이다가 산마루로 다시 올라 갔다. 기밀실로 통하는 환기통이 생각났기 때문이다.

　산마루에는 몇 군데에 환기통 탑이 덤불에 가려져 있을 것이다. 그것들은 사람 하나쯤은 충분히 드나들 수 있으리라. 그중 하나를 찾아낸 선구는 탑 위에 올라가 내부를 들여다보았다. 캄캄하여 아무것도 안 보였다.

　선구는 부근에서 넝쿨을 주워 밧줄을 만들어 그걸 타고 안으로 내려갔다. 3미터도 채 못 내려가 장애물에 걸렸다. 굵직한 철골에 철망을 쳐 외부로부터 들어오는 잡물을 막는 차단시설이었다. 몇 번 발로 걷어차 보았으나 까딱도 하지 않았다. 몸을 구부려 손으로 만져 보니 철골이 꺼칠꺼칠한 게 녹이 두꺼운 것 같았다. 이것이 만들어진 지 161년이 넘었을 터이니 녹슬 만도 하지.

　선구는 연장만 있으면 쉽사리 어기고 들어갈 수 있다고 짐작하였다. 밖으로 나와 쓸 만한 것을 구해 봤으나 숲 속이나 초소에는 적당한 것이 눈에 띄지 않아 다시 산 밑 부락으로 내려갔다. 무너진 집터 이곳저곳을 뒤져 보고 있는데 근처에서 인기척이 났다. 깜짝 놀라 그 자리에 엎드려 소리 나는 편을 살피니 경비소에서 한 사람이 나와 마당을 서성거리며 뭐라고 중얼댔다.

　거리가 있어 잘 들리지는 않았으나 여자 음성이고 헤민어임이 틀림없었다. 몸에는 간단한 잠옷을 걸쳤다. 잠옷을 걸쳤다고는 하지만 앞을 풀어헤쳐 완전 나체나 다름없는 그 여인은 두 팔다리를 펼쳐 심호흡하고 있었다. 그때 안에서 또 한 사람이 나왔다. 같은 풍채를 하고 있었다. 그녀는 도수 체조하고 있는 사람에게로 가 상대의 목을 끌어안았다. 그러더니 킬킬대고 서로 떠밀고 당기고 희롱했다. 또 한 사람이 나왔다. 셋이 어울려 장난치다가 서로서로 손을 이끌고 안으로 들어갔다.

주위는 다시 죽은 듯한 적막으로 돌아갔다. 흡사 도깨비장난 같은 광경을 보고 난 선구는 다시 근처를 뒤져 한 자루 쇠몽둥이를 얻었다. 부지런히 산마루로 올라가 다시 환기통 안으로 들어갔다. 마침 달이 중천에 떠올라 효과적인 조명을 던져 주었다. 장애물은 생각했던 것보다 쉽사리 제거되었다. 선구는 넝쿨을 어겨진 철골에 단단히 매 놓고 그것을 타고 다시 아래로 쭈르르 내려갔다.

도중 몇 군데 환기통이 꼬부라지는 대로 선구는 엉기기도 하고 바로 서서 내려가기도 하고 하여 드디어 끝에 다다랐다. 그곳에도 장애물이 있었다. 여기는 철망뿐만 아니라 필터 장치까지 있었다. 내부의 음향이나 온기가 빠져나가지 못하도록 하는 장치인 성싶었다. 다행히 이것은 그냥 맨손으로 들어낼 수 있어 힘 안 들이고 빠져나갈 수 있었다. 도달한 곳은 기밀실 옆에 붙은 준비실이었다.

실내는 대낮처럼 환했다. 옆방 문을 여니 그곳은 기밀실. 얼마 전까지 선구가 머물러 있던 그 모습 그대로 조금도 변한 데가 없었다. 선구는 감회 깊이 모든 설비며 비품을 둘러보았다. 의무실, 도서실, 기계실, 기타 전체 기구를 두루 살핀 다음 선구는 다시 준비실로 돌아왔다.

모든 것이 예전대로였다. 여인천하의 지배자들도 이곳은 이대로 보존해 두자는 의도인 것 같았다. 아무것도 철거하거나 걷어치운 것이 없었다. 모든 자동 기계들도 제대로 성능을 유지했다. 그래서 실내는 대낮처럼 밝고 공기도 상쾌할 만큼 잘 조절되어 있었다. 식당에는 저장용 식량이 그득했고, 갱의실에도 여러 가지 입을 것이 가득했다. 선구는 그중에서 우선 한 벌 꺼내 입었다.

이곳에서는 지하 터널을 통하여 방위 시설이 있는 지하 요새로 나갈 수도 있었다. 단추 한 번 누르면 전체 해안선이 봉쇄되고 조명탄이며 살인 광선도 발사할 수 있을 것이다. 선구는 그것들을 점검하고 싶었으나 피곤하여 다음으로 미뤘다. '우선 좀 자야겠다.' 그는 만일을 염려하여 기밀실의 옛 보금자리를 버리고 도서실 책장 뒤에 잠자리를 꾸몄다.

지하실 동굴 속에서의 은거 생활이 한동안 지속되었다. 아무도 선구가 이 속에 숨은 줄 몰랐다. 그는 날마다 라디오로 외부 소식을 엿들었다.

"지난 5일 소보논을 탈출한 구세기의 이성 인간 우선구는 이미 죽은 것으로 보입니다. 행적 탐지기에 포착된 우선구의 탈출 경로를 보면, 그는 소보논 해안까지 비행기 편으로 날아가 그곳에 계류 중이던 ㅂ-155호 보트를 타고 해상으로 도주하였으나 비커츠섬 부근에서 수색대에 발견되자 당황한 나머지 조종을 그르쳐 암초에 정면으로 충돌하여 보트를 산산조각으로 깨뜨리고 말았습니다.

그의 시체는 아직 발견되지 않았지만, 보트의 기관마저 박살이 나서 해저에 흩어졌고 여기에 흘러나온 방사 물질로 해서 근처 일대는 광범하게 오염되었습니다.

당국은 다량의 중화제를 해중에 투입하여 오염 구역을 청소하는 한편, 우선구의 시체를 계속 수색 중이나 혹 벌써 고기밥이 되었을

지도 모를 노릇이라고 관계관은 추측하고 있습니다."

방송을 들으니 당분간은 저들의 추적을 걱정 안 해도 괜찮을 성싶었다. 이 점은 적이 안심되는 바이나, 여타 방송으로부터 얻은 정보는 모두 신통치 않은 것뿐이었다.

이곳의 수신기는 상당히 성능이 높은 기계라 어느 곳의 송신이고 간에 전파의 제한 없이 수신할 수 있는 것인데, 선구는 암만 다이얼을 주물러 봐도 어느 거나 헤민어 일색이고 그 내용도 비슷비슷하였다. 더욱이 전파의 많은 부분이 우주 방송국 또는 위성 중계로 오는 모양인데 이것으로 미루어 보아 지금 세상은 선구가 은근히 걱정한 그대로 여인천하로 통일된 모양이었다.

단편적으로 듣는 방송 내용으로는 세계가 단일 정권하에 있는지 혹은 지방 분권하에 있는지 그 점은 분명치 않았으나 아무튼 전 세계가 깡그리 여인천하인 것만은 확실했다. 여인천하도 있을 순 있겠으나, 어느 전파이고 간에 남성의 등장이 전혀 없을뿐더러 이에 대한 언급조차 없는 데는 도저히 이해가 안 갔다. 이 불가사의한 사실을 터득하고자 선구는 도서실에 비치된 여러 가지 문서를 뒤졌다.

도서실에는 선구가 기밀실에 들어간 그 당시로부터 발간된 연감이며, 갖가지 해설 서적, 기록문, 여러 사람의 일기장들이 그득하게 진열되어 있었다. 실로 귀중한 기록들이었다. 선구는 허겁지겁 이 책 저 책을 꺼내 펼쳤다.

이들 서적 중에서도 선구에게 가장 감명 깊은 것은 장숙원의 일기책이었다. 숙원의 일기장은 특별히 따로 마련된 책장 한 칸에 차곡차곡 쌓여 있었다. 그 칸에는 다음과 같은 글이 적힌 카드가 꽂혀 있었다.

'정성과 소원의 글.'

헤민어가 아닌 순 한글의 글이며 말이었다. 선구가 이 카드를 발견한 것은 동굴 안에 들어온 지 사흘만이었다. 그렇지 않아도 장숙원에게 관한 기록을 찾던 터라 이 카드가 눈에 띄자 그는 황급히 달라붙었다. 일기는 1일 자로 시작되었다. 이 날짜는 선구가 기밀실안 캡슐에 들어간 그 날을 기점으로 한 첫째 날을 뜻함이었는데, 일기에도 그렇게 밝혀져 있었다.

"오늘 우선구는 아득한 먼 미래로 떠났다. 비커츠섬의 역사는 오늘부터 시작되었다. 기밀실의 시계는 0의 시점에서 미래의 역사를재어 가기 시작하였다. 나의 삶도 오늘부터 시작되며 오늘 이 시각을 기점으로 나의 장래가 엮어질 것이다."

그러고 보니 숙원은 이 섬을 나갔다가 다시 돌아온 게 아니라 처음부터 쭉 내리 있었음을 알게 되었다. 일기에는 그렇게 된 경로도기록되어 있었다.

유엔 디크워크 박사의 후원으로 비밀리에 비커츠섬의 거주권을얻은 숙원은 이곳 통신 책임 기사인 인도 출신 나달잔의 수양딸이되어 그들 식구와 함께 살게 되었다. '정성과 소원으로' 아로새겨진숙원의 일기를 까마득히 먼 훗날인 오늘에 와서 읽는 선구의 가슴은 오직 미어질 것만 같았다.

그러나 그의 벅찬 감정도 일기의 날짜가 거듭됨에 따라 거기에기록된 내용이 하도 억세고 벅찬 데에는 압도당하지 않을 수 없었다. 진실로 큰 혁명이 그간에 있었다. 그것은 천재지변보다도 더 큰변혁이라고 할 수도 있었다. 선구는 이 일기를 가슴 울먹이는 슬픔과, 기절할 정도의 경악 사이를 내왕하면서 읽어 갔다.

1일 자로 시작된 일기의 최초 9년간은 아름다운 서정과 착실한 생활기록으로 가득했다. 그다음, 9년 7월 20일. 여기서 숙원은 제3차 세계 대전이 폭발했음을 기록했다.

"유럽 일각에서 투닥거리던 분쟁은 기어이 온 세계에 불똥을 튕기고 말았다. 동서 양 진영 그리고 제3세력권의 모든 나라는 성급히 핵무기를 사용하였다. 아, 무서워라. 신이여, 비커츠섬을 굽어보옵소서. 우선구를 편히 쉬도록 보살펴 주옵소서."

전쟁의 시작으로부터 그 경과, 종말에 이르는 숙원의 기록은 대단히 소홀하고 그나마 그녀의 관심은 오로지 선구의 안식처인 기밀실의 안위에만 얽매어, 역사 기록으로선 아쉬운 바가 많았다. 선구는 이 부분을 연감 등 다른 책에서 보충해야 했다.

출판물 기록에 의하면, 제3차 세계 대전은 선구가 그 옛적에 기우한 바 같은 우발적 사고나 동서 세력 간의 미리 마련된 정면충돌로 야기되지 않았음이 선구에겐 의외라면 의외였다. 연감 편집자의 저술을 보건대, "제3차 세계 대전의 불씨를 던진 당사국, '알비나'와 '에스야'는 유럽 일각에 붙어 있는 소국이며 같은 공산주의 이념 국가다. 서로 도와야 할 이 두 나라가 서로 다툼으로써 열린 이 세기적 비극의 원인은 어디 있으며 목적한 바는 무엇일까? 그것은 피치 못할 절대적인 이유도 거둬들일 아무런 수확도 없는, 말하자면 우매하고 허황된 투기 그것뿐이다. 지금까지의 모든 인류 전쟁사가 전부 그랬듯이. 결국 그들의 어리석음을 역사는 증명하였다. 과거의 모든 전쟁의 결과가 전쟁 도발자들의 의사를 배척한 바 그대로."

제3차 세계 대전은 사전에 예상한 바 그대로, 최초의 몇 시간 동안 대세가 결정되었다. 교전 국가들은 다 같이 첫머리에서 치명적 타격을 입고 말았다. 그들은 이러한 피해에도 불구하고 연 사흘간 핵무기 교전을 벌였다. 이로써 그네들 국민 거의 전부가 몰살을 면치 못했다.

그렇다고 전쟁이 끝난 것은 아니었다. 지하 방공호 또는 해외 기지에서 명맥을 유지하고 있는 쌍방의 생존 부대 사이에 단말마적 싸움이 3년을 두고 끌어나갔다. 이렇게 장기전이 되리라고는 누구도 예상하지 못했으리라. 이 기간 중의 전쟁은 실로 비참하고 무의미하기 짝이 없었다.

그들 생존 부대들은 오직 싸우기 위하여 싸우는 동물에 지나지 않았다. 비록 그들은 생존은 했으나 목적하는 국가도 겨레도 국토도 없었거니와, 그들 자신도 다소의 차이는 있을지언정 모두 방사능의 오염, 기타 사고로 정신적으로 또 육체적으로 폐인이 돼 버렸던 것이다. 제3차 세계 대전의 더욱 이색적인 특징은 종반전의 형태에 있었다.

이 종반전은 교전 국가 간의 승부로 끝난 것이 아니라 제3세력에 의하여 쌍방 교전국의 잔존 부대들이 소탕됨으로써 끝을 고했다. 여기 제3세력이란, 대전에 참여할 자격도 없던 몇 개 조무래기 국가들을 말함인데, 이들은 공포와 흥미 속에서 강대국들이 거꾸러지는 걸 구경하고 있다가, 언제 끝날지 모르는 종반전을 기다리다 못해 교전 단체 토벌에 나서게 된 것이었다.

이들 토벌대 앞에 과거를 자랑하는 강대국 패잔병들은 맥없이 사라졌다. 전쟁은 끝났다. 13년 10월 4일 숙원의 일기는 다음과 같았다.

"끝내 비커츠섬은 무사하였다. 탄환 한 개 안 날아오고 무서운 핵 기류도 이 부근을 침범하지 않았다. 비커츠섬은 복된 땅이다. 이곳 주민들은 단 한 사람의 희생자도 안 내고 지내왔다. 그러나 누구나 할 것 없이 우울했다. 그중의 한 사람인 나는 완전한 고아가 된 것 이다. 법적으론 이미 옛적에 그렇게 되었지만 이제는 실질적인 고 아다. 고국의 부모 형제며 동포는 한 사람도 남지 않고 말살되고 말 았다는 소식이다. 아니, 비커츠섬 주민 중에서 나만은 고독하지 않 다고 봐야지. 기밀실 안의 그분도 편안한 잠을 계속하고 있으니….."

며칠째 라디오를 듣고 난 선구는 한 가지 사실을 포착하였다. 전 부터 추측한 대로 시국이 불안하다는 사실이었다. 혹시 저들 여인 천국은 어느 상대방과 전쟁 상태에 있는지도 모르겠다. 그것은 방 송 중에 자주 정부가 주민들에게 적개심을 고취하고 단결을 호소 하는 것으로 수긍되었다. '그러면 상대는 누굴까?' 선구는 매번 실 패를 거듭하면서 하루에도 수십 번씩 미지의 전파를 찾아 수신기 의 다이얼을 돌렸다.

그러다가 한번은 이상한 전파가 들어왔다. 찍, 찍, 찌, 찍…. 고 르지 않은 음향은 통 알아들을 수가 없는데 어쩌다가 한두 마디의 단어가 튀어나오곤 했다. 하도 잡음이 많아 어느 나라 말인지조차 분간할 수 없긴 했으나 선구가 매우 놀란 것은 그 음성이 남성이었 기 때문이다.

실로 희한한 일이었다. 선구는 가슴이 두근거렸다. 비커츠섬에 온 보람이 있을 거냐. 그 소리가 잘 들리지 않는 건 방해 전파의 탓 이 분명했다. 분명 그 전파는 저네들 여인 천국에 대항하는 반대 진영에서 오는 것이 틀림없다고 선구는 믿었다.

선구는 더욱 신경을 돋우고 다이얼에 매달렸다. 아무리 해 봐도 좀 더 효과적인 청취는 이루어지지 않았다. 선구는 꾸준히 노력하면서 기다렸다. 이상한 그 전파는 반드시 방해 전파의 허를 찌르고 전모를 나타낼 때가 있을 것이다. 그 전파의 정체가 판명되면 자기도 마주 탐색 전파를 보내리라 마음먹었다. 이곳에도 훌륭한 단파 송신 시설이 있었다.

이렇게 외부에 대한 신경을 쓰는 동시에 선구는 쉬지 않고 과거사를 뒤져 읽었다. 제3차 세계 대전이 끝나자 세계는 잠시 침체기에 들어갔다. 그럴 수밖에 없는 것이 전 세계의 90퍼센트 이상의 인구가 죽었고, 거의 백 퍼센트에 가까운 재산이 사라져 버렸다. 살아남은 지역은 남아프리카, 남아메리카, 오세아니아의 몇몇 지점과 남북 양극 지대 일부 도서에 국한되었다. 이들 지역도 이미 스며들어 온 방사진으로 언제 불행한 종말이 올지 모르는 우울증에 걸린 나날 속에서 지내야 했다. 숙원의 일기조차 따분하기만 했다.

"어제라는 것이 마치 벽화 같은 기념물에 지나지 않는구나. 비커츠섬의 주민들은 예외 없이 모두 지난날의 행복했던 그 사람들이 아니다. 삶을 반기는가 하면 죽는 것만 못하다고 투덜대고, 비커츠섬이 바로 에덴동산이라고 찬미하다가는 배편이 있는 대로 떠나가겠다고 수선들을 부린다. 나야 그렇지 않다. 그러지 않도록 노력하고 있다. 될 수 있는 대로 잠을 잔다. 잠이란 몸에도 마음에도 최고의 양식이다. 선구 씨가 증명하고 있지 않은가."

이렇게 따분한 분위기는 세월의 흐름에 따라 차츰 명랑함을 되찾았다. 방사진의 해독이 없는 것은 아니나, 사회생활을 위협할 만큼 절대적인 것은 아니었다. 불과 3억 명에 미달하는 인구에게, 지구는 과분한 넓이며 자원이기도 했다. 생산력도 차츰 올라가고 삶의 의욕도 높아졌다.

날마다 늘어가는 앞바다의 어선들을 숙원은 헤아려 보게도 되었다. 보랏빛 여명기를 뚫고 드디어 약진 시대가 왔다. 비커츠섬 연대로 따진 23년 4월 14일의 일기에서 숙원은 기쁨을 터뜨렸다.

"오늘은 인류 역사상 영원히 기념할 날이다. 아르헨티나의 립튼 박사가 원자탄 피해 회복 방식을 발견하여 학계에 발표하였다. 박사의 이론에 따르면 방사선 장애를 일으킨 동식물의 세포는 회복될 가능성이 초기 환자는 80퍼센트 이상, 중기 환자는 60퍼센트 이상, 말기 환자도 20퍼센트 이상이라고 했다."

립튼 이론의 위력은 대단하였다. 제3차 세계 대전 핵폭발 지역이 복구 대원들에 의하여 속속 회복 개발되었다. 이 해는 숙원의 양가인 나달잔 일가에 있어서도 기념할 만한 해였다.

"루리쉬 아저씨가 첫 손녀를 보셨다. 레나 나달잔이 비커츠섬 전 주민의 축복을 받으며 이 세상에 첫선을 보인 것이다." 숙원은 이렇게 기록하며 좋아했다.

세계가 아르헨티나 청년들의 독무대가 되는가 싶을 정도로 그들은 전 세계로 진출하였다. 립튼 박사의 덕택으로 방사능 노이로제는 완전히 제거되었다. 아르헨티나 이민단의 뒤를 이은 것은 브라질, 그리고 칠레. 이들의 공동 용어인 스페인어가 전 세계를 휩쓸었다. 이에 지지 않으려고 오세아니아의 섬사람들, 그리고 아프리카의 주민들이 용감히 서둘렀다.

세계 지도는 나날이 달라졌다. 아메리카에, 아시아에, 유럽에 건설의 망치 소리가 요란했다.

"조용한 건 오직 비커츠섬뿐. 그러나 우리는 외롭지 않다. 우선구가 깨어나 디딜 세상이 밝아 오나니." 숙원의 글이었다. 세계는 말끔히 부흥되고 더러는 전쟁 전 수준을 돌파하기도 하였다.

이민단은 부흥 지대의 막대한 자원으로 무섭게 비대해졌다. 지도자들은 넘쳐흐르는 힘의 소비처를 찾아 헐떡였다. 처처에서 과잉 의욕, 과잉 생산, 과잉 충돌이 잦았다. 유엔이 재조직되었다. 그들은 원탁에 둘러앉아 세계 지도의 재편집을 의논하였다.

그러나 국제 협상이란 고금을 통해 시간의 낭비와 거짓말 늘어놓기 경연에 지나지 않았다. 국제간의 긴장도는 나날이 높아갔다. 유엔이 베푼 업적이란 고작 비커츠섬의 방위 시설을 강화하자는 데 합의를 본 정도에 그쳤다. 그렇다고 그곳 주민들이 이것을 좋아한 건 아니었다.

"31년 5월 22일 우리는 죄 많은 사람인가 보다. 비커츠섬 주민들은 요사이 식량의 저장, 방위 시설의 점검에 매우 바쁘다. 미구에 터질 4차 대전에 이런 것들이 한 푼의 역할이나 할지 의심스럽기도 하고, 기밀실의 기능은 만점. 나의 유일한 위안이다."

제4차 세계 대전이 일어나기 전해의 숙원의 일기였다.

"이 세상에서 가장 위대한 자는 누구냐? 그건 과학자다. 이 세상에서 가장 약하고 못난 사람은 누구냐? 그건 과학자다."

이러한 말은 예전부터 있었다. 창조자로서는 위대하나 자기 창작품의 사용 능력에 있어선 허약하고 그 결과에 대한 책임감은 지지리 못나게 걸머져야 하는 게 과학자라는 이 말의 진실성을 선구는 지금 뼈아프게 되새기고 있었다. 제4차 세계 대전사를 읽으면서 그는 새삼 과학의 위대성과 그 잔인성, 그리고 그 허망함에 놀라지 않을 수 없었다.

제4차 세계 대전도 개시 벽두에 있어 핵무기의 대량 투입으로 무자비한 살상과 파괴를 감행한 것은 전번 제3차 세계 대전의 수법과 다를 바 없었다. 그러나 이번에는 그간에 발달한 방위 무기와 보호 시설의 효과로 해서 이것만으로는 전번처럼 전국(戰局)의 대세를 결정짓지는 못하였다.

그럼 무엇으로 살육의 철저한 성과를 거둘 수 있었을까? 과학자들은 제4차 세계 대전을 주로 기상작전(氣象作戰)으로 맞싸웠다. 전쟁 초판의 핵무기 교환이 한물가자 곧 등장한 것이 상대방 지역에 대한 이상기후 조성과 이에 대항하는 역조성이었다. 적 진영에 초고기압이나 초저기압 현상이 일어나도록 하는 인공천후 조성 기술, 다시 말하자면 옛적에 전설이나 허무맹랑한 공상 소설, 군담(軍談)에 등장하는 환풍호우술(喚風呼雨術)이 이번에는 현실로 나타나 판을 친 것이었다. 과학자들은 우주선에 광파유도기를 실어 구름, 비바람, 번개를 몰고 간다든지, 이와 반대로 일정한 지역의 대기를 빼내 온다든지 하였다.

여기 사용된 두 가지의 병기, 즉 우주선과 광파유도기 중 우주선은 이미 전세기(前世紀)에 많은 보급을 보아 제3차 세계 대전 전후에는 온 하늘이 우주선으로 뒤덮였다고 형용할 정도로 그 수와 질에 있어 큰 발전을 보았고, 광파유도기는 전세기에 있어선 광학 이론상 한 묶음의 광파를 단일 광파로 집중시켜 여기에 발생하는 열과 속력을 이용할 가능성을 마련하고, 실험적으로 천체 망원경 같은 투광기 또는 금속에 구멍을 뚫는 착공기로 사용한 바 있는 건 선구도 이미 알고 있었다.

이것이 차츰 발달하여 제3차 세계 대전에선 살인 광선으로서도 어느 정도의 위력을 발휘하였음이 기록에 나타나 있었는데, 제4차 세계 대전에 이르러서는 과학 병기 중의 결정 무기로 크게 등장했다. 이 무기의 더욱 구체적인 내용은 이곳 도서실에 비치된 서적에는 없었고, 또 있다 한들 그 내용을 연구할 겨를이 선구에겐 있지도 않았다. 자세치는 않으나 아무튼 기상작전의 피해는 핵무기의 그것에 비할 바 아니었다. 비유컨대 핵폭발이 점(點) 공격이라면 기상작전은 선(線) 공격이었다. 바로 살인 광선의 홍수 작전이라고 하면, 어눌한 표현이라 할 수 있을까?

이런 무자비한 무기가 마구 구사되었음에도 이 전쟁이 2년 이상을 두고 끈 것은 이런 무기가 일방적으로 발전한 게 아니고 대립하는 양 진영에 고루 보급되어 피차 효력의 상쇄와 중화 작용을 일으켰기 때문이다. 이때 이르러 과학자들의 두뇌는 또 한 번 수고해야 했다.

기상작전에 겹쳐 사용된 것이 독기류(毒氣流), 독가스, 독세균 작전이었다. 이 무기들의 모습은 명칭 그 자체가 설명하겠으므로 별다른 해설이 필요 없으리라. 요컨대 이 무기들로 해서 싸우는 쌍방의 전 생물은 고스란히 멸망하고 만 것이었다. 3차 대전을 겪고 살아남은 6억 인구가 그 후 11억까지 불어났었는데, 이제 다시 불과 9천만 명도 못 되게 된서리를 맞았다.

구사일생으로 살아남은 이들 인구는 주로 남극이나 북극에 피난간 사람들과 태평양, 대서양에 흩어져 있는 일부 소도서의 제한된 주민들이었다. 이 밖에 극소수의 인간들이 대륙 안에서 생을 유지하였는데, 그들은 지하 백 미터 이하의 특수 대피소를 가지고 있는 사람들 중에서 요행 중의 요행을 잡은 행운아들이었다. 비커츠섬은 이번에도 무사할 수 있었다.

"비커츠섬의 사람들은 우선구에게 깊은 감사를 드려야 한다. 그이로 해서 우리는 살아남았으니."

이것은 비커츠섬 연대 35년 1월 13일 숙원의 일기문이었다. 제4차 세계 대전이 끝난 날짜는 어느 기록에도 명확지 않았다. 기름 마른 등잔불이 스스로 꺼지듯 4차 대전도 저절로 슬며시 끝난 것 같았다. 이번 전쟁 역시 승리자도 패배자도 없었다.

살아남은 인간들이 여기저기서 인간이 그리워 '야-호'를 부를 때 비로소 전쟁이 끝났음을 알게 되었다. 전쟁은 끝났으나 장구한 시일을 두고 지구는 어두운 그림자로 뒤덮였다. 과학자들이 온 세상을 남김없이 사막으로 만들고 독약으로 그을려 놓았으니 말이다.

이렇듯 대단한 위력을 뿜낸 과학자들은 제 사업에서 얼마나 보수를 받았을까? 선구는 분노를 참을 수 없었다. 그러나 한편 불쌍하도록 어리석은 그들을 추궁하고 싶지는 않았다. 어리석은 그네들은 살인 무기를 만들면서도 그것이 무기인 줄은 조금도 몰랐을 것이다. 무기인 줄 알았을 때는 이미 그것은 자기 것이 아닌 때였다. 더욱 불쌍한 건 자기 것이 아닌 자기가 만든 무기가, 자기 자신을 희생시킬 그 시각까지 그것에 매달려 지낸 그 사람들의 생애였다.

이러한 이해할 수 없는 현상이 과거 수천 년을 두고 되풀이 계속됐다. 이것이 역사이며 인류 문화였다. 이 꼴이 언제까지나 계속될까?

"암담한 4차 대전도 그 전부가 무가치한 것은 아니었다. 과학자들이 이번 대전을 치르고 나자 비로소 자기네들의 위치와 사명에 올바른 눈을 떴나니, 역사상 처음으로 세계과학자연맹이 탄생한 것이 그것이다."

연감 편집자의 이 논설을 읽자 선구는 구호 신호를 받은 표류자처럼 가슴 설레며 그 후의 기록을 탐독하였다. 살아남은 과학자들은 국가며 민족의 울타리를 거두고 한자리에 모여 다음과 같은 결의를 하였다.

첫째, 세계의 과학자들은 모든 차별감과 이기심을 떠나 부흥에 적극 힘쓴다.
둘째, 앞으로 과학자들은 정치인의 절제를 받지 않는다.
셋째, 과학자들은 각급 과학센터를 조직하여 이를 운영 관리한다.
넷째, 과학자 및 과학센터는 인류 공동의 이익, 평화, 진보를 위해서만 활동한다.

과학자 선언이 발표되자 전 세계 인민은 환호성을 올렸다. 그들은 보낼 수 있는 온갖 것을 과학자들에게 보내어 그들의 센터 건설에 이바지하였다. 이제 다시는 과학자의 다이너마이트가 폭탄이 되지 않고, 광속기가 살인 광선이 되지 않도록 적극 원조하였다. 용기와 희망에 찬 과학자들은 그네들의 센터를 중심으로 열의에 찬 노력을 아낌없이 들어부었다.

이러한 일은 여태껏 인류 역사에 없던 현상이었다. 이제까지는 각가지 멍에에 얽매어 비밀, 배타, 방해 위주로 고립되었던 세계의 과학자들이 화기 가득한 마당에 모여 서로 토론하고 돕고 힘을 합하니 그 성과야말로 실로 경이, 그것이었다. 그뿐이랴. 전 세계의 인민들이 온갖 정성을 다해 그들을 밀어주니, 바야흐로 천리마에 날개 돋친 듯 세계 부흥 사업은 약진 또 약진, 성과는 태양처럼 눈부셨다.

과학센터가 설립된 지 불과 2년 만에 과학자들은 전 세계 인민들로부터 위촉받은 몇 가지 가장 중요한 사업을 훌륭하게 이룩하였다. 전 인류가 충분하게 먹고, 입고, 살 수 있도록 식량, 의복, 주택 문제를 해결해 놓은 것이다. 재래의 농사 대신 공기와 바닷물의 분해 및 재결합 과정에서 무진장한 식량을 뽑아내는 데 성공하였고, 흙 속에 무진장으로 끼어 있는 알루미늄 성분을 섬유화함으로써 가볍고 시원하고, 가공하면 따스하고 매우 질긴 새로운 의복지 '시루'를 창안해 냈고, 이 '시루'에 변화를 붙여 '비시지'란 건축재를 발명하였다.

'비시지'는 능히 내화(耐火), 내수(耐水)의 성질을 가지면서 마음대로 구부리고 펴고 오려내고, 풀로 붙이고, 얇게 쪼개 내면 유리판, 이중으로 겹치면 마루나 지붕이 되는 이용도 높은 물질이었다. 이 재료로 이층집을 짓는 데 두 사람이 3시간이면 족했다. 의식주 문제가 해결되자, 세상 모습은 많이 달라졌다.

인간이란 자고로 먹고 입고 자고 나서 하는 일의 우두머리는 정치다. 인간이 동물과 다른 이유가 여기에 있다고 하겠지. 옛적에 있었던 민족, 국가, 지역별의 파벌이 다시 싹트고 이것을 토대로 정치인이 등장하기 시작하였다. 이 풍조는 세계 부흥의 보금자리이며 과학자들의 아성인 과학센터 안에까지 번졌다.

이 기미를 알아챈 센터의 지도자들은 과감한 숙청을 단행하였다. 그들은 일체의 정치성을 외면하기로 결의하고 센터 운영에 있어 외부로부터의 간섭은 물론, 산하 과학자들이 센터 외의 여하한 조직체에도 가입하는 것을 허락지 않았다. '과학자는 오직 과학에만'의 슬로건을 내걸고 센터의 자주독립을 공고히 하였다.

다시는 과거의 뼈아픈 과오를 범하지 않겠다는 비장한 결심에서 그들은 일체의 정치성을 외면하였다. 이것은 정당하고 현명한 방침이었다. 그럼으로써 과학센터는 사회 부흥과 발전의 기간 요소가 되고, 한편 과학자 자신들의 지위 보존이 되기도 했다. 그러나 지나친 정치 외면에서 오는 모순이 없지도 않았으니, 이것이 훗날 제5차 세계 대전의 터전이 되고 그 결과 인류 유사 이래 가장 심각한 변혁을 일으킬 줄이야 그 당시 아무도 몰랐을 것이다.

그것은 나중 이야기고, 우선은 과학자들의 자각과 노력으로 폐허가 된 세상은 다시 생기를 되찾게 되었다. 이러한 부흥 도상의 세상 형편을 바라보는 가운데 숙원은 자신의 황혼기를 맞이하였다.

"40년 3월 15일. 진이 빠졌다 함이 이런 걸까? 나는 일기 쓸 기력조차 없구나. 아마 이것이 마지막 기록이 될지 모르겠다. 기밀실 안의 님은 옛적과 다름없는데 나는 모든 것이 끝났다. 정성과 소원의 이 글을 레나가 이어 준다고 했다. 고맙고 쓸쓸하다."

며칠 후 숙원은 영원한 수면의 나라로 떠났다. 향년 64세. 깨끗하고 깨끗한 한 떨기 해당화의 생애가 아니었는가. 선구는 두 차례의 세계 대전이 너무 일찍 그녀의 진을 빼어갔음을 원망하지 않을 수 없었다.

*

"여기는… 찌, 찌, 찍, 찌….”

방해 전파의 간격을 비비고 괴전파가 드디어 효과적인 전파를 보내왔다. 헤민어 방송이긴 하나 굵직한 남자의 목소리가 고막에 울리자, 선구는 미칠 듯 떨리는 손으로 다이얼을 조절하였다.

"여기는 정상 사회의 옳은 소리 방송입니다. 이 방송은 헤민어, 스페인어, 영어로 반복 방송됩니다.” 이러한 서두로 괴방송은 시작되었다. 물론 방해 전파가 덤벼들어 치열한 전파 대항전은 여실히 수신기에 반영되어 청취에 많은 지장을 주었다. 그래도 방송의 내용을 거의 다 의미가 통할 정도로 듣게 된 것은 이 날따라 괴전파의 힘이 특히 강했던 모양이었다.

"동지 여러분! 우리의 힘은 나날이 불어가고 있습니다. 지금 당장에라도 저 무지몽매한 무리를 쳐부술 수도 있습니다. 다만 우리가 은인자중하고 있는 것은 옥석 구분으로 그 참화가 여러 동지에게까지 미칠 것을 염려하기 때문입니다. 동지 여러분, 여러분이 참된 행복과 자유를 누릴 날도 머지않습니다. 이 방송에 주의를 게을리 마십시오. 가까운 장래에 저들 변태 정권 책임자들이 반성 안 하는 날에는 중대한 사태가 일어날 겁니다. 우리는 그렇게 되기를 원치 않지만, 최악의 경우에는 일대 공세도 부득이한 일입니다. 그때는 마지막입니다. 지구 최후의 날입니다. 여러분을 위안해 드리고자 오늘은 우리들의 예술가 우고 씨와 쏘피아 양의 이중창을 보내드립니다.”

테너와 소프라노의 이중창이 피아노 반주로 흘러나왔다. 도대체

113

어디서 오는 전파일까? 여인천하를 상대로 이렇게 다룰 수 있는 저들은? 지구 최후의 날이라니? 혹시 이 전파는 우주 공간을 건너 지구 밖의 다른 천체에서 날아온 걸까? 좀 더 들어 보면 터득이 나옴 직도 한데 괴전파는 방해 전파에 의해 이내 사라지고 말았다.

선구는 다시 문서를 살펴보았다. 정성과 소원의 글은 장숙원으로부터 레나 나달잔으로 필자를 바꿔 계속되었다. 숙원이 사망한 해, 레나는 17세의 소녀. 숙원의 조카뻘이 되었다.

"숙원 아주머니는 참 좋은 분이었어요. 비단 저한테만 그렇다는 게 아니고 우리 비커츠섬 전체 주민들에게 따뜻한 추억을 남기신 분이에요. 과거 두 차례나 그분이 이 섬의 대표로 선출된 걸 봐도 그분의 인격이 얼마나 훌륭하였다는 걸 알 수 있습니다. 기밀실의 주인공과 숙원 아주머니의 이야기는 우리 주민 사이에 살아 있는 아름다운 전설입니다. '정성과 소원의 글'이 숙원 아주머니가 돌아가심으로써 끊어진다는 건 너무나 서운한 일이라고 생각합니다. 더욱이 우리 나달잔 집안은 숙원 아주머니로 인연하여 이 섬의 주인공과는 혈맥이 통한다고 느낍니다. 정성과 소원을 이어 받드는 뜻에서 이 글은 저희 손으로 계속 엮어질 겁니다. 그 첫 번째 후계자인 저는 레나 나달잔."

여기서부터 선구는 레나의 글과 다른 출판물을 통해 그 당시의 시대상을 알게 되었다.

제4차 세계 대전 후 조직된 과학센터는 역대 지도자들의 열성으로 순조로운 발전을 거듭하여 확고부동한 지위를 쌓아 올렸다. 전체 과학 부문을 총망라한 방대한 이 조직체는 그 조성 내용으로 인하여

자연히 범세계적이며 초국가적인 형태를 이루게 되었다.

종전 이후 이렇다 할 집단 세력이 없던 당시의 세계정세로 봐서 과학센터는 그 자신이 외면하고 있음에도 불구하고 그 스스로가 하나의 정치 세력으로 등장하게 되었다. 그 후 차츰 질서가 잡힘에 따라 세계 각지에는 종족별, 지역별로, 대소 각가지의 사회단체가 형성되어 있긴 하였으나 그들이 크고 작은 어떤 계획을 세운다던지, 계획을 실행하려면 반드시 과학센터의 신세를 져야 했다. 왜냐하면, 그들은 자신들의 사업에 필요한 기술자를 소유하지 못했고 이러한 기술자를 양성할 기관도 갖지 못했기 때문이다. 혹시 어느 지역이나 단체에서 자기네들만을 위한 과학자 양성 기관을 가졌다가는 전 세계로부터 따돌림을 받아야 했다. 아니 애당초 그런 생각조차 품을 수 없었다.

과학센터가 전 세계 의식주의 생산 및 관리 체제를 꽉 쥐고 있으니 애당초 누구고 간에 과학센터와 맞서 볼 수도 없는 노릇이었다. 이렇듯 과학센터는 전 세계에 걸쳐 단 하나의 세력체를 이루고 절대적인 영향력을 발휘하였으니, 과학자야말로 최고의 권력자며 실력자로 만민의 존경과 선망의 대상이 되었을 것이다.

'따라서 모든 청년은 서로 다투어 과학자가 되고자 했겠지.' 이 시대의 기록을 읽으면서 선구는 그렇게 생각하였다. 그러나 현실은 그렇지 않았다. 과학센터가 겪는 여러 가지 애로 중의 하나는 실로 과학자 양성난에 있었다. 사람들이 좀처럼 과학자 되기를 원치 않았다. 그 까닭은 과학자란 빛 좋은 개살구 격으로 이름만 번지르르했지 실속이 따르지 않는 데다가, 과학자의 칭호를 받을 때까지의 피어린 수행, 칭호를 받은 뒤에는 죽을 때까지 시달려야 하는 격무, 피할 길 없는 책임이 따랐다. 인생 한 번 살다 죽기는 매한가진데 뭣 때문에 그런 고생을 자청해 할 것이냐. 더군다나 의식주의 걱정도 없는 터에 후세의 이상을 위하여 오늘의 현실을 희생할 사람이 어디 있겠느냐는 것이었다.

그렇다고 과학센터의 지도자들은 달콤한 미끼를 내걸고 지원생들을 유혹하려 들지 않았다. 그들은 어디까지나 엄격한 규율로 지원생을 다루고 희생과 봉사를 과학자의 기본 정신으로 삼았다. 이러는 데서 비로소 과학자의 권위가 서며 또 과학자에게는 권위가 필요하였다. 각급 과학센터의 정문에는 다음의 글귀가 새겨져 있었다.

'과학자의 보람은 오직 진리 탐구에 있다.'

그러면 인기 없는 과학자에의 길 대신 대중이 쏠리는 건 무엇이었을까? 사냥과 술이 그것이었다. 차츰 인구가 불긴 했으나 고작 1억 남짓한 인구에게 개방된 전 세계의 대륙과 해양은 광활하고 실속 있는 수렵장이었다. 모든 젊은이는 자신의 뚝심과 원시적 무기만으로 야생 동물을 정복하는 데 도취하였다.

그리고 술은 모든 성인에게 가장 인기 있는 기호품이었다. 누구나 제 마음대로 술을 담가 마셨다. 온 세계에 고루 퍼지고 절대적인 인기를 차지한 술이기는 했지만, 양조 기술은 18세기 옛 상태로 후퇴하였다. 그것은 과학자들이 양조 부문에 힘을 안 씀으로써 일반 민중들은 제각기 원시적 방식으로 술을 담가야 했기 때문이다.

이렇게 만들어진 술은 상품으로 거래되기도 하고 지방에 따라선 술이 화폐의 대용 또는 유일의 화폐 행세도 하였다. 심지어 유럽의 한 곳에선 술에 대한 정책을 내걸고 정부가 세워지기도 했다. 술이 이렇게 판을 치는 만큼 이에 곁들이는 오락이 없을 리 없었다. 정력을 소모하는 갖가지 놀이가 성행하였다.

대중 사이에 이렇듯 쾌락, 흥분 등 자극성에 이끌리는 풍조가 팽배한 반면에는 인생의 더욱 높은 진리 탐구에 정열을 쏟는 사람들도 적지 않았다. 예술, 그리고 철학 부문도 융성하였다. 이상의 두 갈래 형태는 다 같이 각 개인의 감정의 발로였다. 누구도 남의 속박을 받지 않았다. 모든 사람은 자유였다. 여기서는 자유가 보장되는 것이 아니고 자유 이외에 다른 것은 없다고 표현해야 옳겠다.

어딜 가나 철저한 자유가 따르고 어딜 가나 의식주의 걱정이 없으니 사람들은 자연히 한 곳에 못 박히듯 눌러살려 들지 않았다. 그들은 왈츠 리듬에 들뜬 사람 모양 지구 위를 쉴 새 없이 빙빙 돌았다.

"지금 비커츠섬에는 단 두 집만이 남아 있다. 우리 집과 옆집 아놀드 집안 두 세대뿐이다. 먼스키네 사람들과 친네가 돌아오면 이번엔 우리 두 집이 떠날 판이다.

나는 아프리카 적도 지방에 가고 싶은데 남편은 지중해 북안 지대가 좋다고 하여 아직 행선지는 미정."

이것은 60년 4월 14일 레나의 글이었다. 여기서부터 모든 기록은 선구를 당황하게만 했다. 그간 잠자느라고 몰랐으니 다행이지 비커츠섬이 이렇게 텅텅 빌 줄이야. 이다지도 역사가 흔들릴 줄이야….

수신기 앞에 눌러붙어 책 읽기가 요즘 선구의 일과였다. 괴전파를 포함한 외부 소리 듣기와 과거 기록 들추기에 그는 몹시 바빴다. 잠자는 시간도 아까울 정도였다. 여기 들어온 후 열하루가 지났는데 그간 한 번도 외부인이 드나들지 않았다. 아주 감쪽같이 그들을 속였다고 선구는 만족하였다. 그러나 열이틀째 되는 날 변화가 생겼다. 갑자기 복도에서 여러 사람의 말소리와 발자국 소리가 났다. 불의의 방문객들이 이 방 저 방 차례로 조사하고 다니는 모양이었다.

'이크! 눈치챘을까?' 선구는 가슴이 섬뜩하였다. 얼핏 수신기를 챙기고 책들을 기계 뒤에 감췄다. 이런 경우에 대비하여 선구는 도망갈 곳을 마련해 놓은 바 있었다. 무전실 옆에 물품 창고가 있고, 그곳 천장에는 선구가 기어들어 온 환기통이 아닌 별개의 환기통이 있는 것을 조사해 두었다. 선구는 재빨리 사이문으로 빠져 물품 창고로 들어가 물건 더미를 발판삼아 그 환기통의 필터 장치를 밀어 젖히고 속으로 기어 올라갔다.

지하 동굴에 들어온 인원은 네 사람. 두 사람은 소보논에서 온 사람들이고, 다른 둘은 이곳 경비원이었다.

소보논에서는 정례적으로 비커츠섬의 경비 상태를 시찰하러 오기도 하고 한 달에 한 번씩 경비원의 교대가 있어서, 그때는 지하 동굴까지 돌아볼 적도 있고, 그렇지 않을 적도 있었다. 그러나 이번은 그런 경우가 아니었다. 지금 경비원을 앞장세우고 이 안에 들어온 두 사람은 소보논 보안국에서 특별히 파견되어 온 사람들로, 목적은 우선구의 행방을 수색하기 위함이었다.

처음 소보논 보안 당국자들은 우선구가 ㅂ-155 보트로 도망치다가 암초에 부딪혀 죽은 거로 인정한 바 있었으나, 충돌 현장 부근 해저 수색의 결과 보트의 파손 잔재까지 완전히 회수되었음에도 시체가 발견되지 않음에 의혹을 품고 재조사에 나선 것이었다.

그러자, 그 당시의 추격기 승무원들로부터 ㅂ-155 보트가 비커츠섬 부근 해면에 착수한 후 한동안 조종 기계의 고장이나 난 것처럼 맴돌림을 하다가 충돌 현장을 향하여 일직선으로 돌진하더라는 보고를 듣고, 혹시 도피자가 위계(僞計)를 써서 맴돌림 장소에서 보트를 버리고 비커츠섬으로 헤엄쳐 도망가지나 않았나 하는 추리를 세워 보게 된 것이었다.

물론 비커츠섬에 경비원이 상주해 있긴 하나, 혹 모를 일이었다. 그들 경비원들이 추격기 승무원처럼, 달려가는 보트에만 정신을 팔고 있을 사이 도피자가 섬에 기어올라 숲 속에 숨을 수 있었는지.

의혹을 품자 곧 수사원을 파견했다. 비커츠섬에 도착한 두 수사원은 경비원들과 함께 섬 안을 두루 조사하였다. 단서를 못 찾자 기밀실 안까지 살펴보기로 하였다. 지하 동굴의 문은 잠겨 있었으나 도피자가 정말 이곳에 왔다면, 본시 이곳은 그의 고장이라 열쇠 없이도 기밀실에 드나드는 방법을 알고 있을지 누가 알랴. 수사원들은 주의 깊이 각 방을 샅샅이 뒤졌다. 무전기 앞에 이르자 그중 한 사람이 경비원에게 물었다.

"누가 이 기계에 손을 댔구려?"

경비원들은 어리둥절하였다.

"나는 만진 적이 없는데…." 서로 얼굴을 바라보았다.

"여기 손자국이 있는데. 지문 자국이 뚜렷하단 말이야." 수사원이 손가락질하는 곳엔 과연 지문 자국이 있었다.

"글쎄, 나는 그런 일이 없는데…." 두 사람의 경비원은 다 같이 고개를 흔들었다. 섬에는 세 사람의 경비원이 있었다. 그럼 지금 밖에 있는 경비원의 손자국일까?

"여기 손을 대지 마시오. 어디 딴 곳도 봅시다."

일행은 다음 장소로 옮겨갔다. 그들이 식당을 두루 살필 때 또 다른 의혹이 생겼다. 식품 진열장 문에 지문이 남아 있었다.

수사원은 쓰레기 버리는 곳을 가봤다. 수두룩한 빈 통이 버려져 있었다. 그전의 것인가 했으나 그중의 어느 것은 찢어진 자국이 제법 새로웠다.

"흥." 수사원은 고개를 끄덕였다. 침입자의 소행이 아니면 경비원의 짓이었다. 그러나 경비원이 이런 짓을 하리라곤 보기 어려웠다. 수사원은 식당과 무전실에서 발견한 지문을 사진 찍었다. 얼마후 일행은 조사를 마치고 동굴 밖으로 나갔다.

선구는 환기통 속에서 엿듣고 일이 까다롭게 된 것을 짐작하였다. '저 사람들은 지문 대조를 한 다음에는 다시 이곳을 샅샅이 뒤질 텐데 어찌한다. 이 섬을 버리고 딴 곳으로 도망가느냐, 애당초 예정한 대로 이곳의 방위 무기를 가지고 버틸 때까지 버티어 보느냐.'

저 사람들이 지문 대조를 이곳에서 할 것인지, 그렇지 않으면 소보논으로 돌아가서 할 것인지, 이걸 확인한 다음 대책을 강구하리라 마음먹은 선구는 산마루 환기탑으로 올라가 밖의 동정을 살폈다. 근처 초소 안에 아무도 없는 걸 보고 살며시 탑에서 빠져나와 부두가 보이는 비탈 위까지 숲 속을 기어갔다. 막 보트가 떠나는 참이었다. 지문 대조를 위하여 소보논으로 가는 모양이었다.

선구는 밤을 기다려 경비원들을 처치하기로 계획 세웠다. 배도 없이 딴 곳으로 도망치기도 불가능하고, 그렇다고 맥없이 잡으러 오길 기다리기는 싫었다. '최후의 발악이라도 해 보자.' 비장한 각오를 품고 밤이 되기를 기다렸다. 아직 도서실의 기록을 못다 읽은 것과 문제의 괴전파의 정체를 밝히지 못한 것이 유감이나 일이 이렇게 된 바에야 도리가 없다고 단념하였다.

'이곳의 방위 무기는 그간 어찌 되었을까?' 기밀실에 비치된 30개 국의 말로 인쇄된 설명서에는 28년도에 전체 시설에 대한 일제 점검과 부분품의 개비가 있었다고 쓰여 있는 것으로 봐서 그 후는 별반 변동이 없었던 것 같았다. 그러고 보면 이곳의 시설들은 케케묵은 시대의 유물일지도 몰랐다. '아무 쓸모 없는 폐물들이 아닐까?' 그러나 선구는 그런 것에는 신경을 안 쓰기로 마음먹었다. '여의치 않으면 이번엔 정말 영원의 꿈나라로 떠나 버리자.'

이미 과거의 모든 것을 잃은 자기가 아니겠는가. 사랑도 조국도 없는 몸. 현실 사회의 어느 곳에도 인연 닿는 곳이라고는 없었다. 굳이 살아남아 사라져 버린 과거의 유물이나, 남의 노리갯감이 되고 싶지는 않았다. 선구는 오히려 홀가분한 기분을 느꼈다. 마음 턱 놓고 식당에서 배불리 식사를 마친 후 다시 무전기 앞에 도사리고 앉아 리시버를 귀에 걸고 숨겨 둔 책을 꺼내 들었다.

'과학센터가 건전하게 운영되었다면 이상적 사회가 이룩되었을 텐데 오늘의 이 꼴이 된 건 어인 까닭인가?' 선구는 그게 궁금하였다. 기록에 의하면, 과학센터가 조직되고 초기의 10년간은 과학자고 아니고 간에 누구나 다 부흥에 열을 올려 매사 부족하고 불편한 환경도 정신면으로 극복하여 별로 근심되는 게 없었는데, 의식주가 해결되면서부터 오히려 사기는 저하되고 전체 인민은 향락을 좇기에 정신을 잃기 시작하였다 했다.

이 틈을 타고 대중을 농락하여, 구시대의 세력 구조를 재현하려는 야심가들이 꿈틀대기 시작하였다. 이러한 반동 요소를 억누르고, 오늘의 사회 질서와 내일의 향상을 목표로 고전분투하는 건 오직 과학자들뿐. 그들은 향락에 들떠 사면팔방 떠돌아다니기만 하는 대중들을 구슬려 부족하나마 극소수의 후계자들을 양성하며 그럭저럭 세계 질서를 유지해 나갔다.

하지만 시대가 진행됨에 따라 과학센터에는 더욱 어려운 고비가 꼬리를 물고 닥쳐왔다. 그중에도 가장 심각한 것은 다음의 두 가지 경우였다.

그 하나는 타락한 군중의 파괴주의, 또 하나는 일반 민중의 불합리한 간섭주의였다. 전자는 정상적 사회생활에서 이탈한 각종 범죄자, 변태 성격자들이 한데 엉키어 그 지역의 과학센터를 습격한다든지 일부 과학자들을 유혹 또는 협박한다든지 하여 과학센터를 자기들의 이용물로 삼으려 들었다. 그게 여의치 않으면 아주 없애 버리려고까지 했다. 이런 때는 사건의 정도에 따라 부근의 과학센터들이 동원되어 이를 토벌해야 했다. 때로는 적지 않은 희생이 이에 따랐다. 골치 아픈 노릇이었다.

그래도 이건 다른 또 하나의 경우, 즉 간섭주의의 폐단에다 비하면 오히려 나은 편이라 할 수 있었다. 간섭주의자들의 폐단은 전자의 골치 아픈 정도가 아니었다. 과학의 '과'도 모르면서 과학센터더러 배 놓아라 감 놓아라 하는 간섭주의자들, 여러 종류의 간섭 중에서도 가장 시끄러운 것은 우주 개발 사업에 대한 간섭이었다.

"구세기 시대에서도 달나라 탐사가 있었고 우주 왕복 항공기가 있었는데, 현대의 과학자들은 뭘 하는 건가?" 하고 건달패들이 떠들었다. 과학자들은 우주 개발보다 더 급하고 중요한 사업이 많으니 기다리라고 했으나, 사회권의 건달들은 막무가내였다.

쌍방이 자기주장만 내세우니 분쟁이 생기고 사회불안이 조성되었다. 어쩌다 천체에 이상 현상이 나타나거나, 운석 낙하, 홍수, 가뭄 등 천재지변이 생기면 난리가 났다. "보라고. 우주탐험, 우주 개발이 안 되니까 천재지변에 속수무책 아닌가! 우주 개발이 가장 급하다!"

대중이 동요하고 건달들이 선동하니 사회불안이 커졌다. 과학센터는 하는 수 없이 우주 개발에 나섰다. 우주의 여러 별 중에서 지구와 비교적 가깝고 유사점이 많은 화성이 첫째 목표가 되었다. 과학자들은 화성탐험에 나선 지 3년 만에 지구인 두 사람을 화성에 보내 광석표본 70킬로그램을 채취한 후 무사히 지구에 귀환하는 데 성공하였다.

"75년 11월 26일.
우주탐험선 파지 1호가 화성탐험을 마치고 무사히 귀환하였다.
과학센터 만세! 나는 이달에 새 세상에 나올 나의 첫 손주 이름을 파지라고 지을 작정이다."

레나의 일기였다. 파지 1호의 성공에는 막대한 인원이 동원되었고, 물자 소비도 많았다. 화성탐험의 일차적 사업은 성공했으나 과학센터로서는 애당초 계획에 없었던 사업을 치르느라 본래 계획사업인 백만 킬로와트급 수력발전소 한 곳과, 3천 킬로미터의 고속도로, 여섯 군데의 항만축조사업을 포기하였다.

이런 희생을 치르고 얻은 것은 고작 화성의 광석 샘플 70킬로그램뿐이었다. '이런 희생을 치르면서 우주 개발을 계속할 것인가?' 과학센터는 사회권 연합회의에 문의하였다. 이에 대하여 각가지 의견이 나왔으나, 당장 시급한 공익사업이 희생된 지역의 대중들이 "성급한 우주 개발 사업을 반대한다!"고 강력하게 나오자 화성탐험은 일단 보류되고 말았다.

여기까지 과거 기록을 탐독하던 선구가 시계를 보니 밤 11시였다. 그는 책을 덮고 벌떡 일어섰다.

환기통으로 해서 산마루에 나왔다. 달도 없어 온 누리는 캄캄 지옥인데 사방에서 밀려오는 해조음이 어수선했다. 싸늘한 바람이 선구의 텁수룩한 머리채를 뒤흔들었다. 숲 속을 더듬어 산마루 초소로 향하였다. 수목에 의지하여 한참 동안 주의를 기울이다가 초소 안이 전처럼 비어 있음을 확인하고 그곳을 지나쳐 해변으로 내려갔다. 손에는 지팡이 삼아 환기통 속에 있던 쇠몽둥이를 들었다.

해안 경비소 안팎은 전날처럼 환했다. 잠시 지켜봤으나 아무 인기척도 없기에 창가에 가까이 다가가 발돋움을 하고 안을 들여다보았다.

"앗." 선구는 하마터면 소리를 낼 뻔하였다. 참 기막힌 광경이었다.

널찍한 홀 마룻바닥에 여자 세 사람이 실오라기 하나 걸치지 않은 알몸뚱이로 누워 있었다. 그냥 누워 있는 것이 아니고, 세 사람이 서로 꼬리를 이어 하나의 세모꼴을 만들고 있었다.

초소도 비워두고 경비가 소홀한 까닭을 선구는 비로소 이해하게 되었다. 현관으로 돌아가 문을 잡아당겨 보니 그냥 열렸다. 살며시 들어가 조심조심 홀 옆의 방들을 기웃거려 봤다. 예상한 바 그대로 이 집에는 저들 세 사람 외에 아무도 없는 것 같았다.

홀 출입문 역시 잠겨 있지 않았다. 짤깍 소리가 나는 동시에 문을 확 밀어젖히고 선구는 안으로 뛰어들었다. 여인들의 놀라는 모습이란 가관이었다. 놀람이 지나 감각을 잃었는지 꼼짝도 하지 않고 멍하니 이쪽을 바라보고만 있었다.

"움직이지 말고 그대로 있어." 선구는 서두르지 않고 아주 점잖게 말했다. 세 사람은 죽은 듯 꼼짝 않았다. 하도 꼼짝 않기에, 그들이 어쩌다 눈썹을 껌뻑거리지만 않았더라면 산 사람으로 안 보일 정도였다.

"좋아. 그대로 내 말을 듣고 있어." 선구는 한 걸음 앞으로 나섰다. "내가 시키는 대로만 해야 해. 그대들을 해치지는 않겠어."

그제야 세 사람은 공포감이 들었는지 모두 입을 바보처럼 벌리고 부들부들 떨었다. 새파랗게 질린 얼굴들. 그들은 어색한 꼴로 비슬비슬 몸을 뒤로 빼려 들었다.

"꿈쩍하지 마라. 움직이면 이것으로 다스릴 것이다." 쇠몽둥이를 번쩍 치켜들었다.

"으, 흐흐흐." 세 사람은 다 같이 턱을 까불고 자지러졌다. 선구는 무기를 스르르 내렸다.

"겁내지 마라. 해치진 않을 테다. 내 시키는 대로만 하면 손끝 하나 대지 않겠다. 반항하면 사정없어. 알겠나." 선구는 그들에겐 반항할 능력도 의사도 없다고 보았다.

"다들 일어나. 옷을 입어도 좋아." 그래도 눈만 껌뻑거리고 있기에 선구는 한 구석에 던져져 있는 옷 뭉치를 발로 걷어차 주었다. 세 사람은 부들부들 떨면서 옷을 잡아당기긴 하나 수족이 말을 안 듣는지 입지를 못했다.

그는 서둘러 세 사람에게 옷을 입게 하는 한편 그들의 무기를 접수하였다. 이때도 그는 소보논 병원에서 익힌 헤민어 과학 서적의 덕을 보았다. 그것은 지금의 무기가 겉모양에서부터 그 내용, 사용 방법에 이르기까지 전혀 예전의 그것과는 달랐기 때문이다.

지금 이 방 벽에는 세 개의 휴대용 전지등이 나란히 걸려 있는데, 만약에 선구에게 사전 지식이 없었던들 이것을 옛적의 전지등과 같은 것이거니 하고 가볍게 보았을 것이다. 혹시 그는 경비원을 시켜 그 등불을 들고 앞장서라고 했을지도 몰랐다. 만약 그랬다간 만사는 끝이었다. 이것이 바로 무서운 병기였다.

얼핏 보기에 전등 같고 사실 그대로 쓰면 예전 것 모양 어둠 속에서 앞을 밝혀 주는 전등 역할도 하기는 했다. 단지 예전 것은 광원이 축전지였고 지금 것은 발광체를 사용하는 차이가 있을 뿐이다. 그런데 이 휴대용 발광기를 거꾸로 잡고 복판에 있는 단추를 누르면 단파 충격기로 돌변하는 것이었다. 유효 사정 거리 50미터 이내의 적을 순간적으로 쓰러뜨릴 수 있었다. 2분 이상 계속 소사하면 생명까지 빼앗을 수도 있었다. 단파 충격기는 손바닥 안에 있는 소형이 이 정도이고, 이것이 대형이 되면 사정거리도 늘고 효과도 엄청나게 되었다.

선구는 이 무기들을 벽에서 떼어 허리에 찼다. 그는 포로들을 어찌할까 하고 잠시 망설였다. 죽일 수도 없고, 그렇다고 내버려두자니 또 무슨 자기도 모르는 병기를 들고 반격해 올지 몰랐다.

"기밀실로 가자." 선구는 명령을 내리고 문을 열어젖혔다. 경비원들은 온순한 양처럼 말 한마디도 없이 명령대로 움직였다. 선구는 이들을 지하 동굴로 끌고 가서 빈방에 처넣고 문에다 버팀을 질러 났다. 이것으로 첫 단계의 조치는 끝났다. 선구는 비로소 자유를 도로 찾은 기쁨을 누릴 수 있었다. '이 섬 안에는 오직 나 하나뿐이다.' 앞으로 있을 저들과의 전투에서 끌고 나갈 수 있는 동안은, 이 자유는 보장되는 것이다.

선구는 방위 시설의 점검에 나섰다. 무엇보다 기본 원동력이 되는 발전소부터 가 봐야 했다. 이 섬에는 두 개의 발전소가 있었다. 원자력 발전소와 수력 발전소가 그것이었다. 원자력 발전소는 기밀실과 이웃한 별개의 지하 동굴에 있는데 선구는 먼저 그곳에 가 봤으나 견고하게 닫혀 있는 문이 좀체 열릴 것 같지 않아 수력 발전소가 있는 곳으로 달려갔다.

산 중턱에 자리 잡은 수력 발전소는 건물이 예전의 그것이 아니기는 하지만, 모든 기능은 그대로 유지되는 것 같았다. 시험 삼아 운전실의 레버를 잡아당겼다. 벽에 있는 붉은 등이 켜졌다. 전기가 나가는 신호등이었다. '웅웅' 기계의 꿈틀거리는 소리가 사방에서 났다. 귀를 기울이니 수문 열리는 소리, 샤프트의 회전음. 전류를 연결하는 여러 가지 장치의 수선스러운 음향이 이어졌다.

선구는 무아지경에 빠진 오케스트라의 지휘자 모양, 기계가 연주하는 선율에 휩쓸려 각처에 배전하는 레버를 차례차례 젖혀 나갔다. 그리고 숲 속 길을 달려 지하 요새로 뛰어갔다. 해안 봉쇄선에 스위치를 꽂았다. 전압계의 바늘이 획 뛰었다. '됐다.'

다음 로켓포 진지로 갔다. 첫 번 단추를 누르자, 이제껏 진지를 엄폐해 주고 있던 셔터가 벗겨지고 포신이 스르르 외부 세계에 머리를 내밀었다. 두 번째 단추로 '탕!' 16문의 포열은 일제히 사면팔방을 향하여 맹렬한 불을 뿜었다. 밤하늘에 울리는 장엄한 포성. 잠시 후 아득히 먼 곳에서 포탄 터지는 소리가 메아리쳐 돌아왔다. 역시 상쾌한 음률이었다.

그다음 조명탄과 투광기, 그리고 안개 발사기를 차례로 시험했다. 이 기계들은 모두가 자동 조작 장치로 되어 버튼 한 번 누르는 수고로 찬란한 섬광을 발사하기도 하고 진한 안개를 내뿜기도 하였다. 마지막으로 그는 탄약고에 들어가 대강 수량을 둘러본 후, 이곳에 전선을 끌어다 전기 뇌관 장치를 만들었다. 자기 자신의 최후를 장식할 자폭 장치였다.

여기 여러 가지 방위 시설이 있기는 하나 이것들은 말하자면 전 세기의 낡은 것들이었다. 오늘날 저 사람들의 침공 앞에 과연 얼마나 효과를 보일지 의심스러웠다.

이러는 동안에 날은 환히 밝았다. 선구는 산마루에 올라가 해돋이를 맞이하였다. 절해고도에서 맞이하는 해돋이란 실로 장엄 그것이었다. 선구는 두 팔을 활짝 펼치고 대기를 깊숙이 들이마셨다. 그러자 자신이 스르르 대자연 속에 스러져가는 한 줄기 연기인 양 느껴졌다. 여기에는 한 점 시름이며 욕망이 있을 수 없는 무아의 세계였다.

잠시 후 다시 현실로 돌아간 선구는 지하 동굴로 들어갔다. 무전실의 안테나를 지상으로 밀어 올렸다. 그는 저네들에게 선수를 쓰기로 하였다. 그리고 아직 정체가 확실치 않은 괴전파의 본거지에도 자기의 존재를 알리고 싶었다.

"여기는 비커츠섬입니다. 대체의 위치는 남태평양 뉴질랜드 동쪽 1천3백 킬로미터 해상. 나의 짐작으로는 서경 170도, 남위 35도 부근일까 합니다. 161년 전 그 당시 미래로의 수면 여행 계획에 의하여 마련된 과학 실험 장소입니다.

나의 이름은 우선구. 1966년생입니다. 나는 161년 동안을 잠자다가 정체불명의 인간들에 의하여 잠을 깨어 소보논으로 끌려갔습니다. 그곳에서 나는 참을 수 없는 모욕과 박해를 받아 어쩔 수 없이 그곳을 탈출하여 이곳 비커츠섬으로 피해 왔습니다. 나는 이곳에서 나의 인격과 자유를 수호하기 위하여 최후까지 싸울 겁니다.

나는 오랫동안의 수면으로 해서 오늘의 세상 형편을 모르고 있습니다. 청컨대 나의 입장을 동정하는 분은 구원의 손을 뻗쳐 주시오. 또한 나는 나의 자유를 구속하려는 사람들에게 명백히 선언합니다.

나는 결코 압제를 받지 않겠습니다. 힘에는 힘으로 대항하여 최후까지 싸울 겁니다. 최악의 경우에는 이곳 탄약고를 폭발시켜 자폭할 의도로 있습니다. 결코 굴복은 안 합니다.

나는 이곳 경비원 세 사람을 임시방편으로 감금하고 있습니다. 그들을 해칠 의사는 없으니 당신네가 이 사람들을 구할 의사가 있거든 사전 통지를 하고 보트를 보내시오. 무단 접근하면 발포하겠으니 이 점 각별히 주의하시오.

혹 아무런 연락이 없으면 이 사람들을 구해낼 의사가 없는 거로 인정하고 이 섬의 운명과 함께 그들의 운명도 내맡기는 도리밖에 없을 겁니다. 당신네가 앞으로 나의 자유를 보장한다면 이 비커츠섬을 나에게 일임하시오. 나는 이 섬을 떠나진 않겠소."

이런 뜻으로 서너 차례 헤민어와 영어로 반복 방송하였다. 한참 떠들고 나니 속이 후련했다.

밤을 꼬박 새우고 난 선구는 흥분과 긴장으로 해서 졸림은 모르겠으나 시장기를 몹시 느꼈다. 식당으로 가다가 어제 가두어 둔 세 사람의 포로 생각이 났다. 식당으로 데리고 가려다가 다시 생각하고 동굴 밖으로 끌고 나왔다. 섬 꼭대기 초소에 올라가 함께 식사하면서 외부 동정을 살피기 위해서였다.

세 사람의 포로는 바깥바람에 부딪히자 전신을 부들부들 떨었다. 아마 공포 위에 추위가 겹친 모양이었다. 그들은 홑겹 잠옷 바람이었다. 흐트러진 머리며 창백한 안색, 달달 떠는 꼴을 보니 선구는 절로 측은한 생각이 들었다. 산마루로 가기 전에 경비 사무소에 들러 그들에게 웃옷을 입도록 허락해 주었다. 세 여인은 선구의 이 조치가 몹시 반가운 모양이었다. 감사 어린 눈으로 선구를 쳐다보더니 허겁지겁 옷들을 주워 입었다. 그 거동이 선구에게는 우습기도 하고 민망하기도 하였다.

"겁낼 건 없소. 난 지금 당신네 본부에 당신들을 데려가라고 방송으로 전하였소. 아마 무슨 기별이 있을 거요." 웃는 낯으로 그렇게 말해 주었다. 그러나 세 사람은 별로 반기는 기색도 없이 그저 떨기만 했다. 산마루 초소에 들어가 선구는 온방 장치를 돌리고 붙장에 있는 음식물을 꺼내 그들에게 권하기도 하고 자기도 먹었다. 실내의 따뜻한 공기와 선구의 부드러운 태도에 세 사람은 많이 안정을 회복하긴 하였으나 식사할 기력까지는 안 나는지 음식을 받아든 채 굳은 표정만 하고 있었다.

선구는 식사하면서 자신이 지배하는 포로들을 관찰하였다. 이렇게 능동적으로 이 세상 사람을 다루어 보기는 재생 이후 처음 일이었다. 세 사람의 경비원은 키는 큼직하나 뼈대가 가늘어서 전체 맵시는 헙수룩했다. 여자다운 고운 티는 없고 그렇다고 남성도 아니고 옛날식으로 말하자면 얼치기라고나 할까.

어울리지 않는 이 스타일은 비단 이들 세 사람에 한한 것이 아니라, 여태껏 보아 온 이 세상 사람들 거의 대부분의 외모이기도 했다. 더욱이 이들은 지금 공포와 피로에 시달려 누추한 모습이었다.

그들의 나이는 겉보기에는 서른 가까운 줄 알았는데, 실제 나이를 물어보니 열아홉, 스물, 스물둘이라 했다. 선구는 그들을 구슬려 우선 각자의 신상부터 알아보았다. 이들은 셋 다 대학생으로 3, 4개월 전에 경비대에 지원 입대하는 즉시 이곳에 배치되었다고 했다.

출신지는 소보논. 소보논이 속한 나라 이름을 물으니 나라 이름 대신 그들은 '남양 행정구 제3사회권'이란 명칭을 댔다. 그들은 온 세계를 몇 개의 행정구로 나누고 다시 번호순으로 쪼개기도 했다. 예측한 바대로 세계는 단일국가가 된 것이다. 선구는 이들에게 여태껏 품고 있던 중의 가장 궁금한 것을 물어보았다.

"남자들은 어찌 된 거요. 통 남자 구경을 못 했으니."

이 질문에 세 경비원은 서로 얼굴을 마주 보며 난처한 기색을 했다. 선구의 성급한 재촉에 못 이겨 그중 한 사람이 겨우 대답했다. "없어요."

"이 지방만 그렇소? 온 세상이 다 그런 건 아니겠지?"

대답은 한결같았다. "없어요."

"그럼 여자뿐이란 말인가?"

세 사람은 한참 동안 머뭇거리다가 말했다. "워시두뿐이에요." 워시두란 '인간'이란 뜻의 헤민어였다.

"머시레라 안 하고 워시두라고 한단 말이지?" 선구는 재차 물었다. '머시레'란 '여성'이란 뜻의 헤민어다. 그런데 이 머시레가 사전에는 여성으로 돼 있어도 실지로 통하는 뜻은 동물의 '암컷'이라는 것을 선구는 훗날에 가서야 알게 되었다.

"전에는 그렇게도 말했다나 봐요. 지금은 안 써요." 제일 나이 든 워시두의 말이었다. 선구는 전날 오유지가 여성이란 말에 발끈 성을 내던 일을 상기하였다. 저들은 여성이란 말조차 쓰기를 기피하는 거로구나. 워시두로 통일해 버리고 나선 성구별을 낱말에서조차 완전히 말살해 버린 것이 틀림없었다. '그럼? 그럼?' 선구는 갈피를 잃었다. 이 사람들에게 무엇을 먼저 물어봐야 하는가?

"그럼 이 세상은 어찌 된다지? 그럼 인류는 어떻게 된다지? 전에는 어떻게 해 왔고? 앞으론 어떻게 해 나가나?"

경비원들은 불안한 낯으로 그들의 억압자를 쳐다보고만 있었다.

"아니, 그럼 당신네는 어디서 낳았소? 당신네의 어머니는?" 선구가 외쳤으나 세 사람은 질문자의 뜻을 모르겠다는 듯 눈만 껌벅거렸다. 선구는 어느덧 하던 식사도 멈추고 핏대를 올리고 있는 자신을 발견하였다. 너무 흥분한 자신을 인식한 선구는 감정을 누그러뜨리기 위하여 주스로 목을 축이고 세 사람에게도 마시도록 돌려주었다.

"걱정할 건 없소. 당신네를 해치지는 않겠소." 이런 말을 되풀이하였다. 그러나 경비원들은 좀체 진정하지 못했다. 그중의 한 사람은 어찌나 떠는지 제대로 컵을 들지도 못해 주스를 엎지르기까지 했다. 보기에 하도 딱해 선구는 될 수 있다면 이대로 이 사람들을 방면해 주고도 싶었다.

"지금이라도 당신네가 이 섬을 떠날 수 있다면 맘대로 해도 좋아요." 선구가 말하자 그중의 제일 나이 어린 여자가 훌쩍훌쩍 울기 시작했다. 선구는 의아하였다. 자기의 말이 고마워서 울기까지 하는 건가 하고 생각했으나 보아하니 그렇지도 않은 것 같았다.

"울 거야 없잖아요." 선구가 짜증을 냈다.

"소보논에 가도 처벌을 받아요." 그중 나이 든 사람이 말했다.

경비 책임을 완수치 못하고 이 꼴이 되었으니 견책이야 당하겠지. 그렇다고 그게 겁이 나서 미리 울기까지 하다니. 더군다나 자기 앞에서.

"온 참, 허허허." 선구는 절로 웃음이 나왔다. "야단맞을 게 그렇게 무서워요? 뭐 대단한 야단이려고."

"아니에요. 재판받게 되면 무기징역이에요." 한 경비원이 울먹이며 말했다.

"뭐? 무기징역?" 선구가 되뇌자 다른 두 사람마저 먼저 사람에 따라 훌쩍였다. 이 광경을 보고 선구는 저네들의 직무 규율이 상당히 엄격하다고 추측했다. 그러나 이만한 직무상 과실로 무기형이야 아니겠지. 이들은 지나치게 겁을 먹고 있는 것일 테다.

"설마 그럴 리야 없잖소. 당신네 아니더라도 아마 별수 없었을 거요. 나는 이 섬의 점령을 소보논에서부터 계획하고 있었으니까." 그러나 그들은 선구의 이런 위로는 아랑곳없다는 듯 이제는 소리 내 울기까지 했다. 별 재간 없이 우선구는 꼴만 보고 있어야 했다.

한참 동안 울고 있더니 그중 나이 든 경비원이 아주 심각한 표정으로 선구에게 말을 걸었다. "소원이에요. 어젯밤 일을 비밀로 해주세요, 네?"

너무 뜻밖의 말이라 선구는 잠시 어리둥절하였다. 그러자 다른 두 경비원도 애원조로 선구를 쳐다보며 쉴 새 없이 눈물을 줄줄 흘리는 것이었다. 어젯밤 일이라니, 도대체 이 사람들은 자신들이 포로가 된 사실보다는 그 유희에 대하여 더욱 큰 죄의식을 가지고 있는 걸까? 혹은 경비 소홀보다도 그쪽에 대한 형벌이 더 중한 건가?

"아니, 그럼 당신네는 경비 소홀보다 어젯밤의 그 일에 대한 문책이 더 무섭다는 거요?"

세 사람은 즉각적으로 긍정의 표현을 했다. 그리고 입을 모아 애걸하는 것이었다. "네, 소원이에요. 비밀로 해 주셔요. 네, 제발."

"그 일이 그렇게 중한 죄가 된단 말인가?"

"부정한 성행위는 무조건 무기징역이에요."

"부정한 성행위라고?" 선구는 고개를 갸웃하였다. 어제 그 광경을 목격했을 때는, 그저 우스꽝스러운 광경으로만 봤지, 중대한 범죄 장면으로는 의식하지 않았던 건데…. 옛적, 그러니까 20세기 그 당시 남녀 간의 접촉이 자유스럽고 손쉬웠던 시대에도 여성 간의 동성애 행위는 파다하게 있었다. 오늘날 여성 일방의 단성시대면 오히려 그런 행위는 더욱 보편화됨직한 일인데, 중죄로 다스린다니 모순된 일이 아닌가?

동성애 행위가 부정행위라면 정당한 성행위란 어떤 걸까? 또 그토록 벌이 엄해야만 할 정도로 동성애가 만연되고 있는 건가? 다급한 사태에 직면하고 있으면서도 선구는 슬며시 호기심에 끌렸다.

"그게 그다지 걱정된다면 비밀로 해 두겠소. 나야 아무래도 좋으니까."

이 말에 세 사람은 구세주나 대한 듯이 "고마워요. 고마워요."를 연발하며 머리를 조아려 감사의 뜻을 표했다.

"그건 그렇다 하고 당신네는 정말 남자를 처음 보는 건가?" 세 사람이 다소 생기가 도는 걸 보고 선구는 다시 질문을 건넸다. 그러나 그들은 또 한 번 어리둥절할 뿐이었다.

"나 같은 사람을 처음 보느냔 말이오?"

그래도 그들은 멍하니 상대의 안색만 살피고 있었다.

"이 세상에 남자가 아주 없는 건 아니지?"

그제야 그들은 아까 모양 부정했다. "없어요."

"그럼 당신네는 전혀 남자 구경을 못 했단 말이지?"

그렇다고 고개를 끄덕였다.

"내가 처음 보는 남자란 말이지?"

이 질문에 대꾸가 별났다. "왜 당신이 남자예요?"

"아니, 그럼 나를 여자로 봤단 말인가?"

"왜 당신이 워시두가 아니란 말이에요?"

여기에 이르러 선구는 말문이 막히고 말았다. 이런 사람들과 무슨 얘기를 한담.

"내가 구세기(舊世紀)의 인간이라는 건 알겠나?"

"네?" 역시 다들 어리둥절해 했다.

"뉴스를 못 들었나. 소보논 병원에서 탈출해 온 사람이 바로 나요."

"무슨…?"

"그럼 나를 어떤 사람으로 아나?"

"모르겠어요." 세 사람은 쭈뼛쭈뼛하다가 힘없이 선구의 눈치를 살폈다.

"당신들은 대학생이라며?" 선구는 절로 한숨이 나왔다.

그렇다고들 했다.

"이곳이 어딘 줄은 알겠지?"

"비커츠섬."

"그럼 당신네가 이곳에 배치된 이유야 알겠군."

그러나 그들은 전혀 아는 바가 없다고 했다. 학교 당국에서 경비대에 지원하라기에 지원했을 뿐이고 지원하니 이곳으로 보내더라는 것이었다. 초소를 지키라기에 지키고 있었을 뿐이고, 그 이상의 일은 알지 못하고 알려 들지도 않았다는 게 그들의 해명이었다. 그들은 결코 가장하거나 숨기는 것이 아님을 알자 선구는 완전히 맥이 풀리고 말았다. 이로부터 캐내려던 모든 흥미가 사라졌다.

"곧 당신네를 구하러 사람이 올 테니 그때까지 기다리고들 있소." 선구는 그들을 다시 지하 동굴로 데리고 가서 가두어 버렸다.

이틀간은 외부로부터 아무런 동정도 없었다. 선구는 산마루 초소에 버티어 틈틈이 눈을 붙이는 외에는 사면팔방 경계의 눈초리를 쉬지 않았다. 그간 여러 차례 몇 가지 파장으로 방송을 했으나 이에 대한 반응은 전혀 없었다. 혹시 제대로 방송이 안 된 건 아닌가 하는 의혹도 생겼으나 확인해 볼 길도 없었다.

기다리던 반응은 사흘 만에 발생하였다. 이날 정오에 가까울 무렵 서쪽 수평선 한 곳에 조그마한 배 모양이 떠오르는 것이 망원경 속에 비쳤다. 긴장한 선구의 시야에 차츰 선명하게 나타나는 한 척의 자그마한 보트는 고물 끝에 흰 기를 휘날리고 있었다. 보트는 부러 이쪽의 주의를 끌 뜻인지 직선 주로로 달려오질 않고 몇 번이고 제자리에서 원을 그리며 서서히 접근해 왔다.

선구는 바짝 신경을 돋우고 망원경의 초점을 맞추었다. 차츰 가까워져 오는 보트의 탑승원은 단 한 명. 그 사람은 기다란 헝겊을 머리 위에 치켜들고 있었다. 적의가 없다는 뜻인 모양이었다. 선구도 같은 의미로 초소 옆 장대 끝에 흰 기를 올렸다. 그러자 보트는 제자리 돌림을 그치고 곧장 이쪽을 향하여 돌진해 왔다.

거리가 좁혀지자 고물의 흰 기에 적힌 글자와 탑승원이 치켜들고 있는 천에 쓰인 글자까지 읽을 수 있었다. '소보논 신문사'라 적혀 있었다. 탑승원 어깨에 걸친 카메라도 보였다. 예의 텔레타이프가 달린 그 기계일 것이다. 해안선 가까이 와서 보트는 전진을 멈추고 타고 온 사람은 메가폰을 대고 섬을 향하여 외쳤다.

"보트를 어디에다 댈까요?" 아주 높은 음정의 소프라노였다.

"무기는 없는가?" 선구는 스피커를 이용하여 대꾸하였다.

"보다시피." 상대는 수족을 전후좌우로 휘저어 보이기도 하고 복장을 안팎으로 털어 보이기도 했다. 그 옷은 멜빵걸이의 여름 옷차림은 아니었으나, 그렇다고 물건을 감출 수 있는 것도 아니었다.

"가진 것은 이 사진기뿐이오." 탑승원은 보트 위에서 휴대용 사진기를 어깨에서 끌러 한 손으로 높이 쳐들고 빙빙 두어 바퀴 돌리기까지 했다.

"좋소. 용건은요?" 선구는 물었다.

"취재 온 거요. 나는 신문 기자입니다."

"정부 지시를 받았나?"

"아니요. 내 단독 의사요. 정부는 알지도 못하오. 상륙이 안 되면 이곳에서라도 몇 마디 문답하고 싶소."

"아무 데나 보트를 대고 올라오시오. 당신의 안전을 나는 보장하겠소."

이런 문답 후 보트는 뭍에 닿았다. 언덕 위에서 내려다본즉슨 젊은 위시두였다.

"산마루로 올라오시오."

선구의 지시를 받고 기자는 강파른 언덕길을 기어올랐다. 선구 앞에 나타난 것은 거의 20분이나 지난 후, 온몸이 흠뻑 땀에 젖었고 보기에 딱할 만치 숨을 할딱거렸다.

"잘 오셨소. 왜 비행 보트를 이용 안 하고?" 선구의 이 말에 상대는 빙긋 웃으며 수건으로 땀을 씻었다. 선구는 어떤 친근감이 가슴속에 솟아남을 느꼈다. 재생 이후 처음 대하는 여자다운 여자, 즉 사람다운 사람이구나 하는 감상이 들었다.

상냥스러운 얼굴이며 또렷한 음성, 알맞은 체격, 모든 것이 여자다운 그것이었다. 퍼뜩 그 옛날의 연인 장숙원 생각이 머릿속에서 회오리바람을 일으켰다. 초소 안으로 인도한 후 우선 시원한 음료수를 대접하였다.

"고맙군요, 우선구 씨. 나는 리긴. 소보논 신문사의 기잡니다."

"수고하십니다."

두 사람은 서로 웃었다. 그러나 쌍방이 다 마음속을 풀어헤치고 하는 참된 웃음은 아니었다. 그들의 웃는 얼굴에는 냉엄한 빛이 완연했다. 선구는 자신의 중대한 위치를 새삼 인식하고 이 회담을 간결하게 끝내야 할 거로 마음먹었다.

"내 방송을 들었소?" 우선은 이것 먼저 알고 싶었다.

"네, 여러 차례."

"당국의 방침은?"

"검토 중이라고 들었어요."

"일반 여론은 어떱디까?"

"음…." 리긴 기자는 잠시 주저하다가 답했다. "댁의 입장에서 동

138

정하고 있어요."

"고맙소. 나의 요구는 순수한 겁니다. 그리고 절대적입니다. 모쪼록 성원해 주길 바랍니다."

"알겠어요."

"내가 다시 이 세상에 살아난 것도 오로지 당신네의 덕입니다. 무척 감사합니다. 감사하긴 하나 나는 도무지 이해할 수 없어요. 왜 당신네는 나를 구속하고 구박하는지 까닭을 모르겠군요."

"서로 이해가 안 가서 그렇지요."

"서로? 나야 순전히 피동적이 아니겠소. 나는 아무것도 모르고 아무런 자유도 없지 않아요."

"외부 세계에 대하여 구원을 청하시던데?" 리긴의 눈에는 의혹이 가득 찼다.

"막연하게 그리해 본 것뿐이죠. 나는 세상 형편을 전혀 모르고 있습니다. 정부가 어디 있고 나라는 몇이나 있는지도 몰라요."

리긴은 고개를 끄덕였다.

"글쎄, 그 사람들은 나를 실험 재료나 구경거리로만 취급하잖아요? 꼼짝 못 하게 가둬 놓은 채."

"모두 당신이 무서워서 그래요."

"무섭다고? 161년이나 잠만 자다가 깨어난 나를 왜 무서워해요?"

"당신이 남성이니까."

"남성이니까?"

이 여자 역시 기막힌 말을 했다. 선구는 절로 흥분되었다. 기자는 얼굴에 섬뜩한 빛을 나타내며 한 걸음 뒤로 물러섰다. 이 기미를 알아채고 선구는 애써 냉정을 되찾아 껄껄 웃었다.

"하하하. 이건 참 우스운 일인데, 당신도 내가 무섭습니까?"

"음….."

"나는 댁이 하자는 대로 하겠어요. 멀리 서 있으라면 서 있고 앉으라면 앉겠어요. 조금도 염려 마세요."

"알겠어요." 리긴의 얼굴에서 불안기가 가셨다. 그녀는 빙그레 웃으며 말했다. "옛날 책에서 읽어 알고 있어요. 신사는 여성에게 친절하다고 그랬어요."

"물론이죠. 그런데 저 사람들은 왜?"

"몰라서 그래요. 남성을 본 적이 없으니까요."

"네? 도대체 어찌 된 일이죠? 남자 없는 세계가 된 모양이니, 이거 정말이에요?"

리긴이 끄덕였다.

"아니, 남자 없이 이 세상이 어떻게 유지된단 말이오?"

"이 세상에서 남성이 없어진 지 벌써 오랩니다. 내가 태어나기 훨씬 전부터."

"뭐요? 당신은 어디서 나왔소?"

"우리 어머니로부터 나왔죠."

"아버지는?"

"없어요."

"예?"

"이제 사람에겐 아버지가 필요 없어요. 동물 세계에서만 수컷이 필요해요."

"무슨 소린지 모르겠는데."

"모를 거예요. 옛날과 다르니까."

"암만 달라졌기로서니."

"당신이 잠자고 있는 동안 사회는 많이 발전했어요."

선구의 벌어진 입은 다물어지지 않았다.

"우선구 씨, 당신은 너무 알려 했나 봐요. 그래서 당신을 보호하는 사람들이 겁을 집어먹었을 거예요." 리긴은 선구를 타이르기라도 하는 투로 말하는 것이었다.

"그건 또 왜?"

"161년간이나 띄었다가 지금의 세상 형편을 한꺼번에 알면 누구나 정신이 이상해질 거예요. 흥분한 나머지 어떤 행동으로 나올지 예측하기 어려운 일이죠. 거기다가 댁에선 두뇌가 비상해서 우리가 생각도 못 할 일을 저지를지도 모르거든요."

"그렇다고 인간을 이다지 푸대접할 수야 있나."

"미안합니다. 그러나 나의 잘못은 아닙니다." 리긴은 눈웃음을 쳤다.

그녀의 웃는 얼굴을 보자 선구는 형용할 수 없는 어떤 벅찬 감정이 가슴속에서 뭉클거렸다. 오래도록 실로 오래도록 굶주렸던 아늑한 인간의 표정이 아니냐. 그는 빙그레 따라서 웃었다.

"면회를 허락해 주셔서 감사합니다. 기자의 입장에서 몇 가지 질문을 하겠어요." 리긴은 자세를 바로잡으며 이렇게 나왔다. 선구는 잠자코 고개를 끄덕였다.

"헤민어를 어디서 배우셨죠?"

"소보논 병원에 감금당하고 있을 때."

"비행술은?"

"역시 그곳에서."

"누가 지도했나요?"

"아니, 순전히 나 혼자 자습한 거요. 서적을 통하여."

"굉장하군요. 천재인데요."

"천만에."

"이번 거사에 협력자가 있습니까?"

"협력자? 그런 사람이 있을 턱 있어요?"

"그럼 단독 행위에요?"

"물론."

"이 섬을 어떻게 점령하셨어요? 경비원도 있는 터에."

"밤중에 기습을 했어요."

"전투가 있었겠군요."

선구는 잠시 망설였다. 경비원들이 애걸한 대목이었다. "뭐, 별로."

"그 사람들은 어찌 됐습니까?"

"지하 동굴에 가둬 두었어요. 미안하지만 별수가 없어서."

"부상 당하진 않았나요?"

"멀쩡한 채로 있소. 지금 불러내다 보여드릴까?"

"아니요. 나에겐 그런 권한이 없어요. 장차 어떡하실 작정이시죠? 우선구 씨."

"그건 당신네의 태도 여하에 달렸습니다. 방송을 들으셨다니 이해하실 줄 압니다만, 억압으로 나온다면 끝까지 대항할 뿐이죠."

"승산이 있으셔요?"

"내 의지를 굽히지 않음이 곧 승리겠지요. 최후에 가선 이 섬과 함께 자폭할 계획입니다."

"아이, 무서워. 타협의 조건은?"

"인간으로서의 기본적 자유, 이거 한 가지뿐입니다."

"외부 세계로부터의 구원을 바라시나요?"

"아까 말씀대로 막연합니다. 솔직히 말해서 그런 외부 세계가 존재하는지조차 나는 모르고 있어요."

"정말?"

"나는 거짓을 모릅니다. 그럴 필요도 없잖아요."

"알겠어요. 이건 나의 개인 의사입니다만, 모쪼록 정부에서 댁의 입장을 참작하여 타협이 성립되길 바랍니다. 당신은 우리 사회에서 참으로 귀중한 존재예요. 161년간이나 자다가 깨어났다니 기적이 아니겠어요."

"고맙습니다. 나도 나의 경험을 살려 이 사회에 봉사하고 싶습니다. 옛적에 나를 미래 세계에 보낸 사람들의 의도 역시 그랬어요."

"그런데…." 리긴은 잠시 주저하는 빛을 얼굴에 나타내더니 말을 이었다. "고전에 나타난 기록을 읽어 보면 남성은 항상 정복욕에 불타있다고 하던데. 역시 우선구 씨의 이번 행위도 그런 남성적 특성의 발로라고 봐야 할까?" 리긴은 고개를 갸웃하면서 조심성 있게 물었다.

선구는 절로 한숨이 났다. '이 사람 역시 어쩔 수 없는 편견을 가지고 있구나.' 가슴 속에 싹트던 한 가닥 희망마저 끊어지는 실망을 느꼈다. 그래도 선구는 자기감정을 죽이고 억지웃음을 지으며 대답하였다. "남성의 용감성을 때로는 그렇게 표현하는 경우도 없지는 않겠죠. 그러나 더욱 적합한 편은 남성이란 여성의 보호자라 할 수 있어요. 여성을 위험으로부터 보호하고 생활을 보장하는 게 남성의 사명입니다."

"아, 그래요." 리긴은 아주 감탄했다는 듯 크게 끄덕였다. 그러나 이것은 그녀의 제스처에 지나지 않음이 다음 질문으로 증명되었다. "그럼 댁에서 이곳의 경비 대원들을 어떻게 보호하셨죠?"

선구의 얼굴이 또 한 번 찌푸려졌다. "나는 그 사람들을 마음대로 처리할 수 있었어요. 그러나 나는 그들에게 손 하나 대지 않았습니다. 그리고 정부에 데려가도 좋다고 방송까지 했잖아요. 결코 나는 그들을 정복하진 않았어요."

"오, 그래요." 또다시 리긴은 감탄의 제스처를 한 다음 말을 이었다. "나는 댁의 말을 독자들에게 그대로 전달하지요. 독자들은 당신이 세 사람의 경비원을 폭군처럼 다루리라고 상상하고 있을지 몰라요. 세 사람의 경비원은 하루아침에 여성의 입장으로 전락하여 남성의 무릎 아래 짓눌리고 말았을 거라고." 이렇게 말하는 그녀의 표정은 갑자기 싸늘해졌다.

"하하하." 선구는 웃음이 터졌다. "여성으로 전락했다고? 재미있는 말이군요. 그러나 나는 그들에겐 지금도 관심이 없는 걸요. 여성이든 워시두이든 나에게는 상관없어요. 지금 말한 대로 나는 그들에겐 손끝 하나 건드리지 않았어요. 그들이 사실을 증명할 겁니다. 우리 같이 가 만나 봅시다."

"글쎄요."

선구는 앞장을 섰다. 10미터쯤 거리를 두고 기자가 뒤따랐다.

"당신은 고전에 밝은 것 같은데 당신 역시 그런 위험한 남성관을 갖고 있습니까?" 선구는 걸어가면서 물었다.

"아니에요. 내가 지금 말한 것은 일반 인민들의 여론을 말한 겁니다. 나는 좀 달라요."

"어떻게?"

"남성에도 여러 가지 형태가 있다고 알고 있어요. 폭군도 있고 또⋯."

"또?"

"당신 같은 신사도 있겠고."

"고맙소. 하하하." 선구는 고개를 돌이켜 여자를 보며 웃었다. 리긴도 웃었다.

"옛날에 기자란 퍽 용감하고 슬기로운 직업이었는데 지금도 그렇군요." 선구는 비탈길을 내려가면서 말을 계속하였다.

"글쎄요."

"우리 시대에 기자들은 항상 정의에 입각하여 약자를 돕고 부정을 폭로하며 대중을 올바로 인도했습니다."

"네⋯."

"나는 당신에게서 희망을 느낍니다. 나의 뜻을 당국에 잘 반영시켜 주시오. 나는 결코 적이 아닙니다."

"노력하겠어요."

리긴의 힘 있는 대꾸를 듣고 선구는 반가웠다.

"정말이죠?" 선구는 걸음을 멈추고 돌아섰다. 리긴도 따라서 섰다. 불안감을 느끼는지 여자는 고개를 끄덕이면서도 어두운 안색을 했다. 선구는 얼핏 다시 돌아서 걸음을 계속하였다.

"나는 어쩐지 회고감을 느낍니다. 친근하고 신뢰할 수 있었던 옛 일이⋯."

"호호호." 선구의 말이 끝나기도 전에 리긴이 웃었다.

여자는 웃어넘기는 태도였으나 선구 자신은 자기 심사를 제대로

다 표현 못 하는 아쉬움을 느꼈다.

지하 동굴에 들어온 선구는 세 사람의 경비원을 감금 장소에서 꺼내 탐방 기자 앞에 보여 주었다. 비록 안색은 초췌하나 멀쩡한 정복 차림의 세 경비원을 기자는 예리한 눈초리로 두루 살펴보았다.

"이분은 신문 기자요. 여러분을 구하러 온 것은 아닌 성싶으나, 나는 여러분이 원하고 이분이 동의한다면 이분이 타고 온 배편으로 함께들 떠나가도 좋다고 생각해요." 선구가 포로들에게 선언하였다.

포로들은 얼떨떨한 안색으로 억압자와 기자를 바라보고만 있었다.

"나는 소보논 신문사의 리긴 기자예요. 놀라셨죠? 이분 말씀대로 나와 함께 돌아가실까요?" 리긴이 말을 걸었다. 그래도 세 사람은 말뚝처럼 무표정하게 서 있기만 했다.

"당신네는 자유요." 선구가 답답하다는 듯 재촉하였다. "이분을 따라가는 게 좋겠소. 그게 나한테도 짐이 덜되어 좋겠는데."

비로소 셋은 이해가 갔는지 발을 옮겨 기자 쪽으로 걸어가려 들었다.

"잠깐만." 기자는 그들을 제지하고 사진기를 들이댔다. 선구와 함께 있는 장면을 찍자는 것이었다.

"그래. 이리 오세요." 선구가 말했다.

세 사람이 옮겨서는 걸 보고 선구는 빙그레 웃으며 기자에게 말했다. "이들에게 물어보시오. 내가 어떤 대우를 했나."

"몹시 피곤한 것 같으니 질문은 나중에 돌리겠어요. 그럼 우선구 씨, 이 사람들을 데리고 가도 좋아요?" 리긴은 다짐을 했다.

"부탁합니다." 선구가 답했다.

"사진을 찍을 테니 자세를 취해 주세요." 기자는 생글생글 웃으며 말했다.

기자는 카메라를 선구 정면에 들이댔다. 선구는 무심코 그녀 하자는 대로 포즈를 취했다. 정말 무심코 한 노릇이었다.

'찰칵.' 셔터를 누른다고 본 순간 선구는 아찔하였다. 어떤 예리한 무기가 자기 이마팍을 꿰뚫는 충격을 느끼자, 그의 의식은 꺼져 버렸다.

6
탈출 실패

'앗, 속았구나.'

의식이 들자마자 선구는 속으로 외치며, 주위를 살폈다. 서너 평 가량의 방이었고, 선구는 침대 위에 누워 있었다. 건물 구조가 눈에 익은 소보논 병원의 그것 같았다. 다만 전에 거처하던 장소보다 비좁았고 실내 기구가 간단했다. 그리고 특히 선구가 입고 있는 복장이 색달랐다.

옷은 품이 널찍하고 아래위가 한데 붙은 게 예전의 파자마같이 생겼으나, 자세히 보니 앞이 터지지 않아 예전 것이 아님을 알겠다. 큰 전대에 구멍이 다섯 개 뚫려 그곳으로 머리와 사지가 나오게 되어 있었다. 한 군데도 여미는 곳이 없어 대체 어떻게 입혔으며 벗을 땐 어떻게 하는 건지 모르게 된 옷이었다.

그건 아무래도 좋았다. 내가 왜 이곳에 와 있을까? 뻔한 노릇이었다. 저 사람들의 짓이다. 그 기자라는 여자에게 속은 것이었다. 사진을 찍겠다고 들이댄 것은 단파 충격기였다. 그때 이마가 꿰뚫어지는 듯한 통증을 느꼈던 일이 생각나 선구는 새삼 이마를 만져봤다. 아무런 이상이 없어 다행이긴 하나 한편으론 괴이쩍기도 했다.

선구는 침대에서 내려와 몸을 움직여 봤다. 전신 아무 곳이고, 이상한 데는 없었다.

"어, 참." 너무나 어처구니없어 '허허' 하고 천장을 쳐다보며 웃었다. "맥없이 속았단 말이야." 이렇게 중얼거리면서도 선구는 웬일인지 분한 감이 들지는 않았다.

애당초 승부가 성립 안 되는 놀음이었음을 그는 수긍했다. 한번 모험을 해 보긴 했지만, 워낙 승산이 없는 행동이라는 의식이 처음부터 있었음을 부인하지 않았다. 어찌 생각하면 일이 이렇게 간단하게 낙착된 것이 자기의 고통을 덜어 줘 다행인지도 모르겠다. 그렇다고 다시 잡혀 온 것을 만족하거나 장래를 낙관하는 바는 절대아니었다.

비커츠섬에서 품었던 자폭할 각오는 지금도 그대로 생생히 살아 있었다. 여차하면 혀를 깨물어 끊고서라도 이루리라 새삼 다짐을 하였다. 결코 다시는 저 사람들의 노리갯감이 안 되겠다는 굳은 결심을 자부하니 마음의 동요란 없었다.

'앞날의 형편은 두고 볼 것, 우선은 휴식.' 선구는 좁은 방 안을 서성거리면서 비커츠섬에서 지낸 보름간을 회고하였다.

숙원의 무덤이 그곳에 있다는 사실은 참말 뜻밖이었다. 이 사실을 발견한 것만 해도 이번 모험은 보람 있는 일이 아니냐. 숙원의 정성과 뜨거운 사랑을 사랑을 생각하니, 선구는 가슴이 뻐근해졌다.

과학센터는 그 후 어찌 되었으며, 지금의 여인천하로 옮겨진 과정은 어떤 것인지. 미처 못다 읽은 과거사가 궁금했다.

그것도 궁금했지만, 더욱 더한 건 오늘날의 야릇한 세상과 내막이었다. 이건 도저히 이해할 수 없는 현상이 아니냐! 그러나 이거 역시 아무래도 좋았다. 이렇게 변화할 만한 여건 아래 과거는 현재로 변화했겠지. '지금 내게 절실한 건 오늘의 위치와 내일의 모습이다.'

선구는 서성거리던 걸음을 멈추고 새삼 자신의 모습을 살펴봤다. 그러자 입고 있던 옷에서 새로운 사실을 발견하였다. 그건 파자마같이 생긴 이 옷의 천이 몹시 두껍고 기장이 지나치게 길다는 것이었다. 시험 삼아 소매를 늘어뜨려 보니 길이가 팔 길이의 두 배나 되었다. 바짓가랑이 역시 그랬다.

"옳지. 이것은 정신병 환자용의 그것과 같은 거로구나."

두껍고 질긴 이 옷의 화장과 가랑이는 필요할 땐 언제고 간단하게 입고 있는 사람의 수족을 칭칭 감아 묶어 버릴 수 있게 되어 있었다.

그러고 보니 이 방의 모양도 정신병자용으로 적합한 것이 몇 가지 눈에 띄었다. 벽에 못이 없고 가구도 일체 모서리가 없이 둥글게만 되었고, 그것도 가짓수가 두서너 가지에 불과했다. 출입문에도 손잡이가 없었다. 이러한 사실을 확인하자 선구는 갑자기 눈앞이 캄캄하고, 등골이 오싹해졌다.

"이런 상태로 끌고 가자는 걸까?" 선구는 펄썩 침대에 주저앉았다. 좁은 방 안이 급속히 더 좁아지는 것 같았다. 아니, 실제로 좁아지기 시작했다. 사방의 벽뿐 아니라, 천장과 마루청까지도 핑핑 돌며 좁아 들었다. 헐렁이던 잠옷마저 갑자기 오므라들며 전신을 꽉 조여 쌌다. 가슴이 탁 막혔다. 조금 전까지 평탄하던 그의 심리 상태는 일시에 허물어졌다. 벌떡 일어나고 다가오는 벽을 발로 차려고 하였다.

그때 출입문이 열리며 두세 사람의 얼굴이 나타났다. 맨 앞에 선 사람은 리긴이었다. 리긴 기자는 반가운 낯으로 문을 열고 들어서다가 깜짝 놀랐다. 좁은 방 한가운데 거미 다리처럼 길게 늘어진 화장과 가랑이가 달린 이상한 잠옷에 감긴 우선구가 우뚝 서 있었다. 그의 무섭게 충혈된 두 눈.

선구는 기자를 보자 제정신이 들었다. 반가웠다.

"아." 선구가 말을 걸려는 순간, 리긴 뒤에 서 있던 다른 사람이 급히 문을 닫아 버려 리긴과 선구의 사이는 막혀 버렸다. 선구는 멀거니 서서 기다렸으나 내내 기별이 없었다. 별수 없이 침대로 돌아가 걸터앉았다.

'다시 찾아왔으면 좋겠는데…' 이런 생각이 들자 선구는 고개를 내저어 스스로 부인하였다. '아니다. 그 사람은 나를 속였다.'

속인 건 사실이나 미운 생각이 안 나는 게 이상했다. 자기를 속인 수단 방법이 너무나 감쪽같아서 그럴까? 아마 그럴지도 모른다. 사실 입장을 바꿔 선구가 기자가 됐더라도 그 이상으로 멋지게 해치우지는 못했을 것 같았다. 생글생글 웃으면서 카메라를 들이대던 그녀의 모습이 선명하게 되살아났다.

그런데 그녀는 자기를 보자 질겁하여 물러갔다. 무리도 아니었다. 선구는 일시 착란을 일으켰던 것이다. 선구는 속으로 부끄러움을 느꼈다. 늘어선 소매며 바지를 치켜 거두고 정신을 가다듬었다. 착란을 일으키다니 자기답지 않지 않은가.

선구는 과거의 기억을 더듬었다. 옛적 달마라는 중은 면벽구년 (面壁九年)에 두 다리가 썩기까지 하면서도 정신은 더욱 빛났다지 않나. 소크라테스는 허물없이 사지에 몰려 독약을 마시면서도 태연 자약했다지 않나. '내가 비록 성현이나 영웅은 아닐지라도 이만한 환경에 이성을 잃다니 수양 부족도 유분수다.'

침착을 되찾은 선구는 최후의 순간까지 씩씩하게 버틸 것과, 그 최후의 장면을 절대 두려워하지 않을 것을 다짐하였다.

독방 감금은 닷새 만에 끝났다. 지루하고 단조로운 독방 생활이 었으나 선구는 자기 수련의 수단으로 이 동안을 잘 이용하였다. 닷 새 후, 물론 이 동안이 닷새였다는 것을 안 것은 나중 일이지만, 선 구에게 변화가 찾아왔다. 출입문이 열리더니 몇 사람의 직원이 실 내용 이동 의자를 굴리며 들어왔다. 이 방에 갇힌 이후 이렇게 많 은 사람을 본 일이 없었다. 아니 사람 구경은 요전 날 리긴 기자가 눈 깜짝할 사이에 나타났다 사라진 일 외에는 없었다. 그간 식사를 위시하여 모든 보급은 기계 장치로 진행되었고 사람 그림자는 일 절 없었다.

여러 사람은 묵묵히 선구를 의자에 앉힌 후, 복도와 승강기를 거 쳐 딴 곳으로 이동하였다. 이동해 간 곳은 훨씬 넓고 장치가 우아 한 방이었다. 전혀 병실 같지 않았다. 물론 감방 같은 티도 나지 않 았다.

"여기가 이 병원에선 제일 고급실입니다." 데리고 온 직원 한 사 람이 이렇게 말한 후 여태껏 두르고 있던 파자마를 벗겼다. 벗기는 장치는 등판에 있었다. 직원은 등판을 어루만지더니 반쯤 놓고선 옆방을 가리키며 말했다. "들어가서 갈아입으시죠."

옆방에 들어가 보니 갱의실인 모양이었다. 지금까지 있던 독방만 한 넓이의 큼직한 옷장이 방 대부분을 차지했다. 옷장에는 여러 벌의 의복이 진열되어 있었다. 선구는 그중의 하나를 골라 죄수복이나 다름없는 잠옷과 갈아입었다.

큰 방으로 돌아오니 아까 들어올 때는 없었던 사람이 선구가 옷을 갈아입고 나오기를 기다리고 있었다. 첫인상이 점잖았다. 그 사람은 뚜벅뚜벅 선구 앞으로 나와 악수를 청했다.

"나는 이곳 원장입니다. 그동안의 소홀한 대접을 사과합니다."

선구는 영문을 몰라 멀거니 상대를 보고만 있었다. 어쩐 영문인지는 모르면서도 심중 나쁘진 않았다.

원장은 선구에게 의자를 권하고 자기도 맞은편에 앉으며 정중히 말했다. "당신에 대한 우리 정부의 방침이 결정되었습니다. 귀빈으로서 모시게 되었습니다. 본관은 이 결정을 당신에게 전하는 의무를 영광으로 여기는 바입니다." 너무나 갑작스러운 변화에 선구는 다시 한 번 어리둥절하지 않을 수 없었지만, 원장은 이어 말했다. "여태껏 우리들의 처사가 소홀했던 건 모든 것을 중앙에 알리지 않고 지방 관원들이 단독 견해로 처리했기 때문이었죠. 이제까지의 경위를 중앙 정부에서 알게 되자 귀빈으로 대우하게 된 겁니다. 조금 전에 공식 시달이 내렸어요. 나는 이를 짐작하여 벌써부터 이 방을 비워 놓고 있었습니다. 당신은 우선 이곳에서 거처하다가 중앙으로 옮겨가게 될 겁니다."

"중앙이 어딥니까?" 선구가 물었다.

"아프리카 중앙부. 옛적의 지명은 쟈드. 아시겠는지."

"쟈드. 네, 압니다." 선구는 대답은 했으나 의외의 감이 없지 않았다. '정말 아프리카의 쟈드 호(湖) 지방에 세계 정부가 들어앉았을까?'

"아시는군요." 원장은 신기하다는 듯 끄덕이며 말을 이었다. "지금 이름은 '헤어지루'라 합니다. '빛나는 땅'이란 뜻이죠. 굉장히 좋은 곳이에요. 가 보시면 아시겠지만."

"헤어지루?" 선구는 되풀이해 보았다.

"그러나 그곳은 임시 수도예요. 여름 피서지니까요." 원장이 덧붙였다.

"그럼 정작 수도는 어디죠?"

이 질문에 원장은 품위 있는 미소를 지으며 답했다. "차차 아시게 됩니다. 뭐 비밀은 아니에요. 다만 정부에서 주의가 있었어요. 되도록 댁의 질문이 없도록 하라는 겁니다. 오해하진 마세요. 당신을 억제하자는 게 아니고 순차적으로 현대의 환경을 익히도록 하라는 겁니다. 청컨대 너무 조급히 굴지 말고 우선 충분한 휴식을 취하세요. 댁의 편의를 위하여 여기 이 사람을 연락원으로 배치하니 무엇이고 사양하지 마시고 상의하세요."

원장은 데리고 온 두 젊은이를 선구에게 인사시켰고, 여러 사람은 두 연락원만 남기고 물러갔다. '시미'와 '더우더'라는 이름의 두 연락원은 선구에게 방 시설을 설명해 주었다.

열 평은 됨직한 큰 방 외에 침실, 화장실, 독서실, 그리고 헛간까지 달렸고, 큰 방에는 볼품 있는 벽화도 두 폭이나 있었다. 갖가지 비품도 신기로웠다. 그중에도 진기한 것은 신문판(新聞盤)이라는 것과 관람기(觀覽器)였다.

신문판이란 옛적의 신문철에 해당한다고 할까. 여러 가지 신문을 걸어 두는 틀이었다. 물론 예전 것과는 형태가 달랐다. 신문지 자체도 옛과 달라 펼쳐 보는 게 아니라 롤러형의 테이프로 되어 있었다. 테이프를 손으로 풀든지 신문판에 걸고 자동 기계로 돌리든지 해서 읽게 마련인데 기사의 대부분이 사진으로 짜여 일종의 화보 같기도 했다. 연락원의 설명인즉 신문은 한 신문사에서 발행되는 것에도 발행 방식에 따라 여러 가지 종류가 있는데, 대중판은 종이에 인쇄한 것이고, 보존용은 필름으로 되어 있다고 했다. 이 외에 특수용으로 기록 영화로 편집된 것이 있어, 이곳 신문판에는 한 뼘 사방 정도의 영사막도 달려 있었다.

관람기는 방 안에 앉아서 바깥 구경을 하는 기계였다. 다이얼을 돌리는 대로 극장 프로, 시장, 학교, 공원, 경기장 등이 화면에 나타났다. 말하자면 20세기에 있던 텔레비전이 한 계단 더 발전한 모습이었다.

"댁에서 외출하시게 될 때까지는 이것으로 참으셔야겠습니다." 연락원의 말이었다. 외출은 안 시키겠다는 뜻인데, 선구는 별 불평 없이 이를 받아들였다. 이 정도의 대우도 놀랄 만한 개선임이 틀림없었다.

선구는 우선 신문판을 돌려 봤다. 여러 가지 신문 중에서 기록 영화로 된 것을 골라 키를 꽂았다. 영사막에 비친 것은 이곳 지방 재판소의 형사 법정. 해설 기자의 설명이 들렸다. "전직 비커츠섬 경비 대원 세 사람의 제1차 공판 광경입니다. 법관의 논고를 들어 보시겠습니다."

법관이 연설했다. "피고 유세프, 오퍼, 난기리 등은 비커츠섬 경비 대원으로 근무 당시 무단히 직무를 유기하여, 전세기 인간 우선구의 비커츠섬 잠입을 용이하게 하였고, 밤에는 직장을 포기하고 세 사람이 한데 엉키어 생활법 제8조 5항의 금지행위를 하다가 전술 우선구에게 습격당하여 그의 포로가 되었음은 제반 상황과 피고인들의 공술 등으로 명백한 사실이며 이상 사실을 방증하는 증거물로 압수된 게 있습니다."

법관이 가리키는 곳 탁자 위에 증거물이 놓여 있었다.

이때 '아!' 하고 신음에 가까운 비통한 한숨을 쉬며 시미라는 연락원이 달려들어 키를 돌려 버렸다. 화면은 갑자기 요트 경기장으로 변했다.

"아니, 왜?" 선구는 나직이, 그러나 위엄 있는 어조로 연락원의 행동을 따졌다.

"죄송합니다. 이 기사는 좀 사양해 주셔야겠습니다." 시미는 난처한 안색으로 대답했다.

"어째서?"

"그렇게 명령을 받았습니다. 당신과 직접 관련된 거나 지나치게 자극적인 내용은 보여드리지 말라는 명령입니다. 그렇지? 더우더." 시미는 동료 더우더에게 후원을 청했다.

"네, 그래요. 양보 좀 해 주세요. 저희 입장을 보셔서."

두 연락원은 허리를 굽혀 사정했다. 선구는 그들의 일방적인 행위에 불쾌감이 들었으나 대우 개선 첫머리에서 말썽을 야기할 것까지는 없다고 여기고 연락원의 청을 받아들이기로 하였다. 그보다 그는 화면에 나타난 법관 제시의 증거물을 본 순간 너무나 무안하여 외면할 지경이기도 하였다. 그 증거물은 그날 밤 자기도 현장

에서 목격했었다. 그때 자기는 못 본 체했으나 그것이 무엇인지 알
수는 있었다.

"당신들의 입장이 거북하다면 내가 양보해야겠지. 그런데 저 사
람들은 어찌 될까? 경비원들 말요." 선구는 전날 그 사람들이 안절
부절못하면서 자기에게 애걸하던 일이 생각났다.

"아마 유죄로 판결되겠지요." 연락원의 견해였다.

"그렇게 되면?"

"무기형입니다."

"거 안 됐군."

선구는 전날 그 사람들이 자기에게 그들의 위법 사실을 발설 말
아 달라고 청탁하던데 어떻게 탄로 났을까 하는 의심이 났다. 수사
당국의 특출한 심문 수단으로 해서일까? 또는 얼떨결에 스스로 자
백하고 만 것인가? 그건 아무래도 좋았다. 하지만 어째서 그 정도의
일이 무기형이란 말인가?

"형사법의 최고형이 뭐요?" 연락원에게 물었다.

"무기형이에요."

'그렇다면 최고 극형이로구나. 왜 그 세 사람에게 최고 극형을 가
하는 걸까? 그게 그다지 중한 죄란 말인가?' 선구는 두 사람에게 자
세히 물어보고 싶었으나, 그들 연락원의 사무적인 딱딱한 자세로 보
아 자기가 묻고자 하는 내용과는 너무나 거리가 있을 성싶어 질문
을 포기하고 말았다.

'차차 알게 되겠지. 비커츠섬에서의 그 기자의 말이나, 아까의 원
장 말대로 덤비지 말아야 하겠다.' 그는 신문판을 꺼버렸다. 관람기
도 나중에 천천히 감상하기로 하였다. 모처럼 베풀어진 기회를 잘

이용하여 먼저 이 사람들의 신임을 얻어야겠다고 마음먹었다. 선구가 덤덤히 앉아 있으니까 시미가 한쪽 벽에 있는 장문을 열어 보이며 말했다.

"심심하실 때는 이걸 드세요."

그곳에는 각종 음료수와 과자 등속이 진열되어 있었다. 그중 선구에게 낯익은 것이 있었다. 전날 이곳에 처음 왔을 때 오유지가 권해서 먹어 본 과자였다. 입안에 넣으면 슬슬 녹으며 고혹적인 향내를 풍기던 선과. 선구는 절로 군침이 생겼다. 어디 먹어 볼까.

"댁에선 시가를 좋아하십니까?" 시미가 선구의 선과 집기에 앞질러 말을 걸었다.

"시가?" 선구가 되물으며 시미의 손가락질하는 데를 보니 과연 시가가 있었다. 시가 케이스에 수북이 담겨 있는 담배 개비를 보자 선구는 갑자기 큰 환희를 느꼈다. 담배를 안 피우는 그였으나 뜻밖에 예전 것을 발견하니 우선 반가웠다. 더군다나 그 이름도 예전 그대로 시가라니 신기했다. 혜민어가 영어와 같은 경우도 있구나. 실로 희한한 일이었다.

"나는 시가를 못해요. 그러나…." 선구는 말하면서 장 앞으로 가서 한 개비를 집었다. 들고 보니 그 시가가 아니었다. 담배가 들어 있는 말랑말랑한 그것이 아니라 속속들이 딱딱한 물체였다. 가벼운 실망이 왔다. 그러나 겉모양은 아주 똑같은 옛적의 시가 바로 그것이었다. 필터까지 붙은 긴 치수의 담배 개비였다.

선구가 서먹서먹한 표정을 하는 걸 보자 두 연락원은 한마디씩 했다.

"시가를 못하셔요. 왜요?"

"참 맛이 훌륭한데요."

두 사람의 수선을 보자 선구는 새로운 흥미를 느꼈다. "이것이 시가라고? 어떻게 먹는 거요."

"먹진 않아요. 빠는 거지." 한 사람이 말하면서 시가를 하나 들고 필터 쪽을 물었다. 흡사 담배 빠는 꼴이었다.

"한번 시험해 보시죠." 다른 한 사람이 권했다.

"어디." 선구는 한 개비 집어 물었다. 향긋한 냄새가 과히 나쁜 편은 아니었다. 신통할 것도 없고.

"빨아야 해요." 두 사람이 코치했다. 그대로 해 봤다. 콕 쏘는 듯한 충격에 선구는 깜짝 놀라 입을 떼었다.

"호호호." 선구의 하는 짓이 우습다고 두 사람은 킬킬댔다.

"한 번에 세게 빨지 말고 서서히 빨아 보세요." 한 사람이 주의를 시킨다.

선구는 지금 콕 쏘는 듯한 촉감 중에서도 버릴 수 없는 어떤 매력에 이끌려 이번에는 천천히 빨아 보았다. 과연 쏘는 듯하던 충격은 훨씬 누그러지고 대신 입안에 맴도는 야릇한 맛이 있었다. 쓰지도 달지도 않으며 구수한 취각 속에 섞인 얄팍한 매움기. 아무튼 복잡한 맛이었다. 또 한 번 빨아 보았다. 바삭바삭, 이 물건은 빠는 대로 극히 조금씩 바삭바삭 삭아지는 것이었다. 그 정도는 아마 불에 타들어 가는 궐련의 속도와 비슷한 거로 보였다.

"어때요?" 연락원들이 빙그레 웃으며 물었다.

"좋소. 과연." 선구는 주저 없이 수긍하였다.

"시가는 주로 식사 전에 사용하는 겁니다. 일종의 식욕 자극제라 할 수 있어요. 그리고 식사를 요구하실 땐 이 상자를 이용하세요."

시미가 설명하면서 탁자 위의 조그마한 상자의 뚜껑을 열어젖혔다. 이 상자 역시 일종의 텔레비전 역할을 하는 것이었다. 그것도 입체 텔레비전. 상자 속에 오늘의 메뉴 견본이 차례차례 나타났다.

조리사의 해설도 있었다. 요리 이름이며 간단한 재료 설명. 영양가 등, 거기에 실제 냄새가 곁들여 퍼져 나오기까지 하지 않는가.

"야, 이거 봐라." 선구는 절로 탄성이 나왔다.

7
헤어지루

어떻게 돌아가는 판국인지 영문을 모르면서도, 선구는 갑자기 제공된 귀빈실의 생활에 만족과 진지한 흥미를 느꼈다. 모든 것이 새롭고 편리하고 호사스러웠다. 이런 대우를 할 줄 아는 사람들이 어째서 그동안은 그다지도 매정하였던가. 연락원에게 전날 접촉한 바 있는 오유지와 티기시의 소식을 물으니 그들은 얼마 전에 딴 곳으로 전출되었다고 했다.

혹 모를 노릇이었다. 그들은 자기의 감시를 소홀히 한 죄로 좌천당했거나 숙청되었는지도. 비커츠섬의 세 경비원을 보더라도 이 사람들의 형벌이 가혹함을 짐작할 수 있어 약간 꺼림칙했으나 입 밖에 내지는 않았다. 모든 것이 조심스러웠다.

사실 이 사람들이 갑자기 대우를 바꾸고 융숭한 대접을 한다고는 하나, 이것이 진심이며 과연 얼마나 지속할 건지 예측하기 어려운 일이기도 했다. 그렇게 봐서 그런지 이 사람들의 태도에는 어딘지 모르게 싸늘한 그늘이 엿보였다. 사실 이들은 자기를 진정한 뜻에서 귀빈으로 다루지는 않는 거라고 선구는 판단하였다. 그것은 외출을 안 시키는 것만 봐도 알 수 있었다.

병원 밖의 외출이 아니라 병원 안의 지정 장소에서 한 걸음도 못 나가게 했다. 신문을 보는 데도 일일이 신경을 쓰며 간섭했다. 그러나 선구는 부러 이런 일들에는 일체 관심 없는 태도를 취했다. 귀빈실로 옮겨 오던 날 면밀한 신체검사가 다시 있었다. 모든 조건이 양호하다는 진단 결과를 듣고 선구 자신도 만족하였다.

선구는 외출을 못 하는 대신 부지런히 관람기에 매달려 바깥 구경을 하였다. 세상 형편을 살피기에는 실지로 나돌아다니기보다 오히려 이 기계를 돌리고 있는 편이 더욱 능률적일지 모르겠다고 선구는 생각하였다.

관람기의 다이얼 번호는 도합 50여 개. 이 번호를 돌리는 대로 소보논 도시의 구석구석까지 샅샅이 구경할 수 있었다. 스크린을 통해 보건대 소보논은 훌륭한 대도시였다. 훤하게 뻗은 가로, 길가 양쪽에 즐비한 건물들. 건물들은 거의 다 높지는 않으나 널찍한 정원에 싸여 있는 게 시원스러웠다.

이렇게 녹지대가 많은 거로 봐서 오래된 도시가 아니라 신흥 도시라는 인상이 들었다. 사람들의 복장도 모두 깨끗했다. 남자들이 안 보이는 건 이제 이상할 게 없었다. 이러한 구경거리는 얼마 안 가 끝장이 났다. 귀빈실에 온 지 사흘 만에 원장이 나타나 고별인사를 했다.

"이거 섭섭하게 됐습니다. 중앙에서 기별이 왔군요. 곧 떠나셔야겠는 걸요."

선구는 그동안의 환대를 치사하였다. 출발은 즉각 이행되었다. 준비에 아무런 걸림이 없는 선구의 입장이었다. 원장과 두 연락원, 그 밖의 서너 명 직원이 전송하였다. 이별 장소는 선구와 인연 깊은 병원의 옥상. 일행이 엘리베이터로 옥상에 나가니 그곳에 선구가 타고 갈 항공기가 대기하고 있었다. 그 항공기는 커다란 프로펠러가 몸체 위에 달린 것으로 예전에 흔히 보던 헬리콥터의 전신인 오토자이로 같이 생겼다. 크기도 비슷했다.

선구는 이 경비행기가 근방에 있는 공항까지 타고 갈 에어 택시거니 하고 생각하였다. 선구는 이곳 사람들과 작별인사를 나눈 후 항공기에 올랐다. 그런데 이 항공기가 겉보기와는 딴판으로, 일행은 지금 아프리카에 있는 세계 정부의 수도 헤어지루로 떠난다는 것이었다.

전날 경험한 보트로서도 그만한 성능이었으니 모양이 항공기로 된 거라면 대륙 횡단쯤 문제가 아닐 거라고 선구는 이해가 가긴 했다. 승무원은 3시간이면 목적지에 닿는다고 설명했다. 과연 얼마 안 있어 다시 지상에 내려앉았다. 이곳도 공항은 아니고 어느 건물의 울안이었다.

지상에 내려서니 마중 나온 사람들이 쭉 늘어서 있었다. 이들의 생긴 모습이나 복색도 소보논의 사람들과 다름없었다. 선구에게 쏠리는 엽기적인 눈초리 역시 같았다. 그중에서 한 사람이 앞으로 나와 선구의 손을 잡았다.

"잘 오셨습니다. 우호청의 선루겐시입니다." 나이가 지긋이 들어 보이는 이 사람은 깍듯이 존대하며 자기소개를 했다. 나중에 안 일이지만, 우호청이란 각 지방 주민들의 친목 융화를 주관하는 중앙 관서이고, 선루겐시는 그곳의 중견 간부인 문화과장이었다.

"나는 우선구입니다. 신세 지겠습니다." 선구도 깍듯이 인사하였다.

"오시느라 수고하셨어요. 자, 이리 오시죠."

선루겐시가 앞장서 걸었다. 백 미터 거리 저편에 관청풍의 큰 건물이 있었다. 현관에 이르니 수십 명이 한데 몰려서서 이쪽을 신기하게 바라보고 있었다. 선루겐시는 손짓으로 여러 사람을 헤치고 선구를 인도하여 안으로 들어갔다. 두 사람이 들어간 곳은 굉장히 넓은 방이었는데 그 방 한가운데에 한 사람이 떡 버티고 있고, 그녀의 좌우에 4, 5명이 늘어섰다.

인원수에 비해 방 규모가 지나치게 커서 어쩐지 허전한 감이 들었다. 선루겐시와 선구는 버티고 있는 인물 앞으로 갔다.

"소개하겠습니다. 이분은 고전문화연구원 원장으로 계신 끼허햅 씨, 이번에 우선구 씨를 초청하신 분입니다."

선루겐시가 소개하자 그 사람은 선구에게 악수를 청했다. 다음엔 끼허햅 원장 스스로 좌우에 기립한 사람들을 선구에게 차례로 소개했다. 잘 기억할 수 없는 이름을 가진 이 사람들 역시 의구심과 호기심이 엇갈리는 눈초리로 선구를 살폈다. 인사 소개가 끝나자 모두 긴 탁자를 둘러싸고 자리 잡고 앉았다. 끼허햅 원장이 일장 연설을 하였다. 그녀는 먼저 사흘 전에 소보논 병원장이 했던 말과 같은 내용의 변명을 늘어놓았다. 즉 과거의 모든 잘못은 지방 정부 말단 관리들의 소행이니 오해하지 말아 달라는 것이었다.

원장은 계속 말을 이었다. "이곳은 고전 문화를 연구하는 학자들의 집회소입니다. 우리는 귀하의 협조를 얻고자 합니다. 물론 모든 것은 귀하의 자유의사에 속하는 거지요. 귀하의 숙소도 이 건물 안에 마련되었습니다. 그것이 귀하에게도 편리할 것 같아서요."

원장의 말을 듣고 선구는 이곳이 필경 자기의 새로운 감금장소가 되리라는 짐작이 갔지만, 외교적 답사를 하였다. "시대의 유물인 본인을 이다지 우대해 주심에 오직 감사할 뿐입니다. 별로 아는 바는 없으나 모쪼록 노력하여 여러분의 기대에 보답고자 합니다."

이로써 피차의 첫 회견이 끝나고 선루겐시는 준비해 놓은 처소로 선구를 안내하였다. 그곳은 이 건물의 지하실이었다.

"지하실에 댁의 숙소를 정한 것은 이곳의 도서실과 연구실이 지하실에 있기 때문이에요." 선루겐시는 묻지도 않은 변명을 했다. '비록 지하실이라 할지라도 요즘 지낸 경로로 봐서 과히 나쁜 곳은 아니겠지.' 선구는 별로 신경을 쓰지 않았다.

별생각 없이 지하 복도를 따라가던 선구는 한 곳에 이르자 뜻밖의 인물을 발견하고 깜짝 놀랐다. 들어선 방 안에 먼저 와 있는 인물이 있는데 다른 사람 아닌 리긴. 비커츠섬에서 자기를 위계로 넘어뜨린 신문 기자 리긴, 그 사람이었다.

선구를 보자 기자의 안면에 신경 경련이 일어났다. 격한 감정에 끌려 자기도 모르게 두어 걸음 다가서다가 선구의 시선이 마주치자 멈칫하고 섰다. 선구는 뜻밖의 인물을 만난 놀람 중에서도 리긴의 이러한 행동에 기이함을 느꼈다. 여태껏 기계적으로만 움직이는 인간들만 보아 온 눈에는 이런 순수한 감정의 표시가 유별나게 인식되는 것이었다. 그러나저러나 반가웠다. 자기 신상에 중대한 변화를 일으켜 놓은 장본인을 이곳에서 만나다니.

쌍방의 중간에 있는 선루겐시는 리긴 기자의 태도에 약간 의아함을 느끼면서도 별로 개의할 바 아니라 보았는지 선구를 돌아다보며 말했다. "이분을 아시겠죠. 소보논 신문사의 리긴 기잡니다."

선구는 묵묵히 끄덕였다.

"우선구 씨." 리긴이 선구의 손을 잡았다. "죄송해요. 고생 많이 하셨죠. 용서하세요." 두 눈에는 이슬조차 맺혀 있었다.

선구가 뭐라고 대꾸하기에 앞서 선루겐시가 참견을 했다. "우선구 씨는 리긴 기자에게 감사해야 합니다. 이번에 우리가 댁을 초청하게끔 된 건 전부 리긴 기자의 노력으로 얻어낸 결과지요. 이분은 각 방면에 진정을 거듭하여 소보논 지방 정부의 지배로부터 댁을 구출해 낸 겁니다. 리긴 기자가 그때 댁을 데려오지 않았더라면 오늘날 댁은 존재하지 못했을 걸요. 소보논 경비대에서 비커츠섬 말살을 결행할 판이었으니까요."

선구는 얼핏 적절한 인사말이 안 나와 그저 덤덤히 있었다.

리긴은 선구의 손을 꼭 쥐고 다정하게 말했다. "이제부터는 심한 고생은 안 하셔도 될 거예요. 간혹 이해 안 되는 일도 있겠지만, 너무 조급히 굴지 말고 정부 처사를 신임하여 잘 협조하시길 바랍니다. 이곳 원장은 유명한 학자이며 인격자니까 잘 사귀면 적극 편의를 봐 드릴 거예요. 우리가 댁에 걸고 있는 기대는 큽니다. 차츰 아시게 될 거예요."

그녀의 말투로 봐서 이들이 이곳으로 자기를 데리고 온 데에는 모종의 중요한 용건이 있을 거라고 선구는 짐작하였다. 리긴은 소보논 신문사의 특파원 자격으로 당분간 이곳에 머물러 있게 되어 자주 찾아오겠노라 했다.

잠시 후 리긴과 선루겐시는 직원 두 사람과 선구를 남겨 놓고 물러갔다. 두 직원은 앞으로 선구의 시중을 들 사람들이라고 선루겐시는 말했으나, 선구는 시중보다는 감시역일 거라고 판단하였다.

　선구를 위하여 마련된 이곳의 시설은 소보논 병원의 그것보다는 어느 정도 격이 떨어지는 것이었다. 방 면적도 약간 작고 실내 비품 수효도 모자랐다. 특히 눈에 띄는 결함은 소보논에서 누리던 신문판과 관람기가 없다는 것이었다. 이 점을 선구가 지적하니 직원은 좀 거북한 표정을 하다가 상부에 보고하여 선처하도록 해 보겠다고 약속하긴 했다.

　이 약속은 며칠 지난 후에야 그 일부가 이행되었다. 즉 관람기는 이틀 후에 배치되고 신문판은 일단 거부되었다가 선구의 거듭 요청으로 다시 일주일 이상 끈 후 겨우 문화부 발행의 정부 기관지가 배부되고 그만이었다. 이런 점으로 보아 소보논 당국의 처사는 얼떨결에 베푼 지나친 우대였나 싶었다.

　이곳에 도착한 후 처음 몇 날 동안은 아무런 변화 없이 지냈다. 리긴이나 선루겐시는 물론 이곳 직원까지도 배치된 두 사람 외에는 아무도 눈에 띄질 않았다. 두 사람의 직원은 젊은 사람들이었으나 몸가짐이 매우 신중하여 필요한 말 외에는 입을 열지 않았다. 이들의 말이 필요한 경우도 드물어 결국 세 사람은 벙어리나 다름없이 지냈다.

　선구로선 이것저것 지껄여 보고 싶고, 묻고 캐고 할 일이 많긴 했으나 그간의 쓰라린 경험과 리긴의 조급히 굴지 말라는 부탁도 있어 그냥 꾹 참고 매사 무관심주의로 밀고 갔다. 그는 조용히 과거사의 회고와 장래사에 대비한 마음의 준비를 가다듬으며 지냈다. 다행히 관람기 사용이 허가되어 심심풀이가 족히 되었다.

관람기를 통해 본 이곳 헤어지루의 도시 규모는 소보논에 비해 오히려 작은 감이 있었다. 이곳은 전 세계의 수도라기보다는 한 지방의 조용한 읍이라면 알맞겠다.

관람기 보기 외에 중요한 일과는 아침저녁의 산보였다. 두 사람의 직원이 하루에 두 번씩 일정한 시각에 밖으로 데리고 나가 산보를 시켜 주었다. 산보 장소는 이곳 청사의 울안에 국한되고 시간도 10분 정도로 제한되었다. 아마 일반 직원의 출퇴근 전후 시간을 이용하는 성싶었다.

일주일 만에 끼허햅 원장이 찾아왔다. 이곳에 처음 왔을 때 보고 이번이 두 번째였다. 그녀는 전날처럼 여러 명의 보좌관을 대동하고 있었다. 원장은 '신체에 이상이 없는가?', '불편한 점은 없는가?' 등 선구의 신상에 세세한 관심을 표명했다.

선구는 이상도 불편도 없으나 신문을 못 봐 갑갑하다고 호소하였다. 원장도 부하 직원처럼 거북한 안색을 하고 명확한 언질을 내놓지 않았다. 선구는 눈치를 채자 더 추궁은 않고 그 대신 독서를 할 수 없느냐고 물어보았다.

끼허햅 원장은 이에는 밝은 반응을 보였다. "어떤 종류의 서적을 바라시오?"

"역사에 관한 것."

"역사? 책 이름을 대 보구려."

"예컨대 세계 문화사 또는 20세기에서 오늘에 이르는 과도기 역사든…."

"너무 광범한데." 원장은 이렇게 말하면서도 아무튼 구해 보겠다고 약속하였다.

원장이 다녀간 다음 날 리긴 기자가 찾아왔다. 선구가 반색하여 맞이한 건 물론이었다. 그동안 소식이 없어 무척 궁금했었다. 선구는 이 사람에 대해서 유난히 친밀감을 느끼고 있음을 자각했다. 리긴은 백방으로 노력하여 자기를 구해 냈다고 했다. 말하자면 생명의 은인이었다. 고마웠다.

물론 고맙기도 하거니와 선구는 그 이상의 부푼 감정을 지니고 있음을 스스로 느끼고 있었다. 비커츠섬에서 처음 만났을 때 이 여자에게서 숙원의 모습을 더듬기도 했었다. 그 후 이 여자의 계략에 빠져 포로가 되었을 적에도, 자신이 이상하리만치 원망을 느끼지 못했다.

'이 사람은 이곳에서 나를 다시 만났을 때 눈물을 글썽거렸다. 왜 그랬을까?' 이 사람들은 자기를 적성 인간이라고까지 하고 비커츠섬과 함께 말살해 버리기에 주저하지 않았다는데.

선구가 반색하며 맞이함에도 불구하고, 리긴은 이번에는 어쩐지 시무룩한 표정이었다. 그녀는 웬일인지 전날처럼 명랑하지 못했다. 리긴은 그동안 바빠서 못 왔노라고 그저 대수롭지 않게 말할 뿐이었다.

선구는 왜 그러나 하면서도 인사성으로 요 며칠 동안 지낸 경과를 이야기하였다. 관람기가 있어 심심치 않았다는 것, 직원들이 친절하게 조석으로 산보도 시켜 준다는 것, 원장이 책도 넣어 주겠노라 약속했다는 것 등등, 모쪼록 좋은 면만 들어서 말하였다.

리긴은 덤덤한 표정으로 듣고 있더니 원장이 책을 넣어 주겠다더라는 말에 갑자기 무슨 생각이 든 것처럼 눈을 반짝이며 말했다. "참, 지금 원장님을 뵈었는데 우선구 씨에게 제공할 도서실 준비가 끝났다고 하더군요. 가 보셨어요?"

선구는 처음 듣는 소리라 어리둥절하였다.

"가서 원장님께 여쭤 봐요." 리긴이 직원에게 말했다.

이때 두 사람의 직원 중 한 사람은 용무로 밖에 나가고 없어 지하실에는 한 사람뿐이었다. 이 사람은 리긴의 말에 따라 위로 올라갔다.

타인이 없자 리긴의 태도는 별안간 활발해졌다. 눈과 입에 함박웃음을 머금으며 말했다. "이곳 생활에 꽤 익숙해지셨죠?" 그러면서 리긴은 재빨리 손을 놀려 탁자 위에 종이 한 장을 펼치더니, 그 위에 글자를 쏟아 놓듯 갈겨썼다.

'조심하세요. 데시로 감시하고 있어요. 나도 자주 못 와요.'

이런 글자가 번개처럼 흘렀다. '데시'란 이 사람들이 말하는 실내 연락용 텔레비전 장치를 뜻했다. 쓰기를 마치자 리긴은 종이를 움켜 제 주머니에 처넣어 버렸다. 그리고 딴전을 부렸다. "이곳 공기가 참 좋죠?"

"네, 공기가 무척 좋습니다. 그리고 나는 아침저녁 산보가 제일 기분이 좋습니다." 선구는 글월을 읽은 순간 가슴이 뜨끔했으나 이내 평정을 가장하고 대꾸하였다. 그러면서 데시 장치가 어디 있나 하곤 주위를 두리번거렸다.

리긴은 그러지 말라고 눈을 한 번 끔벅하고 말했다. "지금은 겨울이어서 이 정도죠. 다른 때는 몹시 더워요."

"그렇겠군요. 적도 지방이니까." 선구도 응수하였다.

부질없는 대화를 몇 마디 하고 있는데 직원이 돌아와 말했다. "며칠 더 있어야 사용하게 된대요."

선구는 직원의 수고를 치사하였다.

리긴은 다시 정색하며 선구에게 당부했다. "원장님은 댁을 위해서 많은 수고를 하고 계셔요. 단단히 사례하셔야 해요. 그리고 그분이 부탁하시는 일이 있으면 되도록 협조하세요."

잠시 후 리긴은 작별을 고하고 돌아갔다.

며칠 후 지하실에는 선구를 위한 도서실과 연구실의 개설식이 있었다. 처음 이곳에 올 때 우호청 문화과장 선루겐시가 말한 것이 이것이었다. 그때 선루겐시는 이런 시설로 해서 선구의 숙소를 지하실로 마련했다고 하였는데, 실상은 선구를 지하실에 두었기 때문에 도서실이며 연구실도 이곳에 설치했을 것이라고 선구는 추측하였다. 그건 어쨌든 자기를 위해 이런 시설이 마련된 점은 괄목할 노릇이라고 선구는 생각하였다. 도서실과 연구실은 각기 열댓 평과 스무 평 정도의 넓이로 도서실에는 천 권 안팎의 서적이 진열되었고, 연구실에는 간단한 집회에 필요한 비품과 영사 시설 등이 마련되어 있었다.

개설식에는 이곳 고전문화연구원 끼허햅 원장과 우호청의 선루겐시 과장을 위시하여 10여 명의 인원이 모였다. 대부분 대학교수라 했다.

"여기 모인 분들은 20세기 연구회 회원들입니다. 이번에 새로 발족한 학술 단체죠. 이 연구회의 주요 과제는 우선구 씨 당신을 통하여 20세기의 문화 전반을 연구 규명해 오늘의 사회에 공헌하자는 겁니다."

선루겐시가 설명하면서 회원 전원을 차례로 선구에게 소개해주었다. 리긴의 모습이 안 보여 선루겐시에게 물어보니 장소 관계로 기자들은 일절 초대하지 않았다고 했다. 식은 간단히 끝났다. 개회사니 축사니 하는 것도 없고 합창, 묵념, 만세 등 따위도 없었다.

사회자 선루겐시의 설명에 의하면 이 연구회는 한 달에 한 번씩 정기적으로 모이는 외에 필요에 따라 수시로 임시 모임도 가질 수 있다 했다. 오늘은 첫 번째 모임이라 회원 간의 낯익히기 정도로 마치고 일주일 후에 데이밋 대학의 루펜사 박사가 소집 책임자가 되어 제1회 정식 연구회가 있을 거라고 했다.

식후 단편 영화가 상영되었다. 영화의 제목은 〈20세기 중엽의 인간생활〉. 선구는 긴장하여 주시하였으나 불과 몇 커트 만에 맥이 풀리고 말았다. 어디 틀어박혔다가 나왔는지 다 낡아빠진 영화였다. 화면도 엉망이고 발성도 형편없었다. 그나마 엎치락뒤치락 식의 격 낮은 코미디라 보고 있기가 민망할 정도였다. 이것을 흥미진진하게 바라보고 있는 학자들을 보니 선구는 절로 골치가 띵해졌다. 이렇듯 전세기에 대한 인식이 소홀한 그들이긴 했지만, 선구를 다루는데는 퍽 신중하고 치밀한 바가 있었다.

그들이 얼마나 세심한가 하는 것은 지하실에 배치한 직원을 계속 보름 이상 근무시키지 않고 새사람으로 교체하는 걸 봐도 알 노릇이었다. 물론 선구와 친분이 생길까 봐 염려되기 때문이리라. 이러고도 따로 데시의 비밀 장치가 있으니 철저했다.

선구는 리긴의 주의를 받은 후 사나흘 동안 여러모로 조사한 끝에 데시 장치의 은닉처를 알아낼 수 있었다. 알아낸 방법은 간단하였다. 방 안에 있는 물건 중 의심나는 것을 하나하나 차례로 가려 놓고 반응을 시험한 것이었다.

이 시험에 침실과 거실 벽에 걸린 두 군데의 거울이 걸려들었다. 옷이나 수건 등을 거울 위에 걸어 두니까 직원들이 어느 틈에 치워 버리거나 비켜 놓거나 했다. 거울 뒤에 수상판이 있는 것이 뻔했다. 그리고 이 데시는 캄캄한 어둠 속에서도 기능을 발휘하는 것도 알았다.

한번은 거울에 수건을 걸어 놓은 채 일체의 빛을 끄고 자고 나서 아침에 보니 수건이 한쪽으로 밀려가 있었다. 밤사이 누가 손질한 것이었다. 아마 적외선 따위를 이용하여 캄캄한 속에서도 볼 수 있게 되어 있는 모양이었다. 데시의 기밀을 탐지는 했으나 선구는 이에 대한 방비책은 강구하려 들지 않았다.

얼핏 좋은 방안도 나지 않았고, 우선은 그들 하는 대로 내버려둠이 편할 성싶었다. 아무튼, 이들이 소보논의 그들처럼 경솔하고 난폭하지 않은 것만도 선구는 다행이라고 생각했다. 도서실이 개설되자 선구는 독서에 달라붙었다. 무엇보다 현실을 아는 데 급급했다. 그리고 아직 터득하지 못한 과거사도 있었으니까.

8
진성선언

"우리는 일체의 낡은 관념과 그 위에 설정된 모든 제도를 무시한다. 개인의 인생관으로부터 부부의 개념, 가족 제도, 법률, 사상, 사회 조직에 이르는 온갖 낡은 것은 근본적으로 파괴되어야 할 것을 주장한다.

이럼으로써 비로소 참된 안정과 평화, 그리고 행복이 인류 사회에 찾아올 것을 우리는 확신한다. 과거 인류는 까마득한 원시로부터 오늘에 이르기까지 헤어날 수 없는 불행의 구렁창 속에서 꿈틀거려 왔다.

만물의 영장이라는 헛된 명목 아래, 갖은 죄악은 순간의 쉼도 없이 베풀어졌나니 인간 사회의 처절하고 심각한 모습은 하급 동물의 세계와 실질적으로는 일호의 차이도 없었다. 그것은 너무도 당연한 자연계의 법칙이기도 했다. 인류와 하급 동물들은 다 같이 조금도 다름없는 생활방식을 꾸미고 왔기 때문이다.

성(性)의 모순과 대립이 있는 한 인류와 동물의 차이란 있을 수 없다. 모든 불행의 씨는 여기에서 싹트고, 여기서 자라난 악은 한없이 반복되고 발전한다. 우리는 이제 그만 이러한 어둠 속에서 벗어나야 하겠다.

우리가 진실로 만물의 영장이 될 때는 왔다. 참된 생활, 복된 사회를 건설할 때가 왔다. 우리는 과감하게 성의 모순과 대립을 타파해야 한다. 우리는 엄숙히 선언하노라. 우리는 영원히 참되고 아름다운 사회와 역사를 건설하기 위하여 모든 분야에 걸쳐 남성의 존재를 부인하고 이를 제거한다.

이후 우리 여성은 상대성의 입장이 아니라 인류 유일의 참된 모습으로서 존재한다."

이것은 진성선언(眞性宣言)이라 불리는 것으로, 서기 2068년 중구라파의 펀센벅 공국 국립여자대학의 교수로 있던 멜리 칼렘 여사가 발표한 글이었다. 선구가 지하 도서실에서 제일 먼저 부딪친 글이기도 했다. 이 글은 여인천하가 실현된 후로는 빛나는 고전으로 모시게 되어 거의 모든 서적의 권두를 장식하고 있었다.

선구에게는 몹시 눈에 거슬리고 불쾌한 글이었다. 내용도 허망하기 짝이 없었다. 일고의 가치조차 없는 치인의 잡서라 할 것이다. 그러나 이건 선구가 20세기적인 입장에서 본 관찰이고, 객관적 사정은 전혀 달랐다.

오늘날 선구에 있어 이 글은 배격의 대상이 아니라 인식하고 이해해야 할 교본으로서 존재하는 것이었다. 이 글을 가리켜 이곳의 원장 끼허햅은 가장 근엄한 표정으로 선구에게 다음과 같이 말했다.

"진성선언이 처음 발표됐을 적에는 이를 긍정하는 사람보다는 부정하는 사람이 압도적으로 많았습니다. 우선구 씨, 당신도 아마 이 선언문이 얼핏 이해 안 될지도 모르겠어요. 하지만 진성선언은 그 자체가 지닌 역사적 사명을 영광과 더불어 완수하고, 이제는 신성한 고전으로서 추대받고 있다는 사실을 간과해서는 안 됩니다. 당신은 두뇌가 명석하니까 사리를 잘 분간할 줄 믿습니다만, 개인감정이나 편파적 입장을 떠나 역사에 나타난 사실을 올바르게 인식하고 이를 환영해야 합니다. 역사에 담긴 기록을 보면, 신세기 초창기 그 당시에도 수많은 남성이 단성 통합 운동에 적극적으로 참여한 사실을 알게 됩니다. 참된 지성인은 성의 장벽을 박차고 용감하게 진리를 택했던 거죠. 우선구 씨가 20세기를 대표하는 완전인간이라는 점에 우리 고전문화연구원 회원 일동은 큰 기대를 걸고 있습니다. 당신이 진리를 파악하는 날 반드시 우리를 도와주리라 믿습니다."

끼허햅 원장의 자신에 넘친 이 말은 선구에게 진성선언이 주는 것보다도 한층 더 현실적인 충격을 주었다. 이 사람들이 덤비는 폼으로 봐서 이들은 어떤 확고한 신념과 목적을 가지고 있음이 분명했다. 그들은 결국에 가선 자기의 완전 굴복을 요구할 것이다. '혹시 이들이 내게 성전환을 하자고 덤비지는 않을까?' 생각이 여기에 미치자 선구는 걷잡을 수 없는 공포에 휩쓸렸다.

오늘의 문물 발달의 정도로 보건대, 성전환 수술은 그리 어려운 일이 아닐 것이다. 끼허햅 원장이 말하는 '많은 남성들이 성의 장벽을 박차고 단성 통합 운동에 적극 투신하였다'는 것이 성전환을 의미하는 것은 아닌가? 선구가 기억하는바 20세기 중엽 시절에도 성전환 수술은 빈번하게 있었다. 그 당시는 물론 성전환 수술이 불가피하거나 이상 체질자에 국한되었으나, 모를 일이다. 지금은 매사가 하도 발전하고 변천한 터이니.

그러나 한편 생각하면 아무리 의술이 발달했기로서니 완전 남성을 여성으로 변신이야 시킬 수 없겠지. 혹 중성화를 의미한다면 몰라도. 그 중성화도 걱정거리였다. 그거 역시 남성말살임은 틀림없었다. 그들은 하려 들면 언제나 할 수 있을 것이다. 이렇게 생각하니 불안하기 짝이 없었다. 그러나 다시 생각건대 이것은 선구의 지나친 기우였다. 그들에게 그럴 의사가 있었다면 벌써 실행할 수 있었지 않나. 소보논 시절이 그랬고, 비커츠섬에서 리긴 기자에게 포로가 되었을 때도 그랬고.

아닐 것이다. 그들은 완전 남성으로서의 자기가 필요한 것이다. 용도가 뭣인지는 모르겠지만 말이다. 문득 선구는 전날 비커츠섬에서 포착한 괴전파 생각이 났다.

"이 방송에 주의를 게을리 마십시오. 가까운 장래 저들 변태 정권이 반성하지 않는 날에는 중대한 사태가 일어날 겁니다."

저 사람들을 변태 정권이라고 몰아치는 이 방송의 정체를 선구는 아직 알지 못했다. 어쩌면 저 사람들은 그 괴방송의 주인들과 싸우기 위한 방도로써 자기를 이용하려는 건지도 모르겠다. 차차 알게 되겠지. 그동안에 현 사회의 정체를 파악해야겠다.

"《성 통일 혁명사》를 읽어 보시오. 멜리 칼렘의 전기를 읽는 것도 중요하고요." 끼허햅 원장은 칼렘 교수의 선언문을 읽고 어리벙벙해 하는 선구에게 조언을 해 주었다.

선구는 그 책들을 읽었다. 그 밖에도 도서실에 비치된 여러 가지

문헌을 탐독하였다. 선구는 비로소 성 혁명이 일어난 동기와 그 진행 과정, 그리고 오늘의 사회 형편을 터득하게 되었다. 그것은 실로 기막힌 사실이었다. 선구의 지식 한계로선 도저히 상상도 할 수 없는 이변의 연속이었다.

선구는 여러 가지 문헌을 독파하는 중에 자기대로의 한 가지 역사 체계를 세우게 되었다. 저 사람들은 오늘의 사회의 시조로서 멜리 칼렘을 즐겨 내세우나 그보다 더 중요한 기본적 역할을 담당한 건 과학센터와 스위스의 생리학자 나골 햄진 박사라고 규정하였다.

먼저 나골 햄진 박사의 행적을 보면 그는 서기 2036년 〈무정난자(無精卵子)의 발육 조절〉이란 논문을 발표하여, 당시의 학계를 뒤흔들어 놓은 인물이었다. 햄진 이론에 의하면 여성의 난자는 수정을 안 해도 특수 조건만 갖추면 인간으로서 발육될 수 있다는 것이었다. 여기 특수 조건이란 건, 자궁내 진입과 전자대(電滋帶)의 피복을 말함인데 이것은 아무 곤란 없이 인공적으로 조절할 수 있는 문제였다.

바꿔 말하면 여자는 남자 없이도 임신할 수 있다는 이야기였다. 햄진 박사는 자기 이론에 따라 몇 개의 무정난자를 인체가 아닌 인공 자궁소에서 완전한 태아로 발육시키는 데 성공하였다. 대신 태아는 전부 여자였다. 햄진 박사는 이렇게 탄생하는 영아는 기본 모체의 분신이기 때문에 절대로 남성은 얻을 수 없다고 밝혔다. 햄진 학설이 발표되자 전 세계 여론은 분분하였다.

무정 수태아가 남성이건 여성이건 아무튼 인류 역사상 가장 경이적 사실이 아닐 수 없었다. 햄진 박사는 왜 이런 괴벽스러운 연구에 손을 대서 성공시키고 말았을까? 그가 이 학설을 발표할 때의 나이는 68세. 스위스 지방 과학센터 생리학 부문 책임자로서 인망 높은 학자였다. 그는 42세 때에도 다른 중요한 생리학 논문을 발표함으로써 과학자의 최고 영예인 과학센터 대상을 받은 바 있었다. 햄진 박사는 결코 단순한 명예욕에서나 지위 또는 금전상의 욕망에서 이런 연구를 한 것이 아니었다. 오직 원인은 그가 과학자였다는 것뿐이라고 선구는 판단했다.

그 당시 과학센터에 부과된 연구 과제 중에 '해양 어류의 무수정난 성장에 관한 연구'가 있었음을 보면 햄진 박사의 연구 동기를 짐작할 수 있을 것이다. 어족 번식의 연구 과정에서 몇 단계 높아진 것이 무수정 태아의 출산 방식이었다. 그는 자기의 이 발견이 30년 후에 가서 칼렘 선언으로 변화할 줄이야 꿈에도 몰랐으리라.

아니 그도 어느 정도의 짐작은 가지고 있었을지 모른다. 그래서 그는 이미 동물 실험에서 결론이 나버렸을 무수정인(無受精人)의 세대 계승 능력에 부러 의문을 붙인 것이 아닐지? 즉 그는 남성 없는 세계가 오래갈 순 없으리라고 주장했다.

햄진 박사의 의도가 어떻든 그의 학설이 일으킨 선풍은 점차 가속도가 붙어 거세고 폭넓게 인류 역사를 새로운 국면으로 휘몰아쳤다. 무수정난의 세대 계속 가능성 여부를 가려내기 위하여 여러 학자의 연구와 실험이 거듭되는 한편으론, 당장 손쉽게 수집할 수 있는 남성 정자만으로도 앞으로 몇백 년, 몇천 년을 두고 새로운 정자 보급 없이 인류가 생존 번식할 수 있다는 계산 방법도 나타났다.

햄진 학설이 발표된 이후 그 학설에 따르는 몇 가지 추가 발견이 연달아 기록되더니 드디어 서기 2049년, 햄진 박사가 밝히지 않은 무수정 인간의 세대 계승을 가능하게 할 방법이 몇몇 학자의 노력으로 발견되고 침팬지를 이용한 실험마저 성공하였다.

이로써 인류는 앞으로 남성 없이 여성만으로도 훌륭히 번식해 나갈 길이 터진 것이었다. 그래도 그 당시는 아무도 햄진 이론의 발전을 내다보거나 걱정하는 사람은 별로 없었다. 다만 과학자들의 끈기 있는 노력과 경이적인 성과에 칭찬과 놀람을 표명했을 뿐이었고, 몇 사람의 직업 평론가들이 남성 멸망론을 형식적으로 다루었을 따름이었다.

이러한 정세는 그 후 20년이 채 지나지 않아 멜리 칼렘 교수의 진성선언이 발표된 당시에도 마찬가지였다. 2068년에 발표된 이 선언문을 칼렘 자신은 '여성선언'이라 명명했었다. 이것을 '진성선언'이라 일컬은 건 후세 사람들의 추존 행위였다. 칼렘 교수의 여성선언이 일으킨 그 당시의 파문은 그리 큰 것이 못 되었다. 고작 몇 사람의 동조자들이 공명하는 정도에 그쳤다. 누구도 이 선언이 훗날 인류의 모습을 바꾸게 되는 원동력이 되리라고는 예기치 못했다. 다만 남성에 대한 여성의 일종의 시위 정도로 여겼을 뿐.

그런데 칼렘의 선언을 받아들인 당시의 세계 형편이 남성 입장에서 볼 때 좋지 않았다. 그 당시 전 세계는 이른바 유랑 시대에 처해 있던 판이었다. 사람들은 한 곳에 정착하지 않고 철새처럼 이리저리 떠돌아다녔다. 어딜 가나 넓은 땅에 의식주 걱정은 없고, 자유를 구속할 아무 제한도 없었다. 사람들은 남녀노소 할 것 없이 안일에 빠져 향락을 좇기에 여념 없을 시절이었다. 따라서 일반의 정조관, 결혼관도 예전과는 많이 변천되고 가족 제도도 달라졌다.

그것을 방종이라 하기에는 도덕률이나 관점의 위치가 다른 시대이므로 좀 곤란하고, 아무튼 매사는 개인의 자유의사대로 멋대로 하기 마련이었다. 여성들은 임신과 육아의 구차스러움에서 벗어나려들고, 남성들도 이러한 경향을 동정적으로 봐 주었다. 이러한 사회적 풍토를 바탕삼아 나타난 칼렘의 선언을 일부 남성들은 그런 주장도 있을 법한 거라고 보고, 단지 표현 방법이 당돌하고 과격한 점에 약간의 시비를 던지는 정도로 그쳤다.

선구가 보기에 이것이 남성들이 범한 과오의 첫걸음이었다. 그러지 않아도 일부 여성들 사이에는 햄진 법칙에 의한 상대 없고, 임신 없고, 출산도 없는 아기 낳기가 유행하는 판이었다. 처음에는 그저 자기 혼자서 넌지시 하던 것이 차츰 유행하게 되고 종말에는 가장 정당한 행위인 양 마구 자랑삼아 펼쳐 놓게 되고, 이곳저곳에서 무정아(無精兒)들을 도맡아 양육하는 육아원의 간판들이 나붙게 되었다.

애초에는 무수정 영아라고 멋쩍게 부르던 것을 단성아(單性兒), 분신아(分身兒)라고도 하다가 누가 진성아(眞性兒)라고 명명하자 이것이 진짜 이름이 되었다. 진성아들은 끼리끼리 어울려 몇 군데 특수 지역을 이루게도 되었고, 드디어 서기 2095년에는 보라네시아의 한 섬에 진성인들로만 된 자그마한 국가가 조직되었는데, 명칭을 '칼렘 공화국'이라 하였다.

훗날 세계사는 이 섬나라의 여인 천국이 탄생한 해를 기념하여 그 이전의 서기를 폐기하고 신기원 원년으로 삼게 되었다. 비록 미미한 섬나라이긴 하나 칼렘 공화국이라는 당당한 여인 국가가 설립되자 세계의 여론은 뒤끓었다. '햄진 학설→칼렘 선언→여인국 출현' 이렇게 발전해 나가는 과정을 살필 때, 누구나 사태의 중대성을 느끼지 않을 수 없었다.

새로 탄생한 칼렘 공화국은 태평양 속의 깨알만 한 섬에, 불과 10만 미만의 적은 인구를 가지면서도 '오직 순수하고 오직 참된 인간'의 나라임을 자랑하여 다른 지방의 인간들을 이단시하였다.

　세계의 남성들은 칼렘 공화국을 변태종이라고 업신여겼으나, 결코 무시할 수 없는 건 전체 세계에 만연된 칼렘 사상과 햄진 방식이었다. 이대로 마냥 내버려두었다가는 머지않은 미래의 현실이 우려되었다.

　칼렘 공화국을 봉쇄하자느니, 해체해 버리자느니 하는 공론이 각지에서 일어났다. 그러나 막상 실력 행사를 하려면 과학센터의 개입이 절대 필요했다. 과학센터 아니고는 그만한 힘을 가진 기관이 없는 까닭이었다. 하지만 과학센터는 그런 정치적 분쟁과는 인연이 먼 기관이었다.

　과학자들이 정치를 배격함으로써 인류를 멸망에서 건져 낸 전통을 세운 과학센터로선 이런 정치적 분쟁에 관여할 수는 없는 일이었다. 많은 남성은 칼렘 공화국은 어찌할 수 없다 할지라도 여타 세계에서 햄진 방식의 시행을 폐지하고자 노력하였다.

　하지만 이것도 안 될 말이었다. 누가 누구의 자유의사를 꺾겠는가. 햄진 방식은 누구에게 당장 직접적인 해를 끼치는 것도 아니니 법으로 다룰 수도 없는 일이었다. 어물어물하는 사이에 칼렘 공화국의 국세는 자꾸만 커 갔다. 이러한 정세하에 발생한 것이 신구세기 역사를 통하여 가장 악명 높은 스톤만 사건이었다.

　서기 2099년, 칼렘 공화국이 설립된 지 4년째 되는 해의 일이었다. 후세의 사가들 계산대로 하자면 신기원 5년이라고 해야 옳겠지.

이해 8월 2일 대낮. 한 차례의 스콜이 지나간 뒤 더위에 시달렸던 이곳 칼렘 공화국 주민들이 다시 숨을 돌려, 삶과 향락의 잔치를 펴려는 즈음, 난데없는 수백 척의 보트들이 까마귀 떼처럼 사면팔방으로 이 섬을 에워싸고 몰려들더니, 보트마다 그득그득 싣고 온 장정들을 해안선을 따라 와르르 쏟아 놓는 것이었다.

여인국에 어울리지 않는 이들 남성들은 생김새도 사나웠고 더욱이 그네들 손에 손에 잡힌 장총이며, 양어깨가 무너지도록 잔뜩 걸머진 탄대가 몹시 험상궂었다. 이들이 예사 방문객이 아닌 건 분명했다.

'이상타!'

'불한당 패들이다!'

여인국 주민들이 느꼈을 적에는 이미 여기저기 콩 볶는 듯한 총성이며 여인들의 단말마의 비명들이 요란하였다. 불의의 습격이었다. 태평양 외딴곳에 자리 잡은 여인국에 갑작스러운 남성들의 침입. 그것도 연약한 여성들만으로 꾸며진 지상의 낙토 칼렘 섬에 완전 무장을 갖춘 사나운 남성군 천여 명이 기습을 가해온 것이었다.

"인간의 탈을 도적질한 이리 떼, 스톤만 일당은 여태껏 어느 역사 기록에도 볼 수 없었던 가장 비열하고 흉악한 범죄를 저지르기 위하여 오랫동안의 계획 아래, 저들 남성 그대로의 야수성을 아낌없이 발휘하여 칼렘시에 덤벼들었다."

"한마디의 사전 예고도 없이, 한순간의 여유도 안 주고 무작정 들이닥친 이들 악마들은 불문곡직 핏발선 눈알에 띄는 대로, 피에 굶주린 더러운 네 발에 걸리는 대로 마구 쏘고 밟고 하며 날뛰었다."

후세의 사기에 기록된 저들 남성 침입군은 스톤만이라는 남자가
이끄는 천여 명의 도당들이었다. 스톤만은 아프리카 출신의 직업 수
렵가로, 전부터 여인국 출현에 불만을 품고 세계 각지를 떠돌아다니
며 동업 남성 수렵가들 중에서 동지를 모아 오던 중 이날을 기해 여
인 천국 칼렘 공화국 타도를 실천에 옮긴 것이었다.

기습을 당한 칼렘 공화국 당국자들은 급히 인접 각 지역이며 전
세계를 향하여 긴급 구원을 요청하였으나, 어쩐 일인지 제대로 구
원군이 와 주지 않아 사흘간을 꼬박 스톤만 군단에 의해 유린당하고
말았다. 이 동안에 공화국의 지도층 간부들 전원과 침입군에 저항한
사람들은 모조리 희생되어 그 수효는 6천 명이 넘었고, 관공서, 주
택 등 각종 시설은 거의 남김없이 파괴 또는 소각당했다.

비극이 벌어진 지 나흘 만에야 겨우 국제경찰군이 현지에 파견되
었는데 그때는 이미 건국 4년간에 걸쳐 알뜰히 꾸며진 공화국은 여
지없이 무너졌고, 폭도들도 한 명 낙오 없이 철수한 후였다.

경찰군은 10만이 넘는 난민 구호를 서두르는 한편, 도망간 폭도
들의 뒤를 쫓은 결과, 인근 각 도서에 분산 은신 중인 일당 수백 명
을 체포하였다. 포로들을 취조해 보니, 그들은 전원이 수렵가이고
두목은 스톤만이라는 남자였다. 더욱 놀라운 건 스톤만 일당은 비단
칼렘 공화국뿐 아니라 계속 세계 각처에 퍼져 있는 칼렘주의 여성
집단을 차례로 습격 타도할 계획을 품고 있다는 사실이었다.

전 세계의 여론은 비등하였다. 미체포의 폭도 일당, 특히 괴수 스
톤만 수색 운동이 대규모로 전개되었다. 은신 3개월 만에 주범 스

톤만은 스스로 수사 당국에 출두하여 모든 책임을 뒤집어쓰고 사형 대의 이슬로 사라졌다.

이상이 스톤만 사건의 전말이었다.

사가들의 갖은 험구를 두고두고 받아가며 악마의 상징이 된 스톤만이라는 사람의 기록을 읽고 난 선구는 절로 긴 한숨을 금할 수 없었다. 더욱 처량한 건 스톤만이 처형당한 후의 세계 형편이었다.

스톤만의 폭거로 해서 여성들의 사기는 꺾이기는커녕 그녀들의 보복심과 단결심은 순식간에 칼렘 공화국을 부흥시켰을뿐더러 각처에서 여인국 독립의 선풍이 일어났고, 그녀들은 평화 보장이라는 명목으로 자위 군대를 갖출 권한마저 획득하였다.

군대라야 하잘것없는 자위대 정도의 것이긴 하나 국제경찰군 외에는 일체의 사병(私兵)을 둘 수 없었던 그 당시의 정세로 봐서 이것은 괄목할 만한 사실이라 아니할 수 없었다. 이 자위대가 미구에 닥쳐온 남성 대 여성의 최후의 결전, 성전쟁(性戰爭)에 있어 결정적 역할을 수행하게 될 것이었다. 여성들의 사기가 북돋아진 반면에, 땅에 떨어진 건 남성들의 사기였다. 이거 역시 스톤만이 의도했던 바와는 딴판이었다.

일반 남성들은 이 사건 이후 여성 경계론보다 여성 동정론이 앞장서, 여인국의 생존과 여기에 따른 자위대의 설치를 그저 당연한 사태로 인정하였다. 그들은 다시는 스톤만 같은 흉악범이나 그런 참사가 안 일어나길 바랐다.

이런 것들만 해도 스톤만 일당이 남성 세계에 주고 간 좋지 않은 유산인데 더욱 중요하고 심각한 조건이 또 있었다. 그것은 이 사건이 도화선이 된 과학센터의 구조 변화였다.

최초 칼렘 공화국이 기습을 받았을 때 인근 국제경찰군에 구원을 청했음에도 불구하고 그 출동이 늦어 피해가 최대한에 도달한 사실은 사건 수습 후 중대한 의혹 사건으로 등장하여 각계 인사로 구성된 조사 위원회가 조직되어 철저한 심사를 하게 되었다.

그 결과 이런 경우 의당 경찰군의 뒷받침을 해 줘야 했을 과학센터가 제대로 움직여 주지 않은 사실이 규명되었고, 이 원인이 해당 부문에 관계한 남성 과학인들의 의식적인 사보타지에 있었다는 혐의가 농후하게 되었다. 일체의 정치성에 엄정 초월함을 가장 자랑으로 삼아온 과학센터로선 절대 용납할 수 없는 일이었다.

과학센터의 세계 총회는 대책을 거듭 강구한 끝에 병력, 병기에 관계된 위원회에서 여성의 발언권을 남성의 그것보다 우위에 두기로 결정하였다. 예방 경찰의 인원도 여성의 머릿수를 남성보다 약간 더 두기로 조치하였다. 이 조치가 다음에 온 성전쟁의 결말에 어떤 영향력을 주었는지는 뻔히 예측할 수 있었다.

'인간 사회에 다시는 전쟁이 있어선 안 된다. 인간이 인간을 살육하는 인간성을 잃은 행사에 인간의 지혜가 동원되어서는 안 된다.'

이러한 비상한 자각 아래 학도들은 결속되었고, 그럼으로써 근 80년간 지구 위에 평화를 이룩하고 문화 향상에 크나큰 역할을 담당한 과학센터였건만 찬란한 그 역사도 임종이 없을 순 없었다. 인류 최후의 대전이라는 성전(性戰)의 폭발과 더불어 과학센터도 별수 없이 허물어지기 시작하였다.

성전쟁은 명칭 그대로 남성과 여성의 대결을 내용으로 했다. 인류 역사상 가장 기이하고, 가장 잔인하고, 가장 심각한 이 전쟁은 서기 2108년(신기원 14년) 프랑스 지방의 여성 단체들이 수도 파리시를 점령하고자 하는 데서 불붙기 시작하였다. 이 당시 파리의 인구는 근 50만. 세계 유수의 대도시였다.

이보다 앞서 칼렘 공화국을 비롯한 수다한 여인국들의 국세가 팽창일로로 확대되어감으로써 주위의 다른 행정 기구들과 자주 분규가 일어나 불안한 공기는 전 세계에 자욱이 깔렸던 터라 파리에서 벌어진 남녀 간의 정권 쟁탈전은 용이하게 세계적 규모로 번져나갔다. 이것이 제5차 세계 대전이었다.

이번의 대전은 과거의 1, 2, 3, 4차 전쟁과는 근본적으로 성격도 방식도 달랐다. 이 전쟁은 12년을 두고 치열하게 계속되었는데, 마지막 2, 3년을 빼고는 쌍방이 다 같이 뚜렷한 지휘 계통이나 사령부도 없이, 따라서 군대다운 군대의 동원도 없이, 일정한 선이나 지역으로 된 전선의 편성도 없이 뒤죽박죽으로 진행되었다.

그도 그럴 수밖에 없는 것이 남녀가 존재하는 그 사실이 싸움이요, 남성과 여성이 마주친 곳이 곧 싸움터였다. 한 가정 안에서도 싸우고, 가정 대 가정으로도 싸우고, 크고 작은 수많은 집단 대 집단, 혹은 지역 대 지역으로도 싸웠다. 그 복잡한 현상은 이루 형용하기 곤란할 지경이었다.

전쟁은 역사가 증명하듯 결국은 남성 진영의 참패로 끝을 맺었다. 그만큼 여러 면에서 남성에겐 불리한 조건들이 얽혀 있었다. 전쟁 의식과 그 명분에 있어 우선 여성은 남성을 앞질렀다.

즉 여성은 칼렘의 여성 선언에서 본 바와 같이 남성의 말살을 명백히 내세운 데 반하여 남성 측은 고작 공존, 유화를 모색하는 데 그쳤다. 여성 측이 상대방을 무자비하게 살육 처치하는 데 맞서 남성 측은 가능한 한 생포와 설복을 기본 방침으로 삼았다.

게다가 여성 측은 여성만의 순수한 단일 조직체였음에 비하여 남성 측은 재래의 부부 생활 그대로 남녀 혼성 부대가 일쑤였다. 남성 진영 내에 있던 여성들이 한 번 번의(飜意)하는 날의 타격이란 이만 저만이 아니었다. 이런 타격은 성전쟁의 맨 처음부터 끝장까지 줄 기차게 반복되었다.

남성의 어리석음은 그뿐이 아니었다. 여성들은 전 세계적으로 거의 전원이 결속된 데 반하여 남성 측은 태반이 전투 행위에 가 담하기를 꺼렸다. 여성과 싸우다니 점잖지 못하다는 게 그들의 평 계였다. 그들 자칭 중립론자들은 여성 측의 좋은 공격 목표가 되어 포로가 되기 일쑤였다. 포로가 되고 나서도 그들 대다수는 회개하 지 않았다.

"될 대로 돼라지 뭘 그래. 장래가 여인 천국이 되더라도 남성이야 밑질 것이 없지. 남녀의 입장이 거꾸로 되어도 우리가 임신하고 출 산하는 괴로움을 당하는 것도 아니지 않은가."

남성 측의 이러한 자기 분열과 딴판으로 여성 측의 단결은 철저 한 바 있었다. 2068년의 칼렘의 선언 이래 여성세계 쟁취를 위한 비 밀 결사가 그들 간에 광범하게 그물을 펼치고 있었다. 이 당시 남성 들의 조직체란 등산이나 마작 구락부 등 오락을 위한 친목 기관이 있었을 뿐이었다. 예외로 스톤만 일당 따위의 만용을 부린 무리가 있었긴 하나 그들은 여성들처럼 종국의 승리를 위한 치밀하고 끈덕 진 전략 조직체에 비할 바 아님은 물론이었다.

전투 의식에 있어, 그리고 조직 면에 있어 이렇듯 불리한 데다가 여성 측은 남성 측에 없는 자위대까지 전쟁 이전부터 가지고 있었다. 즉 스톤만 폭도 사건 덕분으로 여성 측만이 보유할 수 있는 사병 제도가 성전 발발과 동시에 크게 효과를 발휘하여 전광석화로 각지에서 전과를 올려 차후의 필승 태세를 갖추게 하였다.

이상의 갖가지 불리한 점에도 불구하고 남성이 12년이란 장구한 기간을 버틴 것은 어떤 까닭일까? 뭐니뭐니해도 남성의 신체적 강인성을 이유로 내세울 수도 있겠으나, 그보다는 과학센터의 철저한 무기 관리와 엄정중립 정책에 원인이 있다고 아니할 수 없을 것이다. 과학센터는 어느 편에도 무기의 공급을 거부하였다. 엄정중립의 전통을 고수하여 한 걸음도 움직이지 않았다.

쌍방의 전투 부대는 고작 엽총이나 소총이 최대의 무기가 되고 대개 권총, 수제 폭탄 등속이 판을 쳤다. 원래 과학센터의 인적 구성은 여성보다 남성이 더 많았고, 상급 과학자일수록 그 비례는 더욱 현저하였다. 그랬던 것이 스톤만 사건 이후 무기 관리 부문에선 오히려 여성이 더 많은 머릿수를 갖게 되어 과학센터는 전체적으로 남녀 간의 세력 균형이 잡혀 있었다. 그들은 과학센터가 동란에 휩쓸려 들어가지 못하도록 남녀 혼성으로 된 자위대를 조직하여 경비에 임하는 한편 무기로 이용될 수 있는 모든 시설을 해체 또는 봉쇄해 버렸다.

이렇게 해서 전쟁은 불가불 장기전을 면치 못하게 된 것이었다. 장기전인 만큼 전국(戰局)의 급격한 변화는 없었으나 세월이 거듭할수록 남성 측의 불리한 모습은 차츰 짙어갔다. 개전 후 8년이 지나자 대세는 거의 뚜렷해졌다. 세계 도처에서 패배를 거듭한 남성 측은 불리한 전세를 만회할 최후의 시도로 잔여 병력을 한곳에 모아 보기로 전략을 세우고, 그 장소로 황하와 양쯔강의 중간 지대, 폴란드 지방, 맥시코만 연안, 나일강 삼각주, 아마존강 삼각주 등 다섯 군데를 지정하였다. 그들은 싸우면서 이동하여, 최후의 결전 장소에 온갖 희생을 무릅쓰고 모여들었다.

"우리가 남성 적들의 이동을 방관만 하고 있지 않았음은 물론이다. 도처에서 저들 패주 부대를 포착하는 대로 결정적인 타격을 퍼부었다. 세계 곳곳의 산야는 적의 유기 시체로 해서 여지없이 더럽혀졌다."

훗날 전쟁 기록의 한 대목이었다. 이렇듯 비참한 경로를 밟으면서 살아남은 남성군의 인원들은 예정 집합 장소에 기어들었다. 분산 세력이 한곳에 모이고 단일 사령부가 조직되자 남성 진영은 약간 생기가 도는 듯하였다. 여성 측도 물론 이곳에 병력을 집중하여 절대다수로 포위진을 치긴 했으나, 제대로 된 전선이 대치되고 보니 여러모로 남성의 우월성이 발휘되었다. 집중 공격, 중앙 돌파, 각개 격파 작전 등으로 남성군은 포위군을 괴롭혔다.

전국은 또다시 지구전의 모습을 띠었다. 이런 상태가 3년을 끌었다. 이 동안에도 대소 수백 차의 접전이 반복되어 쌍방의 피해가 적지 않았다. 이러한 정세를 이용하여 화평 운동이 과학센터 내부에서 논의되기 시작하였다. 그동안 과학센터는 엄정중립을 고수하긴 했으나 각지에 분산된 지방 센터는 양 진영 중의 어느 한쪽으로 치우쳐 이탈한다든지 전화에 휩쓸려 파괴된다든지 하여 많이 약화되었다. 이대로 가다가는 과학센터의 존속도 위험시되었다. 남성 측의 패배가 확정되는 날 과학센터의 남성 과학자들의 운명도 낙관할 수 없었다.

그들이 시국 수습을 서둘렀다. 과학센터가 화평 운동에 나서기에 앞서 우선 매듭지어야 할 건 남녀 혼합체인 과학센터 자체의 의견 일치였다. 남녀 과학자들은 몇 차례 절충과 협상을 거듭한 끝에 다음과 같은 종전안(終戰案)을 얻었다. 그 골자는 첫째 남성 측의 패배 선언, 둘째는 세계 지도를 쌍방의 잔여 인구를 토대로 적당히 분할하여 상호 불가침 조약을 맺자는 것이었다.

이 당시 과학센터가 추산한 잔여 인구는 여성 측이 1억3천만에서 1억5천만 정도, 남성 측은 이의 10분의 1인 1천만 내지 1천5백만 정도였다. 이걸 토대로 남성에게 남아메리카 대륙을, 그 밖의 전부를 여성에게 넘겨주자는 것이었다.

이 협정안을 마련해서 과학자들은 양측 진영의 지도자들에게 수락을 권했다. 남성 측은 즉석에서 응낙했으나, 여성 측은 지도자 회의 끝에 거부하였다. 그들의 목표는 오직 남성의 멸종에만 있는 것이 명확했다. 여기에 이르러 남성 측은 비상한 결의로 과감한 반격전을 개시하였다. 비장한 결의에 찬 남성군의 반격으로 여성군은 전쟁 개시 이후 처음으로 수세에 몰리게 되었다. 여성 측은 각 방면에서 연패를 거듭하였다.

"아! 역사의 수레여, 너 뒤로 물러가는가? 이다지 귀한, 이다지 숱한 피의 보람도 없이 역사의 수레여, 너 뒤로 물러가야만 하는가?"

전사(戰史)의 한 구절은 비명을 울리게끔 되었다. 그러나 남성 측에 뜻하지 않은 차질이 생겼다. 각 전선에서 남성군이 많은 포로며 투항군을 얻은 바 각 사령관은 그들을 관용으로 맞아들여 남자 병사들에게 짝을 지어 주기도 하고 함께 토벌전에 참가할 기회를 주기도 하였다.

전선의 확대로 모자라게 된 인격 자원을 메우고 아군의 사기를 북돋우며, 어제의 적군에게 새로운 삶의 보람을 주자는 일석삼조의 조치이긴 했으나 이것이 탈이 된 것이었다. 적의 포로와 귀순자들 속에는 많은 첩자가 끼어들었다. 이들이 일제히 칼을 거꾸로 들자 전세는 돌변하였다.

"교만하던 적진은 하룻밤 사이에 허물어졌다. 아군 작전의 절묘. 어리석은 자여! 그대 이름은 남성."

사기가 전하는바, 성전은 마지막 판국에 가서 새로운 사태를 빚어냈다. 그것은 과학센터가 여태껏 엄정중립의 굴레를 벗어던지고 직접 교전 단체로서 전란 와중에 뛰어든 것이었다. 그 당시 과학센터로 말하면 장구한 시일에 걸친 전화(戰禍)로 많은 피해를 보았고 적지 않은 인원의 과학자들이 각자 자기 소신대로 남녀 양쪽 진영에 투신하기도 하여 과학센터의 세력이란 그 극성기에 비하면 형편없이 약화된 것이긴 하나 그래도 이 잔여 세력은 무시 못 할 실력을 간직하고 있었다.

과학센터는 아직도 전 세계에 걸쳐 생활품의 생산과 관리 기구를 장악했고, 우주 개발을 비롯한 막중한 시설을 견지하고 있었다. 만일 진작 과학센터가 자체의 역량을 교전 단체의 어느 한쪽에 기울였다면 그 영향력은 절대적인 것이었으리라고 선구는 추측했다. 다만 여태껏 그렇게 안 했고 또는 그렇게 되지 못한 것은 오로지 과학센터가 지닌 역사적 전통과 과학센터 내부에 버티고 있는 남녀 세력의 균형에서 오는 현상 때문이었으리라. 그러나 무서운 폭발력을 지닌 시한폭탄은 기어코 때를 만나 그 본색을 드러내었다.

작전 차질로 해서 거의 괴멸 직전에 이른 남성 진영을 돕기 위하여 많은 남성 과학자와 이에 동조하는 일부 여성 과학자가 일시에 분기하여 각지의 과학센터를 접수하는 즉시 무서운 반격의 힘을 여성군에게 내리쳤다. 우선구가 애석하게 여기는 점은, 이런 일이 전체 과학센터에서 일어나지 못하고 어떤 지방에선 봉기 도중에 자멸된다든지 혹은 거꾸로 여성 진영의 지배하에 편입된다든지하여 전체 면에서 볼 때 대략 4할 정도의 세력만이 남성군에 가담한 사실이었다.

비록 분열되고 약화된 그들의 힘이었으나마 최후의 순간에서 응원군을 얻은 남성 진영의 감격이야 어떠했으랴! 전쟁의 면모는 일신되었다. 과학센터가 풀어 놓은 중장비는 대량 살상 무기로 등장하여 광범하고 철저한 파괴상은 전세기의 어느 대전에 비해서도 손색없을 정도였다.

남성군은 사기충천, 중장비를 구사하여 절대다수의 여성군에게 효과적인 반격을 거듭하였다. 승리의 마지막 문턱에서 뜻밖의 곤경을 치르게 된 여성군은 한때 사뭇 당황하였으나 워낙 광대한 점령지역과 절대다수의 인적 자원에 힘입어 차분히 전선을 정비하여 겹겹이 남성군을 포위하였다.

"일부 과학자들의 배신과 모반으로 전세는 한때 혼란을 가져왔었으나 승리로 치달리는 우리 앞길에 큰 지장이 되지는 못하였다."라고 전기(戰記)는 낙관을 기록하고 있긴 하지만, "적의 악랄한 발악으로 존귀한 피를 무수히 흘렸다." 따위의 비명이 군데군데 적혀 있는 걸 봐도 전쟁의 비참함을 족히 짐작할 수 있었다. 이런 상황 속에서 화평론이 다시 싹트기 시작한 모양이었다.

"싸움에 지친 적군은 정전(停戰)을 간청해 왔고 우리 측도 너무나 값진 피의 희생을 막기 위하여 적의 제안을 검토하게 되었다."

쌍방이 다 같이 필요로 하면서도 정전 교섭은 장장 18개월을 끌며 지지부진하였다. 이것은 상호 불신과 쌍방 자체 내의 부조리에 기인한 까닭이었다. 갖은 곡절 끝에 타결된 정전 협정은 다음과 같은 기발한 것이었다.

1. 재래 방식에 의한 이성 혼합 생활을 원하는 사람들은 쌍방 합의 하에 정하는 일정한 구역 내에서만 제한 거주한다. 이 장소는 세계에 걸쳐 20개소로 정한다.
2. 상기 제한 구역 내의 행정은 거주민의 자치로 이룩된다. 다만 제한 구역 내에서는 일체 무기의 소유 및 생산을 할 수 없다.
3. 제한 구역 상호 간의 내왕은 원칙적으로 할 수 없다.
4. 남성 측은 1만 명 이내의 이민을 외계권(外界圈)에 보낼 수 있다. 이들 이민의 휴대물에는 하등의 제한을 두지 않는다.

전사(戰史)에는 다음과 같은 풀이가 있었다.

"말이 정전 협정이지 실상인즉 거의 무조건 항복이나 진배없다. 즉 우리는 일방적 승리를 거둔 것이다. 전 세계 곳곳에 분산 설치된 제한 거주지는 말하자면 포로수용소라 할 것이다. 그 속에서 비록 그네들은 자치제를 허락받긴 했으나 그들에겐 일체의 무장이 금지되었고, 타 지역 상호 간의 내왕도 할 수 없다. 외계권에 1만 명 이내의 이민을 보낸다는 대목에 이르러선 가히 웃음거리라 아니할 수 없다. 우리로선 이민의 수효가 얼마가 됐든 전혀 관심지사가 아닌데 그들 스스로 1만 명을 한도로 하였고, 실지로는 8천여 명의 무모한 자들만이 죽음의 화성(火星)으로 탈출한 데 지나지 않았다. 이로써 우리는 빛나는 승리를 쟁취하고야 만 것이다. 용감한 진성인 만세! 칼렘주의 만세!"

선구는 어리둥절 아니할 수 없었다. 남성 측의 잔명을 보존할 정전 협정으로선 너무나 기발하고 너무나 허망한 것이 아닌가? 그중에서도 안타깝고 궁금한 건 화성으로 탈출했다는 8천여 명의 그 후 소식이었다. 정사에는 일고의 가치조차 두지 않은 외계 탈출은 그 후 발간된 야사에는 약간 색다른 표현으로 나타나 있었다.

"종전 당시, 우리 진성인이 그저 비웃어 넘기기만 했던 협정 제4항 외계 이민건은 솔직히 말해서 우리 측의 실책이었다. 그네들이 그렇게까지 성공적으로 외계에 이주할 줄이야 누가 상상인들 했으랴. 더군다나 훗날에 가서 그네들이 감히 반기까지 들 줄이야."

도대체 그네들은 과연 어떤 방법으로 화성으로 탈출했으며 어떤 수단으로 여인천하에 괴로움을 준 것일까? 우선구가 찾아 읽을 수 있는 기록에 의하면, 그간의 사정은 대략 다음과 같았다.

광자유도기관의 발명이 사상 최대의 우주 간 대집단 탈출 작전을 성공시켰다. 과학자들은 지구 상공 우주궤도에 우주정류장을, 지구 상에 화물을 만재한 여러 대의 수송기를 배치하여 상공과 지상 두 곳에서 맞작용하는 광자유도기관의 힘으로 막대한 화물과 인원을 수송했다.

지구 상공 정류장에 도달한 수송기 편대의 반수는 화성으로 가고, 남은 반수는 화물을 정류장에 부린 후 곧바로 지구로 되돌아와 다시 화물을 실었다. 화성에 도달한 수송기들도 짐을 부리고 바로 정류장으로 돌아왔다. 이런 작업을 15일간이나 계속하였다.

이론상으로는 그럴듯하지만, 과연 그랬을까? 지구와 화성 간의 거리는 가장 접근했을 경우에도 거의 6천만 킬로나 되는데? 선구가 기억하는바 20세기에서 화성탐험 로켓은 편도에만 7개월이 걸렸다. 8천 명의 이민 집단이 이토록 오랫동안 우주에 떠 있을 수는 없는 노릇이었다. 그러나 이 난관을 광자 기관이 손쉽게 해결했다. 즉 광자 기관을 이용한 광자 수송기의 속도는 광속과 맞먹었다.

과학자들은 지구와 화성 간의 여행 기간을 사흘로 잡았다. 면밀한 계획과 과감한 실험 끝에 남성군은 화평 조건에 우주 이민을 삽입한 것이었다. 이 조건이 상대측에서 냉소와 더불어 승낙된 건 좋았으나 자기편인 남성군의 대다수 역시 크나큰 의혹으로 이를 달갑게 여기지 않아 과학자들의 애를 태우게 하였다. 우주 이민 정원에 있어 적군으로부터 1만 명까지의 동의를 얻고서도 고작 8할의 인원을 채우는 데도 비상한 노력이 필요했다.

다행히 반출 물자에는 제한이 없었으므로 남성 측은 가능한 한도까지 모든 자재를 보낼 수 있었다. 10여 개의 과학센터가 깡그리 분해되어 반출되는 걸 보고서야 비로소 여성 측의 눈은 휘둥그레지기 시작하였다. 그러나 반출만으로 일이 되는 건 아니었다. 인간이 발붙이기도 어려운 화성에 가서 이것들을 과연 뜯어 맞출 수 있단 말인가. 다시 지구 위에서처럼 활용할 수 있겠는가?

아무도 자신 있는 대답을 할 수 없었다. 그저 이렇게 해보는 것이었다. 앉아서 멸망을 기다리고 있을 수 없기에 최후의 희망을 여기에 걸어 보는 것이었다. 화성으로 떠나는 8천 명의 남녀는 전원이 결사대였다. 그들이 화성으로 떠난 뒤 일체의 소식이 없었다. 기밀 보존을 위하여 부러 소식을 끊기로, 제한 지역에 남아 있던 잔류 인원들과 미리 약속한 것이었다. 그들이 화성에 가서 애로를 극복하고 생존노력을 진행하고 있는지 전원이 죽어 없어졌는지 지구에서는 알 길이 없었다.

세계 각처 제한 지역에 남은 남성 측 인민들은 생기 잃은 여생을 보냈다.

"제한 구역 내의 포로들은 우리가 손을 쓸 필요도 없이 자멸의 길을 밟았다. 그네들의 대부분은 자진하여 생식 기능 제거 수술을 받았고, 그렇게까지 하지 않은 자들도 후손을 남기기를 회피하였다. 그들은 급속도로 썩은 나무토막처럼 문드러져 갔다."

신기원 39년, 서기 2133년의 기록이었다.

9
고전문화연구원

우선구의 과거사 열람이 성전(性戰)의 종말에 이르렀을 무렵, 고전문화연구회 학자들의 첫 번째 학술 연구회가 그곳 지하실에서 열렸다. 원장 끼허헵, 우호청의 선루겐시 과장을 비롯하여 저번 날 모였던 멤버들이 거의 다 나타났다.

이 모임의 중심이 살아 있는 구세대 인간 우선구라는 건데, 정작 장본인은 저번 모임 때 구경한 영화로 해서 이 그룹에 대한 기대가 어지간히 사라졌고, 거기다 미처 못다 읽은 과거사에 궁금증이 쏠려 이 자리는 마지못해 참석한 데 불과했다.

이날 모임의 연구 과제는 '양성(兩性)문화의 비극성'이라는 것. 선구도 며칠 전에 이 과제를 미리 연락받긴 했으나, 양성문화가 무엇을 뜻하는 것인지조차 알 수 없어 연구고 뭐고 없었다.

윤번제로 돌아간다는 사회의 이 날 담당자인 루펜사 박사가 먼저 서두를 꺼냈다.

"우리 역사학자들은 인류 문화를 다음의 네 단계로 구분합니다. 첫째, 왕후(王侯)문화. 다음 웅성(雄性)문화. 그다음이 양성문화. 그리고 오늘날의 진성(眞性)문화. 첫째의 왕후문화를 일명 권도(權道)문화라 일컫는데, 이 문화의 특색은 일반 대중을 위한 것이 못 되고 당시의 왕후, 귀족 등 몇몇 개인에 예속된 일종의 사유물이었습니다. 이 문화는 고대로부터 구세기의 17, 18세까지 장기간 활개를 쳐 오다가 바통을 웅성문화에 넘기게 됐죠.

웅성문화는 산업 발달로 인하여 국가 및 사회 구조의 중심이 귀인으로부터 일반 시민층으로 바뀌면서 일어난 문화입니다. 그래서 전에는 학자에 따라 이 문화를 시민문화라고 이름 지은 적도 있었는데, 여기 말하는 시민이란 실인즉 전체 시민을 말하는 게 아니고, 전체의 반수에 불과한 남성, 즉 웅성을 가리키는 것이기에 이를 웅성문화라 규정짓는 바입니다.

웅성문화는 그 탄생 초기에선 제법 참신하고 활기 있는 다양성을 띠었으나 워낙 그 자체에 내포된 종교적, 사회적 기타 허다한 모순으로 말미암아 시간의 흐름과 더불어 차츰 시들어 20세기 중간부터 양성문화가 시작됩니다.

양성문화는 구세기의 종말을 장식하는 데 적합한 형태의 문화로서 파괴와 부정, 그리고 자기기만의 헛된 환상을 그 특색으로 하고 있습니다. 그럴 수밖에 없는 것이 그 시대에서 여성의 현저한 진출은 남성의 우월을 부정하게끔 되었고, 그렇다고 여성은 아직 자신의 참된 모습에 눈뜨지 못했으니 모든 것이 즉흥적이며 유동적이어서 시종 일관된 주체성을 이루지 못했어요. 이 점이 양성문화를 방

황문화라고도 부르는 까닭입니다.

양성문화 기간은 역사의 템포와 발맞추어 퍽 짧았습니다. 구세기 20세기 중간으로부터 21세기 중엽, 즉 구세기의 종말과 함께 끝을 맺고 말았어요. 양성문화의 소멸과 더불어 역사적 필연으로 진성문화가 등장한 건 이제 새삼 부언할 필요도 없겠지요. 이제 우리가 연구할 양성문화. 이는 바로 우리들의 어제의 모습입니다.

생명의 근원인 진성, 인간사회의 궁극의 이상체인 진성사회의 출현을 눈앞에 두고도 이를 깨닫지 못한 안타까움. 이것이 아마 양성문화의 실태라 할까요. 그럼 여러분의 고견을 듣기로 합시다."

우선구를 빼놓고 일동은 동감의 표시로 고개를 끄덕였다.

우선구는 처음에는 딴생각에 팔려 덤덤히 앉아 있다가, 루펜사 박사의 논설 몇 구절이 귀에 들어오자 절로 정신이 바짝 차려졌다. 선구로서는 실로 기상천외의 사관(史觀)이었다.

"어떻습니까, 우선구 씨." 선루겐시 과장이 말을 걸어 왔다. "구세기의 인간들은 남성이고 여성이고 간에 참된 행복을 맛본 적이 있었을까요?"

선구는 얼핏 대꾸할 말이 생각 안 나 어름어름하였다.

이때 "에헴." 회원 한 사람이 말참견을 했다. "한마디로 말해서 불안과 회의, 그것이 아니었을까. 그렇지요, 우선구 씨. 당신을 잠재운 채 먼 미래로 보낸 동기 역시 거기에 있었겠죠."

이 사람의 얼굴은 오소리처럼 생겼다. 옴폭한 눈매로 우선구를 핥듯이 보며 동의를 구했다. 선구는 부러 입을 떼지 않았다.

루펜사 박사가 다시 발언했다. "아까 나는 양성문화는 웅성문화가 자기 부정하는 과정에서 발생하였다고 말했는데, 그 상태는 실로 복잡다단해요. 어느 부문은 신비의 장막으로 가려졌는가 하면 다른 면에선 왕후문화로 돌아가려는 반동성을 나타내기도 했죠. 재미있는 사례가 있어요. 일부 웅성들은 공공연히 일부다처 제도를 주장하고, 어느 고장에선 실로 일웅백자(一雄百雌)의 엄청난 짓까지 저질렀지 않아요. 즉 수컷(남성) 하나가 암컷(여성) 백 명을 거느렸다는 얘기예요."

"저런, 쳇." 몇 사람의 못마땅해하는 소리가 일어났다.

"그런데요." 이번엔 말상으로 생긴 사람이 커다란 말 입을 쫙 벌리고, "일웅백자와는 반대로 일자다웅(一雌多雄)의 제도도 없지 않았어요. 즉 암컷(여성) 혼자서 많은 수컷(남성)을 데리고 살았다는 거예요. 내가 채집한 기록이 여기 있어요." 그러면서 핸드백에서 두툼한 기록 뭉치를 꺼내 휘둘렀다.

"재미 봤겠네. 허허허." 누군가가 기성을 올렸다.

그러자 "쉬이!" 하고 책망조로 휘파람을 부는 사람이 있었고, 여러 시선이 일제히 기성의 임자에게 쏠렸다.

'재미 봤겠다'던 그 사람은 얼핏 입을 오므리고 어쩔 줄 모르고 있었다. 낯빛이 홍당무가 된 걸 보니 이 말은 비록 농담으로 한 거라 해도 어지간히 큰 실언이 되는 모양이었다.

실내 분위기가 어색해진 채 잠시 시간이 흘렀다.

끼허헵 원장이 선구에게 발언을 재촉했다. "우선구 씨, 선루겐시 과장의 질문에 대답하셔야 하잖아요."

여러 사람의 시선이 이번에는 선구에게로 쏠렸다. 선구는 이들을 상대로 토론을 벌이고 싶지 않았으나 그렇다고 끝내 입을 봉할 수도 없게 되었다.

"불안과 회의가 광범위하게 퍼졌던 건 사실이겠죠." 선구는 말문을 열었다. "그러나 그렇다고 누구나가 다 불행했다는 건 아닙니다. 불안이나 회의란 본시 조건반사 현상이 아닐까요. 더욱 나은 다른 무엇을 탐구하는 데에서 오는 불안과 회의는 결코 불행이라 할 수 없어요."

선구는 조심조심 의견을 말한 데 지나지 않았건만, 일동은 어떤 중대한 반박이라도 당한 것처럼 눈을 크게 뜨고 당황해했다.

루펜사 박사가 즉각 반격해 왔다. "탐구에서 오는 불안과 회의라고요. 그도 그럴 법한 말이군요. 그러나 그건 극히 작은 예외에 속하는 거예요. 아까 내가 지적한 것이 그것이에요. 양성문화 시대는 실로 복잡하여 그중에는 신비의 장막에 가려진 것도 있다고 말했어요. 그것은 일종의 자기기만입니다. 그걸 행복이랄 수가 있나요?"

"그렇지."

"그래요."

두어 사람이 일시에 동조했다.

"모순으로 형성된 사회에 행복이 있다면 그야말로 기적이지." 누군가가 말을 보탰다.

이 말을 받아 선구가 말했다. "사회 구조상의 모순이 해결된 시대가 과연 있었을까요? 과거나 현재를 통틀어." 일동은 다시 한 번 거세게 동요하기 시작했다.

"그게 무슨 말이죠. 댁에선 오늘의 사회 실태를 인식하고 말하는 건가요?" 루펜사 박사가 대들었다.

"나는 아직 잘 모릅니다. 그러나 인간사회란 고금을 통하여 복잡한 구조 요인으로 돼 있는 게 아닙니까?" 선구는 논쟁을 피하고자 어벌쩡 넘어가려 하였다.

그러자 이번엔 이마가 벗겨져 반 대머리가 된 사람이 선구에게 따지고 들었다. "구세기와 현대를 그런 식으로 혼동하지 마세요. 양성시대는 한마디로 말해 지옥이에요. 한 가지 예만 들어봅시다. 양성시대엔 웬 예언자가 그다지 많았죠? 한 사람의 예외도 없이 깡그리 엉터리 예언자들 말이에요. 그들은 입버릇처럼 말세가 다가온다고 떠들었지 않아요. 단 한 사람도 오늘의 이 사회가 온다고 말한 사람은 없었어요. 그렇죠, 우선구 씨?"

"그렇습니다." 선구는 솔직하게 시인하였다.

이 말에 이마가 번쩍이는 학자님은 아주 만족스러운 표정이었다.

"토론의 방향이 좀 모호해지는 것 같군." 끼허햄 원장이 불만 가득한 목소리로 개입하였다.

"그렇습니다. 좀 더 조리 있게 순서를 짜 봅시다." 사회자 루펜사 박사가 즉시 일동을 위압적으로 휘둘러보았다.

그러자 회원 한 사람이 발언을 청했다. 눈알이 금붕어처럼 툭 불그러진 사람이었다. "나는 양성시대의 가장 큰 비극은 가족제도의 소멸이라고 봅니다. 그 시대 가족제도의 마지막 가닥인 부부관계마저 소멸시키고 말았으니까요."

"이 점 우선구 씨는 어찌 생각하시죠?" 사회자가 이 말을 받아 선구에게 돌렸다.

"글쎄요. 나로서는 이해할 수 없는데요. 몇몇 개인의 경우는 모르겠지만, 보편적으로 부부관계가 소멸된 적은 없었습니다." 선구는 담담한 표정으로 대꾸했다.

"허!" 눈딱부리는 지참한 문서 뭉치를 들먹거리며 목소리를 높였다. "당신은 미처 그런 세상을 못 보셨나 보군요. 여기 너무나 풍성한 기록이 있는 걸요."

"부부제도가 소멸된 까닭은?" 루펜사 박사가 금붕어에게 물었다.

"그것은 성의 개방에서 온 거죠." 금붕어는 바로 대답했다.

선구는 마음이 불안하였다. 혹 모를 노릇이었다. 자기가 비커츠 섬에 갈 그 당시만 해도 성의 해방 문제는 상당히 큰 사회문제였는데 그 후 도가 더해져서 지금 이 사람들이 떠드는 정도에 이르렀을까?

"그런데 부부제도의 소멸이 어째서 비극이 된다는 건가요?" 질문하는 회원이 있었다.

선구는 있을 법한 질문이라고 생각하였다. '단성시대의 이 사람들에겐 성의 개방이니 해방이니 하는 건 일고의 가치조차 없는 문제일 텐데.'

"지금의 우리 입장과 그때의 그들 입장은 다릅니다." 금붕어가 대답했다. "성의 개방으로 인하여 실질적인 부부관계는 소멸되었지만 그 시대의 법률, 윤리, 사회 질서는 부부제도의 체계 위에 꾸며져 있었기 때문에, 그 혼란이란 이만저만한 게 아니에요. 우리의 상상 밖이에요. 그들은 생활면에서는 성의 완전 개방을 실행하면서도 제도상으로는 성의 제한을 강행해야 하는 모순에 빠졌어요. 재미있는 한 가지 예가 있어요. 적성(適性) 수술 제도가 채용된 걸 봐도 알 수 있어요. 여기 상세한 기록 문서가 있습니다." 금붕어는 자기의 서류 뭉치를 톡톡 두드리며 장내를 휘둘러보았다. 그리고 무엇이 우스운 지 '킥킥킥' 혼자 웃다가 손으로 입을 막고 저 스스로 무안해 했다.

선구는 무슨 영문인지 몰랐으나 다른 회원들의 안색에 나타난 심각한 표정으로 봐서 지금 그 말이 상당히 중요한 내용을 지니고 있을 거라는 짐작이 갔다. 어떤 사람은 아주 못마땅히 낯을 찌푸리는가 하면, 어떤 축은 발설자 이상으로 킥킥거리고 우스워 죽겠다는 꼴이었다.

"그 이야기는 이 자리에선 더 이상 언급하지 말도록 합시다. 우선구 씨는 아직 그 내용을 모르는 것 같으니 말이요." 분위기가 문란하게 되자 다시 사회자가 주의를 주었다.

"그렇지만 우선구 씨가 알아야 할 문제일 걸요." 오소리 모습의 사람이 따졌다. 루펜사 박사는 어쩌면 좋을지 모르겠다는 듯 머리를 긁적였다.

"관련 기록을 우선구 씨에게 넘겨주시오. 나중에 천천히 읽도록 하면 될 거요." 끼허햅 원장이 수습책을 제시하였다.

금붕어는 별말 없이 문서 뭉치를 선구에게 넘겨주었다.

나중 얘기지만 선구는 그 기록을 읽고 적성 수술 제도라는 게 무엇인지를 알게 되었다.

구세기인 21세기 시절, 그 당시 남녀 간 성의 혼란이 극도에 달하자 각가지 비극이 파생하고 사회 질서마저 마비되게끔 되니 이에 대한 대책이 몇 가지 나왔다. 까다로운 법을 제정하기도 하고, 신앙에 의지해 보기도 했으나, 하나도 신통한 성과가 없자, 궁여지책으로 채택된 것이 적성 수술이라는 일종의 성형수술 방법이었다.

남녀 간에 일정한 성년기에 도달하면 외과 의사가 국부 성형수술을 시행했는데, 남자에게는 적성륜(適性輪), 여자에게는 적성막(適性膜)을 부착시켜 놓았다.

이 가공물들은 피수술자에게 보통 때에는 아무런 감각이나 지장도 주지 않았으나, 어느 경우에 있어 상대자에 따라 적합성 여부를 가려냈다.

즉 상대자가 근친(近親)이거나 폭력행사자일 경우, 부착물이 거부반응을 일으켜 성교 불능 상태를 만들었다. 일단 거부반응을 일으킨 가공물은 권위 있는 공의(公医)의 수술을 받아야 원상복귀가 되었다.

이 제도는 상당히 광범위하게 시행되고 그 효과도 없지 않았던 것 같은데, 결국에는 실패로 끝났다고 하고 실패의 과정이며 원인이 기록에 남아 있었다.

하여간 그 서류를 받아 놓자, 사회자가 선구에게 발언을 요청했다. "이번엔 우선구 씨가 말씀 좀 해 주셔야겠군요. 과거를 돌이켜 볼 때 그 당시 가장 비극적인 현상은 무엇이었을까요?"

선구는 잠시 궁리하였다. 과거사에 있어 범세계적인 비극에는 여러 가지가 있을 것이다. 빈부의 차. 사상의 대립. 천재지변 등등. 그러나 뭐니뭐니해도 전쟁과 이에 대한 공포가 으뜸일 것이다. 자신이 비커츠섬에 간 동기도 주로 여기에 있었다.

'전쟁'이라고 말하려다가 선구는 다시 생각하였다. 이건 너무 단순하지 않을까 하여 잠시 망설이던 중 얼핏 머리에 떠오르는 게 있기에 즉흥적인 대답을 하였다. "내가 아는 가장 큰 비극은 그 시대 여성들의 치마가 몹시 짧았다는 것."

일동은 약간 어리둥절한 눈치. 자기네들끼리 맞대고 멀거니 바라보기도 하고 이리저리 머리를 기울여 수수께끼 같은 우선구의 말을 해독고자 노력하기도 했다.

"좀 구체적으로 설명해 주시죠." 사회자가 청했다.

선구는 차분히 입심을 놀렸다. "구세기에 있어 여성은 상대적인 남성에 대해 스스로 자신을 보호하고 또 남성을 여성의 비호자(庇護者)로서 대우해야 마땅했을 텐데 대다수의 여성은 스스로 자신의 취약성을 노출하고 남성의 자제력을 마비시키는 데 노력한 것 같아요. 그 본보기가 여성들의 짧은 치마였습니다. 오직 자신의 육체미를 남성들에게 자랑하겠다는 아무 실속 없는 이유 하나로 추운 날씨에도 여성들은 자신의 하체를 노출하고 있었죠. 그 결과 거의 모든 여성의 내장 기관은 형편없이 됐어요. 수지맞은 건 부인과 의사들뿐이었죠. 개업 의사의 과반수는 부인과 의사였나 봅니다. 남성들은 남성들대로 여성 측의 도발 행위에 불나비 모양 푸드덕거리다간 자신과 상대를 불살라 버리기 일쑤였고요."

우선구의 이 발언은 뜻밖에도 심각한 효과를 가져왔다. 실내는 물을 끼얹는 것처럼 조용해지고 학자들의 안면 신경은 전기가 통한 듯 간단없이 경련을 일으키고 있었다. 우선구는 깜짝 놀랐다. 이거 공연한 소릴 지껄인 걸까? 차가운 분위기를 깨고 회원 한 사람이 입을 열었다.

"댁에선 중대한 과오를 범하고 있군요. 구세대의 여성들이 설사 자신의 육체를 노출했다손 치더라도 그건 자의에 의한 것보다는 남성들의 강요에 의한 것이었을 걸요. 남성들은 그런 짓을 좋아했대요. 기록에 엄연히 나타나 있어요."

"그렇지." 맞장구치는 사람이 있었다. 대머리였다. "그 시대에선 어떤 연회석이나 집회 장소에서나 남성들은 여성을 발가벗겨야 직성이 풀렸나 봅니다." 그녀는 내뱉듯 말했다.

"아니, 내가 말한 건 쇼의 장면이 아니라 일반 여성들의 평상시

복장을 지적한 거예요. 오해하지 마시기 바랍니다." 선구는 당황하여 변명했으나 소용없었다.

이번엔 금붕어 모양 눈알이 튀어나온 학자가 노기 띤 어조로 외쳤다. "복장이고 뭐고 매한가지예요. 그 시대에 있어 매사를 결정짓는 건 강자의 고집뿐이에요. 여성들은 오직 남성들 비위에 맞춰서 행동했다 뿐이에요."

"그렇지, 그래." 다들 맞장구쳤다.

"매사에 강자의 뜻대로 된 거지. 어려운 사람이 뼛골 빠지게 일해야 했던 거라든가, 여성이 발가벗어야 했다든가…."

선구는 답답하였다. "아니, 그런 문제와 내가 말한 건 이질적인 거예요."

"아니요. 본질적이오." 두어 사람이 일제히 외치는 것이었다. 선구는 골치가 아파졌다.

"하하하." 루펜사 박사가 뭐가 우스운지 크게 웃었다. 그녀는 사뭇 점잔을 빼며, "이 점도 바로 양성문화의 복잡한 모습 그거란 말이에요." 일동을 휘둘러보며 뽐냈다. 선구는 아예 입을 다물기로 마음먹었다.

그러자 오소리 모습의 양반이 루펜사 박사에게 이의를 제기하였다. "여성의 짧은 치마는 양성문화의 특색이 아니라 웅성문화의 그것이겠지요."

"아니, 양성문화의 특색이오." 루펜사 박사는 단언하는 것이었다.

"아니요." 오소리도 버텼다. "그 시대의 짧은 치마는 전적으로 여성의 노예적 표시이니 분명 웅성시대의 특색이오."

"천만에. 짧은 치마는 다분히 심미적(審美的) 자위행위니 양성문

208

화의 특징이오."

"심미적 자위행위라구요? 천만의 말씀. 노예의 표식입니다."

"아니래두."

"그렇지 않대두."

두 사람은 서로 양보하지 않았다. 다른 사람들도 두 편으로 갈려 왈가왈부 법석이었다. 보다 못한 끼허햅 원장이 단을 내렸다. "오늘은 시간도 없고 하니 이만하고 헤어집시다."

일동은 기다렸다는 듯 우르르 자리를 떴다.

10
제5 특수정보국

    고전문화연구원의 두 번째 모임이 있기 전에 선구의 신상에 변화가 생겼다. 어느 날 아침, 산보 시간도 되기 훨씬 앞서 누가 선구의 침실 문을 두드렸다. 웬일인가 하고 나가 보니 끼허햅 원장이 한 사람의 보좌관만 데리고 와 있었다. 원장의 안색은 침울해 보였다.

    "우선구 씨, 우린 잠시 헤어지지 않으면 안 되게 됐어요. 당분간 제5국에서 당신을 초청하기로 했어요." 그녀의 말에는 다른 때와 달리 긴박감이 떠돌았다. "이건 나의 개인적 의견입니다만, 지금 정부의 시책은 엇갈리고 있습니다. 아무튼 나와 우리 고전문화연구원 회원 일동은 당신을 보호하는 데 적극적으로 노력하겠어요. 제5국 역시 소홀한 대접은 안 할 겁니다. 그렇게 하도록 우리와 합의됐어요. 그리고 기간도 오래지 않으리라 봅니다. 그럼 안녕히." 원장은 말을 마치고 훌쩍 가버렸다.

선구는 멍하니 서 있었다. 그러자 끼허햅 원장이 총총걸음으로 되돌아와 아주 심각한 표정으로 다짐을 했다. "내가 지금 말한 것은 어디까지나 나의 개인적 의견이에요. 혼자만 알고 계셔야 해요." 그러고는 다시 부지런히 사라졌다.

이날 낮에 연락원이 선구가 처음 보는 두 젊은이를 데리고 왔다. "이분들이 우선구 씨를 모시러 왔어요. 지금부터 딴 기관으로 옮겨 가시는 거예요."

"가십시다." 따라온 두 젊은이가 무뚝뚝하게 말하며 선구 좌우에 갈라섰다.

'이 사람들이 원장이 말한 제5국의 사람들이구나.' 선구에게 육감이 왔다. 제5국이란 필시 정보기관일 것이다.

그들이 갖고 온 차의 구조가 별났다. 차는 운전실과 객실의 두 칸으로 구분되어 있는데 두 칸 사이는 두꺼운 유리판으로 완전히 차단되었고, 선구를 객석에 넣은 후 두 젊은이는 운전석 옆에 마련된 좌석에 앉아 선구를 마주 보고 있었다. 호송용으로 특별히 꾸민 차량이 틀림없었다.

그러나 선구는 별로 불쾌감이나 공포를 느끼지 않았다. 아마 여태껏 잇따른 쇼크에 신경이 둔화되어서 그럴까? 그렇지 않음 오랫동안의 유폐 생활에 염증이 나서인가?

차량은 풀밭을 잠시 굴러나가다가 곧 공중을 날았다. 가는 곳이 헤어지루 시내가 아닌 것은 눈 아래 펼쳐지는 교회 풍경이며 광활한 초원, 굽이치는 사행천(蛇行川)으로 알 수 있었다.

선구는 동승한 두 젊은이를 관찰하였다. 이 두 사람은 멜빵걸이와 반치마의 복장만 아니라면 꼭 남자로 볼 수 있는 체구의 소유자들이었다. 편편한 가슴팍, 튀어나온 광대뼈, 쏘는 듯한 눈매 등 틀림없는 남자 체격이었다. 그동안의 경험이 없었다면 혹 선구는 이들에게 당신네는 남자가 아니냐고 물어봤을지도 몰랐을 것이다.

물론 이들이 남자가 아닌 건 뻔했다. 이들은 분명 여성이다. 그들 용어로 하면 워시두, 즉 진성이겠지. 얼마 후 차는 어느 산 중턱에 닿았다. 내려앉은 바로 눈앞에 커다란 동굴이 입을 딱 벌리고 있어 차는 거침없이 그 안으로 굴러 들어갔다.

동굴이 상상외로 광활한 모양이었다. 한 곳에 이르러 일행은 차에서 내렸다. 그곳은 대여섯 평 정도의 방인데 직원인 듯한 사람이 셋, 그중 책임자로 보이는 사람 앞에 이르러 호송인들은 깍듯이 경례를 올려붙이고 우선구를 인계했다.

인계받은 사람은 몸집이 몹시 비대했다. 줄잡아도 120킬로그램은 넘을 것 같았다. 두 호송인을 돌려보내고 뚱뚱보는 빙그레 웃으며 선구에게 악수를 청했다. 웃는 모습이 어쩐지 능글맞았다. 이 뚱뚱보 역시 여자라기보다 남자에 가까운 스타일이었다.

"오시느라 수고하셨소. 나는 휘니티빈시라 하오." 유별나게 가라앉은 알토 목청이었다. 선구는 잠자코 있었다. 뚱뚱보는 대기하고 있는 두 사람의 부하에게 명령을 내렸다. "이분의 옷을 갈아 입혀드려."

부하 한 사람이 팔을 잡아끌자 선구는 반항이라도 하듯 몸을 잡아 뺐다. 정말로 반항할 맘은 없었으나 자기도 모르게 몸이 그렇게 움직여졌다.

"걱정할 건 없어요. 당신은 우리 손님이니까 우리 격식대로 잘 대우하자는 거요." 뚱뚱보가 웃으며 말했다.

"난 이대로 있겠소." 그 웃는 낯이 한층 더 꺼림칙하여 선구는 용기를 내서 반대 의사를 표해 봤다. 선구가 입고 있는 것은 의젓한 남자 옷이었다. 비커츠섬 기밀실에서 입고 온 구세대의 정식 남성복.

"아니, 아니." 뚱뚱보는 눈알을 뒹굴뒹굴 굴리며 말했다. "그거 안 돼요. 여기서는 누구나 이곳 제복을 입어야 해요. 그리고 이제 곧 알게 되겠지만, 당신은 바깥세상을 두루 보러 다녀야 해요. 그런 이상한 차림으로는 곤란하단 말이오."

바깥세상을 두루 보러 다닌다는 말에 선구는 귀가 번쩍하였다. 다시 딴말하지 않고 그들 하자는 대로 하였다. 뚱뚱보의 부하가 데리고 간 곳은 욕실이었다. 목욕을 하라기에 대강 몸을 씻고 탈의실에 나와 보니 벗어 놓은 옷은 간데없고 대신 멜방걸이와 반치마 바지를 비롯한 그들의 의상 한 벌이 준비되어 있었다. 그걸 입고 나서 식당으로 인도되었다. 비로소 이날의 아침 식사를 들었다.

식사 후 미장원에 들어가 머리치장과 화장을 받았다. 욕실이며 식당, 미장원 등도 다 동굴 속에 있었다. 약식으로 된 것이 아니라 모두가 호화판으로 꾸며진 것이었다. 화장이 끝나자 거울에 비친 자기 모습을 보고 선구는 속으로 고소를 금치 못하였다. 가히 가관이었다. 전날 소보는 병원을 탈출할 때도 이 꼴이었을 텐데, 이 모양이어야 어울린다 하니 어쩌랴.

선구는 완전 여장으로 바꿔 차리고 다시 뚱뚱보에게로 되돌아갔다.

"되었소. 참 잘 어울리는군." 뚱뚱보는 크게 만족했다. "자, 우리 과장한테 갑시다."

이번에는 뚱뚱보 자신이 앞장서 선구를 인도했다. 그녀의 부하

두 명이 뒤따랐다. 인도된 곳은 50평 정도의 큰 방으로 많은 사람이 분주히 사무를 보고 있었다. 뚱뚱보는 이 방의 수석인 듯한 사람 앞에 가서 그 뚱뚱한 몸집이 금세 화석이나 된 것처럼 굳어진 자세로 경례를 했다. 수석인 듯한 사람은 몸체가 딴 사람보다 유난히 작고 나이도 퍽 어려 보였다.

나이 어린 상관 앞에 선 뚱뚱보는 꼭 만화 인물 같았다. 상관은 어쩐 셈인지 뚱뚱보를 거들떠보지도 않았고, 뚱뚱보는 한동안이나 곧은 자세로 굳어 있어야 했다. 이런 광경을 보고 있노라니 선구는 어쩐지 차츰 불안해졌다. 이곳은 보통 사무 관청이 아니라 군대인 모양이었다. 그것도 규율이 대단히 엄격한 특수 군대 같았다.

얼추 20명가량 되는 사람들의 체격과 외모 거의 모두 남성적이었다. 그러고 보니 비단 이 실내뿐 아니라 잠깐이나마 이곳에 와서 대한 여러 사람의 체격이 한결같이 남성형이라는 데 인식이 갔다. 맨 처음의 호송인들로부터 욕실, 식당, 미용실에서 본 그네들의 모습이 거의 다 그랬다.

비커츠섬에서 눈을 뜬 이후 소보논이나 헤어지루에서 본바 이네들의 외모가 많이 중성적이고 여자다운 맵시를 찾아보기가 쉽지 않았다. 간혹 리긴 기자같이 고운 인물도 있긴 했으나 이건 예외에 속한다고 할 것이다. 이런 속에서도 제5국의 인물들은 한결 그 정도가 심했다. 그러고 보니 뚱뚱보의 말이 수긍되었다. 여장한 선구를 보고 '참 잘 어울린다'고도 함 직했다.

가당치도 않은 자기의 여장이었으나 이들 속에 섞어 놓고 보면 참 잘 어울리는 존재가 되는 것이었다. 선구는 절로 쓴웃음이 나왔다. 그러자 퍼뜩 한 가지 의문이 생겼다. 이들이 나를 변복시킨 것은 나를 저들과 동형화시키자는 의도가 아닐까?

덜컥 겁이 났다. 냉혹감이 떠도는 이곳 분위기로 보아 저들이 어떤 무모한 짓을 하려 들지 알 수 없는 노릇이었다. 그들은 복장을 갈아입히는 데 그치지 않고 생리 수술까지 하자고 덤비지는 않을까.

얼마 후에야 몸집 작은 사람은 비로소 뚱뚱보에게 눈을 돌렸다. 그 태도가 몹시 거만했다. 뚱뚱보는 굳은 자세로 선구를 가리키며 말했다. "명령대로 대령했습니다."

"음." 그 사람은 홀깃 선구를 훑어본 다음 책상 한 곳에 달린 버튼을 눌렀다. 금세 세 사람의 직원이 나타나 차렷 자세를 했다. 상관은 턱으로 선구를 가리키며 말했다. "알지, 비커츠섬의 괴물. 데려가." 마치 한 푼 가치 없는 물건 다루듯 했다. 선구는 어이가 없었다.

"갑시다." 세 사람은 선구를 휘몰고 밖으로 나갔다. 그들이 간 곳은 몇 대의 탁자와 의자 외에는 아무 장치도 비품도 없는 보기에도 썰렁한 감이 드는 곳이었다. 세 사람은 선구를 방 한가운데에 있는 탁자 앞 의자에 앉힌 다음, 맞은편 의자에 나란히 다가앉아 한참 동안 뚫어지게 선구를 보기만 했다. 선구로선 불쾌하기 그지없었지만, 별도리가 없었다. 세 사람 중의 한 사람이 입을 열었다.

"우리 인사합시다. 나는 시옷(ㅅ) 1번으로 통하는 사람."

나머지 두 사람도 따라서 같은 수작을 했다.

"나는 ㅅ 2번."

"ㅅ 3번."

선구는 덤덤히 있었다. ㅅ 1번이 말을 이었다. "여기가 제5 특수 정보국이란 것은 알고 있겠지요. 보통 '제5국'이라 불러요. 제5국의 특색을 참고로 말하리다. 우리는 모든 사무를 과학에 근거를 두고 처리하오. 우리는 거짓말을 싫어하고 단순 솔직한 걸 좋아하오. 이 상 두 가지 특색을 잘 알아두시오. 알겠소? 우리는 당신의 협력을 필요로 하고 있소. 당신도 우리의 의도를 알게 되면 즐겁게 협력하 리라 믿소."

이런 말을 지껄이는데 어찌나 혀를 빨리 놀리는지 마치 솥 속에 서 콩 튀기듯 했다. 선구는 아무런 대꾸도 안 했다. 할 여가도 없었 다. ㅅ 1번이 재차 혀를 놀렸다. "우선 한 가지 물어봅시다. 어제까 지 있었던 곳, 고전문화연구원 말이요. 그곳 감상이 어떻소?"

선구는 잠시 생각하는 체하다가 대답했다. "별로 특별한 감상이 없는데요."

"이곳 감상은?"

"아직 모르겠소."

"지금 기분은."

"글쎄요."

"좋으면 좋다, 싫으면 싫다, 간단히 말해 봐요."

"별로 나쁠 거야 없겠죠."

"거짓말 마시오."

"예?" 선구는 어리둥절했다.

"거짓말은 비능률적이오. 솔직히 말해요."

"글쎄 별로…."

"흥." ㅅ 1번은 못마땅한 듯 오만상을 찌푸리고 잠시 선구를 쏘아 보더니 한쪽 벽 앞으로 다가가 그곳에 매달린 자그마한 기구를 매 만졌다. 그것은 주먹만 한 크기의 동그란 테였다.

ㅅ 1번은 선구를 곁눈질해가며 그 테와 담화를 했다. "저 사람 기

분이 어떻지?"

"그는 겁을 먹고 있습니다." 동그란 테에서 소리가 흘러나왔다.

ㅅ 1번은 동감이라는 듯 고개를 끄덕이고 계속했다. "왜 겁을 먹지?"

"어떤 위험을 느끼고 있습니다."

"어떤 위험?"

"그건 본인에게 물어보십시오."

질문자는 방향을 바꿔 선구 본인에게 다시 물었다. "뭣이 위험하우?"

선구는 당황하였다. 도대체 이 사람들이 뭘 하는 걸까?

ㅅ 1번이 빙그레 웃으며 말했다. "당신이 앉아 있는 그 의자는 한마디의 거짓말도 받아들이지 않소."

'옳아, 거짓말 탐지기로구나.' 선구는 뜨끔하였다. 그러나 숨기고 감추고 할 아무런 비밀도 없는데 왜 이런 장치를 갖다 대는 건가?

ㅅ 1번이 재촉했다. "어떤 짐작으로 겁을 집어먹고 있는 거요?"

선구는 거짓말 탐지기를 시험해 보고 싶은 생각이 들었다. "이곳이 동굴이라 겁이 나는가 보우."

이리 대답하니 ㅅ 1번이 벽에다 대고 확인해 보는 것이었다. "과연 그런가?"

벽이 대답했다. "아니. 그는 지금 조롱하고 있습니다."

ㅅ 1번이 노기 띤 낯으로 선구를 노렸다. "우리는 거짓말을 싫어한다지 않았소. 우리는 당신을 사납게 다룰 수밖에 없겠소. 그래도 좋은가."

"조롱이 아니요. 나는 이런 일이 처음이라 신기하게 생각한 것뿐이오."

"좋소. 그럼 다시 되풀이합시다. 지금 당신 기분은?"

"좀 불안하오."

"왜?"

"그저 막연하게."

ㅅ 1번이 벽에다 물었다. "그저 막연한가?"

"아니요. 그는 어떤 구체적인 생각을 하고 있습니다."

ㅅ 1번은 다시 선구에게 말했다. "말해 봐요."

"나에게 박해가 오지 않을까 걱정했소."

ㅅ 1번이 확인하기 전에 벽에선 대꾸가 나왔다. "그렇습니다."

"어떤 박해?" ㅅ 1번이 다시 물었다.

선구는 머뭇거리다가 대답했다. "정신적 박해를 걱정했소."

벽에선 냉정히 말이 흘러나왔다. "아니요."

선구가 다시 말했다. "나를 이곳에서 다시 나가지 못하도록 하지 나 않을까 해서."

"정확지 않습니다." 벽의 판정이었다.

ㅅ 1번이 벽에다 물었다. "이 사람의 지금 상태를 말해 봐."

벽의 대답. "이 사람은 지금 망설이고 있습니다."

선구는 할 수 없이 진심을 털어놨다. "나를 당신네처럼 만들지 않을까 걱정했소."

"정직했습니다." 벽의 기구가 칭찬했다.

ㅅ 1번의 입가에 미소가 떠올랐다. "진성인이 되는 게 겁이 난다? 허허허. 그런 걱정은 안 해도 좋소. 우린 그럴 생각이 조금도 없으니까. 그런 일은 우리 권한 밖이오."

ㅅ 1번은 벽의 스위치를 끄고 다시 선구에게 말했다. "우리의 사무 능력과 방식을 당신에게 인식시키기 위하여 한번 시험해 본 거요. 이제부터 우린 잘 사귈 수 있겠지. 자, 저리 갑시다."

세 사람에 이끌려 선구는 다음 장소로 갔다.

그곳은 너덧 명이 겨우 들어설 수 있을 정도의 자그마한 방이었다. 아무것도 없는 빈방인데 한가운데 커다란 쟁반같이 생긴 것이 덩그렇게 놓여 있었다. ㅅ 1번이 말했다. "이 방은 등록실이오. 여기에 당신의 오른쪽 발을 얹으시오. 신을 벗고." 그러고선 쟁반 같은 것을 가리켰다.

선구가 쭈뼛하고 서 있으려니 ㅅ 1번은 다시 말했다. "뭐 별다른 뜻은 없어요. 누구나 이곳에 오면 여기서 신체 등록을 하는 거니까."

선구는 시키는 대로 하였다. 아무런 기계 소리도 전기 음향도 나지 않았다.

"다 되었소. 양말을 벗고 발바닥을 보시오." ㅅ 1번이 말했다.

선구는 양말을 벗고 발바닥을 뒤집어 봤다. 글씨 모양의 이상한 반점(斑點)이 나타나 있었다. 물론 전에는 없던 것이었다. 가슴이 선뜻해졌다. 필시 지금 이 쟁반 위에 발바닥을 댔을 때 찍혔을 것이다.

선구의 당황한 눈치를 보고 ㅅ 1번이 빙그레 웃으며 말했다. "놀랄 건 없어요. 일단 이곳에 들어온 사람은 누구나 다 이렇게 등록하는 거니까. 자, 우리도 마찬가지." 그녀는 신을 벗고 발바닥을 들어 보였다. 과연 거기에도 이상한 부호 모양의 도장 자국이 있었다.

ㅅ 2번, ㅅ 3번도 1번에 따라 발바닥을 내보이는데 모두 마찬가지였다. 도장 자국의 크기는 비슷하나 모양은 얼핏 보기에도 세 사람이 다 달랐다.

"발바닥에 이 자국에 있는 사람은 전 세계의 어디를 가든 이곳 등록판에 항시 그 동태가 나타나게 마련이오. 당신이 전에 소보논이나 비커츠섬에서 하던 활극은 이제는 통하지 않으니 아예 생각도 마시오." ㅅ 1번이 선언했다.

선구는 새삼 대단한 곳에 왔구나 하는 놀람을 금할 수 없었다. 발바닥의 낙인이 몹시 꺼림칙하긴 했으나 이 사람들도 다 같이 찍힌 걸 보건대 신체에 별다른 이상은 없을 성싶어 이 점은 약간 안심되기도 했다.

다음 날 ㅅ 1번이 선구의 의사를 물었다. "바깥 구경 한번 않겠소?"

바깥 어디냐 하니 헤어지루 시내라는 것이었다. 선구로선 반대할 까닭도 없거니와 좋다 마다할 성질의 것이 아님을 이제 잘 알았다. 어제 들어올 때 뚱뚱보가 예고한 바도 있었고.

ㅅ의 세 사람과 일행은 예의 호송용 차를 몰아 동굴 밖으로 나갔다. 어제 본 초원 상공을 거쳐 헤어지루 근교에서 지상으로 내려 시가지로 들어섰다.

"어딜 먼저 구경할까?" ㅅ 1번은 혼잣말처럼 중얼거리더니, "데기온 공장에 가 볼까." 스스로 제가 대꾸하고 한 곳으로 차를 몰았다.

선구가 관람판이 아닌 실제로 시가지를 자세히 구경하기는 이것이 처음이었다. 훤한 거리, 너무 크지도 작지도 않게 조화가 잡힌 건물들, 곳곳에 마련된 유원지. 거리는 관청 지구, 상업 지구, 주택 지구로 구별되어 있는 것 같았다. 어느 곳에 이르러 차가 섰다. 공장 모습의 큰 건물 앞이었다.

간판이 나붙었는데 제3 데기온 제작소라 했다.

'데기온'이란 번역하기 좀 까다로운 어휘였다. 노리개, 장난감, 오락, 즐거움, 장난 등의 뜻이 담긴 혜민어. 여기에 공장이 붙으니 아마 장난감 공장인 모양이라고 선구는 짐작하였다.

장난감 공장이라는 간판에 어울리지 않게 굉장히 큰 건물이었는데, 높고 긴 담장이 뻗쳐 있었다. 육중한 정문이 굳게 닫혀 있어 일반인의 출입은 제한된 것 같았다.

ㅅ 1번이 운전대에 있는 몇 개의 다이얼 중의 하나를 돌리고 나서 잠시 기다리니 눈앞에 닫혔던 큰 문이 좌우로 스르르 갈라졌다.

앞마당을 건너질러 정면 건물 앞에 차가 닿자, "어서 오십시오." 하는 소리가 들렸다. 그러나 아무도 마중 나온 사람은 없었다. 차에서 내려 네 사람은 일렬로 서서 현관 안으로 들어섰다.

ㅅ 1번이 먼저 한쪽 벽 앞에 다가서서 그곳에 있는 단추를 눌렀다. 어디선지 "좋습니다." 하는 소리가 나자 1번은 벽 앞에서 물러나고, ㅅ 2번이 대신 그 자리에 서서 단추를 눌렀다. "좋습니다." 소리가 나니 ㅅ 3번이 뒤따랐다. 선구가 그다음을 이었다. 역시 "좋습니다." 했다. ㅅ 1번의 설명에 의하면 지난번에 동굴 속 등록실에 찍어놓은 선구의 사진은 전 세계에 걸쳐 중요 기관에는 어디든 전달되어 있고, 이곳도 그중 한곳으로 이곳 기억장치에 실물이 부합됨으로써 이 공장 내부를 견학할 자격을 얻게 되었다고 했다.

공장 안에 들어서도 종업원은 한 사람도 눈에 띄지 않았다. 접수나 안내원 따위도 없는 모양이었다. 다만 복도 한 곳에 공장 안내도가 마련되었고 벽에는 길잡이 화살표가 그려져 있을 뿐이었다.

공장 규모는 밖에서 짐작하기보다도 훨씬 컸다. 우선 들어선 첫번째 건물의 복도만 하더라도 높다란 천장에 끝이 안 보일만치 까마득하게 뻗쳐 있었다. 안내도에 나타난 걸 보니 이런 건물이 다섯 채나 있었다. 이렇게 큰 공장을 돌아다니려면 무척 시간이 걸리리라 생각했으나 그런 걱정은 필요치 않았다. 복도 양쪽에 컨베이어 벨트가 흐르고 있어서 그 위에 올라서면 걸을 필요 없이 쉽게 빨리 이동할 수 있었다.

일행은 벨트를 타고 복도 양쪽에 달린 이 방 저 방을 돌아다녔다. 어느 곳이나 사람은 없고 기계만이 저 혼자 작업을 하고 있었다. 선구는 이런 공장을 처음 경험했다. 자신도 과거에 큰 공장의 중견 직원이었고, 세계 각국 여러 종류의 큰 공장을 두루 견학한 관록을 지니고 있지만, 이런 공장을 보기는 처음이었다.

어느 구석이나 먼지 한 점 없이 말쑥하다든가, 지극히 조용하다든가, 사람이 보이지 않는다고 해서만이 아니었다. 물론 이런 점도 놀랄 만하긴 했으나 그보다 이곳에 들어서면서 느껴지는 분위기가 사뭇 별났다. 방마다 얼핏 보아서는 무엇을 하는지 분간할 수 없는 기계들이 움직이고 있었는데 그 움직이는 품이 가관이었다. 아주 완만하게 그리고 정중하게 동작을 했다. 기계의 동작을 정중하다고 표현하는 건 어색한 노릇이겠으나 이렇게라도 말해야 어느 정도 느낌을 전할 수 있을 것 같았다.

이곳에는 고속으로 돌아가는 바퀴나, 사납게 날뛰는 벨트, 고막을 자극하는 소음 등은 아예 없었다. 산골짝 작은 시내에 걸린 물방아보다도, 양지쪽에 누워 졸고 있는 젖소의 새김질보다도 이곳 기계들은 부드럽고 온순하게 움직였다. 그럴 수밖에 없는 것이, 이곳의 기계들은 충격이나 마찰 방식으로 구동되는 것이 아니라 화학적이고 광학적인 반응으로 동작하고 있는 것을 선구는 인식하게 되었다. 기계 설계의 크나큰 혁명이라고 감탄 안 할 수 없었다. 실로 재미있는 형식이었다.

재미있는 건 외모나 내용뿐이 아니었다. 기계가 움직이는 대로 울려 나오는 음향이 멋졌다. 음향이라기보다 숫제 음악이었다. 그랬다. 이건 분명 음악이라고 선구는 판단하였다. 이 공장의 설계자는 분명히 기계들로 하여금 음악을 연주하도록 고안했음이 틀림없었다.

선구는 처음 공장에 들어설 때부터 은은히 울려 퍼지는 선율을 감득하였는데, 그 선율이 다름 아닌 이곳 기계들이 연주하는 음악이라는 걸 알게 되었다. 여러 가지 기계들이 빚어내는 각가지의 음률. 그것도 제각기 제멋대로의 소리가 아니라 통제되고 잘 짜인 협화음이었다. 일종의 교향악이라 해도 과언이 아니었다. 그랬다. 멋진 교향악이었다. 테마가 있고 리듬이 있고, 심지어 감정이 실린 훌륭한 교향악.

'이거 재미있는 구경을 하는데.' 선구는 속으로 감탄하였다.

선구를 감탄시킨 것은 음악 외에 또 있었다. 처음 들어섰을 때는 마음의 긴장으로 해서 미처 깨닫지 못했지만, 공장 안에는 알맞은 정도의 그윽한 향기가 감돌고 있었다. 아주 기분 좋은 향이었다.

음악과 향기. '누구를 위하여 마련되어 있는 걸까?' 선구는 생각해 보지 않을 수 없었다. 일반 참관인을 위하여 마련된 것일까? 이런 서비스가 없으란 법도 없겠지만 그 타당성은 의심스러웠다. 웬 참관인이 그리 많을 거며, 설사 많다 한들 참관인을 위하여 이렇게까지 꾸며 놓을 수가 있을 건가? 그럼 우선구 자신을 맞이하기 위함일까? 그 가능성 역시 전혀 없을 바도 아니겠으나 이 음악과 향기가 일시적 현상만도 아닌 성싶으니 이 추측은 당치 않다고 봐야겠다.

그도 저도 아니라면 혹 여기 종업원들을 위한 노릇이 아닐까? 말 없는 종업원, 즉 기계 그 자체를 위해서. 이렇게 생각하자 선구는 절로 웃음이 터졌다. 너무나 어처구니없는 추리였다.

혼자 빙그레 웃고 있는 선구를 보고, ㅅ 1번이 물었다. "왜 웃소?"

"아니, 아니." 선구는 얼핏 웃음을 삼키고 우물쭈물 얼버무려야 했다.

그런데 선구는 자기 스스로 부정한 자신의 기발한 추리가 실은 들어맞았음을 잠시 후 이곳 공장 책임자의 설명으로 알고 다시 한 번 놀라야 했다.

설명인즉, 이곳의 여러 기계는 모두가 저속으로 회전 또는 율동 하므로 거기서 발생하는 음향이 듣기 싫은 소음이 아닌 데다가 약간의 억양과 강약, 고저를 가미하였고 각 기계 간의 발생시간도 조절해 놓았다는 것이었다. 작업 진행이 순조로우면 자연스럽게 여기서 발생하는 음향이 미리 조절된 대로 연주 형식으로 나타나고, 가다가 혹 이상이 생기는 경우 음정에 파탄이 나게 마련이었다. 그리고 음정의 파탄은 곧 연주자의 비정상적인 상태를 말함이었다. 그러면 조율사, 즉 수리공이 급거 출동하여 음정을 바로잡았다.

향기의 경우도 마찬가지였다. 공장 안에 가득한 향기는 여기서 사용되는 원료의 조합 과정에서 발생하는 거라고 했다. 화합물 원료에 향료를 혼합시킴으로써 공장 관리인은 항상 자동 장치로 이 향기를 측정하여 작업 실태를 파악할 수 있다는 것이었다. 아무튼 신기한 공장이었다. 선구는 홀린 듯 넋을 잃고 넓은 공장 안을 장시간 돌아다니는 데 조금도 지루함을 느끼지 않았다.

이곳에서 생산되는 것은 인형, 공, 기타 여러 가지 노리개 등속인데 가짓수는 여러 가지라도 원료는 다 같은 데기온 일색이었다. 원래 데기온이란 말은 장난감이라는 뜻인데 여기서 사용하는 원료의 이름 역시 데기온이라고 했다. 그러니까 이곳은 데기온 원료로 데기온 장난감을 만들어 내는 공장이었다. 데기온이란 물질은 근년에 새로 발명된 것으로 옛적의 셀룰로이드나 비닐 또는 아크릴처럼 가공이 자유롭고 착색도 임의로 할 수 있고 무게가 퍽 가벼운 반면 질기고 튼튼한 게 특색이었다.

그중에도 이 물건의 독특한 특징은 그 형태에 있다 하겠다. 질기고 튼튼한 성질에 어울리지 않게 무수한 거품의 결합체인 데기온의 표면은 윤기 있는 잔털로 덮여 있어 보기에 공단 같고 촉감 역시 보들보들하기가 옛적 공단 그대로였다.

데기온의 제품은 보기에 고상했다. 여러 가지 제품이 다 그렇고, 특히 인형 제품은 한결 품위가 있어 보였다. 선구는 인형 제작 과정을 구경했는데 이거야말로 대단한 구경거리였다. '쿵덩 풍, 풍 쿵덩 풍 풍' 음악에 따라 데기온이 원료통에서 흘러나오면 다음 기계가 통통 소리와 함께 받아서 인형의 형태로 빚어 컨베이어에 올려놓았다. 'G선상의 아리아' 흉내를 내며 '부, 부우' 벨트가 흐르는 대로 벨트의 양편에서 실로폰의 막대기들이 '동동동동' 인형체를 다듬어 얼굴이 되고 모자가 달리고 옷이 입혀졌다.

그윽한 향기와 재미있는 음악 속에서 탄생하는 인형들이야말로 얼마나 행복스러우냐. 인형뿐만 아니라 모든 장난감의 제작 과정이 마치 꿈속의 유희처럼 즐겁기만 했다. 여기서 즐겁다는 건 작품을 만들어 내는 기계들을 두고 하는 말이었다. 그만큼 이곳의 기계들은 단순한 물건이 아니라 감정이 담기고 품위가 갖춰진 어엿한 영적 존재 같았다. 장난감의 종류도 가지각색, 갓난아기용의 초보적인 것으로부터 어떤 것은 선구로서도 갸웃거려야 할 정도의 복잡한 것도 있었다.

여기서 선구는 뜻밖의 물건을 발견하였다. 어느 한 곳에 이르렀을 때였다. 가는 곳마다 종목이 다른 진기한 물건이 만들어지는 재미에 선구는 이곳에선 또 어떤 것이 나오나 하는 기대를 가지고 들어섰는데, 앞장서 들어간 ㅅ의 세 사람이 별안간 선구를 이끌고 급히 뛰쳐나오는 것이었다. 이 사람들은 필시 선구에게 보여서는 안 될 것을 발견하고 허둥댄 것인데 선구는 이미 그 물건이 무엇인지를 간파한 후였다. 선구가 ㅅ의 세 사람 어깨너머로 얼핏 본 그 물건은 보통 예사로운 것이 아니었다. 전날 비커츠섬에서 본 적이 있는 바로 그 물건이었다. 세 사람의 경비병이 주둔하고 있는 경비소 안, 그날 밤 마룻바닥에 뒹굴던 그것. 그리고 또 소보는 병원에 감금돼 있을 때 관람판 스크린에 나타난 재판소 광경의 한 대목에서 또 한 번 그것을 본 적이 있었다.

그때도 두 사람의 연락원이 기겁하여 그 장면을 꺼버린 기억이 났다. 연락원이 꺼버리지 않더라도 보기에 민망했던 그 물체, 그러나 단성시대의 이 사람들로 보아선 별로 부끄럽고 숨기고 할 게 아닌 성싶은데, 역시 이성(異性)에겐 가려야 할 거로 아는 걸까? 선구는 보고도 못 본 체하고 순순히 ㅅ들에게 밀려 딴 곳으로 이동하였다.

ㅅ 1번이 자기 동료에게 투덜댔다. "제기랄, 하필 오늘 그런 걸 만든담."

"난 그것이 여기서 나오는 줄은 몰랐어." ㅅ 2번이 말했다.

"나도." ㅅ 3번도 맞장구쳤다.

세 사람은 당황해하면서도 뜻밖에 나타난 그 물건에 흥미가 없지는 않은 모양이었다. 자기네끼리 좀 더 지껄이고 싶은 눈치인데 옆에 선구가 있어 털어놓지 못하는 것 같았다.

일행은 이곳 책임자를 만나러 갔다. 여기서 비로소 선구는 사람 구경을 하게 되었다. 공장장은 세 사람의 보좌관을 대동하고 일행을 맞아 다과를 대접했다.

"이 공장에는 일체 사람의 손을 빌리지 않습니까?" 선구는 공장장에게 물었다.

"아니요. 이곳에는 모두 250명의 종업원이 일하고 있는 걸요." 이 대답에 선구가 어리둥절하니 공장장이 말을 이었다. "보시다시피 생산, 운반, 보관, 발송 작업은 전부 자동 기계로 처리됩니다. 그러나 이들 기계의 위생을 보살피고 능률의 향상을 꾀하는 일과, 우리들의 고객, 즉 소비층과의 협정 또는 더 나은 제품의 창안 등은 사람의 능력에 기대해야 하는 걸요. 그럼 이번에는 인사 작업 현장을 구경해 보실까요." 그러더니 통화기로 직원 한 사람을 불러내어 일행의 안내를 맡겼다.

기계 작업 부문을 안내인 없이 관람한 일행은 이번엔 사람들의 작업 광경을 안내인의 인도로 구경하게 되었다. 처음 간 곳은 조정실이라는 곳. 이곳에는 세 사람의 기사가 입체 영사판에 나타나는 공장 내부를 지켜보고 있었다. 안내인의 설명에 의하면 조정실에는 자동 조정기가 있어 공장 각처의 작업 속도라든지 음악의 리듬, 향기의 농염, 기타 각 실내의 온습도 변화며 먼지의 분포를 자동적으로 포착하여 조정하는 구실을 하게 되어 있긴 하나, 역시 기사를 배치하여 이를 뒷받침하는 동시에 자동 조정기의 감도를 감시한다는 것이었다.

보기에는 아무것도 안 하는 것 같이 보이는 세 사람의 기사는 예민한 기계의 감도를 앞지르기 위하여 항상 극도로 긴장하고 있어야 하며, 그들의 역할이 크기 때문에 보수도 어느 직원보다 월등하여 공장장과 동등하다고 했다. 과연 세 사람의 기사는 눈 깜작거리는 순간마저 아까운 듯 눈알을 총알처럼 반짝이며 조정기와 영사판을 노려보고 있었다. 자기 옆에서 얼씬거리는 선구 일행에게는 곁눈질 한 번 안 했다.

다음은 계획실. 굉장히 큰 사무실이었다. 대충 50명 정도의 직원들이 삼삼오오 여기저기 몰려 열심히 토론하고 있었다. 이 사람들은 공장 운영의 합리화와 제품 개량에 관한 연구자들이었다. 이들의 연구는 책임제로 되어 있어 각인의 연구 활동이 기록으로 나타난다는 것이었다. 그러고 보니 이들은 항상 열심히 토론을 거듭하고 있어야 하는 게 아닐까?

다음은 기록실. 공장 내의 모든 활동 부문이 기록되는 곳이었다. 기계고 사람이고 전체의 활동 상황이 고스란히 이곳에 기록된다고 했다. 하도 기록 양이 방대하여 전자 기록기의 뒷바라지꾼이 15명이나 되었다.

그다음은 통신실. 이곳에는 6명의 통신 기사가 일하고 있었다. 무슨 통신이 그리 많은가 하면, 이 공장의 제품이 공급되는 지역에 파견된 이동 봉사원이 60명. 그들과 공장 사이에는 부단한 접촉이 유지되어야 한다는 것이었다. 이 밖에 8명의 경비원과 5명의 잡역부가 있고, 종업원을 위한 식당에 따로 12명의 직원이 있다고 했다.

선구와 ㅅ의 세 사람은 공장 전반의 구경을 마치고 작별인사를 하기 위하여 다시 공장장에게로 갔다.

"공장 시찰 감상은 어떠십니까?" 공장장은 사뭇 의기양양하게 선구에게 물었다.

선구는 처음 기계 부문에서 얻은 감명과 흥분이 인간 작업 부문을 돌보는 사이에 모두 풀려 버려 남은 게 별로 없었다. 그러나 잠자코 있을 수도 없어 대답했다. "기계의 발달과 사용 방법이 매우 기묘합니다."

"그렇소. 이런 공장은 아마 구세대에선 볼 수 없었을 걸요. 진성 사회에서만 가질 수 있는 거죠. 기계의 발달도 발달이려니와 더욱이 이의 관리 면에 있어 추호의 빈틈도 없는 것이 우리의 자랑이죠." 공장장은 신이 나서 어깨를 으쓱댔다.

그러자 ㅅ 1번이 공장장 옆으로 가 귓속말로 몇 마디 속삭였다. 선구가 보기에 ㅅ 1번은 분명 불평을 말하는 것 같았다. 과연 공장장의 표정이 순간적으로 변했다. 이제까지의 도도한 모습은 간 곳 없고 금세 흙빛이 되어 어쩔 줄 모르는 것이었다.

ㅅ 1번도 이다지 상대가 쇼크를 일으킬 줄은 짐작 못 했던지 갑자기 변하는 공장장의 안색과 이에 의아심을 품는 선구를 보자 황급히 선구를 재촉하여 밖으로 나왔다.

이때 '부웅' 하고 버저가 울렸다. 정오를 알리는 신호였다. 인기척 하나 없이 조용하던 마당에 갑자기 많은 사람이 쏟아져 나와 크게 붐볐다.

선구는 이 사람들이 점심시간이거나, 휴식시간에 외출하는 건 줄 알았는데, ㅅ 1번이 퇴근하는 거라고 했다. 이 공장뿐 아니라 어디나 직장은 아침 8시부터부터 정오까지 하루 4시간 근무라고 했다.

"다만 우리 제5국만은 24시간 근무요." 불평인지 자랑인지 알 수 없는 투로 그녀는 중얼댔다.

"시간이 있으니 또 한군데 들러볼까." 데기온 공장에서 나와 돌아오는 길에 ㅅ 1번이 혼자 지껄였다. 그러더니 선구에게 물었다. "초급학교나 가 볼까? 어떻소?"

"초급학교? 그게 어떤 종류의 학교죠?"

선구의 질문에 ㅅ 1번은 자기네들의 학제를 대충 설명했다. 다섯 살에 들어가는 곳이 초급학교. 5년제이므로 열 살이면 졸업. 그다음은 단련학교로 3년제. 그다음이 4년제의 성인학교. 여기서부터 전문 학과로 갈라지는데, 예컨대 성인 공작과 학교, 성인 천문과 학교, 성인 원예 학교 등등. 그다음 계단이 대학. 대학은 3년제와 5년제의 두 종류가 있었다. 이 중 첫 번째의 초급학교와 두 번째의 단련학교가 의무제로 되어 있었다.

그리고 보니 이네들의 초급학교란 선구의 과거 시절로 말하자면 유치원과 국민학교의 하급 학년에 해당하는 것이었다. 선구는 부쩍 흥미가 돋았다. 이네들의 유소년 교육 실태를 알고 싶었다. 그리고 이네들의 어린이들도 과연 옛적의 어린이들처럼 천진난만하고 귀염성 있는 아이들일까?

선구의 갈망하는 눈치를 알자 인솔자는 속도를 높여 차를 몰았다. 가는 도중에 선구는 한 가지 의문이 생겼다. 유치원이든 국민학교든 지금쯤은 하교 시간이 아닐까? 벌써 공장이 파한 후니 말이다.

선구가 이 점을 ㅅ 1번에게 물으니 그녀는 고개를 좌우로 저었다.

"원 천만에. 초급학교가 그렇게 일찍 시작하면 어떡하게."

모든 사고방식이 다르니 그저 구경이나 할 밖에. 목적하는 곳은 과히 멀지 않은 곳에 있었다. 시가지와 교외의 접경지대에 상당한 넓이의 대지를 점령하고 있는 이 학교는 얼핏 보기에는 무슨 박람회장이나 곡마단의 놀이터 같은 외모를 지녔다. 여러 채의 단층 건물들이 널따란 숲과 풀밭 속에 띄엄띄엄 널려 있었다.

군데군데 넓은 터에는 수십 종류의 운동틀이며 노리갯감이 즐비하게 마련되었고 많은 어린이가 뛰놀고 있었다. 일행은 학교 입구 근처에 표시된 주차장에 차를 두고 구내로 들어갔다. 공장과 달리 이곳에는 담장도 육중한 대문도 없었다. 다만 구내와 외부를 갈라 놓은 화초 나무 울타리가 있을 뿐, 마당에서 놀고 있는 어린이들의 복장은 가지각색이었다. 예전 그대로의 원피스나 투피스도 있는가 하면 바지저고리도 있고 옛날의 작업복 스타일도 있었다.

어린이들의 표정은 대체로 맑은 편이었다. 혈색도 좋고 체격도 튼튼했다. 여기에는 가난이나 열등의식, 두려움 따위는 조금도 없을 성싶었다. 그러나 그들 모습에 어쩐지 한 가닥 그늘이 깃들이고 있는 것 같은 감상이 드는 건 선구의 편견 때문일까?

선구는 수많은 단성 여아를 대하자 불현듯 옛 추억이 되살아나 격동하는 감정을 주체할 수 없을 정도였다.

"뭘 그리 보고 있소." 선구가 주위의 어린아이들에 정신이 팔려 멍청히 서 있는 걸 보자 잠시 걸음을 멈추고 있다가 ㅅ 1번이 주의를 주었다.

선구는 비로소 제정신이 들어 그들을 따라 걸었다. 일행은 교장실로 안내되었다. 교장은 상당한 연배의 사람이었다. 보기에는 상냥하지만 자기 직책에는 엄격한 성품을 지닌 그런 인상의 소유자였다. 피차 인사가 교환되자 교장은 선구에게 대단한 관심을 표명했다.

"호, 참 귀한 손님이 오셨습니다. 소문은 들었습니다만 댁이 바로 구세대의 유일한 생존자시군요." 그녀는 진귀한 보물이라도 바라보듯 선구의 전신을 두루 살피고, 연신 감탄해 마지않았다.

선구는 교장의 이러한 태도에 깊은 감명을 느꼈다. 이 세상에도 이런 사람이 있구나. ㅅ 1, 2, 3번이나 그녀의 동료들처럼, 무감정 무표정의 목석뿐만이 아니로구나 하고 어떤 구원이라도 받은 것처럼 가슴 속이 훈훈해졌다.

"교장 선생님, 우리 바쁜 사람입니다. 이분을 댁에게 구경시키러 온 건 아니니까요. 교내를 안내해 주시겠습니까." 선구와 반대로 ㅅ의 세 사람은 교장의 태도가 못마땅하여 무뚝뚝하게 쏘아붙였다.

"아, 예." 교장은 두말하지 않고 곧 안내에 나섰다. 이곳저곳 교실이며 운동장 놀이터를 안내하고 몇 사람의 선생들도 인사시켰다. 선생 대부분은 교장처럼 선구를 반가워하고 매우 놀랐다. 그들은 모두 버젓한 이름을 댔다. 결코 ㅅ 몇 번 따위의 약호가 아니었다.

선구는 무척 기뻤다. 리긴 기자와 헤어진 후 오랜만에 인간다운 인간들을 대하는 기쁨이었다. 선구는 이곳에서 여러 가지 유익한 새 지식을 얻었다. 초급학교에선 일체의 교과서를 사용하지 않는다는 사실도 발견하였다. 다섯 살배기에서 아홉 살짜리까지의 어린이들을 지도하는 초급학교에선 교과서가 필요치 않다는 교장의 설명이었다.

천진난만한 어린 싹들에게 틀에 박힌 교재, 미리 반년 치나 1년 치의 교습 내용을 예고하고 강제하는 그런 가혹한 짓을 어찌하겠느냐는 것이었다. 그럼 무엇으로 아이들을 가르치는가 하는 선구 질문에 교장은 서슴지 않고 대답했다. "학생들 스스로 배우고 깨우칩니다. 우리 직원은 그저 옆에서 지켜보고 있기만 하면 돼요. 아니, 공부하는 데 방해 안 되도록 주의하고만 있으면 돼요."

선구에게 잘 이해 안 되는 대답이었다. 그는 아이들에게 질문을 해도 좋으냐고 교장에게 물었다. 교장은 주저 없이 동의했다.

한 아이를 골라 나이를 물으니 여섯 살, 2학년생이라고 하기에 선구는 간단한 더하기 문제로 시험하였다. "공이 다섯 개하고 여섯 개가 있다. 모두 몇 개냐?"

"열한 개." 아이는 즉석에서 대답했다. 비슷한 문제를 서너 번 되풀이했으나 바로 알아맞혔다.

이걸 보고 선생 한 분이 선구에게 주의시켰다. "이 애들은 구구법을 알고 있어요. 그 정도의 더하기 빼기는 깨우친 지 벌써 오래 돼요."

선구는 정말인가 하고 일군의 여섯 살 또래들에게 물었다. "한 봉지에 과자 다섯 개씩 든 과자 봉지가 일곱 봉지 있다. 과자는 모두 몇 개나 되나?"

어린이들은 일제히 입을 모아 외쳤다. "서른다섯 개."

아이들은 4×9는 36도, 7×7이 49도 훤했다. 교과서도 없고, 선생은 부러 가르치지도 않는다면서 이 애들은 어찌 이다지 수리에 훤할까? 훤한 건 수리뿐 아니었다. 간단한 물리, 박물, 천문 등도 제법 능통했다.

이 기적의 내력을 교장은 다음과 같이 설명했다. 학교 당국자는 어린이들에게 그들이 즐길 수 있는 장난감, 그림, 자연물 따위를 치밀한 계획에 따라 마련해 준다. 그것들을 주무르고 선택하고 즐기는 과정 속에 수리가 따르고 기억이 늘고 판단력이 작용하게 된다. 예컨대 열 아이에게 과자 서른 개를 주면 저들끼리 세 개씩 나눠 먹게 되는 것이다.

교실, 교정에 그득한 동물, 식물의 이름은 누가 일깨워 주지 않아도 절로 머릿속에 들어박힌다. 다루기 쉬운 장난감에서 더욱 단수가 높은 장난감으로 옮기는 과정에서 지능은 발전하고 아이들은 그에 적응하고자 다투어 노력한다. 이러한 분위기 속에서 강제, 억압, 형벌 따위는 필요치 않다는 것이었다.

이러한 설명을 듣고 있노라니 선구는 가슴이 뭉클해졌다. 근자 두려움과 회의 속에서 얽매여 지낸 그에게 이 학교의 견학은 분명 밝은 햇빛 그것이었다. 역사와 전통, 심지어 인생의 근본마저 모조리 뒤엎어 버린 여인천하이긴 했으나 이렇게 밝고 맑은 부문도 있구나 하고 신통한 생각이 들었다.

그리고 이곳의 교장이나 여러 선생의 따뜻한 대접은 여태껏 이런 것에 굶주렸던 사람에겐 다시없는 위로이기도 하였다. 이곳 어린이들에 대한 처음의 의구심도 어느덧 사라지고, 하나하나의 어린 얼굴에는 옛날 그대로의 천진하고 영리한 귀여움이 그득함을 느끼게 되었다.

선구는 몇 아이의 조그만 머리를 쓰다듬어 주는 사이 자기도 모르게 눈시울이 뜨거워졌다. '세상이야 어찌 됐든, 비록 단성이든 진성이든 어린것들이야 씩씩하게 자라야지.' 벅찬 감격에 젖어 자신을 잃고 멍하니 서 있는 선구를 어린이들은 이상하다는 듯 바라보았다. 선생들은 선구의 두 눈에 이슬이 맺힌 것을 보자 자기네들도 따라서 서글픈 표정을 지었다. ㅅ의 세 사람만은 여전히 냉혹한 눈초리로 선구의 일거일동을 주시하고 있었다. 너무나 약한 자신의 모습이 열없어 선구는 슬며시 섰던 자리를 옮겼다.

"그만 갑시다." ㅅ 1번이 말했다.

이곳에서 좀 더 아이들의 모습을 구경하고 선생들과 사귀고 싶은 맘 간절했으나 선구는 별수 없이 ㅅ 1번이 하자는 대로 할 수밖에 없었다.

"어때요. 어린아이들이 귀엽소?" 돌아가는 길에서 ㅅ 1번이 물었다.

"퍽 귀엽군요."

"구세대의 사내아이들은 어땠을까?"

"글쎄. 마찬가지겠지."

"그럼 구태여 사내아이를 바랄 게 없겠군. 댁에서도 말이오."

"글쎄…." 선구는 상대의 말뜻이 짐작되어 두어 번 고개를 끄덕였다.

"허허허." 무엇이 우스운지 ㅅ 1번이 크게 웃었다. 그녀의 웃는 음성은 거의 남자를 닮았다.

"자, 이번엔 좀 먼 곳에 나가 봅시다." ㅅ의 세 사람은 어제에 이어 오늘도 선구를 데리고 나섰다.

"오늘은 어딜 구경하죠?" 선구가 물었다.

"오늘은 어제처럼 재미있는 곳이 못 될지 모르겠소. 먼 곳이고,

또 그곳엔 지금 어떤 사건이 일어났단 말이에요." ㅅ 1번은 알쏭달쏭한 말을 했다.

선구는 더 캐묻지 않고 잠자코 있었다. 일행은 동굴을 벗어나 근처 어느 비행장에 도착하였다.

여기서 대형 항공기로 옮겨 탔다. 대형이라곤 하지만 그건 일행이 타고 온 호송차에 비한 이야기고, 고작 옛적의 경비행기 크기였다. 그래도 이 비행기는 우주 항공기로 설계된 고속 여객기였다. 깜짝할 사이에 성층권을 돌파하여 한동안 날다가 다시 땅을 디뎠는데 ㅅ의 설명인즉 이곳은 '코로'라는 도시. 옛적 이 일대는 '그리스'라는 나라였다고 했다.

비행장에서는 ㅅ의 동료인 듯한 사람이 마중 나와 있었다. 그 사람도 여자답지 않은 강파른 낯에 완강한 체격이었다. 선구로선 초면인 그녀는 이미 선구의 내력도, 이곳에 오게 된 까닭도 잘 알고 있는 모양이었다. 선구를 보자마자 긴급 주의를 주었다.

"될 수 있는 대로 여러 사람의 주목을 받지 않도록 하시오. 남성이라는 걸 알면 위험합니다."

어리둥절하는 선구에게 ㅅ 1번이 설명을 덧붙였다. "이곳 초급학교가 습격을 당했소. 많은 사상자가 났대요. 아마 남자들의 못된 짓인가 보우."

"예?" 선구가 깜짝 놀랐다. 이 세상에 남자가 있다는 건가?

"쉬, 떠들지 말아요. 남이 들어요." ㅅ 1번이 계속 설명하려 들자 마중 나온 사람이 말렸다. 일행은 더 이상 아무 말 않고 지상용 차량을 타고 시내로 들어섰다.

습격당했다는 초급학교에 가 보니 건물 한 채가 완전히 날아가고 근처는 파손된 기물이며 토석으로 엉망진창이었다. 많은 사람이 웅성거리고 있었다. 그중 더러는 눈두덩이 통통 붓기도 했다. 운 자국이었다.

선구 일행은 차에서 내려 현장 내부로 들어섰다. ㅅ의 세 사람과 마중 나온 사람이 선구를 에워싸고 남의 눈에 띄지 않도록 조심했다. 선구가 살펴보니 현장은 건물이 날아간 게 아니라 어떤 큰 물체가 건물 위에 떨어져 건물과 아울러 땅속 깊이 처박혀 버린 것 같았다.

지름 10미터, 깊이 7미터 정도의 큰 구멍이 움푹 파여 있었다. 주위에서 떠드는 사람들의 말을 들으니 죽은 사람이 12명, 부상자가 30여 명, 행방불명이 4명이나 된다고 했다. 사고가 생긴 건 이틀 전이었다. 현장 옆의 다른 건물들이며 여러 가지 시설들도 진동의 여파로 이리저리 기우뚱하고 더러는 아주 쓰러져 넘어진 것도 있었다. 학교는 물론 수업 불능. 어제 헤어지루의 학교를 본 선구의 눈에는 너무나 서글픈 대조였다.

참혹한 광경이 놀랍기도 하나, 일면 왜 이것을 나에게 구경시키는 건가 하는 궁금증이 더 앞섰다. 그리고 이것이 남성의 짓이라는 말이 미심쩍었다.

잠시 후 ㅅ 일행은 선구를 데리고 차 속으로 돌아갔다.

"어때요? 감상이." ㅅ 1번이 물었다.

선구는 뭐라고 대꾸해야 좋을지 몰라 덤덤히 있었다.

"참 유감 천만인데…." ㅅ 1번이 제 물음에 제가 대답했다. 마치 선구가 할 말을 대신해 주는 듯이.

ㅅ의 세 사람은 여기서 만난 그들의 동료와 이마를 맞대고 좀 더

이곳의 동정을 살필 건가 말 건가를 상의하더니 ㅅ의 동료가 말했다. "그냥 돌아가는 게 좋을 거야. 만일에 사고라도 나면 어떡하지."

ㅅ의 세 사람도 동감이라고 끄덕였다.

"우리가 여기 왔었다는 사실도 말 내지 말게." ㅅ 1번은 이곳에 남아 있는 동료에게 신중히 부탁했다.

일행은 다시 비행장으로 돌아가 한동안 대기실에서 기다린 후 헤어지루로 향하는 비행기를 탔다. 선구는 오늘도 좋은 외출이 되겠거니 기대했다가 실망이 컸다. 실망도 실망이거니와 도대체 이 사람들의 하는 짓이 무엇인지 몰라 궁금했다.

"화성에서 며칠 전에 예고가 있었소. 지구를 폭격하겠다고 했어요." 비행 중에 ㅅ 1번이 말했다. "참 유감스럽소. 많은 희생자가 나왔지 않아요. 그것도 죄 없는 어린것들이. 참 참혹해." 이리 늘어놓으며 상을 찌푸렸다.

선구는 전에 비커츠섬에서 청취했던 괴전파 생각이 났다. '지금 목격한 참변이 화성인의 짓이라는 건가?' 어쩐지 이해는 안 되었으나, 그렇다고 이 사람들의 말을 부정할 근거도 없어 그저 묵묵히 있었다.

"아마 우리는 본격적으로 화성 토벌을 할지도 몰라요. 같은 인류끼리지만." ㅅ 1번이 말하고 나서, ㅅ의 세 사람은 일제히 차가운 눈초리로 선구를 살폈다.

"지금 본 그 사건이 정말 화성에서 한 짓인가요?" 침묵을 지키고 있던 선구가 입을 열었다.

"뭐요? 그럼 당신은 그렇지 않다는 거요?" 세 사람은 다 같이 놀란 토끼 눈을 했다.

"아니, 그렇지 않다는 게 아니라, 과연 화성에서 한 짓이란 증거가 나타났는가 해서 물어본 거요."

"정부에서 그렇게 발표했어요. 화성인의 장난일 거라고."

"그럼 아직 확인된 건 아니군요."

"하지만 화성에서 예고가 있었고, 또 그대로 됐단 말이에요."

"화성엔 누가 있소?"

"아니, 그걸 몰라 묻소?" 세 사람은 기가 막힌 듯 입을 벌렸다.

"나는 아직 아무 얘기도 못 들었소."

"아, 그걸 몰라? 그 전에 우리에게 쫓겨난 남성의 잔당이지 뭐요." ㅅ 1번이 버럭 큰 소리로 외쳤다.

"그들이 여태 그곳에 살고 있단 말요?"

"음….."

"그리고, 아직 살아 있다 하더라도 그들이 지구를 공격할 능력이 있단 말이요?"

"그러니 딱한 일이지. 우리가 손 한번 쓰기만 하면 간단히 없어질 것들이 함부로 까부는 거지 뭐요."

"그쪽 사정을 잘 알 수 있소?"

"알 수 있고말고."

"얘기 좀 해 주구려."

선구는 애가 타서 물었으나, ㅅ 1번은 씽긋 웃으며 딴전을 폈다. "당신도 곧 알게 되겠지. 우리 과장이 아마 가르쳐 줄 거요."

선구는 여러 가지로 수단을 써 봤으나 상대는 그 이상 입을 열지 않았다. 이러는 사이 처음 출발했던 비행장에 돌아왔다. 이날 일과는 이것으로 끝났다. 동굴 속 자기 방에 돌아온 선구는 이네들의 마음속을 곰곰이 따져 보았다.

어제의 데기온 공장과 초급학교 견학의 뒤를 이은 오늘의 장거리 출장은 그들대로의 프로그램에 의한 것이 뻔했다. 먼저 평화스러운 생활면에 선구를 내보인 다음 무자비한 광경을 대조시켜 화성인, 즉 남성의 잔인성을 강조하자는 것이었다.

다음 순서가 또 있겠지.

다음 날 ㅅ 세 사람은 또다시 선구를 데리고 나섰다.

이번엔 예의 동굴 속 전용차로 한동안 수직으로 오르내리고 수평으로 달리고 한 다음 한곳에 가서 내려놓았는데 이곳은 어쩌면 동굴 밖이 아닌 것 같다고 선구는 생각하였다. 밖으로 나갈 때는 딴 차량으로 갈아타야 하는 건데 그렇지 않았기 때문이다. 그렇다고 같은 동굴 속이라고 하기에는 줄곧 달린 거리가 너무 길기도 했다.

좌우간 그곳은 제법 천장이 높고 넓이도 상당한 방으로 한가운데 큼직한 포신(砲身) 같은 것이 천장을 꿰뚫고 우뚝 솟아 있었다.

ㅅ 1번이 선구를 인도하여 포신 밑으로 기어들어 가더니 자그마한 구멍을 가리키며 들여다보라고 했다. 대포인 줄 알았던 이 물건이 천체 망원경이라는 걸 선구는 그 구멍을 들여다본 순간 인식하게 되었다. 옛적 것에 비하여 외모가 매우 간단했다.

"잘 보이죠?" ㅅ 1번이 물었다.

커다란 공 같은 것이 보이기는 보이는데 뭐가 뭔지 분간할 순 없었다.

"그게 화성이요." ㅅ 1번이 일깨워 주었다.

이 말에 선구는 가슴이 뭉클하였다. 인류가 살고 있다는 화성. 여자 등쌀에 쫓겨 간 예전 사람들의 후손이 있다는 화성. 여인천하를 위협한다는 화성.

"자, 관측 조정을 할 테니 잘 보시오." 이곳의 직원이 말하며 망원경 조정에 나섰다. 거리, 광도, 각도의 조절에 따라 렌즈에 비치는 물상은 차츰 선명도를 높여 갔다.

ㅅ 1번이 해설을 늘어놓았다. "당신은 운이 좋소. 요즘이 최근 12년 사이에 가장 화성 관측에 유리한 때랍니다. 잘 보시오. 불모의 땅으로 뒤덮인 그 표면이 얼마나 처량한 꼴인가. 그 인간들은 지금 땅속 깊이 파고 들어가 있을 거요."

선구가 들여다보고 있는 천체 망원경은 동체의 지름이 사람 두 키가 넘는 초대형이었다. 화성 양극에 뒤덮인 얼음덩이며 육지 표면에 가로세로 찢어진 운하형이 선명하게 보였다. 그러나 그것뿐이었다. 선구가 궁금히 여기는 인류의 자취는 알 도리도 없었다.

"물론 망원경을 들여다봐선 잘 알 수 없을 거요. 전문가들 말로 그곳 화성의 표면에는 공기가 희박하고 온도도 너무 낮아 도저히 사람이 견딜 수 없다는 거요. 수백 미터 땅속에서나 겨우 숨을 쉴 수 있다고 합니다." ㅅ 1번이 계속 지껄였다. "그래도 아주 죽지 않은 것만은 사실이래요. 분광기로 분석해 본 결과 화성 표면에는 극히 미약하나마 전에 없던 유기 물질의 반응이 있대요. 아마 지하 생활하는 인간들한테서 발생한 것일 거라는 거요. 그렇게 궁색하게 살면서 그래도 그들의 허세는 대단하거든. 이걸 좀 들어 봐요."

선구는 ㅅ 1번이 내미는 리시버를 귀에 걸었다.

"동포 여러분, 희망을 잃지 마시오." 굵직한 남자의 음성이었다. 비커츠섬에서 들은 그 방송이었다. 선구는 흥분에 겨워 저절로 손발이 떨렸다. "우리는 미구에 다시 지구로 돌아갈 겁니다. 우리는 지금 몇 차례 변태 정권의 수뇌들에게 경고를 거듭하는 중입니다. 전과를 뉘우치고 하루속히 인간 본래의 형태로 돌아가라고 권하고 있습니다. 만약 그들이 끝까지 버티는 경우 우리는 최후의 수단을 아니 쓸 수 없습니다. 그때는 아마 지구는 영원히 사라지고 말겠지요."

방송은 계속되었으나 ㅅ 1번은 선구 귀에서 리시버를 뺏었다.

"허허허, 지구가 사라진다고. 허허허." 그녀는 크게 웃으며 직원에게 일렀다. "각도를 돌리시오."

선구는 다른 무엇보다 그 방송이 듣고 싶었으나 어찌할 도리가 없었다. 망원경의 각도가 크게 바뀌어 렌즈는 캄캄한 허공을 더듬다가 잠시 후 어느 한 점의 목표물을 포착하였다.

"그것은 우리가 띄워 올린 우주 정거장이오. 화성으로 가는 길목에 얹어 놓은 여러 정거장 중의 하나요. 지금 그곳에서 화성으로 보낼 선물을 발송하고 있을 거요. 좀 거리를 단축할 터이니 자세히 보시오." ㅅ 1번이 설명했다.

과연 어떤 물체 하나가 둥둥 떠올라 렌즈 앞으로 육박해 왔다. 모양이 실패같이 생겼다. 선구는 여태껏 이런 물체를 본 적이 없었다. 아, 이게 우주선인가? 말은 많이 들었으나 실물을 보긴 이번이 처음이었다. 모양이 대단히 아름다웠다. 크기도 상당했다. 얼핏 보기에 10층 정도의 큰 빌딩만 한 것 같았다.

사람들도 보였다. 옛적의 심해 작업복같이 생긴 복장을 한 사람들이 얼씬거렸다. 그들은 우주선의 안과 밖, 심지어 근처 허공에도 널려 있었다. 허공에 떠 있는 사람들의 모습은 정말 가관이었다. 가로로 세로로, 심지어 어떤 사람은 거꾸로 물구나무선 꼴로 유유히 떠다니고 있었다.

그들은 지금 어떤 작업을 하는 모습이었다. ㅅ 1번이 말했던, 화성에 선물을 보내는 중인가? 우주복의 그들은 이윽고 사람의 10배가량의 큰 북같이 생긴 물건을 우주선 안에서 끌어내어 캄캄한 바닷속으로 밀어 보냈다. 북 같은 그 물건은 스르르 미끄러지듯 우주선을 떠나자 금세 시야 밖으로 사라졌다.

"저것은 20시간 안으로 화성에 착륙하여 그곳 주민들을 놀라게 할 거요." ㅅ 1번이 설명했다. "그렇다고 폭탄이나 독가스를 싣고 가는 건 아니요. 다만 그들의 어리석음을 깨칠 만한 효과를 지닌 어떤 조치를 담고 가는 것뿐이오. 그래도 그들의 사고방식이 개선 안 된다면 단 한 발의 폭탄이나 독가스로 화성을 말살시킬 수 있는 방책을 취하게 될 거요. 그런 힘을 가진 로켓이 저 우주선에 몇 개 마련되어 있어요. 그리고 저런 우주선은 그 수를 헤아릴 수 없이 많이 우주 간에 떠 있단 말이에요."

ㅅ 1번의 해설에 맞춰 직원이 망원경의 방향을 조절하니 별다른 우주선이 렌즈에 나타났다. 이번 것은 지금 본 것과는 다른 형태의 것이었다. 눈 결정 모양으로 다각형인데 눈보다 더 아름다웠다. 그 우주선은 선구가 미처 구경할 사이도 없이 시야에서 사라지고 망원경의 앵글은 다시 변경되어 또 다른 우주선이 눈앞에 나타났다.

이번 것은 사다리꼴, 그것도 금세 꺼지고 다음은 세모꼴의 연쇄형이었다. 그다음은 팽이 모양으로 된 것, 술병처럼 된 것, 모자형, 테이블형 등등 쉴 새 없이 줄이어 떠올랐다간 멀어져가고 그 뒤를 또 다른 새것이 등장하고 그 수효가 몇십 개나 되는지 분간할 수가 없었다. 그 현란한 모습과 기이한 형태의 연속에 선구는 넋을 잃고 렌즈에서 눈을 뗄 줄 몰랐다.

"아이고 팔이야, 그만합시다." 망원경의 조정대를 돌리던 직원은 진력이 나는지 말했다.

천체 구경을 마치고 일행은 그곳을 나왔다.

일행은 휴게실에서 잠시 휴식을 취하고 나서 이번에는 비행 차량으로 굴 밖으로 날아 나갔다. 이제까지 있던 그곳은 역시 동굴 속이었다. 그러나 제5국이 있는 곳과 하나로 된 것인지 또는 지하 터널로 연결된 딴 곳의 동굴인지는 알 수 없었다.

"우리가 요 사나흘 동안에 몇 군데나 구경했죠?" ㅅ 1번이 물었다.

"네 군데군."

"그래요. 네 군데를 봤어요. 불과 네 군데에 지나지 않고, 또 관찰 시간도 짧았지만 당신은 구세기의 대표 인물이니만큼 이 정도로도 많은 참고 자료를 얻으셨을 거로 알아요. 지금 세상, 즉 진성시대가 어떻다는 것, 과거와 현재의 비교, 그리고 우리가 댁에서 어떤 기대를 걸고 있는지도 짐작하시겠죠. 오늘은 편히 쉬고 내일 다시 만납시다. 아마 우리 과장 쏠리가 만나잘 겁니다."

그렇지 않아도 선구는 이 사람들이 단순히 구경을 시키기 위하여 이곳저곳 끌고 다니는 게 아닐 거라는 짐작은 하고 있던 터였다. 이곳 동굴 속으로 온 것부터 어떤 목적이 있어 한 일인데 한가롭게 관광 시찰이란 있을 수 없었다.

사흘 동안 보여 준 네 군데 역시 어떤 계획 아래 짜인 장소임이 틀림없을 것이다. 그 네 군데 시찰 장소에 관하여 선구는 자기대로의 평가를 해 보았다. 데기온 공장은 그곳 설비가 우선 신기하고 데기온이라는 재료도 그 제품들도 재미있다고 보았다. 초급학교에서는 깊은 감명을 얻었다. 그곳의 교육 방침은 기발한 것이었으나 생각하기에 따라선 지극히 당연하다고도 할 수 있는 것이었다.

코로의 사고 현장은 수수께끼였다. 선구가 보기엔 사고 원인이 운석의 탓인 것 같은데 저 사람들은 화성인의 탓이라 했다. 오늘 구경한 천체 망원경은 솔직히 말해서 공포, 그것이었다. 화성을 노리는 우주선의 무리, 이것은 분명 구세기 인간인 선구 자기를 위협하려는 조치임이 틀림없었다.

또 선구는 저들이 꾸민 사흘간의 프로그램에 대해서도 생각이 미쳤다. 첫날의 데기온 장난감 공장과 초급학교에서 저들은 이 시대가 얼마나 낭만적이고 고무적인가를 보여 주었다. 실로 그 두 곳은 재미있는 곳이었다. 구세기의 두뇌로선 엄두도 못 낼 꿈의 공장이며 내일을 약속하는 밝은 빛이라고도 할 수 있겠다.

이러한 즐거운 장면에 뒤이어 다음 날 코로의 비극을 보여 준 것은 다분히 농간이었다. 낙원을 짓밟는 화성인에 대한 증오감을 유발시키자는 의도가 뚜렷했다. 다음 오늘의 관광은 분명 힘의 시위였다. 이 사람들은 화성을 때려 부술 힘을 자랑하자는 것이었다.

실제로 그들은 그만한 힘을 가지고 있을 거라고 선구는 생각했다. 과학의 발달은 능히 이 정도에 이르렀으리라. '그렇다면 그들은 이제 나를 어떻게 할 셈인가?' 하는 점에 선구는 생각이 쏠렸다.

ㅅ 1번은 내일 그들의 상관과 만날 거라고 했다. 그들은 선구에게 어떤 기대를 걸고 있다고도 했다. 어떤 기대일까?

요컨대 저들의 이익을 위하여 이쪽을 이용하자는 것일 텐데 자기가 어느 모에 이용될 건지 그게 알 수 없었다. 여러 가지 생각이 엎치고 덮쳐 그날 밤은 제대로 잠을 이룰 수 없었다.

　다음 날 ㅅ 세 사람이 선구의 방에 왔는데 의사를 데리고 왔다. 따라온 사람이 의사인 것은 그녀가 청진기를 꺼내 들지 않더라도 세모꼴 모자를 머리에 얹고 있는 거로 알 수 있었다.

　간밤의 수면 부족으로 해서 골치가 띵하긴 했으나 이런 정도로 의사가 올 일까지는 아닐 텐데 하고 의아해하는 사이에 세모꼴 모자가 선구의 맥을 보더니 '수면도 8'이라고 ㅅ들에게 말했다.

　'수면도'는 수면량을 표시하는 계수로 주로 법의학 방면에서 쓰이는 용어인데, 사람에 따라 약간의 차이가 있는 적정 수면도를 24로 잡고 이에 미달하면 수면 부족, 초과하면 과잉 수면이 된다. 과부족 계수가 10도 이상이면 그 사람의 정신 상태는 비정상적이라고 판정했다.

　지금 우선구의 수면도 8은 과부족 계수 16도를 표시하는 것이었다. 의사는 좁쌀만 한 알약 세 개를 선구에게 주었다. 선구는 이 약을 전에 소보논에서 경험한 바 있어 순순히 받아먹고 이내 잠이 들었다. 다시 잠이 깬 건 몇 시간 후, 선구의 무거웠던 머리는 제법 산뜻해졌다. 의사가 다시 와 진맥을 하곤 이상 없음을 말했다.

　ㅅ 일행은 선구가 세수와 식사를 끝내는 걸 기다렸다가 자기네들의 상관에게 데리고 갔다. 이곳에 처음 왔을 때 뚱뚱보를 어리둥절하게 하던 키 작은 그 사람이었다. 그때 선구는 이 사람이 지위는 그리 높지도 않은 주제에 우월감에 사로잡혀 허세로 상대를 억압하려 드는 그런 유형의 인물이라고 보았다.

　"그동안 구경 잘하셨나요?" 자기 딴에는 아주 상냥한 애교를 떠느라고 눈웃음까지 치며 쏠리 과장이 선구에게 말을 걸었다. 선구는 잠자코 고개만 끄덕였다.

"우선구 씨의 건강 상태는 좋은가?" 쏠리가 제 부하들에게 물었다.

"네, 의사가 두 차례 진찰했습니다. 모든 점이 양호합니다."

"그럼 좋아. 나는 몸이 거북한 사람과 얘기하는 건 딱 질색이란 말이야. 시간의 낭비거든. 자, 우선구 씨, 이리 앉으시지." 선구는 그녀의 지시대로 전날 앉아 본 거짓말 탐지기 의자에 앉았다.

"우리 피차 간단 솔직하게 얘기합시다. 능률 본위의 이곳 풍습을 아시겠죠." 쏠리는 상대를 뚫어지듯 보며 이렇게 다짐을 했다. "우선 몇 가지 질문을 해 봅시다. 첫째 당신은 구세기와 현대를 비교해 볼 때 어느 편이 더 낫다고 생각합니까?"

선구는 이제부터 시련이 오는구나 하는 예감이 들었다. 거짓말 탐지기에다 수면도까지 재어보는 이 사람들의 용의주도함에는 감탄했으나, 선구로선 감추고 속이고 할 아무런 것도 없었다.

"나는 아직 양편을 충분히 비교해 볼 기회를 갖지 못했소." 우선 이렇게 대답하였다. ㅅ의 세 사람은 펜을 움직여 문답 내용을 받아 적었다. 필시 녹음 장치도 해 놨을 텐데 속기는 상관에게 열성을 보이기 위한 아첨일 거라고 선구는 보았다.

"우리는 당신에게 두 시대를 비교할 만한 기회를 제공했다고 보는데…" 쏠리 과장은 고개를 외로 꼬았다.

"글쎄요. 내가 구경한 학교나 공장들은 모두 우수합니다. 옛적보다 앞섰다 할 수 있어요."

"한 가지로 열 가지를 추측할 수 있지 않겠소. 학교건 공장이건 그런 기관들은 막연하게 솟아나는 게 아니라 모두가 사회적 여건 아래 존재하는 거니 말이오."

"그렇다고도 할 수 있겠죠. 하지만 사회라는 건 워낙 방대하고 복잡한 게 아닙니까. 어떻게 한두 개의 기관만 보고 전체를 판단할 수 있단 말요?"

"당신이야 그만한 능력이 있는 사람이 아니요. 구세기의 대표라면서."

"그런 뜻의 대표가 아니요."

"그건 그렇다 하고 진성주의에 대해선 어떻게 생각하죠?"

"그저 놀랄 뿐이오."

"잘 됐다고 생각 안 해요?"

"그건 나보다 당신네가 더 잘 알고 있을 게 아니겠소."

"우리야 물론 진성주의를 찬양해요. 동물이 아닐진대 어찌 자웅이 한데 섞여 산단 말이오."

"모든 사람이 다 당신 같은 생각을 갖고 있을까요?"

"물론."

"그렇다면 좋겠죠. 전체 대중이 다 그렇다면."

"다 그래요. 그러니 당신도 진성주의를 찬양해야 하잖겠소."

"나는 아무래도 믿어지지 않는데요. 과연 모든 인간이 과거보다 행복할지, 혹 과거를 모르는 나머지 오늘만을 찬양하는 건지."

"하하하. 몹시 회의적이군. 그럴 거요. 당신은 구세기의 인간이니."

"음…."

"그렇더라도 옛적과 오늘을 비교할 때 문물의 발달은 천지 차가 있는데, 그걸 목격하면서도 오늘을 의심한다는 건 좀 이상하지 않소?"

"문물의 발달은 놀랍습니다. 그러나…."

"그러나 어쨌다는 거요. 문물의 발달을 시인하면서 뭘 주저하는 거요. 그릇된 사회에서 문물의 발달이 있을 성싶소? 천만의 말이지."

"허…."

"당신이 구세기의 인물이고 더군다나 웅성이니 구세대의 멸망을 서운하게 생각하는 거라면 그건 이해할 수 있겠소. 그러나 당신은 단순한 과거의 유물이거나 웅성의 패잔병이 아니라는 걸 명심해야 하오. 당신은 오늘날에 나타난 과거의 특사이며 웅성의 대표자이기에 앞서 전체 인류의 대변자여야 한다는 의무감을 잊지 마시오. 우리는 당신의 과거 기록을 검토하고서 당신에게 그렇게 기대하는 거요. 내 말을 알겠소? 그릇된 주관을 버리시오. 사회 발전에 보조를 맞춰 거시적 입장에서 오늘을 살피시오. 그리고 당신의 임무를 상기하란 말이오."

"나도 그리하도록 맘먹고 있소. 그래서 나는 이 세상을 좀 더 알고자 하오."

"과거사를 다 읽고 두루 살피고서 뭣을 더 알고자 한단 말요. 답답하구려."

"나는 거의 전부를 모르고 있소. 이 사회가 어떻게 구성되었으며 누가 지배하며 국제 정세는 어떤지?"

"국제 정세라고? 정부는 하나뿐이에요. 자유, 평등, 평화의 원칙에 따라 전 세계는 하나로 통일했어요."

"남성들의 제한 거주 지역은 그 후 어찌 됐나요?"

"전멸되었소. 아주 깨끗이 없어졌어요. 우리가 그리한 게 아니라 자기네들 스스로 그들의 권리를 포기한 거요."

"화성에 간 사람들은?"

"구구한 잔명을 유지하고 있긴 해요."

"어제 천문대에서도 들었는데 제법 협박조의 방송을 하더군요. 그들에게 그럴 힘이 있을까요."

"하하하. 힘이 있을 턱이 있겠소. 그들은 너무도 약해요. 이 점 우리가 걱정하는 바요."

"무슨 말인가요?"

"내 설명하리다. 그들이 지구에서 도망간 당시의 총인구는 8천 명에 지나지 않았어요. 우주 간의 장거리 여행과 불모의 땅 화성의 모든 악조건을 헤쳐나가는 사이에 얼마나 희생자가 났는지 자세치는 않지만 대략 절반은 소모됐으리라 봐요. 그 후 35년이 경과했는데 그들의 힘이 늘면 얼마나 늘었겠소. 먹고살 걱정이라도 면했다면 기적이고 대성공이겠지. 당신은 어찌 생각하죠?"

선구의 고개는 절로 끄덕여졌다.

쏠리는 더욱 열을 띠어 말했다. "그야 그들은 대다수가 과학자인 만큼 일반인보다야 여러모로 낫겠지. 그러나 그곳 화성의 자연조건이 어떻다는 건 뻔한 일이 아니겠소. 그들은 오직 목숨을 유지하기에도 벅찼을 거요. 그런데 그들이 요즘 이상한 장난을 시작했어요. 당신도 들어본 그 괴상한 방송말이에요. 지구로 돌아오겠다느니, 지구를 없애겠다느니 하는 투정인데 어떻게 생각하시죠, 당신은?"

"흠…."

"우리는 여러 가지 각도로 그들의 입장을 분석해 봤어요. 그들의 생활이 너무나 고달파 과거의 단꿈을 못 잊는 잠꼬대라고 해석할 수도 있고, 또는 혹시 우리 쪽에서 화성까지 쫓아가 자기들을 해치

지나 않을까 하는 생각 때문에 미리 겁을 먹고 섣부른 선수를 쓰는 거라고도 볼 수 있어요. 이러나저러나 우리로선 상관할 일이 아니요. 상관할 바 아니나 민심 소란의 견지에서 볼 때 그냥 버려둘 수도 없는 일이긴 해요."

"네…."

"당신은 혹 의심하리다. 우리가 손 한번 쓰면 능히 처치해 버릴 수 있는데 왜 그대로 내버려 두나 하고. 그렇게 생각 안 해요?"

"음…."

"사실 우리는 단추 한번 누르기만 하면 단숨에 화성쯤 콩가루로 만들 수 있지."

"아…."

"그런데 왜 그렇게 안 하느냐! 거기엔 까닭이 있소. 화성의 그 패들은 모르고 있는 모양인데 천체에는 지금 지구를 노리는 또 하나의 적이 있어요."

"응?" 선구는 깜짝 놀랐다.

"사실 그 적의 정체는 아직 확실치 않아요. 전문가들이 요즘 비상한 활동을 하고 있으니까 미구에 정확한 실태가 밝혀지긴 하리다. 몇 해 전부터 우주 공간에 불가사의한 물체가 가끔 나타났는데 분명 그것은 일종의 우주선일 거라는 거요. 물론 우리 인류가 띄운 게 아니에요. 그 물체는 때로는 일정한 궤도를 날기도 하고, 때로는 불규칙한 진로를 달리기도 해요. 그 물체에선 유기물의 반응이 나타나고 미지의 전파와 광파를 발산하기도 해요. 우리는 필시 이 물체가 지구 외에서 보내진 우주선이 틀림없다는 결론을 내렸소. 이 물체의 정체를 밝히기 위하여 우리가 비상한 노력을 경주한 건 물론이죠.

괴우주선 포착을 전담한 우주선이 30개나 대기권을 돌고 있어요.

그런데 5개월 전에 우연히 우리 우주선 하나가 그 괴물을 유효 거리에서 목격하게 됐어요. 즉시 접근하려 하자 그쪽에선 이 기미를 알아차렸는지 황급히 우주 공간 저편 멀리 도망가고 말았대요. 우리 우주선에서 급히 탐색 전파를 띄웠으나 그쪽에선 회답이 없고 다만 한동안 반사 전파만 되돌아올 뿐이었소. 처음에 그것이 화성에서 나온 건 아닌가 의심했는데, 여러 가지 사실을 검토한 결과 괴우주선의 도피 방향이 화성의 위치가 아닌 반대편이었다는 점, 괴우주선에서 발사한 광파와 전파의 파장이나 발사 방식이 여태껏 인류가 발견한 그런 것과 전혀 성분이나 유형이 다르다는 점이 분명히 드러났어요. 그리고 무엇보다 확실한 건 화성에서는 인공위성이나 우주선 같은 고도의 과학 기구를 만들어 낼 만한 여건을 갖추지 못하고 있다는 거예요.

솔직히 말해서 우리는 그 우주 비행체가 화성의 것이기를 바라고 있소. 화성의 말살권을 우리는 쥐고 있으니 말요. 하지만, 만일에 우리가 화성을 토멸한 후에도 그 괴물이 나타난다면 이건 중대한 문제죠. 우리가 주저하는 바가 여기 있소. 우리는 지금 그 괴물체를 포착할 정보를 얻기 위하여 화성에 과학자를 파견할 필요가 있어요. 화성에서 우리 지시에 따라 정보를 제공해 줘도 되죠. 그런데 우리가 화성에 이런 요청을 낸다고 하면 화성에선 어찌 생각할까요?"

"글쎄⋯."

"필시 그들은 우리의 약점이라도 잡은 양 까불어댈 걸요. 그렇지 않겠소?"

"음⋯."

"화성인들이 그들의 본분만 지킨다면 우리는 구태여 그들을 해칠 의사는 없어요. 알겠소? 그들이 공손을 표시한다면 화성을 지구의 위성으로 대우해도 좋아요. 알겠소?"

"아…."

"우리가 당신에게 부탁하고자 하는 점이 여기 있소. 당신이 우리를 대신하여 화성인들을 설득해 주시오. 그네들이 과거의 악몽을 버리고 인류 공동의 입장에서 외계를 방비하도록 해 줬으면 해요."

"네?"

"당신의 책임은 중대해요."

"허…."

"만약 그들이 우리 지시에 응하지 않는다면 이 기회에 우리는 우선 화성을 처리해 놓고 봐야겠소."

"음…."

"어떻소. 당신의 의향은?"

선구는 선뜻 말이 나오지 않았다. 이건 너무나 중대한 문제였다.

"얘기가 퍽 중대하군요. 그리고 나에게는 너무 갑작스럽고… 시간을 좀 줘야겠소."

"시간을 달라고?"

"내 머릿속은 지금 너무 혼란한 것 같소. 좀 가다듬을 시간의 여유가 있었으면 해요."

쏠리는 난처한 안색을 했다. 잠시 주저하다가 물었다. "좋아요. 얼마나 시간이 필요하죠?"

"사흘."

"좋아. 사흘 후에 여기서 다시 만납시다." 쏠리는 악수를 청했다.

선구는 무거운 짐이나 내려놓은 기분으로 거짓말 탐지기에서 벗어나 밖으로 나오려는데 쏠리가 다시 한마디 덧붙였다.

"이봐요. 당신이 근 2백 년이나 살아온 보람을 살릴 기회가 온 거예요. 알겠죠?"

그리고, 사흘 후에 우선구와 쏠리는 다시 만났다.

"그동안 잘 생각해 봤겠죠?" 쏠리의 물음에 선구는 잠자코 고개를 끄덕였다. "그럼 우리 일에 협력하겠소?"

"그 일을 결정하기 전에 먼저 내 청을 들어주시오."

"무슨 청?"

"나에게 자유를 주시오."

"자유?"

"그렇소. 나는 자유를 원하오. 억압당하면서 남의 일에 협력한다는 건 굴복에 지나지 않는 거요. 나는 그런 일은 할 수 없어요." 선구는 또렷하게 말했다. 사흘 동안 곰곰이 생각한 후 도달한 결론이기에 선구는 거침없이 선언할 수 있었다.

쏠리는 뜻밖의 사태에 이맛살을 찡그리고 한동안은 대꾸도 못 했다. 그러다가 무슨 생각에선지 웃으며 선구를 달랬다. "오해를 한 모양이군요. 자유를 달라고 하나 아무도 당신을 억압하지 않았어요. 우리는 지금 당신을 아주 조심스럽게 보호하고 있는 거요. 당신이 맘대로 거리를 나다녀 봐요. 아마 사람들은 사자보다도 당신을 더 무서워하고 싫어할 거요. 당신은 금세 해를 당할 거고. 일정한 장소에 격리 보호하는 건 불가피해요."

"보호한다니 고맙소. 그러나 당신네의 보호하는 방식은 소보논이나 헤어지루, 그리고 이곳이 다 다릅디다. 보호도 좋지만 좀 더 나에게 자유를 줄 순 없겠소?"

쏠리의 얼굴에서 웃음이 가셔졌다. 그녀는 날카롭게 상대를 쏘아보며 말했다. "당신은 당신이 남성이라는 걸 잊고 있군요. 몇 천 년 동안 진성을 괴롭히고 끝내는 진성에게 정복당한 남성의 한 분자라는 걸 잊고 있어. 잘 생각해 봐요. 우리니까 당신을 이만큼 우대하는 거예요. 거처하는 장소며, 의복이며 모든 것을 일류로 우리는 대접해 왔잖아요. 정부의 특별 회계로 말이오. 무엇이 부족하단 말이오. 옛날처럼 여성을 정복 못 해서 불평이오?"

"당신이야말로 오해하고 있군. 내가 바라는 건 나의 일신상의 편안함이나 행락이 아니요. 어떡하면 이 세상, 다시 말해서 당신네의 세상에 도움이 될 수 있을까 하는 것뿐이오. 당신들은 좀 더 나를 이해해야겠소. 비커츠섬에 있는 내 기록을 못 읽어 본 모양이로구려."

"어떤 기록?"

"그곳에는 내가 장구한 잠의 나라로 떠나는 동기와 미래에 가서 깨어난 뒤 수행할 사명들이 명백히 기록되어 있소. 그뿐만 아니라 나를 깨울 경우 새 시대의 사람들이 지켜야 할 의무도 분명히 적혀 있을 거요."

"어디 들어봅시다."

"나를 깨울 사람들은 결코 나를 과거사의 한낱 유물로 취급할 게 아니라 살아 있는 조상으로서 섬기고 새 시대의 비판자로서, 교훈자로서 대접해야 할 것이오. 기록문에도 그렇게 쓰여 있거니와 오늘날 현실에 비춰 봐도 이건 타당한 논리일 거요.

그런데 당신네가 나에게 베푼 대접은 너무나 거리가 먼 거였소.

당신네가 과거의 인간을 구경하고 싶다면 과거의 기록이나 영화나 미라로 충분할 거요. 또 나를 얕은꾀로 이용하려 든다면 나의 이용도란 하찮은 것에 불과할 거외다.

피차 수고와 시간은 절약하는 게 좋겠소. 나는 나의 사명을 다 하고 싶소. 나는 개인 우선구가 아니라 두 세기 이전의 옛 시대를 대표하는 인간이요. 국가, 민족, 그리고 시대와 성별마저 초월한 존재요."

ㅅ의 세 사람은 열심히 필기를 했다. 쏠리도 긴장된 낯으로 선구의 일장 강연을 듣고 있었다.

"당신은 신(神)이 되고 싶은 모양이구려." 듣기를 마치자 쏠리가 한마디 했다.

선구는 물끄러미 쏠리의 얼굴을 바라보았다. 이 사람은 남의 말을 이해하기보다는 의심하고 반박하는 것이 습성화된 그런 사람이라는 게 얼굴에 나타나 있었다.

"나는 나의 심중을 다 털어놨소. 더 이상 말하고 싶은 생각이 없소. 이제부터 나는 당신네의 결정을 기다리겠소." 선구는 침착하고 위엄 있게 결론을 내렸다.

"아니지. 당신은 아직 내 말을 다 듣지 못하였소. 만약 당신이 우리에게 협조하지 않을 경우 어떤 사태가 일어난다는 걸 당신은 모르고 있을 게 아뇨?" 쏠리는 고개를 좌우로 내저었다. "별수 없이 우리는 화성을 말살시켜 버릴 수밖에. 그땐 아마 당신은 망원경을 통하여 구경할 수 있으리다."

"허…."

"그리고 우리는 당신에 대한 우대 방법을 걷어치울 거요. 당신은 신이 되고 싶겠지만, 바람벽에 붙은 우상이 되지 않고도 신 노릇을 할 수 있을지 나는 모르겠소."

"음…." 선구는 눈을 감았다.

쏠리는 상대가 스르르 눈을 감은 채 입을 꽉 다물고 있는 것을 지켜보고 있기에 피로를 느낄 지경이었다.

"잘 알아서 하시오. 진성이 아닌 당신이 인간 대접을 받으려면 우리 지시에 따르는 길밖엔 없을 거요." 쏠리는 언성을 높였다.

선구는 감았던 눈을 다시 떴다. 그리고 침착하게 말했다. "한 가지 묻겠는데 그것이 당국의 방침이요? 또는 당신 개인의 의사요?"

엉뚱한 반문에 심문자는 당황하였다. 잠시 궁리하다가 말했다. "홍, 당신은 이곳 소식에 어둡군. 우리는 누구나 다 정부를 대표하고 있는 사람요. 제5국 조직법 제8조에 명시되어 있단 말요. '직원은 직위와 계급을 막론하고 개개인이 사령부의 핵심이요 권리와 의무의 대행자다'라고. 알겠소?"

"그렇다면 당신네 사령부의 수준을 알겠소."

쏠리는 안색이 붉으락푸르락해졌다. 당장 큰 호령이 터져 나오겠는데, 상대가 호령 따위가 자지러지지 않을 존재라는 게 뻔하니 그럴 수도 없었다.

"좋아. 내 제안을 거부하겠다는 거지. 알겠어." 쏠리는 씨근거리며 뇌까렸다.

"속단하지 마시오. 나는 거부한다고 말하진 않았소." 선구는 더욱 침착히 말했다.

"그럼?"

"나는 거부하거나 동의하기에 앞서 할 일이 있소."

"무슨 일?"

"현실 파악이 필요해요."

"정세 판단의 재료는 충분히 제공했을 텐데."

"그건 지나친 일방적 견해요. 당신네는 불과 몇 가지에 지나지 않는 것을 나에게 보여준 것뿐이고 그나마 당신네 일방적 주관으로 선택한 것뿐이오. 그것만으론 나는 정당한 판단을 내릴 수 없소."

"건방진 소리 작작해. 누가 그대더러 정당한 판단을 내려 달라고 부탁했대? 시키는 대로 하면 그만이야."

"시키는 대로 하면 되겠나?"

"물론."

"그 결과가 당신네에게 과연 이익이 되겠는가?"

"그것까지 걱정할 건 없어."

"아니. 나는 걱정이 돼."

"뭐라고?"

"나는 당신네의 선배요. 한 세기 반 이상을 앞선 선배요."

"그게 어쨌다는 거야."

"나는 당신네의 심부름꾼 노릇을 할 수 없고, 설사 심부름을 하더라도 일의 옳고 그른 것을 가려야 할 입장에 있단 말요."

"요컨대 어떻게 하겠다는 거요?"

"나는 먼저 이 세상을 제대로 알아야겠소. 그러기 위해선 행동의 자유가 선행 조건이오."

"안 돼."

선구는 다시 눈을 스르르 감았다.

＊

쏠리가 말한 박해가 시작되었다. 이 사람과의 회담이 결렬되자 몇 시간 안 있어 선구가 이 동굴 속에 처음 들어왔을 때 봤던 뚱뚱보가 두 사람의 수하를 대동하고 선구를 찾아왔다.

"허허, 우선구 씨. 여러 날만입니다." 뚱뚱이는 전날처럼 능글맞은 눈웃음을 치며 인사를 했다.

"재미 좋았소? 휘니티빈시." 선구는 맞인사를 했다.

"아니, 어떻게 내 이름을 알죠?" 뚱뚱이는 깜짝 놀라는 시늉이었다.

"당신이 그때 가르쳐 주지 않았소?"

"아, 그랬던가. 기억도 좋으셔라. 구세대의 대표자라 다르군." 뚱뚱이는 자못 감탄조로 고개를 끄덕였다. 이 사람은 감탄한 나머지 자기의 용건을 잊은 사람 모양 한동안 멀거니 선구를 바라보고만 있었다. 선구도 아무 말 않고 마주 바라보았다.

"저…." 뚱뚱이는 무슨 말문을 꺼내려다가 꼬리를 흐렸다. 선구는 이 사람이 어떤 중요한 용건으로 온 것임을 짐작하였다.

"우선구 씨, 퍽 유감이군요." 휘니티빈시는 사뭇 동정조로 말했다. 그 표정으로 보아 그냥 하는 소리가 아니라 진심으로 언짢게 여기는 정이 넘치는 것 같았다.

"뭣이?" 선구가 물었다.

"쏠리 과장과 의견이 맞지 않는다니 말이오."

"할 수 없지."

"왜 쏠리 과장의 말을 안 들었소?"

"내가 안 들은 게 아니지. 그 사람이 좀 덜 생각한 것뿐이오."

뚱뚱이는 고개를 절레절레 흔들었다. "거 유감인데. 우선구 씨, 오해하지 마세요. 난 윗사람의 명령대로 할 뿐이니."

"흠…."

선구는 잠자코 그녀를 바라보았다.

"당신을 이곳에서 추방하라지 않아요. 허, 참."

"할 수 없지." 선구는 태연히 말했다.

뚱뚱이는 다시 한동안 머뭇거리기만 했다. 선구는 이 사람의 첫 인상을 능글맞게 봐서 그런지 이렇게 머뭇거리는 것도 부러 하는 짓이거니 하다가도, 그녀의 표정을 보면 생각한 것보다는 인정미가 있는 사람이 아닌가 하는 생각도 들었다.

그보다 이 사람이 머뭇거리는 거로 보건대 쏠리의 보복은 상당히 가혹한 것이 아닌가 하는 의구심도 느껴졌다.

"일어나요."

뚱뚱이가 시키는 대로 선구는 서서히 일어나 그녀를 따라나섰다. 뚱뚱이와 그의 부하들은 선구를 호송차에 태워서 굴 밖으로 나섰다.

동굴 입구에서 내려다보이는 산 밑 초원 한곳에 이르러 뚱뚱이는 선구 혼자만 차에서 내리라고 하며 작별의 악수를 청했다.

"그럼 잘 있어요."

선구는 악수를 하였다. '이것이 추방인가?' 어쩐지 싱거운 감이 들었다.

"혹 생각이 달라지면 언제라도 좋으니 큰 소리로 나를 부르시오. 쏠리 과장의 이름을 외쳐도 좋소. 그 즉시로 우리가 다시 오게 될 거요." 뚱뚱이는 이런 말을 남기고 부하와 함께 되돌아갔다.

홀로 남은 선구는 사방을 둘러보았다. 디디고 선 풀밭과 멀리 둘러선 산줄기 외에는 아무것도 눈 안에 들어오는 것이 없었다. 풀밭에는 무더운 열기가 깔렸으나 해는 서산에 기울어 못 참을 정도는 아니었다.

'추방이라더니 자유 방면이란 말인가? 이런 무인 산중이니 제멋대로 돌아다니다가 짐승의 해를 당하든 어떻게든 되라는 건가?'

그들의 의도를 알 순 없었으나, 우선 자유스럽게는 된 것 같으니 가는 데까지 가 보자고, 선구는 발길 닿는 대로 걸었다. 열대 지방의 초원이라 허리를 넘는 무성한 풀 더미와 별의별 넝쿨나무의 장애를 헤쳐 가며 한 걸음 한 걸음 전진을 계속하였다.

호송차에서 내린 곳으로부터 대충 2백 미터 거리를 걸어가던 선구는 뜻밖의 장애에 부닥쳤다. 무심코 걷던 그는 '이크' 하고 뒤로 나자빠졌다. 몸에 전기가 오른 것이었다. 무인 공처(空處) 풀밭에서 감전되다니 이상한 일이었다. 하도 이상해서 다시 발을 내디디니 역시 마찬가지였다. 깜짝 놀란 선구는 뒤로 몸을 빼야 했다. 분명 그곳에 전기가 있었다.

선구는 그곳을 피해 돌아가려 했으나 그곳서부터 좌우로 죽 뻗쳐 방전(放電) 지대가 깔렸음을 이내 알게 되었다. 단순한 추방이 아님을 선구는 그제야 깨달았다. 지름 3백 미터 정도의 지역 밖으로는 한 걸음도 내디딜 수 없도록 감전 지대가 둘러쳐 있었다. 혹 그것은 전기 지대가 아니라 다른 어떤 방사성 물질이나 충격제가 깔렸는지도 모르겠다.

충격받은 감각이 전기와는 약간 느낌이 다른 것 같기도 했다. 그건 아무래도 좋았다. 아무튼, 그네들은 동굴 속에 가둬 두는 대신 야

외에다 눈에 안 보이는 울타리를 치고 가뒀을 뿐이었다. 선구는 속은 것이 분했다. 행여나 하고 원의 둘레를 한 바퀴 이상 돌고 나니 기운이 쭉 빠져 풀 위에 털썩 주저앉아 숨을 씨근거렸다.

그러는 중에 해가 졌다. 해가 지는 동시에 새로운 사태가 일어났다. 어디서 날아왔는지 서치라이트의 불빛이 몸에 감기기 시작했다. 그것도 한 줄이 아니라 세 줄기의 광선이 선구 한 몸에 집중되어 눈이 부셔 앞을 못 보게 했다. 역시 그네들은 한시도 감시의 눈초리를 늦추지 않고 있었다. 추방이란 당치도 않고 이것은 일종의 고문임이 명백했다.

일이 이쯤 되자 선구는 오히려 냉정해졌다. 노여울 것도 없으며 이쯤은 아무것도 아니라고 생각되었다. 그들은 그들대로의 재간을 부리고 자기는 자기대로의 소신을 지키면 그만이라고 선구는 작정하였다.

선구는 불빛이 나오는 곳을 알아보고자 두리번거렸다. 그러나 강렬한 광선으로 해서 조금도 앞을 바라볼 수가 없었다. 낮에 본 바로는 아무것도 그럴싸한 게 눈에 안 띄었는데 어디서 나오는 건지 모르겠다. 시험 삼아 빛을 피해 보려고 몸을 잽싸게 놀려 봤다. 허사였다. 암만 빨리, 암만 멀리 뛰어도 불빛은 몸에 붙어 떨어지지 않았다.

'그래, 그들의 하는 일에 어설픈 건 없을 것이다.' 이리 생각하고 선구는 더 움직일 생각도 않고 한 곳에 앉은 채로 있었다.

광선에 눌려 눈을 뜰 수도 없었지만, 정신을 가다듬기 위해서 선구는 지그시 눈을 감고 이번 일을 머릿속에서 정리해 보았다. 실로 우스운 일이 아닌가. 그들 말대로 추방인 줄 알고 초원을 맴돈 자신이 우습고, 암만 기계화가 철저한 시대라곤 하나 자기 한 몸을 얽어 놓는 데 이런 야단스러운 수단을 쓰는 그들의 꼴이 우스웠다.

"혹 생각이 달라지면 나를 찾으시오." 이쯤 되고 보니 뚱뚱보가 남기고 간 말의 뜻을 알겠다.

그들은 이런 함정을 만들어 놓고 상대가 두 손을 치켜들고 항복해 오길 기다리는 꼴이리라. 그러나 선구는 이 사람들의 앞으로 나올 태도에 관해선 관심을 안 두기로 하였다. 하나의 인생으로서의 자신의 역사와 사명은 20세기 그때 이미 다한 것으로 치면 더 바라고 애쓰고 할 것이 없다고 선구는 체념했다.

눈을 감고 명상에 잠겨 있는 동안 잠이 들었다. 어느덧 밤이 지나고 날이 밝았다. 선구 몸에 엉켰던 휘황한 불빛도 연기처럼 사라졌다. 눈을 뜬 선구는 꼿꼿해진 팔다리를 펴기 위해 이리저리 몸을 움직였다. 해는 아직 높지 않건만 더위는 벌써 만만치 않았다.

그늘을 찾았으나 마땅한 곳이 안 띄었다. 겨우 짤막한 키의 관목 한 그루를 발견하여 늘어진 가지를 적당히 손질하고 앉을 자리를 만들었다. 밤사이 극성부리던 불빛이 나온 장소는 암만 봐도 알 수가 없었다. 그건 아무래도 좋으나 공복감과 갈증에는 난처했다. 혹 목을 축일 샘물이나 나무 열매는 없을까 하여 주위를 샅샅이 살펴봤으나 허사였다.

해가 높아짐에 따라 목은 더 탔다. 그 위에 파리 떼가 모여들어 못살게 굴었다. 파리도 보통 파리가 아니라 무지무지하게 큰 종자로 살에 닿으면 벌이 쏘는 것처럼 따갑고 아픈 그런 파리였다. 선구는 관목 가지를 꺾어 쫓아 봤으나 효과는 그 순간뿐 팔에 모터가 달리지 않는 한 쉴 새 없이 나뭇가지를 흔들 순 없는 노릇이었다.

더위와 파리 떼에 짓눌리는 선구에게 또 다른 악착같은 적이 등장하였다. 노란빛이 유난스레 반짝이는 개미 떼들이 어느 틈에 기어올라 살을 닥치는 대로 물어뜯었다.

선구는 파리와 개미들과의 싸움으로 눈코 뜰 사이 없었다. 몇 시간 동안의 악전고투로 그는 거의 기진맥진하게 되었다. 정오 가까이 한 차례의 시원한 스콜이 안 쏟아졌던들 선구는 더 이상 지탱하지 못하였으리라. 스콜은 참 고마웠다. 원수 놈의 개미와 파리 떼를 깨끗이 쫓아 버리고 선구의 마르다 못해 금이 갈라진 목구멍을 흡족하도록 축여 줬다.

선구는 풀 위에 벌렁 누워서 억수로 퍼붓는 빗속에 전신을 내맡겼다. 피곤이 일시에 밀려와 물속에 잠긴 채 잠이 들었다. 다시 눈이 떠졌을 때는 스콜은 이미 지나갔고 몸에 착 달라붙었던 여장도 말끔히 마른 후였다. 시장기가 몹시 들었다. 목도 다시 말랐다. 그러나 선구는 그런 것보다 다시 몰려올 곤충 떼가 걱정스러웠다. 궁리한 끝에 관목 가지를 꼬아 요람 같은 것을 만들어 그 위에 올라탔다. 그리고 주위에 겹겹이 나뭇가지를 늘어뜨렸다.

공은 많이 들었으나 효과는 의심스러웠다. 스콜이 지난 지도 오랜데 다행히 파리나 개미 떼는 몰려오지 않았다. 어제의 경험으로 보건대 그것들은 오후에는 잠잠한 것인지도 모르겠다. 해가 지자 어젯밤의 세 줄기 광선이 또다시 몸에 휘감겼다. 선구는 파리와 개미가 안 나온 게 고마워 불빛 따위는 아랑곳하지 않고 풀 위에 단정히 앉아 명상에 잠겼다.

조용히 160년 전의 추억을 더듬었으나 갈증과 시장기가 그의 머릿속을 뒤흔들어 명상도 제대로 되지 않았다. 잠이 오길 바랐으나 이거 역시 공복감이 위장을 자극하여 눈이 감기지 않았다. 어제보다도 더 고통스러운 하룻밤이 지났다. 새벽녘에 어슴푸레 잠이 들었던 선구는 해돋이를 알리는 새들의 지저귐을 듣고 눈이 뜨이자 굶주림도 굶주림이거니와 어제 당한 곤충의 지옥을 생각하니 벌써부터 멀미가 났다.

어제는 스콜이 지난 후에는 다시 나오지 않았는데 내내 안 나타났으면 하고 바랐다. 그러나 햇살이 풀잎의 이슬을 말리기가 무섭게 파리와 개미 집단은 몇 마리씩 척후대를 보내왔다. 이어 대군이 습격할 징조였다. 이미 기력을 탕진한 선구는 어제만큼도 벌레들과 싸울 수 없음을 자각하였다. 암만해도 저 벌레들로 해서 미치게 되는 건 아닐까?

대책을 찾아 선구는 한 가지 묘안을 얻었다. 파리와 개미 떼를 한꺼번에 격퇴할 수 있는 고안이 나섰는데 주문대로 될지 어떨지 한번 해 보기로 하였다. 마른 나뭇잎과 풀잎을 주워 모았다. 그리고 풀밭을 뒤져 부싯깃과 부싯돌 감이 됨직한 재료를 찾아봤다. 어느 풀의 씨앗에 달린 솜털 한 줌과 단단한 차돌 두어 개를 얻을 수 있었다.

이러는 동안에 공중과 지상의 지저분한 적군의 수효는 불어만 갔다. 선구는 풀솜을 갖다 대고 부싯돌을 치기 시작했다. 한동안 애먹은 끝에 요행 불씨가 탄생하였다. 부랴부랴 모닥불을 지폈다. 불길과 연기가 타올라 가자 사태는 돌변하였다. 까맣게 몰려든 벌레의 부피는 어제의 몇 곱이나 되었는데 선구의 화공 전술 앞에는 맥도 못 추고 격퇴되고 말았다.

얼마 후 스콜이 찾아왔다. 어제 모양 전신을 적시며 풀 위에 누웠다가 잠이 들었다. 이런 과정이 나흘이나 되풀이되었다. 닷새째는 사정이 달라졌다. 기력을 상실한 선구는 모닥불을 만들 수가 없었다. 뻔히 벌레 떼의 내습을 예견하면서도 선구는 풀 위에 쓰러진 채 기동을 하지 않았다. 아니, 할 수가 없었다. 될 대로 되는 수밖에 없다고 단념한 그는 적의 선발대 몇 마리가 나타나 몸을 근질거리고 살을 물어뜯어도 손끝 하나 까딱하지 않았다.

잠깐 사이에 벌레 떼는 늘어나 온몸에 달라붙어 마구 물어뜯었으나 어쩐지 별로 고통을 느끼지 않았다. 햇살이 눈부신 대낮인데 이건 꿈이 아닌가 하고 손가락을 깨물어 볼까 하다가 그래 보기도 귀찮아 그대로 가만히 있었다. 이제 죽나 보다 하는 생각이 들었다. 그러나 두렵지도 않았다. 다만 한 가지 다짐만을 해 보았다. '나는 저들에게 항복 안 한다.'

그때 그의 눈앞에 무엇인지 얼씬거렸다. '사람이다. 장숙원이다.'

"아, 숙원 양." 하고 소리치려다가 이것이 환상일 거라는 자각이 들어 멈칫하였다. 그러자 장숙원도 사라졌다. 파리와 개미 떼는 가장 극성스레 들끓었다. 가끔 격심한 고통이 왔다. 아마 뼈까지 갉아 먹는 걸까. 또다시 사람 모습이 얼씬거렸다. 이번엔 여러 사람이었다. 선구는 엇갈리는 시야를 애써 가다듬어 주시하였다. 여러 사람 중의 한 사람은 리긴 기자?

"아!" 너무나 반가워 벌떡 일어나 맞으려 하였다. 상반신을 겨우 일으킨 선구는 눈앞이 아찔하여 엎어지고 말았다. 귓속이 앵 울리고 시야는 캄캄해졌다.

266

11
시니팔

우선구가 희미한 시력 속에서 발견한 리긴 기자는 환상이 아니라 실제의 그 사람이었다. 위기일발에 놓여 있던 선구 앞에 리긴이 나타난 것은 결코 우연한 일이 아니었다. 그녀는 우선구가 아직 고전문화연구원에 체류하고 있을 동안에도 누차 방문하고자 했으나, 끼허햅 원장의 외부 인사 격리책으로 해서 뜻을 이루지 못하고 애만 태웠다.

직접 만나 볼 순 없더라도 그의 동정이나마 자세히 알고자 했으나 그녀를 이곳에 파견한 소보논의 신문사에선 일없이 헤어지루에 머물러 있지 말고 본부로 돌아오라는 독촉이 성화같아 그나마 목적을 이룰 수 없게 되었다. 초조한 그녀에게 한 가지 방도가 나타났다. 그것은 이곳 헤어지루에서 루비라는 사람을 새 친구로 사귀게 된 것이었다.

루비는 아직 대학에 적을 두고 있는 젊은이인데 리긴이 애써 이 사람과 사귀고자 한 데는 까닭이 있었다. 루비의 이모가 바로 따루 로잔이었다. '따루'란 최고 영도자라는 뜻. 전 세대식으로 번역한다면 세계 대통령이라고 해야 적당할 것이다. 로잔은 개인 이름.

진성시대에 있어선 일가나 친척에 대한 개념이 구세대와는 판이했다. 옛적의 그것이 피처럼 진한 거라면 지금은 물 정도의 엷음이 있을 뿐이었다. 그러나 남남끼리 사이의 공기처럼 뽀숭뽀숭한 것보다는 그래도 물이 더 끈기 있다 할 수 있겠지. 그런데 대학생 루비와 따루 로잔과의 사이는 그런 정도의 싱거운 친척 관계 외에, 따루 로잔이 항상 젊은 세대와 어울리기를 좋아하는데 루비도 따루 로잔 주위의 젊은 클럽의 일원으로서 이중으로 인연이 얽힌 사이.

이래서 루비는 아는 사람들 사이에선 상당히 중요 인물로서 인정받고 있는 터였다. 리긴 기자가 구세대인 우선구와의 접촉이 끊겨 애태우고 있을 때 어떤 사람이 루비의 존재를 귀띔해 주었다. "헤어지루 대학에 있는 루비라는 학생을 사귀어 봐요. 혹 도움이 될지 모르오."

혹시나 하는 가냘픈 희망을 안고 리긴은 루비를 찾아갔다. 생판 처음 대하는 사이였음에도 불구하고 루비는 리긴을 괄시하지 않았다. 괄시 안 할뿐더러 어느 면에선 스스로 상대에게 흥미와 호의를 나타내기까지 하는 것 같았다.

리긴은 아마 자기가 비커츠섬에서 치른 모험에 루비가 호감을 가지고 있을지 모른다고 생각하였다. 루비와의 교분이 어느 정도 익어 가자 리긴은 자기의 속셈을 털어놓았다.

"구세대 인간 우선구의 동정을 계속 알고 싶은데 이것이 자유롭지 못하니 어떻게 조력해 줄 수 없겠는가." 물론 이러한 관심은 개인적인 성질의 것이 아니라 신문 기자로서의 공적 입장에 있다는 걸 강조하면서. 루비는 처음에는 고개를 갸웃거리고 난색을 하더니 이내 힘써 볼 것을 승낙하였다.

루비에게 부탁한 효과는 리긴이 기대했던 것보다 크고 빨랐다. 루비는 고전문화연구원 지하실에 있는 우선구의 일거일동을 낱낱이 알아냈다. 우선구가 연구회에 출석하여 발언한 내용이며 끼허햅 원장이 정부에 제출한 보고서까지도 탐색해 왔다.

루비는 리긴이 기대한 이상으로 일해 주었다. 이 학생은 따루 로잔의 후광 덕으로 각 방면에 얼굴이 통했다. 리긴은 루비를 사귐으로써 우선구에 대한 궁금증과 갈증을 푸는 한편, 루비가 수집해 주는 각 방면의 정보로 특종 기사를 만들어 소보논으로 보내 본사의 소환 명령을 지연시킬 수도 있었다. 이러는 중에 우선구가 갑작스레 제5국으로 이첩된다는 소식을 들었다.

제5국 하면 극단적인 비밀의 장막에 가려 있는 정보기관으로, 방대한 조직과 특수한 권력 때문에 일반인은 누구나 두려워하는 곳이었다.

루비가 탐지해 낸 정보에 의하면, 제5국의 수뇌부는 구세대 인간 우선구에 대한 고전문화연구원의 방침에 정면으로 반대하고 나섰다. 즉 구세대의 살아남은 남성을 중심으로 고전 문화를 연구한다는 자체부터 위험한 불장난이라고 들고 나선 그들은, 그런 쓸데없는 짓을 하느니 우선구에게 기압을 넣어 화성과의 절충에 당장 써먹자고 한다는 것이었다. 처음에는 고전문화연구원에서 말을 듣지 않았으나 끝내는 제5국의 압력에 굴복하여 우선구를 넘겨주고 말았다고 했다. 리긴은 우선구의 신상이 염려되었다. 제5국이 그 사람을 다룰 여러 가지 장면을 상상하면 절로 몸서리쳐졌다.

백방으로 우선구 구출책을 강구했으나 허사였다. 고전문화연구원이라는 어엿한 정부 기관이 맞섰다가도 후퇴하고 만 처지에, 일개 지방 신문 기자의 힘이란 말도 안 되는 노릇이었다. 절망에 빠진 리긴을 위로하고 격려해 주는 건 루비였다. 루비는 구세대 남성 우선구에 대한 리긴의 태도가 리긴이 말하는바 소위 공적 입장이란 한계를 전적으로 벗어난 것임을 알면서도 리긴에게 호의를 베풀었다. 루비의 리긴에 대한 호의는 어쩌면 우선구 그 자체에 대한 것인지도 모르겠다. 그것도 그럴 것이 루비는 리긴으로부터 어지간히 우선구라는 인간의 선전을 들어 온 터였다.

리긴은 항상 우선구의 씩씩한 자태라든가, 위험을 이겨 넘기는 용기, 뛰어난 두뇌, 그리고 상냥스러운 마음씨 등을 극구 칭찬해 온 것이었다. 루비는 리긴의 청이고 아니고 간에 스스로 우선구 구제에 발 벗고 나섰다. 우선 몇 사람의 친구들을 동원하여 지하 동굴에 감금된 우선구의 신변 정보를 얻기에 노력하였다. 우선구가 쏠리라는 사람의 관리하에 있다는 것, 쏠리는 이름난 심리 작전 전문가라는 것, 그리고 쏠리는 면밀한 계획을 세워 우선구의 세뇌 공작에 나섰다는 것 등을 소상하게 알아냈다.

쏠리의 계획은 치밀했으나 결과는 여의치 않아 우선구와 의견대립을 일으키고 말았다는 것도 알았다. 끝내는 억지로 상대의 의사를 꺾기 위해 특수 장치로 울타리가 된 풀밭으로 몰아내 박해를 가했으나 우선구는 조금도 굴하지 않는다는 소식도 들었다. 우선구가 가혹한 시련을 이기지 못하고 말 것은 뻔했다.

리긴과 루비는 발을 동동 굴렀으나 어찌할 도리가 없었다. 궁리한 끝에 최후의 수단으로 따루 로잔에게 호소해 보기로 하였다. 따루 로잔 아니고선 제5국의 사람들을 누르고 우선구를 구해 낼 수 없다고 두 사람은 판단하였다. 단 하나의 마지막 처방을 위하여 두 사람은 면밀한 작전을 짰다. 루비는 제5국 내부에 손을 뻗어 우선구가 지하 동굴에서 진술한 녹음 기록의 복사판을 얻어냈다.

이것을 마련해 놓고 나서 따루 로잔에게 직소(直訴)할 기회를 노렸다. 어느 날 저녁 따루 로잔은 온종일 시달린 정무에서 벗어나 관사 뜰 안에서 한가로이 휴식을 취하고 있었다. 보좌관도 없고 찾아온 손님도 없었다. 이런 기회를 노리고 있던 루비는 리긴을 이끌고 불쑥 따루 로잔 앞에 나타났다.

따루 로잔은 언제나 허물없이 드나드는 조카 루비를 별 관심 없이 맞아 주었다.

"이모, 지금 과히 바쁘지 않으시죠. 저희 친구 리긴을 인사시켜 드리려고 여러 날을 벼르고 있었어요." 루비는 담뿍 애교를 떨며 리긴을 따루 로잔 앞에 내세웠다.

따루를 이렇게 가까이 대해 보기는 생후 처음이었다. 리긴은 무척 긴장되었으나 우선구를 구해 내야 한다는 일념에서 정신을 바짝 차리고 허리를 굽혀 예를 올린 후 공손히 말하였다. "가까이 모시어 영광이 지나칩니다. 저는 소보논에서 온 리긴이라 합니다."

따루 로잔은 물끄러미 보고만 있었다. 옆에서 루비가 말했다. "이모는 모르시나 봐요. 이 사람이 바로 소보논 신문사의 리긴 기자예요."

따루는 미간을 찌푸리고 리긴을 쏘아 보았다. 신문 기자라는 데

귀찮은 생각이 든 모양이었다.

이 기미를 얼핏 눈치챈 루비는 말을 이었다. "하지만 리긴은 신문 기자 신분으로 여기 온 건 아니에요. 제 친구로서 함께 온 것뿐이에요. 리긴은 재미있는 경력을 가지고 있어요. 이모는 전 세대의 남성이 소보논에서 소동을 일으킨 이야기 들으셨죠? 그때 그 남성을 사로잡은 사람이 바로 리긴 이 사람이에요."

그제야 따루 로잔은 '오, 그러냐'는 듯, 이맛살을 펴고 다시 웃는 낯을 했다. 리긴은 다시 한 번 넙죽 절을 올렸다.

"응, 용감한 사람이군."

"그런데 이모. 그 전 세대 인간이 지금 어떻게 돼 있는지 알고 계세요?"

루비의 질문을 받은 따루 로잔은 잠시 머뭇거리다가 되물었다. "글쎄, 전번에 고전문화연구소에서 제5국에 넘기느니 어쩌느니 했는데 그건 왜?"

"그 사람에 대해서 리긴이 재미있는 정보를 가지고 왔어요."

루비가 이리 말하자 리긴은 손목에 걸치고 온 핸드백을 열고 휴대용 녹음기를 꺼냈다. 지하 동굴 속에서 수사관 쏠리를 상대로 당당히 신념을 토하는 우선구의 육성이 재생되었다.

"내가 바라는 건 나의 일신상 평안함이나 행락이 아니오. 어떡하면 이 세상, 다시 말하면 당신네의 세상에 도움이 될 수 있을까 하는 것뿐이오."

"결코 나를 과거사의 한낱 유물로 취급할 게 아니라 살아 있는 조상으로 섬기고 새 시대의 비판자로서, 교훈자로서 대접해야 할 것이오."

"나는 나의 사명을 다 하고 싶소. 나는 개인 우선구가 아니라 두 세기 이전의 옛 시대를 대표하는 인간이오. 국가, 국민, 그리고 시대와 성별마저 초월한 존재요."

리긴은 두 번 반복하여 따루 로잔에게 들려주었다. 따루는 잠자코 있었다. 리긴은 긴장된 표정으로 따루의 눈치를 살폈다. 루비도 부동의 자세로 이모의 반응을 지켜보았다. 따루는 아무 말 없이 눈만 껌벅였다.

"어때요. 우선구는 상당한 인물이죠?" 루비가 입을 열었다.

따루 로잔의 고개가 두어 번 아래위로 움직였다.

"이 사람을 그냥 죽이긴 아깝잖아요?"

"죽이다니?" 따루가 물었다.

"제5국 사람들은 전기 울타리 속에 우선구를 몰아넣었어요. 강제로 굴복시킬 작정인가 봐요. 그런데 우선구는 조금도 굴복의 기세가 없답니다. 며칠째 물 한 모금도 마시지 못한 채 곤충에게 뜯겨 곧 죽게 될 거라지 않아요." 루비는 애타는 목소리로 호소하였다.

"제5국도 생각이 있어 하는 일이겠지." 그러나 따루 로잔의 반응은 차가웠다.

"아닙니다." 리긴이 외쳤다. 따루의 기색만 살피고 있던 그녀는 더 이상 가슴을 졸이고만 있을 수 없다는 듯 앞으로 한 걸음 나섰다. "제가 보건대 제5국 사람들은 우선구란 인간을 그릇 판단하고 있습니다. 비단 제5국뿐 아니라 우리 진성인들은 모두 다 우선구의 가치 판단과 이용 방법에 있어 과오를 범하고 있습니다. 저는 이 사람을 단순한 흥미의 대상으로나 목전의 작은 이용물로써 취급할 게 아니라고 생각합니다."

"그럼 어떻게 하란 말인가?"

"지금 각하께서 우선구의 구술 녹음을 들으셨습니다. 그의 주장은 정당합니다. 그의 말마따나 그의 요구를 들어주는 것이 우리에게 도움이 됩니다. 좀 더 고차원적이고 대국적인 견지에서 그를 이용해야 합니다." 리긴의 말에는 열과 성이 넘쳤다.

옆의 루비도 거들었다. "그래요. 이모. 리긴의 말이 옳아요. 구세대를 대표해서 현대에 온 사람을 우리는 너무나 소홀히 대우했어요. 쩨쩨하게 조그만 일에 이용하기에만 골몰했어요. 일개 말단 관리에게 넘겨 줘 2백 년의 공을 닦은 사람을 말살시킨다는 건 너무나 아까운 일이에요."

따루 로잔은 여전히 아무런 대꾸 없이 두 젊은이를 보고만 있었다.

리긴은 웅변을 계속하였다. "지금 이 시국에 우선구가 나타났다는 건 하나의 다행이라고 저는 믿습니다. 제가 볼 때 오늘의 현실은 일종의 위기 상태에 있습니다. 일반 관료는 고루한 인습에 젖어 있고 인민들은 생기를 잃고 있습니다. 한낱 헛된 유언비어에도 금세 세상은 흔들리고 마는 형편이 아니겠어요. 지금 우리는 무엇인가 잘못된 속에 있는 것 같습니다. 우리는 과거에 대한 반성과 장래 발전에 대비한 새로운 안목을 가져야 한다고 봐요. 우선구는 비록 과거에서 온 사람일망정 우리에게 유익한 조언을 줄 수 있는 자질을 가진 인물입니다. 그 사람의 판단력과 비판력은 탁월합니다. 각하께서 시험 삼아 한번 인견해 보심이 어떠실까요."

한동안 침묵을 지키고 있던 따루 로잔이 입을 떼었다. "나는 그 사람에 대한 자세한 보고를 듣지 못해서 뭐라고 말할 순 없다. 다만 지금 들은 녹음에 의할진대 그 사람은 굳은 신념의 소유자인 것 같다. 그 주장에도 이유가 있다고 본다. 그를 행정 장관의 관리하에 둘 것을 고려해 보마. 내일 중에 너희는 어떤 소식을 들을 것이다. 그 녹음판을 두고 가렴."

다음 날 오후, 리긴과 루비는 따루를 그녀의 관청 사무실로 찾아갔다.

"마침 잘 왔다. 지금 막 참모 회의에서 구세대인 우선구를 정책위원회에서 직접 취급하기로 의결되었다. 아마 시간이 촉박할 것 같으니 너희가 직접 가서 그 사람을 데려오도록 해라." 따루 로잔은 이렇게 말하면서 비서관을 불러 긴급 지시서를 발행하여 서명한 후 리긴과 루비에게 내주는 것이었다.

두 사람은 미처 감사와 기쁨을 나타낼 새도 없이 제5국으로 달려갔다.

이러한 곡절로 해서 살아난 것을 선구가 알게 된 건 훨씬 뒷이야기. 죽음의 풀밭에서 깜박했던 정신이 되살아나자 선구는 푸근한 침상 위에 누워 있는 자신을 발견하였다. '아, 살았구나.' 안도의 한숨을 쉬면서도 선구는 이게 혹시 저승길의 환상은 아닌가 하는 의혹이 뒤따랐다.

선구는 슬며시 자신의 살을 꼬집어보았다. 실감이 절실한 게 꿈은 아닌 성싶었다. 머리맡에서 사람들의 기척이 나기에 고개를 들어보려 했으나 그만한 기력이 나지 않아 베개만 비비적거렸다. 환자의 뜻을 알아차렸는지 그 사람들이 선구가 볼 수 있는 자리로 다가왔다. 세모꼴 모자를 쓴 세 사람의 의사였는데, 모두 나이 먹은 사람들이었다.

그중 한 사람이 선구를 내려다보며 빙그레 웃었다. 이제 위험은 없다는 안도의 신호 같았다. 선구가 뭐라고 입술을 실룩거리며 말하는 흉내를 냈다. "여기가 제5국의 지하 동굴이냐?"고 말한 것인데 의사들은 "…5국…"이라는 소리만 간신히 알아들을 수 있었다.

"아니, 여기는 헤어지루 중앙병원 특별 병실이오. 당신은 지금 따루 로잔의 특별 지시로 보호를 받는 거요." 환자의 의중을 알아차린 의사가 대꾸해 주었다.

따루란 말을 듣자 선구의 두 눈은 반짝였다. 그러면 그렇지 하는 상쾌감으로 선구의 가슴은 뿌듯해졌다. 그는 스스로 눈을 감았다. '이젠 안심이다. 푹 쉬자.' 속으로 중얼거리며 다시 안도의 잠 속으로 들어갔다.

선구의 회복은 빨랐다. 입원한 지 이틀 만에 간단한 몸동작은 할 수 있게 되었다. 아직 사지는 자유롭지 못했으나 의욕은 평상시처럼 활발하였다.

선구는 자기가 그 혹독한 쏠리의 고문을 극복한 것이 즐거웠다. '나는 그들을 이기고 말았다.' 앞날이 트였다고 마음속으로 쾌재를 불렀다. 비커츠섬에서 소보논으로, 소보논에서 헤어지루로 무대가 바뀜에 따라 상대역들의 등급이 올라갔는데 기어코 여인천하의 최고 영도자인 따루와의 접촉이 이루어지겠구나.

어쩌면 구세대에서 걸머지고 온 사명을 성사시킬 수 있을지 모르겠다. 이곳 병원에 온 지 닷새 되는 날 담당 의사가 선구에게 별난 방문객을 인도해 왔다.

"이분은 시니 팔이십니다. 정부를 대표해서 당신을 위문오신 거요."

소개말을 듣자 선구는 잠시 어리둥절했다. '시니'라는 건 이 세상에서 따루 다음가는 높은 지위였다. 즉 세계 정부의 내각 각료를 시니라고 하는 것이었다. 팔은 개인의 이름.

선구는 혹 잘못 들은 건 아닌가 하고 자기 귀를 의심하고, 소개한 의사와 시니라는 그 사람의 얼굴을 번갈아 봤다. 시니라는 칭호도 놀랍거니와 시니라는 그 사람의 모습이 더욱 놀라웠다. 시니 팔이라 일컫는 그 사람은 아주 젊은 사람이었다. 이제 겨우 갓 스물 정도의 그런 애송이였다. 데리고 온 사람도 단 한 명. 그 역시 새파란 젊은이였고. 시니가 이럴 수 있나?

고관이면 으레 세 사람 이상의 비서관을 거느리고 있는 것이 이제까지 봐 온 이 사회의 통례인데 이건 이상했다.

"왜 그리 보는 거요?" 시니 팔이란 젊은이는 자기의 아래위를 훑어보는 선구 태도가 못마땅한지 불쾌하게 물었다.

"아니, 저…, 퍽 젊으시군요." 선구는 머뭇거리다가 결국 실토했다.

"그야 댁에다 대면 10분의 1밖에 안 되죠. 그러나 어쩔 도리가 없군요." 시니가 웃으며 말했다. 애된 모습에 비해 태도는 사뭇 의젓했다. 뇌리에 옛적 영국 젊은 수상 빗트가 떠올랐다. 이 사람도 기재(奇才)인가? 생각하니 이 사람은 애된 모습 중에도 어딘지 당돌하고 무거운 데가 있어 보였다.

인사가 끝나자마자 시니 팔은 용건을 꺼냈다. "우리 정책 위원회는 당신이 제5국에서 진술한 의견에 대하여 많은 흥미를 가지고 있어요. 우리가 당신을 이곳으로 옮긴 까닭도 거기 있죠. 그때 당신은 우리를 돕고 싶다고 말했는데 지금도 그렇게 생각하고 계시는지?"

선구는 상대의 쏘는 듯한 안력에 압박감을 느꼈다. '과연 이 사람은 시니로구나.' 절로 수긍되었다. 선구는 조심성 있게 대꾸했다. "누구든 이 세상에 사는 이상 사는 값은 해야지요."

시니는 고개를 끄덕였다. "댁에서 비커츠섬에서 나온 지도 반년이 지났군요. 그간 괴로움도 많이 겪으셨지만, 그런대로 관찰하신 것도 없진 않을 거라 생각합니다. 이에 대해 고견을 듣고자 해요."

시니 팔의 어조에는 상대방의 식견의 깊이를 시험해 보겠다는 의사가 뚜렷했다. 선구는 한 차례 심호흡을 하면서 어찌 대답해야 할까를 궁리하였다.

"내 경험을 말하라면 오직 경악과 당혹의 연속이라 할 수밖에 없겠죠. 그러나 나는 지금 그런 걸 말하고 싶진 않소. 나는 지금 한 가지 커다란 의문점에 사로잡혀 있어요." 이렇게 말머리를 꺼내 놓고 선구는 침착하게 상대의 기색을 살폈다. 시니 팔도 신중한 자세로 전 세대 인간의 다음 말을 기다렸다.

선구는 말을 이었다. "내가 의심하는 것은, 나는 그동안 오랜 잠을 자고 났는데 깨어보니 세상은 별로 달라진 게 없는 것 같아서, 그 까닭을 의심하고 있어요."

이 말에 시니 팔은 두 눈을 놀란 토끼 모양 동그랗게 뜨고 선구를 응시했다. "달라진 게 없다고요?"

"그야 겉모양은 많이 달라졌겠죠. 그런 변화는, 비록 자유롭지 못한 환경에 있었지만 나도 어느 정도 인식할 수 있었소. 그러나 더욱 본질적인 면, 인류 사회의 기본 형태는 조금도 변함이 없는 것 같아요. 인간 대 인간, 또는 어느 집단 대 집단의 대립, 이를 해결하기 위한 심각한 투쟁, 심지어 인간 상잔의 처참한 모습마저 예나 지금이나…."

선구가 논설을 벌이는 걸 시니는 급히 손을 저으며 막았다. "아니, 아니 그게 무슨 말이죠? 대립과 모순은 이미 선사시대의 전설로 끝난 지 오랩니다. 신기원 이후 인류 최초의 이상 사회가 이루어졌는데, 인간 상잔이란 당치 않은 말입니다."

선구는 상대의 강경한 반박에도 불구하고 고개를 좌우로 저었다. 시니 팔은 성난 얼굴로 선구를 노려보다가 한결 태도를 누그러트리고 타이르듯 말했다. "당신은 아직 깨닫지 못하는 모양이나 인류 역사는 깡그리 뒤집혔어요. 인간이란 싸우기 위하여 태어나고 싸우기 위하여 산다는 게 선사시대에선 진리였을지 모르나 오늘날 이 사회는 모든 대립 투쟁의 씨가 말끔 처리되고 말았단 말이에요.

첫째 식량, 둘째 영토, 셋째 오락, 기타 사람이 필요로 하는 모든 물자와 수단이 물이나 공기 모양 무제한으로 제공된단 말이에요. 이제는 싸우려도 싸울 조건이 없어졌어요. 문자 그대로 이상 사회죠. 혹 당신은 종족 번식의 본능, 즉 성문제가 아직 투쟁의 씨로 남았다고 주장할지 모르지만 진성시대의 오늘날, 과거와 같은 양성 대립의 어리석은 비극은 있을 수 없어요. 이것이 변화가 아니고 뭐죠?"

패기 넘친 시니 팔의 태도에 대하여 선구는 한층 더 부드러운 어조로 맞섰다. "오늘의 사회가 진정 알력과 투쟁이 없는 이상 사회일진데 강자와 약자의 뚜렷한 분열, 지배자와 예속자의 한계가 이토록 선명할 까닭이 없을 텐데요."

시니 팔은 이해 못 하겠는지 고개를 갸웃했다.

"이상 사회라면 진리가 사회활동 전반의 원동력이겠고, 진리 즉 질서로 통할 겁니다. 그런데 내가 보기엔 현 사회를 끌고 나가는 건 진리가 아니라 힘, 즉 강력한 권력이 진리를 대신하여 전체를 압도하고 있는 것 같아요. 그렇지 않을까요?" 선구가 말을 마치고 상대의 반응을 살폈다.

"글쎄요. 그건 피상적 관찰일 걸요. 물론 우리는 전 세계를 통틀어 강력한 중앙 집권 체제를 채택하고 있어요. 그러나 이건 댁에서 생각하는 억압을 위함이 아니고 어디까지나 전체 주민을 위하고 주민이 원한 방식이죠." 시니 팔이 대답했다.

선구는 빙그레 웃었다. 선구가 웃는 걸 보고 시니 팔은 약간 어리둥절했다. 전 세대의 유물이 왜 웃는지 분간을 못 해서였다. 호의의 뜻인지 빈정조로 그러는지 얼핏 가늠이 안 되는 그런 웃음이었다. 시니가 판단 못 한 것도 무리가 아닌 것이 사실 선구 자신도 어떤 뚜렷한 이유가 있어 웃은 것이 아니었다. 다만 이 사람의 입에서 옛적 정치인들이 흔히 쓰던 말투가 튀어나오자 절로 웃음이 나왔다.

"하하하. 물론 그렇겠죠. 그러나 인민을 위하여 인민이 원한 정치일지라도 반드시 결과도 그렇다곤 볼 수 없을 걸요."

"예?" 시니 팔은 비로소 상대의 웃음이 호의적이 아님을 알자 표정이 굳어졌다.

선구는 '아차, 실언했구나.' 후회도 없지 않았으나 내친걸음이라 끝을 맺지 않을 수 없었다. "내가 기억하건대 예부터 어떤 집권자고 간에 인민을 위하지 않는다고 말한 사람은 없었다고 봅니다."

"왜 그런 소릴 하시죠?" 시니 팔의 표정은 더욱 굳어졌다.

"정치의 성과란 인민의 생활 상태에서 찾아봐야지 위정자의 설명만으론 판단할 수 없다는 겁니다."

"결국, 댁에선 진성사회의 성과를 부정하시는군요."

"아니, 그렇진 않아요. 짧은 나의 경험 중에는 감명 깊은 것도 있었으나, 반면 의심스러운 장면도 없지 않았다는 것뿐이죠."

"뭣을 어떻게 보셨기에 그러시죠? 구체적으로 지적해 보세요."

"나를 알아보지 못하는 사람들이 많더군. 나와 마주 앉아 이야기하면서도 나를 진성인으로 알고 있는 사람들이 많았어요."

"흥." 이번엔 시니 팔이 빈정조의 미소를 했다. "그야 당연하죠. 이 세상에는 진성인 외에 또 다른 종류의 인간이 없는 거로 돼 있으니까."

"철부지 어린이들이라면 혹 그럴 수도 있겠죠. 그러나 그중에는 고등 교육을 받은 사람도 있습니다. 더군다나 구세대의 남성인 나를 목표로 동원된 사람들도 나를 까맣게 몰라봐요."

"그럴 수도 있죠. 인민들은 댁 같은 인간을 표본으로도 못 봤을지 몰라요. 마치 산속에서만 자란 사람에게 물개를 갖다 대도 알아보지 못하는 것 같이."

대수롭지 않게 넘겨 버리려는 시니의 태도에 개의치 않고 선구는 말을 이었다. "나는 이런 현상을 다음 두 가지 중의 하나로 봅니다. 한 가지는 인민의 판단력을 저지하는 어떤 장애가 있는 게 아닐까? 다른 한 가지는 오늘의 진성인은 예전의 여성과는 어지간히 변질되어 그 자신이 반여성화(反女性化)함으로써 남성을 알아보지 못할 지경에 이른 건가?"

"응?" 시니의 눈망울이 신경질적으로 굴렀다.

"전자의 경우라면 오늘의 사회는 그만큼 타락한 것이고, 후자의 경우라면 오늘의 진성사회란 최초의 칼렘주의로부터 많이 이탈하여 혁명은 실질적으로 뒷걸음질 치고 있는 게 아닌지?"

시니 팔의 표정은 차츰 굳어졌다. 불의의 일격을 받았다는 그런 모습이었다.

이 사람은 시니로서의 위신을 유지하면서 적절한 반박을 해야겠는데 그것이 맘대로 안 되는 눈치였다. "댁은 퍽 회의적인 성격이군요." 겨우 이렇게 한마디 하는 정도였다.

먹구름이 잔뜩 낀 상대의 안색을 보자 선구는 다음 말을 입 밖에 내려다 꿀꺽 삼켜버렸다. 이 젊은 장관에 대한 자기의 말투가 너무 직설적이었음을 자각한 그는 분위기를 돌릴 필요를 느꼈다. "회의적이라고요? 그럴지도 모르죠. 회의적이고 탐구적이고 모험적인 면도 있겠죠. 아무튼 두 세기의 터널을 헤치고 당신네를 탐험해왔으니, 허허."

상대가 웃는 걸 보자 시니 팔의 강박한 표정도 풀렸다. 그녀는 혼잣말처럼 중얼거렸다. "따루가 시험해 보자고 하신 말씀이 옳았군."

"예?"

무슨 말인지 알아듣지 못한 선구가 의아해하니, 시니 팔이 손을 내밀며 말했다. "아니 과연 댁은 구세대의 대표자답소. 앞으로 우리를 도와주셔야겠어요."

선구는 그 손을 마주 잡았다. 여자다운 자그마한 손이었다.

시니 팔이 다녀간 지 닷새 후 선구의 거처가 옮겨졌다. 그곳은 널찍하고 깨끗한 정원과 우아한 2층 건물이 잘 조화를 이룬 제법 호사스러운 곳이었다. 나중에 알고 보니 이곳은 헤어지루 지방 박물관이었는데 우선구를 위하여 휴관 조치를 하고 숙소로 마련했다는 것이었다.

급작스레 마련된 거라는 설명에도 불구하고 선구가 볼 때 이곳의 시설은 자기에겐 과할 정도로 훌륭하였다. 소보논 병원이나 고전문화연구원 지하실의 그것보다 한결 뛰어난 꾸밈새였다.

개인용으로는 지나치게 널찍한 거실이며 침실, 서재, 화장실이 딸렸고, 여기 배치된 제반 기구의 품위도 상당히 격이 높았다. 그중에는 소보논 병원에서 누리던 관람기며 신문판 등속도 보였다.

대우가 달라진 것이다. 더욱 확실히 달라진 게 있으니 그건 이곳 사람들의 우선구에 대한 태도였다. 관리 책임자를 우두머리로 서기가 세 명, 요리사, 의사가 각각 한 명. 그리고 잔심부름꾼이 둘, 도합 일곱 명의 직원이 딸렸는데 이들은 전 세대의 남성인 우선구에게 불쾌감을 안 주기 위해 매사 조심하는 태도가 역력했다. 뉴스 청취나 관람기, 신문판 이용에도 일체 간섭이 없었다.

"이것은 정부가 댁에게 베푼 시니급 대우입니다." 이곳 책임자의 설명이었다.

'이제야 사람대접을 하는구나.' 선구는 내심 흡족하였다. 그런데 시니급 대우에는 꽤 까다로운 조건이 붙는다는 사실을 선구는 알게 되었다. '오누'라는 이름의 이곳 책임자의 설명인즉, 시니 또는 시니급 인사들은 자기의 전 생활면을 공개해야 한다는 것이었다.

세계 정부의 시니 또는 시니급 대우를 받는 각급 기관의 고급 책임자로 임명되면 자동적으로 인사 관리처의 기록반이 그 사람의 일거일동을 24시간 빠짐없이 기록한다고 했다.

선구가 기억하는바 옛적의 청백한 관리라 함은 공과 사를 분명히 할 줄 아는 사람을 말했는데, 이쯤 되면 아예 사생활은 희생해 버려야 했다. 이건 너무하지 않느냐고 선구가 난색을 하니 오누는 오히려 선구의 사고방식이 이해 안 된다는 듯 놀란 얼굴을 했다.

"아니, 그럼 정부나 인민은 고급 관리들의 수완이며 충성심을 무조건 믿고 의지해야 한단 말인가요? 그거 위험하지 않아요?"

아무튼, 철저한 감시만이 부정과 무능을 미연에 방지하는 유일의 방법이라는 것이었다. 그런 까다로운 조건을 누가 감수하겠느냐고 선구는 반발했다. 오누의 생각은 달랐다.

"사생활의 공개와 사생활의 간섭은 다릅니다. 자기 행위가 떳떳한 이상, 공개되고 기록된들 무슨 상관이 있겠소. 그야 흐리멍덩한 생활을 하는 사람들은 감당 못 하겠지만, 시니가 되겠다는 사람이면 그런 것쯤 문제 삼지 않지요. 시니가 되면 대단한 영광이죠. 권한도 커요. 시니의 말은 그대로 법률로 통하기도 합니다."

듣고 보니 그럴싸했다. 큰 권리에는 그만한 비중의 의무가 따라야 한다는 초보적인 원리이기도 했다. 견물생심이요, 말 타면 견마 잡히고 싶은 것이 인간의 본성이다. 섣불리 믿고 자부하고 하다가 큰코다치는 것보다 처음부터 모든 것을 공개하고 나서는 이 제도가 이치에 맞지 않겠는가.

선구는 오누에게 전날 만난 시니 팔의 나이 어림을 말하고 그녀의 의견을 물었다. 이에 대한 오누의 대답은 한층 더 선구의 구식 개념의 테두리를 벗어났다.

현재 세계 정부의 정책 위원회를 구성하고 있는 스물다섯 명 시니의 평균 연령은 26세라는 것이었다. 이에는 그만한 이유가 있었다. 오누는 선구를 이해시키기 위하여 여인천하의 구성 내용을 다음과 같이 풀이해 주었다. 여인천하의 최고 통치 기관은 물론 세계 정부다. 그 밑에 지역권(地域圈)이 있고, 지역권 밑에 사회권(社會圈)

이 있었다.

인민과 직접적으로 접촉하는 정치 기구는 사회권인데, 이는 구세대의 국가, 혹은 지방 정부에 해당하는 것이었다.

인민은 누구나 일정한 연령에 도달하면 사회인으로 등록된다. 그리고 사회인은 사회권의 구성 요소로 등록과 동시에 온갖 권리와 의무가 부과된다. 모든 사회인은 직업, 연령, 직위, 거주 기타 여하한 조건에 상관없이 만민이 평등하다.

사회권 조직법 첫머리에 말하기를, '사회인은 사회권 유지 발전을 위하여 존재한다.' 전 세대 인간 우선구의 견식에 비춰볼 때 이해 안 되는 법조문이라 아니할 수 없었다.

'인민은 국가의 주인공이다.' 과거의 이런 민주주의 헌법에 비하면 여인천하의 이 조항은 반동 색채가 진하다고 하겠다. 그러나 조직법의 다른 항목에서 이의 구제 요소가 발견되었다.

'사회인은 사회에 공헌하는 형식, 시기, 장소를 스스로 선택하는 자유를 가진다.'

조직법의 이상 두 조목은 서로 모순되는 것 같은데 실상은 사회인이 사회에 도움이 되는 방향으로 움직이는 한 모든 자유는 보장된다는 것이었다.

보장된 자유를 남용하면, 따끔한 조항이 있었다.

'사회인으로서 사회 유지 발전에 해독 행위를 하면 사회인의 자격을 정지 또는 취소당한다.'

사회인이 자격을 정지 또는 취소당하면 비사회인이 된다. 즉 죄인이다. 사회권 인민에는 사회인과 비사회인 외에 장래인(將來人), 휴양인(休養人)이란 것이 있었다. 장래인은 어린이를 말함이요, 휴양인은 노인과 장애인을 가리킨다. 장래인과 휴양인은 사회권 책임 하에 교육, 급양, 휴식의 특권을 누렸다.

사회권의 정치 형태는 의회 정치를 채택하고 있었다. 의회의 명칭은 사회 의회.

사회 의회 구성원의 3분의 1은 관선 의원이고 나머지 3분의 2 다수 의원은 민선으로 충당되었다. 사회권 행정 수반은 사회 의회 의장이 겸임하는데 행정 요원들은 사회권의 상급 기관인 지역권에서 임명했다. 이 점이 사회권이 구세대의 국가와 겉모양이 비슷하면서 내용은 근본적으로 다른 점이었다. 사회권의 규모는 사회인의 인구 백만 명을 한도로 했다.

경우에 따라 120만 명까지 수용할 수도 있으나, 원칙적으로 사회 인구 백만 명이 넘으면 별도의 사회권을 만들어 새살림을 내주게 되었다. 여러 개의 사회권이 모여 하나의 지역권을 형성했다. 지역권은 산하 사회권의 수효에 구애 없이 단순히 지리학적 조건으로 범위를 잡았다.

현재 세계는 크고 작은 45개의 지역권으로 나뉘어 있었다.

지역권에는 입법 기관이 없고 행정 기관뿐이었다. 여기선 단순히 세계 정부와 사회권의 연락 사무만 취급했다. 지역권의 행정 요인은 전원 세계 정부에서 임명했다.

이래서 사회권의 행정은 지역권에서 장악하고, 지역권의 행정은 세계 정부가 장악하니, 지금 세상은 한 말로 해서 단일 중앙 집권제라 하겠는데, 사회생활의 기간이 되는 사회권에 독자적인 입법 기관이 있고 또 세계 정부의 입법 의원 선거권이 사회인에게 있어 지방 정부, 세계 정부의 3단계 통치의 묘를 발휘하고 있는 것이었다.

선구가 보건대 3이란 숫자는 진성사회에선 가장 중요한 숫자인 모양이었다. 어딜 가나 3이 판을 쳤다.

어느 기관이고 책임자가 세 명이 아니면 한 책임자 밑에 두 명의 보좌관이 있어 3자 공동으로 책임을 지게 되어 있었다.

정치 구조가 3단계 방식이고, 전 세계 최고 입법 기관 역시 3원제였다. 구세대의 대부분 국가의 입법 기관이 단원 아니면 상하 양원 제도였는데 이 사람들은 하나를 더 보태어 3원제를 만들었다.

3원이라 함은 인민원(人民院), 현자원(賢者院), 원로원(元老院)이 그것이었다.

인민원은 지역권 단위로 출마한 여러 입후보자 중에서 지역권 산하 전체 사회인들이 선출한 대표자들로서 구성되는데 임기는 3년.

현자원은 인민원과는 반대로 입후보 경쟁으로 뽑는 게 아니라 야(野)에 묻혀 있는 덕망 있는 현인들을 사회인들이 모셔 내어 앉히는 곳이다. 임기는 5년.

끝으로 원로원은 일정한 현직(顯職), 예컨대 인민원 의원, 사회권 또는 지역권의 최고 책임자, 세계 정부의 각료직 등을 역임한 사람 중에서 공로 훈장을 탄 인물들로 구성되었다. 원로원의 의원 수는 다른 두 입법 의원과 달라 수효에 제한이 없고 임기도 종신제로 되어 있었다.

이상의 3원, 즉 인민원, 현자원, 원로원 합동 회의에서 임기 3년의 세계 정부 최고 책임자 '따루'를 선출했다.

당선된 따루는 지역권 행정 요원 중에서 자기 정부의 각료를 뽑았다. 이들 각료는 인민원의 비준을 거쳐 정식으로 임명되게 마련. 각료를 혜민어로 '시니'라 했다. 시니 하면 기재 중의 기재들이다. 그런데 이들이 대개 새파란 젊은이들이었다.

그도 그럴 것이 범세계적으로 뒤져내는 기재라 두뇌 명석하고 재기발랄해야겠는데, 이 점 늙은이보다는 아무래도 젊은이에게 기울어졌다. 그 위에 자신의 사생활 전부를 공개하고 나서는 용기와 정열에 있어 젊은이는 노인네들에 비할 바 아니었다.

사실 젊음이란 자랑스러운 것이다. 선구는 그 옛적에도 모든 진리의 발견자나 문물의 발명가는 거의 서른 살 이전의 청춘이었다고 기억했다. 인생 일대에 있어 가장 정력 왕성하고 지능이 고조된 시기가 청춘기니 이는 당연한 현상이리라. 다만 구세대에 있어 장년 이후의 노인들이 모든 분야를 주름잡은 것은 기교나 술수가 젊은이보다 훨씬 능글맞은 데 유래했다.

그때의 사회 분위기는 능글맞게 구는 사람들이 판치게끔 되어 있었으나, 일체의 허식이 통용 안 되는 현대 진성사회에선 참된 실력이 매사를 결정하는 것이다. 이러한 내용과 제도를 알게 되자 선구는 어떤 압박감에 가슴이 묵직해졌다.

이토록 젊고 힘찬 일꾼들이 이끌고 나가는 여인천하의 됨됨이가 짐작되었다. 이미 경험한 갖가지 문물의 우수성만 보더라도 알 만했다. 그리고 전날 구경한 초급학교 생도들의 초롱초롱한 눈동자에 서린 총기며, 자라나는 이들을 지키는 노련한 교육자들의 진지한 모습. 여기서 벌써 여인천하의 견고성을 인식한 바 있었던 것이다.

여인천하의 현재는 강하고 앞날도 알찬 바 있었다. 과연 구세대를 무너뜨리고 오늘을 이룩한 까닭이 있다 하겠다.

그럼 구세대는 허물어져야 마땅했던가? 남성이란 물거품처럼 말살되어야 할 보잘것없는 것이었던가?

칼렘주의는 인류 진화의 진리일까? 여인천하는 과연 시니 팔의
말처럼 이상 사회라 할 것인가?

선구는 수긍할 수 없었다. 그럴 리가 없었다. 지금 사회가 이상적
인 사회라곤 볼 수 없었다. 비록 짧은 기간이었으나 자기는 허다한
의문점을 목격하지 않았는가? 비커츠섬의 병사들이며, 제5국의 직
원들, 그들은 결코 이상 사회의 이상적 인민들은 아니었다.

그보다도 비커츠섬의 기밀실에서 처음 눈을 뜬 그때로부터 오늘
날까지 접촉한 수많은 사람 거의 대다수의 안색에 서린 주저, 고독,
회의의 기색은 무엇을 뜻함인가?

결코 행복한 그들이 아니었다. 절대 이상 사회에서 호흡하는 사
람들이 아니었다. 이 사회는 어딘가 잘못이 있었다. 앞날도 절대 평
탄치 않을 것이다.

'이런 것을 밝혀내고 이들을 지도해 나갈 사람이 바로 나, 우선구
다.' 구세대에서 선출되어 온 사명이 여기에 있다. 비록 2백 살에 가
까운 연륜을 두르긴 했으나 젊은 기개에선 결코 시니 팔이나 저들
젊은이들에게 지지 않는다고 자부했다.

옛날 옛적 얽히고설킨 사바의 모든 인연을 끊고 감연히 비커츠
섬의 기밀실로 뛰어든 그 당시를 회상하며 선구는 다시 한 번 자기
사명을 다짐하였다.

12
내일의 하품

박물관 자리라는 이곳에 온 지도 닷새가 지났다.

넓고 조용한 처소에다 고분고분한 진성인들의 대접을 받는 바람에 선구는 이제까지의 긴장이 일시에 풀리는 듯한 편안함을 느꼈다. 그러나 이러한 분위기가 언제 또 돌변할지 그건 예측할 수 없는 일이었다.

전날 고전문화연구원의 끼허햅 원장이 한 말이 있었다. "지금 정부의 시책은 엇갈리고 있습니다." 이 말은 사실 그대로의 솔직한 고백일 것이다.

선구 자신이 당한 경로만 하더라도 처음에는 적성인 취급, 다음은 고전 문화 연구의 재료, 그러다가 정보기관의 이용물로 처리될 뻔했다.

이번엔 또 다른 각도에서 다루어지는 모양이었다. 결과가 어찌 될는지 두고 봐야겠으나 대우 면에선 이번이 여태껏 받아온 중에 최고의 우대라 하겠다. 그중에도 고마운 건 비록 호위병인지 감시병인지 알 수 없는 병력에 의하여 감금된 상태이긴 하나 이 집 울안에선 별로 아쉬움 없이 누리는 자유였다.

데시 장치나 그 밖의 수단으로 저들은 24시간 감시의 그물을 펼치고 있겠지만, 아무튼 이곳에선 맘대로 듣고 보고 할 수 있고 직원들과 더불어 이야기도 할 수 있었다.

선구는 이 기회에 더욱 많은 지식을 섭취할 것을 마음먹었다. 우선 확실하게 알고 싶은 건 한국과 한국인의 행방이었다. 비극적인 결말이 대강 짐작은 되지만 그래도 한 가닥 미련이 가슴 속에 도사리고 있었다.

선구는 이곳 관리 책임자 오누에게 물었다. "당신은 어디 출생이죠? 민족 성분은 어떻고요." 이 사람의 내력부터 먼저 알아보기로 하였다.

오누는 대답했다. "자루부노. 대지구 43번, 소지구 22번이죠. 출생 번호 ㄷ27026 헤어지루에 온 지 32개월이 됐고요. 거주 번호 ㄹ128425. 여기 감찰이 있어요." 이렇게 말하며 허리춤에서 니켈 화폐같이 생긴 것을 꺼내 보였다. 거기에는 오누가 주워섬긴 숫자들이 깨알만 한 크기로 새겨져 있었다.

대지구 43번은 옛날식으로 말하면 남아메리카 브라질 공화국 아마존 유역 지방에 해당했다.

이 사람들은 위치를 말할 때 으레 구획 번호를 댔다. 지역권이나 사회권 명칭마저 쓰지 않고, 지구 표면을 세계 정부가 위도와 경도에 따라 갈라 놓은 구획 번호를 사용하는 건 이 사람들이 이만큼 범

세계적으로 세련된 탓일까?

그리고 이들은 출생지보다 현 거주지를 더욱 중요시했다. 출생지를 따지는 일이란 별반 없고 혹 특수 기관 같은 데서 캐는 수가 있을 정도. 그때는 물론 거주지도 밝혀야 하니 출생지를 물으면 거주지도 함께 대답하는 것이 마땅했다.

오누는 관습에 따라 기다란 숫자를 나열하고 감찰까지 보였으나 민족 성분에 대해선 언급이 없었다.

"민족 관계는?" 선구가 재차 따졌다.

"뭐 말이죠?"

"혈통 관계 말이오."

"네, AOE죠." 오누는 엉뚱하게도 자기의 혈액형을 말했다.

선구는 대개 이쯤 동문서답이 될 줄 짐작은 했으나 답답한 대로 한 번 더 물어보았다. "당신의 어머니는? 그리고 조모님은?"

"물론 AOE 마찬가지죠."

그야 그럴 것이다. 이 사람은 양성 결합의 결과가 아니고 단성 분열의 소산이니 AOE 혈액형은 누대 계승의 현상이었다.

"조모님이나 그 선대는 어느 나라 분이었죠?" 선구가 다시 물었다.

"그걸 어떻게 알 수 있단 말요." 오누는 무뚝뚝하게 대답했다.

선구는 나중에 안 일이나 이들에게 조상 이야기를 묻는 것만큼 싱겁고 실례되는 일도 드물다는 것이었다. 그도 그럴 것이 단성 혁명이 이룩된 마당에 더 보수적 요소인 지방색이나, 국가, 민족 차별이 존재할 리 없었다.

오누의 대답이 이쯤 나오리라 예기 안 한 바는 아니었으나 선구의 섭섭함은 그지없었다. 선구는 그 후에도 몇 사람에게 같은 질문을 되풀이해 봤지만, 그때마다 같은 서운함을 거듭 맛보았을 뿐이다.

한국과 한국인의 행방은 이미 뻔했다. 오직 남은 건 헤민어로 둔 갑한 한글, 그리고 세기의 유물 우선구 자신이 있을 뿐일까? 자기가 살아남은 건 오로지 비커츠섬의 기밀실 덕분이지만 한글이 헤민어로 변화한 경로는 어떤 것일까?

선구의 이 의혹을 풀어줄 만한 사람은 이곳 직원 중엔 없었다.

선구의 요청을 받고 오누가 사계의 전문가한테 알아온 바에 의하면, 신기원 27년에 헤민어 제정 위원들이 진성사회의 통일된 말과 글을 정할 때, 말은 그 당시 일부 사회에 유행한 에스페란토에다 각 민족의 언어를 발췌 감안하였고, 글은 고금을 통하여 표음 글자로써 가장 합리적인 한글을 약간의 손질을 더하여 채택했다는 것이었다.

한글은 채택되었으되 그 말을 쓰지 않았고 명칭도 헤민어라 고쳐 불렀다. 그 후 세계 정부의 과거불문(過去不問) 정책에 따라 사람들은 헤민어 전신에 대한 인식을 잃어버리고 말았다.

오누 같은 고등 교육을 받은 사람도 이번 기회에 전문가로부터 해설을 듣고야 이러한 내력을 이해한 정도였다. 오누는 대강 내력은 알았으나 전 세대의 유물인 우선구가 왜 이걸 물었는지 그 까닭은 알 수 없었고, 더군다나 우선구가 한국인이라는 것과 한국인이 헤민어의 모체인 한글의 주인공이란 역사는 까맣게 모르고 있었다.

기막힌 사태이긴 하나 인류의 근본 모습이 변화한 이 마당에 이런 것쯤 대단한 사고라 할 수도 없겠지. 아니 기막힌 사태라고 보는 것조차 잘못일 것이다.

조국이니 모국이니 하는 국수 관념은 아예 깨끗이 청소되고만 오늘날의 현실이었다. 역대의 위정자들은 지방색이나 차별 의식을 뽑아 버리기에 세심한 노력을 기울였다.

세계 정부의 소재지만 하더라도 한 곳에 붙박이로 두지 않고 전 세계에 걸쳐 순차적으로 순회 이동하는 번거로운 형식을 취하고 있었다. 정부 자체가 떠돌이 신세이니 진성인에 있어 출신지보다 거주지가 중요한 건 당연한 일.

다만 남극이나 북극 등 아직도 현대 문화가 미치지 못한 일부 지역에 사는 극소수의 겨레 중에 고루한 인습을 내세우고 문화생활을 고의로 외면하는 특수층이 있긴 했다. 이들은 아직도 우물 안 고기 모양 제 고장 자랑이나 하고 대대손손의 토박이임을 뽐내는 것이었다.

이런 현실을 알고서야 문명 사회인에게 함부로 혈통이나 출신지를 물을 수 있겠는가.

현대는 알면 알수록 진기했다. 선구는 일반 사회인들의 생활면이 보고 싶었다. 오누에게 시가지 구경을 하자고 꾀었다. 이곳에 온 보름이 지나서였다.

"그건 곤란한데요." 오누는 난색을 보였다. 예기한 바였다.

"아니, 나를 시니급으로 대우한다면서 그만한 자유도 안 준단 말요." 선구는 부러 화를 냈다.

"아닙니다. 저는 그런 명령을 받지 못해서 그래요." 오누는 당황하며 말했다.

"꼼짝 못 하게 감금하고만 있으랍디까?"

"아니, 그런 것도⋯."

"그럼 됐군. 시니의 말은 법으로 통한다던데 책임은 내가 지겠소.

우리 함께 나가 봅시다."

"음⋯."

"바깥에 나가면 감시나 기록이 안 되는 걸까? 그렇지 않겠지."

선구는 이미 제5국에서 경험한 바라 이들은 비록 자기가 이곳을 벗어나더라도 계속 감시와 기록을 할 수 있다는 걸 알고 있었다.

"그건 별문제 아니죠." 오누 역시 이 점을 시인했다.

"그런데 왜 반대하는 거요. 더군다나 당신들과 함께 나가자는데."

선구의 강요에 못 이겨 오누는 동료 두 사람의 서기와 상의한 끝에 할 수 없이 동의하고 말았다.

선구는 시험적으로 떼를 써 본 것인데 이 정도로 호락호락 통할 줄은 몰랐다. 시니급 대우라는 게 사실임을 알겠다. 소심한 오누는 전 세대 유물의 강압에 못 이겨 추종은 하면서도 맘이 안 놓이는지 자기 상사에게 통고하는 걸 잊지 않았다. 그리고 선구에게 당부하는 것이었다.

"상부에서 지시가 있는 대로 곧 돌아와야 합니다."

"좋소."

선구는 부랴부랴 여장을 하였다. 그의 여장은 간단했다. 면도만 하면 그만이었다. 머리 모양이며 복장은 처음부터 진성인 차림이니 새삼 손질이 필요치 않았다.

사실은 면도까지도 굳이 필요한 게 아니었다. 선구가 거리에 나서 보니 의외에도 진성인들 중에는 수염이 제법 꺼칠한 사람들이 드문드문 눈에 띄었다.

체격에 있어서도 구세대의 운동선수였던 우선구에 못지않게 양 어깨며 가슴팍이 떡 벌어진 장부형(丈夫型)이 적지 않았다. 멀리 떨어져 봐선 저 사람도 여자인가 하는 의심이 날 정도로 남성 외모 그대로였다. 이런 풍경이라 선구의 여장은 그리 어색한 편도 아니었다.

거리에 나서긴 했으나 선구에겐 아무런 마음의 준비가 없었다. 일이 너무 갑작스러웠기 때문이다. 시니급 대우의 자유 한계를 시험해 본 것이 요행 이쯤 된 것이었다.

따라나선 사람은 오누와 두 서기. 감시인 구실의 세 사람은 조마조마한 표정으로 선구의 동정에만 신경을 쓰고 있었다. 이런 사람들과 상의해 봤자 신통치 않을 성싶어 선구는 즉흥적으로 발길 내키는 대로 방향을 잡았다.

박물관 자리의 거처도 널찍한 뜰이 있어 옹졸한 곳은 아니나, 이렇게 바깥 세계에 나서 보니 가슴이 후련한 게 정말 살 것 같았다. 이대로 자유가 계속된다면 얼마나 좋으랴.

어디로 갈까. 즐겁긴 하면서도 한편으론 걱정되었다.

그러자 그의 눈에 들어온 광경이 있었다. 거리에 나다니는 사람은 여럿 있긴 있는데 발을 움직이고 있는 건 자기 일행들뿐이었다. 다른 사람들은 걷긴 걷되 자신이 걷는 게 아니고 길 위에 우뚝 서 있으면 길 그 자체가 굴러갔다.

전날 장난감 공장 복도에서 경험한 벨트 장치가 시가지 도로에도 마련돼 있었다. 선구는 걸음을 멈추고 도로의 모습을 살폈다.

도로는 차도와 보도로 구분되고, 한가운데가 차도이고 양편이 보도인 것은 옛적과 다를 바 없는데 다른 건 길의 표면이었다. 차도나 보도나 모두 각각 폭이 석 줄로 나뉘었는데 그중 한가운데 것은 고정된 땅이고 좌우의 두 줄이 각기 반대 방향으로 구르는 무한

궤도로 되어 있었다. 선구가 보건대 차도로 된 벨트의 회전 속도는 시속 20킬로미터 정도. 보도의 그것은 보통 보행인 속도에 알맞게 되어 있었다.

선구는 서슴지 않고 옆에 굴러가는 보행용 벨트 위에 올라탔다. 오누 일행도 물론 뒤따랐다. 벨트에는 탄 사람이 의지할 지팡이형의 막대기가 달려 있었다.

네거리에 이르렀다. 직각으로 엇갈리는 도로에 충돌하게 되겠기에 선구는 옆의 고정 도로로 다시 옮겨 서려 했다. 그러나 그럴 필요도 없었다. 선구가 이동하려고 어색한 행동을 취하는 순간, 타고 있던 벨트는 횡단도에 이르기에 앞서 선구 일행을 슬쩍 앞에 설치된 안전지대 위에 밀어 놓는 것이었다.

이 안전지대에서 보행인은 각도를 꺾어 방향을 바꿀 수도 있고, 계속 전진하고 싶으면 안전지대에 마련된 케이블카에 올라 차도 위를 가로질러 건너편 안전지대 위에 내려설 수도 있게 되어 있었다. 차도 역시 마찬가지였다. 선구와 그 일행은 교차로에서 꼬부라져 다시 회전 보도에 올라탔다. 슬슬 굴러가는 길 위에 버티고 서서 선구는 길 양편의 풍경에 눈을 돌렸다.

결코 번화한 거리는 아니었다. 사람이나 차량의 내왕도 한산하고 길가 건물들도 화려하지 않았다. 그 크기도 고작 2층이나 3층 정도에 그쳤고 그 이상의 고층이나 웅장한 건물도 없었다. 전에 본 소보논 시가지에는 고층 건물들이 우뚝우뚝 솟아 제법 위엄을 과시하고 있던데 세계 수도라는 이곳 헤어지루의 시가지가 이다지 간소한 건 도시 설계의 시대적 변천을 뜻하는 걸까?

웅대하지 않은 대신 건물들은 제각기 외형이 다르고 색깔도 갖가지라 거리 전체의 모습은 퍽 다채로웠다. 거기다가 녹지대가 풍부했다. 거의 한 집 두 집 걸러 소규모의 녹지대가 마련되어 있었다. 녹지대에는 잔디와 수목이 아름다웠다. 건물들이 크지도 않고 이렇듯 공지가 많으니 한 도시를 이루려면 상당히 넓은 면적이 필요할 것이다.

그런데 선구가 전망한 바로, 이 도시는 그리 넓게 퍼져 있지도 않을 성싶었다. 과연 두서너 차례 교차로를 건너는 동안에 연변의 풍경은 교외의 모습을 띠기 시작했다. 선구는 자동 도로를 버리고 다시 고정 보도로 옮겨 서서히 걷기로 했다.

오누의 설명인즉 이 부근은 주택지와 상업지의 절충 지대라 했다. 길가 건물들이 각종 점포라는데 선구가 보기에는 거의 다 일반 회사 같아 점포다운 데가 없었다. 선구는 어느 한 곳 점포 앞에서 발을 멈췄다. 간판에 약방이라 붙었다.

"이 집도 공영 기업체요?" 선구가 오누에게 물었다. 선구가 알기에 모든 생산 시설이나 판매 기구는 사회권 직영으로 되어 있었기 때문이다.

"아뇨. 이 집은 개인 기업체에 속합니다." 오누는 간판 글씨의 빛깔이 푸른 것을 지적하며 이것으로 구별할 수 있다고 했다. 선구는 약방 안으로 들어갔다. 15평이 채 못 되는 상점으로 전면과 좌우 벽에 진열장이 꾸며져 있었다. 옛것과 비슷했다.

다른 점은 진열된 상품 수효가 극히 적은 것과 점원인지 주인인지 두 사람이 있는데 들어온 손님을 거들떠보지도 않고 장기놀이 같은 걸 하고 있었다. 불친절한 태도였다. 선구는 상점 안을 두리번거렸다. '무엇을 물어볼까?' 점원들은 청승맞게 놀이에만 정신이 팔려 한 번도 손님 쪽을 쳐다보지도 않았다. 선구는 더 머무를 흥미를 잃고 그곳을 나왔다.

"아니, 무슨 가게가 저 모양인가. 저렇게 불친절하고도 영업이 되우?"

오누에게 말을 거니 오누는 빙그레 웃기만 했다. 옆의 두 서기도 따라서 빙그레했다. 선구는 이들의 웃는 태도로 봐서 어떤 까닭이 숨겨져 있음을 짐작하였다. 아마 보통 영업집이 아니었나 보다. 뭣일까? 그러나 선구는 더 캐묻진 않았다. 너무 알려 들지 말라는 리긴의 주의가 생각났다. 다른 건물 앞에 이르렀다. 문방구점이었는데, 간판 글씨가 흰색이었다. 공영 기업체라는 오누의 설명을 듣고 안으로 들어섰다.

조금 전에 본 약방만 한 크기의 상점이었다. 물건이 많았다. 점원은 셋. 그중 두 사람은 분주히 물건을 포장지로 싸고 있고 한 사람은 책임자인지 우두커니 서 있었다. 다른 손님은 없었다. 점원들은 흘깃 선구 일행을 한 번 쳐다보았을 뿐 접대하러 나서진 않았다.

선구는 사면을 두리번거리며 이 물건 저 물건으로 시선을 더듬었다.

"용건은?" 우두커니 서 있던 수석 점원으로 보이는 사람이 볼멘소리로 선구에게 말을 걸었다.

선구는 빙그레 웃는 낯으로 그녀를 대했다. 수석 점원은 양미간을 잔뜩 찌푸리고 이 낯선 손님의 아래위를 훑어보았다. 뭐 이런 게 다 있어 하는 꼴이었다. 선구는 계속 빙그레 웃고만 있었다. 잠시 웃고 흘기고 하는 대치가 벌어졌다. 다른 두 점원도 일손을 멈추고 선구를 바라보았다.

"용건은?" 수석 점원은 더 못 참겠는지 거센소리를 질렀다.

"저거 얼마요?" 선구는 얼른 한 곳을 가리켰다.

"뭐? 표를 봅시다." 점원은 손을 내밀었다.

"표?"

선구가 무슨 영문인지 몰라 어리둥절하니, 점원은 선구를 노려보며 앞으로 다가섰다.

이때 오누가 점원 앞을 가로막고 나섰다. "조심하시오. 이분은 시니요."

시니라는 말에 수석 점원은 물론 다른 두 사람도 눈이 휘둥그레졌다.

"죄송합니다." 수석은 갑자기 새댁처럼 볼을 붉히고 사죄했다.

선구도 어색한 표정으로 주춤하다가 "미안하구려." 한마디 하고 밖으로 나와 버렸다. 문방구점 옆은 녹지대였다. 선구는 그곳에 들어서서 뒤따라오는 오누 일행에게 물었다. "대체 어찌 된 거요?"

오누의 설명인즉 지금 들렀던 가게는 이 부근 가정에 학용품을 공급하는 곳으로 수요자는 직장 발행의 구매권을 제시하게 돼 있는 것이었다.

"물자가 모자라나요?" 선구는 옛적의 배급 제도 생각이 나서 이렇게 물었다. 대답은 정반대였다.

"천만에요. 수요자들이 제대로 소비를 안 하기 때문이죠. 정부의 가정교양 사업은 가정용 문방구의 소비량에 그 성과가 나타나는데 근자의 통계 숫자는 소비량의 점차적인 저하를 가리키고 있어요. 그래서 정부는 곳곳에 이런 상점을 개설하여 대민 봉사를 하고 있지요." 선구는 '이거 또 한 번 초점이 어긋났군.' 혼자 속으로 고소(苦笑)

하였다. 아무튼 이상했다.

"대민 봉사 기관이 그다지 불친절하단 말요?"

선구의 불평 섞인 질문에 오누는 얼핏 적당한 대꾸가 생각 안 나 끙끙대다가 답했다.

"정책은 시니가 세웠지만, 점원들은 다만 점원에 지나지 않죠."

엉터리 대답에 선구는 웃음이 났다. 그러나 오누의 말에 담긴 진실성에 이해가 가기도 했다. 그럴듯한 대답이었다. 아니 명언이었다. '시니는 시니, 점원은 점원.' 그렇다. 여인천하의 모습을 단적으로 표현한 대답일 것이다. 시니는 시니, 점원은 점원.

여인천하를 살피는 데 긴요한 열쇠를 얻었다고 선구는 속으로 생각하였다. 제아무리 훌륭한 정책일지라도 그 나타나는 결과가 반드시 아름다울 수 없을 거고, 또 비록 시원치 않은 결과가 나타났다고 바로 그 정책 자체를 나무랄 일도 아닐 것이다. 이렇게 저 혼자 판단하다가 오누 일행이 수상쩍게 보는 걸 깨달은 선구는 히죽 한 번 웃고 다시 걸음을 옮겼다.

선구는 길가 풀밭 위에 말뚝 모양의 예쁘게 생긴 쇠기둥을 발견하였다. 높이는 60센티미터 정도.

그것은 지름 15센티미터가량의 파란 몸체에 빨간빛 접시를 뒤엎어 놓은 것 같은 뚜껑이 씌워졌고 접시 뚜껑 가운데에는 하얀 배꼽 모양의 꼭지가 달려 있었다. 무슨 표식일까? 호기심에 이끌려 선구는 무심코 그 꼭지를 한번 눌러 봤다. '칙!'

갑자기 압축 공기가 새어 나오는 날카로운 소리가 났다. 동시에 난데없이 안개가 사면에 쫙 퍼져 시야를 분간할 수 없게 되었다. 선구는 깜짝 놀라 달음질쳐 그곳을 피했다. 선구도 놀랐지만 못지않게 당황한 건 오누 일행이었다. 세 사람은 선구가 하얀 꼭지에 손을 대는 걸 보자 일제히 "앗!" 소리를 지르며 그것을 제지하려 들었으나, 때는 이미 늦었다.

그중의 한 사람이 재빨리 안개 속에 뛰어들어 빨간 접시 뚜껑을 돌렸기에 다행이었다. 쇠말뚝은 비상소화전이었다. 쏟아져 나오던 안개가 점차 가셔지는 속에 서기 한 명이 땀을 뻘뻘 흘리며 빨간 접시에 매달려 있는 모습이 나타났다. 안개는 진화 가스로 접시 꼴 모자를 돌려 밸브를 잠그지 않는 한 무제한으로 쏟아져 나오는 것이었다.

이 가스는 어떤 종류의 맹렬한 불길이라도 금세 진압하는 작용을 하며 생물에는 별다른 해가 없는 거라 했다. 이런 건 나중에 안 거고, 선구는 뜻하지 않은 사태에 몹시 당황했다.

다행히 동행인의 기민한 동작으로 가스가 막히긴 했으나 일이 쑥스럽게 되었다. 잔뜩 무안에 취해 주위를 둘러보니 여기저기 사람들이 몰려 이쪽을 바라보고 있었다. 지금 들렀던 문방구점의 점원들도 가게 앞에 나와 놀란 얼굴들을 했다. 그러자 한편에서 어떤 사람이 달음박질로 이편으로 뛰어오고, 또 한 사람은 다른 편에서 뛰어왔다.

이 두 사람은 이제 방금 소화전을 틀어막고 난 서기에게 다가가 어쩐 일이냐고 따져 물었다. 두 사람은 이 부근 상호 구락부의 회장들이었다. 상호 구락부란 옛적의 동(洞)이나 반(班)과 비슷한 것이었다. 조직 방식은 비슷하되 정부와의 예속 관계는 더 짙었다.

오누가 선구에 대신하여 실수로 그랬다고 변명하고 있는데, 이번엔 공중에서 푸드덕 소리가 연거푸 나더니 비행 질방을 걸머진 사람들이 여기저기서 셋이나 날아들었다. 이들은 이 근처 보안관들이었다. 선구가 건드린 소화전은 자동으로 보안관사에 사고 발생을 통지하게 되어 있었다.

보안관들은 화재도 아닌데 헐레벌떡 달려온 게 못마땅하여 시비조로 따지고 들었다. 선구는 너무 미안하여 사과하려고 여러 사람 앞으로 나섰다. 선구의 의도를 눈치챈 오누는 눈을 끔벅거려 선구더러 나서지 못하게 하고, 보안관과 상호 구락부 회장들에게 도리어 고자세로 나왔다.

"별일 없으니 돌아가란 말이오. 우린 경보기의 성능과 당신네의 근무 태도를 시험해 본 것뿐이야. 이 분은 시니란 말이야."

오누의 위협은 들어맞았다. 여러 사람의 시퍼런 서슬은 금세 사라지고 일제히 우선구에게 허리를 굽혀 경의를 표한 다음 슬금슬금 물러갔다. 선구는 더 이상 머뭇거리고 있을 맛이 안 나 그곳을 떠나 뒷길로 들어섰다. 오누 일행도 물론 뒤따랐다.

"미안하게 됐소. 나 때문에 욕보셨소."

"뭘요. 괜찮아요."

"그게 소화전인 줄이야 몰랐구려. 미안해요."

"모르고 하신 걸요, 뭐."

"그 기계 성능이 대단한데." 선구가 평계 겸 칭찬 겸 말했다.

"웬 걸요. 그 기계는 무용지물인 걸요." 오누는 대단치 않다는 말투였다.

그녀의 말인즉 저런 기계는 아직 시내 여러 곳에 비치되어 있긴 하지만, 10여 년 전의 낡은 시설이고 최근에는 거의 한 번도 실용해 보지 못했다는 것이었다. 그 이유는 화재가 좀체 없기 때문이었다. 건축물의 사용재가 전부 불연성 및 내열성으로 되어 화재가 있을 수 없었다. 그리고 건축물들은 크고 작고 간에 전부 자동 방재장치가 설치되어 있어 비상소화전이 필요치 않았다. 진작 소화전 시설을 철거했어야 한다는 설명이었다.

선구는 오누의 설명이 구세대 인간의 실수를 덜어 주기 위한 선심인 것 같아 더욱 미안한 마음이 들었다. 모처럼 감행한 외출 첫 대목부터 시련을 받아 불안감이 없지도 않았으나 그렇다고 그대로 되돌아갈 마음은 없었다. 다시 이런 기회가 있을지 의심스러워 좀 더 돌아다녀 보기로 하였다.

들어선 뒷길은 주택 지구인 모양이었다. 단층 혹은 2층 단독주택들 사이사이에는 녹지대가 끼어있었다. 이들 녹지대에는 잘 다듬어진 잔디와 어린이 놀이터가 있고, 녹지대 중 한 곳에는 아담한 연못도 있었다. 연못에는 화초 고기들이 노닐었고, 못 가에는 귀엽게 생긴 의자들이 있었다. 참으로 깨끗한 공원 분위기였다. 그런데 이용하는 사람 모습이 전혀 없었다.

"공원이 왜 이리 적적하지. 오늘만 이런 거요?" 선구가 물었다.

"늘 이래요." 오누가 대답했다.

'늘 이렇다면 당국은 공연한 낭비만 한 걸까?' 선구는 의아하였다.

선구는 이곳을 한 바퀴 돈 다음 밖으로 발길을 돌렸다. 이때 길옆 한곳에 선구의 시선이 쏠렸다. 이건 필시 일종의 게시판이리라. 높이 3미터쯤 되는 장대에 길쭉한 판자가 매달려 바람 부는 대로 흔들렸는데, 판자에 글씨가 있었다. '극단 파랑새 〈내일의 하품〉 공연 중. 공원 극장.'

선구는 어쩐지 가슴이 뭉클해졌다. 극단의 광고. 실로 까마득하게 잊었던 소중한 기억이 되살아온 기분이었다. 극단 이름도 낯익은 파랑새. 선구는 주위를 두리번거렸다. 극장이 어디 있나 찾아보았다. 두어 차례 맴돌며 찾았으나 그럴싸한 건물이 눈에 띄질 않았다. 오누에게 물었다.

"네, 저거죠."

오누가 가리키는 곳은 잔디밭이 끝난 곳에서 도로 하나 건너편에 있는 집이었는데, 선구도 그 집에 눈길이 안 갔던 건 아니었으나 겉모양이 도저히 극장 같지 않아 판단을 못 했었다. 그 건물은 큰 조개껍데기를 엎어 놓은 것처럼 되어 있어 선구 눈에는 무슨 물건더미를 천막으로 뒤집어씌워 놓은 것 같기만 했다. 멀리서 봐서 그런지 들창이나 출입구 등속도 안 보였다.

좌우간 가 보기로 했다. 가까이 가 봐도 조개껍데기에는 들창이 없고 출입문이 선구가 온 반대편에 두 곳 있기는 있는데 문 앞에 높다란 담장이 있어 꼭 옛날의 방공호 입구 같았다. 담장 한 곳에 자그마한 광고판이 달렸다. '극단 파랑새 〈내일의 하품〉'이라고 적혀 있었다.

선전물이란 공원의 게시판과 이 광고판, 이것뿐이었다. '왜 이다지 광고에 인색할까? 이미 널리 알려져 새삼 광고의 필요가 없어서인가?'

나중에 안 사실은, 광고의 필요가 없는 것까지는 맞았는데 그 이유는 정반대였다. 널리 알릴 필요가 없는 게 아니라 널리 알려 봤자 별것 아니기에 숫제 광고비용을 절약하기 위한 것이었다. 근래에 연극은 된서리를 맞는 중이었다. 어쨌거나 그건 나중 이야기고, 극장 현관 앞까지 온 선구는 동행인들에게 의사를 물었다. "들어가

봄 어떻겠소?"

임의대로 하라는 오누의 대꾸였다. 그럼 표를 끊으라 하니 오누는 무슨 소리냐는 듯 선구의 안색을 살폈다. 여기서도 또 한 번 구세대의 관념은 현실에 빗나갔다. 이곳에는 입장권 따위는 있지도 않았다. 선구는 오누를 따라 극장 안으로 들어섰다. 들어서자 현관 안에 옹기종기 서성대던 몇 사람이 쭈르륵 나와 선구 일행을 맞아들였다.

"어서 오십시오. 관극하시겠습니까?"

그렇다고 선구 일행이 고개를 끄덕이니, 그 사람들은 감격에 찬 얼굴로 말했다. "마침 잘 오셨습니다. 지금 막 개막할 참이었어요."

선구는 이 사람들의 지나친 친절이 의아스러웠다. 이해하기 어려운 일은 계속 잇따랐다. 극단 사람들은 공손히 선구 일행을 좌석으로 인도하는 한편, 출입구를 닫아 버리는 것이었다.

관람석은 텅 비어 있었다. 정말 텅 빈 채였다. 오직 지금 막 들어선 선구 일행만이 있을 뿐.

장내 조명이 꺼지고 무대에 불이 켜졌다. 아직 개막 전이라 막은 오르지 않았는데 한 사람이 무대 전면에 나와 인사말을 했다. "저희 극단 파랑새 공연에 이처럼 왕림하여 주시니 무한의 영광입니다. 실은 개막 예정 시각이 1시간가량 늦었습니다. 단 한 분도 구경 오시는 분이 없었기 때문이죠. 이미 각오는 했던 터라 관객 없이라도 저희끼리만 막을 올리려던 참이었죠. 비록 그만한 이유며 가치나 보람을 느끼지 않는 바는 아니지만 그래도 완전히 빈 좌석 앞에서 개막이란 좀 서글펐습니다. 다행히 네 분 손님을 모시게 되어 저희 그간 10개월여의 연마는 헛되지 않게 되었습니다. 감사합니다."

공손히 인사를 하고 들어갔다. 선구는 어이가 없었다. 이거 굉장한 데 들어왔구나.

어이없는 건 오누 등 세 사람도 매한가지인지 서로 얼굴을 맞대고 눈만 껌벅였다. 막이 올랐다. 무대에는 아무것도 없었다. 배경도 없이 회색 장막이 늘어져 있을 뿐. 트로트조의 경음악이 흘러나오자 회색 포장 배경에 그림이 나타났다. 영사기로 비치는 풍경화였다.

거리의 풍경이 조용히 흐르더니 갑자기 한 소녀가 스포트라이트에 맞춰 등장하였다. 롤러스케이트를 몰고 제비처럼 날쌘 솜씨로 무대 위를 빙빙 돌았다. 잠시 후 소녀는 롤러스케이트를 벗어 던지고 무대 위에 벌렁 누워 버렸다. 이내 잠이 들었다. 음악은 트로트에서 소야곡으로 바뀌었다.

무대 위의 변화가 없는 틈을 타 선구는 극장 구조에 눈을 돌렸다. 무대 위치나 객석의 배치, 천장, 벽의 모습이 옛적 것과 대체로 비슷했다. 모든 것이 달라진 세상에 유독 연극과 극장 구조만이 구태의연하게 남아 있었나? 또는 변화에 변화를 거듭한 끝에 본 모습 제자리에 돌아온 것일까?

그러나저러나 왜 이다지 구경꾼이 없을까.

"아니, 이건 너무 구경꾼이 없군." 오누에게 속삭여 보았다.

"글쎄요." 오누 역시 의아스럽다는 눈치였다.

"이거 엉터리 극단이구려."

"그렇진 않을 걸요. 이 사람들은 모두 연극 아카데미의 정식 회원들이죠, 아마."

과연 그들은 엉터리가 아니었다. 약 1시간에 걸친 무대는 한마디로 말해 황홀 그것이었다. 등장인물들의 완벽한 연기라든지 앞뒤 스텝의 호흡 일치라든지 나무랄 데가 없었다. 그중에도 선구가 신기하게 본 것은 무대장치의 간결함이었다. 실물과 영사를 혼용하여 조금도 어색함이 없었다.

작품 내용도 재미있었다. 재기발랄한 한 어린 위시두가 자라남에 따라 어머니의 애완물이 되고, 담임교사의 공리주의의 희생물이 되고, 이어 군대에 들어가 상관의 기압 대상이 되고, 제대 후에는 직장 감독의 관료주의에 휘둘리고, 그 밖에 정보원들의 사냥감이 되고, 변태 성격자의 요깃거리가 되는 과정을 밟는 동안에 속이 텅 빈 사회인으로 바뀐다는 줄거리였다.

이만한 테마에 빈틈없는 연출이며 탁월한 연기까지. 공연에 앞서 인사말 중에 10개월의 연마를 쌓았다는 게 조금도 거짓이 아님을 알 수 있었다. 이러한 예술적 성공에도 불구하고 단 한 명의 관객이 없다니 놀라지 않을 수 없었다. 선구가 흥미진진하게 관극하고 있는 데 대조하여 오누 세 사람은 연극의 제목 그대로 '내일의 하품'까지 터뜨리며 시간을 참기에 애쓰는 꼴이었다.

극이 끝나자 선구는 감격에 못 이겨 벌떡 일어나 한 차례 박수를 보냈다. 오누들은 눈이 휘둥그레져 구세대 인간을 바라보았다. 그들은 선구의 손뼉 치는 모습이 무대 위의 연극보다 더 흥미 있는 눈치였다.

"재미있으세요?" 오누는 하품을 씹어 삼키고 선구에게 물었다.

"참 훌륭하군요. 왜 재미없소?" 선구가 반문했다.

"우린 연극에 취미가 없어서." 덕분에 큰 고역을 치렀다는 듯 오누는 대답하며 뻣뻣해진 허리를 두드렸다.

이때 연극을 끝마친 배우와 뒤 스텝들이 객석으로 몰려와 네 사람을 에워싸고 감사의 치하 인사를 늘어놓았다. 그들은 극성스럽게 제각기 기념품을 네 사람에게 안겨 주며 방명록에 사인을 해 달라고 졸랐다. 선구는 기꺼이, 오누 등은 마지못해 사인해 주었다.

"댁처럼 연극을 이해하시는 관객도 드뭅니다. 참 고맙습니다." 극단원 중의 한 사람이 각별히 선구의 손을 잡고 인사를 거듭했다. 진정 고맙다는 듯 잡은 손에 힘을 주었다. 이 사람은 자기가 이 연극의 원작자이고 중앙 예술원 회원이며, 지방 예술원의 연극분과 위원장이라고 자기소개를 했다. 이름은 비봐부리힐. 50대의 장년이었다.

비봐부리힐은 선구에게 차를 대접하겠다고 간곡하게 청했다. 선구도 명극 〈내일의 하품〉의 도취감에 싸여 그냥 이대로 극장을 떠나기에 아쉬움을 느끼던 터라 즐거이 그의 초대에 응했다.

비봐부리힐은 손님을 괴롭혀선 안 된다며 다른 단원들은 다 따돌리고 오늘 공연의 주인공인 젊은 배우 한 사람만 데리고 일행의 앞장을 서 극장을 나섰다.

찻집은 바로 극장 옆에 있었다. 찻집은 정거장 대합실처럼 간소한 의자와 테이블이 몇 벌 놓여 있을 뿐인 허름한 설비집이었다. 일동이 자리 잡고 앉자 비봐부리힐은 점원에게 발콜 한 잔씩 가져오라고 주문했다. '발콜'은 차가 아니라 보메(Baumé) 20도 정도의 술이었다.

선구는 이거 한 잔이면 나가떨어질 판인데, 진성인들은 곧잘 이정도를 차대신 마셨다.

"아니, 나는 훈으로 줘요." 선구는 다급히 수정하였다. '훈'은 단순한 청량음료였다.

선구는 작가 비봐부리힐에게 그만한 걸작에 관객이 없어 유감이라고 위로의 말을 했다.

"우린 아예 관객은 염두에 두지도 않지요." 비봐부리힐은 오히려 태연했다.

"관객 없는 연극이란 무의미한 게 아닐까요?" 선구는 작가의 허튼소리에 일침을 놓았다.

"물론 관객 없는 연극이란 말이 안 되는 소리죠. 우리도 그건 알아요. 다만 우리는 오늘의 관객에 기대하지 않을 뿐이죠. 내일의 대중을 위하여 우린 참된 연극의 명맥을 이어가는 전령군 노릇을 하는 셈이에요."

비봐부리힐의 말이 그럴듯하긴 했다. 그러나 선구도 자기 나름의 예술관이 있는 사람이었다. 즉각 반박을 했다. "내일의 관객을 위한다는 것도 훌륭한 의의가 있겠죠. 그러나 오늘의 관객을 잡지 못한다는 건 그만큼 힘 부족, 노력 부족이 아닐까요?"

"모르시는 말씀. 우리도 과거에는 오늘의 관객을 끌어모으고자 애써 보기도 했죠. 그들의 기호에 맞춰 레퍼토리를 꾸미기도 했어요. 그 결과 연극 자체가 질식할 위기에 부딪혔지 뭡니까. 댁 같은 관객이면 문제야 없지만, 우린 아예 오늘의 관객층엔 손들었어요."

"아니, 오늘의 관객층은 그다지도 저속한가요?"

"세계적인 일류 연극인들의 모임인 파랑새 공연에 댁들을 빼고는 단 한 사람도 얼씬거리지 않았다면 알겠죠."

"그건 선전의 부족이 원인 아닐까?"

"선전이라고? 누구에게 선전을 하란 말이오? 소귀에 경 읽는 편이 낫지. 오늘의 사회인들은 예술에는 장님입니다. 지금 나의 작품을 보셨죠. 진성인은 어린 시절이 꽃이지요. 자라남에 따라 허수아비가 돼 버려요. 정부 시책이 졸렬하기 때문이죠. 오로지 그게 원인입니다. 정부는 사회인들을 모조리 바보로 만들고 있어요. 잘 아시겠지만 지금 전 인구의 90퍼센트는 변태 성격자가 됐어요. 이거 보통 문제가 아닙니다. 먹고 자고 나면 하는 짓이 있잖아요. 참 기가 막혀. 글쎄 헤어지루 이 거리에도 구석구석 판을 치는 게 께브, 이거 되겠어요. 그야 따분한 이 세상에 께브라도 있어야 하긴 하지. 솔직히 말해서 나도…, 아니 내가 취했나? 허허허."

비봐부리힐은 발콜이 담겼던 빈 잔을 휘두르며 추가 주문을 했다. "이봐, 따쉬 한 잔씩. 이분에겐 훈." '따쉬'는 발콜보다 도수 높은 술이었다.

선구는 이 작가가 말한 '께브'의 뜻을 몰라 옆의 오누에게 넌지시 물었다. "께브가 뭐요?"

오누는 빙그레 웃기만 하고 가르쳐 주지 않았다. 빙그레 웃는 그 표정에서 선구는 어떤 의미를 감득할 수 있었다. '옳지. 그렇군. 비커츠섬의 세 경비병이 저지른 죄가 그것이 아닐까?'

비봐부리힐은 취기가 돎에 따라 더욱더 정부 비난에 열을 올렸다. 그녀는 또다시 따쉬를 청했다.

'관객도 없는 극단의 작가가 왜 이리 희떠운가.' 선구는 새로운 의혹이 들었다. 그리고 이 사람은 어디서 술값이 생기며 생활비는 어찌 얻는 걸까. 이걸 물어봐야겠다.

"극단은 어떤 방법으로 유지됩니까?"

미처 비봐부리힐이 대꾸하기 전에 오누가 툭 한마디 했다. "그야 정부가 부담하니 걱정이야 없지." 여태껏 정부 비방을 꾹 참고 듣기만 한 관료의 불만이 언중에 도사리고 있었다.

"뭐라고?" 이를 눈치챘는지 작가는 발끈 화를 냈다. "그야 당연하지. 관객의 씨를 말려 놓고 나서 예술의 씨마저 말려 놔야 속 시원하겠단 말요."

"우리가 있음으로 해서 예술의 명맥은 이어가고 있다는 걸 알아야 해요. 내일의 희망이 살아 있다는 걸 알란 말이에요." 젊은 주연 배우도 작가를 거들어 한마디 했다.

"암 그렇고말고. 불을 한 잔씩 더." 작가는 기세를 올렸다. '불'은 따쉬보다도 더 강한 술이었다.

이때 허술하게 차린 늙수그레한 사람이 나타나 일행의 자리를 기웃거리다가 이 사람 저 사람 귀에다 무엇인가 소곤거리고 다녔다. 서기 한 사람은 못 들은 척 대꾸도 않고, 작가는 손을 내저어 떠다밀었다.

그러자 늙수그레한 그 사람은 선구에게 와서 속삭였다. "가 보시지 않으려우, 가까워요."

선구는 무슨 영문인지 몰라 그 사람을 물끄러미 보았다. 그 사람은 비굴한 웃음을 얼굴 전체에 내 걸고 다시 한 번 속삭였다. "재미 좀 보시구려. 곧 시작해요."

"가라." 오누가 갑자기 큰 소리로 외치며 그 사람을 떠다밀었다.

"이 사람이 뭐라는 거요?" 선구가 물었다.

"하하하." 비뾰부리힐이 크게 웃으며 선구를 손가락질했다. "시치미 뗄 건 없어요. 께브, 께브. 하하하."

"이 근처 께브는 좋아. 우리 가 봅시다." 젊은 배우가 벌떡 일어나 외쳤다. 술에 취한 모양이었다.

"그래, 그래 가자." 늙은 작가도 덩달아 일어섰다.

좌석이 떠들썩한 판에 붕 하는 기계 소리가 나더니 차가 한 대 이들 앞에 나타났다.

차 안에서 나온 사람이 차렷 자세를 하고 오누에게 정중하게 품했다.

"시니 팔께서 우선구 씨를 곧 모셔 오랍니다."

좌중의 흥은 일시에 깨졌다. 허술한 차림의 그 늙은이는 허둥지둥 도망쳤고, 작가와 배우는 무엇에 홀린 사람 모양 우선구 일행을 뚫어지게 바라보고 있었다.

"오늘 관극은 나에게 큰 감명을 주었습니다. 다시 한 번 보고 싶습니다. 기회가 있으시면 나 있는 곳으로 찾아오시길 바랍니다. 박물관 자리가 내 숙소입니다." 선구는 작가에게 작별의 인사를 하였다.

미처 대꾸도 못 하는 예술가를 뒤에 남기고 선구 일행은 차 속으로 들어갔다.

13

여인천하의 내부 사정

　말하자면 무단 외출이라 시니 팔이 짜증 꽤나 부리리라 각오했
는데 다행히 결과는 그렇지도 않았다. 집에 돌아오니 시니 팔에게
서 전화가 걸려왔다. 아니 전화가 아니라 단파 통화기라 해야 맞겠
지. 무선으로 주고받는 실상과 음향 장치였다. 이 사람들은 이걸 '꼬
루'라고 불렀다. 면담하는 기계라는 뜻이었다.

　그건 아무려나 시니 팔은 전화, 아니 꼬루로 우선구에게 이렇게
말했다. "무단 외출은 곤란한데요. 우리는 따루 로잔의 명령으로 댁
을 보호해야 할 의무가 있어요. 외출도 좋지만, 신변 보호는 어떡하
지요. 우리 입장도 고려하셔야지요."

　예기했던 것보다 사뭇 반응이 부드러워 선구는 별일 없거니 하
였다. 하지만 선구와 달리 오누는 대단한 견책을 당한 모양이었다.
그녀는 다음 날부터 이곳에 나타나지 않았다. 다른 직원들 말에 의

하면 딴 곳으로 전출됐다고 했다.

단순한 전출인지 숙청당한 건지 알 수 없었다. 좌우간 선구의 외출 사건은 표면으로 자세치 않으나 내부적으론 적지 않은 파문을 일으킨 모양이었다. 남은 직원들의 행동 모습이 아주 신중해진 게 뚜렷한 증거였다.

다음 날 아침 무선 기술자가 오더니 전에 없던 실내용 안테나를 달아 놓고 따로 전파 조절기를 설치하였다. '아마 이 사람들이 어제 외출에 대한 응징책으로 우선 라디오 사용부터 제한하는 건가 보다.' 선구는 속으로 짐작하였다.

그런데 이 지레짐작은 정반대로 빗나간 것이었다. 무선 기술자가 리시버를 선구 귀에 걸어 주며 말했다. "이제 겨우 들어오는군. 한번 들어보시죠."

얼떨떨한 기분으로 선구는 귀를 기울였다. 바로 그 전파였다. 외계로부터 오는 괴전파.

"여기는 자유세계의 옳은 소리 방송입니다. 이 단파 방송에 계속 주의를 기울여 주십시오. 지금부터 지구수복위원회 위원장 에덴로우 씨의 특별 강연이 있겠습니다…."

굵직한 남성의 우렁찬 목소리. 귓속까지 파고드는 귀 익은 악센트. 선구의 신경은 미칠 듯 곤두섰다. 수신 상태가 고르지 않아 듣기 힘들긴 하나 바로 그 전파였다. 비커츠섬에서 처음으로 한 번 듣고 제5국에서 다시 한 번 감질나게 반짝했다가 말았던 그 전파. 반가운 목소리였다. 한편 두렵기도 했다. 이 사람들이 왜 갑자기 괴전파를 들려주는 건가?

선구의 복잡한 심경과는 딴판으로 무선 기술자의 태도는 아주 담담했다.

"수신 상태가 좋지 않죠. 화성에서 오는 거니 무리가 아니죠. 가끔 맑은 때도 있으니 잘 들어보세요. 시니 팔의 지시로 이 시설을 갖춰 드리는 거니 그리 아시고 조심해 들어야 합니다. 외계 전파는 일반은 청취 못 하도록 법으로 금지되어 있어요. 민심이 교란되기 때문이죠. 외계 전파를 들을 수 있는 수신기는 전부 등록되고 일반은 가질 수도 없어요. 그러나 들어야 할 분은 들어야 할 게 아니겠어요. 댁에선 수신 내용을 혼자만 아시고 아무에게도 알려선 안 됩니다. 이곳 직원들에게도 절대 비밀로 해야 돼요."

선구는 고개를 끄덕였다. 끄덕이긴 했으나 이게 어찌 된 영문인지 알 수 없어 무엇에 홀린 기분이었다.

외출이 말썽나기 전에 내린 시니 팔의 지시가 미처 수정되지 않아서 이러는 건가? 또는 시니급 대우로서 당연히 누릴 수 있는 특전일까?

"정 수신 상태가 엉망이고 내용이 궁금하실 제는 제5국 외계 통신과로 조회해 보세요. 그곳 시설은 특별하니까 대개 알 수 있을 걸요." 무전 기술자는 수신 장치의 조작법 등을 자세히 가르쳐 준 다음, 이렇게 말하고 물러갔다.

이 사람들이 의도하는 바가 무엇인지는 확실치 않았으나 선구로선 우선 주어진 특전이니 이용 안 할 턱이 없었다. 그는 시간이 허락하는 한 외계 소리가 들리는 수신기에 매달려 지냈다.

무선 기술자 말마따나 화성으로부터 날아온다는 그 전파는 알아듣기에 몹시 힘들었다. 잡음이 많고 자주 중단되곤 하여 형편없었다. '전날 비커츠섬이나 제5국에서 들은 것은 이렇지 않았는데 아마

그곳 수신기의 성능이 탁월한 까닭인가 보다.'

알아듣기는 어려우나마 외계 전파는 매일 거르지 않고 날아 들어 왔다. 하루에 세 차례, 그 시각은 일정치 않고 미리 예고하는 바도 없어 선구는 무턱대고 수신기 앞에 매달려 있어야 했다.

방송 내용은 음악을 위주로 하고 간간이 강연과 시사 해설이 끼어들었다. 음악은 기악과 성악을 비롯해 범위가 넓었다. 그중 주로 연주되는 현대물은 진성사회의 그것과 비슷하여 선구로선 이쪽이나 그쪽이나 다 같이 생소한 것들이었다. 간혹 선구의 옛적 청춘 시대 것이 고전 음악이란 표제를 달고 들려와 회고감에 젖게도 했다. 강연과 해설은 대개 진성사회의 패륜을 강조하고 인류 본연의 부부 생활, 가족생활의 행복함을 선전하는 것이었다.

한 가지 선구가 안타깝게 여기는 게 있었다. 그건 방송 내용에 화성의 생활 실태가 거의 없다는 사실이었다. 그리고 욕심 같아선 이것이 텔레비전 전파였으면 좋겠는데 음파 방송에 그치는 것이었 다. 이러한 아쉬움은 차츰 선구에게 큰 의혹을 품게 하였다. 화성 의 생활이 그들의 호언장담과는 달리 부질없이 허약한 건 아닌가?

진성인들의 주장이 아니라도 선구의 생각 역시 화성은 대기의 결 핍과 극심한 기온의 차로 해서 도저히 인간이 살 만한 곳이 못 될 텐 데 그곳 사람들은 어떻게 불모의 땅에 발을 붙일 수 있었고 또 생명 을 유지하고 있는 건가?

이 의혹은 한 걸음 더 나아가 이 전파가 정말 화성에서 오는 건가 하는 의심마저 일으키게 했다. 그토록 화성 방송의 실황 보도는 미 약하였다. 겨우 직장 방문보도나 어쩌다 있는 연예 시간에 등장하는 대사에서 그 고장 생활면의 한 토막을 희미하게 추측할 수 있는 게 고작이었다. 듣지 못해 애태우던 외계 방송이었으나 막상 맘 놓고 들어보니 결과적으로 한층 더 궁금하고 답답하기만 했다.

외계 방송 청취로 마음이 달뜬 우선구에게 요즘 한 가지 더 번거로운 일이 생겼다. 그것은 일련의 방문객들이 줄지어 들이닥친 일이었다. 그들 방문객은 고급 관리, 정치인, 각 분야의 학자들이 있는가 하면, 전 세대에선 듣도 보도 못하던 처음 대하는 직업인도 있고, 심지어 괴상한 미신가 따위의 기인도 있었다. 이들은 우선구에게 과거사를 캐기도 하고 현 세대의 자기네들 입장을 선전하기도 했다. 이들과의 대면에는 예외 없이 이곳의 서기들이 배석하였다.

이런 일들이 모두 시니 팔의 지령으로 진행되는 것은 뻔한 일이라고 선구는 보았다. 무단 외출을 범한 허물을 묻는 대신 외계 방송을 듣도록 해 주고 수많은 인물과 접촉할 기회를 베풀어 주는 시니 팔의 의도는 무엇일까?

많은 방문객 중에서 가장 인상적인 것은 다음의 두 사람이었다.

한 사람은 원로원 의원이라는 굉장히 비대한 뚱뚱보고, 다른 한 사람은 리리시노라는 미인이었다.

우선 뚱뚱보의 경우. 이 사람은 구세대의 어느 남성 뚱뚱보 못지 않게 거대한 체구의 소유자였다. 무게가 아마 우선구의 곱도 넘을 것 같았다. 기세도 대단했다. 원로원에 들어오기 전엔 보안군 최고 사령관을 지냈다고 뽐냈다. 선구는 우선 그 허우대에 압도감을 느꼈다. 그리고 첫인사로 교환한 악수에서 우악스러운 손아귀 힘에 진땀을 빼기도 했다. 그러고 나서 이 여장군이 자기를 찾아온 이유를 듣고, 선구는 완전히 어리둥절했다.

"나는 당신이 화성 총독이 되어 주었으면 하오." 괴역사(怪力士)의 첫 인사말이었다.

뭐가 뭔지 몰라 눈이 휘둥그레진 선구에게 뚱뚱보는 자기류의 추가 설명을 늘어놓았다. "그야 물론 지금 당장 부임하라거나 이 자리에서 승낙 여부를 결정하라는 건 아니요."

수다를 떠는 그녀의 의견인즉 이러했다.

지금 정치인들 사이에선 말썽 많은 화성의 처리안으로 두 가지 의견이 대립하고 있다. 한 가지는 무조건 화성 말살론이다. 현대 무기를 구사하여 화성을 폭파해 버리든지 적어도 그곳에 서식하는 생물들을 깡그리 말살하자는 적극론이다. 다른 의견은 화성 방치론이다. 화성인들이 까불어 봤댔자 별것 아니니 도외시하자는 것.

"그런데 나로 말할 것 같으면 이상 두 가지 의견이 다 마땅치 않소." 뚱뚱보 장군은 자기에게는 더욱 현명한 방침이 있다는 듯 어깨를 으스댔다.

"화성 말살론으로 말하자면 좀 가혹한 거고, 그렇다고 무조건 방치하기엔 뒷맛이 개운치 않아 이 역시 마땅치 않소. 그래서 나는 1개 군단을 화성에 파병하여 화성인들을 항복시킨 후 한동안 군정을 실시하는 게 상책이라고 봐요. 그러면 가련한 인생들을 살생 안 해도 되고 우리는 화성을 기지 삼아 전체 탐색 작전을 펼 수도 있거든. 일석이조의 전략이 아니겠소. 이럴 경우 화성인들의 통치에는 전 세대에서 온 당신이 안성맞춤이요. 당신은 여러모로 화성 총독에 적절하지.

첫째 남성이니 그들의 신망을 얻기 쉬울 거고, 당신은 이곳 지구의 실정을 직접 체험했으니 우리들의 실력이 어떻다는 걸 잘 알아

화성인들을 설득시킬 수 있을 거요. 당신이 동의만 한다면 나는 원로원 회의에서 당신을 화성 총독으로 추천할 작정이오. 어쩌면 당신은 이런 역할을 담당하기 위하여 비커츠섬에서 오랜 대기 태세를 취하고 있었나 보우. 하하하." 말을 마친 장군은 웃으며 선구의 어깨를 툭 쳤다.

"1개 군단으로 화성을 점령할 수 있을까요?" 선구는 침착하게 물었다.

"그야 물론. 단순한 화성 정복이라면야 1개 대대 병력으로도 족하지. 하지만 점령 후 민심을 안정시키는 작전이 뒤따르고 군정을 실시해야 하오. 그러자면 군단 병력 정도는 필요하지 않을까 추산하는 거요." 장군은 어디까지나 자신만만했다.

"우선구 씨는 아직 모든 실정에 어두워 만족한 답변을 하실 수 없을 겁니다." 선구가 아무 대꾸도 못 하자, 옆에 배석한 서기가 선구를 대변해 주었다.

"글쎄. 그러니까 난 지금 당장 즉답하라는 게 아니라 하잖았소." 장군은 짓궂게 우선구의 의중을 따지는 것이었다.

"지금 나는 어떤 질의에도 내 의견을 말할 입장에 있지 않습니다." 결국, 선구는 회피하며 답했다.

뚱뚱보는 고개를 끄덕였다. "알겠소. 그럼 시니와 얘기해야겠군. 그리고 나의 정견이 정식으로 의회에 상정될 경우 당신은 아마 증인으로 출두해야 할지도 모르겠소. 그때까지 내 말을 잘 연구해 두시오. 화성 인간들의 운명이 결정되는 중요한 안건이니 결코 소홀히 말길 바라오." 이렇게 무거운 여운을 남기고 장군은 물러갔다.

또 한 사람의 인상적 인물 리리시노는 뚱뚱보 장군보다도 한결 더 엉뚱하였다.

리리시노는 젊은 여자였다. 여자만의 세상에서 새삼스레 이 사람을 여자라고 일컫는 건 우스꽝스러운 말이겠으나, 선구에겐 그만한 쇼크가 있어서였다.

이 사람이 나타나기에 앞서 당국으로부터 '희망과 우정의 모임'이라는 일종의 친목 단체의 총무 자리에 있는 사람이 찾아갈 거라는 전갈이기에, 선구는 그저 그런가 보다 하고 무관심으로 있었는데 막상 대하고 보니 보통 인물이 아니었다.

우선 용모부터 뛰어났다. 한마디로 말하여 미인이었다. 눈, 코, 입 하나하나가 정성 들여 다듬어 놓은 듯 곱살스러웠다. 옷차림도 이상했다. 멜빵걸이에 치마바지가 아니라 옛적의 궁중 의식에서나 쓰던 거창스럽게 생긴 의상에다가 색깔도 울긋불긋한 게 대단히 요란스러웠다. 옛날 옛적 여성잡지에서나 본 여배우가 나타났으니 선구는 얼이 빠질 지경이었다.

첫 대면의 태도도 이색적이었다. 리리시노는 서기의 안내로 선구가 있는 방에 들어서자 어쩔 셈인지 먼발치에서 걸음을 멈추고 우선구를 말끔히 바라보고만 있었다. 초롱거리는 눈동자에 상대의 안면을 쪼아 낼 듯 사뭇 심각하게 쏘아보는 것이었다. 하도 야릇한 출현이라 선구는 잠시 어리둥절하게 바라보고 있기만 했다.

무심코 맞바라보던 선구는 무거운 압박감을 느꼈다. 자신의 전체가 어떤 힘에 침범당하는 것 같은 그런 느낌이었다. 이래서 안 되겠다고 정신을 가다듬고 이 당돌한 미인의 시선에 맞섰다. 뜻하지 않은 눈싸움이 붙었다. 옆의 세 사람 서기도 이 눈싸움에 휘감겨 얼떨떨 보고만 있었다.

어색한 대치가 얼마간 지속되었다. 선구는 슬며시 화가 치밀었다. 그렇다고 소리 지르기도 쑥스러워 홀쩍 외면하고 말았다. 그 순간 이상한 옷차림의 여인은 쪼르르 총총걸음으로 우선구 바로 턱밑에까지 다가와 두 손을 높이 쳐들어 무슨 주문이라도 외우는 시늉을 하더니 갑자기 방바닥에 넙죽 엎드려 큰절을 올렸다.

선구가 깜짝 놀란 건 물론이었다. 배석한 서기들 역시 선구 못지않게 놀란 표정을 하는 걸 보니 그들도 이건 예기치 않은 장면인 것 같았다. 여러 사람을 놀라게 한 여인은 몸을 일으켜 다시 두 손을 치켜들고 아주 심각한 표정으로 우선구를 우러러본 다음 두 번째 큰절을 올렸다.

이러기를 세 번, 네 번, 다섯 번…. 그냥 내버려 두었다간 끝없이 되풀이할 것 같았다. 처음엔 어리둥절했던 선구는 이대로 보고만 있을 것이 아니라는 걸 느끼고 괴상한 여인의 괴상한 행동을 제지하였다. 제지를 받고서야 여인의 무제한 큰절은 끝이 났다.

절은 끝났으나 이번엔 마룻바닥에 꿇어 앉아 부동자세로 선구를 쳐다보고 있었다. 그 태도는 감히 우러러보지도 못할 지엄한 존재 앞에 지극한 공손을 표시하는 그것이었다. 도대체 이게 어찌 된 일인가 하고 선구는 옆의 서기들을 둘러보았다. 서기들 역시 기가 찼는지 놀란 토끼 눈을 했다.

"그렇게 있지 말고 이리 앉으시오." 선구가 권했으나 여인은 까딱없고 꿇어앉은 채 선구를 말끄러미 쳐다보고만 있었다.

"당신이 리리시노요?" 수석 서기가 볼멘소리로 여인에게 따졌다.

"네, 제가 리리시노올시다. 희망과 우정의 모임의 총무인 리리시노올시다." 리리시노는 질문한 서기는 거들떠보지도 않고 우선구에게 말하면서 다시 한 번 넙죽 큰절을 했다.

"이 분을 의자에 앉도록 하시오." 선구가 서기에게 부탁했다. 수석 서기가 의자를 내밀어 앉기를 권했으나, 리리시노는 들은 척도 않았다.

다른 두 사람의 서기가 달려들어 강제로 끌어 일으키려 하자 리리시노는 사납게 뿌리쳤다.

"제발 이대로 놔 줘요."

선구는 문득 이 사람이 미친 사람은 아닌가 하는 의혹이 생겼다. 서기들을 보고 눈짓으로 머리가 돈 사람 아니냐고 해 봤다. 이것을 재빨리 눈치챈 리리시노는 정색하고 선구에게 말했다.

"아닙니다. 저는 저희 10만 교도를 대표하여 선생님을 뵈러 온 것입니다. 제발 저희의 교주가 되어 주십시오."

선구는 다시 한 번 어리둥절했다. 혹 잘못 들은 건 아닌가? 자기의 헤민어 해득력이 아직 미흡한 게 아닌가 하는 의심이 생겼다. 이 사회에는 종교 단체라는 것이 없는 거로 알고 있었기 때문이다. 그동안의 조사에 의하면, 이 사회는 각자 개인의 신앙의 자유는 법으로 보장되어 있으나 집단적 종교의식이며 종교 단체의 형성은 금지했다. 따라서 교도니 교주니 하는 말이 존재치 않는 것으로 알고 있었다. 설사 자기의 조사가 어긋나 종교 단체가 있고 교주며 교도가 실재한다 하더라도 처음 보는 이 사람이 자기더러 교주가 되어 달라니 이게 될 소린가?

선구는 수석 서기에게 이게 무슨 뜻이냐고 물었다. 그런데 어안이 벙벙한 건 서기들 역시 매일반인 모양이었다. 그들은 얼떨떨한 눈치로 오히려 선구를 살폈다.

"교도니 교주니 무슨 당치도 않은 소린가. 교도가 아니라 회원이고 교주가 아니라 회장이란 말이겠지?" 수석 서기가 리리시노에게 성난 얼굴을 들이댔다.

리리시노는 이에 대한 대꾸 역시 수석 서기에게 하는 대신 선구만을 쳐다보며 말했다. "저희 '희망과 우정의 모임'은 사회 단체법 규정에 따라 일반 사회인의 수양 단체로 등록되어 있습니다. 따라서 대외적으로는 회원이고 회장이고 합니다만, 실지에 있어 저희는 자율적으로 회원을 교도로, 회장을 교주라 부릅니다. 그러나 저희는 창립 이래 아직 교주를 모시지 못하였고 제가 외람되게 총무 자리를 더럽히고 있습니다. 10만 교도가 뭉쳐 있으면서도 여태껏 교주님을 정하지 않은 건 아마 오늘날 선생님을 그 자리에 모시기 위한 자연의 섭리였나 봅니다. 이 어찌 기쁘고 다행한 일이 아니겠습니까." 이렇게 늘어놓으면서 리리시노는 또 한 번 넙죽 절을 했다.

"뭣이라고? 리리시노, 그대는 분명 사회법 제8조의 종교 행위 규제를 범했소. 여기 기록된 녹음 내용을 증거로 나는 고발하겠소." 이제 수석 서기는 발끈 화를 냈다.

그래도 리리시노는 서기에게는 곁눈질 한 번 않고 여전히 선구만을 우러러보며 말했다. "제가 선생님을 뵙고자 이 자리에 나온 것은 시니 팔 각하의 양해가 있어섭니다. 이 자리에서의 담화는 관으로선 일절 관여하지 않기로 약속되어 있습니다. 그뿐더러 사회법의 어느 조문에도 친목 단체의 내부 행사를 간섭하게 되어 있지 않습니다. 이 친구는 아무것도 모르고 지껄이는 겁니다." 수석 서기를 나무라는 말이었다. 아주 청산유수였다.

"응, 좋아. 그대는 현행범이야. 이 자리가 끝나는 즉시 검찰청 직행이다." 화가 머리끝까지 치민 수석 서기는 말하면서 어깨로 숨을 쉬었다.

선구는 속으로 일이 재미있게 되나 보다 했다. "그건 하여간 나와 얘기하려면 그런 자세론 안 되겠소. 이 의자에 앉으시오." 선구는 얼굴에 위엄을 지으며 여인에게 명령조로 말했다.

그제야 리리시노는 다소곳이 선구 지시에 따라 의자에 앉았다.

"당신은 시니 팔의 명령을 받고 나를 보러 온 거요?" 선구는 물었다.

"아니요, 시니의 허락은 받았습니다만 그분의 명령으로 온 것은 아닙니다. 그분들은 오히려 제가 선생님을 찾아뵙지 못하도록 극력 방해했죠." 리리시노는 방긋 애교 있는 미소를 지으며 말했다.

"그건 또 왜?"

"그분들이 아직도 저희 모임의 내용을 잘 인식 못 하고 있기 때문이죠. 그러나 정부도 끝내는 저희 10만 교도의 정당한 요구에는 이쩔 수 없이 제가 선생님을 찾아뵙는 걸 허락한 겁니다."

"나를 만나자는 용건은 뭐죠?"

"네, 여기 저희 희망과 우정의 모임 10만 교도의 소원이 실려 있습니다. 삼가 보아 주시옵기 바랍니다." 리리시노는 옷가슴을 헤치고 한 권의 책자를 꺼내 조심스레 선구 앞 탁자 위에 놓았다.

선구는 그 책자의 우아하고 제법 사치스러운 장정을 눈여겨본 후 겉장을 젖혔다.

"우선구 교주님 만세." 갑자기 군중들의 부르짖음이 튀어나왔다. 이 책은 보통 책자가 아니라 음악상자였다. 음악상자는 음악상자이되 선구가 알고 있는 구세대 것과는 꾸밈새가 달라 회전판이나 나사

장치 등 일체의 기계 설비 없이 그저 책장을 넘기는 마찰 작용만으로 소리가 나게 되는 모양이었다. 시험 삼아 몇 장을 더 넘겨보았다.

"워시두를 수호하소서. 지혜를 베푸소서."

"희망과 우정의 지도자, 우선구 교주님 만세."

비록 참신하고 신기로운 체제이긴 하나 선구는 더 이상 페이지를 넘기고 싶지 않았다. 튀어나오는 소리가 너무 엉뚱했으니 말이다.

"이게 도대체 어찌 된 일요." 선구는 리리시노며 서기들의 안색을 두루 살폈다. 이게 장난이라면 수고가 지나쳤고, 정말이라면 영문 모를 일이었다. 세 사람의 서기는 자기들 역시 이해할 수 없다는 듯 고개를 좌우로 설레설레 내저었다.

리리시노는 장난기라고는 조금도 없는 성실 그대로의 표정으로 우선구를 쳐다보며 말을 이었다. "책장을 넘기시면 자연 아시게 됩니다만, 저희 모임의 10만 교도는 아까 말씀드린 것처럼 여태껏 교주를 모시지 못해 왔습니다. 그러던 중 다행히도 선생님께서 이 세상에 다시 나타나심을 맞이하여 저희는 전체 교도 대회를 열고 그 자리에서 만장일치로 선생님을 교주로 모시길 결의했습니다."

"나는 도저히 이해할 수 없소. 당신네 단체의 교리는 어떠한 것이며 또 그 내용은 어찌 됐건 왜 내가 그 단체의 교주가 된단 말이오?"

"네, 선생님께선 아직 모르실 겁니다. 지금 세상은 워시두의 순결을 지키느냐, 또는 두버무로 타락하느냐 하는 중대한 갈림길에 놓여 있습니다. 저희 희망과 우정의 모임 전체 교도들은 워시두의 순결과 정열을 수호하기 위하여 온갖 정성을 다 바치기로 굳게 맹세하였습니다. 이 길만이 오로지 인간 영원의 번영을 이룩하는 길이라 믿는 바입니다. 저희가 이번에 선생님을 저희의 초대 교주로 모시고자 하는 의도 역시 여기 있습니다. 저희는….”

"아니 잠깐." 선구는 손을 들어 리리시노의 웅변을 중단시켰다.

이 괴상한 여인의 장황한 설명 중에 나오는 단어 가운데 워시두가 진성인, 다시 말해서 이 세상 사람들임은 알겠다. 그런데 '두버무'란 말은 뭣인지 모르겠다. 따라서 워시두의 순결을 지키느니 두버무로 타락하는 갈림길이니 하는 그 뜻을 알아들을 수가 없었다.

"두버무가 뭐죠?" 선구는 리리시노의 논설을 쉬게 한 다음 수석서기에게 물었다.

"걸어 다니는 나무 아닙니까." 서기가 대답했다.

"걸어 다니는 나무?"

선구는 그래도 이해가 안 갔다. 헤민어의 두버는 '움직인다', 또는 '천천히 걷는다'라는 뜻이고, 무는 '교목(喬木)'이라는 뜻이니 두 단어의 연합어로 두버무가 '걸어 다니는 나무'라고 해석됨은 그럴싸하나 걸어 다니는 나무란 무슨 뜻이며, 걸어 다니는 나무로 타락한다는 건 또 무엇인가? 선구에겐 전혀 의미 불통이었다.

"걸이 다니는 나무라니?" 서기에게 재차 물었다.

"애를 못 낳으니 하는 소리죠."

'옳거니, 은어로구나.' 선구는 그제야 이해가 갔다.

아이를 못 낳으니 걸어 다니는 나무라. 그럴싸한 비유였다. 아기를 못 낳는 이유야 뻔하겠지. 임신이나 분만이 성가셔서 피임법을 쓰는 모양이군.

그런데 여기 의문점이 있었다. 임신, 분만은 무통 분만법의 필요도 없이 애당초 인공 자궁기가 있어 어머니 될 사람은 난자를 배출하는 수고만으로, 손끝 하나 까딱 않고도 자기 후계자를 얻을 수 있을 터인데 군이 두버무가 될 필요야 없지 않겠나.

"아니 피임 목적으로 그럴 필요는 없을 것 아니겠소?" 선구는 서기에게 다시 한 번 물었다.

"매달 치러야 하는 행사가 귀찮거든요." 서기의 답변은 퉁명조였다.

선구는 절로 입이 벌어졌다. 그랬다. 비록 단성 인간이 되었을 망정 워시두 역시 여성일진대 매달 찾아오는 생리 현상이야 변함이 없지 않겠는가. 이제 그것마저 치워 버리겠다는 게 두버무였다.

"그럼 당신네의 교리는 워시두의 전통을 이어나가겠다는 거요?" 선구는 다시 리리시노와 마주하여 물었다.

"네, 그렇습니다. 두버무주의라는 요망스럽고 무책임한 사고방식이 요즘 세상을 한창 시끄럽게 하고 있습니다. 정부는 우유부단, 오로지 속수무책으로 방관만을 일삼고 있으니 저희 교도 일동은 어찌 이대로⋯."

"잠깐. 당신네의 교리는 그렇다 하고, 왜 하필 나를 교주인지 회장인지 그런 자리로 끌어들이려는 거요?"

"네, 선생님께서는 온 세상 워시두의 희망과 동경의 상징이십니다. 저희 워시두는 겉으로는 어떤 자세를 취하든 속마음으론 인생행락의 최고는 웅성을 동반자로 삼는 행위라고 믿고 있습니다. 웅성시대가 과거의 건설로만 끝난 오늘날, 살아계신 오직 단 하나의 웅성인 선생님을 저희가 숭앙의 상징체로 모시자는 건 너무나 당연하고 당연한 이치가 아니겠습니까. 지금 정부는 무엇을 어찌 생각했는지 선생님을 이렇게 감금하고 갖은 핍박을 다 하는 걸 보면 저희 교도들의 가슴은 미어지는 듯 아픕니다. 제발 선생님께선 저희

10만 교도의 충성을 어여삐 여기사 저희의 교주가 되어 주십시오. 그러하오면 저희 교도 일동은 정부를 상대로 기본 인권법을 내세워 법정 투쟁을 비롯한 온갖 수단을 다하여 선생님을 해방시켜 드리겠습니다." 이리 말하는 리리시노의 두 눈에선 금방 파란 불이 일어날 듯 번쩍였다.

선구는 당황하였다. 실로 맹랑한 말이었다. 뭐라고 답변해야 좋을지 몰라 잠시 머뭇거리다가, "나로서는 지금 세상일이 너무 어두워 뭐라고 말할 수 없소. 시니 팔과 상의해 보겠소." 이렇게 흐리멍덩하게 받아넘겼다.

"아닙니다." 리리시노는 한층 더 열을 올려 선구 앞으로 다가서며 외쳤다. "아닙니다. 그 사람들과는 백날 상의해야 소용없습니다. 지금 세상은 시니고 따루고 믿을 수 없습니다. 저희에게 맡기세요. 교주가 되어 준다고 한마디만 말씀해 주십시오."

굉장한 열성이었다. 이때 서기들이 서로 몇 마디 수군거리더니 탁상의 초인종을 눌렀다. 5, 6명의 경비병이 몰려왔다. 수석 서기가 선구에게 눈짓을 했다. 안으로 들어가라는 것 같았다.

선구는 잠자코 자리를 떴다.

"선생님, 리리시노를 잊지 마십시오." 리리시노의 날카로운 음성이 뒤따랐다.

여러모로 보아 흥미를 일으키는 여인이긴 했으나, 선구는 어쩐지 리리시노의 이글거리는 눈초리에 감당하기 어려운 압박감을 느꼈다.

시간이 가면 갈수록 알면 알수록 더욱 답답하고 더욱 알 수 없는 게 새 세상 형편이었다.

　박물관 자리라는 이곳에 온 지도 어언 한 달이 지났다. 이 사람
들의 대우는 융숭하긴 하나 감금의 테두리를 벗어난 건 아니었다.

　외계 방송도 들려주고 연달아 각계각층의 인사들과 접촉도 시켜
주고 하긴 하는데 이런 것들이 자기에게 세상 형편을 알려 주려는
건지 또는 자기를 현혹하기 위한 고등 술책인지 선구로선 가늠하
기 어려웠다. 신문 기자 리긴이나 찾아와줬으면 하는 마음 간절한
데 그녀는 고전문화연구원에서 만나본 후로는 일절 소식이 없었다.

　직원들에게 문의해 볼까 하고 여러 차례 망설이다가는 그때마다
꾹 참고 말았다. 시니 팔의 다음 순서가 있겠지. 어디 두고 보자고
선구는 조급해지려는 자기 자신을 짓누르고 지내야 했다.

　이러는 중 어느 날. 오후의 한 때였다. 외계 방송 청취와 독서에
지친 선구가 잠시 뜨락을 거닐고 있는데 잔디밭을 손질하고 있던
한 사람이 흘깃흘깃 선구를 건너다보며 이상한 눈짓을 하는 게 눈
에 띄었다.

　이 사람은 요즘 새로 들어온 잡역꾼으로 선구로선 관심 밖의 존
재였는데 이날 따라 하는 짓이 별났다. 선구는 처음에는 그저 하류
배의 경망된 짓이거니 하고 별로 개의치 않았다. 그러나 그쪽은 경
망된 것도 무의미한 동작도 아니었다. 다른 사람들의 눈에 띄거나
이 집 전체에 펼쳐져 있는 데시 감시망에 걸리지 않느라 고심하여
선구의 주의를 끌고자 노력하는 것이었다.

　얼마 후 선구는 그 사람의 계속된 눈짓에 그 무엇이 있음을 깨닫
게 되었다. 하도 조심스러운 입장이라 냉큼 응하지 않고 있다가 그
일꾼이 한쪽 담 모퉁이에서 그리 와 달라고 열심히 손짓하기에 어

슬렁어슬렁 가 보았다.

일꾼은 주위에 인기척이 없는 걸 재삼 확인한 다음 선구 귀에 속삭였다. "요 모퉁이만은 데시 감시망의 사각지대입니다. 걱정하지 마시고 제 말을 들으세요."

선구는 아무 대꾸하지 않고 수상쩍게 거들떠보았다.

"루비의 심부름입니다. 아시겠어요?" 일꾼은 이렇게 말하며 선구의 안색을 살폈다.

'루비?' 들어본 적 없는 이름이라 선구는 입을 다문 채 고개를 내저었다.

"저런. 댁을 구원해 낸 루비를 모르세요. 그럼 리긴은 아시겠죠?"

선구는 눈이 휘둥그레졌다.

일꾼은 낮은 목소리로 다그쳐 물었다. "소보논에서 온 신문 기자 말입니다."

"알고 있소."

"루비는 리긴의 친구예요. 루비와 리긴이 댁을 죽음의 초원에서 구원해 낸 거 아닙니까."

아, 그랬구나! 선구는 반가움과 놀라움에 가슴이 꽉 미어지는 것 같았다.

리긴. 그랬다. 리긴이 나를 구해 줬음이 틀림없었다. 이런 깨우침이 선구 머릿속에서 번쩍였다. 그때 죽음의 초원 마지막 순간에서 환상 속에 나타난 줄 알았던 리긴은 환상이 아니라 실제의 그녀였구나. 이 사실을 까맣게 잊고 있던 자신에 선구는 부끄러움을 느꼈다.

"그래, 리긴이 지금 어디 있죠?" 선구가 다그쳐 묻자니 일꾼은 풀 깎는 틀을 몰고 훌쩍 자리를 떠버렸다. 근처에 인기척이 났기 때문이다. 경비병 한 사람이 이쪽을 보며 지나가기에 선구도 태연한 자세로 산책을 계속하였다. 경비병이 지나간 후 잠시 사이를 두고 두 사람은 다시 담 모퉁이로 다가왔다.

"리긴이 어디 있소?"

"네, 루비와 리긴 두 분이 댁을 기다리고 있어요."

"어디서?"

"루비 집에서요."

"이리 찾아왔으면 좋겠는데."

"못 옵니다. 허가가 있어야 해요."

"음…."

"댁에서 찾아가 보셔야 해요."

"내가? 나가게 할까?"

"몰래 나가셔야겠죠."

"몰래? 어떻게?"

"방법이 있어요. 제가 가르쳐 드리는 대로만 하시면 돼요."

"말해 봐요."

"해 보시겠어요?"

일꾼의 눈치를 보니 그 방법이란 것이 만만치 않은 것 같았다. 그러나 선구는 주저 없이 말했다. "해 봅시다."

"그럼 시침 떼고 가 계세요. 루비에게 연락할게요. 내일, 이곳에서 다시 만납시다."

다음 날 두 사람은 다시 만났다. 일꾼은 루비와 리긴의 전언을 가지고 왔다.

"야간을 이용하여 나왔다 가시랍니다. 만일을 위하여 저더러 당신 대신 침대에 누워 있으라는군요."

"나 대신 당신이?" 선구는 깜짝 놀랐다. "아니, 대신 침대에 누워 있기만 하면 뭐하겠소. 문제는 어떻게 이곳을 드나들 수 있느냐 하는 것 아니겠소."

"저 담을 넘으세요. 적외선 방범 장치가 돼 있으나 경비원 중에 루비와 통하는 사람이 있어 필요할 때 신호만 하면 잠시 전류를 끄게 되어 있어요."

"어떤 신호?"

"이 호각을 두 번 부는 거죠." 일꾼은 호각을 꺼내주었다.

한번 시험해 보라는 대로 선구는 훅훅 두 번 불었다. "멍, 멍." 먼 곳에서 짖는 듯한 강아지 소리가 호각에서 울렸다. 신통한 호각이긴 한데 어려운 문제는 또 있었다. "내통한 경비원이 전류를 끊었다는 신호도 있어야 하겠는데."

"제대로 될 땐 재채기를 하기로 됐어요."

"담을 뛰어넘어 어디로 가면 되지?"

"담 밖 한길을 오른쪽으로 한참 가면 길가에 술집이 셋 나란히 있어요. 세 집 다 밤새도록 파는 집이니 언제든 이용할 수 있죠. 그 중 가운데 집이 '세니 존'이란 가게죠. 거기서 기다린다고 했어요."

"괜찮을까요?"

"괜찮을 걸요." 일꾼은 과히 걱정 안 하는 태도였다.

이것이 오히려 선구에겐 의심거리였다. 혹시 이 사람들이 함정을 꾸미는 건 아닌가? 충분히 의심쩍은 일이긴 하나 한편 생각하면 이 사람들이 굳이 이런 궁상스러운 트릭을 꾸밀 이유가 있을 것 같지는 않았다. 모처럼 트인 길이니 한번 시험해 봐야 할 게 아닌가.

이 세상 실정을 터득하려면 역시 실지 탐사가 제일이다. 그건 핑계고 실은 리긴이 기다리고 있다는 데 끌리는 마음이 앞장섰는지도 모르겠다. 이 점 선구는 스스로 긍정했다. 어쨌든 해 보자.

"당신 이름은?" 일꾼의 이름을 물었다.

"유순."

"유순? 이름이 좋군. 그럼 유순 씨, 날이 저물거든 내 방으로 오시오."

"수염을 바싹 깎고 준비하세요."

수염이야 항상 반질반질하도록 밀고 있는 터이나 한 번 더 손질을 하고 거리에 나설 때 어울리도록 의장도 매만졌다. 해가 지자 유순은 퇴근하는 대신 선구 침실로 기어들었다. 선구는 유순이 방으로 들어오기 전에 데시 감시망의 사각지대라는 담 모퉁이에 미리 대피하고 있었다.

유순은 체구가 선구와 비슷하여 데시 감시망에 걸려도 얼굴을 정면으로 포착당하지 않는 한 발각 안 될 거로 보였다. 리긴의 세밀한 솜씨이리라. 한동안 시간을 보낸 후 유순에게서 받은 호각을 불었다.

"멍, 멍." 아무런 반응이 없었다. 잠시 후 다시 불어 보았다.

"애, 앳췌." 근처에서 큰 재채기 소리가 났다.

선구는 담장에 다가가 담 꼭대기에 손을 댔다. 평상시에 이런 짓을 하면 심한 충격으로 기절하고 만다고 들었는데 아무런 방해도 없었다. 선구는 아랫배에 힘을 꽉 주는 동시 땅을 걷어찼다.

다음 순간 선구는 담 밖 보도 위에 사뿐 내려앉았다. 마침 통행인도 없었다. 재채기의 임자가 이런 것도 살폈을 것이다. 오른쪽으로 구르는 무한궤도에 올라타니 금세 나란히 붙어 있는 술집 셋이 길가에 나타났다. 한가운데 집에 흰색 글씨의 간판이 있었다. '세니 죤.'

안에는 몇 사람의 객이 있었으나 리긴은 보이지 않았다. 리긴도 없었고 아직 만난 일 없는 루비라는 사람으로 여겨지는 사람도 눈에 띄지 않았다. 선구는 빈 탁자로 가서 가벼운 음료수를 청했다. 미처 주문한 것이 나오기 전에 얌전하게 생긴 젊은이가 선구 앞에 나타났다. 선구는 육감으로 이 사람이 루비로구나 생각하였다.

"리긴을 기다리시죠?" 젊은이가 나직한 목소리로 물었다.

선구는 잠자코 끄덕였다.

"나를 따라오세요."

두 사람은 세니 죤을 나와 이 집 바로 뒤에 붙은 딴 집으로 들어갔다. 리긴은 그곳에 있었다.

선구가 들어오는 걸 보자 리긴은 엉엉 울기 시작하였다. 이것을 본 순간 선구는 충격을 느꼈다. 숙소를 탈출하여 이곳에 오기까지 자신도 모르게 맘이 들떴던 선구에게 이 광경은 반성의 기회가 되었다.

여태껏 선구의 뇌리에는 비커츠섬의 민완 기자 리긴의 모습이 깊숙이 조각되어 있었는데, 지금 눈앞에 나타난 건 한낱 여자에 지나지 않았다. '나는 이 여자를 만나러 이곳에 온 것인가?' 선구는 자문하였다.

느닷없이 울음을 터뜨리는 리긴과 이를 바라다보고만 있는 구세대 남성 인간 사이에 낀 루비는 멍청한 표정을 하고 있었다.

선구는 리긴에게 무엇보다 먼저 생명을 구해준 데 대한 감사를 해야 한다는 의무감을 느꼈다.

"고맙소, 리긴. 나 때문에 너무 많이 애쓰셨소." 선구는 여자의 손을 꼭 쥐었다.

"당신을 도와드리고 싶은 것이 맘대로 안 되어 안타까워요." 리긴은 남자 팔에 매달려 흐느끼며 말하였다.

"고맙소, 리긴. 덕분에 나는 살았어요."

"네, 그랬어요. 당신은 꼭 죽을 뻔했어요. 루비가 아니었던들…." 리긴은 눈물을 닦고 옆의 젊은이를 소개했다. "루비예요. 당신을 죽음의 초원에서 구해 낸 나의 친구예요."

선구가 손을 내밀어 루비의 두 손을 꼭 잡자 서먹한 표정을 하고 있던 그녀의 볼에 활짝 기쁨이 퍼졌다. 세 사람은 단란하게 한자리에 앉아 여러 가지 얘기꽃을 피웠다.

리긴과 루비는 번갈아 가며 선구를 구출한 경로를 말하였다. 선구로선 까맣게 모르고 있던 여러 가지 사실을 비로소 알게 되었다. 무한히 고맙고 무한히 신기한 이야기였다.

"고맙소, 리긴. 고맙소, 루비." 수없이 이 말을 되풀이하였다. 그러면서도 선구는 이 두 사람이 어째서 자기를 위해 이다지 애쓰는 걸까 하는 점을 생각해 봤다.

"지금 계신 곳이 무척 갑갑하시죠." 리긴이 물었다.

"못 참을 정도는 아니요. 그런데 유순이라는 사람이나 경비원으로 있다는 사람들은 믿을 만한가요?" 선구는 우선 맘에 걸리는 것부터 물었다.

"네, 믿어도 좋아요. 그 사람들은 내가 부러 그곳에 넣은 사람들이에요." 루비의 대답이었다.

"고맙소, 루비. 너무 수고가 많구려."

"재미있어요." 루비는 빙그레 웃었다. 그 모습이 귀여웠다. 루비나 리긴이나 이 사회에선 드문, 맑고 탐스러운 얼굴을 한 사람들이었다.

"리긴 기자는 이제 소보논엔 안 가도 됩니까?" 선구가 물었다.

"이곳 특파원으로 눌러앉게 됐어요. 루비의 덕이죠."

"여러 가지로 고맙구려, 루비 아가씨."

"아가씨라뇨?"

아가씨란 말이 헤민어로 생각 안 나 원어대로 했더니 두 여인이 물었다.

"어여쁜 사람이란 말이에요."

대답을 듣더니 루비는 흐뭇해했다. 한 차례 정담이 오간 후 선구는 화제를 현실 면으로 옮겼다.

"시니 팔이란 어떤 사람일까요?"

"네, 그이는 민완 정치가예요. 따루 로잔의 신임이 두텁습니다." 두 사람의 말이었다.

"시니 팔이 얼마 전에 희망과 우정의 모임이란 단체의 간부를 보내왔더군."

"그럼 리리시노가 갔었겠네."

"그래요. 리리시노라던가 합디다. 그 사람은 어떤 사람이죠?"

"만나보셨으면 짐작하실 거예요. 헤어지루에서 둘째가라면 서러워할 명물이죠." 루비의 말이었다.

"명물이라고? 어떤 뜻에서."

"리리시노는 유사 종교 단체의 우두머리예요."

"법에 저촉되지 않소?"

"희망과 우정의 모임은 여러모로 말썽거리죠. 법조계에서도 위법 단체라느니 그렇지 않다느니 양론이에요."

"여론은 대체로 그 단체에 등을 대고 있어요. 그러나 의회나 정부 고위층에는 리리시노의 비호자들이 많대요." 리긴도 말을 보탰다.

"리리시노가 나더러 그 단체의 교주가 돼 달라고 합디다."

"뭐요? 교주가 돼 달라고요?" 루비가 입을 딱 벌리고 놀랐다.

"아냐, 그건 리리시노다운 제안인데, 그래 우선구 씨는 뭐라고 하셨어요?" 리긴은 고개를 갸웃하며 물었다.

"나야 뭐가 뭔지 알 수 있어야지. 아무 대답도 못 했죠. 그런데 그곳 서기는 종교법 위반이라고 추궁합디다."

"시니 팔이 왜 그런 사람을 우선구 씨에게 접촉시켰을까?" 이 점은 리긴도 의문인 모양이었다.

"나를 화성의 총독으로 추천하겠다는 원로원 의원도 찾아왔어요."

"화성 총독이라고요? 기발한 얘긴데요. 아무튼 좋으시겠네. 교주로 추대되고 화성 총독도 되고 대인기군요." 리긴은 말하며 웃었다.

"나는 시니 팔의 참뜻을 몰라 궁금하군요." 선구가 말했다.

"내가 따루에게 시니 팔의 계획을 물어보겠어요." 루비가 답하고 나섰다.

너무 손쉽게 하는 말에 선구가 의아스러운 얼굴을 하니 리긴이 설명해주었다. "루비는 따루와는 가까운 사이입니다. 일가예요."

일가라면 그럴 수 있겠지 하면서도 선구는 이 사회에 일가친척 관계가 존재한다는 게 무슨 큰 발견처럼 여겨졌다. 그리고 이 아가씨가 따루의 일가라는 것이 자기가 죽음을 면하게 된 중요한 요소였으리라 짐작되었다.

중앙병원에서 다시 정신이 들었을 때 의사가 한 말이 생각났다.
"따루 로잔의 특별 지시입니다."

역시 이 사회에도 특권이 존재하는가? 이런 듬직한 배경을 믿고서 리긴과 루비는 오늘 밤 같은 모험을 하는 걸까. 요사이 선구는 자기의 존재가 차츰 커져 따루를 상대로 하게끔 된 거로 생각하고 있던 판인데 이쯤 되고 보니 정세를 다시 평가해야 할 것 같았다.

루비를 이용함으로써 따루에 접근하여 그녀에게 어떤 영향을 끼치게 할 수 있지 않을까 하는 생각도 들었으나, 한편 루비의 개입으로 해서 사태가 복잡해질 가능성도 상상이 되었다. 신경을 쓰고 있는 선구와는 달리 즐겁기만 한 리긴과 루비 두 사람은 미리 마련해 놓은 주식을 벌여 놓기에 부산했다. '우선구 환영 연회'라는 것이었다.

다음 날 새벽 3시나 되어 선구는 리긴과 루비 두 사람과 작별하고 그곳을 나왔다. 술을 못하는 선구는 맹숭맹숭했지만, 주인 측 두 사람은 술이 지나쳐 곤드레만드레였다.

"우선구 씨, 아무 걱정하지 말고 밤새도록 유쾌하게 놉시다."

"자고 가도 좋아요."

리긴이나 루비는 마구 횟자를 터뜨렸으나, 두 사람의 취기가 높아갈수록 선구의 정신은 정반대로 또렷해지기만 했다. 여러 가지 상념이 엇갈리는 중에서도 지금 자기 대신 침대에 누워 있는 유순의 입장을 생각하면 바늘방석에 앉은 기분이었다.

고주망태가 된 두 여인을 내일 밤 다시 만나자는 조건으로 간신히 떼어 놓고 나왔다. 숙소로 돌아가는 일은 별로 힘들이지 않고 이루어졌다. 멍멍 호각과 재채기의 신호 교환을 한 다음 담을 뛰어넘었고, 경비병 눈에 띄지 않고 침실로 되돌아갈 수도 있었다.

유순은 뜬눈으로 방주인이 되돌아오길 기다리고 있다가 선구를 보자 고개를 설레설레 흔들어 가슴 졸였다는 표시를 했다. 그래도 별다른 불평 없이 발자국 소리를 죽이며 밖으로 나갔다.

잠시 후 밖에서 멍멍 호각과 재채기의 응수가 있고 난 뒤 사방은 쥐죽은 듯 조용해졌다. 선구는 침대에 들어가 잠을 청했으나 좀처럼 잠이 오지 않았다.

리긴을 만난 게 반갑기는 했으나 이에 따라 자기 신변에는 새로운 문젯거리가 발생할지도 몰랐다. 이 생각 저 생각으로 몸을 뒤척거리다가 새벽이 지난 후에야 겨우 잠이 왔다. 다시 눈뜬 건 오후 6시경. 여러 사람의 웅성거리는 기척에 눈을 떠 보니 서기들이 의사를 데리고 와 있었다.

전에 없이 식사도 전폐하고 잠만 자는 우선구를 이상히 봤기 때문이었다. 의사는 일시적 피로 현상이라는 진단을 내리고 치료 처방을 일러 주고 갔다.

처방 내용은 아주 간단했다. 주사도 약도 안 쓰는 것이었다. 한 잔의 차와 두서너 가지의 과일, 그리고 목욕. 이것으로 그만이었다. 선구의 일시적 피로가 병도 아무것도 아니므로 이런 처방이 타당하기도 하려니와, 혹시 증세가 어느 정도 심한 경우라도 요즘 의사들의 처방 내용은 으레 이런 식임을 선구는 알고 있었다. 의술이 구세대와는 아주 딴판으로 바뀌었다.

선구는 이 사회에 눈뜬 이래 비커츠섬을 위시하여 소보논, 헤어지루로 전전하는 동안 수차 병원 신세를 져 요즘의 의학계가 어떻다는 걸 몸소 체험한 바 있었다.

이 부문 과학 역시 옛날과는 몹시 변한 걸 알 수 있었다. 아마 근본적으로 딴 것이 됐다고 해야 할지도 모르겠다. 옛 자취란 오직 의사나 간호사들의 뚜껑 머리 위에 액세서리로 꽂힌 자그마한 세모꼴 모자에서나 겨우 명맥을 유지하고 있을 정도.

우리 인생과 절대적 연관성이 있는 의학계의 크나큰 변화를 선구가 과소평가한 건 아니었으나, 하도 다급한 문젯거리가 속출하는 통에 미처 돌볼 겨를이 없었는데 이제 다시 한 번 차근히 관찰할 기회가 왔다. 이곳 의사의 말을 빌리자면 현대는 자연 요법 시대라 했다.

의술은 인류 초창기에선 요술 주문을 포함한 정신 요법으로 시작하여, 차츰 약물 요법으로 전환, 구세대는 약물 만능 시대를 이루었다고 했다. 현대의 자연 요법이란 식이요법을 병용하는 건데 대부분의 내과 계통 환자 치료는 식사와 목욕으로 처리되었다. 약이나 주사도 있긴 있되 아주 특수한 경우에만 사용했다.

"구세대의 의학은 참 어처구니없었죠." 소보논 병원에 있을 때 그곳 의사들이 종종 말하곤 했다. "구세대의 약이 효과가 없는 건 아닙니다. 올바른 진찰과 처방으로 된 약은 물론 해당 병에 효율을 나타내죠. 그런데 문제점은 약이란 어느 것이고 예외 없이 부작용을 지니고 있다는 사실이에요. 그래서 제아무리 적합한 투약이라 할지라도 한 가지 병을 고쳐놓는 동시에 별개의 다른 고장을 일으키게 되는 걸요. 구세대의 의사들이나 약제사들도 이 사실을 모르고 있지는 않았어요. 그러면서도 이 기묘한 방식을 몇백 년 동안 채용하고 있었으니 기가 찰 노릇이죠.

주사의 경우는 그 모순 현상이 한층 더 심합니다. 말도 마세요.

구세대가 암흑시대라는 건 의술면 한 가지만 봐도 족할 정도지요. 그럼 지금 형편은 어떠냐고요? 물론 구세대와는 판이하죠. 첫째 병리학 이론부터 달라요. 병이란 도대체 뭐냐? 한마디로 해서, 부자연한 생활로 인한 결과적 현상입니다. 먹지 않아야 할 걸 먹었거나 먹어야 할 걸 안 먹었거나, 또는 하지 말아야 할 짓을 했거나 필요한 행동을 안 했거나, 이래서 병은 발생하는 거예요. 이에 대한 치료방법이야 뻔하죠. 자연 원칙에 순응하는 것, 이게 전부예요. 구체적으로 설명하면 우선 정신 안정, 다음의 충분한 영양 보급, 이거죠.

뭐라고요? 바이러스의 존재를 부인하느냐고요? 왜 부인하겠어요. 현대 의학은 바로 바이러스의 연구를 토대로 하여 발전하고 있어요. 모든 바이러스는 그 자체에 대항하는 반생명체를 수반하고 있다는 사실이 실증된 지 오래입니다. 이 현상은 미생물계의 원칙일 뿐 아니라 생물계 전반, 한 걸음 더 나가선 자연계의 원칙이기도 해요. 하나의 생명체, 하나의 활동체에 대항하는 반대 세력의 존재야말로 자연의 섭리지요. 서로 반대하는 어느 한쪽의 세력이 꺾이는 날 자연의 평형은 무너지고 부자연 형태가 형성됩니다. 바이러스의 번식은 인간 생명을 위협하나 그와 동시에 바이러스의 소멸은 인간의 존속을 부인하게도 되죠. 건강이란 바로 생명체와 반생명체의 평형 상태를 표시하는 거예요. 의사는 이 평형 상태를 지키는 파수꾼이라 할 수 있고 건강 진단은 평형도의 측정이라 할까요."

그러므로 건강이 좋지 않다는 건 바이러스의 평형 상태가 고르지 않은 것. 그 치료 방식은 위축된 일방 세력에 활력을 공급하는 것이었다.

질병의 예방은 신체 내부에 머무르고 있는 정·반 양 세력이 고루 왕성한 활동을 할 수 있는 바탕, 즉 건전한 체질을 유지하게 하면 된다. 체질 조성은 부작용을 퍼뜨리는 구세대의 투약 방식을 지양하고 영양 보급의 조절로 이룩할 수 있다는 것이었다.

의사의 처방서에 따라 조리사가 만드는 음식을 먹으면 병은 낫는다. 이러고 보니 의사는 바로 영양사, 먹기 언짢고 말썽 일으키기 쉬운 약은 애당초 필요치 않다는 이론이었다. 선구는 옛적에 자기 고향에서 들은 말 '인삼 녹용이 무슨 소용인가. 밥 잘 먹는 게 바로 인삼 녹용이다'라고 하던 것이 기억났는데 이 말이 후세에 와서 이토록 판칠 줄이야 어이 짐작인들 했으리오.

사실이 그럴진대 얼마나 좋으랴. 그러나 구세대 인간 우선구로선 현대 의학론이 아무래도 불안했다. 대단히 의심스럽긴 하나 실제에 있어 현대 의학은 과거 그것의 발전 과정임을 부인할 순 없었다. 매사 실증 실험을 위주로 하는 현대인들이 맹목적으로 과거 이론에 반대하지는 않았을 것이다.

이번에 의사가 가벼운 피로 현상이라고 진단하여 만든 처방은 별것 아닌 비타민 C의 섭취량을 늘리라는 것. 참고로 말하거니와 요즘은 비타민 계열을 ABC로 구분치 않고 '부우' 몇 번이라고 부르는데 옛적의 C를 지금은 '부우' 500번이라 하고 이것을 다시 세분하여 501번서부터 537번까지로 나누고 있었다.

그건 어쨌든 우선구는 자기야 병도 아무것도 아니므로 의사의 처방 내용을 대수롭지 않게 여겼는데, 실상인즉 간단하다고 본 이 처방이 그렇게 간단한 게 아님을 이내 알게 되었다.

메뉴 내용이 약간 달라진 건 아무것도 아니었으나 문제는 처방에 적혀 있는 목욕이라는 대목이었다. 목욕이라기에 아마 몸을 깨끗이

하고 땀을 내라는 것이겠거니 했는데 이게 보통 목욕이 아니라 약
용 목욕이었다. 웬만한 집에는 이 약용 목욕 설비가 보통 샤워와 별
도로 마련되어 있다고 했다. 뭐 대단한 건 아니었다. 샤워실 한쪽에
사람 하나 들어앉을 정도의 궤짝 같은 것이 있고 환자는 궤짝에 들
어가 머리만 밖으로 내민 다음 버튼을 누르면 궤짝 안이 화끈 달아
올라 전신에서 땀이 흐르게 되어 있었다.

말하자면 한증. 그랬다. 구세대에도 한증막이니 사우나니 하여
이와 꼭 같은 게 있었던 거로 선구는 기억했다. 그 당시의 그것은 뜨
거운 수증기를 사용했었는데 현대식은 가열기로 공기를 뜨겁게 하
는 게 다르다고 할 정도였다.

그런데 이 약용 목욕, 즉 한증이 광범위하게 현대 의료 수단으
로 채용되었다. 의사들은 거의 모든 처방에 이 목욕 조항을 기재하
는 걸 잊지 않았다. 마치 옛적 한방의들이 방문(方文) 끝에 감초를
빼놓지 않듯이.

그만큼 의사들은 목욕을 중요시했다. 알고 보면 그만한 이유가
있었다. 현대 의학은 과거 국부 위주의 치료 방식과 달라 체질 조
절을 근본 치료 방식으로 채택하고 있어 매사 하는 식이 달랐다.

그들은 식이요법을 시행하기에 앞서 신체 각 기관의 활동을 일
단정지 또는 휴식 상태에 몰아넣을 필요가 있다는 것이었다. 그 방
법으로 초기에는 단식을 시행했는데 여기에는 위험한 부작용이 수
반되므로 그 후 갖가지로 연구한 결과 고온으로 전신을 쪄내는 것
이 더욱 효과적임을 알아냈다.

선구는 처방에 적힌 대로 목욕을 하였다. 별 관심 없이 찜통 궤짝
에 들어앉아 머리만 내놓고 있었는데, 처음에는 미지근하던 온도가

차츰 달아오르기에 이 정도면 되겠지 하고 밖으로 나오려 하니 웬걸통 뚜껑이 열리질 않아 나올 수가 없었다. 고장인가 하고 손잡이를 돌려 봤으나 움직이지 않았다.

열도는 차츰 더 높아지고 몸과 마음이 함께 달아오른 선구는 이거 큰일 났다고 사뭇 몸부림을 쳤다.

"조금 더 참고 있어야 해요. 일정한 온도와 시간이 되면 뚜껑은 절로 열리게 마련이니까요." 이 기미를 알았던지 직원 한 사람이 욕실에 들어와 설명했다.

"그러나 난 뜨거워 못 견디겠는데, 원래 나는 뜨거운 건 질색이요."

"걱정 말아요. 댁의 체온과 심장 고동이 그 지침판에 나와 있잖아요. 자동 조절기로 해서 더 이상 무리하게 참고 있으려도 저절로 밀려 나오게 마련이지요." 선구의 엄살에 직원은 입을 삐죽대며 말하고는 나가버렸다.

이쯤 되면 망신이었다. 약간 피부가 따가운 걸 참고 있자니 뚜껑이 절로 갈라지며 몸이 밖으로 밀려 나왔다.

온몸이 흠뻑 땀에 젖고 살갗은 익은 문어빛으로 붉어졌다. 심신다 함께 기진맥진 축 늘어지고 말았다. 덕분에 이날 밤 리긴 기자와의 밀회는 절로 취소되고 말았다. 이것은 차라리 잘된 일인지도 모르겠다. 왜냐하면 어제에 이어 오늘 밤 또다시 만나자고 약속은 했지만 어쩐지 마음 한구석에선 꺼리는 바 적지 않았다.

사실 어젯밤의 모험은 너무나 무분별한 행동이었음을 자인했다. 자기는 리긴이란 존재에 너무 덤벼든 감이 있었다. 좀 더 신중하게, 좀 더 냉철하게 처신해야 할 처지가 아니겠는가. 어쨌거나 리긴과 루비의 심부름꾼인 유순은 자기가 목욕 치료를 받은 일을 그쪽에 알려 줄 것이다.

목욕으로 녹초가 된 뒤 서너 시간 후에 처방에 의한 식사가 제공
되었다. 여느 때의 것과 별로 다른 건 아니나 어쩌나 구미에 맞는지
실로 기갈 끝에 마시는 감로(甘露) 그 맛이었다. 피곤은 씻은 듯 날아
가고 심신은 상쾌하기 비할 데 없었다. 이게 현대 의학의 혜택인가?

사흘 후 유순이 눈짓을 걸어 왔다. 요전번처럼 데시의 사각지대
로 선구를 유도한 유순이 속삭였다. "두 분이 오늘 밤 기다린답니다."

"나가도 좋은데 그보다 내 청을 우선 전해 주구려." 선구는 말했다.

"리긴더러 화성 방송의 기록이 보고 싶다고 말해줘요. 그게 마련
되거든 내게 알려 주시오."

무턱대고 만날 게 아니라 이런 실무 요건을 제시하는 게 일석이
조의 효과가 있으리라고 그는 판단하였다. 유순은 알았다고 끄덕이
고 갔다.

346

14
샘앤 교수

"부탁하신 걸 알아냈으니 나오시래요. 그러나 오늘 밤은 안 됩니다. 재채기 신호를 해 줄 사람이 오늘은 비번이거든요." 며칠 후 유순이 회답을 전해 왔다.

다음 날 선구는 두 번째 비밀 외출을 감행하였다. 이번에도 리긴과 루비는 무척 반겼다. 그러나 전번처럼 무턱대고 달뜨진 않았다.

"전번엔 저희가 너무 실례가 많았어요. 우선구 씨는 돌아가서 병까지 나셨다죠. 어쩌나 미안한지 모르겠어요. 우리가 주책없이 술을 과음했어요. 시간 가는 줄도 모르고 그만…." 정말 미안해 못 견디겠다는 표정이었다. 그들은 선구가 은근히 걱정했던 술자리를 벌이는 대신 간단한 다과를 내놓았다. "저희도 술을 삼가기로 했어요. 우선구 씨도 안 하시는데." 두 사람은 생긋 웃어 보였다.

'역시 이 사람들은 영리하군.' 선구는 다행하게 여겼다.

"화성 방송의 기록이 보고 싶다고 하셨다죠." 리긴이 먼저 용건을 꺼냈다. 분명 선구의 비위를 맞추려는 태도였다. "이번에도 루비가 애써 줬어요." 리긴이 루비를 내세웠다.

"뭐 애썼달 것까지는…." 루비는 수줍은 낯을 했다.

두 사람은 요사이 자기들의 활약상을 피력했다.

"외계 방송 청취는 일반에겐 금지되어 있거든요. 몇몇 특별 허가를 받은 사람 외에는 듣지 못해요. 간혹 몰래 듣는 사람도 있기야 하겠지만, 기록까지 해 두진 못했을 거예요. 궁리한 끝에 공안 위원회에 출입하는 이곳 기자 친구에게 상의했어요. 그 사람 덕에 헤어지루에서 외계 방송을 전적으로 녹음하고 있는 곳이 다섯 군데 있다는 걸 알았어요. 그중 네 군데는 모두 어마어마한 데라 섣불리 건드려 볼 수도 없고, 나머지 하나가 이곳 대학의 샘앤 교수 연구실에 있다는 걸 알고 여기에 희망을 걸었어요.

간신히 알아내긴 했으나 샘앤 교수에 접근할 기회가 있어야죠. 외계 방송은 1급 비밀에 속하는 거고, 그걸 취급하는 인물도 특별 감시를 받는 터라 어려운 일이에요. 다행히 루비의 노력으로 그분의 조수로 있는 사람을 소개받고 그 조수의 알선으로 샘앤 교수를 만나 봤어요. 우리는 화성 연구생인데 화성 방송의 기록을 봤으면 한다니까 샘앤 교수께선 처음에는 공안 위원회의 허가 없이는 절대로 안 된다고 하셨어요. 그래도 꾸준히 졸랐더니 그럼 비공식으로 잠깐 기록철을 보여 주마고 승낙하셨어요. 오늘 밤에 가기로 약속됐어요." 리긴이 말했다.

"그렇다면 내가 나서선 안 되지 않겠소." 선구가 물었다.

"아뇨, 괜찮아요. 우리 연구 그룹은 세 사람이라고 했어요. 오늘 밤에도 셋이서 간다고 그랬어요."

'정말 괜찮을까?' 선구는 자신 없는 얼굴을 하였다. 절로 코밑에 손이 가졌다. 매일 면도질이야 하지만 터놓고 진성인 행세를 하기는 위험하지 않을까.

"괜찮아요." 리긴이나 루비는 태연했다.

선구도 전번 무단 외출 때에 경험한 바 있긴 했다. 거리로 공원으로 극장으로 싸다니며 여러 사람과 접촉했을 때 자기를 161년 전 구세대 인간, 더군다나 남성이란 걸 알아보는 사람은 단 한 사람도 없었다. 그만큼 진성인들은 구세대의 여성들과는 차이가 있었다. 그들 중에는 수염까지 기르고 있는 축도 볼 수 있었다.

"걱정 없어요."

리긴과 루비 두 사람도 다짐하거니와 선구 자신도 그럴싸하게 생각되어 해 보기로 하였다.

샘앤 교수는 세 사람을 자기 자택에서 기다리고 있었다. 루비가 꼬루로 연락을 취했다. 꼬루 화판에 나타난 샘앤 교수는 마침 신문판을 들여다보고 있었다. 얼굴 정면이 아니어서 자세하진 않으나 상당한 연배자로 보였다. 세 사람은 즉시 출발하였다. 샘앤 교수 자택은 이곳에서 과히 멀지 않아 일행은 차를 몰 것도 없이 보도의 벨트를 이용했다.

교수 자택에 도착하니 교수는 벌써 앞마당에 내놓은 차 속에 들어앉아 세 사람을 기다리고 있었다. 리긴과 루비는 그 앞에 나가 선구를 소개하였다.

"이 사람인가?" 샘앤 교수는 선구를 뚫어지듯 살펴보았다. 순간 선구는 마음이 섬뜩해졌다. 교수의 안광이 어찌나 날카로운지 자기의 모든 비밀이 여실히 폭로되는 듯 오한을 느꼈다. 이 세상에 다시 깨어난 이래 이다지 날카로운 시선을 선구는 처음 당했다.

'이거 잘못 걸렸구나!' 선구는 입안이 써졌다. 선구는 고개를 숙여 인사를 하고 계속 땅만 내려다보고 감히 고개를 쳐들지 못하였다. 교수가 눈치챘을까 하는 의구심은 리긴, 루비 두 사람 역시 같은 모양이었다. 두 사람은 당치도 않은 소리를 연상 씨부렁거리며 교수에게 아양을 떨었다.

아마 상대의 주의를 교란시키자는 작전인 모양인데 선구가 옆에서 보자니 너무 수작이 어색했다. 이런 거로 넘어갈 상대가 아닐 텐데. 덜된 수작을 하느니보다는 차라리 떳떳이 대하는 게 나으리라 마음을 도사리고 선구는 고개를 번쩍 쳐들어 교수를 마주 바라보았다.

샘앤 교수는 꼬루 화판에 비친 프로필의 인상보다는 좀 더 연배가 들었다. 예순도 넘게 보였다. 움푹한 눈매며 일자로 다문 입의 야무짐이 일류 교수의 풍모였다. 잠시 우선구를 살피던 샘앤 교수는 어찌 생각했는지 고개를 끄덕끄덕했다.

"이름이 뭐지?" 교수가 입을 열었다. 음성은 상냥했다.

"네…." 선구가 어름어름하자, 루비가 재빨리 대변하였다. "로우슨이에요."

"어디서 연구하고 있다고 했지?"

"네, 저와 함께 따루의 특별 부관으로 있어요." 역시 루비가 대답했다.

"대학은?"

이번엔 루비가 꾸물거리자, 선구가 선뜻 대꾸하였다. "소보논 대학입니다."

교수는 또 한 번 고개를 끄덕였다. "그럼 가 볼까." 샘앤 교수는 혼잣말로 중얼거리고 운전대를 잡았다.

차가 문밖으로 나가기 위하여 커브를 도는 틈에 루비가 이젠 됐다는 안도의 미소를 지으며 옆자리의 선구 허리를 꾹 찔렀다.

"날을까? 굴릴까?" 교수는 동행자들의 의향을 물었다.

"야간 비행은 규칙 위반인데요, 교수님." 리긴이 대답했다.

"그렇군, 내 정신 좀 봐. 허허허." 이 정도의 교통 규칙도 모르고 있는 자신이 어처구니없다는 듯 교수는 너털웃음을 했다. 선구가 곁눈질해 보니 교수의 웃는 얼굴에는 주름살이 만발하여 가뜩이나 옴폭한 눈은 숫제 행방불명이 되어 버렸다.

아주 순박한 할머니의 모습 그것이었다. 조금 전에 느꼈던 예리한 안광이 어디 있었더냐 싶었다. '나의 지나친 기우였나?' 선구는 비로소 안도의 숨을 쉬었다.

이곳 대학은 샘앤 교수 저택에서 약 10분이 소요되는 거리에 있었다. 크지는 않으나 아담한 건물들이 무성한 숲 사이에 펼쳐져 있는 것이 달빛과 외광등에 비춰 보였다. 꼬불꼬불 꼬부라진 숲 속 길을 돌아가다가 한곳에 이르러 정차하였다.

큼직한 대문이 앞을 가로막았다. 문기둥 양편에는 가시나무 울타리가 쭉 뻗었는데 울타리 군데군데 전주 비슷한 기둥들이 일정한 간격을 두고 서 있는 거로 봐서 이곳이 적외선 방범 장치로 보호된 특수 지대라는 걸 알 수 있었다.

샘앤 교수는 운전대에 앉은 채 무선 장치를 조작하여 대문을 열게 한 후 계속 차를 구내로 몰았다. 얼마 안 가 3층 건물이 나타났는데 교수는 이 집 현관을 외면하고 지나쳐 가는가 하더니 슬쩍 하늘로 치솟아 건물 옥상에 착륙하였다.

여기가 아마 샘앤 교수 전용 주차장인 것 같았다. 교수는 벤트 하우스의 출입문을 열고 세 사람을 안으로 인도하였다. 들어선 곳은 승강기. 승강기에서 나온 곳이 교수의 연구실이었다.

주객이 자리 잡고 앉자 방에 달린 세 군데 출입문이 일제히 열리며 한곳에서 한 사람씩 세 사람의 젊은이들이 들어왔다. 샘앤 교수의 조수들이었다. 이들 역시 어딜 가나 볼 수 있는, 세 사람으로 한 패가 되는 비서역일 거라고 선구는 보았다.

"화성 방송을 들어 본 적이 있나?" 샘앤 교수가 리긴 등에게 물었다.

"좀 있습니다." 선구가 대꾸하였다.

"언제?"

"요즘입니다."

"어디서?"

"저…, 제5국에서요."

"듣고 난 감상은?"

"그저 얼떨떨합니다."

교수는 고개를 끄덕이더니 다시 물었다. "기록을 열람하려는 목적은?"

"화성의 실태입니다. 요즘 방송으로는 통 종잡을 수 없더군요."

노교수는 또 한 차례 끄덕이더니 조수 한 사람에게 어떤 지시를 했다. 지시를 받은 조수는 벽장 서랍에서 한 아름의 책을 꺼내 탁자 위에 놓았다.

"이것이 화성 방송의 기록 전부요. 첫머리에 방송 내용을 분석하여 과목별로 분류해 놓았으니 찾아보기에 도움이 될 거요." 교수가 설명했다.

선구는 귀중한 보물을 다루는 기분으로 책을 펼쳤다. 리긴과 루비도 함께 들여다보았다. 첫머리를 읽어 보니 화성 방송이 시작된 지 3년 3개월이 경과했음을 알겠다.

3년여의 방송 내용을 전부 수록한 것이니 상당한 분량이었다. 샘앤 교수가 내용을 정치, 경제, 과학으로부터 운동, 오락에 이르기까지 42종목으로 세분하여 보기를 달아 놓긴 했으나, 선구로선 그중 어느 과목 하나라도 소홀히 넘길 수 없는 터라 모조리 읽어봐야 하겠는데 그러자니 하루 이틀에 해낼 일이 아니었다.

이걸 어떻게 빌려 낼 순 없을 건가 하는 욕심이 생기는데 샘앤 교수의 눈치로 보나, 이곳의 분위기로 보나 욕심대로 될 것 같지 않았다.

"저, 교수님." 선구는 망설이던 끝에 용기를 내어 교수에게 청을 넣었다. "이 문서 좀 빌려주실 수 없을까요."

샘앤 교수는 아무 말 없이 물끄러미 선구를 바라보고만 있었다. 놀란 얼굴을 한 건 세 사람의 조수들. 그들은 입을 딱 벌리고 어이없다는 표정을 했다.

"그건 안 돼요." 리긴이 나지막이 선구를 타이르고 교수가 눈치 채지 않게 선구의 옷소매를 지긋이 잡아당겼다. 주책 부리지 말라는 뜻이었다.

선구는 안타까웠다. 모처럼 갈망하던 자료를 찾아 놓고도 실효를 거둘 수 없다니, 이때 샘앤 교수가 선구에게 말을 걸었다. "이름이 뭐랬지? 그대 말이야."

선구는 책 뒤지기에 바빠서 미처 알아듣지 못했다.

"로우슨요. 교수님." 루비가 옆에서 얼른 답했다.

동시에 리긴이 선구의 팔꿈치를 툭 쳤다. 선구는 그제야 샘앤 교수를 쳐다보았다.

"로우슨, 그대는 어떤 것을 알고자 하나?" 교수의 옴폭한 눈 속에서 두 줄기 차가운 빛이 번쩍였다.

"저, 저는 화성인들의 생활 실태를 알고 싶습니다. 교수님." 엉터리 로우슨이 대답하였다.

"생활 실태?" 교수는 눈을 깜박이며 되물었다.

"그들이 호언장담하듯 화성인들이 정말 지구를 정복할 정도로 힘을 키웠을지 어떤지 궁금합니다."

"글쎄…." 노교수는 고개를 갸우뚱했다.

"제가 생각하기엔 그 사람들의 장담은 어쩐지 미덥지 않습니다. 지구 정복은 말도 안 되고 겨우겨우 자기네들 생명유지나 하고 있는 정도가 아닐까요?" 교수가 꾸물대기만 하기에 선구가 자기 의견을 말했다.

샘앤 교수가 고개를 끄덕끄덕했다. 동감하는 모양이었다.

"로우슨, 그대 추측이 아마 맞나 보우. 화성에선 이제 겨우 개척 초기의 위태로운 고비를 넘었거나 아직도 그런 답보 상태에 있거나 하지 않을까? 아직은 제대로 지상 생활을 못 하고, 두더지처럼 지하 동굴 생활일 거야." 교수는 말을 이었다. "아마 모르긴 모르되 애당초 화성으로 간 이민 집단의 반수 정도는 그곳 자연조건에 시달려 희생되고 말았을지도 모르지."

선구는 풀이 죽어 절로 어깨가 축 늘어졌다.

잠시 아무도 입 여는 사람이 없었다. 리긴이 조심스레 교수에게 물었다. "그럼 화성인들의 운명도 얼마 안 가겠군요."

"아니, 그렇게 간단치 않소. 초기의 타격은 그들도 예견 안 한 건 아니었을 거라 그 어려운 개척기를 극복한 그들이니 쉽사리 무너 지지야 않겠지."

교수의 말을 받아 선구가 물었다. "스스로 쉽사리 안 무너진다 하더라도 이곳 지구에서 원정대가 출동하면 몰살당하고 말 것 아닙니까?" 선구의 음성에는 짙은 근심이 서려 있었다.

"하하하. 누가 지구 원정대가 출동한다고 그러던가?" 교수가 되물었다.

"누구라기보다 일반 소문에는 화성 공격 부대가 편성 중이라느니, 화성 총독을 인선 중이라느니 하지 않습니까?"

"글쎄, 그건 목적을 딴 곳에 두고 퍼뜨리는 소문이 아닐까?" 교수는 가볍게 넘기려 들었다.

"네?" 선구는 샘앤 교수의 말뜻이 이해가 안 가 어리둥절하였다.

"으레 정치인이란 곧잘 딴전을 피지. 예나 지금이나." 교수는 이런 뜻 모를 말을 덧붙이고 뭣이 못마땅한지 시무룩한 표정을 했다.

선구는 샘앤 교수가 왜 이런 말을 꺼내나 대단히 의아스러웠지만, 더욱 더한 근심으로 해서 이내 자기 본위의 질문을 계속하였다. "교수님, 가령 지금 정말 지구에서 원정군을 파견한다면 화성에서 견디어 낼 수 있을까요?"

"나로선 그럴 필요가 없다고 보는데…."

"그러니까 가상론이죠. 가령 지구의 공격을 받았을 때 화성의 방위 능력이 어느 정도일까 여쭤 보는 겁니다."

"모르긴 해도 그 사람들에게 그만한 방비는 되어 있을 거요."

"핵무기나 광자 무기에 대한 방비가 되어 있을 거란 말씀인가요."

"그렇겠지."

"두더지 생활의 화성인에게?"

"지구와 화성 간의 거리가 그들에겐 생명선이 될걸. 직선거리로만 해도 8천만 킬로미터나 되는 이 거리는 공격에는 불리하고 방어에는 유리한 조건임이 틀림없을 거요. 거기다가 화성의 우주 역학 조건이 그들의 편을 들어 주고 있소. 희박한 대기권에선 레이더의 성능이 좋고, 더욱 작은 에네르기의 소모로도 요격용 무기의 발사가 손쉬워요. 아마 단 한 개의 인공위성을 띄워 놓음으로써 간단히 적의 침공을 격퇴할 수 있을지도 몰라."

"아니, 두더지 살림 속에서 어떻게 인공위성이 나오겠어요?" 선구는 놀라지 않을 수 없었다.

"아니, 나오지 말라는 법이라도 있나?" 샘앤 교수는 오히려 선구 말이 이해 안 간다는 눈치였다.

선구는 답답하였다. "아니, 위성 하나 쏘아 올리자면 얼마나 엄청난 공업 시설이며 기술진이 동원되어야 합니까. 위성도 그렇고 발사체도 그렇고. 단 한 개의 인공위성일지라도 이에 필요한 부속품만 수만 개나 되지 않겠습니까. 그것도 그 하나하나가 고도의 공업 시설을 바탕으로 하는 것 아닙니까?"

이렇게 다그치는 상대를 샘앤 교수는 빙그레 웃으며 바라보다가 천천히 대꾸했다. "당신은 2백 년 전의 기계 공학을 외고 있으니, 과연 천재로구려."

이 말에 선구는 가슴이 뜨끔하였다. '아차, 내가 실수했구나.' 싶어 안색마저 달라졌다.

그러나 교수는 여전히 담담한 어조로 말을 이었다. "여봐요, 옛과 지금은 다르오. 기계 공업은 몇 차례의 혁신을 거듭한 거요. 공업의 바탕이 되는 물리학 자체부터 달라졌소. 따라서 오늘의 기계는 옛날의 그것이 아니요. 내 전문 분야 외의 것이라 자세하진 않으나 듣자니 현대 우주 비행체는 불과 2백 가지 미만의 부분품으로 조립된다고 합디다. 그 하나하나의 제작 과정도 극히 간단하대요. 이 정도의 공작물은 아마 화성의 지하 동굴 속에서도 능히 만들 수 있을 거요."

샘앤 교수의 말투는 어쩌면 자기를 구세대 인간으로 돌리는 수작 같아 선구는 얼떨떨했다. 속으론 불안했으나 겉으론 태연해야 한다고 선구는 스스로 다짐하였다. 상대가 노골적으로 지적할 때까지 버티어 보겠다는 배짱이었다.

그래서 선구는 계속 질문을 퍼부었다. "교수님 말씀이 그럴싸합니다만, 그렇더라도 그 정도의 공업 수준을 유지하자면 첫째로 기본 인구가 있어야 되지 않겠습니까. 교수님 말씀은 이민 초기에 전체 인구의 반 정도를 잃었을 거라 하시니 그 후 만사가 순조로워 인구의 자연 증가율이 사뭇 높았다손 고작 얼마나 되겠어요. 제 짐작으로 그 수효는 한심할 정도 같은데요."

"허, 당신은 또 그런 말을 하는구려. 실로 어처구니없는 낡은 사고방식인데. 여봐요, 인구의 자연 증가율이란 도대체 뭐요?"

교수가 반문하자 선구는 또 한 번 가슴이 뜨끔하였다. 또 실언했나? 혹은 현대에선 인구의 자연 증가율이란 말을 안 써 이 양반이 그 말뜻을 몰라서 이러는 건가?

어리둥절한 선구에게 교수는 설명을 더 해주었다. "여봐요. 인구의 증가를 자연법칙에 의존한 건 너무나 케케묵은 과거지사가 아니겠소. 인공분만, 인공양육 시대에 있어 왜 그런 용어를 쓰는 거요. 문제의 관건은 육아기의 수효에 있소. 그리고 이를 뒷받침하는 법의 제정 및 운영 여하에도 있고."

이에 이르러 선구는 비로소 자신의 실언을 깨달았다. 그걸 덮으려고 한 가지 질문을 더 하였다. "그럼 화성인들도 역시 우리 지구와 같은 방법을 쓰고 있단 말씀인가요?"

"필요가 있는 곳에 수단 방법이 발달하는 거요. 화성인들은 지금 한창 인구 증산이 필요할 거요. 내가 만일 그쪽의 이 방면 담당 책임자라면 나는 두 남녀 사이에서 1년간이나 기다렸다가 겨우 한 사람을 얻는 그런 어리석은 짓은 하지 않을 거요. 모든 성년층 자성인(雌性人)으로부터 매달 꼬박꼬박 난자를 수집해서 우생학적 배합을 거쳐 공장 안에서 대량 출산을 시행할 거요. 이 점 진성인들만 모인 지구는 화성에 비하면 대단히 불리하지. 단성(單性)으로 해서 산란율이 적은 데다가 근래는 께브니 홀랜이니 하고 다툼질만 하는 통에 인구 증가는 멍이 들었거든. 이거 한심한 일이지. 도대체 정부는…."

이때 교수의 조수 한 사람이 나지막이 그러나 위압적인 어조로 말했다. "교수님." 말조심하라는 것 같았다. 샘앤 교수는 멋쩍게 입을 오므렸다.

또 한 차례 침묵이 깔렸다. 리긴이 슬며시 선구의 팔을 꾹 찔러 그만 가자는 신호를 했다. 루비가 먼저 일어서며 말했다. "교수님, 덕택으로 유익한 지식을 많이 배웠습니다. 감사합니다."

세 사람이 방에서 나오려 할 때 조금 전 샘앤 교수에게 주의를 환기시킨 조수가 일행을 불러 세웠다. "잠깐만, 오늘 밤의 일은 각자 비밀로 해 주길 바라오. 피차의 이익을 위해서." 의미심장하게 말했다. 선구 일행은 묵묵히 고개를 끄덕이고 물러 나왔다. 교수도 따라 나섰다. 차를 안 가지고 나온 세 사람을 교수는 고맙게도 리긴의 집까지 바래다주었다.

선구는 리긴과 루비가 자기들 처소에서 놀다 가자고 하지 않을까 걱정했는데, 그건 기우에 지나지 않았다. 리긴이 먼저 말을 꺼냈다. "시간이 상당히 지났군요. 우리가 박물관 근처까지 모셔다드릴게요."

이 밤 역시 선구는 탈 없이 자기 처소로 들어가고 대신 자리를 지킨 유순도 무사히 퇴출하였다.

샘앤 교수를 만나보고 나서 한동안 선구는 마음이 편치 못했다. 처음 만났을 때 받은 인상은 틀림없이 이쪽의 정체를 간파하고 있는 그것이었다. 더욱이 담화 도중 교수는 자기를 2백 년 전 것을 기억하고 있는 천재라고 했다.

케케묵은 옛적 사고방식을 버리라고까지 말한 것으로 미루어 교수는 결코 속지 않고 있음이 분명했다. 그러나 의문도 없지 않았다. 샘앤 교수는 무엇 때문에 부러 속은 체하고 있었단 말인가. 교수는 이쪽을 '화성 연구생 로우슨'으로 믿었기 때문에 자기 연구실로 안내하고 자기 의견을 말한 게 아니었던가. 그녀는 담화 도중 흥분이 지나쳐 조수의 제지까지 받았다. 상대가 전 세대 인간인 줄 알았다면 그렇게까지는 안 나왔으리라.

궁금증에 사로잡혀 있던 어느 날 시니 팔이 선구 앞에 갑자기 나타났다. 아무런 예고도 없던 시니의 행차는 선구뿐 아니라 이곳 직원들에게도 적지 않은 쇼크 거리였다. 여러 사람들은 우왕좌왕 시니를 맞이하기에 진땀을 흘렸다.

시니 팔은 이 근방에 시찰 나왔다가 다리도 쉬어갈 겸 들렀다고, 겉으론 아무렇지도 않은 태도였다. 수인사와 객쩍은 몇 마디 말을 교환한 다음 시니 팔은 슬쩍 선구에게 말을 걸었다.

"우리 함께 뜨락에 나가 산보나 해 봅시다." 그러고서 그녀는 먼저 뜰로 나섰다. 따라나서려는 자기 비서들이며 이곳 직원들에게 말했다. "괜찮아요. 잠깐 여기서 쉬고들 있구려." 아주 자연스럽게 하는 말이긴 하나 일종의 명령임은 틀림없었다.

여러 사람들은 제 자리에 주저앉았고 선구 홀로 시니의 뒤를 따랐다. 시니 팔은 이곳의 공기가 좋으니 어쩌니 중얼거리며 걸었다.

뒤뜰 한곳에 이르러 시니 팔은 걸음을 멈추고 돌아섰다. 품속에서 무엇인가 꺼내 선구의 눈앞에 불쑥 내밀며 말했다. "여기가 데시 장치의 사각지대지 아마?"

선구는 깜짝 놀라 상대를 바라보았다.

시니는 냉엄하게 말을 이었다. "이걸 봐요."

선구는 자기 눈앞에 내낸 시니 손바닥에 놓인 물건을 보자 또 한 번 놀라지 않을 수 없었다. 자그마한 금속판에 부적 비슷한 표식이 찍혀 있었다. 그 표식이 선구를 놀라게 한 것이었다.

'이크! 내가 잊고 있었구나.' 선구는 떠오른 생각을 하마터면 외칠 뻔했다. 그 표식은 우선구 자기 발바닥에 찍혀 있는 표식 바로 그것이었다. 전날 제5국에서 찍힌 낙인. 이 낙인이 찍힌 사람은 어딜 가나 제5국 감시판에 가는 곳이 나타나 있게 되어 있다는 무서운 것. 어처구니없게도 선구는 이걸 잊고 있었다.

죽음의 풀밭에서 구출된 후 까맣게 잊고 있었던 것이다. 따루 로 잔의 특명으로 보호된다는 바람에 제5국의 존재를 등한히 한 것이 실수였다. 이 낙인을 발바닥에 찍힌 몸으로 이 사람들을 속이려 들었으니 이게 어처구니없는 짓이 아니고 무엇이냐? 리긴과의 밀회. 샘앤 교수와의 비밀 약속. 참 어처구니없었다.

넋 나간 사람 모양 말도 못하고 있는 선구에게 시니 팔은 더욱 이상한 말을 했다. "내가 이걸 제5국에 가서 떼어 왔소. 이제 당신의 행적은 그곳 감시판에 나타나지 않을 거요."

이쯤 되니 선구는 완전히 어리둥절 아니할 수 없었다. 그저 눈만 멀뚱거리고 있을 뿐.

시니 팔이 말을 이었다. "그렇다고 자유행동을 승낙하는 건 아니요. 절대로 조심하시오. 만일의 경우 내가 책임져야 하니 말이오. 당신은 우리의 귀중한 손님이에요. 당신 역시 당신의 중대한 사명을 잊지는 않았겠죠." 이리 말하며 선구를 노려보았다. "자, 이걸 당신 손으로 태워 버리시오."

시니가 내미는 금속판을 선구는 아무 말 못 하고 받아 들었다.

"들어갑시다." 시니 팔은 휘적휘적 앞장서 갔다.

시니의 일행은 이 근방에 나온 길에 잠깐 들렀다는 그들의 설명 그대로 더 지체 않고 떠나갔다. 뒤에 남겨진 선구는 도무지 꿈결에 당한 기분으로 얼떨떨하기만 했다. 꿈이 아닌 건 손에 꼭 쥐어진 금속판의 촉감이 실감 그것이니 사실은 의심의 여지도 없었다.

이때 선구의 머릿속에 번뜩 되살아난 기억이 있었다. 전날 고전문화연구원 원장 끼허햅이 했던 말. "지금 정부의 시책은 엇갈리고 있습니다." 그렇다. 이 말이 열쇠였다. 이 세상의 실태를 알아내는 열쇠가 바로 이것이었다. 선구는 무릎을 탁 쳤다.

여태껏 모든 것이 갈피를 잡을 수 없고 의문투성이였는데, 그건 우선구 자기가 어리둥절해서가 아니라 실로 이 세상의 현실과 이 세상 위정자의 자세 그것이 혼돈에 휩쓸려 있기 때문이었던 것이다. 이 세상의 실권자 따루 로잔을 우두머리로 한 시니 일동은 자신 있는 방침을 세우지 못하고 비틀거리는 중이었다. 그들 자신도 이런 혼란을 인식하고 있으면서도 어쩔 도리가 없는 모양이었다.

시니 팔이 구세대 인간인 우선구를 극진히 보호하고 여러 갈래의 인물들을 계속 면접시키는 이유도 여기에 있을 것이다. 현대의 실정을 그대로 제시하고 어떤 조언이 나오기를 기다리고 있겠지.

'그건 그렇고, 이 표식판은 어떡한다지?' 선구는 손아귀의 금속판을 다시 살폈다. 시니는 선구 본인 스스로 태워 버리라고 말했다. 그렇다고 제5국의 감시 대상에서 정말 벗어날 수 있을까?

'설정을 파악하기 위하여 다시 한 번 리긴을 만나자.' 선구는 심부름꾼 유순을 찾았다. 서기에게 물어보니 유순은 비번이라고 했다. 어제는 나왔더냐 물으니 어제는 무단결근이었단다. 또 다른 의혹이 생겼다. 오늘 시니 팔의 말이 진실이라면, 리긴이나 루비, 그리고 유순은 당국에 체포된 게 아닐까.

다음 날도 유순은 계속 볼 수 없었다. 서기에게 물으니 유순은 일신상 사정으로 딴 곳으로 옮겨갔다고 했다. 후임자로 딴 얼굴이 벌써 나타나기까지 하였다. 유순은 필시 숙청된 건가? 그렇다면 리긴 신상에도 사고가 있었을 것이다.

선구는 조바심을 견딜 수 없었다. 그렇다고 캐 볼 수단이 없는 자신의 위치였다. 온종일 안절부절못하다가 저녁때 한 가지 생각이 떠올랐다.

그건 아직 보관하고 있는 멍멍 호각을 이용해 보는 것이었다. 유순이 주고 간 이 물건을 다시 한 번 시험해 볼 필요가 있지 않을까? 추리하건대 당국은 나의 무단외출을 발바닥 낙인으로 해서 알아내고 리긴과 루비의 존재를 탐지, 두 사람을 심문한 결과 중간에 낀 심부름꾼 유순까지 잡아들이게 되지 않았을까?

여기서 당국의 추궁은 끊어졌을 가능성이 있었다. 유순이 데시 장치의 사각지대를 알아내어 그곳에서 우선구로 하여금 담을 뛰어 넘나들게 한 것으로 인정하고 더 이상 파헤칠 필요를 느끼지 않았다고 볼 수 있었다.

그 경우 유순의 조력자인 재채기꾼은 무사할 수도 있지 않을까? 좀 어설픈 추리이긴 하나 가능성은 충분했다. 좀이 쑤신 선구는 밤 이슥하기를 기다려 마당으로 나섰다.

"멍, 멍." 조심조심 호각을 불었다. 설마 했는데 잠시 후 재채기가 들려왔다. 혹시나 하고 선구는 동안을 두었다가 다시 멍멍하였다.

"앳췌." 분명 그 재채기였다. 틀림없었다. 선구는 꽝, 땅을 구르고 담 위로 몸을 날렸다. 잠시 후 가쁜 숨을 몰아쉬며 거리를 달리는 자신을 발견하고 선구는 자기 자신을 나무라 보았다.

'이거 너무 어처구니없지 않은가? 무엇 때문에 이런 모험을 하지. 모름지기 자중하여 중대한 자기 사명을 완수하는 방향으로 정성 들여야 할 게 아닌가. 낮에 다녀간 시니 팔의 충고도 있었단 말이야.'

이건 이성의 목소리였다. 그러나 반발하는 아집도 있었다.

'이대로 참고 있을 순 없잖아. 리긴의 신상에 무슨 일이라도 있다면 어떡하지.'

'그게 무슨 상관이야.'

'상관있어.'

'상관있다 해도 나는 어쩔 수 없잖아. 공연한 헛수고지.'

'좌우간 알고나 있어야겠어. 답답해 죽겠단 말이야.'

자문자답을 되풀이하는 사이에 술집 '세니 존'의 앞에 도달했다. 뒷길 리긴의 집을 곧 찾아냈다. 문을 두드리니 안에서 낯선 사람이 고개를 내밀었다.

"어디서 오셨죠? 리긴요? 모르셔요? 어제 공안 위원회에 연행되어 갔어요. 모르겠어요. 어떤 까닭인지."

선구는 힘없이 되돌아서야 했다. 리긴이 연행되었을 때야 루비도 같은 처지겠지.

대체로 이 사회의 형벌은 가혹한 것 같던데. 리긴은 어떤 죄목으로 어떻게 다스려지려나? 루비가 따루 로잔의 질녀라는 조건이 그들에게 얼마간 혜택이 되어 줄 수 있을까? 또는 반대로 더욱 불리한 대우를 받게 되진 않을까?

선구는 회전 보도를 이용하여 냉큼 처소로 돌아갈 의욕도 안 나 터벅터벅 고정 보도를 걸었다. 고개를 푹 숙이고 걸어가는 그의 앞에 어떤 물체가 딱 부딪쳤다.

"이크." 놀란 소릴 지른 건 쌍방이 다 같았다. 아마 상대방도 한눈을 팔며 걷다가 선구를 들이받은 모양이었다. 그런데 상대는 이쪽을 유심히 바라보더니 "아!" 하고 기성을 올렸다. 선구도 상대방을 살펴보았다. 안면이 있었다. 누굴까?

"이거 오래간만인데." 상대는 선구의 손을 덥석 잡았다. 선구도 기억이 났다. 공원 극장의 극작가 비봐부리힐이었다.

"전번에 실례 많았어요." 극작가는 깍듯이 인사를 했다.

"참 그땐 좋은 구경을 시켜주셨는데 인사도 못 하고 헤어져 미안합니다." 선구도 사과의 말을 건넸다.

"정부 요원이신 줄도 모르고 함부로 헛된 소릴 했나 봅니다." 비봐부리힐은 선구의 눈치를 살폈다.

"정부 요원이라고요? 아닙니다. 난 그때 그 사람들에게 끌려간 것뿐이에요."

"아, 그러세요. 정부 요원이 아니군요. 어쩐지 그때 저는 우리의 창조극을 감상하시는 거로 봐서 정부 요원은 아니라고 보긴 했죠. 그래도 여러 사람이 쩔쩔매며 호위하는 걸 보니 혹시나 했어요."

"왜요. 정부 요원이라면 선생의 희곡을 이해 못 하게라도 돼 있나요."

"뭐 그렇게 규정짓는 건 아니지만, 정부 요원으로 제대로 똑똑한 사람이 어디 있어야죠." 비봐부리힐은 어깨를 으스댔다.

"요즘도 공연 중이신가요?" 선구가 물었다.

"웬걸. 그자들이 우리의 예술 활동을 이해해야 말이지. 우린 지금 1년간의 창조활동 금지 처분을 받았지 않아요. 왜 신문에 난 걸 못 보셨나요."

"저런, 그건 또 왜?"

"우리 극작가 중의 한 분이 정부의 처사를 풍자한 각본을 썼더니 그 보복을 당한 거죠. 쳇."

"허, 안 됐군요. 어떤 내용이길래?"

"요즘 떠들썩한 쩨브와 두버무의 문제죠. 아주 근사한 걸작이었는데 그자들이 그걸 이해할 능력이 있어야 말이지"

"쩨브와 두버무라구. 허, 재미있겠는데."

"재미보다 절실한 현실 문제죠. 어때요, 지금 나와 함께 가지 않으려우?"

"어디?"

"요 근처 사랑채에서 우리 친구들이 모여 시국 좌담회를 열고 있소. 가 봅시다."

"글쎄."

"글쎄가 아니라 꼭 가 봅시다. 당신은 틀림없이 우리 편일 것 같소." 비봐부리힐은 선구의 팔을 움켜쥐고 놓지 않을 기세였다.

그러지 않아도 어떤 자극이 필요하던 판이라 선구는 사양 없이 비봐부리힐을 따라갔다. 목적지는 바로 근처에 있었다. 큰길에서 한 구역 뒤로 처진 뒷골목 건물이었다. 건물로 들어가니 비봐부리힐이 사랑채라고 말한 것에 어울리게 옛적 살롱 형식으로 꾸민 제법 널찍한 방이 나왔다.

집회는 이미 진행되고 있었다. 근 50명가량의 인원이 실내 그득히 차 있었다. 그들은 삼삼오오 제각기 탁자를 둘러싸고 앉아 진행 중인 연설에 귀를 기울였다.

좌담회라고 이름을 붙인 탓인지, 연사는 연단에 나서는 대신 여러 사람 틈에 낀 제자리에서 의견을 말하고 있었다. 지금 말하고 있는 사람, 손짓을 섞어 가며 신명이 나서 열변을 토하고 있는 그 사람을 보자 선구는 깜짝 놀랐다. 그 교수였다. 얼마 전에 화성 방송 기록 때문에 만났던 샘앤 교수 바로 그 사람.

비봐부리힐에 이어 이번엔 샘앤 교수. 실로 뜻밖의 인물들을 뜻하지 않은 장소에서 계속 만나게 되다니! 이런 걸 우연이라 말하는 걸까? '예나 지금이나 넓은 것 같고도 좁은 것이 세상이로구나.' 선구는 감탄하였다.

그러나 우연스럽고 기적 같긴 하나 비봐부리힐과 샘앤 교수를 이 자리에서 만나게 된 건 어쩌면 한낱 당연지사일는지도 몰랐다. 오늘의 이 현실을 꾸며 놓은 필연적 조건을 선구는 몇 가지 지적할 수 있었다.

전날 공원 극장에서 처음 만났을 때 비봐부리힐은 다분히 현실을 비난하는 언사를 뇌까렸고, 샘앤 교수도 어딘지 반정부적 냄새를 풍겼다. 이런 사람들이 유유상종으로 모이게 된 건 이상한 일도 아무것도 아닐 것이다. 여기 한몫 끼게 된 우선구 자신 역시 이 사회에선 이질적 존재가 아닌가. 이런 생각을 하는 선구를 극작가는 한쪽으로 끌고 가 자리를 잡아 주었다. 의자에 앉아 선구는 연사에게 귀를 기울였다.

"요컨대 우리는 정부의 우민정책을 더 이상 방관만 해선 안 되겠습니다." 샘앤 교수가 두 주먹을 불끈 쥐고 호령하자 장내 여기저기서 산발적인 박수가 일어났다. "분명 정부는 인민 대중을 유치한 저능아로 만들어 무기력하고 무능력하고 무지몽매한 노예로 만들어 놓으려는 겁니다. 금년에 새로 제정한 대학 교재 한 가지만 보더라도, 정부의 문교 정책이 무엇을 의미하는지 알고도 남음이 있어요. 금년도 대학 교재의 수준은 작년보다도 더 얇습니다. 작년도는 재작년보다 얇고 그전 해는 그해의 전년도 것보다 더 얇고 이렇게 거듭해 온 결과 금년도 대학 교재는 거의 5년 전 단련학교의 그 정도

367

와 같은 것이 되고 말았어요."

샘앤 교수는 열변을 토해내더니 전신을 부르르 떨었다. 장내가
조용해졌다. "아직 멀었습니다. 내 얘길 좀 더 들어보시오." 샘앤 교
수는 이렇게 말하고 갈라진 목을 축이기 위하여 탁자의 물병을 들
었다. 저 물병에는 어쩌면 술이 들어 있을지도 모른다고 선구는 짐
작하였다.

"내 소개하리다." 연설의 틈을 타서 극작가가 선구에게 동석한 사
람들을 소개했다. "극작가 모이수루, 연출가 애이먼. 그리고 이 분
은…." 비봐부리힐은 선구를 소개하려다가 말문이 막혔다. 자기 자
신도 통성명 안 한 터라 우선구의 이름이며 신분을 알 리가 없었다.

"저, 저…." 극작가는 기억을 더듬느라 애썼다. 자기 딴에는 잘
알고 있는 사이라고 여기고 있는 꼴이었다. "저, 저… 가만있자, 댁
이 누구더라."

선구는 빙그레 웃었다.

"가만있자, 우리가 만난 게 언제였지?" 그녀는 정색하고 따졌다.

"허허허."

"호호호."

옆의 사람들이 일제히 웃었다. 샘앤 교수가 물인지 술인지 마시
다가 웃음이 터지는 곳으로 눈을 돌렸다. 교수의 안면 신경이 펄쩍
뛰었다. 물그릇을 내려놓고 이상한 인물한테로 갔다. 우선구와 샘
앤 교수, 두 사람의 시선이 마주쳤다.

"오!" 교수 입에서 기성이 나왔다. 장내 시선이 일제히 그쪽으
로 쏠렸다.

"오! 진객이 왔군." 샘앤 교수는 두 손을 번쩍 쳐들어 일동의 주의

를 환기시켰다. "여러분, 이 사람이 누군 줄 아슈?"

장내는 일순 조용해졌다.

"이 사람은 워시두가 아닙니다. 구세대에서 온 웅성 우선구 바로 그 사람이요."

모두 숨을 죽이고 우선구를 주목했다. 잠시 후 장내는 벌집을 쑤셔 놓은 것처럼 소란해졌다. 환성, 기성, 한숨이 일시에 터져 누가 뭐라 말하는지 분간할 수 없게 되었다.

"조용히!" 누군가가 외쳤다. 오늘의 사회자가 탁자 위에 뛰어올라 호령한 것이었다. 장내는 수습되었다.

"정말이요?" 누군가가 샘앤 교수에게 물었다.

"이 사람에게 물어보시오." 샘앤 교수가 우선구를 가리켰다. 선구는 어찌할 바를 몰랐다. 실로 의외의 사태가 벌어진 것이었다. 숨기고 있던 자신의 정체가 폭로되자 우선 느낀 건 위험감이었다.

'아니라고 버틸까.' 선구는 순간 망설였다. 그러나 샘앤 교수의 냉엄한 안광을 받자 그건 오히려 위험성을 도발하는 것임을 짐작하였다.

"그렇소. 나는 전 세대에서 온 우선구요." 선구는 태연하게 선언하였다. 또 한 번 와 하고 소란이 일어났다.

"조용히!" 사회자가 또 한 번 발을 굴렀다. 다시 조용해졌다.

선구는 의자에서 일어나 서서히 장내를 휘둘러보았다. 침착을 되찾은 선구는 순간적으로 이 장소에 있는 이 사람들은 현 사회에 불만 불평을 품고 있는 특수층의 인물들일 것이라고 판단했다. '어느 면에선 이 사람들과 나는 서로 상통하는 심정을 갖고 있을지도 모를 일이다.'

"여러분." 선구는 큰 소리로 외쳤다. "여러분, 놀랄 건 없어요. 나는 우연한 기회로 이 자리에 온 것에 지나지 않습니다. 나는 조금도 여러분이 하는 일을 방해하거나 개입할 의사가 없습니다. 그저 우연히 길에 나왔다가 여기 이분 극작가의 권유로 들어왔을 뿐입니다. 여러분이 요구하시면 나는 당장에라도 물러가겠습니다. 그러지 않아도 자유가 없는 나는 당국의 문책이 있기 전에 빨리 돌아가겠습니다. 청컨대 여러분은 내가 이곳에 왔었다는 사실을 비밀로 해 주십시오."

여기저기서 수긍하는 눈치들이 보였다.

"염려 마시오, 우선구 씨." 샘앤 교수가 악수를 청했다. 선구는 주저 없이 맞잡았다. 교수는 장내를 휘돌아보며 말하였다. "우선구 씨, 우리는 당신의 입장을 알고도 남음이 있소. 당신이 감금당하고 있다는 사실도 잘 알아요. 고관들의 어리석은 짓이 아니고 뭐겠소."

"옳소." 좌중에서 소리가 나왔다.

교수는 말을 이었다. "여러분, 정부는 우리 인민의 이목을 가려 두려는 그 술법으로 우리의 선배 우선구 씨를 구속하고 있소. 이분은 우리의 대선배요. 여기서 우린 모든 것을 털어놓고 피차 기탄없는 교환을 합시다."

"옳소."

"옳소." 박수까지 나왔다.

"여러분, 감사합니다. 갑자기 뛰어들어 소란을 피워 죄송스럽습니다. 나는 그만 물러가겠습니다." 선구는 더 이상 머뭇거리고 있을 필요가 없다고 보았다.

자신의 정체가 드러나지 않았다면 시치미 떼고 있어 봄 직한 자리이긴 하나 이젠 그럴 수가 없었다. 짓궂게 붙드는 사람들도 있었으나 선구는 적당히 얼버무리고 그곳을 빠져나왔다.

"잠깐만." 샘앤 교수가 뒤쫓아 나오면서 선구 귀에 속삭였다.

"난 처음부터 당신을 알아봤던 거요. 화성에 대한 관심이 대단할 거요. 이해할 수 있소. 지금 세계 정부는 동요된 민심의 억지 수습책으로 화성 침공을 논의하고 있지만, 과히 걱정 마시오. 우리 지성인들이 있으니까."

선구는 교수와 좀 더 담화를 나누고 싶었다. 그러나 교수는 뒤쫓아 나온 다른 사람의 독촉을 받고 회의장으로 되돌아가야 했다.

"교수님, 다시 뵐 수 없을까요." 선구가 물었다.

"우리 집으로 들르시오. 피차 상의할 것이 있을 거요." 교수는 말을 남기고 총총히 안으로 사라졌다.

15
홀랜의 집

    하루 이틀 두고서 눈치를 살폈으나 지난번 무단 외출에 대한 아무런 반응도 나타나지 않았다. 역시 시니 팔의 말은 사실인 것 같았다.

    리긴은 어찌 됐을까? 루비도 그렇고. 그리고 샘앤 교수가 말한 화성의 현실은 어떤 내용일까? 교수는 자기 집에 들러 달라 했는데 단 한 번 밤중에 남에게 끌려간 일밖에 없는 그 집을 어떻게 찾을 수 있을까?

    울적한 기분에 싸인 몇 날이 지났다. 하루는 수석 서기가 시니 팔이 보내온 서찰을 내주었다. 처음 있는 일이었다. 여태껏 시니 팔은 자기에게 전할 말이 있으면 직접이든 간접이든 구두 전달이었는데 문서를 보내온 건 전례 없는 형식이었다. 실로 선구로선 재생 이후 남의 편지를 받기가 이번이 처음이었다. '희한한 일이다.' 중요한 내용이 틀림없을 거라고 선구는 신중히 그 편지를 펴봤다.

편지를 펴들자 선구는 약간 당혹함을 느꼈다. 편지는 까다롭게도 점자로 되어 있었다. 옛적에는 시각 장애인 사이에서만 쓰이던 그 점자 타이프였다. '하필이면 점자일까.' 불평이 나올 일이었지만, 선구는 수긍하는 바 있어 차근히 읽어 갔다. 아니 손가락 끝으로 더듬어 갔다.

점자 인쇄이긴 하되 구세대의 그것처럼 구멍이 퐁퐁 뚫어진 게 아니라 지금 것은 엠보싱 인쇄로 되어 있었다. 지면 가득히 깨알처럼 점들이 돋았는데, 손가락 끝으로 지면을 더듬으면 그중에 글자를 만드는 점들이 쏙쏙 옴츠러든다든지 또는 다른 무의미한 점들과는 판이한 이상한 촉감을 일으켜 판독게 하는 이 방법은 정상체 인쇄에다 대면 여러모로 비능률적인 건 물론이었다.

우선, 더듬는 데 시간이 걸리고 지면도 많이 잡아야 했다. 그런데도 이 세상 사람들은 편지나 일기 같은 기록은 보통 이런 구차스러운 방법을 채택하고 있었다. 비능률적이긴 하지만 남이 옆에서 들여다보아 그 내용을 얼핏 알 수 없는 것이 이 점자 타이프의 생명이었다. 오기, 오독의 실수도 비교적 적다고 했다. 설사 그런 장점이 있더라도 시각 장애인이 아닌 이상 멀쩡한 사람이 어떻게 그걸 더듬고 있을 수 있겠느냐는 의혹이 생길지 모르나 그건 그야말로 구세대의 사고방식이었다.

현대인은 별로 힘 안 들이고 이 궁상맞은 짓을 해치우고 있었다. 부드럽고 섬세한 손끝. 구세대 인간보다는 좀 더 복잡성에 적응했다고 할 수 있는 대뇌의 생리. 거기다 비밀을 좋아하는 습성. 이런 거로 해서 이 세상 사람들은 걸핏하면 점자 타이프를 썼다. 선구로선 거북하기 짝이 없으나 이것도 오래 산 대가이니 어찌하겠는가.

선구가 독해법을 찾아가며 더듬더듬 읽어간 시니 팔의 친서 내용을 번역하면 다음과 같았다.

"본관은 오늘 귀하에게 다음의 선물을 드리는바, 귀하는 이를 유효 적절히 이용하시길 바랍니다. 선물 이름은 '우선구 씨 전용 홀랜의 집.' 본관이 귀하에게 이것을 선사하는 데에는 다음의 두 가지 이유가 있습니다.

첫째, 귀하의 위문품으로. 둘째, 귀하의 연구 자료로. 구세대의 대표자인 귀하는 이제 현대인들의 성생활 내용을 아셔야 할 단계에 도달했다고 사료됩니다.

현대인은 출생 즉시부터 사망하기까지 줄곧 위생국의 건강관리를 받을 권리와 의무를 지니고 있음은 귀하도 이미 인식하고 계실 줄 믿습니다. 워시두가 유년기를 벗어나 사춘기를 맞이할 때 본인보다 먼저 알고 있는 곳이 위생국입니다.

위생국 관리는 신체검사를 통하여 사춘기를 맞이했다고 본 워시두의 건강 카드에 푸른 줄을 칩니다. 과도기의 표시죠. 동시에 본인은 청년 훈련소로 이관되어 이곳에서 집단적으로 수련을 쌓게 마련입니다. 생리학적, 그리고 심리학적으로 완숙한 인간이 될 때까지 청년 훈련소는 철저한 지도를 게을리하지 않습니다.

청년 훈련소를 마치고 나면 그때는 성인입니다. 법적으로도 하나의 사회인으로 인정되어 사회권의 구성 요원으로 정식 등록됩니다. 동시에 위생국으로부터 홀랜 면허증을 받습니다. 홀랜 면허증이 있어야 '홀랜의 집'에 출입할 수 있습니다.

사회인은 누구나 연령, 거주, 신앙, 지위 등 여하한 조건에 구애 없이 '홀랜의 집'을 이용할 수 있습니다. 그리고 이곳 이외에서의 성행위는 일체 금지되어 있습니다. 위법자는 의법 처단됩니다. 정부는 법으로 엄격히 개인의 성행위를 통제하는 반면, 개인 성행위의 만족을 충만시키기 위하여 항상 최선의 노력을 게을리하지 않고 있습니다.

홀랜법을 제정하여 '홀랜의 집은 인민의 건강을 보호하고, 인민의 기호를 존중하고, 긍지를 보장'하도록 명시되어 있습니다. '홀랜의 집'은 사회인이 있는 곳이면 어디나 설치되어 있고 언제나 어디서나 면허증 소유자라면 누구에게나 항상 개방되어 있습니다. 그리고 사용자를 위하여 비밀을 보장합니다.

다만 다음의 경우에는 사용이 제한됩니다. '사용 빈도가 지나쳐 본인의 건강이 염려될 때, 홀랜의 집 시설을 고의로 파괴했을 때.'

홀랜의 집 사용 절차는 먼저 면허증을 검정기에 넣고 검정실에 들어가 체력 검정을 받습니다. 자동 기계 장치로 체온, 혈압, 폐활량, 피로 계수를 측정하여 표준 지수가 되어야 홀랜의 방으로 들어갈 수 있고, 모든 순서를 질서 있게 마치고 나면 본인에게 면허증이 반환되게 마련입니다.

귀하 전용 시설에는 이러한 제한 조치가 없습니다. 첨언하건대, 홀랜 시설은 세계 정부 직속 기관인 홀랜 위원회가 전 세계의 지능을 동원하여 사용자의 완전 만족을 목표로 항시 최선을 다하고 있습니다.

또 하나 첨언, 우선구 씨 전용 홀랜의 집은 유사 이래 처음 제작된 것으로 지상 유일의 시설입니다. 그럴 수밖에 없는 것이 귀하는 워시두 아닌 웅성이니 웅성용 홀랜이란 여태껏 있을 수 없는 일이었습니다.

다행히 홀랜 연구 위원회의 기사들이 워시두가 누릴 수 있는 만족감 그대로 귀하가 누릴 수 있는 것을 제작하였다고 보장하여 이제 알려드리게 된 겁니다. 청컨대 귀하는 일반 워시두도 이와 같은 시설을 이용하고 있음을 유의하시길 바랍니다.

이용이 끝난 후 귀하는 본관의 제2신을 받으실 겁니다."

실로 뜻밖의 서신이었다. 뜻밖의 편지이긴 했으나 여기 적힌 내용은 선구가 요즘 가장 절실하게 알고자 한 문제의 초점 바로 그것이었다. 선구는 지금 이 사회에서 가장 중요한 문젯거리가 '성(性)'에 걸려 있다고 보고 있었다.

홀랜과 께브의 대립이 온 세상을 혼란의 도가니로 만들고 있는 모양이었다. 께브의 실태는 일찌감치 비커츠섬에서 우연한 기회에 목격한 바 있었다. 그러나 홀랜이 어떻게 생긴 것인지 선구는 전혀 몰랐다. 홀랜의 내막을 몰라서는 현대를 연구 이해할 수조차 없지 않나 하는 생각이 들었다.

게다가 선구는 최근 누차 께브와 홀랜의 대립상을 경험하고 있었다. 비커츠섬의 세 경비병이 께브 탄로로 해서 재판받는 걸 본 이후, 극작가 비봐부리힐이 이 말을 떠드는 걸 들었고, 리리시노는 대담하게 홀랜과 께브 문제를 들고 세계 정부에 대드는 장면도 있었다. 샘앤 교수도 이를 언급하지 않았던가.

어디를 가나 이게 문제인 성싶었다. 혹시 이것이 이 사회 밑바탕에 깔린 근본 모순점일지도 모르겠다. 전날 고전문화연구원 끼허햅 원장이 말한바 정부 시책이 갈팡질팡하는 원인도 여기 있으며 일부에서 떠드는 화성 공포론이나 토벌론의 발생 원인도 여기 있지 않을까?

아무튼, 알아봐야 할 문제라고 선구는 요즘 느끼고 있던 참이었다. 알아봐야 하긴 하겠는데 섣불리 손댈 수 없는 것임을 선구도 이미 알고 있었다.

전날 소보논 병원의 오유지는 '여성'이란 말에도 발끈하지 않았던가. 함부로 알려고 덤빌 수 없는 성질의 것이었다. 그러나 알아야겠다. 홀랜이란 도대체 뭐냐?

이런 때 시니 팔의 이 서신이 온 것이었다. 아주 시기에 적합한 선물이었다. 하기야 시니 팔은 민완 정치가였다. 우선구로 하여금 이 문제에 잔뜩 관심을 갖게 한 다음 슬쩍 이 서신을 보냈는지 모르겠다. 그건 아무래도 좋다. 홀랜이란 과연 어떤 것이냐?

이제 금단의 문은 절로 열렸다.

'우선구 전용 홀랜의 집'은 숙소 욕실 옆에 증설된 건물 형식으로 나타났다. 며칠 전부터 그곳에 새로 공사를 한다고 부산하게 일꾼들이 드나들기에 선구는 그저 그런가 보다 하고 별 관심 없었는데, 공사가 끝나자 시니 팔에게서 친서가 와서 이제야 그것인 줄 알게 되었다. 선구는 수석 서기로부터 욕실과 새로 지은 홀랜의 집 사이 벽에 달린 출입문의 열쇠를 받았다.

'이건 일반 사회의 홀랜 면허증에 해당하는 거겠지.' 선구는 가벼운 흥분을 자각하면서 문을 열고 안으로 들어섰다. 사이 문짝 한 장을 사이에 두고 안과 밖은 전혀 딴 세상이었다. 문을 열자 우선 평

크색 조명 장치가 이 방 분위기의 첫 장을 장식했다.

일진 훈풍이 그윽한 향기와 달콤한 선율을 이끌고 전신에 휘감겼다. 이 방은 천장이고 벽이고 바닥이고 전체가 물결 모양 굴곡을 이루어 가만히 서 있어도 파도에 휩쓸리는 기분을 자아냈다.

'옷을 벗고 샤워를 하시오.' 벽 한 곳에 게시판이 붙어 있었다.

선구는 핏 웃고 계속 방 안을 두루 살폈다. 별로 넓지 않은 방에는 한편에 탈의장과 맞은편에 샤워가 있을 뿐 별다른 시설이 눈에 띄지 않았다. 출입문도 지금 들어온 곳 하나뿐이었다. 이것뿐만은 아닐 텐데 하는 의아심으로 더 살피니 샤워가 달린 벽에 얼핏 눈에 띄지 않는 문이 달린 걸 발견하였다.

손잡이도 정첩도 없고 벽판과의 틈도 거의 없다시피 밀착하여 얼핏 보아선 모르겠으나 틀림없는 문이었다. 필시 다음 방으로 통하는 통로일 거라 보고 떠밀어 보았다. 꼼짝 않는 대신 벽판에 글자가 나타났다. '샤워를 끝낸 다음 여시오.'

선구는 별수 없이 샤워 단추를 눌렀다. 쏴아 하고 물이 쏟아지는 소리에 선구는 급히 몸을 피했으나 옷을 어지간히 적시고 말았다. 샤워실 밖에서 젖은 옷을 툭툭 털고 있노라니 약 2분간 힘차게 물이 쏟아진 후 멈춤과 동시에 옆방과의 통로라고 본 벽 틈바구니가 빠끔 입을 벌리기 시작했다. 동시에 샤워가 쏟아지는 밑바닥, 조금 전 막 선구가 서 있던 자리가 빙그르 옆방 쪽으로 돌아갔다.

그러므로 벽과 밑바닥이 함께 따라 도는 통에 선구가 그대로 서 있었다면 물을 뒤집어쓴 채 옆방으로 이동하였을 것이다. 빠끔히 입을 벌린 벽이 회전을 끝내고 다시 닫히려는 순간 선구는 얼른 그 틈바구니를 뛰어넘어 옆방으로 들어섰다.

자동 개폐 장치의 문이 닫히기 전에 뛰어들어간 건 좋았으나, 그곳은 바로 물이 가득 담긴 욕조였으니 선구는 이번에는 갈 데 없이 물에 빠진 족제비 꼴이 되고 말았다.

게시판의 지시대로 순순히 따랐으면 첫째 방인 준비실에서 소독약 샤워로 먹을 감은 다음 이 방으로 밀려와 맑은 물로 개운하게 몸을 씻을 수 있었을 텐데 규칙 위반으로 이 꼴이 되고 만 것이었다.

기겁하여 물속에서 뛰어나왔다. 보아하니 이방이 진짜 홀랜의 방인 모양이었다. 5평 정도 되는 방 면적의 대부분을 점령한 대형 침상이 펼쳐져 있었다.

침상 위에는 두께가 무려 60센티미터는 됨직한 두꺼운 요가 깔렸다. 말하기 쉽게 요라고 했지만, 정식 명칭은 물론 따로 있을 것이다. 처음 보는 물건이었다. 보기에도 폭신하고 보드랍게 생겼는데 무수한 구멍이 거의 빈틈없이 뚫려 있었다.

빛깔은 약간 진한 홍도빛, 여기에 파란 실내조명이 반사하여 독특한 무드를 이룩했다. 어디선지 물이 출렁거리는 소리가 났다. 주의해 들으니 이건 음악 대신 연주하는 효과 음향. 부드럽고 단조로운 리듬이었다. 요를 만져 보았다. 보기보다도 훨씬 보드랍고 매끈거렸다. 구멍이 많이 뚫린 건 몸에 배기지 않게 하기 위함일까?

실내에는 따로 눈에 띄는 시설은 물론, 창도 출입구도 없었다. 천장에도 벽에도 장식이 하나 없었다. 선구는 몸에 착 달라붙게 젖은 옷을 입은 채 팔짱을 끼고 궁리하였다.

'이것만 가지고 되는 일은 아닐 텐데.' 한참 기다려 보았으나 리드미컬한 물결 소리만 계속될 뿐 아무런 변화도 없었다. 아마 옆방의 샤워 장치처럼 사용자가 어떤 동작을 취해야 다음 순서가 진행되는 식인지 모르겠다.

선구는 시험 삼아 침상 위에 누워 보았다. 과연 폭신한 게 구름 속에 던져진 기분이었다. 잠시 그러고 있었으나 아무런 변화도 일어나진 않았다. 약간 싱거운 기가 들어 선구는 다시 일어날까 했다. 이때 변화가 생겼다. 조명 광도가 한결 엷어지며 효과 리듬이 빨라졌다고 느끼자 어디서 스며드는지 축축한 수증기가 방 안 가득히 퍼지기 시작했다.

가뜩이나 어두운 조명은 더욱 어두워지고 계속 스미는 증기로 해서 실내 기온은 화끈거렸다. 리듬은 더욱더 빨라지고. 재미 보러 들어온 워시두였다면 바야흐로 도원경에 접어든 기분일지 모르나 잔뜩 신경을 곤두세우고 거기다 젖은 옷이 꽉 죄는 선구로선 이건 고역이 아닐 수 없었다.

벌떡 침상에서 일어나려 했으나 때는 이미 늦었다. 침상의 양 옆자락이 엿가락처럼 척 휜다고 본 순간 선구를 두르르 말아버렸다.

깜짝 놀란 선구는 이를 뿌리치려고 노력하였다. 발버둥 치는 동안에 다리와 팔이 쑥쑥 요에 뚫린 구멍으로 빠졌다….

한참의 시간이 흐른 후.

조화가 붙은 요는 선구를 슬며시 욕탕 속으로 밀어 넣고 최초의 자세로 돌아가 아무 일도 없다는 듯 넙죽 펼쳐졌다. 기진맥진한 선구는 전신이 물속에 잠긴 채 넋을 잃고 있었다.

수증기가 차츰 걷히고 조명도 음악 리듬도 원상으로 돌아갔다. 선구 눈앞 손 닿는 곳에 선반이 있고 그곳에 컵이 놓여 있는데 쪼르륵 소리가 나더니 수도꼭지에서 물이 나와 컵을 찰랑찰랑 채웠다.

조갈을 느끼고 있던 선구는 기다렸다는 듯 그 물을 쭉 들이켰다. 시원한 청량수였다. 한결 정신이 들었다.

컵을 비워 놓자 또 쪼르륵 액체가 쏟아졌다. 이번엔 색깔이 달랐다. 냄새를 맡아 보니 꿀물이었다. 역시 마셨다. 그러고 나자 옆방과의 사이 벽이 아까 이 방에 들어올 때 모양 입을 벌리기 시작했다. 아까와는 반대 방향으로 돌았다.

'이젠 끝난 모양이로구나.' 선구는 나른한 몸을 일으켜 빠져나올 자세를 취했다. 그럴 필요도 없었다. 선구가 몸을 일으키기 전에 벽판과 바닥이 동시에 돌아가더니 선구는 처음 들어왔던 방향으로 밀려 나왔다.

여기서 워시두라면 벗어 놓은 옷을 다시 입고 출입문 옆에 있는 검정실에 들어가 자동 장치로 된 건강 진단을 치르고 홀랜 면허증을 회수한 다음 희열과 만족감으로 밖으로 나가는 것이었다.

이번 선구의 경우, 옆방의 오토메이션과 효과 없는 격투로 지친 데다가 몸을 쥐어짜는 젖은 옷으로 해서 기분은 백 퍼센트 불쾌.

입맛을 쩍쩍 다시고 이곳을 나왔다. 나간 곳은 물론 재래 건물의 욕실. 선구는 비로소 옷을 벗고 샤워로 달려갔다.

"빌어먹을 것." 절로 푸념이 나오는 한편으론 감탄을 안 할 수도 없었다. "무던히 연구를 하긴 했군."

목욕을 마치고 거실로 돌아오니 또 한 장의 시니 팔 친서가 선구를 기다리고 있었다. 역시 점자 타이프 인서였다.

"기분이 어떠신지요? 비록 담당 기사들의 장담이 있긴 했으나 본관은 혹시나 하는 염려를 부인할 수 없습니다. 혹 귀하가 만족을 느끼지 못하셨다면 이는 매우 유감된 일입니다. 다행히 귀하가 만족하셨다면 그게 바로 워시두의 그것임을 짐작해 주시길 바랍니다. 지금 경험하신 홀랜은 현대가 자랑하는 모든 정수가 집중된 겁니다. 의학적으로, 생리학적으로, 심리학적으로 오랜 연구와 실험, 그리고 개량이 거듭되었고 심지어 민간 속담, 구세대 고담까지 들추어 성이 가진 모든 효과를 최고도로 발휘하도록 만들어졌습니다.

세계 정부가 홀랜의 집 건설과 운영에 막중한 노력을 기울인 데는 그만한 이유가 있어서입니다. 인간의 3대 본능, 그러니까 식, 성, 휴식 가운데 가장 까다로운 것이 성본능임은 새삼 설명의 필요가 없을 줄 압니다. 다만 진성사회에 있어 성 부문이 차지한 비중은 웅성시대나 양성시대의 그것에 비하여 훨씬 두텁다는 걸 알아주셔야겠습니다.

사실 세계 정부가 수립된 이후 가장 거창하고 가장 복잡하고 가장 처리 곤란한 행정 부문이 성행정입니다. 성본능은 인간인 이상 누구나 가졌을 뿐 아니라 누구에게도 양보할 수 없고 누구도 제지할 수 없는 강렬한 작용을 가진 본능이며, 모든 생활은 여기에 달려 있다 해도 과언이 아니겠지요. 성문화가 바로 인류 문화라고도 하잖습니까. 이다지 소중한 '성'이긴 하나 한편 '성'처럼 안이하게 대해지는 것도 드물 겁니다.

이 점은 인간과 공기의 관계와도 같습니다. 그러나 공기에는 임자가 없고 성격이 없으나 성에는 불가침의 소유권과 저마다의 개성이 있습니다. 뿐더러 개인에 따라, 지방에 따라, 종족에 따라, 그리고 시간, 장소, 환경에 따라 성행위의 형태는 실로 천태만상이니 성행정을 담당한 책임자는 처음에는 성의 의의, 성행위의 규범조차 손을 못 댈 정도였습니다.

한때는 '성문제'에 관해선 행정 조치를 취하지 말자는 의견이 우세한 시기도 있었으나, 그렇다고 방치할 수도 없는 사회 실정에 비추어 세계 정부는 장기간에 걸친 연구 검토 끝에 '홀랜법'을 제정 공포하기에 이르렀습니다. 세계 인민은 이 법에 의하지 않고는 성행위를 행사치 못하게 한 거죠.

입법 취지는 세계 인민의 건강을 보호하고 행복을 보장하자는 데 있습니다. 홀랜법이 일부 지방 사회에서 시험적으로 채택되고 차츰 여러 사회권으로 퍼져 드디어 세계 정부의 통일법으로 시행된 건 지금으로부터 15년 전입니다. 홀랜법의 공적은 실로 막대합니다. 인민의 건강과 행복을 보호 보장함과 아울러 성행위를 둘러싼 지방별, 종족별의 분파 작용을 없애 준 고마운 법입니다.

그런데 최근 홀랜법을 위반하는 사태가 반발하여 세계 정부의 골치를 때리고 있습니다. 많은 워시두가 '홀랜의 집' 밖에서 성행위를 하는 경향이 늘어갑니다. 그들은 홀랜 집의 시설 대신 같은 워시두끼리 어울리는 겁니다. '께브'라는 거죠. 귀하는 과거 께브 중의 한 형태를 비커츠섬에서 보셨을 겁니다.

처음 세계 정부는 께브 행위를 소홀히 보고 단속 대상으로 삼지 않았습니다. 이 변태 행위는 일시적 현상이고 오래가지 못하리라 보았기 때문입니다. 께브는 홀랜에 비해 너무나 약점이 많습니다. 상대가 꼭 있어야 하고, 남의 눈을 피해야 하고, 따로 기구가 필요하죠. 이런 불편 외에도 본인의 건강에 해롭고, 느끼는 오르가즘도 께브는 홀랜에 미치지 못합니다. 그런 점으로 보아 께브는 자연도태될 것으로 봤던 겁니다.

그러나 현실은 우리의 기대를 배반하였습니다. 께브는 차츰 창궐 일로에 있습니다. 그 폐단도 두드러지게 나타나기 시작했습니다. 께브 상습자들은 본인들도 모르는 사이에 심리적 변화를 일으켜 성행위에 있어 능동자와 수동자의 구별이 굳어지면서 능동자는 수동자를 지배, 억압, 애무로써 대하고, 수동자는 굴복, 인내, 자학을 스스로 취하는 형편입니다. 이들은 유유상종으로 끼리끼리 모여 집단적으로 공공연히 홀랜법을 유린하고 심지어는 과거의 웅성시대를 동경하는 탈선행위까지 저지르는 겁니다.

귀하는 혹 웅성시대를 동경한다니까 회고감에 젖을지도 모르나 귀하가 비록 웅성일지라도 저들 께브 도당들을 결코 용납하지는 않으리라 본관은 믿습니다. 귀하는 웅성인인 동시에 훌륭한 이성인(理性人)이시니까요.

께브 상습자들은 분명 의학적 견지에서 보아 환자들입니다. 그들의 정신 상태는 불건전하고 공동 사회의 발전을 아예 외면하고 있습니다. 드디어 세계 정부는 '께브 금지령'을 내렸습니다. 하지만 결과는 역효과였습니다. 그들은 음성적 형태에서 감히 양성화하였습니다. 그만큼 그들의 세력은 늘어난 겁니다.

여기에 곁들여 두버무 소동이 발생하고 있습니다. '두버무'란 일체의 성행위를 거부하는 워시두를 말하는 겁니다. 께브고 홀랜이고 성행위는 모조리 거부한다는 과격파입니다. 반동 세력 께브에 대한 반동의 반동인 두버무주의자들은 '인간에 있어서 성이 있는 한 모순은 근절되지 않는다'라는 표어 아래 스스로 성수술을 받아 성호르몬선과 수란관(輸卵管)을 제거해 버리고 마는 겁니다. 이러면 께브가 안 되긴 하지만 후생은 단절되고 마는 거죠.

두버무주의는 상상외로 번져 이제는 중대한 사회 문제로 등장하였습니다. 일부 사회권 정부는 당황한 나머지 께브 금지령을 철회하여 이를 묵인하는 대가로 께브 상습자들의 배출 난자를 수집하고 있는 형편입니다. 인구의 감소를 막고 보자는 소극책이죠.

이쯤 되니 의기양양한 건 께브주의자들입니다. 자기네들을 용납하는 사회권에서는 터놓고 동조자들을 끌어모으고, 반대하는 지역에서는 사회인 친목 단체를 가장하여 저들의 세력 확장에 발 벗고 나서고 있습니다. 이곳 헤어지루 지역에서도 '희망과 우정의 모임'이란 단체가 있습니다. 그들의 대표가 며칠 전 귀하를 방문했던 리리시노입니다. 이러한 현상에 불만을 느낀 몇몇 사회권 정부에서는 께브 행위자들을 극형으로 대하여 이에 대한 반발 또한 치열합니다.

세계 정부는 이 문제에 대하여 결단을 내려야 할 처지에 몰렸습니다. 께브를 용인하느냐 박멸을 기하여 강경책을 취하느냐 기로에 섰습니다. 어느 사회권에서는 중화책을 써 보기도 했습니다. 즉 께브 행위를 용인은 하되 '홀랜의 집' 안에서만 하도록 한 겁니다. 이럼으로써 지나친 방종을 통제하고 능동자-수동자의 형식을 타파하자는 거죠. 결과는 신통치 않은 모양입니다. 께브 상습자들은 극성스럽게 자웅의 형식을 고집하고, 심지어 특정 수동자를 사이에 두고 능동자들 사이에 결투 행위가 발생하는 사태랍니다.

모든 과학적 조사로는 엄연히 께브는 홀랜에 여러모로 미치지 못하는데, 많은 사람이 께브에 쏠리는 이유를 우리는 아직도 모르고 있습니다. 귀하는 우리와는 차원이 다른 입장에 있는 분입니다. 구세대의 대표자이십니다. 아무 구애 없는 자유스러운 관점에서 께브 문제를 다루어 보시길 바랍니다. 본관은 귀하에게 홀랜과 께브 연구에 필요한 모든 편의를 제공할 용의가 있습니다. 귀하는 귀하에게 부과된 사명의 중대함을 소홀히 마시길 바랍니다. 귀하가 길고도 먼 나그네의 길을 건너오신 보람을 누리시길 본관은 진심으로 바랍니다."

이런 긴 사연이 담긴 점자를 더듬고 새기느라 선구는 거의 온 하루를 소비하였다.

16
세계 정부 반대 세력

홀랜과 께브. 재미있는 명제가 아닌가. '이 사회가 도달한 곳은 결국 여기로구나.' 선구는 한편으로 수긍하였다. 선구로서는 시니 팔이 그 까닭을 몰라 애태우는 점이 너무나 뻔한 사실이라 오히려 싱거울 정도였다.

홀랜으로 말하면 지극히 호화로운 시설에다 완벽을 기한 기교, 그 위에 법으로 보호 권장까지 하는데 이걸 마다하고 께브를 택하는 일부 워시두의 심사를 이해할 수 없다는 시니 팔의 말인데 그야 뻔하지 않으냐 말이다.

께브에는 홀랜에서 얻을 수 없는 것이 있기 때문이다. 설사 극형이라는 무시무시한 위협이 있다기로 께브가 이끄는 매력이 있는 한 세계 정부가 제아무리 억지를 써봤자 성과는 없을 것이다.

께브는 남의 이목을 피해야 하고 오르가즘이 홀랜보다 못하다는 결점이 있다 하더라도 홀랜에 없는 '애정'이 있었다. 제아무리 발달했다기로서니 오토메이션은 오토메이션. 기계에는 애정이 없었다. 감정을 속삭이고 의지하고 받아 주는 멋이 없는 것이다.

남성을 말살하고 배우자의 존재를 부인하는 단성인으로서 옛적의 자웅의 흉내를 내는 께브 행위는 그야 시대 역행이요, 분명 반동임에 틀림없으리라.

한편, 께브 유행에 대한 반작용으로 두버무가 출현한 것도 당연했다. 양성에서 단성으로 옮겨온 이상, 더욱 순화된 독신주의, 단신종료사상(單身終了思想)으로 발전함은 있음 직한 일이라 하겠다.

이 사상이 보편화하여 인류의 씨가 정말 끊어져서야 안 되겠지만, 설사 그러한 결말이 된다 해도 어찌 보면 무방하고 당연하다고 해야 하지 않을까?

인생의 철학적 진리가 허무라 할진대, 허무한 결말은 가장 이상적 형식이 아니겠느냐. 양성에서 단성으로, 그리고 무성(無性)으로. 자연에 귀화함도 좋지 않겠는가?

이거야말로 인류사의 마지막 형식으로 가장 어울릴지 모른다. '두버무' 만세다. 이렇게 생각하니 만사는 해결된 성싶었다. 이것저것 깊이 파고들 필요도 없겠다.

일순 선구는 허무감에 휩쓸렸다. 허무한 결말이 내다보이는 인류 역사 앞에, 비커츠섬의 거창한 시설이며, 161년을 헤아린 수면 여행이며, 께브니 홀랜이니 하는 시비가 다 무엇에 소용 닿는 것인가. 만사가 귀찮았다.

"아니야. 내가 너무 비약했군." 선구는 잠시 동안의 허탈 상태에서 벗어났다.

문제는 홀랜이나 께브, 두버무에만 국한된 게 아니었다. 장래사도 중요하지만, 더욱 가까운 현재의 일들이 더 중요했다. 리긴과 루비의 행방이란 관심사가 있었다. 크게는 화성의 실태 파악이란 과제도 있었다. 또 있었다. 샘앤 교수에 관한 것.

그렇다. 샘앤 교수를 만날 필요가 있었다. 교수는 세계 정부가 홀랜, 께브 시비에 말려 들어간 것을 비난하는 투였지 않은가. 그리고 화성 공격론을 일소에 부치기도 했다. 샘앤 교수야말로 어떤 대안을 가지고 있을지 몰랐다.

교수는 전번 헤어질 때 자기를 찾아 달라 했는데 아마 그럴 필요가 있어서 그랬을 것이다. 선구는 샘앤 교수를 부쩍 만나고 싶었다.

어디로 찾아가야 할까? 집은 찾기 힘들겠고 대학은 출입 금지 지역이었다. 궁리한 끝에 전날 만났던 사랑채에 가 보면 길이 나설 것 같았다.

선구는 또 한 번 모험을 하기로 결심하였다. 그날 밤으로 멍멍 호각을 들고 뜰로 나섰다. 몇 번 호각을 시험했으나 기대한 재채기의 응답이 오지 않았다.

오늘이 비번이어서 그런지 혹은 이 사람마저 걸려든 건지 알 수 없어 답답했으나 별도리가 없었다. 다음 날 밤 다시 시행했으나 역시 무응답. 끈기 있게 연사흘 계속하니 비로소 재채기가 나타났다.

옳다구나 하고 선구는 담 밖으로 뛰어나갔다. 전날 극작가 비봐부리힐과 함께 갔던 그 집은 쉽사리 찾아낼 수 있었다. 가는 날이 장날이라더니 마침 이날 밤도 이곳에선 회합이 있었고 그중에는 샘앤 교수도 끼어 있었다. 샘앤 교수는 무척 반가워했다. 선구가 보기에 이들은 상당히 중요한 회합을 하는 중인 것 같았다.

먼저 이 집 문을 두드릴 때 한참 만에야 안에서 인기척이 있었다. 뻔히 안에서 현관에 나타난 사람을 내다보는 장치가 있을 텐데 부러 사람이 나와 훑어보고 들어가서 한동안 지체한 후에야 안으로 불러들였고, 별실에서 다시 시간을 끌게 한 다음 비로소 샘앤 교수가 나타났다. 교수의 안색에는 긴장의 빛이 역력했다.

그러면서도 교수는 선구를 반가이 대하고 자기네들 회합 장소로 인도하였다. 모인 인원은 전날보다는 훨씬 적었다. 한 20명 정도.

샘앤 교수는 일동에게 우선구를 소개하며 말했다. "뜻밖의 귀한 손님이 나타난 건 우리에게 길조올시다. 우리가 외계용 비밀 방송 시설을 갖게 되자 때를 맞춰 구세대 인간이 찾아온 건 우연의 일이라고 볼 게 아닙니다. 우리 사업은 여차 순조롭다는 거죠. 성공은 틀림없습니다." 일동은 박수로써 응수했다.

선구는 어쩐지 마음이 뜨악하였다. 이거 잘못 들어섰나 보다 하고 주저의 빛을 띠었다.

"우선구 씨는 영문을 몰라 궁금하시겠죠. 우리는 세계 정치 노선을 바로 잡자는 거요. 우리가 내세운 정책 중에 화성과의 공존책이 있어요. 지구와 화성이 서로 친교를 맺자는 겁니다. 우선구 씨가 절충의 중간역을 맡아 주서야겠어요. 오늘 참 잘 오셨는데." 샘앤 교수는 말을 마치고 악수를 청했다. 선구는 그 손을 잡았다. 박수가 또 일어났다.

"축배를 듭시다." 누군가가 말하기 무섭게 심부름꾼이 술병과 잔을 돌렸다. 좌중은 어수선하게 되었다. 따루가 어쩌느니, 시니 아무개가 어쩌느니, 인민원 의장이 처단감이니 하는 말귀가 나돌고 분위기가 사뭇 살벌했다.

선구는 물론 술도 안 마시고 묵묵히 한구석에 앉아 거동만 살폈다. 틈을 보아 샘앤 교수에게 조용히 따로 만나자고 말할 기회를 노렸다. 그러나 샘앤 교수는 옆 사람과 무엇인지 열심히 떠들고 있어 좀체 기회가 나지 않았다.

"자, 회의를 계속합시다." 사회자가 외치자 일동은 잡담을 거두었다.

안 되겠다 싶어 선구는 작별을 고하려고 자리에서 일어섰다. 그때 갑자기 요란스러운 소리가 밖에서 들려왔다.

"경찰이다." 누군가가 외치는 소릴 신호로 실내는 갑자기 캄캄해졌다. 걷잡을 수 없는 혼란이 일어났다. 선구는 꼼짝 못 하고 당해야 했다. 놀란 토끼 떼처럼 캄캄한 속에서 날뛰는 군중들에게 이리저리 밀리고 채이고 밟히고 엉망이었다. 소음과 비명의 소동은 금세 끝이 나고 다시 빛이 켜졌다.

언제 들어왔는지 이곳에 모인 인원의 곱절이나 되는 침입자들이 둘레에 삥 둘러 서 있었다. 순식간에 샘앤 교수 일당은 한 사람 빠짐없이 체포되었다. 선구도 물론 한몫 끼였다. 보기 좋게 고랑을 찬 것이다. 두 팔을 뒷등에 돌려 열십자로 틀어 놓고 찰칵 쇠고랑을 챘다.

선구는 그간 갖은 고생을 다 했으나 이렇게 고랑을 차기는 전후 생을 통하여 처음 당하는 일이었다. 기막힌 일을 당하는 중에도 선구에겐 한 가지 발견이 있었다. 이 세상의 쇠고랑이라는 게 놀랍게도 옛적의 그것이었다.

직접 당해 보진 않았으나 전생에서 영화나 연극으로 눈 익은 바 있는 바로 그것이었다. 그러고 보니 사람의 자유를 구속하는 기술은 그 옛날에 이미 더할 나위 없이 발전해 버린 건가.

＊

우선구도 긴 샘앤 교수 일당은 한 오랏줄에 굴비 두름 모양 무더기로 묶여 현장에서 즉시 미결감으로 이송되었다.

'인생 경험 중 가장 가치 있는 게 큰집 구경.' 이런 말을 선구는 예전에 들은 기억이 있었다. '형무소 구경도 못 해 본 위인이 뭘 안다고.' 이런 말도 어디선가 들었다.

선구가 지금 당하고 있는 일이 그렇게까지 보람 있는 것인지 어떤지는 모르겠으나, 하여간 이곳 미결감의 풍경은 일견의 가치는 충분히 있다 하겠다. 구역이 넓고 높은 담장에 육중한 철문이 달리고 한 외관은 예전 거와 비슷한데 색다른 건 건물의 스타일이었다.

주 건물이나 부속 건물, 정원, 운동장 할 것 없이 모두가 동그란 원형이었다. 그중 주 건물인 미결수 감방은 3층 건물인데 외벽 전체가 유리로 되어 마치 유리컵을 세워 놓은 것 같았다. 이 건물은 각층에 방이 스무 개, 방사형으로 삥 돌아가며 다닥다닥 붙어 있었다. 그러니 평면도를 그리면 꼭 오렌지를 가로 자른 꼴이 되었다.

각 감방은 밖을 향한 벽이 전부 유리로 되어, 외부에서 환히 방구석까지 한눈에 들여다볼 수 있었다. 이 건물에는 복도가 없었다. 들창도 없었다. 단 하나의 출입구가 외부에 면한 유리벽 한가운데 달려 있을 뿐이었다. 감방과 감방 사이의 벽을 방음 장치가 철저히 된 견고한 물질로 되어 있음은 물론이었는데, 이런 건물이 다섯 채 커다란 원형으로 세워져 있었다. 복도가 없으니 미결수는 출입문만 열면 바로 외부로 드나들 수 있느냐 하면 그렇지는 않았다. 출입문은 반드시 보호실이 앞에 와 연결될 때만 여닫게 마련이었다.

보호실은 건물 주위에 마련된 원형궤도에 따라 스무 개 감방의 어느 방 앞이고 마음대로 갖다 댈 수도 있고 따로 제 바퀴를 구사하여 건물을 떠나 멋대로 굴러다닐 수도 있는, 일종의 차량이었다. 이 차량은 조사관을 태우고 오면 취조실이 되고, 면회인을 데리고 오면 면회실, 옷을 갈아입을 땐 탈의실이 되었다.

선구가 이곳에 끌려왔을 때는 만물이 잠든 한밤중이었는데, 캄캄한 누리에 찬란한 조명을 던지고 있는 이곳 건물들의 기하학적 구조미는 마치 불꽃놀이 매스게임을 보는 듯한 화려함마저 느끼게 했다.

세모꼴 감방에 들어선 선구는 새하얀 천장과 바둑무늬 타일로 미장된 양쪽 벽이며 바닥의 깨끗함에 시선이 끌렸다. 방 모양이 세모라 품위가 없고 전면이 온통 유리창이라 허전한 게 탈이지 정결하긴 그만이었다. 전면이 허전하게 되어 있긴 하나 전체의 설계 면에서 볼 때 피수용자의 입장을 고려 안 한 바는 아닌 것 같았다.

실내 설비, 그중에도 침대의 설계가 그랬다. 침대 주위에 커튼이 둘려 있어 미결수는 전면 유리판과 눈 씨름하기에 염증을 느끼거나 잠자고 싶을 때 커튼을 들치고 그 안에 들어가 누워 있을 수 있었다. 그러면 커튼 속의 사람이 안 보일 게 아니냐는 의문이 생길 것이다.

그건 그랬다. 그러나 감시자의 입장에서의 걱정은 무용. 이 침대의 꾸밈새가 묘했다. 방바닥에 놓여 있는 것이 아니라, 방바닥에서 30센티미터 정도 높이의 벽에 장치된 고리에 매달려 있는 것이었다. 이 침대는 사람이 올라타면 그 사람의 중량에 따라 약간 처졌다가 무게가 없어지면 제자리로 되돌아갔다. 말하자면 일종의 저울이었다.

침대 저울에 무게가 실리면 그 중량이 전면 유리벽에 숫자로 표시되었다. 그 숫자가 수감자의 체중과 일치하면 좋고, 그렇지 않을 때는 이상 신호를 발신했다. 그뿐만 아니라 이 표시판은 중량만 표시하는 것이 아니라 침대 사용자의 맥박까지도 나타냈다. 외부에서 감시하기에는 수감자가 커튼 안에 있거나 밖에 있거나 아무 상관 없었다.

이런 부문의 시설이 발달한 건 그 사회의 자랑거리는 못 되겠지만, 아무튼 이건 합리적 시설임을 선구는 인정했다.

선구는 이곳에 오자마자 보호실에서 입고 온 옷 대신 이곳에서 내주는 실내복 같은 것으로 갈아입었다. 소위 수의였다. 수의로 갈아입고 옆문을 열고 들어서니 바로 감방이었다.

보호실이 차례차례 돌아가며 한 감방에 한 사람씩 샘앤 교수 일파를 집어넣었다. 감방에 들어서자 벽의 스피커에서 명령이 내렸다.

"진술대에 앉으십시오." 진술대는 벽에 붙은 자그마한 선반을 말함이었다. 선반에는 종이가 감긴 롤러와 연필이 있었다. 의자도 그 앞에 있고.

"먼저 주소, 성명, 생년월일을 기재하십시오. 쓸 줄 모르면 옆의 취입판을 돌리고 구술해도 좋습니다." 까막눈을 위한 녹음기도 있는 모양이었다. 선구는 물론 썼다.

"다음 자서전." 간단한 신상 기록을 쓰라는 것이었다. 아무렇게나 몇 줄 썼다.

"다음은 자술서. 이번 사건의 경로를 사실대로 쓰십시오." 횡설수설하지 않고 사실대로 정직하게 자백하면 즉시 재판에 회부되어 피차 도움이 되나, 만약 자백을 거부한다든지 허위 사실로 속이려 들면 헛된 시일만 소비할뿐더러 정상적 대우를 못 받게 된다는 주의도 했다.

"끝났으면 선반 위의 단추를 누르십시오." 그대로 하니 진술서는 선반 위에 뚫어진 구멍 속으로 말려 들어가 자취를 감췄다.

"침대로 들어가 자도 좋습니다. 목마르면 꼭지를 틀어 자유로이 드십시오. 따로 용건이 생기면 인터폰을 사용하십시오."

세면대에 수도꼭지가 셋이나 있었다. 시험해 보니 하나는 맹물, 하나는 소다수, 하나는 술. 그것도 제법 독한 편이었다. 병원에서 경험한 거와 마찬가지였다.

'이것 봐라.' 선구는 마시지 않으면서도 술 꼭지를 계속 틀어 보았다. 조금 나오다가 말았다. 손잡이에 헤민어가 있었다. '10시간마다.'

그러고 보니 다른 꼭지에도 설명이 적혀 있었다. 소다수는 '5시간마다'고 물은 '2시간마다'라고 했다. 자동 급수 밸브 장치가 제법 그럴싸했다.

선구는 커튼을 젖히고 들어가 침대에 누웠다. 침대가 살며시 내려앉음을 알겠다. 벽에 눈금이 있어 움직이는 대로 그 정도가 나타났다. 숨 쉬는 데 따라 실금이 오르내리기도 했다.

장난삼아 힘을 주어 침대를 흔들어 봤다.

"부우" 하고 버저 소리가 났다. 선구는 "이크!" 자라목을 움츠리고 장난을 중지하였다. 비록 감옥에 왔다곤 하나 모험과 위험에 마비되었다 할까 단련되었다 할까 선구는 별로 긴박감도 없이 이내 잠길에 들어갔다.

우선구의 세계 정부 반대 음모에 관한 재판은 잡혀 온 다음 날 바로 열렸다.

이렇게 빨리 일이 진행된 걸 구세대 인간들이 들었다면 말하겠지. "그럴 거라. 죄목은 어마어마하지만, 선구는 원래 죄가 없는 터이니 즉심에 회부되어 마땅하지."

그리고 즉심에서 불기소 아니면 고작 견책 정도로 낙찰될 거로 추측할 것이다. 선구도 구세대 인간이라 하룻밤 자고 나자 공판정에 나오라는 통고를 받고 그와 같이 생각했었다.

"제기랄, 즉심에 회부할 걸 공연히 미결감에 넣어 수의까지 입히고 야단 부릴 거야 없잖나. 덕분에 구경은 잘했지만." 선구는 혼자 투덜대기까지 했다. 그런데 웬걸. 이날 공판정에서 검사로부터 10년형 해당을 통고받고 나서야, 이게 웬일인가 하고 깜짝 놀랐다.

그제야 선구는 새 시대의 사법 제도에 대한 자신의 무식을 인식하게 되었다. 지금 선구가 받는 재판이 즉심은 즉심이되 옛날의 그것은 아니었다. 설명의 필요가 있었다.

지방 공안 위원회로부터 용의자 우선구를 이첩받은 법무 위원회 법관들은 선구가 진술한 자술서를 그날 밤으로 검토하여 사실에 부합된다고 인정하였다. 그렇게 인정한 건 이 사건 연루자들의 자술서를 대조해 본 결과, 그런 결론을 내리게 된 것이었다.

선구가 음모에 의식적으로 가담한 것도, 적극 협조한 것도 아닌 건 명백한 사실이었다. 비록 명확한 사실이긴 하나 단 하룻밤 사이에 이런 결론이 내려졌다는 건 구세대의 사고방식으로 봐선 신기하다 아니할 수 없었다.

더군다나 이번 사건은 죄목도 어마어마하고 연루자가 20명이 넘는 대사건이었다. 그러나 현대의 형사소송법에는 다음과 같은 규정이 있었다.

'피의자의 조사는 되도록 빨리 한다.'

'다수인의 공통 피의자의 조사는 동수 이상의 인원으로 구성된 공동 조사단을 조직하여 감당하도록 한다.'

이런 규정으로 해서 이번 사건도 20여 명 피의자에게 1인당 한 사람 이상의 법관들이 달아 붙어 검속(檢束) 첫날로 기본 조사를 끝낸 것이었다. 그 결과 이 사건에 있어 피의자 우선구 한 사람만은 분리 심사함이 타당하다는 공론이 나왔다.

조사가 끝나고 공론이 나왔으니 공판에 회부함은 지극히 당연한 순서였다. 즉심이니 뭐니 하고 색다른 명칭을 붙일 이유도 없었다. 이걸 모르는 선구는 구속 다음 날 공판이라니 옛적의 즉심인 줄만 알았다.

또 우선구가 검사의 구형을 듣고 놀란 것도 사실과는 거리가 먼 것이었다. 이거 역시 구세대 인간으로서 어쩔 수 없는 시대착오의 비극이었다. 선구는 현대법과 현대의 재판 요식에 대하여 너무나 인식이 부족했다. 그가 겪은 재판 광경은 다음과 같았다.

맨 처음 법정에 안내되었을 때 방청객도 없는 텅 빈 방 안에 다섯 명의 법복 차림의 서사들이 쭉 둘러앉아 있는 걸 보고 선구는 약식 재판이라 이렇거니 하고 있었는데, 법복 중의 한 사람이 개정 선언을 한 다음 다른 법복이 일어나 고발장을 낭독하고 대뜸 무슨 법 몇 조에 의하여 '노동형 10년'이라고 선언하는 것이었다.

'아마 이 사람들이 약식 재판으로 간단히 아무렇게나 해치우려는 모양이로구나.' 이렇게 생각한 선구는 이대로 잠자코 있을 게 아니라고 손을 번쩍 들어 이의를 내놓았다.

"재판장, 본인은 이런 약식 재판이 아닌 정식 재판을 요구할 수 없을까요. 그리고 관선 변호사 제도는 없습니까?"

법관들은 심각한 낯으로 자기네끼리 뭐라고 속삭인 다음, 그중 수석으로 보이는 사람이 기립하여 엄숙히 선언했다. "본관은 재판의 공정과 능률을 위하여 2시간의 휴정을 선언합니다. 이 동안을 이용하여 담당 서기로 하여금 피고에게 현대 재판 요식을 이해시키도록 하겠습니다."

법관들이 퇴정하고 잠시 있다가 서기 한 사람이 나타났고, 이 사람의 설명을 듣고 선구는 비로소 이 자리가 약식 재판정이 아니라 정규 절차를 갖춘 정식 재판정임을 알게 되었다. 방청인이 없는 줄 안 것도 잘못이었다. 이 자리에 실태는 나타나 있지 않았으나 이 방벽 둘레에 다닥다닥 붙은 수십 개의 타일 모양의 장식품은 단순한 장식물이 아니라 각 통신사, 법조 단체, 기타 각 기관이 비치해 놓은 카메라라는 것이었다.

"여하한 규모의 재판일지라도 그 전부가 기록되는 동시에, 일반 인민은 누구나 자유롭게 통신시설을 이용하여 참관할 수 있어요. 물론 직접 이곳에 입장할 수도 있죠. 다만 별로 그런 구차스러운 짓을 하는 사람이 없다 뿐이에요." 서기의 설명이었다.

변호사를 대줄 수 없느냐는 선구의 물음에, 서기는 딴전을 부렸다. "변호사라니 그게 뭣 하는 거죠?"

"그럼 현대 재판에는 변호사 제도가 없단 말요? 혹 나한테만 그런 혜택을 베풀지 않겠다는 거요?" 선구는 설마 그렇지야 않겠지 하면서도 물었다.

"옳지, 당신은 옛적 분이지. 하하하." 서기는 잠시 어리둥절하다가 웃고 나서 엉뚱한 소리를 했다. "변호사라 하는 게 옛적에 있었단 얘기는 나도 들었소. 그건 아주 케케묵은 백해무익의 존재였잖아요."

"아니, 그럼 누가 피고를 위해 검사나 법정 투쟁의 상대편과 싸움니까? 더군다나 나같이 현대법에 생소한 사람은 억울한 함정에 빠지기 쉬울 텐데, 하다못해 관선 변호사라도 대줘야 할 게 아뇨." 선구는 기가 막혔다.

서기는 고개를 설레설레 내둘렀다. '이거 아주 땅파기로구나.' 하는 절망의 빛이 역력했다. 그녀는 긴 한숨을 몰아쉬고 차근히 설명하였다. "당신에겐 현대 재판의 내용을 인식시키기 전에 먼저 현대법의 기본 성질부터 설명해야겠군요. 도대체 법을 알고 모르는 거로 해서 재판 당사자의 부담에 차이가 난다고 누가 그럽디까? 구세대에선 혹 모를 일이지만 현대에 그런 모순이 있어서야 되겠소. 당신은 현대 법률에 대한 무식을 불안해할 필요는 없어요. 당신뿐 아니라 일반 인민은 법학도를 제외하고는 누구나 다 법률 상식에 어두워요. 그럴 수밖에 없는 것이 그 숱한 부피의 법률을 전공하지 않고서야 어찌 다 알 수 있겠어요. 나만 하더라도 재판소에 근무는 하지만 법률에는 거의 까막눈이에요. 법관도 법관 지원생도 아니니까 당연하죠."

"그러니 말이요. 더욱 변호사가 필요하지 않겠소. 법을 모르는 피고의 권익을 대신하는 법률 전문가인 변호사 말이오." 선구는 재빨리 한마디 하였다.

"허, 또 변호사 타령이로군요. 그 언변 좋고 재치 있고 고집 센 변호사 말이오? 사형수를 무죄로 만들기도 하고 죄 없는 사람을 대신 사형수로 몰기도 하는 재주꾼, '변호사란 법을 팔아먹는 허가 받은 사기꾼'이란 말이 있었잖아요. 이건 현대인이 말한 게 아니라 당신네 시대의 고전에 나오는 말입니다. 원고의 돈을 받으면 원고편이 되고 피고 청탁을 받으면 피고편, 때로는 악당의 앞잡이가 되어 자기네들의 위법이 옳다고 버티기를 서슴지 않는 철면피를 간판으로 삼는 장사꾼이 변호사란 직업이었다죠.

이러한 비난은 비단 변호사 직업에만 적용할 게 아니라 그 시대의 법률 사무에 매달려 사는 사람들, 판사니 검사니 하는 층에게도 그대로 적용해야 마땅할 걸요. 하기야 옛적에도 변호사를 포함한 직업 법률가 중에는 고결한 인격자가 없진 않았겠죠. 굶어 죽은 법관도 적진 않았다고 합디다.

그러나 이거 역시 칭찬할 현상은 아니지 않아요. 법의 맹점이 빚어낸 비극이 아니고 뭐겠어요. 아무튼, 구세대의 법률이란 설익은 수재들이 제멋대로 주물러 놓은 추악한 작품이라고 하면 잘못된 표현일까요? 지금 말씀한 변호사만 하더라도 사회 정의와 기본 인권의 절대성보다는 법정 투쟁의 기술 면이 중요시된 그 시대에선 절대 필요한 존재였겠죠. 말 한마디로 선악이 뒤바뀌고, 수단 여하로 가해자가 오히려 피해자로부터 손해 보상을 받게 끔까지 했다니 이거 슬픔이 지나 웃음이 나올 지경입니다. 그야 물론 구세대의 법 전체가, 그 시대의 법률가 전부가 나쁘다는 건 아니에요. 오늘의 법 정신인 '만인 앞에 평등한 법', '만의 한 사람일지라도 억울함이 없도록', 우리가 오늘날 내세우는 이 깃발은 바로 구세대의 올바른 법조인이 제정한 그것이기도 합니다."

서기는 한바탕 웅변을 토하고 난 다음 선구에게 이제 곧 다시 시작될 이 법정의 요식 절차를 다음과 같이 설명했다. "본 재판을 이끌 법관은 다섯 분. 그중 두 분이 조사 담당 법관이에요. 일반 재판의 법관은 최소 3인 이상으로 구성되는데 재판 내용에 따라 법관 수효는 3인, 5인, 7인, 9인, 11인, 이렇게 기수 순서로 늘어가고 그중 3분지 1에 해당하는 인원이 조사 담당 법관이 됩니다.

이들 법관 전원이 구세대 그 시절의 판사, 검사, 변호사, 배심원의 구실을 공동으로 처리하는 거예요. 법관 중의 최고 연령자가 법관 회의, 즉 재판의 사회를 봅니다. 구세대의 재판장격인데 사회만 맡았지 별다른 권한은 없어요. 아까 '노동형 10년'이라고 검사가 구형했다고 본 건 우선구 씨의 착각입니다. 그분은 검사가 아니라 조사를 담당한 두 분 법관 중의 한 사람으로 '노동형 10년'은 선고가 아니라 피고가 유죄 판결을 받을 경우, 이 법정이 내릴 수 있는 최고 극형의 형량이 '노동형 10년'이라는 보고 연설에 지나지 않습니다.

부러 최고 극한점을 지적하여 피고인을 놀라게 한 건 미안하군요. 그러나 이건 당신을 놀래 주려고 꾸민 건 아니고 일반 판례라는 걸 양해하셔야 합니다. 그 의도가 관여 법관들의 주의를 환기시킴에 있는 거예요. 법관들은 피고의 입장에서, 고발자의 입장에서, 그리고 사회 질서의 수호자인 사법인의 입장에서 이 사건을 철저히 분석, 해명, 판단을 내립니다. 절대 겁내지 말고 피고인으로서, 법정 증인으로서 하고 싶은 말, 주장하고 싶은 의견을 당당히 진술해야 합니다."

"그런 취지는 좋은데, 이 재판의 판결이 피고인 나에게 불만을 줄 경우, 나는 항변할 길이 있나요. 상급 기관에 공소할 수 있어요?" 묵묵히 듣고 난 선구는 물었다.

"없어요."

"뭐요? 그럼 법관 회의의 결론은 절대 권위란 말이요?"

"그렇죠. 절대 권위죠." 서기는 사뭇 위엄을 빼기까지 했다.

"그건 위험한데요. 법관도 인간일진대 잘못이 없으란 법은 없겠고, 권위가 절대적일수록 부패하기 쉬울 텐데." 선구는 고개를 내저었다.

"허, 안 되겠군. 법관직을 그렇게 색안경으로 봐선 안 되지. 그분들은 자기 직책에 생명을 걸고 있어요. 일반으로부터 그만큼 우대도 받지요. 법관은 특수직입니다. 법관은 사회권 소속일지라도 대우는 세계 정부의 시니와 같습니다. 절대 권위가 보장되어 있어요. 그분들은 부럽고 탐내고 할 게 없어요."

"법관의 신격화인가? 설사 그렇다 하더라도 1심 한 번으로 피고의 운명을 결정짓는다는 건 위험천만한 얘기군."

"내 설명이 모자랐군요. 피고의 운명은 3심을 거쳐 비로소 결정됩니다."

"아니, 댁은 지금 당장 피고에겐 공소권이 없다지 않았소?"

"그건 그래요. 피고나 기타 재판 당사자들에겐 공소권이 없습니다. 그럴 필요가 없어요. 공소에 대신하는 것이 있거든요. 심사 위원회의 설치가 그거죠. 법관 회의의 결의가 나면 재판 당사자들은 이에 즉각 복종해야 하지만, 법관 회의의 기록은 자동적으로 심사위원회로 넘어가 법관 회의 석 달 안에 심사 위원회가 소집됩니다. 심사 위원회는 6명으로부터 12명, 18명, 24명 이렇게 사건에 따라 6의 배수로 된 인원으로 구성되지요. 구성 요소는 세계 각처 사회권

402

에서 한 사람씩 차출한 법관들이 전체의 3분지 1을 차지하고 나머지의 반 수를 언론 기관이 담당하고 그 나머지를 피고, 즉 이번 사건에선 당신이 지명한 사람들이 차지합니다."

"내가 지명한다고? 나 같은 사람이 어떻게? 아는 사람이 어디 있어야지."

"꼭 아는 사람이 아니라도 상관없어요. 잘 생각해 보세요. 정히 적당한 사람이 없거나 또는 정원에 미달할 경우 여기 재미있는 구제 방법이 설정됩니다." 서기는 빙글빙글 웃었다.

"재미있는 방법이라뇨."

"아마 구세대에선 상상조차 못 할 방법일 걸요. 현대의 소송법에는 다음과 같은 조항이 있어요. '피고가 고의로, 또는 능력 부족으로 자신에게 부여된 심사 위원 지명권을 충분히 행사하지 못할 경우, 그 권한은 자동으로 피고 거주 지역 형무소에 복역 중인 죄수 회의에 넘겨진다.' 이렇게 되어 있어요."

"뭐라고요. 죄수 회의라고?"

"네, 그래요. 죄수 회의에서 위원을 뽑습니다. 복역 죄수 중에서 선출된 심사위원이 초심 기관인 법관 회의의 결정 중에서 다소라도 불합리한 점을 찾아낼 경우, 그 죄수는 잔여 형기를 면제받는 동시, 전과도 소멸되는 특권이 있습니다. 물론 다른 심사위원들의 공로에 대해서도 적당한 보수가 돌아가는 건 물론이죠."

"그거 딴은 재미있군. 그래서 어떻게 되지요. 초심이 번복될 경우."

"즉시 별개의 법관 회의가 다시 소집됩니다. 이것이 재심이 됩니다."

"그럴 경우 초심의 법관들에겐 어떤 책임이 돌아갑니까? 절대 권위자인 만큼 비판의 대상도 안 되나요?"

"원 천만에. 그러면 법관의 권리는 자동으로 정지되고 형사 피고로서 재판을 받게 됩니다. 거기서 유죄 판결이 내릴 경우 그 형벌은 매우 엄해요."

"좀체 섣부른 판결을 못 내리게 하자는 거군요."

"아까 내가 말하지 않았어요. 법관들은 자기 생명을 걸고 공정을 기한다고요."

"아까 댁은 피고의 운명이 3심을 거쳐 비로소 결정된다고 했는데 심사 위원회를 재심이라고 하다면 최종심은 어떤 거죠?"

"초심인 법관 회의의 결정이 심사 위원회에서 아무런 부당성이 지적 안 될 경우, 심사 회의가 끝난 지 두 달 안에 소집되는 게 처리 위원회라는 거죠. 처리 위원회는 원로원에 지속된 상설 기관으로 원로원 감독하에 전문가들이 심사 위원회의 활동을 검열하여 부정 불비가 없다고 인정해야 비로소 이 재판은 요식 절차가 끝난 거로 됩니다."

"그곳에서 부정 불비가 지적되면 어떻게 되죠?"

"별개의 법관 회의가 처음부터 다시 새 차비로 시작됩니다."

"그럴 경우 심사위원들의 문책 방법은?"

"법관들의 경우처럼 자동으로 고발까지야 안 됩니다만, 내용과 실정에 따라 책임이 추궁되죠."

"제법 까다롭군."

"까다롭죠. 인권을 다루는 사업이니만큼 어찌 안 까다로울 수 있겠어요. 이번 당신의 재판도 절대 권위를 건 법관들이 신중을 다하여 심의할 터이니 안심하고 받으시오." 서기는 이렇게 결론을 내렸다.

＊

　우선구에 대한 재판은 보름이나 끌었다. 닷새를 계속하고 중간에 닷새 쉬었다가 다시 닷새가 계속된 것이었다. 옛적 재판 모양 한번 공판이 있으면 다음 공판까지 한 달이고 두 달이고 동안을 떼는 게 아니라 사정이 없는 한 매일 계속하는 게 현대 재판의 특색이기도 했다.

　선구의 경우 닷새의 중간참을 한 것은 법관들이 여론 조사를 실시했기 때문이다. 재판 도중 여론 조사를 한다는 것이 별반 있지 않은 예라고 들은 선구는 암만해도 이번 재판이 자기에겐 신통한 것이 못 되리란 예감이 들었다.

　이러한 시원치 못한 예감은 마지막 재판 날 아침에 찾아온 시니팔로 해서 한층 더 굳어졌다. 재판이 보름째 되는 날 아침, 선구는 아마 오늘쯤은 무슨 결판이 내리리라 짐작하고 호송차가 오기를 기다리고 있는 판에 시니 팔이 면회를 왔다.

　사건 돌발 이후 선구는 시니 팔로부터 상당히 힐난당할 걸 각오하고 있었는데 여태껏 아무런 반응이 없다가 이렇게 갑자기 나타난 것이었다. 과연 시니 팔은 오만상을 잔뜩 찌푸리고 있었다.

　"그게 무슨 경솔한 짓이란 말요." 세계 정부의 이 젊은 장관은 선구를 대하자마자 눈을 흘겼다. "나는 모처럼 당신에게 기대를 걸고 따루께도 상당히 선전을 했는데 모두 허사가 되고 말았지 뭐요. 애써 제5국에 가서 낙인까지 취소시키고 당신의 활동 무대를 제공하려던 게 헛수고가 됐단 말이에요. 내 낯이 뭐가 됐겠소. 따루 뵙기에도 그렇고 정책 위원회 회의 때마다 나는 공격당하기에 지칠 지경이오. 도대체 샘앤 교수 일파가 모의하는 곳엔 왜 갔었단 말요." 시니 팔은 몹시 안타까운 표정이었다.

선구는 진심으로 사과하였다. 도무지 뜻밖의 결과가 되어 심히 죄송하다고 말했다.

"금명간 당신의 판결이 날 거요. 당신은 어떤 결과가 되든 조금도 동요 말고 신중한 태도를 견지하시오. 혹 당신이 유죄로 판결 나는 경우, 그 불똥은 나에게까지 튀어올 걸요. 나도 이미 각오한 바가 있소. 그러니 내가 시키는 대로…." 시니가 계속 선구에게 주의를 더 하려는데 급작스러운 사태가 발생하였다.

"각하, 잠시 실례합니다." 면회실에 뛰어든 사람이 있었다. 이곳 미결감의 관리였다. "면회를 그만두셔야겠습니다." 관리는 계면쩍은 낯으로 시니에게 말했다.

시니 팔은 불쾌한 안색으로 관리를 노려봤다. 선구가 보기에도 일선 관리가 시니에게 이런 명령조의 언사를 쓴다는 게 이상하였다. "그건 누구 명령이야?" 시니 팔이 언성을 높여 꾸짖었다.

"저…." 관리는 주저하다가 말을 이었다. "긴급 시달이 왔습니다. 따루 로잔 각하의 명령으로 시니 팔 각하의 권한이 정지되셨답니다."

선구가 보기에 무안할 정도로 시니 팔은 당황의 빛을 감추지 못하였다. 지금까지의 당당한 위풍은 순간으로 초조망극의 밑바닥으로 전락하였다.

어찌할 바를 몰라 잠시 묵묵한 채 서 있던 시니 팔은 말 한마디 없이 뒤꿈치를 돌려 밖으로 나가 버렸다. 비서관 세 사람도 부속물처럼 뒤따랐다.

선구는 즉각 오늘의 결심 내용에 짐작이 갔다. 필시 유죄 판결이리라. 유죄 판결이야 겁날 것은 없으나 지금 본 시니 팔의 갑작스러운 변화는 가슴을 무겁게 했다.

잠시 후 선구는 간수들의 호위를 받으며 재판정에 출두했다.

예감대로였다. 유죄판결. 노동형 3년의 준언도(準言渡)라는 것이었다. 준언도라는 건 도대체 어떤 것이냐고 선구는 법관에게 따졌다.

사회를 맡은 법관이 심히 난처한 낯으로 피고를 한참 바라보더니, "서기를 보내겠으니 자세한 걸 들어보라." 하고 폐정을 선언했다.

감방으로 찾아온 서기의 해설은 다음과 같았다.

"준언도란 언도 형식은 나 역시 처음 듣는 거요." 서기도 신기하다는 듯 눈을 깜박이며 말을 이었다. "그래서 나도 법관들에게 그게 뭐냐고 물었지 않아요. 법관이 그러는데 준언도란 일단 언도는 하되 1년 이내에 정식 언도를 다시 할 수 있다는 뜻이래요. 이거 아주 특수한 경우에만 쓰는 판결 형식이라더군요. 헤어지루 법원 창설 이래 과거에 단 한 번밖에 없었던 예라지 않아요. 법관들도 무던히 애먹은 모양입니다."

법관들이 골치를 앓는 것은 그간의 재판 과정에서 선구도 족히 짐작은 한 바였다. 법관 회의에서 법관들의 의견은 구구하였다.

피고가 음모자들의 자리에 참석한 건 우연한 일에 지나지 않는다는 게 첫째 요건.

우연한 참석이긴 하되 음모자들은 피고의 참석으로 용기를 얻었고, 이 사실을 피고에 인식시킨바 피고는 이를 인정했다는 게 둘째 요건.

피고가 관련 피고들과 정도의 차이는 있을망정 세계 정부의 처사에 불만을 품고 있다고 봐야 한다는 게 셋째 요건.

우연한 참석 그 사실조차도 지정 숙소 무단이탈이라는 피고의 위법 행위였다는 게 넷째 요건.

이런 요건들을 늘어놓고 다섯 명의 법관들은 제각기 번갈아 가며 검사, 판사, 피고의 입장에서 토론을 거듭했다.

첫째 요건은 무죄. 둘째는 유죄. 셋째와 넷째의 것은 이 법정이 다스릴 성질의 것이 아니라는 것. 대체로 이런 의견들 같은데 결론은 좀체 안 나왔다.

법관들은 궁여지책으로 여론 조사에 나섰다. 선구가 보기에 일종의 책임 모면책인 것 같았다.

여론 조사의 결과를 피고에게도 보여 주었는데, 역시 선구가 기우한 대로 여인천하에선 자기를 푸대접하는 게 뻔했다.

각계각층에서 응답해 온 수는 3천여 명. 그중 3할이 무죄를 주장하고 5할이 유죄. 2할이 모르겠다는 표시였다.

유죄 주장 속에는 1년 이하의 징역을 바라는 제2할. 극형 10년을 바라는 게 7할. 그 중간이 1할. 평균을 따져 보니 5년 6개월 형이 되었다.

피고 우선구는 단성시대에서 웅성인간을 대상으로 여론 수집하는 부당성을 힐난했다. 이에는 법관 전원이 피고 항의에 동정적이었다. 참고에 지나지 않으니 걱정하지 말라고 선구를 달래기도 했다.

법관들의 눈치를 살피니, 순수 법 이론으론 무죄를 언도하고 싶은데 여론과 추후에 있을 심사 위원회, 처리 위원회에서 말썽이 날까 봐 주저하는 모양이었다. 결국은 노동형 3년의 준언도라는 까다로운 형식으로 낙착되고 만 것이다.

"아마 모르긴 하지만 가까운 시일 내에 정식 언도를 할 때 적당히 감형할 눈치입니다." 서기는 이런 추측도 곁들였다. 단순한 위로가 아니라 그런 희망적 전망을 선구도 느끼긴 했다.

그러나 선구는 그런 데에도 별로 조바심이 안 갔다. 준언도가 됐건 실언도가 됐건, 노동형이 3년이건 5년이건 별로 꺼릴 바 아니라고 생각하였다. 비커츠섬에서 눈뜬 이래 줄곧 수난의 연속이요, 계속된 감금 생활이었기에 새삼 징역살이라는 선고에 실감이 안 가기도 했다.

그것보다는 시니 팔에 대한 미안한 마음이 앞섰다. 이번 사건으로 해서 엄청난 희생을 강요당한 건 바로 시니 팔이었다. 그렇다고 선구로선 어떤 대책이라도 세울 수 있는 일이 아니었다.

판결이 나기가 무섭게 선구는 미결감에서 기결감으로 이감되었다.

진짜 형무소였다. 형무소는 미결감에서 비행 보트로 날아 5분 거리에 있었다. 공중에서 내려다본 형무소의 풍경은 쓸쓸한 농촌 풍경이었다. 얼핏 보기에 온실처럼 납작납작한 유리 지붕이 줄지었고, 군데군데 창고 비슷한 단층 건물들이 흩어져 있었다. 미결감의 구조미는 이곳에선 찾아볼 수 없었다.

평범한 농장 풍경의 이곳이 형무소다운 인상을 주는 건 예나 지금이나 다름없는 높은 담장과 거대한 철문. 광활한 지역을 이중으로 둘러싼 험상궂은 담장이 밖과 안의 두 세계를 날카롭게 구별하고 있었다. 땅에 내려서야 비로소 선구는 감방이 땅 위에 있는 게 아니라 지면 아래에 감춰져 있음을 알 수 있었다. 공중에서 온실 뚜껑으로 본 건 지하 감방의 유리 천장이었다.

미결감방의 전면이 유리판이더니 여기선 천장이 유리창으로 되고 출입은 따로 지하 복도를 달리는 차량을 이용하게 되어 있었다. 이러한 구조는 수감자에게 더욱 살벌한 인상을 받게 했다.

높은 담장 군데군데에는 망루가 솟아 있었다. 이것은 죄수들을 감시하기 위함보다는 위협을 위한 일종의 심리 작전용 설비임을 선구는 알았다. 죄수들을 감시하는 데에는 더욱 간편하고 효과적인 데시 장치가 따로 마련되어 있을 게 뻔했다. 이곳에선 형무소를 수행원(修行院)이라고 부르고 있었다.

'ㄷ262', 이것이 선구 가슴에 달린 죄수 명찰이었다.

선구의 감방은 줄 이은 지하 온실이 아니라 따로 외떨어진 동굴 속에 있었다. 천장은 역시 유리판. 수행원 당국자들이 선구의 감방을 부러 격리된 동굴 속에 마련한 건 이유가 있어서였다.

단성 사회에서 단 하나의 이성(異姓)이 수감되었으니 다른 죄수들의 구경거리가 아닐 수 없겠고, 같은 장소에 수용했다간 말썽이 날까 염려한 것인데, 과연 선구가 동굴 감방에 수용되자마자 수많은 간수가 천장 유리판에 파리 떼처럼 달라붙어 우리 속의 이성동물(異姓動物)을 감상하기에 혼잡을 이루었다.

'미결감에선 이런 일이 없었는데 이건 웬일일까.' 선구는 생각해 보았다. 아마 미결감에선 구류 기간도 짧고 해서 선구의 정체를 비밀로 해 두었던 걸까.

선구는 이곳에 온 처음 열흘간은 꼼짝 않고 독방 속에서만 틀어

박혀 지냈다. 나중에 안 일이지만 수행원 간부들은 선구에게 맡길 작업 종목을 정하질 못해 그대로 감방 속에서 놀리기만 했다고 했다.

죄수 'ㄷ262'의 체질로 봐선 중노동을 시켜야겠는데, 이 사람을 섣불리 옥외 작업장으로 데리고 나가기가 조심스러웠던 모양이었다. 옥외 작업장은 토석 채취, 벌목, 중량물 운반 등의 일터로, 그곳에는 쇠망치, 도끼, 철퇴 등 흉기화 할 수 있는 연장들이 널려 있어 간수들은 공포를 느낀 것이었다.

수감된 지 열하루 만에 겨우 죄수를 다스릴 준비를 한 간수들은 'ㄷ262'를 작업장으로 끌어냈다.

그 작업장이란 선구의 감방인 토굴 바로 뒤편에 있는 자그마한 빈터였다. 완전 무장을 한 1개 분대의 경비병들이 멀찌감치 둘러선 가운데 선구는 땅파기 작업 지시를 받았다. 선구의 한쪽 발목에는 쇠사슬이 얽히고, 1.5미터 가량의 쇠사슬 한끝에는 20킬로그램 상당의 쇳덩이가 매달렸다. 이런 대우는 이곳 관례로 보아 흉악범에게만 적용하는 것인데 이제 갓 들어온 'ㄷ262'에게 이런 가혹한 조치를 한 건 간수들이 어지간히 선구를 두려워했기 때문이다.

땅파기 작업은 한 평가량의 땅을 파내는 일이었다. 토질이 굳어 온종일 쉬지 않고 해야 겨우 해낼 수 있는 분량이었다. 이런 중노동에 익숙지 못한 선구로선 고된 노동이었다.

다음 날은 어제 파낸 흙을 다시 제자리에 되 메꾼 다음 그 옆의 새 땅을 파라고 했다. 선구는 묵묵히 지시대로 일했다. 다음 날도 또 그다음 날도 작업 내용은 조금도 변화 없는, 파내곤 메우고 파내곤 메우고 하는 단조로운 되풀이뿐이다.

한 달이 지났다. 이곳은 외부 세계와 완전히 차단된 딴 세상이었다. 뉴스도 없었다. 오락도 없었다. 말벗도 없었다. 오직 있는 건 먹고 자고, 그리고 노동형. 선구는 감옥살이의 고달픔을 절실히 맛보는 판이었다.

이곳에 올 당시에는 어디 가나 감금 생활일 바에야 감옥인들 어떠하랴 했는데 막상 당해 놓고 보니 역시 박물관 자리의 그곳이 지금에다 대면 호사 지극한 별천지였다. 사실 그곳의 생활은 시니급 대우라더니 자유 외출의 제한을 빼고는 모든 것이 자유스러웠고 만족했었다. 시니 팔은 홀랜의 집까지 마련해 주지 않았던가. 천하에 단 하나밖에 없을 남성 우선구 전용 홀랜의 집이었다.

'시니 팔 말마따나 나는 경솔했나? 현대의 최고 권력자 세계 대통령 따루 로잔과 구세대의 대표 자격으로 무릎을 맞대고 포부와 경륜을 나눌 절호의 기회를 나 스스로 앗아버린 건 아닌가?' 의혹이 생기자 옥고는 가일층 죄수 'ㄷ262'의 육신 위에 덮쳤다.

'이대로 3년. 내 몸이 견디어 낼까?' 피로에 지친 선구는 희망의 꿈을 그릴 수 없었다.

지나간 과거 모든 것이 허무하기만 했다. '유엔은 공연한 짓을 한 거야. 미래 여행에 생사람을 사용하다니 딱한 사람들이 아니고 뭔가.'

선구는 체력이 쇠진하는 데 따라 마음도 약해 갔다. 동굴 뒤편 빈터 땅을 파내고 메우고, 파내고 메우고 하다 보니 어느덧 처음 파서 메운 곳을 다시 파게 되었다. 그리고 또 메우고. 간수들의 호기심도 이제는 시들어 아무도 선구를 주목하는 사람이라곤 없었다.

최초의 공포심도 이제는 별 게 아니라고 간수들은 혼자서도 'ㄷ262' 작업장 옆에 비스듬히 누워 한가로움을 즐기기도 했다.

두 번째로 파는 땅은 의당 처음 생땅보다도 토질이 무르련만 피로한 팔에는 더욱 굳고 또한 무겁기만 했다. 한 번은 구덩이 속에서 삽으로 내던진 흙덩이가 땅 위로 나가기에 힘겨워 던진 사람의 머리 위로 되돌아왔다.

"흐흐흐." 보고 있던 간수가 킬킬댔다.

'ㄷ262'는 땀방울이 흥건한 살결에 철썩 눌어붙은 흙의 구질함도 모르는지 멀거니 간수의 웃는 양만 쳐다보고 있었다.

"뭘 그리 보고 있어. 다시 한 번 던져 봐." 그 꼴이 우스운지 간수는 더욱 킬킬댔다.

재촉을 받고 'ㄷ262'는 다시 한 번 삽질을 했다. 이번 역시 실패였다. 죄수는 펄썩 구덩이 속에 주저앉고 말았다. 노동형 50일 하고 몇 날 되는 날의 일이었다.

아무도 돌봐 주는 이 없는 독방에서 선구는 육체의 고통, 그 위에 정신의 허탈증마저 겹쳐 저 혼자 시달림을 당해야 했다. 낮에 흙구덩이 속에서 지쳐 쓰러진 'ㄷ262'를 간수들은 찬물을 끼얹어 정신을 차리게 한 다음 동굴 속 감방으로 옮겨 놓았다.

"구세대의 대표자도 별수 없군." 간수들의 이런 지껄임을 선구는 흐릿한 의식 속에서 얼핏 들었다. 의사도 다녀간 것 같았다.

"뭐 별일은 없을 겁니다. 한 2, 3일 쉬라고 하죠." 의사의 말인 것 같기도 했다.

밤새 끙끙 앓는 소릴 한 것도 같았다. 얼마 후 눈이 떠졌는데 십자성이 바로 얼굴 정면에 떠 있었다. 유리 천장 한쪽 옆으로 은하수가 흘렀다. 하늘은 맑기도 했다. 어디선지 음악 소리가 들리는 것 같았다. 귀를 기울였다.

음악은 청각의 잘못이었나 보다. 고요하기만 했다. 아마 은하수 흐르는 걸 보고 물결 소리를 연상했는지 모르겠다.

과연 별빛은 찬란했다. 천체는 역시 명랑하구나. 변함이 없구나. 자연의 아름다움이여, 영구불변의 섭리여. 문득 어떤 깨우침이 선구의 뇌리를 스쳤다.

선구는 불끈 두 주먹에 힘을 주었다. '그렇다. 나도 천체와 같다. 찬란한 빛이 있다. 나는 20세기의 대표자다. 수십억 인류의 촉망을 지니고 있다.' 선구는 빙그레 웃었다.

"그렇다. 나는 나를 잊고 있었구나."

낮에 간수의 '흐흐흐' 킬킬대며 웃던 얼굴이 생각났다. 하잘것없는 워시두에게 조롱당하다니. "구세대의 대표자도 별수 없군." 간수의 지껄임이 귓속에서 맴돌았다.

'어림도 없는 소리. 이만한 시련에 넘어져서야 되겠는가!' 우선구는 빙그레 웃었다. 깜빡 잊었던 과거사가 찬란한 광채를 발산하며 천체에 가득히 퍼졌다. 아득히 먼 은하수 저편에서 수많은 사람의 고함소리가 들렸다.

"우선구, 용기를 내어라." 디크위크 박사의 목소리도 있었다. 어머니의 음성도 섞여 있었다. 장숙원도 있었다.

'그렇다. 저들이 있다. 역사의 사명이 내 몸에 실려 있는 한 나는 외롭지 않다. 괴롭지도 않다.'

세기의 사명. 나만이 간직하고 있는 절대 사명.

그것은 뭐냐?

오늘의 인류에게 역사의 교훈을 전하는 일이다.

비커츠섬의 기밀실에서 다시 잠 깬 이후 오늘의 이 사람들로부터 괴로움도 많이 받았지만 새로운 지식도 많이 얻었다. 세계를 통합한 정치 기구. 인류의 통일어, 헤민어.

깨끗이 해소된 굶주림의 지옥. 찾아볼 수 없는 주택난. 교통난. 그리고 실업자의 군상. 어린이들을 위한 알뜰한 교육 시설과 참된 훈육이념. 의학의 발달.

그 외에도 미처 알지 못한 우수한 바탕이 하도 많을 것이다. 이런 것들을 토대로 현대인들은 구세대에 대하여 우월감을 내세울지 모른다. 그러나 이러한 긍정적인 면이 있는 반면 부정적인 면도 적지 않았다.

아직도 도사리고 있는 전쟁의 위험. 상호 간의 불신.

강권주의와 이에 따르는 공포. 정치의 그림자.

지능도 얕은 대학생들. 관객 없는 극장.

결국, 현대 역시 진정한 평화는 없었다. 평화 없는 사회에서 살아야 하는 인간의 고통에는 예나 지금이나 아무런 변화가 없었다.

인간의 고통이 도사리고 있는 한 제아무리 발달한 물질문명인들 무엇이 고마우랴.

선구는 이 세상 사람들에게 말해 주고 싶었다. "사회 불안의 제거 없이 참된 행복은 있을 수 없다."

그들은 혹 다음과 같이 말할지도 모르겠다. "오늘날 사회 불안의 씨는 성문제에 걸려 있다. 께브와 두버무의 처리가 그것이다. 이것만 해결하면 된다."

혹 그럴지도 모른다. 그러나 문제는 또 다른 곳에, 더 깊은 곳에 있지 않을까?

단순한 의혹이 아니었다. 과거 역사를 돌이켜볼 때 짐작되는 게 있었다. 선구는 자신의 교양과 경험에 비추어 인류 역대의 위정자들은 백성들을 참된 행복의 길로 이끌어 본 적이 없다고 단언했다.

'그럼으로 해서 인류의 역사는 수난사의 계속이었지 않은가! 그 타성은 오늘 이 시각까지도 뻗치고 있다. 오늘의 위정자 따루 역시 이 범주를 벗어나지 못하고 있을 것이다. 혹 이 크나큰 과오는 어쩌면 역사적 필연 현상일지도 모르겠다. 인간이 걸머진 당연한 멍에인지도 모르겠다. 멍에를 벗지 않은 채 벗을 생각도 않은 채, 진리를 찾아 날뛴 인간의 업일지도 모른다.'

'그렇다면, 문제와 문제 해결의 열쇠가 여기 있지 않겠나.' 선구는 궁리하였다.

'오늘에 있어 성문제도 중요하지만 보다 큰, 아니 오직 이것만이 절대 과제인 것은 인간본질의 규명, 다시 말하여 인간본질의 발견이다. 이것 없이 사회의 성공적 성립이란 있을 수 없다. 이제 우리는 인류 사회의 타성에 종지부를 찍어야 하겠다.'

문제는 컸다. 그렇다고 피해서는 안 될 문제였다. 이 문제를 이 세상 사람들에게 제시할 역사의 증인이 나 우선구가 아니겠는가!

선구는 벌떡 자리에서 일어났다. 거짓말처럼 몸이 거뜬했다. 약간 팔다리 힘이 빠지긴 했으나 그까짓 건 문제 아니었다. 그는 씨름꾼처럼 방바닥을 툭툭 걷어차고 양팔을 전후좌우로 휘둘렀다.

"내가 여기서 쓰러져서야 될 말인가." 선구는 중얼거렸다. "나에겐 사명이 있다."

그 옛날 비커츠섬으로 가는 자기를 환송하기 위하여 만국 연합 함대가 동원된 것도 바로 오늘의 이 영광스러운 사명을 내다보고 베풀어진 것이었으리라.

'그런데 나는 이 영광, 이 사명을 망각할 뻔했어.' 한동안의 고통에 지쳐 모든 것을 잃을 뻔했다. 이만한 시련에 지치다니 어처구니없는 일이었다. 마음의 무장이 해이한 틈바구니로 나의 정기는 새어 나갔다. 그 대신 육체의 고통은 몇 배 더해지고.

"구세대의 대표자도 별수 없군." 그들은 이렇게 지껄였다. 이래선 안 되었다. 그들에게 져서야 어찌 그들을 지도할 수 있단 말인가.

참아야 한다. 이겨야 한다. 3년, 아니 5년, 10년이 돼도 좋다. 그들의 핍박이 심할수록 나는 더욱 용기를 내어 이겨 넘어야 한다. 땅을 파고 다시 메우고 또 파고 또 메우고 육체의 혹사 위에 정신마저 타락시키려는 가장 악랄한 형벌이었다. 그들다운 짓이었다. 이걸 이겨야 한다. 인내력을 발휘하자. 본때를 보여 줄 좋은 기회가 아니냐!

"오늘은 쉬고 싶으면 쉬어도 좋다고 하더군." 다음 날 아침, 간수가 와서 알려 주었다.

선구는 빙그레 웃고 방구석에 끌러 놓은 쇠사슬을 잡아당겨 제 발목에 감았다. 감방 밖에 나갈 땐 언제나 이렇게 해야 하는 것이었다.

"아니, 왜 그러지?" 간수는 눈을 동그랗게 떴다.

"쉬고 싶지 않소."

"그래? 그럼 이리 나와."

어제는 인사불성 정신을 잃고 헛소리까지 하던 'ㄷ262'가 쉬어도 좋다는 특전을 물리치고 땅파기를 계속한다는 소문이 수행원 안에 쫙 퍼졌다. 간수들이 구경삼아 몰려들었다.

선구는 묵묵히 어제 자기가 쓰러졌던 흙구덩이 속으로 내려갔다.

20킬로그램 무게의 쇳덩이를 질질 끌고서.

오늘의 그는 어제의 그가 아니었다. 하늘을 쳐다보는 두 눈알엔 총기가 서리고 온몸에는 정력이 넘쳤다. 20세기 대표자라는 자부심이 용기와 힘의 원천이 되어 주었다.

"피곤하지 않은가." 부장 간수 한 사람이 열심히 일하는 'ㄷ262'에게 말을 걸었다.

"약간."

"쉬어도 좋다는데 부러 일할 것까진 없잖나."

"고마워. 그러나 일을 하다가 중단하는 건 기분 좋은 일이 아니야."

"일? 이 일에 보람을 느끼나?"

"별로."

"성적에 상관되는 줄 아나?"

"이런 일에 성적이고 뭐고 없겠지."

"무의미한 일인 줄 알면서 왜 그렇게 열심히 하지?"

"그렇게 무의미한 것을 왜 시키는 거지?"

"나야 상사가 시키니까."

"나는 그대가 시키니까."

"하하하."

"하하하."

간수들은 고개를 내젓고 물러갔다. 절망 뒤에 되찾은 자각으로 해서 선구의 마음 무장은 한결 견고해졌다.

17
탈옥 소동

흙구덩이에서 졸도 사건이 있은 지 얼마 후에 죄수 'ㄷ262'는 모범수의 칭호를 받았다. 모범수가 되면 발목에 쇳덩이를 안 감고 다녀도 되었다. 그리고 멀쩡한 사람을 자칫 미치게 하는 구덩이 파기 작업에서도 해방되었다.

그 대신 좀 더 조리 있는 작업을 하게 되었다. 모범수 'ㄷ262'에게 처음 배당된 작업은 수행원 근처 야외에 있는 뽕나무밭의 벌목과 운반을 거드는 일이었다. 각별한 대우 개선이었다. 야외 작업장에는 밝은 태양과 신선한 공기, 풍성한 푸름, 들새들의 지저귐, 그리고 더위를 씻어주는 소나기 같은 것들이 있어 좋거니와, 더욱 즐거운 건 가슴 답답한 형무소 울타리를 일시나마 벗어나는 일이었다.

이곳에 동원된 죄수는 20명. 모두 모범수들이었다. 이들은 모두 쇠사슬을 발목에 끌고 다니지 않았다. 그렇다고 보안 조치가 소홀한 건 아니었다. 죄수 20명에 간수도 20명. 거기다가 죄수들의 허리에는 야외 밴드라는 허리띠가 빠짐없이 감겨 있었다.

이 허리띠는 책임 간수가 조작하는 단파 조절기의 작용으로 치수가 늘어났다 오므라졌다 하게 되어 있어, 혹 죄수가 지정한 작업장 밖으로 무단이탈을 한다거나, 현장 간수에게 불손한 태도를 보일 때 책임 간수의 다이얼 조작에 따라 허리띠가 좁아들어 숨이 탁막히게 되어 있었다. 고담 〈서유기〉에 나오는 손오공 머리에 감겼다는 쇠 테두리의 현대판이었다. 경우에 따라선 쇠사슬보다도 몇 곱 무서운 존재이긴 하나 선구는 별로 겁내지 않았다.

그런데 'ㄷ262'가 이곳 야외 작업장에 나온 지 일주일째 되는 날 큰 사건이 일어났다. 이날도 죄수 'ㄷ262'는 전날과 다름없이 벌목에 열중하고 있는데 간수 한 사람이 슬며시 옆에 와서 소곤거리는 것이었다. "당신을 구해 낼 준비가 다 되었어요."

실로 엉뚱한 소리였다. 선구는 '이게 무엇을 뜻하는 것일까.' 속으로 궁리하였다. '외부에서 누가 나를 위하여 감형이나 석방 운동을 한다는 걸까?'

다른 사람들의 이목을 꺼리는 수상한 간수는 이렇게 한마디 말하고 딴 곳으로 떨어져 가더니 잠시 후 다시 틈을 타 접근해 왔다. "책임 간수의 단파 조절기를 망쳐 놓을 터이니 아무 걱정하지 마시오."

이 말을 듣고 선구는 탈옥의 통지임을 깨달았다. 바짝 긴장되었다. 뜻하지도, 바라지도 않던 일이었다. 혹 이 사람들의 꾐수일까 하고도 생각해 보았다.

수상한 간수는 순찰을 가장하고 다시 두서너 차례 선구에게 다가와 귓속말을 전하곤 했다.

"마음을 단단히 하고 계시오."

"걱정할 건 없소. 우리의 작전은 완벽하오."

"작전 개시는 12시 10분이오."

몇 차례의 귀띔에도 선구는 한마디의 대꾸도 안 했다. 두고 볼 수밖에 딴 도리가 없었다.

정오의 휴식 시간에 사건은 폭발하였다. 갑자기 펑! 하는 소음이 근처에서 일어났다. 간수들의 당황한 부르짖음이 작업장을 휩쓸었다.

죄수들의 시선은 일제히 소리 난 곳으로 집중되었다. 누구의 짓인지 작업장 한쪽에 설치한 죄수 야외 밴드의 조절기를 폭발시킨 것이었다. 책임 간수를 비롯하여 여러 간수는 허둥지둥 본부로 무선 연락을 한다, 흩어진 죄수들을 집합시킨다 하며 법석을 떨었다.

소동은 이것이 시초였다. 어디서 몰려왔는지 10여 대의 차량이 갑자기 나타나더니 복면을 한 괴인들이 차 안에서 두서너 사람씩 뛰어나와 간수들에게 무기를 들이댔다. 눈 깜짝할 사이에 간수들은 무장 해제를 당한 다음 손발까지 꽁꽁 묶여 여기저기 나무 기둥에 결박되었다.

"죄수들은 빠짐없이 차에 타라." 복면 패거리 중의 한 사람이 외쳤다. 넋을 빼앗긴 죄수들은 아무도 움직이질 못했다. 복면들은 제각기 닥치는 대로 죄수들의 손을 이끌어 차에 끌어 올렸다. 선구도 그중에 끼었다.

얼떨결 속에서도 선구가 살핀 바 다른 차에는 죄수들이 두 사람 세 사람씩 휘뚜루 실리는데 선구 자기만은 유독 혼자 따로 타게 된 것을 알았다. 다루어지는 것도 다른 죄수와는 달리 제법 조심성 있었다.

차는 지체 없이 현장을 떠났다. 숲 마루 나뭇가지를 살짝살짝 스칠 정도의 저공을 나는 게 들창을 통해 보였다. 탐지기의 추적을 회피하기 위함인 모양이었다.

"선생님, 얼마나 괴로움을 당하셨습니까. 죄송합니다." 차 안에 타고 있는 사람들이 공손히 인사를 했다. 그들은 이미 복면을 벗고 있었다. 선구는 이 탈옥 소동이 자기를 목적하고 꾸며진 것임을 짐작하였다.

"댁들은 뉘시오?"

혹시 샘앤 교수 일당들일까?

"네, 저희는 희망과 우정의 모임 회원들이올시다." 그들은 머리를 조아려 공손을 표시했다.

'알겠다. 리리시노의 짓이로구나.' 순간 선구는 골치가 띵해졌다. 나더러 교주가 되어 달라고 한 괴상한 인물. 이 세상에서 처음 보았던 요염한 자태.

"리리시노가 꾸민 일이요?"

"네, 그렇습니다. 총무님이 선생님을 고대하고 계십니다."

리리시노의 부하는 신구의 야외 밴드를 준비해 온 연장으로 잘라 버리고 역시 준비해 온 의복을 꺼내 선구 몸에 걸쳐 주었다. 전날 리리시노가 입고 있던 그런 종류의 요란스러운 빛깔의 옷이었다.

선구는 불안을 금할 수 없었다. '이거 공연한 불놀이에 끌려든 게 아닐까?'

"어디로 가는 거요?"

"네, 가시면 다 아시게 됩니다."

"행적 탐지기로 금세 들키게 되지 않을까?" 선구는 전날 비커츠 섬 지하 요새에서 들은 일이 있어 이렇게 물었다.

"네, 아무 걱정하지 마십시오. 지금 열여섯 대의 차가 사면팔방으로 뿔뿔이 흩어져 추적대의 눈을 속이고 있습니다. 우리는 곧 바닷속으로 들어가 행적을 감추고 맙니다. 리리시노 총무님의 계략은 소홀함이 없습니다. 네."

과연 얼마 안 가 해안선이 나오고 차는 잠수 운전으로 들어갔다. 해안선에 이르러 다시 저공비행으로 내륙 지대를 날았다. 창문으로 지상 풍물을 굽어보건대 이곳은 역시 헤어지루 근방 같았다.

어느 큰 마을 상공에 이르러 차는 하강하더니 마을만 한 크기의 지하 동굴에 착륙하였다. 미리 대기하고 있었던 모양인지, 수백 명 군중이 몰려 있는데 그중 한가운데 리리시노가 있었다. 리리시노는 나비처럼 몸을 날려 차에서 내리는 선구에 달려가 손을 잡아 인도했다.

"이다지 늦게 모셔 죄송하오이다."

이제 웬만한 일에는 놀라지 않게 된 선구인데도 이곳에 와서 당하는 일련의 사태에는 몇 번이고 거듭 놀람을 금할 수 없었다. 지금 눈앞에 벌어진 진경(珍景) 역시 그랬다.

우선구 자기를 위하여 열었다는 이 밤의 잔치. 성대하다 할까, 호사스럽다 할까, 또는 신비롭다 해야 할까? 천 명 정도는 너끈히 수용할 만한 널찍한 홀을 중간중간 적당히 끊어 겹겹이 둘러친 하늘거리는 휘장의 물결.

이 물결 사이를 전라에 가까운 미녀들이 인어 그대로의 매끄러운 몸매로 헤엄쳐 다니고 있었다. 어디서 뿜어내는지 짐작할 수 없는 뿌연 안개가 오색찬란한 광선을 반영하면서 홀 안 골고루 퍼졌다. 물론 인공 안개였다. 은근하고 상쾌한 향기와 땀을 씻어주는 시원함을 지닌 이 안개는 쉴 새 없이 퍼져 나오면서도 그렇다고 더 짙어지진 않았다.

보아하니 이 자리는 바닷속 용궁을 흉내 낸 모양이었다. 주위의 벽은 물론 천장, 마룻바닥까지 온통 유리장으로 꾸미고 그 안에 심해의 각가지 생물이 노다니고 있었다.

이런 배경에다 실내를 걸어 다니는 사람들도 인어의 분장이요, 방 전체에 겹겹이 늘어뜨린 반투명의 휘장 물결. 이만하면 용궁의 실감은 지나칠 정도였다. 이 속에서 잔치는 벌어졌다.

이런 호화판이 지하 동굴 속에 마련되었으니 더욱 놀라웠다. 땅위에는 보잘것없는 농촌 창고를 가장하고 그 밑에 이런 별건곤(別乾坤)을 지어 놓은 리리시노라는 인물을 선구는 새삼 재평가 아니할 수 없었다. 전날 자기 처소에 찾아와 아닌 밤중에 홍두깨 내미는 격으로 자기네들의 교주가 되어 달라고 할 적에는 이 사람을 어지간히 돈 사람으로 여겼는데, 일이 이쯤 되고 보니 인식을 다시 할 필요가 있었다.

그때 리리시노는 임석한 서기가 종교법 위반으로 고발하겠다고 펄펄 뛰어도 눈썹 하나 까딱 않더니, 과연 보통 배짱이 아니었다. 대낮에 수행원의 야외 작업장을 기습하는 솜씨도 대단했다.

우선구 본인의 의사 타진도 거치지 않고 일방적으로 납치해 끌고 와선 이 놀이판이었다. 수많은 부하를 통솔하는 수완도 능숙했다. 그들 교도라고 불리는 사람들은 선구가 이곳으로 인도되어 차에서 첫발을 내려놓을 때 리리시노의 구령에 따라 "오, 교주님!"을 소리 높여 외치고 일제히 땅바닥에 주저앉아 큰절을 수없이 되풀이하였다.

그 모습은 마치 암흑시대에 있어 노예들이 절대권을 장악한 군주를 모시는 것 같았다. 이어 그들은 가장 조심스럽게 아주 지성껏 선구를 이곳 지하 비밀 궁전으로 모셨다.

우선 그들은 선구에게 마실 것과 입다심 할 것을 바친 후 욕실로 안내하여 땀을 씻게 했다.

욕실에선 놀랍게도 전라의 시녀 네 사람이 수건이며 화장구, 향수를 들고 대령하였다가 선구의 노여움을 받고 옆방으로 밀려나는 촌극도 있었다.

그래도 시녀들은 명색만의 입성으로 한 곳만 가리고 욕탕에서 나오는 선구 교주님께 달려들어 몸을 닦아 준다, 옷을 입힌다, 하도 소란을 피우는 통에 선구는 뿌리칠 겨를도 없었다. 선구는 원치 않은 납치 행위가 괘씸하기도 하였으나 이건 과히 나쁜 경험이 안 될 거라는 어떤 기대감도 없진 않았다.

행적 탐지기라는 것까지 있는 이 세상에 탈옥이라는 무모한 짓이 성공할 리가 없다고 생각되나 실패한다기로 그건 리리시노 일당이 당하는 노릇이요, 선구 자기는 애당초 알지도 못한 피동 자세였으니 알 바 아니라는 변명의 재료도 있었다.

욕실에서 알현실로 인도되었다. 알현이란 말을 쓰는 건 이곳에서 벌어진 광경에 알맞은 다른 적합한 어휘가 없을 것 같아서였다.

시녀들의 옹위를 받으며 이 방 중앙에 자리 잡은 의자에 앉자 리리시노를 선두로 10여 명의 인원이 쭉 한 줄로 늘어서서 굴복 대례

를 올리는 것이었다. 한 차례 전원 배례가 끝나자 리리시노가 조심
조심 우선구 교주님 앞으로 다가와 단신 큰절을 올리고 다시 꿇어
앉아 이번에는 교주님 발등에 사뿐 입술을 댔다.

선구 교주님께선 어이가 없다 못해 넋이 빠진 양 멀거니 당하고
만 있었다. 까다로운 배례를 마친 리리시노는 한편으로 물러서서 이
번엔 교도들을 한 사람씩 호명하여 교주님께 지금 자기가 한 대로
경의를 표하라고 일렀다.

선구는 옛적 어린 시절 동화나 우화로만 들어 본 이상야릇한 알
현식을 몸소 겪어야 했다. 기상천외의 의식도 놀랍지만 옆에서 주
워섬기는 리리시노의 인사 소개를 듣자 선구는 더욱 놀라지 않을
수 없었다. 지금 차례로 자기 앞에 나와 큰절과 발등에 키스하는 위
인들은 소위 교도 중의 간부급들인 모양인데 이름과 더불어 소개되
는 신분들이 실로 천만뜻밖이었다.

원로원 의원, 인민원 의원이 있는가 하면 공안 위원회 책임 서기,
지방 교육감, 사회권의 소비 조합장, 현역 장군 등 쟁쟁한 사회적 지
위에 있는 인물들이었다. 이런 사람들이 세계 정부가 금하는 께브주
의자들이고 보니 새삼 이 사회의 복잡성이 짐작되었다.

간부들의 접견이 끝나자 선구는 넓은 홀로 안내되었다. 이제부
터 잔치였다. 경쾌한 음악이 사람들의 흥을 돋우기 시작하였다. 희
망과 우정의 모임이라는 이들이 성을 위주로 한 집단임을 전날 시
니 팔의 서한으로 익히 안 바이지만 지금 눈앞에 벌어진 이 잔치의
모습을 보고 선구는 더욱 선명한 인식을 갖게 되었다.

선구는 여태껏 이처럼 성적 분위기에 충만한 자리를 본 적이 없
었다. 정말 이곳은 어느 사회에서도 볼 수 없는 요지경 속이었다. 리

리시노가 이 자리를 꾸며 주지 않았던들 선구는 이 세상에 이런 면이 있으리란 감히 상상도 못 했을 것이다.

'아무튼 좋은 구경거리다.' 선구는 속으로 중얼거렸다. 이 자리가 맘에 들어서가 아니라 전혀 상상도 못 하던 세계를 본 경이감에서였다. 비커츠섬에서 눈 뜬 이래 몇 사람의 예외적 존재를 빼놓고는 모두 시무룩하고 무뚝뚝하고, 그리고 중성적인 면만 접해 오던 선구로선 지금 보는 이 광경이 너무나 파격적 현상이었다.

첫째 이곳에 모인 사람들의 형태부터 달랐다. 대다수의 용모가 아름다웠다. 20세기의 그 당시 여성들에 비해도 손색이 없지 않을까 했다. 특히 리리시노의 경우, 이 여자는 요사스러울 정도였다. '왜 이 사람들만 이럴까?'

선구는 이유는 간단할 거라 보았다. 이 사람들은 애써 여성다운 자세를 취하고 있기 때문이었다. 이들은 화장을 하고 말이나 행동에 교태를 잊지 않았다. 이 자리에는 멜빵걸이와 반바지 치마의 복장은 하나도 없었다. 거의 모두 전라에 가까운 알몸으로 뽀얀 안개 속에서 교태와 농염한 미소를 마구 흘리며 다녔다.

리리시노도 아까까지의 요란스럽게 꾸민 복장을 벗어 던지고 다른 요정들처럼 알몸을 자랑스레 펼치고 선구 앞에서 알랑거렸다. 이 사람들이 거의 나체임에 비하여 선구의 성장(盛裝) 또한 가관이었다. 몸에 걸친 건 분명 제왕의 예복이고 머리에는 면류관이 얹혀 있지 않은가. 앉은 자리는 용상.

그랬다. 이곳은 용궁이요, 선구는 용왕이었다. 인어들은 제각기 허리에 바구니를 끼고 실내를 빙빙 돌다가 선구 앞에 와선 아양을 떨며 바구니를 내밀었다. 바구니 속엔 마실 거와 안주가 들어 있었다.

다른 인어와 달리 시종 용왕 옆을 떠나지 않는 리리시노는 인어들이 바치는 음료와 안주를 정성껏 용왕께 권했다. 그녀의 머리에는 왕비를 상징하는 패물이 꽂혀 있었다. 도무지 예기치 못한 장면이었다. 그러나 이 사회가 여성만으로 된 것일진대 이건 의당 있음직한 일이 아닐까? 선구는 혼자 끄덕였다.

선구는 이렇게 되길 바라진 않았으나 여성 세계라면 의당 상상할 수 있었던 장면이 비록 늦게나마 현실화됐음을 인식하였다.

몇 시간 전까지만 해도 자기는 죄수로 얽매여 있었다. 아니 지금도 죄수임은 틀림없었다. 분명한 탈옥수니 말이다. 하필이면 이런 장면이 탈옥 과정에서 일어나다니. 담뿍 애교를 섞어 리리시노가 권하는 액체를 선구는 점잖게 물리쳤다.

"나는 술을 못하오."

리리시노는 간드러지게 웃으며 추근거렸다. "이건 술이 아닙니다. 용궁의 감로수. 만수무강을 비는 정성이오니 한 모금 맛을 보사이다."

거듭 권하는 바람에 한 잔 들어 냄새를 맡아 보니 과연 알코올기는 없었다. 오직 고혹적인 향기가 뇌 속을 간지럽혔다. 한 잔의 액체를 시험 삼아 마셨다. 비길 데 없이 시원하고 아름다운 맛이었다.

"교주님, 어의를 벗으십시오." 리리시노는 권하는 동시 용포 자락을 당겼다. 그렇지 않아도 몸이 화끈거려 답답증을 느낀 선구는 리리시노의 하는 대로 내맡겼다.

"덥군." 선구가 중얼댔다.

"실내 온도를 자꾸 떨어뜨리는 중입니다." 리리시노가 대답했다.

사실 그랬다. 실내 가득히 계속 퍼지는 안개는 싸늘한 촉감을 주고 있었다. 필시 드라이아이스의 증발인 모양이었다. 찬 안개가 계속 번지는 데도 선구는 훈훈하기만 했다. 웃통을 벗어젖혀도 훈훈함은 식지 않았다. 숨마저 답답할 지경이었다. 숨이 답답해져서 그런지 음악의 템포도 더욱 빨라진 것 같았다. 눈이 몽롱해졌다. 안개는 더욱 짙어지고….

10미터 저편이 흐릿해지더니 차츰 더하여 2, 3미터 앞도 분간이 안 될 정도였다. 안개 속 여기저기서 킬킬대는 소리가 들렸다. 기성, 감음, 시야가 더욱 흐릿해지고 청각마저 마비되는 것 같았다. 선구는 문득 홀랜의 집 생각이 났다. 그곳에서 들은 음악이 지금과 같았다. 안개도 그렇고. 목이 탔다.

"한 잔 더 드세요." 리리시노가 내미는 잔을 선구는 두말하지 않고 들이켰다. 시원함을 찾기 위해서였다. 선구는 자기도 모르게 비틀거렸다. 리리시노가 다가섰다. 그녀는 눈을 지그시 감고 비틀거리는 용왕에게 몸을 기댔다. 지상 유일의 남성에게 자기 몸무게를 맡기려는 리리시노의 계획.

그러나 계산은 어긋났다. 용왕은 자기를 끌어안아 주기는커녕 비틀비틀 오히려 자기에게 기대려 들지 않는가. 리리시노가 부축하려는 순간 용왕은 허공을 잡고 보기 흉한 스타일로 쿵 하고 나가떨어졌다. 살며시 눈을 든 리리시노는 짙은 안개 속에서도 방바닥에 쓰러진 용왕의 분명 일그러진 표정을 발견하자 비명을 질렀다.

"으악!"

클라이맥스로 치달리던 연회는 일순 수라장으로 전락하였다.

선구가 어렴풋이나마 의식을 회복한 건 사고 발생 후 10여 시간 후였다. 사람들의 중얼거리는 소리를 듣고 선구는 애써 정신을 차리고자 했으나 여의치 않았다. 눈을 뜨려고 해도 눈꺼풀이 꽉 붙어 떨어지지 않았다. 다만 머리맡에서 중얼거리는 소리만이 간신히 들려왔다. 리리시노의 목소리가 그 속에 섞여 있는 것까지는 감득되었다.

"괜찮으실까요?"

"심장의 고동은 훨씬 나아지셨으니 차차 회복되시나 봅니다."

"갑자기 웬일이죠?"

"글쎄, 내장 기관에 별 이상은 없는 것 같은데…."

"그런데 웬일이죠?"

"아마 내 생각 같아선 교주님이 너무 갑작스레 흥분하셨기 때문이 아닌가 해요, 그 엑기스를 다섯 잔이나 드셨다죠?"

"네, 아마 네댓 잔 드셨나 봐."

"그게 탈이었을 걸요. 흥분이 지나쳤을 거예요."

"그까짓 다섯 잔 정도야 뭐. 우린 흔히 십여 잔을 하잖아요."

"허, 모르시는 말씀. 우리와 교주님은 다릅니다. 우리는 그걸 항상 마시고 있고 또 마셔야 하지만 그분은 전혀 엑기스에 대한 관성이 없거든요. 이분은 수십 년 동안, 아니 161여 년을 고스란히 수절해 온 터인데 성의 기능이 아주 저조할 대로 저조해졌을 것 아니에요. 어젯밤 연회로 말하자면 엑기스까지 사용 않더라도 교주께선 주위의 분위기만으로도 충분히 발동되었을 겁니다. 그런 터에 다섯 잔을 거푸 권하셨다니 되겠어요. 문헌에 의하면 구세대 웅성들은 자극제 주사 한 대로 30일간의 효과를 봤다고 하더군요. 어젯밤의 엑기스는 한 잔이 옛날 주사 한 대 몫의 효능을 가지고 있어요. 그걸 자

430

그마치 다섯 잔이나 드셨다니 기절하실 수밖에."

"아이, 참."

이런 소리를 들으면서 선구는 다시 의식이 혼미해졌다. 이틀이 지나서야 선구는 몸이 어느 정도 회복되었다. 회복되긴 했으나 또 다시 잔치가 벌어질 걸 내다본 선구는 꾀병을 앓기로 마음먹었다.

의학이 발달한 이 사람들에겐 섣불리 꾀병 앓기도 어려웠다. 선구는 부러 맹물과 과즙 조금씩 마시는 외엔 일절 섭식을 하지 않았다. 그러다 보니 선구는 정말 녹초가 되어 침상에 늘어졌다.

리리시노 등의 간호는 지극정성, 24시간 꼬박 교대로 번을 들어 환자 곁을 떠나지 않았다.

기운은 빠졌으나 정신만은 또렷한 선구는 여러 가지로 이곳을 빠져나갈 궁리를 짜 보았다. 일종의 광신도인 이네들에겐 20세기의 상식적인 이론이 통하지 않을 게 뻔했다.

금세 추적의 손이 뻗칠 줄 알았던 것이 사고 발생 후 닷새가 지나도 공안 위원회의 움직임은 눈에 띄지 않았다. 저 어마어마한 제5국의 기능을 가지고도 이다지 대판으로 노는 희망과 우정의 모임 일당의 존재를 눈치 못 챈단 말인가.

그렇지 않으면 리리시노 일파의 방어 태세가 생각한 것보다 훨씬 뛰어나 사건을 미궁에 몰아넣고 만 건가. 일주일 곡기를 끊으니 되살아났던 생기도 때로 흐리멍덩해졌다. 이래선 안 되겠다고 선구는 전술을 바꾸기로 하였다. '우선 기운은 차리고 볼 일이다.' 선구는 의사를 불러 원기를 회복하는 데 조력을 청하고 스스로도 단계적으로 식사의 양을 늘렸다.

이틀이 더 지나 가벼운 기거동작이 자유롭게 되자 리리시노를 불러 선수를 썼다.

"당신네는 일방적으로 나를 교주로 추대하는 것 같은데, 이 점 나는 용인할 수 없소. 그렇다고 무조건 반대하는 건 아니요. 우선 당신네의 내용을 알아야 할 게 아니겠소? 희망과 우정의 모임이란 과연 어떤 이념을 가진 단체요? 그리고 세계 정부 정책에 공공연히 반대하고 또 이렇듯 실력을 발휘하여 백주에 테러를 벌여도 무사할 수 있는 어떤 배경이라도 있는지? 이런 점을 나는 알고 있어야 할 것 아니겠소. 교주라는 신성한 명칭에 부끄럽지 않은 마음의 준비부터 갖추고 있어야 하겠소."

"모든 것이 저의 미흡한 탓입니다. 교주님께서 의아하심은 당연하고 당연합니다. 제가 자세히 설명해 올리겠습니다." 리리시노는 공손히 절하며 아뢰었다.

또한, 리리시노는 미리 대기하고 있었노라는 듯 선구에게 다음과 같이 늘어놓았다.

현 세계 정부가 무능한 건, 인류의 보배요 이 세상 유일의 존재이신 교주님을 그토록 푸대접한 것만 봐도 증명되지 않는가. 인생의 진리를 그릇 판단한 위정자들은 성행위를 통제하고 인민들로 하여금 이를 경시나 멸시하도록 그릇 인도하고 있다. 이런 억지가 어디 또 있겠는가.

위정자들은 자기네의 과오를 은폐하기 위하여 악법을 날조하고 함부로 극형을 자행하는 만행을 저지르고 있다. 그 결과는 어떤가. 민심은 세계 정부로부터 이탈하여 세계 질서에 커다란 금이 가고 그릇 인도된 인민들은 무성주의(無性主義)로 달음질하여 급기야 두버무의 범람으로 인간의 씨를 말리려 하고 있다.

인류 보존의 절대 사명을 대전제로 하고 '성의 자유'라는 인간 기본권을 옹호하기 위하여 '희망과 우정의 모임'이 자연발생적으로 탄생한 건 당연한 현상이다. 이에 당황한 위정자들은 홀랜의 집을 대대적으로 확장하고 시설 개량을 서두르고 있긴 하나 홀랜은 제아무리 치장해 봤댔자 홀랜에 그치는 것이다.

인간이 사회적 동물인 이상, 성에 있어서도 사회적 형식이 필요한 건 너무나 당연하다. 어찌 따분한 홀랜에만 만족하고 있어야 하는가. 성행위에 있어 동반형식인 께브를 가리켜 구세기의 웅성시대를 동경한 반동으로 모든 건 유치한 편견에 지나지 않는다.

더군다나 께브는 사회 친목에 절대적인 공헌을 쌓고 있다. 우리 희망과 우정의 모임 교도들은 기본 인권의 토대 위에서 성의 자유를 부르짖으며 께브의 최고 상징으로 웅성 우선구를 최고 지존의 자리인 교주로 모시는 바이다.

지상 유일의 웅성인 우선구는 이만한 대우를 받아 마땅하다. 진리는 항상 굳세며 최후의 승리는 항상 진리 편으로 오게 마련.

이런 믿음에 따라 모인 희망과 우정의 모임은 이 세상에서 가장 강한 사회단체로 군림하고 있다. 그 세력은 전 세계 각계각층에 뻗치고 있어 아무것도 두려울 게 없다. 백주의 탈옥쯤 간단한 일이다. 아무도 우리의 비밀 장소를 캐내지 못한다. 우선구 교주께선 절대 안심하시고 이곳에서 마음껏 인생을 즐기시라.

리리시노의 장황한 설명을 듣고 나서 선구는 한 가지 질문을 했다. "그다지 굳은 신념이 있고 대단한 세력이라면 굳이 지하 조직체로 머물 것이 아니라 떳떳이 합법성을 쟁취해 봄이 어떤가?"

이 물음에 리리시노는 총명한 눈초리를 반짝이며 잠시 궁리하다가 대답했다. "저희가 그렇게 마음만 먹는다면 그렇게 할 수도 있죠. 그러나 이런대로 비밀의 베일을 두르고 있는 게 어울리지 않겠어요. 성이란 원래가 그런 면이 있지 않아요." 말을 끝내고 리리시노는 생긋 웃었다.

선구는 감탄했다는 듯 고개를 크게 끄덕였다. "마음만 먹으면 능히 합법성을 쟁취할 수 있다니 믿음직하오. 현재 회원 수가 얼마나 되오?"

"이곳 헤어지루 지역에만 10만 교도가 있사옵고, 전 세계에 흩어져 있는 총인원은 백만이 훨씬 넘사옵니다."

"허, 대단하구려. 지금 우리가 있는 이 마을은 전원이 교도들뿐이라 하던데 정말 그렇소?"

"그렇사옵니다. 1천5백여 세대의 인구 3천여 명 전부가 우리 교도들이고, 잡인은 한 명도 끼어 있지 않사옵니다."

"허, 교도들로만 마을을 이루었단 말이오?"

"네."

"마을 모습이 어떤가 봤으면 좋겠소."

"겉으로 봐선 여느 마을과 다를 바가 없사옵니다."

"그래도 나는 궁금한데, 교도들만 사는 마을이라니 여느 마을과는 어디가 달라도 다를 거라."

"교주님께서 정 보시겠다면 제가 모시고 안내하겠습니다."

"아니 그렇게까지 할 건 없어요. 총무가 나서면 구경이 아니라 시찰이 되는 거요. 나는 그저 환자복 차림 이대로 마을 이곳저곳 나

혼자 기웃거리고 다니고 싶소. 그래야 마을의 참모습을 피부로 느끼게 될 거 아니겠소."

"그래도 교주님 혼자서 다니시다니. 혹시나…."

"혹시라니. 어떤 위험요소라도 있다는 거요?"

"아니올시다. 위험요소가 있을 리 있겠습니까마는…."

"그렇다면 차 한 대와 운전기사 한 사람만 내줘요."

"지금 가보시려고?"

"그래요. 따로 날 잡고 시간 내고 할 것 없이 생각난 김에 한번 돌아보려는 거요."

이래서 선구는 우격다짐으로 마을 구경을 하게 되었다. 리리시노 총무는 자기가 모시지 못하는 걸 섭섭하게 생각하면서, 교주님의 비위를 맞추느라 다른 사람 없이 차와 운전기사를 대령하였다.

"마을에 들어가셔서 교도들과 직접 대화는 가급적 하지 마십시오. 그 사람들이 교주님인 줄 알게 되면 복잡한 일이 생길 수도 있습니다." 리리시노가 선구에게 주의를 시켰다.

"알았소. 내가 환자복을 입었으니 마스크까지 하여 나를 알아보지 못하게 해야지." 선구는 리리시노에게 다짐하고 환자용 입마개를 하였다.

"사람 많은 곳을 피하고 교주님에게 접근하려는 사람을 요령껏 제지하고 먼 곳까지 가지 말고, 오래 지체하지 말고, 되도록 빨리 돌아와요." 리리시노는 운전기사에게 세세한 주의를 시켰다.

교도들의 마을은 여느 시골 동네와 비슷하였다. 조용하고 깨끗하였다. 범위는 제법 넓었다. 세대수가 1천5백이 더 된다는 총무의 말이니 큰 마을이었다.

"교주님 마을 안부터 구경하시렵니까, 외곽 먼저 보시렵니까?" 운전기사가 물었다.

"외곽 먼저 보고 나서 마을 안을 보도록 합시다. 그리고 교주님이라 부르지 말고 그저 선생이라고 하시오." 선구가 운전기사에게 일렀다.

마을의 외곽도로는 높이 1백 미터 정도의 얕은 산허리를 끼고 뻗어있었다. 경치가 아름다웠다.

"저게 무슨 꽃일까? 보기 좋은데." 선구가 길옆에 있는 이름 모를 나뭇가지에 핀 분홍색 꽃을 가리키며 물었다.

"글쎄요." 운전기사는 나무의 이름을 모른다고 했다.

"차를 잠시 멈추시오. 내가 두어 가지 꺾어 올게."

기사가 차를 세우자 선구가 내리려는 걸 기사 말렸다. "교주님, 아니 선생님 그냥 계세요. 제가 꺾어 오겠습니다." 기사는 재빨리 뛰어갔다.

그 나무는 찻길 옆에 있긴 하나 꽃이 달린 가지는 기사의 키보다 약간 높은 위치에 있어 손이 닿지 않았다.

기사가 꾸물대는 동안 선구는 운전석의 계기판을 살폈다. 충전 상태와 오일 게이지의 이상 여부를 점검했다.

운전기사가 마땅한 굄돌을 찾고자 주변을 두루 살피는 중에 갑자기 차 엔진 소리가 났다. 깜짝 놀라 차 둔 곳을 바라보니 차가 꿈틀 움직이는 게 아닌가. 그녀는 황급히 뛰어갔으나 때는 이미 늦었다.

차는 잠깐 길 위를 구르다가 2단 비행으로 바꾸었다.

"아, 교주님." 기사가 외쳤으나 차는 산등성을 넘어간 후였다. "설마 교주님이?" 기사는 그 자리를 지키고 마냥 기다렸다.

선구는 한동안 날면서 하계를 내려다보니 리리시노의 마을이 까마득히 조그마한 점이 되어 시야에서 멀어져 갔다. 선구는 방향도 잡지 않고 무작정 날기만 하였다.

　1천 미터 상공에 오르니, 멀지 않은 곳에 큰 도시가 깔린 게 시야에 들어왔다. 기수를 그곳으로 돌렸다. 도시 상공에 이르러 서너 바퀴 선회한 다음 그럴싸하게 보이는 광장에 착륙할 태세를 취했다. 거의 땅에 닿았다고 생각한 순간, 지상의 어떤 장애물에 부딪혔는지 쾅! 추락하였다.

18
다시 형무소로

결국, 우선구는 형무소로 되돌아왔다. 탈옥 이전의 원상 복구의 꼴이었다.

무허가 비행에다가 금지 구역 침범, 이렇게 항공 규범을 어기고 제멋대로 날뛰다가 무선 제동 조작에 걸려 추락당한 위반자가 알고 보니 구세대의 문제 인물, 지명 수배 중인 탈옥수 우선구라는 걸 알게 된 당국은 아연 긴장하여 본인을 구급 병원에서 응급조치를 끝마치는 즉시 수행원으로 옮겨 만일의 경우에 대비한 특별 경비를 실시하였다. 백주의 탈옥을 감행한 대담무쌍한 이들이 또 무슨 만행을 저지를지 예측할 수 없다고 본 것이었다.

수행원 안에도 온갖 시설을 갖춘 병원이 있어 부상자 치료에는 별 지장이 없었다. 이 점은 선구도 해롭지 않게 여기는 바였다. 섣불리 외부에서 치료받다가 또다시 리리시노 일당의 교주 노릇을 하게 되느니보다는 차라리 수행원 신세가 낫겠다 싶었다.

선구는 수행원 병감에 와서야 비로소 자기가 착륙하려다 부상당한 곳이 바로 헤어지루 보안 사령부의 앞마당이었고 사고 원인이 지상 충돌이 아니라 전파 방해에 의한 강제 추락이었음을 알았다.

실로 위험한 일이었다. 만일 그때 선구가 착륙 태세를 취하고 있었기에 망정이지 그대로 고도를 높이 잡고 있었다면 급전직하 땅에 부딪혀 콩가루가 되었을 게 틀림없었다.

그 전에 소보논 병원을 탈출할 때도 이와 비슷하게 요행으로 추락사를 면한 적이 있는데 이번 또다시 기적적 행운을 잡은 것이었다. '어쩌면 나는 불사신인가?' 선구는 새삼 자신의 생명이 긴 것을 감탄하였다.

당국은 탈옥수의 부상 치료를 하는 한편 탈옥 경위의 조사를 진행했다. 그들은 비로소 리리시노 일당의 엄청난 장난이었음을 알고 희망과 우정의 모임 조직체에 대한 전반적 수사에 나섰다.

따루 로잔은 세계 정부 직속 보안 부대를 출동시켜 우선구를 감금하였던 부락을 포위하는 동시에 전 세계 사회권에 제각기 그 고장의 께브주의자 비밀 조직체에 대한 일제 수사를 하도록 명령하였다. 이에 대하여 리리시노 일당은 종전의 지하 조직 전략을 벗어던지고 공공연한 대정부 공세를 취했다.

여론은 비등하였다. "께브주의자들을 숙청하라", "리리시노를 극형에 처하라."

한편에서는 다른 목소리도 터져 나왔다. "께브의 합법성을 인정하라", "리리시노 만세."

수십 년을 두고 대치해 오던 홀랜과 께브의 양대 세력이 정면충돌 할 기회를 선구가 만들어 놓은 거나 다름없이 되었다. 전 세계가 발칵 뒤집힌 것이었다.

이런 일들은 수행원 병동에 갇힌 선구로선 알 길이 없었고 또 관여할 바도 아니었다. 선구는 오직 치료와 취조받기에 바쁜 시간을 보내야 했다.

상처가 아물어갈 무렵 탈옥 사건의 수사도 일단락났다. 수사관들은 선구가 이번 사건에선 전혀 피동적 위치에 있었음을 인정하고 책임을 묻지 않기로 하였다.

수사 결말이 나자 수행원 책임자는 죄수 'ㄷ262'가 탈옥 범죄 집단에서 이탈하여 자진 귀순한 행동을 높이 평가하고 특별 모범수로 대우할 것을 정부에 요청하였다. 특별 모범수로 인정되면 강제 노동을 면하고 자유 감방에 수용하게 되었다. 자유 감방은 감방 중의 특실이라 할까, 휴식, 독서, 통신, 면담이 자유롭게 되는 것이다.

그러나 이보다 몇 배, 아니 정말 고맙고 기쁜 일이 이날 선구에게 겹쳤다. 뜻밖에도 리긴 기자가 이곳 수행원으로 선구를 면회 왔다. 자기를 꾀어낸 죄로 당국에 연행된 후 소식이 끊겼던 리긴이 갑자기, 그야말로 갑자기 나타난 데에 선구는 반가움에 앞서 어리둥절할 지경이었다.

리긴도 눈물을 글썽거리며 다시 만난 기쁨을 주체하지 못했다. 선구는 리긴이 나타난 것만도 꿈이 아닌가 했는데 리긴이 이곳에 오게 된 경로와 그녀의 용건을 듣고선 더욱 놀랐다.

리긴은 시니 팔의 임시 보좌관으로 채용되어 장관의 심부름으로 우선구를 방문한 것이라 했다. 한때 정직 처분을 받아 축출되었던 청년 장관 팔이 다시 시니 자리에 복귀하였다는 것이다. 그렇게 된 것은 이번 우선구가 감행한 모험 덕분이라는 리긴의 설명이었다.

세계 정부 정책 위원회에서는 선구가 리리시노 등의 유혹을 물리치고 귀순한 것은 그의 고결한 인격을 단적으로 표시한 것이라 인정하고, 여태껏 그를 옹호하여 세계 정부 정책 수립의 자문 요원으로 채용하자고 주장하다가 실각당한 시니 팔에게 과오가 없다는 증명도 된다는 다수 의견이 나와 따루 로잔이 그녀를 복권시키게 되었다는 것이었다.

시니의 위치를 회복한 팔은 장차 우선구를 기용할 전제로 그와 서로 우호 관계에 있는 리긴을 우선구 담당 연락 비서로 채용하여 우선 이 사실을 우선구 본인에게 전달함으로써 본인으로 하여금 희망과 긍지를 가지고 내일의 사명에 대비하기를 바란다고 했다.

리긴은 루비의 소식도 전해 주었다. 루비도 리긴과 동시에 제5국에 연행되었다가 이번에 함께 풀려 나와 다시 학교에도 나가게 되었다고 했다. 리긴과 루비의 협력자 유순 역시 간단한 견책 정도로 낙착된 것도 알게 되었다.

리리시노의 맹랑한 짓은 선구에게 전화위복을 선사한 결과가 되었다. 소동의 장본인 리리시노는 아직 체포되지 않고 있다 했다. 문제가 거창한 만큼 아마 정치적 수습책이 모색되는 것 같다는 리긴의 의견이었다. 샘앤 교수의 세계 정부 반대 음모 사건은 지금 한창 조사 중이라 엄중한 보도 관제가 실시되어 내용을 알 수 없다고 했다.

선구의 부상은 20일간의 입원으로 깨끗이 완쾌되었다. 선구는 20세기 완전인간에 아무런 흠이 없이 회복된 걸 무한 감사하였다. 현대 의술의 덕이었다.

몸이 완쾌되자 선구는 병동에서 자유 감방으로 옮겨졌다. 특별 모범수만을 수용하는 자유 감방에는 다른 일반 죄수에게는 인연이 먼 여러 가지 특전이 있었다.

리긴은 한 달에 두세 번꼴로 자유 감방을 찾아왔다. 그때마다 그녀는 선구가 궁금해하는 각가지 정보를 제공하곤 하였다. 지금 한창 화성전쟁이 떠들썩하게 보도되긴 하나 세계 정부로선 아직 결론에 도달한 것은 아니라고 했다. 그보다는 오히려 지구 대내 문제가 더욱 시끄럽다는 것이었다.

시끄러운 문제란 물론 께브 소동이었다. 이곳 감방의 라디오는 외면하고 있지만 지금 온 세상은 홀랜과 께브의 대립으로 온통 야단법석이라는 리긴의 얘기였다. 그렇다면 급작스러운 화성전쟁론의 이유가 이해되기도 했다. 정부는 소란스러운 성소동(性騷動)으로부터 대중의 이목을 전환하기 위하여 전쟁 분위기를 조작할 수도 있을 것이다.

성소동이 가라앉으면 외계 전쟁의 위기 역시 싱겁게 해소될 경우도 상상이 되었다. 이렇게 생각하면 걱정만 할 것이 아니겠으나 혹 모를 일이었다. 인위적으로 조작한 위기가 그대로 발전하여 현실화할 수도 있었다. 아니 세상일이란 대개 이런 경로로 저질러지는 게 아닐까?

돌이켜 살펴보면 인류 역사는 흔히 하찮은 일, 어리석은 주관, 당치도 않은 부조리가 진리나 이성을 몰아내고 일으킨 변란이 연속이라고 볼 수도 있었다. 어리석은 역사의 타성은 이제 또다시 어떤 참극을 빚어낼지 몰랐다.

그렇게 선구가 조바심을 낼 때면 리긴은 선구를 이렇게 달랬다.

"시니 팔이 그러는데요, 여하한 사태가 되더라도 조금도 걱정하지 말고 침착하시래요. 어느 정도 시국이 수습되는 대로 따루 로잔에게 우선구 씨를 세계 정책 수립에 직접 참여케 할 복안을 갖고 있대요. 기대하세요."

고마운 말이었다. 선구는 자기가 초조하게 맘먹어 봤자 하등 소용없는 일임을 자인했다. 기다리자. 때가 오겠지.

하루는 리긴이 찾아와 색다른 소식을 전해 주었다. "지금 세계 정부 문교 위원회에서 전 세계를 상대로 문예 작품을 모집 중에 있어요. 당선 작가는 따루 로잔으로부터 문예 대상 배를 받습니다. 진성 세계의 문예 진작을 위하여 3년마다 한 번씩 벌이는 최고 권위의 행사죠. 어떠세요. 우선구 씨는 과거 문학에 종사하신 적이 있으신 거로 아는데 어디 한번 응모 안 해 보시겠어요."

선구는 리긴의 권고를 듣고 빙그레 웃기만 했다. 자기와는 너무 거리가 먼 이야기였다. 구세대의 인간 골동품에게, 더구나 감옥살이하는 사람에게 따루의 대상 배가 걸린 현상 문예 모집에 참가하라니, 원 참.

하지만 리긴은 열심이었다. "한번 해 보세요. 시니 팔께선 우선구 씨가 우리와는 여러모로 차원이 다른 분이니 작품을 써 내놓는다면 아주 색다른 걸작이 될 거라고 기대해요. 여기 자세한 응모 규정이 있습니다. 잘 고려하세요. 누가 알아요. 우선구 씨가 당선작을 내고 따루와 만나 그게 인연이 되어 문예 부문뿐 아니라 인류 역사에 어떤 전환점을 이루게 될지도. 밑져야 본전이에요. 한번 해 보세요."

리긴은 응모 요령서를 놓고 갔다. 혼자 남은 선구는 궁리해 보았다. 밑져야 본전이라니 당치도 않은 소리지만, 인류 역사의 어떤 전환점을 만들지도 모른다는 리긴의 말은 홍미 있었다.

시니 팔이 은근히 기대하고 있다는 것도 마음을 자극했다. 선구는 입맛을 다셨다. 옛적에 학창 시절 문학 동인지에 몇 편의 시와 산문을 발표해 보기는 했다. 물론 아마추어의 태를 벗어나지 못한 것이긴 하나 그중에 어떤 것은 평론가가 문제작으로 취급한 바도 있었다.

'한번 해 볼까?' 아니 해 볼까가 아니었다. 이 사회에 나만이 간직하고 있는 고차원의 비전을 제시할 필요가 있었다. 의무가 있었다. 이 세상 사람들, 중심을 잃고 갈팡질팡하는 이 사람들의 눈치 보기에 조바심하느니보다는 오히려 이 사람들에게 그들의 미래상을 비춰줌이 얼마나 값진 일이겠는가.

선구는 붓을 들었다. 체제를 단편 소설로 잡고 제목을 〈미래 전쟁〉이라 했다.

19
소설 〈미래 전쟁〉

I

"엄마, 엄마."

루시 2세는 새파랗게 질린 얼굴로 허둥지둥 집으로 뛰어들었다. 어찌나 허둥댔는지 현관 문턱을 넘다가 앞으로 넘어졌다. 많이 다 쳤다.

벌떡 일어나긴 했으나 그 조그마한 이마에는 금세 푸르뎅뎅한 멍 이 맺히고 병아리 발만치나 작고 곱다란 두 손바닥은 새빨갛게 핏발 이 섰다. 이 정도면 족히 2시간은 울어댈 수 있는 일대 불상사였다.

그러나 루시 2세는 울지 않았다. 몹시 아프고 그래서 울어야 하 겠는데 그럴 시간의 여유가 없었다. 급했다. 오직 급했다. 빨리 엄 마에게 가서 알려야 했다.

"엄마, 엄마."

마침 엄마 루시가 부엌에서 뛰어나왔다. 저녁 준비를 하다가 아기 루시의 다급히 부르는 소리에 깜짝 놀라 나온 것이었다.

"아이고! 저런." 엄마 루시는 아기 루시의 이마에 크게 점찍힌 멍과 심상치 않은 그 표정에 가슴이 섬뜩하였다.

"엄마, 엄마." 엄마의 치맛자락을 쥔 아기 루시의 손은 파르르 떨렸다.

"에그, 넘어졌구나." 엄마는 얼른 아기 면상에 묻은 먼지 자국을 씻어주었다.

"아냐, 아냐, 엄마, 엄마." 루시 2세는 고개를 내저었다.

"에그, 얼마나 아프겠니. 쯧쯧."

"아냐, 아냐 저…." 아기 루시는 손을 들어 한쪽을 가리켰다.

"아이고, 손바닥 좀 봐." 엄마 루시는 아기의 부푼 손바닥에 자기 뺨을 갖다 댔다.

"아냐, 아냐." 아기는 엄마를 뿌리쳤다.

"그래, 그래. 엄마가 약 발라 줄게. 응."

"아냐, 아냐. 으앙." 아기는 딴청만 하는 엄마가 너무 답답해 그만 울음보를 터뜨렸다.

"울면 바보. 안 울어야 장사." 엄마 루시는 아기 루시를 번쩍 끌어안고 약 상자가 있는 방으로 갔다.

"으앙." 아기 루시는 밤톨만 한 두 주먹으로 마구 엄마 가슴팍을 때렸다.

"아가 울지마. 약 바르면 나아요."

"나 약 싫어. 안 발라."

"왜."

"난 싫어. 으앙."

엄마 루시는 아기 이마에 약을 발라 주려 했으나 아기 루시는 투정만 했다.

"안 돼. 울면 안 돼요."

"으앙, 꼬우구가 죽었어." 그제야 아기는 용건을 털어놓았다.

"뭐, 꼬우꾸가?" 엄마도 비로소 놀랐다. 아기는 엄마의 놀라는 표정을 보고 약간 진정이 되어 사건의 전말을 호소했다.

"엄마, 옆집 몬토 엄마가 말이야. 우리 꼬우꾸를 죽였어. 이렇게." 아기 루시는 무섭게 도끼눈을 만들어서 손을 번쩍 치켜들었다.

엄마 루시는 자기도 모르게 몸을 부르르 떨었다. 얼핏 아기의 무서운 연기를 중지시키고 자기 품에 꼭 끌어안았다.

"언제 그랬니?"

"지금. 그래서 나 엄마한테 뛰어왔어." 아가는 아직도 겁에 질린 눈으로 엄마를 쳐다보았다.

엄마 루시의 얼굴에는 슬픔과 분노와 공포가 함께 얽힌 형용키 어려운 표정이 떠올랐다. 전에 못 본 엄마의 심각한 모습을 보자 아기 루시는 뜨악한 생각이 들어 가만히 눈치만 살폈다.

"그래, 우리 꼬우꾸를 몬토 엄마가 정말 죽였어?"

"응, 내가 봤어. 이렇게." 루시 2세가 다시 한 번 실연하려는 걸 엄마 루시는 질겁하며 말렸다.

"어디서?"

"몬토네 마당에서 죽였어. 엄마 빨리 가봐. 꼬우꾸를 살려 줘, 응 응, 엄마."

엄마는 미간을 찌푸렸다. "아냐, 벌써 늦었어. 아, 어쩌나."

"빨리 가봐, 빨리. 응, 엄마."

엄마 루시는 마침내 중대한 결심을 하고 후다닥 밖으로 뛰쳐나갔다. 2세도 뒤질세라 따라가고.

바로 옆집 몬토네 문을 두드렸다. 점잖게 벨을 누르지 않은 건 그만큼 루시 엄마의 감정이 격한 증거였다.

루시의 소꿉동무 몬토가 살며시 현관 안에서 고개를 내밀고 밖을 내다보더니 이내 자라목처럼 옴츠러지고 대신 엄마 몬토가 자태를 나타냈다.

"루시, 웬일이야. 소란스럽게." 몬토 엄마의 안색도 루시 엄마의 그것 모양 험악했다.

"몬토, 우리 집 꼬우꾸를 어떻게 했지?"

"어떡하다니."

"내 딸이 봤대. 죽였다며?"

"흥, 난 몰라."

"몰라? 잡아떼기야?"

두 사람이 입씨름을 벌이고 있는데 안으로 들어갔던 꼬마 몬토가 졸랑졸랑 제 엄마 옆으로 가까이 왔다. 이때 아기 몬토 손에는 장난감치고는 험상궂은 것이 달려 있었다.

먼저 엄마 루시를 따라온 아기 루시가 그걸 보았다.

"엄마, 엄마, 저것 봐." 아기 루시가 울음 섞인 말로 이르며 엄마 치맛자락을 잡아당겼다.

엄마 루시도 그걸 보았다.

보자마자 "앗." 소스라치게 놀란 나머지 두어 걸음 뒤로 비슬비슬 물러났다. 아기 몬토가 들고나온 건 바로 꼬우꾸의 무참히 잘린 두 발목이었다.

"아, 아⋯." 너무나 기가 차서 말도 못하고 루시 엄마는 숨만 헐떡거렸다.

몬토 엄마도 자기 딸이 들고나온 것을 보았다.

"흥, 이걸 가지고 그러는 거야? 별꼴 다 보겠어. 몬토야, 그까짓 것 줘 버려라."

엄마 몬토는 아기 몬토로부터 장난감을 뺏어 휙 루시 모녀 앞으로 내던졌다.

"으악." 루시 엄마는 외마디 비명을 지르고 그 자리에 쓰러졌다.

"엄마, 엄마." 아기 루시는 안타까이 발을 동동거리고 울었다.

"흥." 몬토 엄마는 코웃음 치고 꼬마 몬토를 이끌고 안으로 들어가 버렸다.

"엄마, 엄마." 아기 루시는 엄마를 흔들었으나 엄마 루시는 땅에 쓰러진 채 반응이 없었다.

동네 아이들이 몰려들었다. 어른들도 지나다가 이 광경을 보고 있었다. 하지만 아무도 손대려는 사람은 없었다. 얼마 후 이웃집 아줌마 켄타리가 소란스러운 루시 2세 울음소리에 웬일인가 하고 밖을 내다보았다.

"아니, 루시 엄마 아냐?" 깜짝 놀란 켄타리 아줌마는 뛰어나와 루시 엄마를 끌어안았다.

"아, 아⋯." 루시 엄마는 괴로운 낯을 찌푸렸다.

"이거 어쩌나!"

켄타리 아줌마는 구경꾼 중에서 손을 빌어 함께 루시 엄마를 부축하여 루시의 집으로 옮겼다. 얼른 냉수를 입에 떠 넣고 일변 동네 의사에게 긴급 출장을 청했다.

자기 집에 들어갔던 몬토 엄마가 다시 밖으로 나와 구경꾼들에게 자기 입장을 선전하는 왕방울 목소리가 루시네 집까지 들려왔다.

"아, 글쎄 우습지 뭐요. 그까짓 오리 한 마리 가지고 너무 으스댄단 말이에요. 돈을 준대도 안 판다, 물건과 바꾸재도 싫다, 그러는구려. 글쎄 살이 포동포동 쪄서 보기만 해도 군침이 흐르는데 글쎄 그게 뭐냐 말이야. 제가 낳은 딸년보다도 오리가 더 중한지 밤낮 털을 쓰다듬는다, 기름을 발라 준다, 옷을 해 입힌다, 아주 우스워 죽겠지 뭐요. 뭐 '꼬우꾸'라던가 제법 그럴싸하게 이름까지 있다나? 그렇게 소중하거든 제 방구석에 꼭 가둬 두고 기를 것이지 글쎄 걸핏하면 그놈의 오리가 울타리 밑을 파헤치고 우리 집 마당으로 들어오지 않아요. 들어오기만 할 뿐인가. 마구 똥까지 싸 갈긴단 말이야. 그래 오늘은 내가 그놈의 오리를 잡아 버렸지. 몬토가 자꾸 먹고 싶다지 않아요. 정말 맛있게 생겼거든. 살이 포동포동 쪘단 말이야. 이따 우리 집으로 놀러들 와요. 지금 가마솥에 넣고 푹 삶는 중이야. 하하하."

"와아." 여러 사람의 환호성이 들렸다.

II

"엄마, 꼬우꾸는 아주 죽었어?"

그날 밤, 이제 겨우 세 살 된 철부지 루시 2세는 아직도 미련이 남아 엄마에게 물었다. 엄마는 딸의 물음에도 대꾸도 않고 얼빠진 사람 모양 먼 산만 바라보고 있었다.

'장차 이 일을 어찌하면 좋담.' 엄마는 궁리가 많았다.

관가에 고소해 볼까? 내 재산을 도둑맞았으니 우선 생각나는 데는 고소의 길이다. 그러나 이건 안 될 말이다. 지난번에 당한 쓰라린 경험이 아직도 기억에 생생했다.

지난번 사건도 역시 집오리에 얽힌 사연이었다. 오늘 참화를 입은 꼬우꾸의 어미 꼬우꾸가 말썽의 씨였다. 5년간 애지중지 기르던 집오리 꼬우꾸가 수명이 다해 저승길로 떠나자 엄마 루시는 얌전한 궤짝에 죽은 집오리를 고이 싸 넣고 동리 뒷산 양지바른 곳에 알뜰히 묻어 주었다.

고기를 즐기는 얌체 족속의 도굴을 막기 위하여 꼬우꾸 시체에 크레졸 주사를 몇 대 놓고 푯말에도 유해물 첨가라고 똑똑히 써 놓았다.

이것이 말썽이 되었다. 푯말의 주의를 못 읽었는지 읽고도 무시해 버렸는지 아무튼 꼬우꾸를 파내어 먹어 버린 사람이 있었다. 당연히 크레졸 중독에 걸렸다.

중독 환자의 가족이 관가에 고발했다. 루시는 위험물 방치죄로 기소되었다. 다행히 푯말에 주의문을 명기해 놓았기에 형사 책임은 벗어났다. 그러나 중독 환자의 치료비와 위자료는 별수 없이 배상해야 했다.

실로 억울한 일이었다. 애지중지하던 가금의 사체를 먹힌 것만도 분통이 터질 노릇인데 피해자가 가해자에게 위자료를 지불하다니 이런 부조리가 어디 있겠는가. 그런데 이런 무경우가 어엿하게 통하는 게 요즘 이 고장의 풍습이니 어찌하리. 꼬우꾸의 무덤을 파헤친 사람이 기아에 쪼들린 나머지 저지른 일이라면 또 고려의 여지도 있겠으나, 범죄자는 오리 고기가 먹고 싶어서만 그런 짓을 한 게 아니었다.

오직 채식주의자를 조롱하기 위하여 그 집에서 나온 가금의 무덤을 파헤친 것이었다. 남이야 채식을 하든 육식을 하든 무슨 상관이랴만 이곳 육식주의자들은 너무 극성이 심했다.

고기 안 먹는 사람을 숫제 사람으로 치지 않으려 들었다. 하기야 그 사람들만 나무랄 수도 없긴 했다. 채식주의자들이 몰려 사는 동리에선 육식하는 사람을 흉악무도한 악당으로 취급하기 일쑤였으니 말이다.

이런 풍습이 언제부터 생겼는지 루시로선 자세치 않으나 그 연원은 상당히 먼 옛적에 뿌리를 박고 있는 것만은 확실했다. 옛적에는 각자 기호에 따라 육식이나 채식 혹은 두 가지 혼식을 임의로 하고, 설사 식생활 방식을 달리하더라도 서로 섞여 살고 어울려 지냄에 거북하고 어색함이 없었다. 그랬던 것이 시대가 변천함에 따라 기호가 맞는 사람끼리 한곳에 몰려 사는 경향이 생기더니 그들 성질이 다른 식생활을 하는 사람들 사이엔 대립과 갈등이 싹트기 시작하였다.

생각해 보면 이건 당연한 노릇이라고 말할 만도 하겠지.

고기와 채소는 구미가 다르고 조리법이 다를뿐더러 원료의 생산 방식도 전혀 달랐다. 육식주의자들은 풀밭에 가축을 풀어 놓는가 하면, 채식주의자들은 울타리를 쳐서 네발짐승의 침입을 막고 밭을 갈아 채소를 가꾸었다.

육식주의자들은 대규모의 도살장을 마련하여 하루에도 수백 수

천 마리의 가축을 처치하여 가죽에서부터 고기, 선지, 터럭에 이르기까지 하나도 버림이 없이 먹어 치웠다. 채식주의자들은 생각만 해도 소름 끼칠 노릇이었다. 도살장을 없애 버리든지 자기네가 딴 장소로 옮겨가든지 해야 했다.

채식주의자들은 육식하는 사람들의 인간성을 의심했다. "소, 말, 양, 돼지, 토기, 닭까지. 닥치는 대로 잡아 각을 뜨는 걸 보면 비슷한 골격이며 피와 살을 지닌 인간으로서 어찌 저다지 잔인하단 말인가. 그것도 영양 보급상 절대 불가피하다든지 또는 그 맛이 특별나게 뛰어난 거라면 또 모른다. 지금 세상은 합성 육류로 충분히 그 목적을 다 할 수 있지 않은가." 이것은 채식주의자의 말이었다. 그런가 하면 그들과 등진 육식주의자의 말은 또 달랐다.

"가축은 인간을 위하여 생긴 것이다. 이용후생은 사회생활의 본질이다. 육식하는 사람을 가리켜 잔인하니 냉정하니 하는 건 어린애 같은 철없는 소리다. 남의 생명을 무시하고 잡아먹는 걸 가지고 시비하는 거라면 채식주의자도 비난의 대상은 매일반이다. 왜, 채소에는 생명이 없는 줄 아느냐. 희생되는 생명의 숫자로 따지자면 채소는 육류의 몇십 배, 몇백 배, 몇천 배가 될 것이다. 채식주의자의 주장은 전혀 위선이다. 고기를 먹을 줄 모르면 잠자코 있을 거지 간섭이 웬 간섭이냐. 영양학적, 경제학적 이론 면으로 따져도 육식은 채식보다 월등 우수하다. 같은 시간, 같은 노력, 같은 설비를 이용할 경우 육류의 효율과 생산성은 채소의 그것보다 훨씬 우위에 있다. 합성 육류로 참으란 것도 말이 안 된다. 진짜와 가짜가 어찌 같을 수가 있겠는가. 설사 같다 한들 그 선택권은 어디까지나 우리 자유에 속하는 문제다. 우리는 고기 없인 못 살겠다."

이렇게 간격이 벌어져선 공동생활은 바랄 수 없었다.

엄마 루시는 진작 이곳을 버리고 채식주의자들이 모여 사는 곳으로 이사를 못 한 게 몹시 후회되었다. 왜 전번에 이 고장의 마지막 집단이 떠날 때 함께 가지 못했던가. 그들이 얼마나 열심히 권고했는데. 그때는 고향 땅을 버리기가 너무나 서글퍼 망설인 끝에 설마 토박이인 나를 어쩌랴 하고 버틴 것인데 지금 와선 그게 한스러웠다. 오늘날 몬토네의 언어도단적 야만 행위를 보고도 동리 사람들은 오히려 그쪽 편이니 세상에 이럴 수가 어디 또 있단 말인가.

남의 오리를 도적해 먹고도 잡아떼기가 일쑤요, 어쩔 수 없는 증거가 나오니까 도둑이 매를 든다고 오히려 잘했다고 대드는 몬토도 뻔뻔스럽거니와, 몬토가 잘했다고 떠드는 데 합세하는 이웃 사람들이 더욱 엄청났다.

이러다간 이 사람들이 채식하는 사람들을 숫제 사람으로 안 보고 어떤 더 무서운 짓을 할지 예측할 수 없었다. 루시 엄마는 불길한 예감에 몸을 부르르 떨었다.

"엄마, 왜 그래 응, 엄마." 아기 루시는 울상을 했다.

엄마는 아무 말 않고 아기를 끌어당겨 힘껏 껴안았다.

'오냐, 내일 당장 이곳을 떠나자.' 엄마 루니는 속으로 뇌까렸다.

'그런데 이 사람들이 고분고분 퇴거 수속을 받아 주기나 할까?' 어쩐지 불안스러웠다. 뜬눈으로 밤을 새우다시피 한 엄마 루시는 다음 날 아침 일찍 동사무소에 가서 외지 전출 수속을 취하였다.

"뭐요! 채식 지역으로 전출하겠다고요?" 동사무소 서기는 못마땅한 투로 루시를 흘겨보았다.

"채식 지역으로 가는 사람은 보안 위원장의 결재가 나야 합니다.

서류를 두고 가시오. 추후 통지하겠소." 서기의 말에 루시는 서먹함을 느꼈다.

거주지의 선택권은 사회인의 기본 자유에 속했다. 누구의 결재고 뭐고 있을 수 없는 일이었다. 루시가 혹시나 했던 근심거리가 실제로 나타난 것이었다. 이들은 채식주의자에게 부당한 제재를 가하려는 눈치였다.

루시는 어째서 결재가 필요하냐고 따질 의욕도 나지 않아 잠자코 집으로 돌아왔다.

정세는 급전직하 나락의 밑창으로 줄달음질하였다. 다음 날 라디오는 긴급보도를 되풀이 방송하였다.

"사회권 보안 당국의 긴급 지시를 보도합니다. 각급 자치 단체 및 각 가정은 채식주의자들의 불시 난동에 각별히 주의하시길 바랍니다. 최근 들어온 정보에 의하면 육식 생활을 가장하고 육식 지역에 산재해 있는 소수의 채식주의자들은 그네들의 조직망을 통하여 암암리에 방화, 독약 투입, 모략 선동 등, 파괴 행위를 감행하도록 특수 지령을 받고 있습니다. 선량한 인민 대중은 각별 경각심을 발휘하여 적의 음모를 분쇄하길 바랍니다."

이건 마치 전쟁 상태를 의미하는 것이었다. 왜 이런 사태가 갑자기 일어났는지 알 수 없으나 불길한 징조는 얼마 전에 이미 나타나 있긴 하였다. 얼마 전 채식 지역 안에서 두 사람의 포수가 몰래 곰 사냥을 하다가 어미 곰 한 마리와 새끼 곰 세 마리를 쏴 죽이는 일이 있었다. 두 포수는 전리품을 육식 지역으로 운반하려다가 그만 채식주의자들에게 들키고 말았다.

천진난만한 어린 곰의 가엾은 떼죽음을 본 채식주의자들은 흥분한 나머지 포수들에게 덤벼들어 집단 폭행을 하였다. 보안대가 달려와 폭행을 제지하긴 했으나 불행히도 중상을 입은 두 포수는 얼마 안 가 죽고 말았다.

이 소문이 퍼지자 육식주의자들은 가해자들의 인도를 요구하고 들고 일어났다. 육식 지역에 남아 있는 채식주의자들이 보복의 대상이 되었다. 이 사태는 그 즉시 상대방에게도 반영되어 채식 지역에 끼여 사는 육식주의자들이 호된 시련을 겪게 되었다.

루시 집의 오리 꾸오꾸가 희생된 것도 결코 우연한 일이 아니었다. 루시는 진작 전출했어야 마땅했다. 이렇게 되고 보니 시국에 너무 둔한했다고 할 수밖에.

사태가 심상치 않음을 늦게나마 깨달은 루시 엄마는 혼자서 애만 태우다가 이웃집 켄타리네를 찾아가 통사정을 하였다. 켄타리 아줌마는 육식주의자이긴 하나 그렇다고 채식하는 사람들을 미워하지는 않았다.

본시 켄타리네는 온 식구가 육식보다는 채소를 즐기는 편으로 자유스러운 입장에서 양자택일하라면 채식 쪽으로 기울어질 그런 식성을 가진 집안인데 이 고장 형편이 차츰 육식주의자들로 뭉쳐지자 이웃 분위기에 맞춰 육식 편으로 기울어진 것이었다.

그래서 육식론을 찬성하면서도 집 안에선 주로 채식을 많이 했다. 물론 어느 육식주의자건 육식만 하는 건 아니고 채소를 곁들일 터이니 켄타리네의 생활방식이 모순이랄 순 없었다. 다만 켄타리네가 이웃에 사는 채식주의자 루시네와 가깝게 지내고 전체 채식주의자를 두호하는 언행을 함으로써 주변 사람들이 회색분자라고 이단시하는 경향은 있었다.

루시네가 외지로 전출 않고 버티려 한 데는 이웃에 이런 수호자가 살고 있다는 데 연유한 바 크다 할 수 있었다. 이 점은 켄타리네도 입 밖에 내서 말은 않지만 스스로 시인하는 바였다. 그래서 켄타리 엄마는 기회 있을 때마다 루시네에게 육식을 시험해 보라고 권유해 왔다. 더욱이 최근 양쪽 진영의 대립이 심상치 않고 사회 물정이 소란스러워짐을 보자 더욱더 열심히 루시네를 달랬다.

"루시, 별수 없어요. 옛 고전에도 군자는 시속을 쫓아야 한다는 교훈이 있잖아요? 고기를 잡수세요. 뭐 손수 짐승을 잡고 처리하라는 게 아니라, 우리 집처럼 완성된 제품만 사다 쓰면 되잖아요. 제발 내 말을 들어요."

이럴 때마다 루시는 완강히 고개를 내저었다. "글쎄, 그게 안 되는 걸 어떡해요. 암만 통조림 따위의 완제품을 시험해 보려 해도 그만 끔찍한 생각이 앞서고 이렇게까지 완제품으로 변경된 경로가 눈앞에 환히 나타나 가엾고 애처로워 어디 입에 넣을 수 있어야죠."

켄타리 엄마는 루시의 심정을 이해할 수 있었다. 그래서 번번이 그녀의 권고는 성공을 보지 못하고 말았다.

켄타리 엄마는 루시 엄마의 사정을 듣고 심각하게 생각하였다. 사태가 아무래도 심상치 않았다. 세계 도처에서 서로 반목하는 고집쟁이들의 충돌이 잦고 그들의 지도자들은 자기네들이 즐기는 식량의 원산지인 임야, 초원, 하천, 해양의 점유권을 에워싸고 일촉즉발의 위기를 빚어내고 있었다. 아무래도 전쟁은 날 것이었다. 루시네가 여기 있다간 화를 면치 못할 것 같았다.

켄타리 엄마는 루시네의 사정을 남의 일로만 볼 수 없었다. 지금 채식 지역에 사는 동생 켄타리는 철저한 육식주의자인데 고집이 어찌나 센지 이편으로 이사 오래도 끝까지 채식 지역 속의 육식주의자로서 버티겠다고 막무가내였다.

그런 고집도 어지간히 사회 질서가 잡히고 인간성이 통하는 시절의 얘기지, 요즘같이 그저 살벌하기만 하고 폭력이 만사를 해결한다는 전쟁론자가 득세한 판국에선 어림도 없는 일이었다.

이웃 루시네가 당하는 걸 보니 동생 켄타리의 고생도 뻔할 것이다.

"루시 엄마, 빨리 이곳을 빠져나가야겠소. 내가 보안 위원회에 가서 루시네 전출을 결재하도록 주선해 보리다. 그곳에 알 만한 얼굴도 있으니."

루시는 최후의 희망을 켄타리의 고마운 마음씨에 걸었다. 온종일 결과를 애태우며 기다렸다. 아침에 나간 켄타리 엄마는 해가 진 뒤에야 돌아왔다. 해쓱해진 그녀의 안색을 보자 루시는 일이 잘 안 된 걸 직감하였다.

"아, 큰일 났구려." 켄타리 엄마는 피로에 지친 몸을 의자에 내던지며 결론 먼저 쏟았다.

루시는 잠자코 입술을 깨물었다. 켄타리 엄마의 보고는 다음과 같았다.

"보안 위원회에 다니는 아는 사람이 그러는데 벌써 달포 전에 채식주의자 위험인물 명단을 작성해 놨대요. 그 속에 루시 엄마 이름도 있다나 봐요. 닷새 전에 동네 보안 위원들에게 요시찰 인물을 엄중히 감시하란 명령이 내렸대요. 전쟁이 선포되는 즉시 채식주의자들을 모조리 연행하여 수용소에 쓸어 넣을 준비를 하고 있다지 않소. 난 루시 엄마가 제출한 전출서의 날짜를 지난달 거로 고쳐 허가를 받아 볼까 하고 몇 사람에게 청을 넣어 봤지만 결국 허사였어요."

루시 엄마는 기가 콱 막혔다. 강제 수용소, 죽음. 자기 모녀가 당해야 할 운명이 눈앞에 얼씬거렸다.

"루시 엄마, 낙담할 건 없어요. 우리 이렇게 합시다. 체포령이 내리기 전에 루시 엄마는 아기를 데리고 우리 집에 와 숨어요. 체포령이 쉽사리 해제되면 좋고, 정 오래가거든 그때 봐서 달리 방도를 취하기로 해요." 저주스러운 운명의 날이 오기에 앞서 이미 초주검이 된 이웃 사람에게 켄타리 엄마는 자신이 할 수 있는 가능한 조력을 다하고 싶었다.

다른 방도가 없는 루시네 두 식구는 그날 밤으로 이웃 아무도 모르게 살짝 켄타리네 집으로 피신하였다. 아니나 다를까, 다음 날 위험인물 예비 검속의 선풍이 불었다.

루시네 집을 습격한 보안 대원들은 허탕을 쳤다.

"이상한데. 우리가 쭉 감시해 왔는데 감쪽같이 없어지다니." 그들은 이해 안 간다는 듯 고개를 갸우뚱거렸다.

III

루시 모녀는 켄타리 집 마루 밑 골방에 꼭 틀어박혀 지냈다.

고생이 이만저만이 아니었으나 그래도 저 무시무시한 강제 수용소에 댈 것은 아니었다. 켄타리네 식구들의 친절이 무엇보다 고마웠다. 이다지 애써 주는 이웃이 있으니 장래도 절망할 건 아니라는 희망도 생겼다. 켄타리 엄마는 비밀을 지키기 위하여 온갖 신경을 썼다. 이웃과의 내왕을 끊고 두 딸에게도 밖에 나가 입을 봉하라고 열 번 백 번 당부하였다.

루시네가 피신해 온 지 사흘 후, 육식 지역과 채식 지역은 서로 상대방의 비인도적 처사를 응징하기 위하여 전쟁 상태에 들어간다는 선언문을 발표하였다. 무자비한 전투가 벌어지는 한편, 피차 자기편의 사기를 북돋고 적개심을 앙양하기 위하여 적군의 만행을 있는 것 없는 것 보태고 날조하고 해서 치열한 선전전도 함께 벌어졌다.

마루 밑에 숨어 있는 루시 모녀에게도 육식 진영에서 불어대는 선전 전파는 들려왔다.

"적은 무자비하게도 채식 진영에 남아 있는 우리 측 미귀환 난민을 모조리 검거하여 최전방에 끌어내다 탄환 방패막이로 이용하였고, 쓸모없는 어린이들은 몽땅 생매장하여 버렸습니다. 그리고 그 위에 채소 씨를 뿌린 것입니다."

이런 투의 방송을 들을 적마다 루시 엄마는 간담이 서늘해졌다. 이런 방송은 잇달아 쉬지 않고 계속되었다. 켄타리 엄마는 초조해하는 루시 모녀로 해서 자신도 초조해졌다.

켄타리 엄마는 자신의 결심을 다짐하고 루시네에게 용기를 주고, 그리고 단련학교에 다니는 자기 두 딸에게 만일의 실수가 없도록 밤마다 전원이 한자리에 모여 시국에 관한 좌담회를 가졌다.

이번 전쟁의 부당성과 멀지 않아 참된 세상이 찾아올 전망, 그리고 그날이 오기까지 참고 견디어야 할 각오, 이런 것들을 강조하였다. 켄타리 엄마는 사학과 출신의 학사라 역사에 밝았다. 그녀는 오늘의 현실을 인류 투쟁사에 입각하여 다음과 같이 풀이하였다.

"태고(太古). 그 시절에 있어 모든 동물이 자기 생명을 유지하는데 가장 긴요한 건 자신의 투쟁력이다. 나 외의 모든 동물은 적이고, 적과의 거래는 오직 먹느냐 먹히느냐 하는 외곬 길밖에 없었다.

남을 보거든 싸워라! 이것은 자연이라는 스승이 동물들에게 가르쳐 준 유일의 교훈이다. 이 교훈은 선도 악도 아닌 본능 그것이다. 인간도 동물도 이 본능을 지니게 되었다. 먹느냐, 먹히느냐!

숨 막히고 처절한 세월이 수천 년 수만 년을 흘렀다. 이 동안에 인간을 포함한 몇몇 동물들에게는 한 가지 경험이 생겼다. 그 경험이란 본능을 일부 제한하는 데에서 덕을 본다는 사실이다.

적과는 싸우되, 모자지간 형제지간은 싸우지 않아도 된다. 싸우지 않음으로써 잃는 것보다는 얻는 것이 더 많다는 타산을 경험이 가르쳐 준 것이다. 여러 동물 중에서 가장 많은 경험을 쌓고 타산도 빠른 인간이 본능을 더욱 억제하고 싸우지 않아도 되는 적의 범위를 더욱 넓혔다.

가족에서 부락, 부락에서 동족, 드디어는 싸움의 대상을 동물이나 인간으로부터 자연계로 방향을 돌리기까지 하였다. 이럼으로써 얻는 것이 잃는 것보다 월등 많은 건 물론이다. 이것이 경험의 덕이다. 여기서 인간은 여타 동물들과 분리되고 인간의 역사는 시작되었다.

그러나 인간이 동물이라는 사실은 엄연하고 동물이 지닌 본능도 엄연한 사실이다. 먹느냐, 먹히느냐!

태곳적부터 이어받은 동물적 본능으로 해서 인간들은 웃으며 해결할 것을 가지고 피를 흘리며 싸웠고, 충분히 나눠 쓰고도 남을 자원을 서로 다투어 부숴 버리기 일쑤였다.

먹고 살기 위한 싸움으로 지샌 전 세대 이전 역사는 말할 것도 없거니와, 근대에 와서 성의 해방을 부르짖고 나선 성전(性戰) 역시 어리석긴 마찬가지였다. 남성의 횡포는 합리적으로 제거되어야지 남성 자체의 말살은 여성에게도 이롭지 못했다.

남성은 사라져도 성의 분쟁은 남았다. 께브와 홀랜, 그리고 두버무 문제를 둘러싸고 인간은 또다시 양보 없는 대립을 벌였다. 성의 분쟁이 해결 난 오늘날 인간들은 기호, 식성을 가지고 또다시 싸운다.

결국, 어느 한 편이 이겨 남긴 하겠지. 그렇다고 만사가 해결되지는 않을 것이다. 인간의 동물적 욕망, 피해 의식이 남아 있는 한 인간은 동물이요, 역사는 처절한 살육의 연속일 것이다. 동물적 욕망이 사회를 지배하는 한 싸움의 핑곗거리는 얼마든지 나올 수 있다.

우리는 이제 인간 자체의 혁명을 치러야겠다. 역사적 여건에 얽매여 지내온 인간을 지양하고 슬기로운 인간, 능동의 인간으로서 역사를 창조해 나가야겠다.

인간 혁명, 이 길만이 우리의 돌파구다. 인간이란 본시 모순, 부조리의 결정(結晶)이다. 삶과 죽음을 함께 지니고, 섭식과 배설을 한 파이프에 연결시키고 있는 동물, 이것이 인간이다.

동물적 인간을 부인하지 않는 한 모순과 대립은 영원히 존재한다. 지금 우리가 루시네를 돕는 건 단순히 이웃을 돕는다는 작은 뜻뿐만 아니라 우리가 동물의 세상을 벗어나 참된 인간 사회에 영주하려는 자위권의 발동이다.

루시 엄마도 공연한 조바심을 버리고 인간의 권리로서 참된 인간의 역사를 창조하겠다는 굳은 신념 아래 앞날의 승리를 목표로 꿋꿋이 살아 봅시다…."

켄타리 엄마의 강의는 오래 계속되지 못했다.

우당탕퉁탕, 보안 대원들이 불시에 들이닥쳐 켄타리네와 루시네를 모조리 묶어갔다.

"내 벌써부터 이럴 줄 알았단 말이야." 보안 대원이 자못 의기양양해서 지껄였다. "켄타리네의 행동이 전부터 수상했거든. 되지도 못한 게 아는 체만 하고 인간성이니, 도덕이니 곧잘 씨부렁거리더라."

엄마 루시는 강제 수용소에 보내지고 아기 루시는 모처에서 인수해 갔다. 장부상으론 행방불명으로 처리되었다.

켄타리 일가는 전시법 위반으로 동민 재판에 회부되었다. 자기 진영을 배반하고 적 세력을 도운 자는 마땅히 사형에 처할 것을 동민들은 요구하고 임석 법관은 이를 승낙하였다.

처형은 동리 보안 대원의 임무였다. 그들은 시퍼런 칼을 들고 나섰다. 이 시대에 있어 민간에게 허용된 1급 위험 무기인 소 잡는 식칼이었다.

켄타리 엄마는 눈앞이 캄캄해졌다. 이미 모든 것을 각오한 바이나, 망나니 앞에 세워진 두 딸의 모습을 보자 여태껏 꿋꿋했던 마음은 산산이 바스러졌다.

"아, 제발 기적이여, 저 어린것들의 생명을 구해 주옵소서."

부질없는 소원인 줄 알면서도 애타는 마음을 어쩔 수 없었다. "제발 기적이 일어나 주렴. 저 어린것들의 목숨만 건져 준다면 모든 온갖 것을 다 바치리라. 모든 온갖 것, 그렇다! 모든 온갖 것. 이 몸이 흙가루가 되어도 좋다. 진리를 버려도 좋다. 제발, 제발."

그러나 켄타리 엄마가 바라는 기적은 일어나지 않았다.

대신 도살자들 앞에 이변이 나타났다. 형장에 모인 모든 사람이 예기했던 것, 울며불며 발버둥 칠 줄 알았던 켄타리의 두 어린 딸들이 조금도 두려운 빛이 없이 형장에 의젓이 서 있지 않은가!

그랬다. 어린아이답지 않게, 죽음에 직면한 사람답지 않게, 울지도 떨지도 않고 태연히 서 있었다. 이 애들은 지금 어떤 일이 닥쳐왔는지를 모르고 있는 걸까 사람들은 의심까지 하였다. 그러나 어린 켄타리들은 현실을 잘 알고 있었다. 마지막 순간이 닥쳐왔음을 잘 알고 있었다. 이 순간에 있어 오직 해야 할 일이 무엇인지도 알고 있었다.

요 며칠 동안 어머니가 일러 주신 말씀을 기억했다. '저 사람들을 원망하지 마라. 우리의 죽음을 서러워 마라. 아픔을 참고 역사가 바로 잡히는 소리를 듣자.'

"어머니, 안녕." 딸들은 마지막 인사를 하였다.

그리고 칼잡이를 포함한 이웃에게도 인사를 잊지 않았다. "여러분, 안녕."

켄타리 엄마는 한사코 감추려던 눈물을 어쩔 수 없이 터뜨리고 말았다. 그러나 슬픔의 그것은 아니었다.

"오! 내 딸들아." 너무나 대견하고 너무나 고마움에 어머니는 가슴이 꽉 찼다.

도살자가 움켜진 분노 가득 찬 칼이 허공을 찢으며 달려갔다.

〈끝〉

20
밝은 사회여, 어서 오라!

모여든 기자들만 6백여 명.

고작 3백 명을 수용하는 기자실에 곱이 넘는 인원이 들어섰으니 그 혼잡이란 말할 수 없었다. 소보논 신문사의 리긴 기자도 이 속에 끼어 있었다. 그간 휴직 중이다가 오늘 날짜로 복직되고, 복직 첫 번 일거리가 오늘 밤 연회의 취재였다.

리긴은 경력이 많은 기자답지 않게 가슴 두근거림을 금할 수 없었다. 마치 처음 기자 생활에 발을 내디딘 그때 그 기분이었다. 게다가 주위의 수많은 기자가 자기만 보고 있는 것 같아 리긴은 제대로 고개를 못 들었다. 사실 여러 사람이 리긴에게 자주 시선을 던졌다.

"여, 리긴. 당신은 이 자리에 기사를 제공하러 온 거야, 아니면 취재하러 온 거야?" 어떤 기자는 부러 리긴을 붙들고 따지기까지 하는 것이었다.

리긴은 제대로 대꾸도 못 하고 어물어물했다. 기자들이 리긴을 이렇게 다루는 데는 그만한 이유가 있어서였다. 리긴은 그간 화제의 뉴스메이커였다. 얼마 전엔 죄수였고 어제까지는 시니 팔의 비서역이기도 했고. 그리고 오늘 밤 이곳에서 벌어질 연회의 주인공인 우선구와는 가장 가까운 친구이기도 했다.

리긴은 아직 막이 오르기도 전에 이미 축제 기분에 들뜬 이곳의 분위기부터 소보논 본사에 타전하였다. 그러면서도 가슴 속에서 뭉클거리는 개인감정을 억누를 길 없어 연거푸 타자에 실수를 범하고는 그때마다 "이크!", "이크!"를 연발했다.

연회석을 들여다보니 접대원들의 마지막 식장 손길이 끝나 경쾌한 개장 나팔이 장 내외에 울려 퍼지는 판이었다. 대합실에 미리 와 있던 내빈들이 꾸역꾸역 입장하기 시작했다. 마련된 초대석은 무려 2천여 석, 이런 호화판은 근래에 없었다.

이 자리는 우선구의 소설 〈미래 전쟁〉의 따루상 수상 축하 연회. 일개 소설가의 당선 축하회로선 파격의 규모라 하겠다.

따루 로잔이 몸소 참석하고 헤어지루에 주재하고 있는 일류 명사는 거의 다 초대되었다. 이런 일은 고금 역사에 그 유례가 없을 것이다. 그럴 수밖에. 이 자리의 주인공은 세기의 인물이었다. 그리고 그의 작품 〈미래 전쟁〉의 문학적 효과가 미친바 영역이 매우 광대하였다.

작품 〈미래 전쟁〉이 베푼 효력이 얼마나 되나 하는 걸 알아보려면 이 방의 내빈 중에 샘앤 교수가 참석한 것. 이 한 가지만으로도 충분히 수긍되리라.

샘앤 교수는 세계 정부 반대 음모죄로 강제 수감 중이었는데 이번

466

따루 로잔의 특명으로 불기소 처분되는 동시에, 샘앤 교수도 종래의 폭력주의를 내던지고 공개석상에서 세계 정부와 정책 대결을 하기로 방향 전환을 하기에 이르렀다. 모두가 〈미래 전쟁〉의 작용이었다.

리리시노가 이끄는 희망과 우정의 모임 일파에 대한 추격전도 중단되었다. 께브 소동은 앞으로 전문 위원회가 조직되어 거기서 엄정 냉철하게 조사 분석한 다음, 그 내용을 만천하에 공개하여 각개 사회권 소속 의회에서 독자적으로 수락 또는 배척하기로 방침이 섰다. 이 역시 〈미래 전쟁〉이 인도한 시국 수습의 한 장면이었다.

화성과의 분규 처리 방안도 많이 달라진 것으로 보였다. 무엇보다 샘앤 교수의 발언권이 확립된 것만 해도 큰 변화라 하겠다.

화성에서도 〈미래 전쟁〉에 대한 반응을 보여 왔다. 지구에서 세계문화단체연합 회장 이름으로 이 작품을 전파에 실어 그곳에 제공하자 화성의 문화단체연합 회장도 작가 우선구에 대한 정중한 치하 메시지를 보내온 것이었다.

실로 작품 〈미래 전쟁〉은 인류에게 공동의 넓은 마당으로 나가는 길을 터놓았다.

리긴은 생각할수록 감개무량했다. 전날 시니 팔의 의견에 따라 해설수로 수행원에 갇힌 죄수 우선구에게 따루상이 달린 문학 작품 공모에 응해 보라고 권해 본 것이 이런 열매를 맺게 될 줄 어찌 짐작인들 했으랴.

내빈석이 꽉 찼다. 그랜드 오케스트라의 환영 곡을 영접받으며 이 밤의 주인공, 세계의 일꾼, 아니 우주의 큰 별 우선구가 안내원의 인도로 입장하였다. 수백 카메라가 일제히 한 곳 초점을 향하여 집중

사격을 가했다. 현대 카메라는 구식과 달라 섬광도 폭음도 없었다.
다만 보도 전사들의 열띤 감각만이 예나 다름없었다. 우레 같은 박
수갈채. 두 손을 번쩍 치켜든 우선구. 이 세상에 오직 하나뿐인 남성.

이날 그의 복장도 수천 관중의 탄성을 자아낼 만큼 이색적이고
우아한 것이었다.

이제까지의 헝클어진 더벅머리며, 멜빵걸이 웃옷, 반바지 치마,
그리고 샌들을 깨끗이 벗어 버리고 옛적 비커츠섬 기밀실에 들어갔
던 당시의 구식 복색으로 말끔히 단장하였다. 고전문화연구원 끼허
햅 원장의 알뜰한 배려 덕분이었다.

만장의 갈채가 한 물결 지나자 다시 한 번 우렁찬 교향악과 전원
기립, 그리고 박수의 우레가 터지는 가운데 이 자리의 주최자 따루
로잔이 나타났다.

연회가 시작되었다.

리긴은 비전 타이프의 키 하나하나에 정열을 기울여 기사를 보
냈다. 그녀는 오늘 낮에 있었던 수상식에 참석 못 한 게 못내 한스
러웠다. 따루와 우선구의 악수 장면을 놓치다니.

리긴은 기자 자격증이 소보논에서 채 오지 않아 그 자리에 끼지
못하고 그 자리에 안내역으로 한몫 낄 수 있었던 루비의 사후 설명
만으로 아쉬움을 참아야 했다. 연회석에는 조직 위원회의 특별 배
려로 참석하게 되었다.

연회석에선 각계 인사의 축사가 꼬리를 이었다. 리긴은 여러 연
사의 발언 하나도 놓치지 않으려고 신경을 날카롭혔다.

이때 갑자기 리긴의 등을 치는 사람이 있었다. 뒤돌아보니 동료
기자의 한 사람으로 오늘 이 자리에 나온 기자들을 대표하여 우선

구에게 인터뷰를 할 사람이었다.

"리긴 기자, 우리끼리 결의했어. 오늘 인터뷰는 리긴이 해야겠어. 빨리 앞으로 나가."

얼핏 영문을 몰라 어리둥절해 하는 리긴을 서너 명 기자들이 등을 밀어 내몰았다. 싫다마다 할 겨를도 없었다. 리긴은 얼떨결에 앞으로 밀려나갔다.

눈앞에는 우선구가 있었다. 리긴은 당황하였다. 불쑥 튀어나온 말은 이랬다. "성함을 여쭤 보겠어요."

"와." 하는 웃음소리가 장내를 뒤덮었다.

"네, 비커츠섬에서 온 우선구입니다." 우선구가 얼핏 대꾸하였다.

또 한바탕 웃음의 파도.

리긴은 겨우 제 자세를 잡았다. "당선을 축하합니다. 소감을 들려주십시오."

우선구는 서서히 입을 열었다.

"나의 변변치 못한 작품이 전통에 빛나는 영광의 자리에 오르게 된 것을 송구스럽게 생각합니다. 나는 나의 작품〈미래 전쟁〉의 됨됨이가 뛰어나 이런 영광을 차지했다고는 생각지 않습니다. 그 변변치 못하고 다듬어지지도 못한 글이 어찌 이런 외람된 영광을 받을수 있겠습니까. 다만 따루 로잔을 비롯한 여러분께서〈미래 전쟁〉에 담긴 소원을 넓고 깊은 아량으로 보아 주신 겁니다.

나는 시대 조류에 맞는 작가도, 또 유능한 소설가도 아닙니다. 다만 구세대에서 오늘에 걸친 길다면 긴 여로에 나선 나그네로서 오직 바라는 건 앞으로 남은 길에 따스함이 깃들기를, 그리고 함께 동행이 될 여러분에게 행복이 있기를, 충심으로 바라옵건대〈미래 전쟁〉이 여러분 여로에 하나의 즐거움이 되었으면 합니다."

박수가 일어났다. 리긴은 그사이 다음 질문을 궁리하였다. 그때 동료 기자가 옆에서 메모를 전해 주었다. 그걸 읽고 리긴은 질문의 방향을 따루 로잔에게 돌렸다.

"따루께선 낮의 시상식 때 규정에 있는 상장을 작가에게 주지 않으셨는데 그 이유는?"

따루 로잔이 고개를 끄덕이고 자리에서 일어섰다.

"그렇소. 의당 작가에게 드려야 할 상장을 나는 드리지 못하였소. 미처 마련이 안 되었기 때문이오. 지금 이 자리에서도 아직 마련되지 않아 전할 수가 없소. 그야 미리 마련된 전례에 의한 상장이야 준비된 지 오래죠. 그러나 그런 상장은 우선구 씨의 〈미래 전쟁〉에는 적합하지 않다고 생각하여 새로 적합한 시상을 마련하도록 지시했습니다. 작가가 그걸 좋아할지 어떨지 몰라 이 자리에서 양해를 구해야겠소.

우선구 씨, 나와 나의 막료들은 〈미래 전쟁〉에 적합한 시상으로 헤어지루 중앙 광장에 켄타리 세 모녀의 동상을 세울까 합니다. 일류 예술가의 손을 빌어 〈미래 전쟁〉에서 인간의 혁명 정신을 제시한 켄타리 엄마와 두 딸의 빛나는 모습을 재현하고, 비문에는 '켄타리이즘 만세'라고 새길까 합니다. 우선구 씨, 그리고 내빈 여러분의 의향은 어떠신지."

또다시 터지는 박수와 환호성. 이번엔 시니 팔이 일어섰다.

"한 가지 제안이 있습니다. 우선구 씨의 〈미래 전쟁〉은 세계문화단체연합에서 화성에 방송한 것이 기틀이 되어 유사 이래 처음으로 화성과의 대화가 이루어졌습니다.

다음 단계는 평화 사절의 교환이 있겠는데, 이 인선 문제가 앞으로의 협상 성공 여부를 가름할 것 같아요. 우리는 누굴 대표로 그곳에 파견할 것인가? 나는 신중히 고려한 끝에 우선구 씨를 추천하고자 합니다.

물론 본인 우선구 씨가 승낙하여야 하고 정부와 의회의 동의가 있어야 합니다. 먼 과거에서 오신 귀한 손님을 그간 잘 대접지도 못하다가 이제 또다시 먼 외계로 떠나 달라는 것은 어찌 생각하면 가혹한 일 같지만, 이 중대한 역사의 마당에서 이 역할을 감당할 사람이 우선구 씨 말고 또 누가 있겠습니까?

나는 감히 이 자리에서 우선구 씨와 여러분들의 찬성을 바라는 바입니다."

이번엔 산발적 박수가 더러 있었다. 대다수 군중은 당사자 우선구의 태도를 살피기만 했다. 리긴은 잔뜩 긴장되어 우선구를 바라보았다.

우선구는 다시 일어났다. "감사합니다. 그 사명이 나한테 돌아온다면 무한한 영광으로 알겠습니다."

장내가 떠나갈 듯 박수가 터졌다. 리긴도 덩달아 이에 따랐다. 어쩐지 허전하고 안타까운 마음이긴 했으나 지금 자기는 인터뷰 자리에 나선 공적인 입장이었다. 안 치려야 안 칠 수 없는 박수였다. 어쩐지 눈물이 글썽거렸다. 리긴은 슬며시 시선을 하늘로 돌렸다.

투명체 지붕판을 통하여 쳐다보이는 하늘에는 은하수가 널렸다. 은하수만 해도 호사스러운데 펑! 펑! 하늘 가득히 불꽃놀이까지 겹쳤다.

"축하의 인사를 해야지." 누가 리긴 귀에다 대고 속삭였다.

"축하합니다." 리긴은 놀란 얼굴을 다시 우선구에게 돌리고 엉겁결에 말했다.

우선구는 빙그레 웃고 있었다. 그 모습을 비전 타이프의 렌즈를 통하여 들여다보면서, 리긴은 중얼거렸다.

"완전인간이란 감정이 무딘 모양이지."

〈끝〉

한국 SF 문학의
위대한 선구자가 남긴 세례
—《완전사회》재출간에 부쳐 —

  30여 년 전, 어느 대학 도서관에서 문윤성 작가의《완전사회》초
판본을 처음 발견했던 기억이 새롭다. 세로쓰기로 조판 된 이 두툼
한 책에서 무엇보다도 반가웠던 건 표지의 제목 위에 쓰인 '사이언
스 픽션'이라는 말이었다. 한국 창작 SF 문학사상 최초의 성인용 장
편소설로 평가받는 이 작품은, 1965년 〈주간한국〉의 창간 기념 추
리소설 장편 공모에 당선되어 처음 세상에 선을 보였고, 1967년 수
도문화사에서 단행본으로 출판되었다. 그 뒤 1985년에 홍사단출판
부에서 두 권으로 나뉘어 재간된 바 있으나 제목이《여인공화국》으
로 바뀐 채 나왔고 그나마 곧 잊히고 말았다. 오늘날 이 땅의 SF 독
자들은 이 작품을 접할 기회는 고사하고 그 존재조차 모르는 경우
가 대부분이었다.

그리고, 이제 2018년에 이르러서야 '완전판'이라 할 수 있는 모습
으로 이 책이 재출간되는 것은 여느 경우와 달리 매우 각별한 의의
를 지닌다. 이 작품은 자신을 제대로 읽고 평가해 줄 시대 및 독자
들과 만나기까지 너무나 오랜 세월을 기다려왔다. 그 어느 때보다
페미니즘과 젠더 평등에 관한 관심이 첨예한 지금 시기에, 마치 이
런 상황을 정확히 내다본 듯 50년도 더 전에 이런 방향으로 SF적 상
상력을 과감하게 펼쳐 보였던 《완전사회》의 재출간은 하나의 사건
이라 불러 마땅하다.

작가 문윤성은 빈약하기 이를 데 없었던 20세기의 한국 창작 SF
문학사에서 독보적으로 빛나는 별이다. 1916년 강원도 철원에서 태
어난 그는 일찍이 일제강점기에 작가로 데뷔했고, 2000년에 타계
하기까지 스스로 'SF 작가'라는 정체성을 분명히 했다. 그가 작고할
때까지도 우리나라에는 아동·청소년용 SF를 쓰는 몇몇 작가를 제
외하면 내세울 만한 SF 작가는 물론이고 SF 팬덤조차 실체가 빈약
했다. 생전에 한국추리작가협회의 일원으로 활동했던 것도 그만큼
SF 작가로서 외로운 존재였다는 반증일 것이다.

《완전사회》의 주인공 남자는 타임캡슐에 탑승한 채 161년 동안
잠자다가, 지구에 여성만 존재하는 미래 세상에서 깨어난다. 그는
처음에 미래인들과 상당 기간 서먹한 관계를 지속하게 되는데, 정
확히 말하자면 미래인들이 주인공의 존재를 쉽게 수용하지 못하는
것이다. 이런 설정은 아마도 작가가 작품의 주제를 최대한 부각시
키려고 독자의 관심을 점층적으로 끌어올리는 구성이 아닐까 싶다.

생리심리학, 문화인류학적으로 남성과 여성 사이에 강력하게 존재하는 간극의 확고부동함을 새삼 주의 환기시키고, 그럼에도 불구하고 결국은 그것을 극복하고 그다음 차원으로 나아가야만 한다는 인류의 실존적 당위성을 드러내려 한 것이라면 과장된 독법일까?

그에 앞서, 작품 서두에서 주인공이 기나긴 수면에 들어간 시대적 배경부터 흥미롭다. 작중에서 모든 이들은 어렴풋이 인류 문명의 미래에 대해 막연한 절망을 지니고 있다. 이대로 가면 어차피 막다른 끝이 기다리고 있으리라는 생각을 공유하면서 그 극복을 위한 노력은 애초부터 포기하고 그저 인류 문화의 유산을 남기고자 하는 공감대가 형성되었음을 암시한다. 서사의 시작이 그야말로 거대한 비관주의가 전제되는 것에서부터 비롯되는 것이다. 아니나 다를까, 작가는 핵무기를 사용하는 3차 대전이 발발하여 전 세계 인구의 90퍼센트가 몰살되는 끔찍한 역사를 등장시키고 그 절망에서 가까스로 일어난 인류가 또다시 4차 대전의 소용돌이에 휩싸이는 미래를 이야기한다. 이번에는 핵무기를 능가하는 기상 무기, 생화학 병기 등으로 세계 인구가 고작 9천만 명 정도만 생존한다는 더 참혹한 전개이다.

작가는 이런 귀결의 가장 큰 책임이 바로 과학자들에게 있다고 보았다. SF로서 이 작품이 던지는 묵직한 주제 중 하나이다. 이어지는 역사에서 과학자들은 정치인들에게 휘둘려왔던 전철을 더 이상 밟지 않겠다며 '과학센터'를 세워 세계를 직접 '통치'하기 시작한다. 이들은 살아남은 인류의 전폭적인 지지에 힘입어 단기간에 비약적인 과학기술 발전을 이룩하고 세상을 전에 없던 낙원으로 탈바꿈시킨다. 이렇듯 초국가적인 '과학센터'가 세계를 지배했지만, 인간 사회의 숙명인 듯 또다시 갈등의 씨앗은 싹트고 세상은 속절없이 5차 대전으로 치닫는다. 그리고 이 5차 대전이야말로 인류 최후의 전쟁이라 할 만한 여성과 남성 간의 성 대결로 펼쳐지는 것이다.

작가가 그린, 여성이 지배하는 미래 세상은 인류 역사를 독특한 사관으로 해석한다. '왕후문화 → 웅성문화 → 양성문화 → 진성문화.' 이를 포함해서 《완전사회》에는 작가가 실로 많은 공을 들인 것이 역력한 인문 사회적 상상력들이 세심하게 배어 있다. 과학기술적 상상력도 상당한 수준이지만 어쩌면 그 이상으로 두드러지게 인간과 사회에 대한 독창적 통찰이 돋보인다. 사회, 교육, 예술, 가치관, 관습 등 인류 문화의 사실상 전 분야를 망라하며 꼼꼼하게 최대한의 설득력을 부여해서, 스토리와는 별개로 이 작품에 등장하는 각종 설정만으로 풍부한 토론 시리즈가 충분히 가능할 정도이다.

작중에서 흥미를 끈 또 다른 대목 중 하나는 세계를 지탱하던 과학자들이 일반인들로부터 '우주개발'의 거센 압력을 받았다고 묘사하는 부분이다. 과학자들은 우주개발이 실효가 별로 없다고 판단하고 다른 분야의 과학기술 발전에 더 매진하고자 했으나 대중은 동의하지 않는다. 작가가 《완전사회》를 집필한 60년대 중반 당시는 1957년의 '스푸트니크 쇼크' 이후 지속된 우주개발의 진작 분위기가 한창이었고, 미국의 아폴로 계획이 달 착륙을 목전에 두고 거침없이 진행되던 때였다. 그 당시 우리나라조차도 과학기술과 교육 분야에서 '우주개발'을 가장 두드러진 구호 중 하나로 내세웠다는 점을 고려해 보면, 작가가 우주개발에 유보적 입장인 과학자 지배 집단을 등장시킨 것은 상당히 예리한 포석이지 않나 싶다. 당시에 우주개발이라는 명분 아래 경제성을 사실상 무시한 채 진행되었던 미국과 소련 간의 '우주 경쟁'이 실상은 체제 경쟁에 지나지 않음을 날카롭게 통찰했던 것이다.

한국의 SF 창작계가 본격적으로 기지개를 켜고 있는 지금 시기에 문윤성 작가의《완전사회》가 이미 존재한다는 것은 크나큰 세례이자 선물이다. 이 땅의 SF 독자들은 말할 것도 없고, 현재와 미래를 진지하게 성찰하려는 이 시대의 모든 이들에게 감히 묻고 싶다. 이미 50년도 더 전에 제시되었던《완전사회》의 상상력에 과연 당신은 얼마나 근접할 수 있겠냐고.

마지막으로, 21세기 들어《완전사회》를 다시 읽으면서 가장 인상적인 부분을 되새기고 싶다. 곱씹어 볼수록 그 의미심장함이 너무나 무겁게 다가온다. 바로 '진성선언'이다. 이대로 남성들의 반성 없이 불평등한 관계가 지속된다면 오래지 않아 우리는 곧 현실에서 이러한 '여성선언'을 만나게 되는 날이 오지 않을까.

"우리는 일체의 낡은 관념과 그 위에 설정된 모든 제도를 무시한다. 개인의 인생관으로부터 부부의 개념, 가족 제도, 법률, 사상, 사회조직에 이르는 온갖 낡은 것은 근본적으로 파괴되어야 할 것을 주장한다."

"우리는 모든 분야에 걸쳐 남성의 존재를 부인하고 이를 제거한다. 여성은 상대성의 입장이 아니라 인류 유일의 참된 모습으로서 존재한다."

2018년
박상준, 한국SF협회 회장

완 전 사 회

초판 1쇄 인쇄 2018년 5월 25일
초판 1쇄 발행 2018년 5월 30일

지은이 문윤성
펴낸이 박은주
기획 김창규, 최세진
디자인 김선예, 장혜지
마케팅 박동준

발행처 아작
등록 2015년 9월 9일(제2018-000142호)
주소 03924 서울시 마포구 월드컵북로54길 25
상암DMC푸르지오시티 504호
대표전화 02.324.3945 **팩스** 02.324.3947
이메일 decomma@gmail.com
홈페이지 www.arzak.co.kr

ISBN 979-11-89015-09-1 03810

책 값은 표지 뒤쪽에 있습니다.

아작은 디자인콤마의 문학 브랜드입니다.

이 도서의 국립중앙도서관 출판예정도서목록(CIP)은 서지정보유통지원시스템
홈페이지(http://seoji.nl.go.kr)와 국가자료공동목록시스템(http://www.nl.go.kr/kolisnet)에서
이용하실 수 있습니다. (CIP제어번호: CIP2018015129)